MYTHOLOGIES AMÉRICAINES

DU MÊME AUTEUR

Comment faire l'amour avec un Nègre sans se fatiguer, Le Serpent à Plumes et J'ai lu, 1985.
Éroshima, Typo, 1987.
L'Odeur du café, Le Serpent à Plumes, 1991.
Le Goût des jeunes filles, Grasset et Folio, 1992.
Cette grenade dans la main du jeune Nègre est-elle une arme ou un fruit ?, nouvelle édition revue par l'auteur, Le Serpent à Plumes, 1993.
Chronique de la dérive douce, 1994.
Pays sans chapeau, Boréal, 1996.
La Chair du maître, Le Serpent à Plumes, 1997.
Le Charme des après-midi sans fin, Le Serpent à Plumes, 1997.
Le cri des oiseaux fous, 2000 ; Le Serpent à Plumes ; Zulma, 2015.
J'écris comme je vis, entretiens avec Bernard Magnier, Éditions La passe du vent, 2000.
Je suis fatigué, Lanctôt éditeur, 2000.
Comment conquérir l'Amérique en une nuit, Lanctôt éditeur, 2004.
Les Années 80 dans ma vieille Ford, Mémoire d'encrier, 2005.
Vers le sud, Grasset et Le Livre de poche, 2006.
Je suis fou de Vava, 2006.
Je suis un écrivain japonais, Grasset et Le Livre de poche, 2008.
La fête des morts, Éditions de la Bagnole, collection jeunesse, 2009.
L'Énigme du retour, (Prix Médicis 2009), Grasset et Le Livre de poche, 2009.
Tout bouge autour de moi, Grasset et Le Livre de poche, 2010.
Un art de vivre par temps de catastrophe, 2010.
L'Art presque perdu de ne rien faire, Grasset, 2011
Journal d'un écrivain en pyjama, Grasset, 2013.
Le Baiser mauve de Vava, 2013.

DANY LAFERRIÈRE
de l'Académie française

MYTHOLOGIES AMÉRICAINES

Romans

Préface de Charles Dantzig

BERNARD GRASSET
PARIS

Truman Capote au Park Hotel
© Dany Laferrière, 2015.

Comment faire l'amour avec un Nègre sans se fatiguer
Première publication : Lanctôt éditeur, 1985.
© Dany Laferrière, 2015.

Cette grenade dans la main du jeune Nègre est-elle une arme ou un fruit ?
Première publication : VLB éditeur, 1993.
© Dany Laferrière, 2015.

Éroshima (Fête chez Hoki et *Le zoo Kama-sutra)*
Première publication : VLB éditeur, 1987.
© Dany Laferrière, 2015.

ISBN 978-2-246-85876-8

Tous droits de reproduction, de traduction et d'adaptation réservés pour tous pays.

© Éditions Grasset & Fasquelle, 2016, pour la présente édition.

DÉFLOUTER LES CLICHÉS

Je ne suis jamais allé à Haïti. C'est une chose que j'aurais dû faire en janvier 2010, Dany Laferrière m'y avait invité pour un salon, je n'ai pas pu y aller, je ne sais plus pourquoi. Je me serais peut-être trouvé à côté de lui à courir dans une rue dont le macadam ondulait comme un dos de dragon. Ce tremblement de terre a fait tellement de morts qu'il a autant frappé le monde que le tremblement de terre de Lisbonne en 1755. Voltaire en a tiré un *Poème sur le désastre de Lisbonne*, qui lui a servi (tout devait être utile à sa cause) à critiquer les philosophes optimistes : « Philosophes trompés qui criez : "Tout est bien" ; / Accourez, contemplez ces ruines affreuses. » Il aurait pu railler les charlatans religieux qui ont fleuri à cette occasion, il y a eu les mêmes après le tremblement de terre de Haïti. Pourquoi faut-il que des hommes veuillent faire carrière sur le malheur ? Parce qu'ils ne savent pas écrire de poésie, sans doute. Je n'avais pas de nouvelles de Dany, le téléphone ne fonctionnait plus, comme entre Paris et New York une mi-septembre de neuf ans plus tôt. Maggie Laferrière à qui je téléphonais à Montréal n'en avait pas davantage, sinon de fausses. Un journaliste avait annoncé la mort de Dany. Pourquoi, alors que c'était faux ? Parce qu'il ne savait pas écrire de roman, sans doute. Dany, je l'avais connu plusieurs années auparavant, dans un pays dont les souffrances ont cessé.

J'avais été invité à parler de Joyce en Irlande, lors d'un festival. De Joyce j'avais alors peu lu, ayant buté deux ou trois fois sur les éboulis d'*Ulysse*, ah, il peut être excessivement discourtois envers son lecteur, Joyce. À force de fuir le charme, celui, stéréotypé, que peut avoir la littérature irlandaise (le pittoresque, l'humour, la farce), ne faisait-il pas de l'anticharme, autre manière d'en rester captif ? J'ai parlé de Joyce d'autant plus brillamment que ce n'était pas très fondé (et sans doute cela n'était-il brillant que pour ceux qui ne savaient pas). L'amusant est qu'en face de moi, à cette table effectivement ronde, avec entre nous un modérateur qui n'avait rien à modérer, se trouvait un homme d'une cinquantaine d'années, ramassé sur lui-même, silencieux, puis bougonnant, puis lançant des balles avec brio. Dany m'apprit plus tard qu'il n'avait pas lu Joyce. Ça empêche peut-être de bien parler de littérature, mais ça n'empêche pas de bien parler des écrivains. Dany aime beaucoup les écrivains ; ses livres en sont pleins, authentiques ou idéaux (et les authentiques lui sont idéaux), et de postures d'écrivain, et de machines à écrire Remington 22. On n'est pas la chose sans avoir voulu la panoplie de la chose. Peut-être veut-on être écrivain avant de vouloir écrire de la littérature. Elle nous piège ensuite.

Il y avait ce titre : *Comment faire l'amour avec un Nègre sans se fatiguer*. J'ai pensé : un bon écrivain, il faut le sauver d'un livre dont on ne connaît que le titre. Laferrière n'écrivait plus. C'est ce qu'il me dit après notre conversation sur Joyce, très applaudie, il devait y avoir dans l'assistance plus de gens qui en avaient entendu parler qu'ils ne l'avaient lu. Je lui ai dit que je serais heureux de le publier chez Grasset, sitôt dit sitôt fait, mais sans écrire, en rééditant des livres publiés au Canada qui n'avaient pas été publiés en France, me dit-il. Sa vie d'écrivain était finie, il ne voulait plus que jardiner son passé. On ne force pas un écrivain. Tout au plus peut-on avoir de l'imagination pour lui, c'est cela qu'on fait quand on est éditeur. Cela consiste à penser cinq minutes avant lui à ce qui lui convient le mieux. Je trouvais qu'un écrivain de sa qualité, ce qui lui convenait le mieux, c'était d'écrire de nouveaux livres. Pascal Assathiany, son éditeur canadien, m'a félicité un jour d'avoir réussi à le convaincre de recommencer à écrire, lui qui s'était promis et m'avait promis de ne plus le faire. Personne ne convainc personne d'écrire un livre. Personne ne m'en convaincrait. Dany a écrit parce qu'il en avait envie et sans doute, aussi, en partie, ce que je vais dire n'est peut-être pas impossible, pour me plaire. Il n'est pas désagréable d'avoir près de soi quelqu'un qui vous pose des questions sur ce que vous êtes en train d'écrire, ce que vous comptez écrire et quand, et qui finalement vous dit : « Je crois que tu as tort, tu devrais recommencer. » On ne chante que pour les sirènes.

Tout s'est bien passé. Phrase agréable à écrire, et je ne parle pas tellement de prix, d'Académie, de grâces d'établissement. Ce qui compte, ce sont des livres réussis, et l'amitié. Je crois avoir écrit que, si nos amours peuvent être très différentes de nous, les amis sont les mêmes. Il est si rare de rencontrer quelqu'un avec qui on puisse avoir une conversation décente, comme m'avait dit Frédéric Berthet, qui périssait d'ennui et d'alcool dans une petite ville où son maximum de conversation était sur le temps qu'il faisait ou la durite de la bagnole qui avait pété. Dany passe me voir chez Grasset. Sur Sartre : « Il n'était pas vaniteux, parce qu'il était péremptoire. » Il y a de ça. C'est sa manière d'essayer des choses dans la conversation. Moi sur Giono : « Il confondait les idées et les sentiments. Il n'analysait rien et se fâchait quand on n'était pas d'accord avec lui. » Ma manière, etc. *Ça nous amuse.* La littérature, les écrivains, les idées, cela n'est triste que pour les graves. L'amusement est une grande partie du plaisir de l'intelligence (je parle dans l'abstrait) ; les bons écrivains s'amusent *aussi* en écrivant. Ce sont les moments où nous fabriquons un gâteau débordant de chantilly que nous dévorons. Shakespeare, si vous voulez. Dickens. Joyce parfois. Dany s'amuse, comme on le voit si bien dans ses livres et en particulier dans ce *Comment faire l'amour avec un Nègre sans se fatiguer* dont après l'avoir lu on oubliera le titre pour se souvenir de l'excellent livre qu'il est, gai, rusé, vif. Et rieur. Il y est question de rire comme dans sa suite, *Cette grenade dans la main du jeune Nègre est-elle une arme ou un fruit ?*, commentaire d'un livre qui parlait de la création d'un livre. Dans l'un et l'autre il joue des clichés « nègres », notamment ce rire. La conclusion se trouve dans *Je suis un écrivain japonais* : « Le rire souligne la défaite du Nègre. » On peut remplacer « Nègre » par le nom de toute minorité. Le minoritaire riant avec celui qui le domine est perdu.

Parmi tous les écrivains que Dany mentionne (penser à lui dire qu'il pourrait un jour parler de Brautigan), il y a James Baldwin, ce grand orateur qui convaincrait un suprématiste blanc d'épouser une Congolaise, et auteur d'un des premiers romans où il parle sans honte des amours gay, *La Chambre de Giovanni*, ou encore Victor-Lévy Beaulieu, que j'ai également publié (son étonnant *Bibi*), et Truman Capote, héros de « Truman Capote au Park Hotel » (ma foi, je l'ai publié aussi, son roman inédit *La Traversée de l'été*). Sa nouvelle « La maison de fleurs » parle d'une prostituée de Port-au-Prince : « Ottilie […] était vaniteuse et préférait les compliments au porc ou au parfum » ; le bordel porte le nom de *Champs-Élysées*. Ah l'attrait de Paris pour les Haïtiens. Dany évoque Capote, il ne le décrit pas. Il donne des idéogrammes (ce Japonais) : « C'est un homme de petite taille. Tout est petit chez lui sauf la tête. » De l'auteur de ces lignes, il a écrit : « Il passe la main dans les cheveux comme pour effacer les nuages qui s'y trouvent. »

Les improvistes avec Dany sont toujours séduisants. Il passe à l'improviste chez Grasset, et déjeuner à l'improviste dans le quartier. Nous parlons et parlons (les fantômes de Federer et de Djokovic grinçaient les dents de rage). S'assied à la table voisine, placé par le directeur de salle (preste courbure du dos, mouvement rond du bras), un génie de télévision. Il fait des sorties sur les gaystapettes, écrit des livres où il date au mois près la décadence de la France, prouve à des écrivains qui ont vingt morts pour la France dans leur famille qu'ils sont de mauvais Français (c'est un immigré complexé) ; nous nous entretenions avec Dany du projet de loi sur le « mariage pour tous » et de la ministre guyanaise qui semblait tout d'un coup affoler la virilité du pays. Nous exaspérions visiblement le génie : lançant des coups d'œil dans notre direction, il les levait ensuite au ciel, soufflait de toutes ses joues, se tapait le front de l'index, haussait les épaules, possédé de tics. Sa convive a dû avoir l'impression de déjeuner en face d'un tacot ne réussissant pas à démarrer. Symptôme comique et désolant de l'état de haine où se trouve la France depuis quelques années. Dany m'a vaillamment soutenu sur Radio Canada quand j'ai publié dans *Le Monde* une tribune sur le populisme en littérature qui m'a fait gentiment injurier. Il y a ajouté cette proposition scandaleuse : « Les romans réalistes ne survivent pas à leurs auteurs. »

Les histoires de couteaux, il y en a bien trop ; les histoires de fourchettes, c'est parfois bête ; je raconterai une autre fois ce dîner au Grand Véfour où Guy Martin (l'inventeur de la crème brûlée à l'artichaut) nous invita. Je ne sais plus si on mange bien en Irlande, je ne sais plus si les écrivains s'y entretuent, je ne me rappelle que ce fait qui m'enchante presque autant que les révolutionnaires français débarquant là-bas en espérant provoquer une insurrection anti-religieuse et se faisant chasser à coups de fourche par des Irlandais favorables à l'obscurantisme de l'Église : *Le Baladin du monde occidental* de Synge accueilli par des huées et des jets de choux à l'Abbey Theatre et par des émeutes dans Dublin. Une pièce si peu respectueuse puis la religion, de la morale et de la sainteté paysanne ! C'est quand même un pays débordant de littérature. Et c'est en allant à Dublin d'autres fois que je découvris le *At Swim-Two-Birds* de Flann O'Brien, dont j'ai publié la première traduction française, ou les cours de littérature de Samuel Beckett à Trinity College que j'ai publiés aussi. Beckett a sans doute fui le cliché imitation *Ulysse* (lequel roman n'est pas sans satisfaire au cliché « truculence irlandaise »), O'Brien fait une farce des clichés irlandais, ceux que les étrangers se sont fait de l'Irlande, ceux que l'Irlande s'est fait sur elle-même. Et c'est le cliché que malaxe Dany Laferrière dans ses premiers romans.

Ils se passent en Amérique. L'Amérique au sens géographique et exact du terme, pas l'Amérique des seuls États-Unis. À Haïti, d'abord, dans cette région qui dans le lexique universel n'a de nom qu'imposé par l'Occident vainqueur, puisque après l'inepte « Indes occidentales », « Caraïbes » vient du nom d'une ethnie soumise. Dans la partie de Saint-Domingue qui, devenue indépendante, s'est choisi son nom, le narrateur de *Truman Capote au Park Hôtel* déjeune avec un ami, va au cinéma, suit des filles jusqu'à la bibliothèque publique. Il y découvre *Petit déjeuner chez Tiffany*, et c'est du livre qu'il devient amoureux, pas de la fille. (Les livres, les livres.) Ayant croisé Graham Greene enquêtant sur la tyrannie de Papa Doc, ce que lui-même n'a pas fait ayant des livres de littérature à écrire, au reste Graham Greene n'a publié *Les Comédiens* qu'après trente-cinq ans de romans « purs », il finit par croiser Truman Capote au Park Hôtel, en train d'écrire à une petite table jaune. Ce petit nerveux cambré est la figurine du taxi littéraire conduit à travers l'Amérique par le grand Noir qu'est Dany Laferrière. Placé en tête du volume, *Truman Capote au Park Hôtel*, plus récent, est plus nonchalant que le rageur premier roman qu'est *Comment faire l'amour avec un nègre sans se fatiguer* : « Ça se passe au Carré Saint-Louis. C'est, brièvement, l'histoire de deux jeunes Noirs qui passent un été chaud à draguer les filles et à se plaindre. L'un est amoureux de jazz et l'autre de littérature. L'un dort à longueur de journée ou écoute du jazz en récitant le Coran, l'autre écrit un roman sur ce qu'ils vivent ensemble », dit une journaliste lors d'une interview rêvée par le narrateur. Lui et Bouba vivent dans la « bauge étroite » de leur studio mal tenu (bouteilles vides, chaussettes échouées, assiettes sales) que divise en deux un paravent japonais. Bouba passe ses journées à boire du thé, dormir, écouter Charlie Parker, faire l'amour avec des filles, méditer sur le Coran avec une hétérodoxie qui devrait, trente ans après, être enseignée aux musulmans susceptibles et pénibles de susceptibilité : « Allah est grand et Freud est son prophète. » Le narrateur lui promet qu'il va devenir le nouveau grand écrivain noir et supplanter Chester Himes, puisqu'il écrit sur une Remington 22 supposée lui avoir appartenu. Dans cette ville de Montréal de la portion d'Amérique nommée Canada, on parle de la bombe atomique et des Black Panthers avec l'amorti québécois qui n'aime pas l'agressivité. On doit être vers 1980. La guerre des races s'est assez détendue pour que le racisme avoue sa part sexuelle et qu'on puisse en parler avant que ce discours même ne disparaisse. (C'est ça la paix. L'absence de discours.) « La vengeance nègre et la mauvaise conscience blanche au lit, ça fait de ses nuits. » Les corps ont toujours pu être proches, *La Case de l'oncle Tom* montrait des métis et des quarterons. Elle n'en discutait pas. La liberté n'arrive qu'imparfaitement avec les faits ; il faut la parole des faits.

À côté du cliché Remington et de celui de la femme blanche/homme noir, le narrateur, moins roublard qu'il ne le pense, se place lui aussi dans le stéréotype : il surnomme les filles Miz Littérature, Miz Sophisticated Lady, Miz Suicide, Miz Snob, le « Miz » éloignant la personne pour en faire une poupée blanche avide de « pine nègre ». Tout cela semble un jeu de dominants et de dominés, et tout le monde se trompe. D'ailleurs, le narrateur rêvant de devenir écrivain et ne faisant rien que parler et draguer, à la fin, comme le narrateur d'*À la recherche du temps perdu* qui a passé trois mille pages à déplorer son incapacité à devenir écrivain, il l'est devenu, puisqu'il l'a écrit, ce livre. Ne vous fiez pas à la désinvolture, c'est une ruse de fauve aux aguets.

Comme on a parlé de lui et qu'il a eu un certain succès qu'il exagère en en parlant comme s'il c'était le prix Nobel, dans l'espoir de forcer la réalité sans doute, le narrateur s'en va mécontent traverser les États-Unis dans *Cette grenade dans la main du jeune nègre est-elle une arme ou un fruit ?* ; et c'est le cliché Kerouac et *Sur la route* dont joue Dany Laferrière. D'une ville à l'autre, le narrateur s'intéresse à autrui, quand dans *Comment faire l'amour avec un nègre sans se fatiguer* il tournait autour de son moi futur. Ayant compris le piège (« Je ne suis plus un écrivain nègre »), il révèle son « projet grandiose », celui de « [s]e faire détester autant par les Noirs que par les Blancs ». Où l'on s'achemine vers un livre bien ultérieur de Dany, *Je suis un écrivain japonais*. Il aura passé sa vie a fuir les identités imposées, et ses livres ultérieurs se trouvent dans ses premiers livres. Comme ceux de tout bon écrivain. Il ne sait pas où. Le découvrir est sans doute ce qu'on appelle créer une œuvre.

Le narrateur de *Fête chez Hoki* retrouve l'inquiétude ancienne de la bombe atomique et un attrait accru pour le Japon. Il vit dans un lit, comme plus tard Dany fera une lecture publique dans une baignoire. La photographe de mode Hoki l'a choisi pour amant, ah, voilà l'Homme moins maître de la Femme. Dans ce lit qu'il quitte rarement, il attend la bombe avec angoisse et espoir : la bombe sexuelle de la femme, la bombe atomique des hommes. Traversant le paravent japonais de *Comment faire l'amour avec un nègre sans se fatiguer*, il est entré dans la littérature japonaise. Mishima, Tanizaki, haïkus. Clichés complémentaires, la cérémonie du thé et l'érotisme supposé des Japonaises. « JE NE M'INTÉRESSE QU'AUX CLICHÉS, et le premier cliché sur le Japon, c'est l'érotisme. » Le cliché de l'écrivain se construisant par l'image de l'écrivain demeure : « J'ai écrit ces récits cet été. Vite, très vite, en tapant avec un seul doigt sur la vieille Remington ». On croise Basquiat, le dansant Basquiat, et Naipaul, comme qui, mais sans aigreur, l'américain Laferrière a traversé l'Océan pour s'installer dans l'Europe dont il rêvait sans le dire. Il me semble

Déflouter les clichés

qu'il prête à la Mathilde de *Cette grenade dans la main du jeune nègre est-elle une arme ou un fruit ?* une passion exagérée de Paris (« Paris n'est pas une ville. C'est un diamant ») afin de mieux pouvoir la refroidir et montrer que la sienne est raisonnable. Aucune passion pour une capitale n'est raisonnable. C'est pour cela qu'elles sont des capitales. Elles se font des perfusions de Haïtiens, Tarbais, et autres enfants opiniâtres.

Charles DANTZIG

Truman Capote au Park Hotel

Mère-fantôme

— Il n'est pas venu travailler aujourd'hui... Ça fait trois fois cette semaine. Tu crois qu'il m'évite ?

Sergio a vendu une montre au gardien du musée.

— Ça m'étonnerait qu'il se cache pour dix gourdes.

— Mais j'en ai besoin, moi.

— Laisse tomber... On va manger un hamburger au Rex-Café.

— C'est la première fois que tu m'invites...

Une voiture nous frôle. Sergio fait un saut en arrière et heurte une femme. Se retournant pour s'excuser il tombe sur une amie de sa mère.

— Sergio, tu n'es pas au lycée ?

— Non, le prof est en prison... On est venu le cueillir en pleine classe, ce matin.

— Oh, fait la femme... Quel malheur !

Elle s'en va, tête baissée.

— Son fils est mort en prison... Et depuis elle ne me lâche plus. Chaque fois que je me retourne, je tombe sur elle. Elle m'attend à la sortie du lycée. Elle m'achète des vêtements chez Accra.

— Ça te fait une mère de plus... T'es chanceux !

— Tu te fous de ma gueule ! Elle est venue frapper à la porte en pleine nuit pour m'apporter de la nourriture... Je l'entendais raconter à ma mère qu'elle venait de voir son fils en rêve et qu'il se plaignait d'avoir faim.

— T'as mangé?
— Bien sûr que j'ai mangé... Je n'ai rien contre cette femme, mais je ne peux pas supporter son regard. Ça me poursuit jusque dans mes rêves.

Tant de cœurs noirs sous un soleil pourtant éclatant. Les gens se croisent sans se toucher. Ils vivent dans des mondes parallèles. Chacun muré dans son cauchemar. On les entend à peine murmurer leur peine. D'où vient une telle force? Du fait qu'ils savent que rien ne changera sur cette île. Ils n'attendent rien de personne. Ils sont au moins sûrs de leur désespoir. J'aimerais tellement pouvoir raconter leur odyssée. Je ne sais pas écrire, du moins je n'ai pas cette patience. Je lis beaucoup, mais lire n'est pas comme écrire. Comment devient-on un écrivain? Je ne connais personne qui pourrait me renseigner là-dessus. La plupart des poètes de ce pays sont en prison ou en exil. Ceux qu'on rencontre dans les fêtes ne valent pas grand-chose. Je me sens bien seul sur mon île. S'il n'y avait pas les livres, je ne saurais rien de ce qui se passe de l'autre côté de la mer.

Fin d'après-midi

J'aime bien m'asseoir avec Sergio au Rex-Café. Le serveur traîne une demi-heure avant de venir prendre la commande. Il sait bien qu'on mange toujours la même chose: un hamburger et un jus de papaye au lait.
— Bien sucré, ajoute Sergio.
— Trop de sucre tue, répond le vieux serveur.
— Écoute, s'il y a une chose que je sais c'est que je ne vais pas mourir de diabète. C'est un truc de vieux. Dans ma famille, les hommes meurent avant trente ans.

Le serveur va chercher les hamburgers qu'il avait déjà préparés sachant qu'on ne mange que ça, et revient juste au moment où Sergio finit sa phrase à propos de la mort qui fauche les hommes à la fleur de l'âge.

— Et les femmes ? s'enquiert-il.

— Les femmes ne meurent jamais… En tout cas, c'est ce qu'il faut croire car je ne connais pas de femme qui soit morte avant son mari.

— T'es lugubre cet après-midi, Sergio.

— Écoute, Fanfan, chaque fois que je croise cette femme je vois tout en noir pendant au moins trois heures.

— Alors tu vas passer les deux autres heures tout seul, dit Fanfan en prenant une longue gorgée de jus de papaye.

— Où vas-tu ?

— Je descends à la bibliothèque.

— Encore. Mais qu'est-ce que tu vas faire là ?

— Prendre une douche.

Une épure

Dire que je suis rentré un jour par hasard à la Bibliothèque nationale, disons pour suivre une fille dont les jambes m'avaient coupé le souffle. Surtout sa manière de marcher. On ne pouvait que la suivre, devenant ainsi «l'ombre de son ombre». Ce que j'aime chez une fille c'est son allure. Sa façon de bouger dans l'espace. Sergio, lui, est plus terre à terre. Il s'intéresse à des parties bien spécifiques du corps féminin : les seins, les fesses, la bouche et les chevilles.

— Tu dois être cannibale, Sergio, car tu en parles avec tant d'appétit.

— Pour toi, on dirait une peinture abstraite... Si on faisait une ligne sur la toile et qu'on te disait que c'est une fille tu y croiras à coup sûr.
— Si c'est une ligne élégante... Je n'aime pas quand c'est trop concret. Je préfère imaginer les choses. Et j'aime raconter ce qui me passe par l'esprit.
— Un écrivain! Tu sais ce que tu risques dans ce pays?
— Tu m'accuses d'être écrivain simplement parce que je préfère les choses épurées.
— Non, je te dis que tu cours un danger parce que tu ne ressembles pas aux autres. Les gens n'aiment pas qu'on s'éloigne trop du troupeau. C'est plus grave que la politique, ça. Tu seras étonné de voir tes amis s'allier à tes ennemis pour te lyncher.
— Tu parles et la fille est partie.
— Pas la fille, Fanfan, l'idée que tu te fais d'elle.
— Et toi tu ne penses à rien quand tu vois une fille?
— Moi, je la veux.

Sa nuque

Je ne m'attendais pas à un tel silence dans une ville aussi bruyante. Quelques personnes debout en train de regarder des livres dans leur rayonnage. La plupart assis en train de lire en silence. Je sens tout de suite qu'on n'a pas ici les livres que j'aime lire. Les romans de Carter Brown ne nécessitent pas une telle concentration. Une dame d'une cinquantaine d'années me fait signe d'approcher. Elle est assise bien droite derrière un petit bureau en bois clair. Compte-t-elle me faire passer un examen afin de m'autoriser à rester ici? Elle m'observe sans sourire. Je panique, mais un rapide coup d'œil m'a permis de repérer la fille pour qui je me suis mis dans cette situation. Elle est au fond, à gauche, lisant un gros livre qui doit être une encyclopédie. Je dis n'importe quoi car à cette distance, je ne vois rien.

Finalement, Mademoiselle Lézeska (j'ai vu son nom précédé de mademoiselle sur un macaron agrafé à son corsage) voulait juste m'informer des règlements de la bibliothèque.

— Quel genre de livres aimez-vous lire ?
— Je ne sais pas.
Elle va me mettre à la porte.
— C'est bien d'être si ouvert, fait-elle avec un large sourire.

Elle ferait bien de sourire plus souvent. Je suis allé m'asseoir en pensant à ce qu'elle venait de me dire. C'est rare ici que le fait d'avouer son ignorance vous vaille un compliment. Il faut toujours faire semblant de savoir si on ne veut pas se faire humilier. Je m'étais senti bien avec elle tout à l'heure, n'ayant pas eu l'impression d'être jugé. Ni non plus qu'elle cherchait à me retenir, comme font souvent les gens d'un certain âge. Ils vous disent une chose intéressante mais la répètent tant qu'elle finit par perdre toute sa force. Est-ce l'ennui qui les pousse à agir ainsi ? Bon, je m'étais placé, sans faire exprès, juste derrière la fille à l'allure si gracieuse. Quand je dis sans faire exprès, je veux dire que je ne l'avais pas fait consciemment. La force d'attraction étant telle que j'avais oublié de prendre un livre. Je n'étais pas venu pour lire non plus. L'impression de me retrouver dans un cercle de feu. L'eau dégoulinant de mon front et de mes mains.

Comment peut-elle provoquer un tel dérèglement des sens chez quelqu'un qu'elle n'a même pas vu ? Le feu est donc en moi. Je finis par lever la tête pour tomber sur sa nuque dégagée. C'était trop pour un cœur si fragile. Je suis sorti en courant presque, sans même jeter un regard à Mademoiselle Lézeska dont le sourire capté au vol me dit qu'elle a déjà été témoin de pareilles folies.

Mythologies américaines

Le stade

Sergio me traîne au stade pour voir jouer son équipe contre le Racing. La situation est simple : le Baccardi est la pire équipe de la ligue et le Racing, la meilleure. Mais je ne sais pour quelle raison le Racing n'arrive jamais à battre le Baccardi. Au meilleur de sa forme, le Racing parvient à arracher difficilement un match nul. Ma mère dit que c'est pour rappeler aux hommes l'humilité. Avec ma mère tout finit par un verset de la Bible. En fait le Baccardi n'a rien à perdre car même en battant le Racing il ne bougera pas de la dernière place. Mais si le Racing perd, il se retrouvera à égalité de points avec ses deux vieux rivaux : l'Aigle Noir et le Violette. Le stade est plein comme un œuf. Les supporters du Racing, du Baccardi, du Violette et de l'Aigle Noir font un raffut de tous les diables. On trouve dans ce public bariolé des gens comme moi, ceux qui vont rarement voir un match de football. Je suis étonné de découvrir tant de filles au stade. Sergio m'explique que ce sont surtout des fanatiques du Violette. Certains joueurs du Violette viennent des quartiers riches. Ces filles de la bourgeoisie, me chuchote Sergio (un sociologue amateur ou un colporteur de ragots), obtiennent plus facilement l'autorisation d'aller au stade que les autres filles. C'est le groupe compact de filles qui dansent là-bas avec des types torse nu. Quand je pense que ma mère ne m'autorise pas à enlever ma chemise, même à l'intérieur de la maison, sous prétexte que j'ai les poumons faibles. Je lui ai demandé, un jour, si elle connaissait des écrivains avec des poumons faibles. Elle m'a ramené de son travail (elle est archiviste à la mairie de Port-au-Prince) le lendemain une longue liste d'alcooliques, de tuberculeux et de suicidés qui n'ont pas cessé d'écrire depuis la nuit des temps. Ma santé fragile pourrait donc jouer en ma faveur. N'importe où que je me trouve je pense à cette « folie » de devenir écrivain. C'est une idée qu'on m'a imposée. Ma mère et Sergio prennent pour acquis que je serai écrivain. Il m'arrive d'y penser aussi car je n'arrête pas d'observer les gens. Cela ne sert que si on veut être écrivain ou espion. Espion, c'est un métier de minable. On a essayé de nous faire croire que James Bond mène une vie excitante, mais au fond c'est un salaud ce type. Et comme ça j'ai raté le but du Baccardi. Un hurlement m'a réveillé. De l'autre côté les filles sont déchaînées. La musique endiablée. Je reste attentif pour ne pas manquer un second but, mais le match s'est terminé par 1 à 0. Je rate toujours tout dans la vie, mais rater les choses entraîne le regret et c'est avec un pareil sentiment qu'on écrit. Sergio n'arrête pas de refaire le but durant tout le chemin du retour. Un vrai passionné. On est passé au Rex-Café et Sergio m'a encore payé un hamburger. C'est moi qui paie quand le Baccardi perd.

Vue de face

J'avais vu, la dernière fois, ses jambes longues et fuselées qui lui font cette démarche ailée. Une grâce naturelle. Pourquoi certains l'ont et d'autres pas. Puis j'ai vu sa nuque qui m'a fait fuir, car je n'arrivais plus à respirer. Et là, en tournant sur la rue du Centre pour me rendre au Centre d'art je tombe sur elle. Je la connais bien pour l'avoir rêvée tant de fois durant cette semaine. Elle ne m'a jamais vu, elle, sauf peut-être dans un de mes rêves. Pourtant elle semblait me connaître. Un rapide mais vif coup d'œil vers moi. Elle est déjà partie. J'ai eu le temps de bien fixer son image dans ma mémoire. Je ne pourrais pas la décrire parce que je ne sais pas capter les détails. Je ne comprends pas qu'on puisse jauger un nez. Sa première fonction c'est de nous permettre de respirer. Qu'il soit petit ou gros, long ou court, fin ou grossier, ça ne veut rien dire s'il est bouché. Les yeux, la bouche, même chose. À quoi peut servir la bouche de quelqu'un qui a perdu l'appétit ? C'est magnifique de voir tous ces sens en relation. L'odorat permet d'apprécier une nourriture avant qu'elle ne parvienne à notre bouche. Sergio dit que je suis un indécis. Avec moi les filles ont amplement le temps de filer. Il paraît que je ne cesse de ruminer les choses. Et une fois qu'une idée me pénètre, elle ne ressort plus. Je tourne en rond dans ma tête. Tout ça parce que j'ai vu dernièrement la nuque de cette fille. On doit croire que sa nuque me fait plus d'effet que son visage.

La bibliothèque

Je suis revenu plusieurs fois à la bibliothèque pour la revoir. Il me suffit d'apercevoir l'air désolé de Mademoiselle Lézeska pour comprendre qu'elle n'est pas là. Elle a l'air d'y tenir plus que moi. Qu'elle soit là ou pas, je vais m'asseoir à la même place. Quelqu'un vient d'oublier un livre sur la table. Pour ne pas passer mon temps à éviter le regard insistant de la bibliothécaire, j'ouvre le livre. C'est *Petit déjeuner chez Tiffany* de Truman Capote. Est-ce un livre de cuisine ? Tiffany est-il un restaurant ? J'aime bien le titre. Je l'ouvre pour tomber dans l'histoire de cette étrange jeune femme, Holly, et me retrouve immédiatement sous le charme de son insouciance. Je me perds dans cette lecture un bon moment pour finalement comprendre que ce n'est pas l'histoire qui m'intéresse mais la poésie qui s'en dégage. J'avale en une heure un bon tiers de ce mince roman. Je ne pense plus (si on n'y pense plus on ne peut pas l'écrire) à la nuque de cette fille qui m'obsédait encore il y a une heure. Holly me semble plus vivante que cette fille que j'ai pourtant vue de dos et de face. L'étonnant c'est que même dans le livre, on ne voit pas tout à fait Holly. Des gens qui l'ont connue l'évoquent. On peut donc vivre avec une forme – une Holly transformée en une statuette africaine. J'ai traîné dans cet univers magique jusqu'à ce que Mademoiselle Lézeska annonce la fermeture de la bibliothèque.

L'ami

Sergio a insisté pour aller voir ce film une troisième fois de suite : *L'Enfer des hommes* avec Audie Murphy. Sergio a un goût particulier pour les films de guerre. Mon choix c'était un film avec Jeanne Moreau au Palace. J'aime la voix de Jeanne Moreau, c'est là que réside sa force. Quand j'entends sa voix je vois des ciels mauves, des plaines en flammes et des après-midi à faire l'amour. Sergio n'est pas du tout sensible aux voix humaines, il ne les entend même pas. Il ne s'intéresse qu'à l'action. Sait-il seulement qu'on n'est plus au cinéma muet ? Dans un film de guerre, il y a constamment deux types d'action, l'un dans l'autre. Deux soldats du même camp en train de se battre parfois pour l'amour d'une femme pendant que des boulets fusent par-dessus leurs têtes. Quand ça arrive Sergio est aux anges. Comment se fait-il que deux êtres si proches, Sergio et moi, soient sur certains points si différents. C'est le genre de questions qu'on ne doit pas chercher à résoudre. J'étonne sûrement Sergio autant qu'il m'étonne, et c'est peut-être cela qui nous rapproche. Je peux supporter ses westerns italiens où les colts ne cessent de chanter la mort. Je peux l'accompagner plus de trois fois dans une semaine pour voir un même film que je déteste. Pas sûr qu'il voudrait voir avec moi, même une fois, *Le Crépuscule des dieux* de Visconti. Comme il est sorti après un quart d'heure quand on est allés voir *Cris et Chuchotements* de Bergman. On n'a aucune idée de ce que représente un quart d'heure de Bergman pour un amateur de film de guerre. Par contre si je suis attaqué par une bande, il se placera devant moi pour recevoir les coups à ma place. C'est cette amitié dont parle Montaigne. C'est Sergio que je n'ai jamais vu avec un livre (la lecture l'endort sans coup férir) qui me parle de l'amitié de Montaigne pour La Boétie. Je m'étonne. Il me lance avec cet air assuré que Don Quichotte se bat contre des moulins à vent, qu'Homère était aveugle, qu'Ovide est mort en exil, qu'Hugo a fait un poème pour sa petite-fille morte et il me dit le titre «À Villequier», que la Guardia Civil a fusillé García Lorca, que les tontons macoutes ont assassiné Jacques Stephen Alexis, qu'Hemingway aime chasser et pêcher, que Virginie Sampeur était la première épouse d'Oswald Durand et que Césaire a écrit *La Tragédie du roi Christophe*.

— Comment sais-tu tout ça, toi qui détestes lire?
— Il y a des choses qu'il faut savoir dans la vie, mon vieux.

La nuit

On longe la rue Capois en passant devant le Park Hotel, une vieille bâtisse en bois tout au fond d'une allée de bougainvilliers. Les voitures le long du trottoir comme des animaux préhistoriques endormis le long du fleuve du temps. Douces et immobiles alors qu'elles contiennent tant de chevaux en elles. Sergio me fait signe de venir en silence. Je m'approche pour voir un couple qui s'embrasse à l'intérieur de cette longue voiture noire. Rien de nouveau. Sergio me fait signe de mieux regarder. En effet, ils font l'amour dans un mouvement si souple que j'ai l'impression qu'ils sont en train de danser. On dirait des danseurs de Lavinia Williams – j'ai vu un petit spectacle de sa troupe dernièrement à l'hôtel Olofson. J'ai voulu laisser les amoureux s'ébattre à leur aise, mais Sergio semblait tétanisé par la danse lascive qui se faisait à l'intérieur de la voiture. De grosses gouttes de sueur coulaient sur leur corps. La vitre embuée du fait que la température tombe la nuit. L'homme nous regardait sans aucune gêne. La femme était tout à son plaisir.

Sa bouche grande ouverte. Des cris rauques et sourds en sortaient. Les grands yeux de l'homme qui s'approche de l'orgasme. L'impression d'observer des poissons dans un aquarium. Soudain la femme lance ses jambes contre le pare-brise comme si elle voulait nager et l'homme de se mettre à trembler. Decrescendo. Corps entremêlés. Respiration forte. Puis aucun mouvement. Vont-ils dormir dans la voiture? On continue notre chemin pour ralentir le pas devant le Lycée des jeunes filles où Sergio vient attendre chaque après-midi la belle Ottilie. On aime tant marcher la nuit: pour l'odeur des fleurs, les hordes de chiens, la musique qui jaillit parfois des fenêtres. On finit par s'asseoir sur un banc de la place Jérémie, juste en face du cinéma Eldorado. Sergio habite tout près de l'église Saint-Gérard, dans le quartier de Carrefour-feuilles. Je le regarde de dos qui s'enfonce dans cette ruelle sombre et ombragée. Le long cri d'un oiseau invisible me fait frémir.

Le chien

Le même chien maigre me suit chaque nuit. Il rôde toujours sur la place Jérémie. Il aurait pu suivre Sergio qui n'habite pas loin, mais il préfère m'accompagner jusque chez moi, près du Champ-de-Mars. De temps en temps, je le perds de vue, puis quand je le crois parti, il revient me frôler les jambes. Dès qu'un autre chien ou même une personne (il y a toujours quelqu'un qui cherche à allumer sa cigarette) s'approche de moi il montre les dents. C'est mon compagnon de nuit. J'avais un chien, Marquis, quand j'étais enfant à Petit-Goâve. C'est peut-être lui. Un chien qui nous a aimés continue à le faire même après sa mort. Je ne sais pas pourquoi mais j'ai toujours cru que les morts, protégés par l'obscurité, reviennent vivre parmi les vivants la nuit. Des fois ils se laissent voir, d'autres fois, pas. Un monde circulaire. Deux hommes en chapeau se dirigent vers moi, et Marquis (je l'appelle ainsi) se met à japper. D'ordinaire après ce premier aboiement en forme d'avertissement, Marquis se tait tout en restant aux aguets. Il aboie de nouveau plus fort. Un son aigu que je ne lui connaissais pas. Plus les deux hommes s'approchent plus Marquis se fait agressif. Ses poils se dressent sur son dos rond. Grondement rauque. Il montre les dents jusqu'aux canines. Marquis s'apprête à s'élancer quand finalement les hommes passent leur chemin. Une odeur de pourri dans leur sillage. Marquis me regarde comme s'il voulait me dire quelque chose. On recommence à marcher mais je remarque qu'il active le pas, me signalant ainsi que le danger n'est pas écarté. En effet le même manège recommence trois coins de rue plus loin. Cette fois Marquis adopte une autre tactique. Il reste près de moi, sans bouger, sans japper, attendant l'attaque. Mes jambes commencent à trembler. Les deux hommes s'arrêtent tout près de moi. Le plus petit me demande du feu. Je lui lance une boîte d'allumettes en lui disant de la garder. Il allume lentement sa cigarette. Ils me regardent sans dire un mot. Puis ils font quelques pas vers la station d'essence avant de se retourner vers moi. Marquis n'a toujours pas bougé. Celui à qui j'avais donné la boîte d'allumettes enlève son chapeau pour me remercier. Je ne sais pas si c'est un effet de mon imagination ou de l'obscurité mais j'ai l'impression qu'il n'avait pas de tête. Je suis rentré tout droit à la maison.

Les femmes

Ma mère était derrière la porte comme si elle savait, par osmose, ce que je venais de vivre. J'ignore à quoi je ressemble mais l'effet est dévastateur. Ma mère pousse un cri qui réveille ma sœur. On se retrouve tous les trois dans la petite salle à manger. Mon repas est sous un couvre-plat rose qui le protège des mouches enragées de ne pas pouvoir se poser sur la nourriture. D'ordinaire je me jette dessus pour avaler en un temps record, ce qui désole ma mère, tout ce qui se trouve dans l'assiette. Ce soir, nous restons en silence un long moment. Puis je raconte mon aventure.

— Et le chien ? me demande ma mère d'une voix anxieuse.
— Il était avec moi.
— Heureusement, dit ma sœur.

Ma mère et ma sœur se sont mises à genoux pour faire une petite prière à Marie (ma mère dit simplement Marie pour parler de la Vierge) pour la remercier de m'avoir protégé. J'ai pensé plutôt au fidèle Marquis. Elles sont allées se coucher quand j'ai commencé à manger. C'était un repas fait pour moi : riz blanc, aubergine au porc, igname, avocat et un grand verre de jus de grenadine. Une belle mangue jaune avec de petites taches noires en guise de dessert. Ma mère laisse toujours une cuvette d'eau propre pour que je fasse une petite toilette après avoir parcouru cette ville poussiéreuse toute la journée. Je prends mon bain, le matin. J'ai enfilé mon pyjama, et en m'allongeant sur le petit lit de camp, je jette un coup d'œil par la fenêtre pour voir si Marquis est toujours là. En effet, il est de l'autre côté de la rue, le nez pointé vers ma fenêtre. Je me couche en tirant le drap sur ma tête. « On dirait que tu te retires du monde » me dit ma mère chaque fois qu'elle me voit faire ça.

— Tu dors ? me demande ma sœur.
— Oui.
— Si tu dormais tu ne saurais pas que je te parlais.

C'est notre rituel.

— Qu'est-ce que tu veux ?
— J'aimerais sortir un soir avec toi.
— Pourquoi tu me demandes ça aujourd'hui ?
— J'aurais aimé voir ce que tu as vu cette nuit.
— Tu aurais eu peur ?
— Sûrement, mais j'aurais aimé vivre ça.

Elle a raison. Pourquoi les femmes restent-elles à la maison ? Pourquoi la nuit leur est-elle interdite ici ? Alors qu'elles sont aussi courageuses ou lâches que nous. Il est difficile d'être un artiste si on ignore ce que la nuit cache dans son ventre. L'impression de vivre la moitié de la vie. Et on manque la partie la plus intéressante. Un de ces jours, j'emmènerai ma sœur découvrir la nuit – j'espère que Marquis ne s'en formalisera pas.

Ottilie

Sergio peut voir Ottilie deux fois dans la journée. D'abord à la sortie des élèves du Lycée des jeunes filles où Ottilie est en seconde. On l'a renvoyée de chez les sœurs de Sainte-Rose-de-Lima, l'année dernière, parce qu'elle a fait exploser le cœur d'un vieux professeur, une sorte de moine laïque qui enseigne depuis des années la littérature haïtienne. Ottilie a levé les yeux sur lui et depuis cet homme intègre, loyal a refusé un pont d'or d'un autre collège huppé pour rester à Sainte-Rose où il enseigne depuis plus de trente ans sans jamais qu'une élève se plaigne de son comportement. Monsieur Démosthène a subitement changé de garde-robe. Des cravates colorées et des chaussures vernies ont remplacé ses tenues sombres qui l'ont fait surnommer, bien affectueusement par ses élèves, croque-mort. On sent depuis un moment dans son sillage, un nouveau parfum à effluves boisés qui agit sur les sens des jeunes filles déjà énervées, lui qui n'a pas changé d'eau de Cologne depuis vingt ans. Entre cette brillante séductrice qui a déjà fait une interminable dissertation sur *Les Liaisons dangereuses* de Laclos et ce célibataire endurci, la sœur supérieure a préféré mettre à la porte la sensuelle Ottilie. Aujourd'hui elle mène Sergio par le bout du nez, le rendant fou de jalousie. Ottilie rentre chez elle manger vers 3 heures de l'après-midi, esquivant le cours de géographie, pour revenir vers 5 heures afin de ne pas rater le cours d'art dramatique de Gérard

Résil. Avec toujours Sergio à ses trousses. Elle en a l'habitude, car ses prétendants ont toujours su vivre dans son ombre. Sergio m'entraîne avec lui, cet après-midi, dans sa filature quotidienne d'Ottilie. Je m'étais arrêté sous un bougainvillier pour souffler un peu, car ce n'est pas normal d'aller de A à C sans s'arrêter à B, quand Sergio s'est excité à pointer du doigt un taxi qui venait de stationner en face de l'hôtel Olofson. Ottilie en descend au bras d'Aubelin Jolicœur. Habillé de blanc comme toujours avec une canne à pommeau d'or, un regard crépusculaire et un sourire plus grand que son visage, l'homme semblait perpétuellement en fête. Il signe une chronique mondaine au *Nouvelliste* où toute jeune fille est une princesse. Il les accueille à l'aéroport chaque après-midi avant de passer à l'Olofson faire son papier qu'un employé du *Nouvelliste* passe chercher vers 6 heures du soir afin qu'il paraisse dans le numéro du lendemain. Grand lecteur de Proust, il s'est toujours pris pour Robert de Montesquiou valsant parmi les jeunes filles en fleurs. Des héritières du pétrole, de l'acier, du café dont les pères sont à Port-au-Prince pour signer de gros contrats avec les sordides ministres de Papa Doc. Aubelin pratique un étrange marché. Il est toujours accompagné de jolies jeunes filles qui sont en fait des entraîneuses comme Holly Golightly, la call-girl fantasque du roman de Truman Capote. Juste avant de franchir la barrière, elle s'est retournée vivement sachant que Sergio était dans les parages. Caché derrière le muret, il n'a rien perdu de chaque mouvement de cette flamme qui le brûle mais qu'une robe légère parvient à envelopper.

G.G. en lunettes noires

On a fini par pénétrer dans le vaste bar du vieil hôtel qui a tant vu, après avoir évité les gardiens qui chassent méchamment tous ceux qui arrivent à pied (aucune explication n'est acceptée), pour découvrir au bar Ottilie entre deux hommes. L'un en chapeau, l'autre portant des lunettes noires. Aubelin flirte avec les nombreuses jeunes filles qui forment le personnel. Sergio se renseigne auprès de ce type qui vend ses tableaux qu'il a accrochés sur la rambarde de l'escalier. Revenons au bar : celui en chapeau n'est autre que le célèbre écrivain américain Truman Capote, et l'autre, un Anglais qui prépare un livre sur les années noires de Papa Doc. Mais que fait Ottilie parmi eux ? Elle sert d'appât. Aubelin pense qu'elle pourrait être la muse de ces étranges écrivains : un catholique fervent passionné d'espionnage et de voyage et un noceur pervers qui écume les salons mondains de Manhattan. Enfin, conclut le peintre, Aubelin est un homme que je tente de comprendre depuis vingt ans. Et qu'a-t-il de si mystérieux ? demande Sergio. Il est aussi insaisissable que du vif-argent. Le voilà qui grimpe quatre à quatre l'escalier en bois qui mène aux chambres qui portent le nom de vedettes (John Barrymore) ou de riches hommes d'affaires (Mellon) qui les ont occupées. La force d'Aubelin c'est cette gaieté qui ne le quitte pas même au cœur de la plus noire dictature. On voudrait savoir la source d'une pareille joie. Sans dire un mot Graham Greene descend calmement une bouteille de rhum placée près de son coude. Truman Capote ne boit que du Martini. La chanteuse Émérante de Pradines, la fille du célèbre troubadour Candio, semble flotter derrière son sourire monalisien en traversant le grand salon. Des œuvres d'art de peintres naïfs accrochées sur les murs ou juste déposées par terre. Ce côté nonchalant fait tout le charme de l'Olofson. G.G. avale une dernière rasade et annonce d'une voix pâteuse qu'il a un rendez-vous avec un ancien colonel de l'armée qui vit en clandestinité à Carrefour.

— Graham, dit froidement Truman Capote, tu mets en danger ton informateur en parlant ainsi... Aubelin est peut-être un espion.

— Je sais que Petit Pierre est un espion (c'est ainsi qu'il appelle affectueusement Aubelin), Truman, mais je sais aussi que le colonel est en contact régulier avec Papa Doc qui joue à le chercher partout... Ce sont tous des comédiens... Les meilleurs que je connaisse. Ils ne prennent rien au sérieux : ni la vie ni la mort.

Un moment de silence.

— C'est pour ça que je suis là, Graham... Ils savent quelque chose que nous ne savons plus.

— Imagine que tu es dans un rêve, et laisse-toi aller. On ne meurt pas dans les rêves. Ils ne sont pas dans la réalité. Regarde les toiles sur les murs. Ces œuvres sont faites par des peintres endormis. C'est Breton qui m'a fait voir ça.

— Tu as vu Breton ?

— Un emmerdeur. Mais il garde dans sa poche quelques clés qui lui permettent de pénétrer dans des œuvres secrètes... Cette fois, je m'en vais, fait Graham Green en descendant du tabouret.

Un chauffeur l'attendait encore devant l'hôtel.

Le jardin de l'hôtel

Ottilie accompagne, en taxi, Truman Capote au Park Hotel. On les suit. Sergio en courant, et moi marchant aussi vite que possible. Ce n'est pas facile de pénétrer au Park Hotel à cause de cette longue entrée bordée de bougainvilliers qui vous met à découvert sur plus de 200 mètres. Deux chiens se précipitent vers nous. Au lieu de fuir je reste figé à admirer leurs muscles souples. Soudain un coup de sifflet. Les chiens s'arrêtent net. Un homme en uniforme les rejoint. Il les tient fermement par le collier, car ces bêtes ne changent pas d'idée facilement. Heureusement que le gardien a reconnu Sergio dont il connaît le père. Selon lui s'il ne les avait pas stoppés dans leur élan ces chiens nous auraient sauté à la gorge. Le gardien nous demande nos chemises qu'il donne à renifler aux chiens, ce que ces derniers font consciencieusement.

— Maintenant vous circulez ici comme vous voulez, ils ne vous feront rien... Ils vous acceptent comme membres du club.

— Merci... Doit-on toujours porter la même chemise ?

— Non. Cette race de chien peut garder une odeur dans ses archives pendant plus de cinquante ans. Comme ils vivent beaucoup moins longtemps que ça, alors vous n'avez rien à craindre. En fait : que venez-vous faire ici ?

— Ottilie est sa fiancée, je fais.

Le gardien a un petit rire de gorge.

— Elle ne risque rien avec lui... M. Capote n'aime que les garçons.

— Et que font-ils ensemble ? je demande.

— M. Capote est un homme mystérieux. Il passe son temps à La Maison aux fleurs, un bordel du Champ-de-Mars, et le reste du temps, il écrit ici sur la petite table jaune près du massif de lauriers-roses. Il y passe tous ses dimanches du matin au soir. Le jeudi il se soûle et je suis obligé de le monter dans sa chambre. C'est l'heure. Je dois lui préparer son Martini. Il est très exigeant, il faut que ce soit parfait. Il ne le prend qu'avec du gin Tanqueray et du dry vermouth. Et les mesures doivent être exactes.

— Et c'est combien ?

— C'est mon secret. Je ne le dis même pas à Ottilie. C'est M. Capote qui m'a appris à faire le Martini. Le voilà. Je dois vous quitter.

Truman Capote apparaît dans l'entrée avec Ottilie. Ils restent un long moment à causer dans le jardin. Il semble très agité par le récit qu'elle lui fait. Finalement elle l'embrasse sur la joue avant de se rendre jusqu'à la barrière verte. Truman Capote prend le verre de Martini que lui tend le gardien. Sergio saute par-dessus le mur pour aller attendre Ottilie à la sortie.

Truman Capote au Park Hotel

La petite table jaune

Une chaise appuyée contre une petite table. Dessus : un cahier d'écolier à côté d'une Olivetti. Truman Capote fume dans le petit jardin derrière l'hôtel. Il tient sa cigarette entre l'index et le majeur, comme font les femmes. C'est un homme de petite taille. Tout est petit chez lui, sauf la tête. Un large front qui occupe les deux tiers du visage. Les yeux sont vifs et perçants. Il réfléchit vite et sa repartie est si vive que peu de gens désirent s'engager dans un duel verbal avec lui. On dit que c'est une langue de vipère, qu'il vous vilipende dès que vous tournez le dos. C'est le propre des gens complexés. Si c'est ça qui l'a aidé à écrire *Petit déjeuner chez Tiffany*, eh bien je m'en fous. Beaucoup de gens se contentent d'être méchants inutilement, lui, son talent se nourrit de son amertume. Je n'ai pas su ça juste en lisant *Petit déjeuner chez Tiffany*. Complètement fasciné par le style de Truman Capote, je suis allé voir Monsieur Gérard qui est un fervent lecteur de romans américains. Il comprend ma fascination mais il a voulu savoir d'où m'est venu ce goût pour des livres si loin de ma sensibilité. Je n'ai pas compris sur-le-champ : pourquoi je devrais lire des livres qui me ressemblent ? Il a reformulé sa question. Et je n'avais toujours pas compris. Si un lecteur ne se sent pas libre de lire ce qu'il veut alors sa lecture ne sert à rien. Il m'explique alors que dans son cas la littérature haïtienne qu'il enseigne avec fierté passe avant toute autre littérature. J'ai toujours pensé autrement sur cette question. Et comment ? Pour moi un Allemand devrait s'intéresser à la littérature haïtienne, un Sénégalais à la littérature danoise, un Suédois à la littérature vietnamienne, un Brésilien à la littérature française, et un Haïtien à la littérature américaine. À mon avis, ça fait moins narcissique. Ce n'est pas une possibilité, me dit Monsieur Gérard, ça existe sauf que ce genre de chose se fait dans un seul sens. Les « petits » sont poussés à s'intéresser, d'une manière ou d'une autre, à la littérature des « grands ». Pensez-vous que j'ai tort de m'intéresser à la littérature étrangère ? Oui, si tu négliges la tienne. Ça tombe mal car j'étais venu vous demander de me parler d'un écrivain que je viens de découvrir. C'est qui ? Truman Capote. À son silence, j'ai compris que ce n'était pas son préféré. Il m'a quand même fait un portrait détaillé de Truman Capote. C'est étrange : plus Truman me déplaît, plus Capote m'intéresse. Je le tiens dans mon collimateur. Il va s'asseoir à la petite table, devant son Olivetti. Il consulte son carnet afin de transcrire à la machine des notes prises sur le vif. Puis corrige sans cesse. Le dos rond, le nez collé sur la page qu'il est en train d'écrire. Et je me rends compte que je suis derrière le magicien. Je peux voir ses jeux de mains. *Petit déjeuner chez Tiffany* que j'ai lu à la Bibliothèque nationale a donc été écrit par un petit homme myope au front bombé. Je reste à l'observer jusqu'à ce qu'il ramasse ses feuillets et son Olivetti pour rentrer. Un moment à flâner sur le Champ-de-Mars pour découvrir Sergio avec Ottilie en train d'écouter le concert public que donne chaque jeudi soir la garde présidentielle. Ils se tiennent par la taille. Je me glisse derrière eux. En traversant la rue pour me rendre au Poste-Marchand, je vois une silhouette reconnaissable à son chapeau qui se dirige, d'un pas alerte, vers cette maison discrètement cachée derrière les fleurs d'où sortent des rires de jeunes filles délurées et la musique de ce noceur de Candio.

Comment faire l'amour avec un Nègre sans se fatiguer

*À Roland Désir,
en train de dormir,
quelque part,
sur cette planète.*

Le Nègre est un bien meuble.

Code Noir, 1685

I

Le Nègre Narcisse

Pas croyable, ça fait la cinquième fois que Bouba met ce disque de Charlie Parker. C'est un fou de jazz, ce type, et c'est sa semaine Parker. La semaine d'avant, j'avais déjeuné, dîné, soupé Coltrane et là, maintenant, voici Parker.

Cette chambre n'a qu'une qualité, tu peux jouer du Parker ou même du Miles Davis ou un coco plus bruyant encore comme Archie Shepp à 3 heures du matin (avec des murs aussi minces que du papier fin) sans qu'aucun imbécile ne vienne te dire de baisser le son.

On crève, cet été, coincés comme on est entre la Fontaine de Johannie (un infect restaurant fréquenté par la petite pègre) et un minuscule bar topless, au 3670 de la rue Saint-Denis, en face de la rue Cherrier. C'est un abject taudis que le concierge a refilé à Bouba pour 120 dollars par mois. On loge au troisième. Une chambre exiguë, coupée en deux par un affreux paravent japonais à grands oiseaux stylisés. Un réfrigérateur constamment en état de palpitation comme si on nichait à l'étage d'une gare ferroviaire. Des bunnies de *Playboy* punaisées au mur qu'on a dû enlever en arrivant pour éviter le suicide qu'un tel genre de choses entraîne inévitablement. Une cuisinière aux foyers aussi glacés que des tétons de sorcière volant par - 40 degrés. Avec, en prime, la Croix du mont Royal, juste dans l'encadrement de notre fenêtre.

Je dors sur un lit crasseux et Bouba s'est arrangé avec ce Divan déplumé, tout en bosses. Bouba semble l'habiter. Il boit, lit, mange, médite et baise dessus. Il a fini par épouser les vallonnements de cette pouffiasse gonflée au coton.

Dès notre arrivée dans cette bauge étroite, Bouba s'est installé sur ce Divan avec la collection complète de l'œuvre de Freud, un vieux dictionnaire dont les premières lettres (*A B C D* et une partie de *E*) manquent et un volume dépenaillé du Coran.

Bouba passe ses journées, apparemment, à ne rien faire. En réalité, il purifie l'univers. Le sommeil nous guérit de toutes les impuretés physiques, les maladies mentales et les perversions morales. Bouba fait, entre deux lectures du Coran, des cures de sommeil qui peuvent durer jusqu'à trois jours. Le Coran, dans sa sagesse infinie, dit : «Toute âme subira la mort. Vous recevrez vos récompenses au jour de la résurrection. Celui qui aura évité le feu et qui entrera dans le paradis, celui-là sera bienheureux, car la vie d'ici-bas n'est qu'une jouissance trompeuse.» (Sourate III, 182). Le monde peut alors sauter ou faire ce que bon lui semble, Bouba dort.

Son sommeil est, parfois, aussi aigu que la trompette de Miles Davis. Bouba est alors ramassé sur lui-même, le visage fermé, les genoux repliés sous le menton. D'autres jours, je le trouve abattu, les bras en croix, la gueule ouverte sur un trou noir, les orteils pointés vers le plafond. Le Coran dans sa pleine magnanimité dit : «Tu fais succéder la nuit au jour et le jour à la nuit, tu fais sortir la vie de la mort et la mort de la vie. Tu accordes la nourriture à qui tu veux sans compte ni mesure.» (Sourate III, 26). Bouba espère ainsi gagner sa place aux côtés d'Allah (que son saint nom soit béni).

Charlie Parker crève la nuit. Une nuit moite et lourde des *Tristes Tropiques*. Le jazz me ramène toujours à La Nouvelle-Orléans et ça fait un Nègre nostalgique.

Bouba est affalé sur le Divan dans sa pose habituelle (couché sur le côté gauche, face à La Mecque) à siroter du thé de Shanghai tout en feuilletant un bouquin de Freud. Comme Bouba est complètement toqué de jazz et qu'il ne reconnaît qu'un gourou

(Allah est grand et Freud est son prophète), ça ne lui a pas pris de temps à bricoler cette thèse complexe et sophistiquée où, au bout du compte, Sigmund Freud devient l'inventeur du jazz.

— Et avec quelle pièce, Bouba?

— *Totem et Tabou*, Vieux.

Vrai, il m'appelle Vieux.

— Si Freud avait écrit du jazz, bon Dieu de merde, cela se saurait.

Bouba prend alors une longue respiration. Ce qu'il fait chaque fois qu'il a affaire à un incrédule, un cartésien, un rationaliste et un réducteur de têtes. Le Coran dit: «Veille donc, ô Muhammad: car eux aussi veillent et épient les événements.»

— Tu sais, parvient à chuchoter Bouba en guise d'explication, tu sais bien que S.F. a vécu à New York.

— Bien sûr.

— Alors, il aurait pu apprendre à jouer de la trompette de n'importe quel musicien tuberculeux de Harlem.

— Possible.

— Sais-tu au moins c'est quoi, le jazz?

— Je ne peux pas le dire, mais si on en joue devant moi, je suis capable de l'identifier.

— Bon, dit Bouba après une longue minute de méditation, écoute ça alors.

Et me voici avalé, absorbé, annihilé, bu, digéré, mastiqué par ce Niagara de mots débités, dans un délire fantastique, avec une diction paranoïaque, le tout secoué de pulsations jazzées au rythme des incantations de sourates, avant de comprendre que Bouba me fait une lecture hachée, syncopée des tranquilles pages 68 et 69 de *Totem et Tabou*.

L'effigie de la princesse égyptienne Taïah surmonte le vieux Divan où Bouba passe ses journées, couché ou assis sur ses jambes repliées à brûler des résines odorantes dans un brûle-parfum oriental. Il se fait, sans arrêt, du thé sur un réchaud à alcool en lisant des livres rares sur l'art assyrien, les mystiques anglais, les Vèvès du vaudou, la Fata Morgana de Swinburne. Il passe ainsi son précieux temps à admirer sur une gravure, achetée rue Saint-Denis, le corps frais de la Beata Béatrice de Dante Gabriel Rosseti.

— Écoute ça, Vieux.

Ça fait une trentaine de fois, depuis le début de cette semaine, que j'écoute ça. Ça, c'est une passe de Parker. Le visage de Bouba, tendu comme un mât de misaine, écoute aussi. On entendrait facilement voler une tsé-tsé. Saint Parker des Enfers, priez pour nous. J'écoute de mon mieux. Bouba boit littéralement chaque note rauque qui sort du sax de Parker. Juste au milieu de la Grande Passe (Bouba dixit), exactement au moment où le vieux Parker (1920-1955) allait attaquer ces précieuses secondes (128 mesures) qui ont révolutionné le jazz, l'amour, la mort et toute notre foutue sensibilité, juste à ce moment le ciel choisit de déferler sur nos têtes sous le mode brutal d'un baisage à fond de train zébré de hurlements stridents, de cris de bête blessée, d'arrachements (les tripes dans une cavalcade de chevaux rétifs, juste là, au-dessus de nos têtes). La table tournante tressaute comme une rainette aux doigts adhésifs. Qu'est-ce que c'est ? Est-ce le courroux d'Allah ? « N'examinent-ils pas attentivement le Coran ? Si tout autre qu'Allah en était l'auteur, n'y trouveraient-ils pas une foule de contradictions ? » (Sourate IV, 84). Est-ce Ogoun, le dieu de feu du panthéon vaudou ? Bouba croit, tout simplement, que nous avons loué l'antichambre de l'enfer et qu'au-dessus de nous vit Belzébuth soi-même. Le bruit reprend avec plus de violence. Plus fort. Plus précipité. On dirait nettement une course effrénée des quatre chevaux de l'Apocalypse. Parker a juste le temps de jouer *Cool Blues* et après, ce petit monstre d'invention, de folie sonore, *Koko* (1946). La seule pièce musicale à pouvoir faire face à cette démence qui nous tombe du ciel. Le plafond descend d'un millimètre dans un nuage de poussières roses. Soudain, rien. On attend avec impatience, en haleine, la fin du monde. L'Apocalypse privée. Sur mesure. Silence. Puis ce cri tendu, en contre-ut, aigu, soutenu, inhumain, tantôt allegro, tantôt andante, tantôt pianissimo, cri interminable, inconsolable, électronique, asexué, sur fond de sax Parker; unique chant de cette aube.

II

La Roue du temps occidental

Ça va terriblement mal ces temps-ci pour un dragueur nègre consciencieux et professionnel. On dirait la période de Négritude terminée, *has been, caput, finito,* rayée. Nègre, *out. Go home Nigger.* La Grande Passe Nègre, finie! *Hasta la vista, Negro. Last call, colored.* Retourne à la brousse, p'tit Nègre. Faites-vous hara-kiri là où vous savez. Regarde, maman, dit la jeune Blanche, regarde le Nègre coupé. Un bon Nègre, lui répond le père, est un Nègre sans couilles. Bon, bref, telle est la situation en ce début des années 80 marquées d'une pierre noire dans l'histoire de la civilisation nègre. À la bourse des valeurs occidentales, le bois d'ébène a encore chuté. Si, au moins, le Nègre éjaculait du pétrole. L'or noir. Triste, le sperme du Nègre est blanc. Par contre, le Jaune remonte le courant. C'est propre, le Japonais, ça prend pas de place et ça connaît le Kama-sutra comme sa première Nikon. Si vous voyiez ces poupées jaunes (1,25 mètre, 110 livres), aussi portatives qu'une boîte de maquillage au bras de ces longues filles (mannequins, vendeuses de grands magasins), c'est à vous arracher des gémissements bleus. Paraît que les Japs sont autant faits pour le disco que les Nègres pour le jazz. Pourtant ce ne fut pas toujours ainsi. *God* n'a pas toujours été jaune. Le traître. Dans les années 70, l'Amérique était encore bandée sur le Rouge. Les étudiantes blanches faisaient leur B.A. sexuelle quasiment dans les réserves indiennes. Les résidentes se contentaient des rares étudiants indiens qui traînaient encore sur

Comment faire l'amour avec un Nègre sans se fatiguer

les campus. Naturellement un grand nombre de Peaux-Rouges accouraient d'un aussi grand nombre de tribus, attirés par l'odeur de la chair des jeunes squaws blanches. On a beau être un jeune Iroquois fier, la baise gratuite c'est mieux que l'eau-de-vie. Alors les filles blanches se foutaient à la Huron. La baise cheyenne, c'est le pied. Ce n'est pas rien de baiser avec un type dont le nom exact est Taureau Fougueux. À chaque hurlement entendu la nuit dans les dortoirs, on pouvait deviner, suivant la modulation, qu'un Huron, un Iroquois ou un Cheyenne venait d'ensemencer une jeune Blanche de son foutre rouge. Cela a duré jusqu'à ce que chaque Indien ait écopé d'une syphilis chronique. La race blanche anglo-saxonne étant de ce fait menacée dans sa survie, l'Establishment arrêta à temps le massacre. Les filles Wasp furent traitées drastiquement à la pénicilline, après qu'on eut renvoyé les étudiants indiens dans leurs réserves respectives achever en douce le génocide commencé avec la Découverte. Les universités reprirent leur train-train quotidien, gris, blême, sans issue, et au moment où les filles commençaient à vraiment s'ennuyer avec les types fades, pâles et blafards des *Ivy League*, éclatèrent sur les campus les premières violentes, puissantes et incendiaires manifestations des *Black Panthers*. « Enfin, du sang ! », crièrent en chœur les Joyce, Phyllis, Mary et Kay, désespérées de la baise à la petite semaine qui conduit à ce genre d'union conventionnelle et à une vie grise et frustrée avec les John, Harry, Walter et consorts. Baiser nègre, c'est baiser autrement. L'Amérique aime foutre autrement. La vengeance nègre et la mauvaise conscience blanche au lit, ça fait une de ces nuits ! En tout cas, il a fallu quasiment tirer des dortoirs nègres les filles aux joues roses et aux cheveux blonds. Le grand Nègre de Harlem baise ainsi à n'en plus finir la fille du Roi du rasoir, la plus blanche, la plus insolente, la plus raciste du campus. Le grand Nègre de Harlem a le vertige d'enculer la fille du propriétaire de toutes les baraques insalubres de la 125ᵉ (son quartier), la baisant pour toutes les réparations que son salaud de père n'a jamais effectuées, la forniquant pour l'horrible hiver de l'année dernière qui a emporté son jeune frère tuberculeux. La jeune Blanche prend aussi pleinement son pied. C'est la première fois qu'on manifeste à son égard une telle qualité de haine. La haine dans l'acte sexuel est plus efficace que l'amour. C'est fini, tout ça. La dernière guerre livrée en Amérique. À côté de cette guerre des sexes colorés, celle de Corée fut une escarmouche. Et la guerre du Vietnam, une plaisanterie sans incidence sur le cours de la civilisation judéo-chrétienne. Si vous voulez un aperçu de la guerre nucléaire, mettez un Nègre et une Blanche dans un lit. Mais, aujourd'hui, c'est fini. Nous avons frôlé la destruction totale sans le savoir. Le Nègre était la dernière bombe sexuelle capable de faire sauter la planète. Et il est mort. Entre les cuisses d'une Blanche. Au fond, le Nègre n'est qu'un pétard mouillé, mais ce n'est pas à moi de le dire. Place aux Jaunes. Ce sont les Japonais qui mènent la danse sur le volcan. C'est leur tour. Le casino de la baise. Rien à redire. Rouge, Noir, Jaune. Noir, Jaune, Rouge. Jaune, Rouge, Noir. La roue du temps occidental.

III

Belzébuth, le dieu des Mouches,
habite l'étage au-dessus

Faut lire Hemingway debout, Basho en marchant, Proust dans un bain, Cervantès à l'hôpital, Simenon dans le train (Canadian Pacific), Dante au paradis, Dosto en enfer, Miller dans un bar enfumé avec hot dogs, frites et coke… Je lisais Mishima avec une bouteille de vin bon marché au pied du lit, complètement épuisé, et une fille à côté, sous la douche.

Elle passa une tête dégoulinante par la porte entrebâillée de la salle de bains pour me demander deux ou trois choses à la fois : une serviette pour cacher ses seins, une seconde pour passer autour de ses hanches (chic, Gauguin !), une troisième pour ses cheveux mouillés et une dernière pour ne pas poser ses pieds sur le plancher sale.

Elle me sourit en sortant de la salle de bains. Ça m'a coûté quatre serviettes de voir sa dentition. Je reprends ma position initiale, ouvrant Mishima à la page 78, pour me plonger dans le Japon d'avant la guerre durant 88 secondes, c'est-à-dire trois pages et deux tiers, avant de sombrer dans un sommeil de Nègre bonze du Fuji.

Vraiment, on n'a aucune chance de dormir par cette chaleur. J'avais laissé la fenêtre ouverte et l'air chaud m'a complètement mis K.-O. Je me sens aussi groggy qu'un de ces minables boxeurs qui pullulent dans les romans d'Hemingway. Je n'ai même plus la force de me traîner sous la douche. Je flotte déjà dans un océan de coton.

Je ne peux pas dire combien de temps j'ai passé dans cet état. Je reprends conscience en entendant un lointain bz bz. Une énorme mouche verte aux yeux couperosés vole, en se cognant sans arrêt, au-dessus de l'évier. Elle a l'air aveugle. Complètement soûlée par la chaleur. Ses ailes bougent frénétiquement. Une mouche sous codéine. Elle se cogne une dernière fois contre le mur avant de piquer, en kamikaze, dans l'eau de vaisselle.

Je regarde, couché, les boîtes de carton et les sacs verts à ordures bourrés de linge sale, de bouquins, de disques (soldes) et de bouteilles d'épices qui traînent sur le plancher depuis deux jours.

La vieille mouche a arrêté de bouger depuis un moment. Elle flotte sur le dos. Son ventre jaune pollen est gonflé d'eau. Je reprends Mishima, page 81. Les mots m'apparaissent comme des esquisses de mouches. Les lettres tremblantes, secouées de légers frissons. La phrase cahotante, vivante, bougeant sous mes yeux.

La mouche dérive, raide morte, entre les verres. Je suis l'unique responsable devant le dieu des Mouches. Bouba croit que Belzébuth habite l'étage au-dessus.

La bouteille gît encore au pied du lit. Je bois une bonne rasade avant de sombrer de nouveau dans la plus douce somnolence. Le vin descend, onctueux, chaud, dans ma gorge. Pas mal pour un vin de mauvaise qualité. Je me sens mou et comblé.

IV

Le Nègre est du règne végétal

1 2 3 4 5 6 7 8 9 10, je me lève, évite la douche et me lave vigoureusement le visage dans le lavabo. Le contact avec l'eau froide achève de me réveiller. Bouba est sûrement sur le mont Royal à reluquer les filles en train de bronzer. Le Divan a l'air d'une épouse délaissée. Bouba reviendra un peu tard. C'est son jour de sortie. Il le fait une fois par semaine. Bouba, à bien y penser, est un ermite. Il peut rester des jours entiers sans même allumer la lumière. Il reste ainsi couché à méditer et à prier. Bouba veut devenir un pur d'entre les purs. Il entend relever le défi lancé à Muhammad (« Saurais-tu, ô Muhammad, faire entendre le sourd, et diriger l'aveugle et l'homme plongé dans l'égarement inextricable ? », Sourate XLIII, 39).

Miz Littérature m'a laissé un billet (plié en quatre au coin du miroir). Je l'avais oubliée, celle-là. C'est la fille de l'université McGill et c'est Bouba qui l'a surnommée Miz Littérature. C'est comme ça avec Bouba. Cette fille qu'on a rencontrée l'autre jour à une terrasse de la rue Saint-Denis en train de manger une glace, c'était Miz Sundae. Pour ne pas se mettre Gloria Steinem sur le dos, on écrit Miz.

Miz Littérature a tourné deux longs paragraphes pour m'apprendre qu'elle est allée à une « délicieuse pâtisserie grecque sur Park Avenue ». Drôle de fille, je l'avais rencontrée à l'université (à une soirée littéraire typiquement McGill). J'avais laissé entendre que Virginia Woolf valait bien Yeats ou une bêtise de ce genre. Peut-être avait-elle trouvé ça baroque dans la bouche d'un Nègre.

La chambre baigne dans une atmosphère moite et sombre. La mouche a rejoint depuis un certain temps ses copains d'éternité. Là-haut, Belzébuth s'est calmé. Des sacs verts gisent au milieu de la pièce, la gueule béante. Dans une boîte (grosse boîte de carton Steinberg), jetés pêle-mêle : des chaussures, une boîte de sel iodé Sifto, des bottes d'hiver racornies, une brosse à dents, un tube de dentifrice entamé, des bouquins, des posters de Van Gogh enroulés, des stylos, une paire de lunettes noires, un ruban neuf pour ma vieille Remington et un réveille-matin. Je range tranquillement tout ça dans un coin, près du réfrigérateur. La lumière du jour me parvient en lames par les interstices de la fenêtre.

Je fais immédiatement deux paquets avec les vieux journaux, parviens difficilement à les ficeler et à les empiler au pied de la table. Je bouge ainsi, silencieusement, dans la pénombre. J'ai suffisamment sué pour une douche. La salle de bains est minuscule, mais il y a une baignoire, un lavabo et une douche (ce qui est un véritable miracle pour le coin). Les vieux immeubles de la zone, s'ils possèdent une baignoire, n'ont pas de douche.

Miz Littérature a laissé son odeur dans la salle de bains. Gide rapporte dans son journal (*Retour du Tchad*) que ce qui l'avait frappé en Afrique, c'était l'odeur. Une odeur fortement épicée. Odeur de feuilles. Le Nègre est du règne végétal. Les Blancs oublient toujours qu'ils ont, eux aussi, une odeur. La plupart des filles de McGill sentent la poudre Bébé Johnson. Je ne sais pas ce que cela vous fait de faire l'amour avec une fille (majeure, vaccinée) qui pue la poudre de bébé. Pour ma part, je ne peux résister à l'envie de lui faire des guili-guili.

Miz Littérature a aussi apporté avec elle son nécessaire de toilette. Danger. Que veut-elle ? Entend-elle sous-louer l'unique pièce que nous partageons, Bouba et moi ? Elle habite sûrement un immense appartement bien éclairé, bien aéré, bien parfumé, à Outremont, et c'est ici qu'elle entend vivre! En plein Tiers-Monde. Tous ces infidèles ne sont que des pervers.

Le sac béant de Miz Littérature laisse voir une brosse à dents (il y a déjà une constellation de brosses à dents sur mon lavabo), un tube de dentifrice *Ultra Brite* (pense-t-elle que la blancheur des dents du Nègre est uniquement un mythe? Eh bien, détrompe-toi, Wasp. Nenni, pure laine. Pur ivoire sur bois d'ébène!). Il y a aussi un savon spécial pour peau sèche, deux tubes de rouge à lèvres, un crayon à sourcils, des serviettes hygiéniques et un petit flacon de tylenol.

Je traîne partout avec moi cette photo de Carole Laure. Bouche gourmande et yeux mouillés à côté du visage long et doux d'adolescent raffiné de Lewis Furey. Il fait trop gosse de riche, intelligent, sophistiqué, doux, futé à souhait, merde! Tout ce que j'aimerais être. En prime, Carole Laure. Carole Laure dans mon lit. Carole Laure en train de me préparer un bon repas nègre (riz et poulet épicé). Carole Laure assise à écouter du jazz avec moi dans cette misérable chambre crasseuse. Carole Laure, esclave d'un Nègre. Qui sait?

Vue au microscope, cette chambre aurait l'air d'un véritable camembert. Forêt d'odeurs. Grouillement (on dirait du papier qu'on déchire) de bestioles luisantes. En été tout pourrit si facilement. Les microbes baisant par millions avec une telle frénésie. J'imagine ainsi la planète et parmi ces millions de microbes jaunes, il m'arrive de rêver que, sur les 500 millions de Chinoises, il y en a peut-être au moins 500 pour qui j'aurais été le Mao Nègre.

V

Le Cannibalisme à visage humain

Trois petits coups discrets à la porte. J'ouvre. Miz Littérature entre les bras chargés de pâté de foie, de croissants, de fromage (brie, oka, camembert), de saucisses fumées, de pain français, de desserts grecs et d'une bouteille de vin. Je fais rapidement un ménage sommaire, tout ragaillardi à l'idée de manger autre chose que des hamburgers du Zorba ou des spaghettis à la sauce Da Giovanni.

J'ouvre grand la fenêtre, l'air sec et brûlant s'engouffre dans la pièce par vagues successives. Je dégage l'évier des assiettes et des verres sales et je fais partir l'eau savonneuse. La mouche, aspirée, file droit vers un monde meilleur. («Assurément, j'en jure par la lune», Sourate LXXIV, 35). Adieu, Mouche.

Miz Littérature achève de ranger la table. Elle met l'eau du thé à bouillir. Je m'installe. Elle me verse du vin. Je ferme les yeux. Se faire servir par une Anglaise (Allah est grand). Je suis comblé. Le monde s'ouvre, enfin, à mes vœux.

Je me surprends à regarder Miz Littérature d'un autre œil. Elle a l'air tout à fait normal, pourtant. C'est une grande fille légèrement cassée à la taille avec des bras d'albatros, des yeux trop vifs (trop confiants), des doigts fins et un visage étonnamment régulier. Il semble qu'elle n'a jamais porté d'appareil aux dents, ce qui est à peine croyable pour une fille d'Outremont. Elle a aussi de petits seins et elle chausse du 10.

— Tu ne manges pas? lui dis-je.

— Non.

Elle me répond avec un sourire. Le sourire est une invention britannique. Pour être précis, les Anglais l'ont rapporté de leur campagne japonaise.

— Comment! tu ne manges pas?

— Je te regarde, souffle-t-elle.

Elle me dit cela tranquillement, tout en me regardant.

— Ah bon, tu me regardes.

— Je te regarde.

— Alors, t'aimes ça me voir manger?

— T'as un tel appétit...

— Tu te fous de ma gueule.

— Je t'assure, ça me fascine de te voir manger. Tu fais ça avec une telle passion. Je n'ai jamais vu personne d'autre le faire ainsi.

— Et c'est drôle?

— Je ne sais pas. Je ne crois pas. Ça me touche, tout simplement.

Ça la touche de me voir manger. Elle est incroyable, Miz Littérature. Elle a été dressée à croire à tout ce qu'on lui dit. C'est sa culture. Je peux lui raconter n'importe quel boniment, elle secoue la tête avec des yeux émus. Elle est touchée. Je peux lui dire que je mange de la chair humaine, que quelque part dans mon code génétique se trouve inscrit ce désir de manger de la chair blanche, que mes nuits sont hantées par ses seins, ses hanches, ses cuisses, vraiment, je le jure, je peux lui dire ça et elle comprendra. D'abord, elle me croira. Tu t'imagines, elle étudie à McGill (une vénérable institution où la bourgeoisie place ses enfants pour leur apprendre la clarté, l'analyse et le doute scientifique) et le premier Nègre qui lui raconte la première histoire à dormir debout la baise. Pourquoi? Parce qu'elle peut se payer ce luxe. Si je me permets la moindre naïveté, ne serait-ce qu'une seconde, je suis un Nègre mort. Littéralement. Je dois être une cible mouvante; sinon, à la première émotion, ma peau ne vaudra pas cher. Miz Littérature peut bien se permettre d'avoir une conscience pure, claire et honnête. Elle en a les moyens. Quant à moi, j'ai su très tôt qu'il fallait en finir avec ce produit de luxe. Pas de conscience. Pas de paradis perdu. Pas de terre promise. Dis-moi : quelle aide une conscience peut-elle bien m'apporter ? Elle ne peut être qu'une cause d'embêtements pour un Nègre rempli à craquer de fantasmes, de désirs et de rêves inassouvis. C'est simple : je veux l'Amérique. Pas moins. Avec toutes les *girls* de Radio City, ses buildings, ses voitures, son énorme gaspillage et même sa bureaucratie. Je veux tout : le bon et le mauvais, ce qu'il faut jeter et ce qu'il faut conserver, ce qui est laid et ce qui est beau. L'Amérique est un tout. Alors, que voulez-vous que je fasse d'une conscience. Et je suis trop pauvre pour m'en payer une. De toute façon, si j'en avais vraiment une, elle serait au clou à l'heure qu'il est.

Au fond, il faut que je fasse attention à ne pas trop la charrier sur sa gentillesse et tout, car Miz Littérature est encore le meilleur parti qu'un Nègre puisse se permettre en temps de crise.

VI

Quand la planète sautera,
l'explosion nous surprendra
dans une discussion métaphysique
sur l'origine du désir

Bouba sort d'une cure de sommeil de 72 heures et il s'informe de la santé de notre planète.
— Alors la bombe ?
— Pas encore.
— Tu peux me dire ce qu'ils attendent pour faire sauter ça ?
— Ton signal, Bouba.
— Quel signal, Vieux ?
— Le grand sommeil.
— Et toi, qu'est-ce qui te retient ?
— L'idée qu'il y a encore de belles filles et l'illusion d'arriver à les baiser toutes, un jour.
— Ah ! Vieux, la Beauté, qu'est-ce que c'est ?
— C'est ce qui fait bander un Nègre perclus.
— Mais non, Vieux, tu n'y es pas. C'est le désir qui te fait bander.
— Peut-être... peut-être, Bouba, mais quelle est la source de ce désir ?
— Quand tu bandes, c'est avec ta vision du monde que tu le fais, les fantasmes de ton adolescence, le temps qu'il fait... et la beauté n'a rien à voir avec ça.

— Un beau cul...

— Ça n'existe que dans ta tête, Vieux.

— Tu crois vraiment que c'est simplement dans ma tête qu'un cul existe ?

— Sûr, Vieux ; la preuve : quand tu fais l'amour avec une fille et qu'elle est couchée sur le dos, tu ne vois rien de ce fameux cul.

— Nous ne faisons pas ça tous de la même manière, Bouba.

— Ah ! de la poudre aux yeux, on revient toujours à ce bon vieux truc du missionnaire, crois-moi. Bon, prends la bouche. On rencontre une fille dans la rue. Elle a une bouche sensuelle et gourmande, ce que tu veux. Tu lui dis n'importe quoi, elle te répond n'importe quoi et vous vous embrassez deux heures plus tard : eh bien, quand tu l'embrasses, tu ne vois pas sa bouche. En *close-up*, on ne voit quasiment rien de quoi que ce soit.

— On l'embrasse avec son imagination, comme tu disais. En l'embrassant, on conserve l'image de sa bouche dans sa tête. D'ailleurs, c'est ce qui nous a poussé à l'embrasser. Au moment où on l'embrasse, le désir est quasi consommé.

— Alors la bouche que tu as dans ta tête, ta bouche idéale, est supérieure à la bouche réelle, à la bouche de telle fille rencontrée à tel coin de rue, à telle heure. Donc, à la dernière minute, elle pourrait changer de bouche et tu n'y verrais que du feu.

— C'est absurde, Bouba. Qui a déjà changé de bouche et pourquoi ?

— Cohérence, Vieux.

— Tu es un Nègre cartésien.

— C'est toi le cartésien, Vieux, je suis un freudien, un foutu Nègre freudien.

— OK, mais qu'est-ce que tu as contre la beauté ?

Bouba est maintenant assis sur le Divan. Le débat le prend au corps. C'est un charnel. On le sent à le voir suer. Son débit devient alors subitement très rapide. Il a l'air d'un félin reniflant une odeur de sang. Le sang de sa prochaine victime. Mon sang alors. Nez au sol, il suit son idée à la trace. Pour le moment, il feint de n'avoir pas entendu ma question. Je le connais depuis si longtemps. Son oreille est fine. Son intelligence, extrêmement vive. Il ne pense pas comme les autres. Il pense contre les autres. Il a sur toute chose une vision personnelle et l'exprime à l'aide de longues, souples et fragiles mains. Tout en parlant, il décrit dans l'air, avec ses mains, d'étranges arabesques étonnamment complexes, pareilles à des idéogrammes. À première vue, il donne l'air de chasser des mouches avec ses interminables mains qui ressemblent à des éventails de douairières mais, quand on les regarde attentivement et qu'on écoute ce qu'il dit, lui, on saisit le rapport organique qui existe entre l'idée et le mouvement de ses mains. Ce sont des mains minces et sophistiquées qui n'ont jamais travaillé. Des mains de vieux mandarin. C'est une ambiance assez baroque. Deux Nègres dans un appartement crasseux de la rue Saint-Denis, en train de philosopher à perdre haleine à propos de la Beauté, au petit matin. C'est le déjeuner des primitifs. Le thé bout. On n'a pas de radio, pas de télé, pas de téléphone, pas de journal. Rien qui nous relie à cette foutue planète. L'Histoire ne s'intéresse pas à nous et nous, on ne s'intéresse pas à l'Histoire. C'est kif kif. Ce qui me paraît important, en ce moment, c'est cette conversation gratuite et grave que j'entretiens avec ce foutu singe de Bouba. C'est ici et maintenant que se joue le sort de la civilisation judéo-chrétienne. Entre deux Nègres au chômage. Nous discutons de choses de la plus haute importance et Bouba, avec sa tête hirsute, confère une certaine mystique à notre débat. Bouba, pour l'instant, semble plongé dans une réflexion dangereuse pour sa santé mentale. Ce qu'il veut, c'est faire de moi une bouillie verbale. Il peut passer des nuits entières à discuter ainsi à propos du sexe des mouches (tiens! ça fait longtemps que je n'ai pas de nouvelles de Belzébuth. Je me demande ce qu'il devient là-haut). Rien ne résiste à sa lucidité maniaque. Son visage se crispe alors de tics, ses yeux deviennent petits, ronds et brillants. Il demeure couché sur son vieux Divan. Il vous permet d'apprécier, un peu avant l'aube, sa terrifiante machine rhétorique. Des phrases interminables, ponctuées de toux. Son monologue peut durer des heures, et il s'écoule de façon ininterrompue, en phrases souples, flexibles, proustiennes, comme un long ruban multicolore. C'est un malade du verbe. Torse nu, maigre, les cheveux en broussaille, la barbe pointue, on dirait un prophète de l'Ancien Testament (« J'en jure par l'étoile qui se couche », Sourate LIII, 1). Je l'imagine, facilement, le dernier homme debout sur cette planète nue après l'explosion nucléaire, parlant sans arrêt, et considérant le décor autour de lui comme un détail sans importance.

— Qu'est-ce que j'ai contre la Beauté ?
Bouba a l'air de savourer la question. C'est vraiment une question pour lui. Le genre de question-marathon qui exige 42 kilomètres de mots. Une question qui ne le retient pas aux manches, le genre de truc avec lequel on change le monde. « Qu'est-ce que j'ai contre la Beauté ? » Bouba se gratte le menton. C'est un tic, chez lui. Ça veut dire que ce n'est pas le genre de question à laquelle on répond comme ça. Bouba se verse tranquillement du thé. Il n'est pas pressé. Il a tout son temps. L'éternité est de son côté. Dehors, les hommes s'agitent, se réveillent, s'habillent, déjeunent rapidement pour aller travailler. Des fourmis sans cervelle. Le monde a terriblement besoin de penseurs sans pouvoir, de philosophes affamés et de dormeurs impénitents (« Celui qui dort construit le monde », dit Héraclite) pour continuer à tourner. Bouba passe le plus clair de son temps sur ce Divan à reconstruire le monde. Aujourd'hui, il s'attaque à l'un des derniers bastions de l'Occident : la Beauté.

— Écoute, Vieux, écoute-moi bien, la Beauté est impudique.
— Hé ! t'es devenu un Nègre moraliste à présent.
— C'est thermodynamique, Vieux, c'est pas moral. Il se dégage une certaine température qui détermine le degré de désir que nous ressentons pour quelqu'un. Ce dégagement peut se faire dans les deux sens, vers l'extérieur comme vers l'intérieur.
— Possible, mais à quoi ça mène, dis-je tout en restant méfiant des démonstrations de Bouba.
— Eh bien, le Beau corps dégage uniquement vers l'extérieur.

— Quel mal y a-t-il à cela?
— Je préfère l'implosion à l'explosion.
— C'est pas très net.
— Ah! tu es du genre avec qui on doit aller droit au but. (Dès que je discute avec Bouba, il me parle comme à un inconnu.) Bon, voilà, Miz Beauté pense qu'elle te fait une faveur à baiser avec toi, tandis qu'avec Miz Piggy c'est toi qui lui fais une faveur, et ça fait une sacrée différence, Vieux.
— Altruiste.
— Pas altruiste. Tout simplement, les rapports sont différents et à mon avantage.
— Ah! bon...
— Comment ça! T'as jamais fait l'amour avec une grosse fille laide, un peu demeurée et bourrée de complexes? C'est l'extase, Vieux. Elle n'arrête pas de te chuchoter à l'oreille quel homme terrible tu es, tandis que quand tu fais l'amour avec une de ses copines de Brooke Shield, elle s'attend à des compliments, parle-moi, parle-moi, le fameux «parle-moi» dont on parle tant d'ailleurs, ça veut tout simplement dire: je veux des compliments. Seul Allah doit recevoir des louanges. Le Coran dit: «Célébrez donc Allah le soir et le matin.» Miz Beauté ne parle pas. Il te faut seul découvrir ses zones érogènes, ses sujets de conversation, son horoscope. Miz Piggy, pendant ce temps, prend son pied. C'est pas tous les jours que ça lui arrive. C'est pour ça qu'elle entend aller jusqu'au bout. Et elle n'arrête pas d'en demander. Et c'est ça, Vieux, la véritable baise, le reste, c'est de la représentation, de la parade de mode, de la masturbation sur une belle image de *Vogue magazine*.
— Si, par malchance, tu tombes sur une laide et en même temps bonne à rien.
— Ça ne peut arriver qu'à toi, Vieux.
Si je comprends bien, le Divan doit être une de ces grosses bourrées de complexes et, en plus, bonnes baiseuses. Au fond, quand on regarde le Divan avec un minimum de sensibilité, on voit bien ce que l'œil aigu de Bouba avait perçu bien avant

nous. Le Divan a la forme plantureuse et offerte des femmes de Rubens. Qui n'a pas rêvé, en regardant les toiles de Rubens, de prendre ce bain de chair. Chairs généreuses et onctueuses.

Bouba prend une dernière gorgée de thé et se recouche tout doucement comme un maharadjah nègre dans son harem de Saint-Denis. Le monde peut continuer sa folle course vers la mort nucléaire. Bouba dort.

VII

Faut-il lui dire qu'une bauge n'est pas un boudoir ?

    Miz Littérature est arrivée en coup de vent avec un énorme bouquet de pivoines. Je suis encore au lit avec un bouquin de Bukowski. La fenêtre est fermée. Un filet de soleil coupe ma page en deux dans le sens de la longueur.
    Je lis couché avec un oreiller derrière mes omoplates. La tête un peu relevée. Méthode garantie pour un bon torticolis. Malheureusement, c'est la position que je préfère pour lire. Je lis, généralement, tôt le matin quand il ne fait pas encore trop chaud et que je ne risque pas de me faire déranger d'une façon ou d'une autre. À cette heure, l'immeuble respire le calme. Mes voisins, la plupart des retraités, ne sont pas encore réveillés. Dans une heure ou deux, ça va être la ronde des petits déjeuners, le sifflement du lavabo, le bruit des brosses à dents et l'odeur du bacon.
    Je regarde Miz Littérature bouger dans la pénombre. Il m'a semblé qu'elle porte une robe jaune à col blanc. Avec des chaussures de ballerine. Je l'imagine s'habillant avec soin, se parfumant (oh! un rien), mettant son soutien-gorge (elle a de petits seins), tout ça pour venir faire la vaisselle chez un Nègre dans un appartement crasseux de la rue Saint-Denis, près du Carré Saint-Louis. Un coin de clochards. Miz Littérature a une famille importante, un avenir, de la vertu, une solide culture, une connaissance exacte de la poésie élisabéthaine et même, elle est membre d'un club littéraire féministe à McGill – les Sorcières de McGill – dont les membres s'occupent de remettre en circulation les poétesses

injustement oubliées. Cette année, elles publient en édition de luxe, avec des encres de Valérie Miller, l'œuvre poétique d'Emily Dickinson. Alors, qu'est-ce qui ne marche pas ? Ce qu'elle fait ici, on lui braquerait un fusil sur la tête pour qu'elle fasse la même chose pour un Blanc, qu'elle n'en ferait même pas le dixième. Miz Littérature prépare sa thèse de doctorat sur Christine de Pisan. Ce n'est pas peu dire. Donc, pouvez-vous m'expliquer ce qu'elle fout dans cette baraque crasseuse ? Ne me dites pas, de grâce, que c'est encore un mauvais coup de l'amour. Elle serait follement amoureuse de n'importe quel type de McGill et celui-ci n'oserait pas lui demander le dixième de ce qu'elle fait ici spontanément, gratuitement et avec grâce.

— Qu'est-ce qui te prend de faire cette vaisselle maintenant ?
— Ça te dérange ?
— Pas vraiment.
— Tu lis ! Oh ! *sorry*.

Le pire, c'est qu'elle est réellement peinée. La lecture est sacrée pour elle. En plus, un Nègre qui lit, c'est le triomphe de la civilisation judéo-chrétienne ! La preuve que les sanglantes croisades ont eu, finalement, un sens. C'est vrai, l'Occident a pillé l'Afrique mais ce Nègre est en train de lire.

— Voilà, c'est fini.

Elle range, sagement, la vaisselle propre. Une fille merveilleuse. Son seul défaut, c'est qu'elle veut rendre à tout prix cette pièce agréable. Lui donner une touche outremontoise. Donc, chaque fois qu'elle vient me voir, elle apporte un objet. À ce rythme, dans six mois, on croulera sous les vases rares, les gravures, les lampes de nuit et toute cette saloperie qu'on achète dans les boutiques snobs de la rue Laurier. Tout ça vient du fait qu'on apprend aux gens de McGill à embellir leur quotidien. Tu parles d'une merde ! Je peux encore comprendre ça. Ce que je ne comprends pas, c'est pourquoi elle vient faire ça dans cette bauge ? Faut-il lui dire qu'une bauge n'est pas un boudoir ? Peut-être qu'elle le fait pour mener deux vies. Une chez elle où elle est une princesse wasp, et une autre ici, où elle est l'esclave d'un Nègre. C'est peut-être passionnant. Avec suspens garanti parce qu'on ne sait jamais avec les Nègres. Si on la mangeait, là, d'un coup, miam miam, avec sel et poivre. Je vois déjà la première page de *La Presse*.

TOUTE LA VILLE EN PARLE

— Vous avez vu ça! L'étudiante de McGill mangée par deux Nègres.
— Comment sait-on ça?
— C'est la police qui a découvert un bras dans le réfrigérateur.
— Oh, mon Dieu! C'est la nouvelle politique de l'immigration, hein! Importer des cannibales.
— Ils l'ont pas violée avant, pendant qu'on y est?
— On ne peut pas savoir, madame, ils l'ont mangée.
— Oh, mon Dieu!

Miz Littérature est venue dans mon lit. J'ai déposé le livre au pied du lit, près de la bouteille de vin, avant de la couvrir (Miz Littérature). L'Occident ne doit plus rien à l'Afrique.

VIII

Et voilà Miz Littérature qui me fait une de ces pipes

Miz Littérature verse de l'eau dans un vase en grès (qu'elle a apporté avant-hier) puis elle arrange soigneusement le bouquet. Ensuite, elle ouvre la fenêtre et y dépose le vase sur le coin gauche juste au-dessus de ma tête.

Miz Littérature est debout sur le lit et ses longues jambes, enveloppées dans un bas moka, me font penser au Golden Gate Bridge. Le soleil est maintenant arrivé. Un air chaud pénètre dans la pièce. Je laisse tomber le livre par terre et tire Miz Littérature vers moi.

Miller dit qu'il n'y a rien de mieux que faire l'amour à midi. Miller a raison.

Tous ceux qui espéraient apprendre quelque chose sur les mœurs sexuelles de Miz Littérature peuvent aller se faire voir ailleurs. C'est pas les bouquins porno qui manquent. Je recommande la collection Midnight. Par contre, Miz Littérature dit que je fais l'amour comme je mange. Avec la voracité d'un homme perdu sur une île déserte. À bien y penser, ce n'est pas un compliment. Curieusement, je lui fais l'impression d'un enfant innocent qu'on aurait trop maltraité. Elle aime me faire l'amour. Après la tempête, elle me garde dans ses bras. Je pique, là, un somme. Sur son sein blanc. Je suis son enfant. Un gosse méfiant, si dur parfois. Son gosse nègre. Elle me passe la main doucement sur le front. Moments heureux, doux, fragiles. Je ne suis pas que Nègre. Elle n'est pas que Blanche.

Si elle avait été en train de me faire une pipe, j'aurais eu le zob sectionné. D'un coup sec. Han! Cette fois, le plafond nous tombe véritablement sur la tête. Dans un nuage de poussières roses. Belzébuth met le paquet là-haut. C'est la baise à mort. Miz Littérature n'avait jamais assisté à une des séances de Belzébuth. La galopade. Les chevaux de l'Apocalypse. Le plafond qui craque. Nous restons figés avec, en tête, l'idée terrifiante d'un couple en train de baiser écrasant un autre couple au repos. Le Coran dit: « Dis-leur: Qu'en pensez-vous? Si le châtiment vous surprend inopinément ou s'il tombe au grand jour, précédé de quelque signe, quel autre sera anéanti que le peuple des méchants. » (Sourate VI, 47.)

Miz Littérature regarde, depuis le début, droit devant elle. Comme hypnotisée. Ses lèvres tremblent légèrement. Une crispation du coin de la bouche.

Là-haut, Belzébuth remet ça. Miz Littérature est devenue rouge comme une écrevisse ébouillantée. Je suis sûr qu'elle va tomber en syncope. On dirait qu'ils se déchirent. C'est une super-performance. Je rebande légèrement. Je l'avoue à ma honte. Blanche, droite, digne, Miz Littérature jette un subreptice coup d'œil à mon pénis. Les veines sinueuses commencent à se tendre en ligne droite. On dirait la tête d'un serpent qui surgit. Le Coran dit: « Ô hommes! craignez Allah qui vous a créés tous d'un seul homme; de l'homme il forma sa compagne, et fit sortir de ces deux êtres tant d'hommes et de femmes. Craignez Allah au nom duquel vous vous faites des demandes mutuelles. Respectez les ventres qui vous ont portés. Allah observe vos actions. » (Sourate IV, 1.) Je ne regarde pas cette chose en train de m'avilir. Il n'y a pas à dire, l'homme est un animal pervers. Le Coran dit: « Combien de générations n'avons-nous pas anéanties? Peux-tu trouver un seul homme qui reste? As-tu entendu un seul d'entre eux proférer le plus léger murmure? » J'essaie de penser à des choses déplaisantes comme *La Critique de la raison pure*. Kant est un auteur porno. *La Critique* fait bander. Ça monte. Miz Littérature regarde toujours devant elle. On entend le souffle double de Belzébuth et de sa complice. On dirait un slow. Ils refont ça au ralenti. Dans certains films, on reprend les scènes de violence au ralenti et ça s'imprègne plus profondément en nous. On dirait de la violence injectée en nous. À l'aide d'une seringue. Dans nos veines. On sent tous les mouvements dans une sorte de ballet moderne. Deux corps nus, violemment enlacés dans un pas de deux de la mort. Mon sexe n'arrête pas de monter, obéissant à un ordre secret et indépendant de ma volonté. Miz Littérature pivote légèrement sur elle-même tout en le regardant avec une troublante fixité. Elle se baisse vers moi, réduisant l'angle à près de quinze degrés. Dans la position assise. Elle se baisse de plus en plus. Les yeux toujours fixes. Je ferme mes yeux et Miz Littérature, comme dans un état second, me prend dans sa bouche. Sa jolie gueule rose. J'en rêvais. J'en bavais. Je n'osais lui demander ça. Un acte aussi... Je savais que tant qu'elle ne l'avait pas fait, elle ne serait pas totalement à moi. C'est ça, le drame, dans les relations sexuelles du Nègre et de la Blanche : tant que la Blanche n'a pas encore fait un acte quelconque jugé dégradant, on ne peut jurer de rien. C'est que dans l'échelle des valeurs occidentales, la Blanche est inférieure au Blanc et supérieure au Nègre. C'est pourquoi elle n'est capable de prendre véritablement son pied qu'avec le Nègre. Ce n'est pas sorcier, avec lui elle peut aller jusqu'au bout. Il n'y a de véritable relation sexuelle qu'inégale. La Blanche doit faire jouir le Blanc, et le Nègre, la Blanche. D'où le mythe du Nègre grand baiseur. Bon baiseur, oui. Mais pas avec la Négresse. C'est à la Négresse à faire jouir le Nègre. Belzébuth remet ça, là-haut. Et voilà Miz Littérature qui me fait une de ces pipes. Je pense à mon village au bout du monde. À tous les Nègres partis pour la richesse chez les Blancs et qui sont revenus bredouilles. Je ne sais pas pourquoi – ça n'a rien à voir avec ce qui se passe ici –, je pense à une musique que j'ai entendue, il y a très longtemps. C'était un type de mon village qui avait un de ces disques Motown. Ça parlait d'un lynchage. Du lynchage, à Saint-Louis, d'un jeune Noir. On l'avait pendu et ensuite châtré. Pourquoi châtré ? Cette interrogation me poursuivra toute ma vie. Pourquoi châtré ? Hein !

Pouvez-vous me le dire ? Naturellement, personne ne voudra se mouiller sur un pareil sujet. Bon Dieu ! J'aimerais bien savoir, être tout à fait sûr que le mythe du Nègre animal, primitif, barbare, qui ne pense qu'à baiser, être sûr que tout ça est vrai ou faux. Là. Direct. Définitivement. Une fois pour toutes. Personne ne vous le dira, mon ami. Le monde est pourri d'idéologies. Qui voudra se compromettre sur un tel sujet ? En tant que Noir, je n'ai pas assez de recul par rapport au Nègre. Le Nègre est-il ce cochon sensuel ? Le Blanc, ce cochon transparent ? Le Jaune, ce cochon raffiné ? Le Rouge, ce cochon saignant ? Seul le Porc est Porc. Je ne sais pourquoi j'ai toujours imaginé l'univers comme cette toile de Matisse. Ça m'avait frappé. C'est ma vision essentielle des choses. La toile, c'est « Grand intérieur rouge » (1948). Des couleurs primaires. Fortes, vives, violentes, hurlantes. Tableaux à l'intérieur du grand tableau. Des fleurs partout dans des pots de différentes formes. Sur deux tables. Une chaise sobre. Au mur, un tableau de l'artiste (L'Ananas) séparé par une ligne noire de démarcation. Sous la table, un chat d'indienne poursuivi par un chien. Dessins allusifs, stylisés. Flaques de couleurs vives. Sous les pieds arqués de la table de droite, deux peaux de fauve. C'est une peinture primitive, animale, grégaire, féroce, tripale, tribale, triviale. On y sent un cannibalisme bon enfant voisinant avec ce bonheur immédiat. Direct, là, sous le nez. En même temps, ces couleurs primaires, hurlantes, d'une sexualité violente (malgré le repos du regard), proposent dans cette jungle moderne une nouvelle version de l'amour. Quand je me pose ces questions – Ô combien angoissantes – sur le rôle des couleurs dans la sexualité, je pense à la réponse de Matisse. Elle m'accompagne depuis. Je ne savais pas encore que ce n'était pas suffisant pour faire face à l'orage de la vie et que je mourrais probablement avec les dents de ce problème enfoncées dans la gorge. Sans avertissement, j'éjacule – d'un jet puissant, éclaboussant tout le visage de Miz Littérature. Elle rejette, brusquement, la tête en arrière et j'ai le temps de voir une curieuse lumière au fond de ses yeux. Et elle replonge, bouche ouverte, vers mon pénis comme un piranha. Elle suce.

Je grandis. Elle me chevauche. Ce n'est plus une de ces baises innocentes, naïves, végétariennes, dont elle a l'habitude. C'est une baise carnivore. Miz Littérature a commencé par pousser deux ou trois cris stridents. Le vase de pivoines, au-dessus de ma tête, menace à tout moment de nous fendre le crâne. Je fais l'amour au bord du gouffre. Miz Littérature s'est accroupie dans une sale position et elle monte et descend lentement le long de mon zob. Un mât suiffé. Son visage est complètement rejeté en arrière. Ses seins quasiment pointés vers le ciel et un sourire douloureux au coin de sa bouche. Je caresse ses hanches, son torse en sueur et la pointe exacerbée de ses seins. Elle se met tout à coup à me lancer de rapides et violentes saccades et un son rauque lui monte à la bouche.

— Baise-moi !

Ah ! merde alors, c'est incroyable ! Je passe mon temps à me faire du mauvais sang à cause de cet animal de Belzébuth qui réduit la sexualité au niveau de la bête mais voilà que je me rends compte que le type là-haut ne faisait que chanter à gorge déployée les fantasmes de Miz Littérature.

— Tu es mon homme.

Je l'ai renversée sur le dos. Elle s'est étalée, le corps aussi mou qu'un pouf. Les yeux complètement chavirés.

— Attends, me dit-elle dans un souffle.
— Qu'est-ce qui ne va pas ?
— Tu es la première personne à qui je dis ça.
— ...
— Je veux être à toi.

On a refait l'amour. Miz Littérature s'est levée une heure après et elle est allée prendre sa douche. Elle est en retard d'une heure et demie pour son cours. Elle doit d'abord passer chez elle, se changer et ensuite filer à McGill. Je reste couché. Pas question de douche pour moi après l'amour. Je garde l'odeur. J'ouvre le bouquin de Bukowski. Miz Littérature m'embrasse pieusement sur le front et part en jetant un regard étonné sur le Divan où Bouba dort encore, la gueule ouverte et les bras en croix.

IX

Miz Après-Midi sur une radieuse bicyclette

J'enlève gravement la housse de la vieille Remington 22. Elle me fait un sale clin d'œil. Ça fait trop longtemps qu'on ne s'est vus. Elle boude. Je l'avais mise au clou. Pour la rendre joyeuse (ce n'est pas amusant de travailler avec une machine à écrire déprimée), il faudrait la nettoyer complètement. Alors, je la nettoie avec du *petroleum jelly*. La Remington ruisselle comme une églantine sous la pluie. Ma table de travail (qui sert aussi de table à manger, de chaise supplémentaire et il m'arrive aussi de baiser dessus), fait face à une mince cloison et tourne le dos à la fenêtre. Le mur d'en face nous sépare de la chambre d'un cycliste professionnel qui nettoie jour et nuit sa ferraille. Finalement, le jour entre dans la pièce. J'ouvre la boîte latérale de la Remington pour y poser un ruban neuf. Le curseur fonctionne comme sur des roulettes. Je glisse doucement une feuille blanche dans le tambour, place une chaise devant la machine, m'assois tranquillement, pose à mes pieds une bouteille de mauvais vin et, le rituel terminé, je m'assoupis, rêvant comme vous et moi d'être Ernest Hemingway.

Trois heures plus tard, la page encore blanche, je décide de faire plutôt un grand ménage (balai, nettoyage, vaisselle), comme quoi le génie peut s'exprimer partout. Des vagues successives de chaleur s'engouffrent par la fenêtre. J'empile les bouquins dans un coin sous la table et range la machine à écrire sous le lit.

Cette chambre est vraiment crasseuse. Je n'arrête pas de dire ça, mais c'est vrai. Je passe le balai partout, là où c'est possible, et descends ensuite la poubelle. On peut facilement rôtir dans cette chambre. L'air sent le soufre. La pièce va flamber d'un moment à l'autre. Je ramasse toutes les bouteilles qui traînent sous la table, sous le lit, sous le Divan. Je descends chez Pellat's les refiler au gros type qui m'avance de la monnaie en échange. L'Amérique. L'Amérique. L'Amérique! («Un jour nous susciterons un témoin pour chaque nation; alors on ne permettra point aux infidèles de faire valoir des excuses, et ils ne seront point accueillis», Sourate XVI, 87.) Ce petit exercice m'a mis en train. J'en profite pour aller faire le changement d'adresse au bureau de poste de la rue Sainte-Catherine. Je descends Saint-Denis jusqu'à Sainte-Catherine pour tourner en direction de Radio Québec. L'air est tout grouillant à force d'être chaud. Il n'y aurait qu'à craquer une allumette pour faire flamber Montréal. Je marche sans me presser. Un peu en avant de moi, une fille sort de la librairie Hachette avec un Miller sous le bras et presque rien sur le corps. Ma température grimpe aussitôt à 120 degrés. Il fait 90 degrés à l'ombre. Un rien et je flambe comme une de ces baraques des favelas de Rio. Je m'étais dit qu'il faut éviter les filles à l'air. À chaque été, je deviens complètement dingue. Et toujours à cause d'une fille avec une glace. Miz Hachette croque une framboise. Au fond, qu'est-ce que c'est qu'une fille avec une glace sinon quelqu'un qui a faim ou soif? En été c'est plus que cela. Juste au moment où je vais tomber amoureux de Miz Hachette, j'aperçois une autre fille qui s'avance en sifflant sur une bicyclette radieuse. J'arrête de respirer. Elle freine et s'arrête au carrefour. Lumière rouge: le pied gauche au sol, les reins légèrement cambrés et la nuque dégagée. Les filles veulent un minimum de cheveux en été. Le corps tendu comme un arc. Lumière verte: elle donne un vigoureux coup de pédale du pied droit. Le corps projeté en avant. Dernières images: un dos pur, le mouvement gracieux des hanches, des cuisses graciles de pubère. Émotion: la douleur de voir partir ainsi pour toujours quelqu'un qu'on a aimé éperdument, ne serait-ce que l'espace de douze secondes et trois dixièmes.

Longue file d'attente au bureau de poste. On est serrés comme des sardines. J'avise une sardine, juste devant moi. Elle lit un bouquin. Je suis une sardine maniaque de bouquins. Dès que je vois quelqu'un en train de lire un livre, il faut que je sache quel est le titre, si elle aime ça et de quoi ça parle.
– Ça parle de quoi?
– Quoi?
– Ton bouquin?
– C'est un roman.
– Quel genre?
– Science-fiction.
– T'aimes ça?
– Comme ça.
– C'est pas bon alors?
– Sais pas.
– T'aimes pas ça?
Elle relève sa tête rousse. Il y a des regards qui font peur. C'est une surdraguée et elle en a marre.
– Qu'est-ce que tu veux?
Elle a haussé le ton.
– Excuse-moi.
– Fous-moi la paix, veux-tu?
– Oublie ça, je balbutie.
La plupart des gens de la file se retournent pour voir le Nègre en train d'agresser la Blanche. Une fille, un peu en avant dans la ligne, les cheveux coupés ras, se retourne, la rage au ventre. Elle élève la voix pour dire qu'ils sont tous des maniaques, des psychopathes et des emmerdeurs qui n'arrêtent pas de draguer. «Tu ne les vois jamais en hiver, mais dès l'été ils sortent, par grappes, de leur trou juste pour emmerder les gens avec leurs foulards, tambours, bracelets et cloches. Moi, je n'ai rien à voir avec leur folklore. Si au moins il n'y avait que les Nègres! Mais

non, maintenant, il y a les Sud-Américains avec leurs dizaines de chaînes au cou, leurs pendentifs, bagues, broches, toute cette bimbeloterie qu'ils n'arrêtent pas de proposer dans les cafés. Toujours quelque chose à vendre. Si c'est pas un bijou faussement maya, c'est leur corps. Pensent qu'à ça, les Latinos.» Les gens semblent tout d'abord un peu d'accord avec la fille aux cheveux coupés ras car qui n'a pas été, un jour ou l'autre, emmerdé par un dragueur folklorique, mais de là à attaquer le métier des pauvres Sud-Américains et la tradition des Nègres, c'est aller trop loin. Un homme de quarante ans s'interpose. Le syndicaliste typique. Visage buriné. «Il ne faut pas tout mélanger, dit-il, un emmerdeur est un emmerdeur et les Nègres ne sont pas tous des emmerdeurs. Si vous dites ça des Nègres, alors que doivent dire les Nègres de nous autres, colonialistes. Moi aussi, je crois que la drague est dégradante pour la femme mais que vaut une innocente drague à côté de la Traite des Nègres?» Les gens demeurent un moment interloqués devant la perversité d'un tel argument. Le moment de stupeur passé, la fille aux cheveux ras réagit de nouveau. «Alors, c'est toujours la même chose, les colonialistes ont réalisé leurs fantasmes de domination phallique en écrasant les autres et au moment de régler l'addition, ce salaud propose, tout bonnement, que les Nègres baisent nos femmes.» «Nos» femmes! Elle a dit «nos». Tout le monde doit alors penser qu'il s'agit d'une lesbienne et qu'elle ne fait que plaider sa propre cause. Finalement, je parviens à faire ce changement d'adresse. Ensuite, je flâne sur la rue Sainte-Catherine. La chaleur est tout à fait intolérable. Je me réfugie alors dans une banque, à cause de la douce température de l'air conditionné, et devinez qui je vois: Miz Cheveux Ras et la fille du bureau de poste. Elle l'a eue. La drague est devenue quasiment impossible avec cette concurrence déloyale.

X

Une Remington 22
qui a appartenu à Chester Himes

Bouba est revenu du marché. Nous n'avions plus de réserves, à part quelques pommes de terre déshydratées et des oignons pourris. Bouba a profité du « spécial Pellat's » pour acheter une épaule de porc à 1,09 $, des échalotes fraîches à 2,39 $, six boîtes de soupe Campbell à 29 cents chacune, du détergent (ça manquait terriblement) à 1,87 $, une boîte de margarine Cremex (une saloperie) à 59 cents et, à prix régulier, un kilo de sel iodé, un sac de 25 livres de riz Uncle Ben's et trois boîtes de spaghettis.

Bouba fait un riz-poulet avec une sauce à l'arachide. L'odeur me stimule. Je m'installe devant la machine à écrire avec l'espoir de tirer quelque chose d'une Remington 22 qui a bien vu Joan Baez en chair et en os. Je l'ai achetée chez un brocanteur de la rue Ontario qui vend des machines à écrire avec pedigree. De vieilles machines. Il les vend à de jeunes écrivains car qui d'autre qu'un jeune écrivain serait assez gogo pour croire à un truc si vulgairement commercial. Et qui d'autre aussi se croirait écrivain parce qu'il possède une machine ayant appartenu à Chester Himes, James Baldwin ou Henry Miller? Alors, lui, il vend des machines selon le style de bouquin que vous voulez écrire. Si c'est un bouquin paranoïaque, on vous vend la machine schizophrène qui a appartenu à Tennessee Williams; si vous voulez plutôt une machine suicidaire, il y a celle de Mishima. Pour ceux qui s'intéressent aux sagas familiales, c'est l'Olivetti de Carol Oates qui fera l'affaire. Comment réussir un livre qui se vendra bien? Alors il ne faut pas hésiter à acheter le solide tas de ferraille en or de Puzo. De même, si vous vous intéressez aux démêlés d'un jeune sudiste avec ses voisins (un Juif génial et désaxé et une jeune Polonaise perturbée), de grâce, emportez la Corona de Bill Styron. Comment ne pas hésiter devant un si vaste choix? Pour un jeune écrivain, c'est la caverne d'Ali Baba. La voix du brocanteur ne m'a pas lâché un seul instant, me proposant tour à tour la discrète machine de Salinger, la machine d'occasion de Gabrielle Roy, la pudique machine de Virginia Woolf, etc. Voici cette machine terroriste qui a servi à taper les déclarations des Black Panthers, c'est une portative. Au bout du compte, j'avais le choix entre la vieille Underwood d'Hemingway et cette Remington 22 qui a appartenu à Chester Himes. J'ai pris Himes.

Je traîne depuis longtemps, dans un carton de chaussures, quelques calepins bourrés de notes, un journal (que je tiens sporadiquement depuis trois ans) et un lot de fiches où sont annotés des phrases écrites spontanément, des croquis, des bouts de dialogues ramassés dans les bars, de brèves descriptions de gens rencontrés au hasard, des descriptions d'objets et d'animaux, etc., des réflexions sur le jazz, les filles, la faim. Une sorte de fourre-tout autobiographique où se retrouvent, pêle-mêle, début de roman, journal incomplet, rendez-vous manqués. Rien à faire avec une telle masse informe. La seule chose raisonnable possible, c'est d'y mettre le feu. J'assèche l'évier, je dépose la boîte dans l'évier et je m'apprête à y mettre le feu. («Tâ Hâ, nous ne t'avons pas envoyé le Coran pour te rendre malheureux», Sourate XX, 1.)

Le riz-poulet est prêt. Je prépare la table, Bouba met un disque de Hawkins – *Blues for Yolande* – qu'il a enregistré avec Ben Webster.
— T'écris, Vieux?
— Je fais comme je peux.
— Qu'est-ce que c'est?

Comment faire l'amour avec un Nègre sans se fatiguer

Bouba ne lit jamais ce que j'écris. Il n'aime qu'en parler, construire un projet, discuter un sujet, mais lire un manuscrit, ça, jamais. Il déclare avoir horreur d'être mis devant un fait accompli.

— Je suis sur un grand coup.
— Hé! (il a l'air heureux, Bouba). Raconte ça.
— Un roman.
— Dis pas... Un roman? Un vrai roman?
— Ben... un court roman. Pas vraiment un roman, plutôt des fantasmes.
— Arrête, Vieux, laisse ta critique à la noix aux pros usés et désabusés qui n'ont plus de jus. Un roman, c'est un roman. Court ou long. Raconte ça...
— C'est simple, c'est un type, un Nègre, qui vit avec un copain qui passe son temps couché sur un Divan à ne rien faire sinon à méditer, à lire le Coran, à écouter du jazz et à baiser quand ça vient.
— Et ça vient?
— Je suppose.
— Hé, Vieux, ça me plaît, vrai. J'aime ça, l'idée du type qui ne fout rien.
— Normal, puisque j'ai utilisé tes traits.
— Ah! ces écrivains, tous des salauds, rien que des salauds.
Bouba rit de son grand rire jazz.
— Alors, qu'est-ce qui arrive?
— Rien d'important.
Le sax d'Hawkins joue *Body and Soul* (1939).

XI

La Drague immobile

Miz Littérature arrive à point avec des gâteaux au fromage dans une boîte de carton blanc ficelée avec un ruban rose. Bouba avait gardé un vieux fond de vin caché dans un des replis du Divan. On arrose ça. Miz Littérature ne peut pas rester trop longtemps. Elle a un cours ce soir. J'aime ces passages en coup de vent.

Miz Littérature prend un peu de vin. Tout juste deux doigts. Elle a le vin euphorique. Elle se met brusquement à danser dans la pièce. Elle danse avec la grâce d'un albatros en se cognant sans cesse contre le Divan, la table, le réfrigérateur ou le paravent japonais. Elle enlève ses chaussures en les faisant voleter vers le plafond pour danser avec une force maladroite et un évident bonheur. Elle porte une robe blanche à col noir avec des bas gris-noir. Le plancher est jonché de mégots et couvert ici et là de taches encore humides de bière. Miz Littérature danse sans se rendre compte de la saleté tout autour d'elle. C'est un elfe sur un tas de fumier. Elle ralentit, garde les bras en croix, puis s'écroule, foudroyée, sur le Divan, à côté de Bouba.

— Tu sais, Bouba, dit-elle, j'ai parlé de toi à mon amie Valérie, et elle n'arrive pas à me croire.

— Qu'est-ce qu'elle ne croit pas?

— Elle ne croit pas que tu existes.

Miz Littérature regarde Bouba avec les yeux d'une boddhisattva.

— Je lui ai dit que tu es le seul saint vivant de Montréal, que tu mènes une vie de moine, mangeant très peu, ne buvant que du thé...
— C'est ça, ma fiche ?
— Ta vie est limpide. Tu la passes sur ce Divan à dormir, quand tu ne lis pas le Coran.
— Est-elle laide au moins, ta perle rare ?
— Oh ! elle est très belle.
— Il n'y a donc rien à faire.

Miz Littérature ne s'attendait pas à ça. Elle est restée une bonne minute bouche bée. Moi, je m'affaire à ma machine, corrigeant un chapitre que je viens tout juste de terminer. L'après-midi est assez doux. La boîte de carton, ventre ouvert, traîne sur la table. Une mouche se pose sur un gâteau comme un raisin sec. Miz Littérature se tourne vers moi pour une explication.
— Tu n'étais pas au courant ?
— De quoi ? demande-t-elle.
— Tu ne savais pas que Bouba a une sainte horreur de la Beauté.
— Oh ! ciel ! quand Valérie va savoir ça, elle va devenir dingue. Elle qui a toujours rêvé de rencontrer quelqu'un qui s'intéresse à autre chose qu'à sa beauté.

Miz Littérature a repris du vin. Elle est très gaie, aujourd'hui. J'aime la gaieté des jeunes filles sérieuses. On sonne, Miz Littérature a un petit sourire espiègle.
— J'avais demandé à Valérie de passer me prendre.

Trois petits coups discrets. Décidément, c'est le code de McGill. Miz Littérature ouvre. Une magnifique fille entre. Une de ces filles qui vous laissent carrément baba. Elle a un sourire chaleureux. Elle n'en avait pas besoin pour être cette torche ambulante. Le visage de Bouba demeure impassible. Miz Littérature fait les présentations. Bouba regarde par la fenêtre.

Une soirée frémissante. Il décroche son vieux chapeau de chasse. C'est son jour de sortie.

Je le jure sur la sourate fondamentale (« Louange à Allah souverain de l'univers », Sourate I, 1), c'est la plus fulgurante drague à laquelle il m'a été donné d'assister. Bouba parti, Valérie tombe littéralement en syncope. C'est le genre de belle fille, pas snob, à laquelle tout le monde fait des avances mais qui ne sort avec personne. Il y a toujours à McGill un imbécile, très riche, très beau, très intelligent, qui ne rêve que de l'épouser. On n'a qu'à rencontrer Valérie pour comprendre le drame. Elle a horreur d'elle-même, de sa propre beauté, de sa richesse, de son intelligence (le coup classique!). Elle pense que tout ça l'éloigne de la vérité. En gros, Valérie se cherche un gourou. Bouba Guru. Fallait y penser : pour avoir la plus belle fille de McGill, il suffit de rester chez soi. La drague, immobile.

XII

Miz Suicide sur le Divan

Bouba est assis sur le Divan comme un vieux bhikku déchiffrant les idéogrammes de Li Po, avec Miz Suicide à ses pieds buvant chacune de ses paroles. Miz Suicide, regardez-la bien, c'est une longue fille maigre, aux cheveux filasse et aux grands yeux comme perpétuellement écarquillés. Bouba est son conseiller en matière de suicide. Elle ne s'intéresse à rien d'autre. Personne ne s'intéresse non plus à elle, à part Bouba qui la reçoit chaque mardi et chaque jeudi, de 16 heures à 16 h 45, ce qui fait trois thés de quinze minutes chacun.

Miz Suicide prépare elle-même le thé dans un vieux samovar en faisant chauffer l'eau sur un réchaud à alcool. Miz Suicide, autant le dire, traverse la vie avec un paquet de Camel, des ongles sales et *Le Prophète* de Khalil Gibran. Bouba l'a repêchée à la librairie ésotérique, sur Saint-Denis, en face de la Bibliothèque nationale.

Assis sur le Divan comme une diva divaguant sans arrêt sur les sentences du vieux maître zen, Bouba crée sans le savoir une ambiance délirante. Il lit, avec sa voix gutturale et mystique, le précieux petit livre du poète à barbiche, Li Po, sur la manière de boire le thé.

— Tu dois d'abord apprendre, explique Bouba, à respirer le thé avant de commencer à le boire.

Miz Suicide écoute avec le recueillement d'une véritable boddhisattva.

— Comme ça?
— Non. Laisse-toi envahir lentement par le parfum du thé.

Miz Suicide plonge son nez consciencieusement dans la tasse. Quand elle finit par relever la tête, son nez tout embué fait un effet épouvantable, comme si elle venait de rater une noyade.

— Maintenant, lui dit Bouba, tu peux prendre ta première gorgée.

— Non, reprend-elle déjà fanatique, je veux le respirer encore.

Je me couche sur le lit, essayant tant bien que mal de faire le vide dans ma tête. Coleman joue *Blues Connotation*. Bouba parle à voix basse. Miz Suicide boit son thé avec des grimaces d'extase. J'ouvre la fenêtre. En bas, dans la ruelle, des gosses jouent au hockey. Six garçons, trois filles. Vus d'en haut, ils ont l'air trapus. La grande fille paraît, elle, assez forte, mais on peut dire que la petite n'est pas encore en âge de participer au jeu. Tout ce qu'elle fait, c'est essayer de retenir son chien pour qu'il n'aille pas déranger le jeu. Le chien est bien plus fort qu'elle. Il la tire. Elle résiste un temps, et finit par lâcher la bride. Alors, le chien, libre, file et s'empare de la rondelle devant les bâtons de hockey.

Ensuite, selon un rituel préétabli, le chien revient déposer la rondelle sur les genoux de la petite. Il pose la tête sur sa robe en geignant. Les joueurs, fâchés, reprennent tout de suite la rondelle. La petite fille réprimande alors le chien qui n'arrête plus de gémir. La petite fille le caresse. Le chien fait le doux une minute ou deux avant de filer brouiller le jeu à nouveau. Il fait moins clair. Le jeu ralentit. On traîne. La croix du mont Royal est phosphorescente.

Coleman, face B. Je suis devant la machine depuis dix minutes et j'essaie de soutirer quelque chose à cette fameuse Remington 22 qui a tout de même appartenu à Chester Himes. Bouba et Miz Suicide continuent leur dialogue intemporel. Je cherche l'inspiration en observant un cafard se débattant dans l'évier («La vue ne saurait l'atteindre; lui, il atteint la vue, le

Subtil, l'Instruit »). La musique de Coleman accompagne cette bestiole dans la mort. Belzébuth, là-haut, ne nous pardonnera pas ce nouveau meurtre. Miz Suicide se lève pour son thé et fait partir l'eau. L'Ange de la mort.

Bouba est assis, torse nu, sur le Divan.
— Connais-tu Papini?
— Non, répond Miz Suicide.
— Papini, finit par dire Bouba, a très intelligemment écrit sur le suicide.
— Qu'a-t-il écrit?

Miz Suicide ne s'intéresse qu'aux sujets qui traitent de la mort.
— Vois-tu, dit Bouba, Papini est un écrivain italien, un homme fortement désabusé. Dans un de ses livres, il raconte l'histoire d'un Allemand qui cherche à se suicider.

Miz Suicide écoute comme une boddhisattva accomplie.
— Eh bien, murmure Bouba, cet homme doux et civilisé cherche un moyen courtois pour se suicider.
— Et l'a-t-il trouvé?
— Il analyse plusieurs manières. Toutes lui paraissent brutales, stupides ou vulgaires, sauf une...
— Oui...

Miz Suicide n'en peut plus de ce suspens.
— Celle-là. Il décide de se laisser dépérir physiquement et moralement, jour après jour.
— Mais il y a des millions de gens à qui ça arrive.
— La différence, c'est que, lui, il le fait méthodiquement.

Un ange noir passe. Miz Suicide secoue la tête. Bouba sourit doucement. On entend Coleman. Un temps. Miz Suicide achève son dernier thé et, sans un mot, ramasse ses cliques puis part.

— Tu penses que cette coquille vide a compris ton Sermon de la Montagne, Bouddha de mes fesses, dis-je un peu plus tard.
— Ben... oui.
— T'as pas peur qu'elle se balance une bonne fois?
— Au contraire, Vieux, c'est ce qui la tient en vie.

— Et toi, ça te permet de jouer au Bouddha nègre.
Bouba éclate de son rire fracassant.
— Dis-moi à quoi tu joues avec cette horreur aussi sexy qu'un pou ?
— La charité, Vieux, tu ne connais pas ça.
— Et toi, Bouddha de mon cul, tu ne connais pas le bouddhisme.
— Comment ça ?
— Eh bien, frère, le Sutra du Diamant dit : « La Charité n'est qu'un mot. »
Bouba éclate une nouvelle fois de son déroutant rire jazz (long hurlement traversé de hoquets).
— Au diable, le Sutra du Diamant, aucun Sutra ne tient devant le Bouddha.

XIII

Un bouquet de lilas ruisselant de pluie

Trois discrets petits coups contre la porte.
— On peut entrer ?
— Si vous apportez de l'argent en espèces sonnantes et trébuchantes, sinon passez votre chemin.
— Nous apportons des fleurs.
Un éclat de rire frais suit cette réplique et les deux jeunes filles entrent, chacune un bouquet à la main. Bouba boit depuis quelques heures, les jambes ramassées sous sa poitrine. Dans la position du fœtus. Valérie Miller est allée directement vers le Divan avec un grand bouquet de lilas ruisselant de pluie. Miz Littérature a mis ses fleurs dans un vase qu'elle a placé sur un coin de la fenêtre. Elle me regarde taper un moment. Valérie Miller porte une robe jaune et verte dans le style de Sonia Delaunay.
— Qu'est-ce que tu écris là ?
— Un roman.
— Un roman !
— Au fond, des fantasmes.
— Des fantasmes !
Le mot fantasme a un tel succès en Occident qu'il pourrait déclencher une guerre atomique.
Par la fenêtre, je vois tomber, finement, une pluie oblique. Pas assez d'eau pour rafraîchir l'air.
Je regarde Valérie Miller, et elle semble très à l'aise ici. Elle est debout à la fenêtre, à regarder la Croix. Même cette saloperie de

Croix a l'air de s'humaniser un peu, rien qu'à la vue de Valérie. C'est une beauté à vous couper le souffle, Valérie. Tant qu'elle sera vivante, la guerre atomique n'aura pas lieu. Même la bombe sera gentille avec elle.

Miz Littérature n'est pas mal, non plus. Mais Valérie Miller est un événement. Elle se déplace dans la pièce, naturellement. Comme si c'était un acte normal. C'est le Vésuve chez soi, Belzébuth, là-haut, n'a qu'à se rhabiller.

Miz Littérature regarde mes bouquins.

— Tu n'as pas beaucoup de femmes dans ta collection!

C'est dit gentiment, mais ce genre de remarque peut cacher la plus terrible condamnation.

— Oui, c'est vrai. Il y a toujours Marguerite Yourcenar.

Yourcenar, paraît-il, ne peut pas me dédouaner. Trop suspecte. Je n'ai pas de Colette, ni de Virginia Woolf (impardonnable, même pas un Marie-Claire Blais).

— J'ai des poèmes d'Erica Jong.
— Vraiment!

Le visage de Valérie s'est illuminé. Le Vésuve en activité. Valérie a illustré son recueil, l'année dernière. Par chance, le livre traîne sur la table.

Joue contre joue. Dans un tango immobile. Les yeux fermés, elles hurlent (en chœur) le poème « Non, Sylvia Plath n'est pas morte ».

« Pas morte, non Alvarez a menti, mes sœurs, en disant qu'elle n'aimait d'amour que la mort; et Hugues aussi, son bel et ténébreux mari; et jusqu'aux éditeurs Harper and Row (oui, même eux ont menti je le dis à mon grand regret). »

Miz Littérature veut s'arrêter pour boire un peu avant de continuer. Elle se verse une bonne rasade de vin qu'elle avale d'un coup avant de reprendre le poème. Valérie attendait comme un sprinter au départ du cent mètres.

« Oh, non! pas morte. On n'entendra qu'un mannequin de cire. Non, en Argentine Sylvia Plath n'est pas morte. Elle fait de

longues parties d'échecs en compagnie de Diane Arbus dont l'œil se nourrissait de grotesque et de monstres.
Elle échange avec Marilyn
des comprimés de somnifère
et dans le noir comme une enfant
elle rit avec Zelda Sayre.»

Et le finale (verres levés).

«Ah! le vrai, le beau dortoir de filles
que c'est là-bas
en Argentine!»

Les filles, parties. Je suis resté seul dans le noir. Je n'ai pas vu la nuit venir. Un croissant de lune, en chapeau, derrière la Croix. Les phares des voitures sous la pluie. La chaussée mouillée. Les lumières des maisons s'allumant au fur et à mesure que celles des immeubles à bureaux s'éteignent. J'ai le cafard. Un cafard chic.

Bouba a l'air de quoi, couché ainsi, la bouche ouverte, les bras en croix et un bouquet de lilas entre les bras...

Ah! le vrai, le beau dortoir de Nègres qu'il y a là-bas chez les filles.

XIV

Comme une fleur au bout de ma pine nègre

Notre dernier grand repas avant l'explosion nucléaire, nous l'avons pris en compagnie d'une fille de Sir George William's University. Menu : riz blanc, vin blanc et Duke. Duke Ellington. The Duke.
— Ah! j'adore le jazz, attaque-t-elle.
— Vraiment?
— Je trouve ça vivant.
Bouba pose les chaudrons sur d'anciens numéros du *National Geographic* achetés à cette fin au Palais du Livre. Miz Sophisticated Lady (c'est ainsi que Bouba l'a surnommée, en hommage à Duke) suit un régime minceur assez sévère. Dire qu'elle est à la fois anglaise et disciplinée est un pléonasme inutile dans la bouche d'un Nègre. Le vin lui est tout de suite monté à la tête. Et elle envoie tout de go promener son régime. Une demi-heure après le repas, je l'ai vue sortir, subrepticement, un petit livre en cuir brun de son sac Gucci.
— C'est le livre de Mao.
— Non.
— Je parie, dis-je, que c'est un livre de prières orientales.
— Non (sèchement).
— Attends, ça ne peut être que la *Bhagavad-Gita*?
— Tu n'y es pas.
— Alors, c'est une version abrégée du *Kama-sutra*.

— Désolée (avec un sourire au coin des lèvres), c'est tout simplement un livre indiquant le nombre de calories.
— Tu veux savoir le compte d'hydrocarbures que tu bouffes ?
— Si tu veux.
Elle a souri.
— Je peux voir ?

Elle me passe, finalement, le livre avec la même spontanéité que si je lui avais demandé de me prêter sa brosse à dents. Je veux avoir un compte exact des calories et sels minéraux qui peuplent le monde noir. Riz avec crevettes : 402 ; riz frit avec porc : 425 ; riz avec poulet : 425. On tient le coup. Riz partout. Je ne pourrai jamais partager le destin d'une civilisation qui ostracise le riz. De toute façon, je ne pourrai, en aucun cas, faire confiance à des gens qui croient le yogourt supérieur au riz. Le goût du riz dépasse les plus sublimes élévations de l'âme. C'est une des formes de bonheur noir. Le paradis nègre retrouvé. La Terre Blanche (et farineuse) promise depuis le premier contrat de la Traite des Nègres. Existe-t-il une psychanalyse possible de l'âme nègre ? N'est-ce pas, véritablement, le « Continent noir » ? Je vous pose la question, Dr Freud. Qui pourrait comprendre le déchirement du Nègre qui veut à tout prix devenir Blanc, sans couper avec ses racines ? Connaissez-vous un Blanc qui désire, ainsi, de but en blanc, devenir Nègre ? Peut-être y en a-t-il mais c'est à cause du rythme, du jazz, de la blancheur des dents, du bronzage éternel, du fun noir, du rire aigu. Je parle d'un Blanc qui voudrait être Noir, juste comme ça. Moi, je voudrais être Blanc. Bon, disons que je ne suis pas totalement désintéressé. Je voudrais être un Blanc amélioré. Un Blanc sans le complexe d'Œdipe. D'ailleurs à quoi ça sert vraiment le complexe d'Œdipe puisqu'on ne peut pas le manger, ni le vendre, ni le boire, ni l'échanger contre un billet aller-retour Montréal-Tokyo ? Ni même baiser avec (ça, peut-être). Si je deviens subitement Blanc, là, juste en le souhaitant, que se passera-t-il ? Je ne le sais pas. La question est trop grave pour faire des suppositions. Je verrai les Noirs dans les rues et je saurai à quoi ils pensent quand ils regardent un Blanc. Je n'aimerais surtout pas que quelqu'un me regarde avec une telle convoitise dans les yeux.

Bouba est allé faire un tour sur le mont Royal. C'est sa journée de sortie. Nue, Miz Sophisticated Lady est bien mieux que tout ce que j'avais imaginé. Elle a une sexualité délirante qui contraste merveilleusement avec son allure guindée. Faut la baiser vicieusement. Elle se met volontiers à quatre pattes et, là, je la prends calmement. À mon rythme. Elle n'arrête pas d'exiger des trucs cochons et dans la bouche de Miz Sophisticated Lady, c'est joliment pervers. J'y vais comme au ralenti. C'est un ticket pour l'éternité. Je la prends par-derrière et elle hurle. Des cris aigus, un peu excentriques. Une baise à la fois nerveuse et sûre. Le truc qu'elle semble privilégier n'est pas particulièrement difficile. Faut la pénétrer violemment, presque au sang, pour ensuite se retirer tout doucement. Élémentaire, oui. Mais pour une fille bien de Sir George William's, c'est tout de même étonnant. Comme quoi à la regarder si bien mise, on n'imaginerait pas le petit animal vorace et insatiable niché au cœur de son vagin. Je sens mes jambes trembloter, ma nuque devenir raide. Le cri lové quelque part dans mon duodénum. Le cœur de mon sexe jubile comme un poisson hors de l'eau. Le Coran dit : « Dis-tu la vérité ou plaisantes-tu ? » (Sourate XXI, 56). Je l'entraîne jusqu'au lit sans vraiment arrêter de baiser, la tenant pour ainsi dire au bout de ma pine. Comme une fleur au bout de ma pine nègre. La fenêtre encore ouverte sur la Croix du mont Royal. Miz Sophisticated Lady est couchée sur le dos. Offerte. Toute molle et humide. Dieu ! cette fille judéo-chrétienne, c'est mon Afrique à moi. Une fille née pour le pouvoir. En tout cas, qu'est-ce qu'elle fait ainsi au bout de ma pine nègre ? Ça ruisselle entre ses cuisses blanches. Ses yeux sont tournés vers l'intérieur (elle me rappelle cette image de mon enfance d'une sainte Thérèse de Lisieux en extase). Son cou cassé repose sur mon épaule gauche (« Son bras gauche est sous ma tête et sa droite m'étreint », *Le Cantique des Cantiques*). Pas un cri. Communication non verbale. Baiser. Baiser. Baiser.

Je ralentis doucement le rythme. Elle commence à râler tout en marmonnant une sourate personnelle. Je ne parviens pas à comprendre cet espéranto animal et vicieux. J'approche mon oreille de sa bouche. « Baisemoi baisemoi baisemoi baisemoi baisemoi baisemoi baisemoi baisemoi baisemoi baisemoi… » Oh! j'arrive. J'arrive, moi, d'abord avec une combinaison de passes rapides (un deux-un deux trois-un deux) avant d'achever avec un direct à bout portant. Le souffle coupé. Elle relève vivement son torse pour retomber du même élan sur le lit, secouée de spasmes. J'y vais alors profondément et lentement. Je veux baiser son inconscient. C'est un travail délicat qui demande un infini doigté. Vous pensez: baiser l'inconscient d'une fille de Westmount! Je regarde du coin de l'œil mes cuisses huilées (à la noix de coco) le long de ce corps blanc. Je prends fermement ses seins blancs. Le léger duvet sur le ventre blanc (marbre). Je veux baiser son identité. Pousser le débat racial jusque dans ses entrailles. Es-tu un Nègre? Es-tu une Blanche? Je te baise. Tu me baises. Je ne sais pas à quoi tu penses au fond de toi quand tu baises avec un Nègre. Je voudrais te rendre, là, à ma merci. Mouvement lent du bassin. Presque monotone. Changements de rythme à peine perceptibles. Et toi? Tu es là en pleine concentration métaphysique et je ne sais pas à quoi tu penses. Je sais pourtant qu'il n'y a pas de sexualité sans fantasmes. Tu sembles morte. À peine bouges-tu. Es-tu indifférente? Cela vient-il du plus profond de ton être? Mon sexe célèbre ces poils dorés, ce clitoris rose, ce vagin interdit, ce ventre blanc, ce cou ployé, cette bouche anglo-saxonne. Atteindre ton âme wasp. Baise métaphysique. Vapeurs mystiques. Tout semble se passer dans une certaine irréalité. Tu es là, couchée, avec le visage d'Ophélie. Tu t'éloignes petit à petit de la matière. Je vais me retirer de ce corps inerte, imbaisable, indifférent. Je me retire lentement. Quel est ce cri? D'où vient-il? C'est le cri du vagin soi-même. J'entends sa voix: « Oui oui oui oui oui oui oui oui oui ouiiiiiiiiiiiiiiiiiiii. » Cri tendu, en contre-ut, aigu, soutenu, inhumain, tantôt allegro, tantôt andante, tantôt pianissimo, cri interminable, inconsolable, électronique, asexué, me rappelant modulation pour modulation ce cri primal venu de la chambre de Belzébuth, là-haut.

Duke Ellington achève *Hot in Harlem*. Miz Sophisticated Lady dort depuis un moment. Je m'assois pour écrire. La Remington semble de bonne humeur. Je tape comme un dingue. Ça crépite dans la nuit. Les phrases fusent à toute allure. Je ris. Je suis nu. Le sexe encore huilé. Mon corps parfumé de toutes les odeurs de Miz Sophisticated Lady. J'écris. Je suis heureux. Je le sais.
Une heure plus tard. Au milieu de la nuit.
— Hé! Réveille-toi!
Miz Sophisticated Lady me réveille ainsi en pleine nuit.
— Hé!
— Quoi? Qu'est-ce qu'il y a?
— Il y a des souris ici.
Je me frotte les yeux.
— Ben non, il n'y a pas de souris.
Je me recouche.
Dix minutes plus tard.
— Hé!
— Qu'est-ce qui se passe?
— Des souris!
— Ah! merde.
— Je suis sûre qu'il y a des souris ici.
— Dans l'immeuble?
— Dans cette pièce.
Elle est assise, en lotus, sur le lit. Le cou dégagé. La tête en vigile. Les yeux effrayés. Elle s'attend résolument à voir surgir à tout moment dans la pièce une famille monoparentale de souris.
— Écoute, je n'entends rien.
— Je les ai entendues, moi.
Je reste fasciné par ces cils qui bougent à une vitesse infernale (8 000 battements par minute). Si rien ne vient changer le cours des choses, elle entrera en transes (boudham saranam gacchami)

et atteindra aisément ainsi le centre de pureté de Tathagata, là où aucune souris ne peut accéder.

— Je vais voir, dit-elle, décidée.

Ça me semble être la plus grande décision de sa vie. Je l'entends allumer la lumière de la salle de bains. Qu'est-ce qu'une souris peut bien représenter comme danger pour une forte fille de Westmount ? Si une minuscule souris la panique tant, que dire d'un Nègre alors ? Ce n'est pas tant baiser avec un Nègre qui peut terrifier. Le pire, c'est dormir avec lui. Dormir, c'est se livrer totalement. C'est le plus que nu. Nu plus. Qu'est-ce qui peut bien se passer durant la nuit, pendant le sommeil ? Peut-on rêver l'autre ? Peut-on pénétrer le rêve de l'autre ? L'Occident dit : territoire inconnu. Attention : danger. Danger d'osmose. Danger de véritable communication. Ce qui était une simple baise érotique pourrait bien devenir... On a déjà vu des jeunes filles blanches, anglo-saxonnes, protestantes, dormir avec un Nègre et se réveiller le lendemain sous un baobab, en pleine brousse, à discuter des affaires du clan avec les femmes du village. D'ailleurs, la fille d'un des présidents de Canadian Pacific a déjà couché avec un Nègre sur le mont Royal, en plein été, au vu de tout le monde, et plus personne ne l'a jamais revue. La fille du directeur de la programmation à Radio-Canada vend des paniers d'osier et des filets de pêche dans un petit village de Casamance. La femme d'un membre du conseil d'administration de l'université McGill ramasse des arachides au Sénégal. Il y a plein de cas de ce genre. Méfiez-vous. Baiser avec un Nègre, c'est bien (c'est même recommandé), mais dormir avec... Je vois bien Miz Sophisticated Lady courir derrière une antilope, préparer le manioc pour faire la cassave et servir le thé aux veillées funéraires. La publicité dit : « Baiser avec un Nègre pour se réveiller au pays dogon. » Et d'ailleurs, que fait Miz Sophisticated Lady dans le noir avec ce Nègre ? Elle cherche la souris. Je me rendors, de guerre lasse, la laissant à sa chasse. Je pénètre, doucement, dans le sommeil. Au ralenti. J'entends très nettement Duke Ellington jouer *The Soda Rag Fontaine*. Ce rag rappelle au Duke le bon vieux temps du

Poodle Dog Café. Duke joue ce truc marrant avec des types qui font craquer. Edison et Cootie Williams à la clarinette (on ne peut demander mieux), Bubber Miley et Stewart effleurant la trompette du bout des lèvres comme si ça ne leur disait rien, mais Dieu! Quel swing! Al Sears, le grand Al, au sax. Brand à la basse (tu imagines ça d'ici, coco) et Sonny Greer à la batterie. Avec une formation pareille, tu peux défoncer le plafond. Là-haut, semble-t-il, Belzébuth dort. L'enfer est au repos.

— Hé!

Qu'est-ce que veut dire ce « Hé! »? Les filles de Westmount n'ont donc pas d'éducation. Elles ne respectent pas le sommeil des autres. Miz Sophisticated Lady, paraît-il, a trouvé quelque chose.

C'est Bouba. Bouba dévorant une tête de laitue assis sur le Divan, dans le noir. (Le Coran dit: «Vous mangerez le fruit de Zakoum», Sourate LVI, 52, «et les bananiers chargés de fruits du sommet jusqu'en bas», Sourate LVI, 28). J'avoue que ça peut impressionner une fille de Westmount. Je n'avais pas entendu Bouba rentrer. Il a dû le faire sans bruit. Et comme Bouba mange n'importe quoi à n'importe quelle heure, il a dû ouvrir le réfrigérateur avec une fringale à son talon et ne trouver que cette laitue. Il a dû la manger sans bruit. Mais l'ouïe fine de Miz Sophisticated Lady a nettement perçu le bruit des incisives grignotant. Voilà Miz Sophisticated Lady qui tombe sur Bouba en train de dévorer une laitue dans le noir.

«Je ne comprends pas», fut son unique commentaire.

Elle ne comprend pas.

— C'est pas facile.

— Je n'arrive pas à concevoir une chose pareille.

Elle n'arrive pas à concevoir une telle chose.

— C'est comme ça.

— Peux-tu m'expliquer?

— Ça peut attendre à demain?

C'est comme si je venais de refuser mon aide à un noyé. Comment lui dire que ce jeune homme inquiet et cultivé avec qui elle a bavardé tout l'après-midi nourrit dans son âme secrète une abominable rancœur contre le lait, le steak, le fromage, les œufs (« Ô croyants! n'interdisez point l'usage des biens délicieux qu'Allah a déclarés licites pour vous », Sourate V, 89). Pourra-t-elle me croire? Du moins, me comprendre? C'est une affaire qui remonte à l'âge fœtal du Nègre. Ces éléments nourriciers sont et seront jusqu'à la fin pour Bouba des diablotins malfaisants qui entendent le réduire à sa merci. Bouba est un homme courageux qui mène, ici même, un combat de tous les instants. Contre les forces obscures de la misère la plus noire. Il sait qu'il a perdu d'avance. Il porte, sur tout le corps, des cicatrices. Des blessures, encore sanglantes parfois. Des coups dont on ne revient pas. Mais toutes les nuits (comme cette nuit), il n'en continue pas moins à ferrailler pied à pied avec l'hydre de l'intestin.

Là, j'ai mis le paquet. J'éprouve déjà du remords pour avoir tenté d'expliquer un truc joliment privé à une fille de Sir George William's University qui pratique le régime minceur Scarsdale depuis l'âge pubère. Elle essaie de m'expliquer que l'Être doit posséder une autre destinée que celle d'avaler des hydrocarbures. Pour le Nègre affamé, l'Être hégélien est une des plus sinistres plaisanteries judéo-chrétiennes.

The Cotton Club Orchestra attaque *Mood Indigo*. J'entends Bouba siffler dans le noir. Miz Sophisticated Lady est assise sur le lit dans la position du bipède supérieur. Droite, fière, pathétique. Miz S. L. crève, littéralement, d'indignation. Je ne peux pas dire à quel moment exactement j'ai commis la gaffe. Gaffe monumentale. Irréparable. Ça doit être lorsque je lui ai dit que les Nègres sont encore à l'âge de la boustifaille et que manger un bol de riz leur est quelquefois préférable aux mystères de l'amour. Normalement, ce serait aux Nègres de se vexer, de s'indigner d'être encore dans une situation aussi terrible. En aucun cas, il n'y a lieu pour une Anglaise de se vexer. D'ailleurs, comparer une fille de Westmount à un bol de riz est une réflexion philosophique au-dessus de mes forces. Mao n'a pas fait la révolution pour que chaque Chinois puisse disposer d'une Chinoise mais plutôt pour que chaque Chinois et chaque Chinoise puissent disposer d'un bol de riz par jour. Donc, pour une Chinoise ou un Chinois, le riz est une chose sacrée. Alors que pour Miz Sophisticated Lady, un bol de riz est un bol de riz. Elle refuse même que je sorte avec elle chercher un taxi. L'orgueil des maîtres du monde. Elle part, et plus je réfléchis, plus j'ai tendance à croire qu'il s'agit moins d'une affaire de riz que d'un vieux malentendu historique, irréparable, complet, définitif, un malentendu de race, de caste, de classe, de sexe, de peuple et de religion.

Bouba rassemble calmement, dans sa paume creuse, les petits os de poulet qui traînaient sur la table. Je m'installe sur le Divan avec un bouquin de Borges et, trente secondes plus tard, les premières notes de *Take the « A » Train* remplissent la pièce. La musique s'insinue dans mon corps, me catapultant dans cette jungle sonore d'une moiteur tropicale, sous l'œil ringard du vieux Duke. Bouba battant la mesure avec deux baguettes de riz chinois.

— T'entends ça, Vieux?
— J'entends.
— *Hot and Bothered*, ça te plaît?
— Ça va.
— Avoue que c'est génial, que t'as jamais entendu rien de pareil de ta saleté de vie.
— J'avoue.
— Et là, poursuit Bouba, Stravinsky n'y a vu que du feu.
— C'était quoi, ça?
— Hé! T'as pas reconnu?
— Non.
— *Sophisticated Lady*, Vieux, du pur *symphonic jazz*.

XV

« Nous voici Nègres métropolitains » *

Bistrot à Jojo. Midi. Température douce. Nous sommes assis à l'arrière. Dans la pénombre d'une lumière tamisée. Fauteuils confortables. Bruits sourds. Bar cossu. Nous commandons des zombies. L'homme assis en face de moi est un Ivoirien. Il vit à Montréal depuis quinze ans. Il a connu octobre 70.
— Et comment ça s'est passé ?
— Octobre 70 ?
— Non, je veux pas parler de ça.
— Tu veux dire « la dégringolade ».
— C'est bien ça.
Il prend une longue respiration.
— Tu sais, mon frère, il fut un temps où le Nègre voulait dire quelque chose, ici. On ramassait les filles comme ça (claquement de doigts).
Un ange nègre passe dans le champ.
Il me regarde avec ce visage parcheminé de vieux sage délirant sous le baobab, un soir de pleine lune.
— Oui, mon frère, c'était l'âge d'or nègre.
L'âge d'ivoire, plutôt.
Le garçon arrive, enfin, avec la commande. Gros pourboire.
— Très important, le pourboire, frère, c'est ton respect, ta dignité, ta survie.

---
* Émile Ollivier. (N.d.A.)

L'homme a l'air désabusé. On dirait qu'il a, depuis longtemps, lâché prise. Et qu'il n'arrête pas de tomber. En chute libre.

Je relance la conversation.

— Quel pourcentage?

— Les pourboires?

— Les filles.

— Bof, un Nègre pour six Blanches. Et retenez, frère, je parle d'un Nègre de taille moyenne et d'appétit ordinaire. Dans les petites villes, on faisait choux et rave. C'était le bon temps, frère, tu peux le dire.

Un grand Sénégalais (2,09 mètres) traverse tout le bistrot pour venir nous saluer.

— Salut, frères.

— Salut, frère.

Nouvelle commande. Trois bières, cette fois. Le Sénégalais long comme un bambou dans son boubou.

Il s'assoit.

Long silence.

On boit. Commande. Trois autres bières.

— Combien tu me donnes?

— Comment ça! Ton âge?

— Pas ça, frère, j'suis pas pédé.

Il me montre une touffe de cheveux blancs au milieu de sa tête. Comme un pompon.

— Combien? me redemande-t-il avec insistance.

Je ne comprends toujours pas.

L'Ivoirien, jusque-là impassible, consent à traduire.

— Il veut savoir combien d'hivers tu lui donnes.

— Dix, dis-je, évitant de le froisser.

Il éclate d'un énorme éclat de rire.

— Vingt, frère. On est brûlé à l'intérieur. La glace brûle tout, frère. Après vingt ans ici, frère, on devient cendre. Regarde ce type qui arrive. Il a l'air costaud, hum... tu n'as qu'à souffler dessus.

En effet, un type vient d'arriver en coup de vent. Il a l'air furieux. Il s'assoit et commande au garçon une bière et un paquet de gitanes.

— Tu sais, dit-il après avoir écouté un moment notre conversation, je ne peux plus entendre parler de Blanches.

— Qu'est-ce qui s'est passé?

— Nous autres, Nègres, poursuit-il, nous avons plutôt besoin qu'on nous foute la paix.

— Bien sûr, dis-je.

Les autres hochent la tête.

— Moi, précise-t-il, qu'on m'adore ou qu'on me vomisse, j'en ai rien à cirer. C'est la même saloperie. La même hypocrisie. Marre, j'en ai marre, frère.

Grave silence. Après avoir bu, l'homme, qui secoue la tête et sourit tristement, parle de nouveau.

— Figure-toi, frère, j'ai rencontré une fille, ici même, dans ce bistrot. On prend un verre. On change de bar. J'habite dans le coin. Bref, la méthode classique. Je l'emmène chez moi. Deux jours inoubliables. Elle mange épicé. Très bien. Elle baise raide. Encore mieux. Ça va comme je veux. Sur des roulettes. Je la laisse partir. Du laisse, quoi! Elle devait aller faire du canotage avec sa famille. J'aime ça, les gens qui ont le sens de la famille. Elle me jure qu'elle n'aime que moi. Je ne lui avais rien demandé. Elle part. Pas un téléphone. Rien. J'attends. Plus de nouvelles d'elle. Trois mois plus tard, je la rencontre sur la rue Saint-Denis. «Oh! salut. – Salut», répond-elle. «Tu ne m'as pas téléphoné?» Elle n'a pas pu. Pas eu le temps. En trois mois. Imaginez tout ce que cette fille m'a dit quand je la baisais. «Et qu'est-ce que tu faisais qui t'a pris tout ton temps ainsi? – J'ai appris à jouer du conga. Il est merveilleux. Tu le connais, peut-être. C'est un sage. Il m'apprend plein de secrets. Il vit couché sur un Divan. C'est le plus grand sorcier de Montréal.»

L'homme me regarde, après confession, avec ses petits yeux en lame de rasoir. Moi, je crois connaître ce grand sorcier qui vit sur un Divan, mais je ne savais pas que sa réputation avait passé les frontières du Carré Saint-Louis.

XVI

Un jeune écrivain noir de Montréal vient d'envoyer
James Baldwin se rhabiller

Le bouquet de pivoines dort à côté de la vieille Remington. C'est un sale dimanche. Terne, gris, mouillé. Je me sens vidé. Bouba boit du thé chaud, allongé sur le Divan. Ella Fitzgerald chante doucement *Lullaby of Birdland*.
— T'as pas l'air d'aller, Vieux?
— Ça va, dis-je avec un mince filet de voix, ça va.
— Tu dis ça sur un ton.
— Comme ça.
— Veux-tu une tasse?
— OK.
Bon thé chaud.
— C'est à cause du bouquin?
— Ououi...
— C'était donc ça.
— C'est le vase. Je n'arrive à rien.
— Tu devrais aller faire un tour.
— Ça fait la dixième fois que tu me conseilles ça, Bouba.
— Tu sais quoi, Vieux?
— Hein?
— Je voulais te le dire avant. Tu penses trop, c'est ça ton problème.
— Je sais.

Comment faire l'amour avec un Nègre sans se fatiguer

Billie Holliday chante, toutes tripes dehors, cette complainte sur le lynchage, *Strange Fruit*, et ça me donne brusquement un cafard fou.

Miz Littérature est arrivée, il y a quelques minutes. Elle se tient derrière ma chaise.

— Vas-tu travailler encore longtemps?
— Peut-être...
— Penses-tu en tirer quelque chose?
— J'sais pas.
— Si je peux t'aider de quelque manière...
— Malheureusement, non, c'est le genre de truc qu'il faut faire soi-même.

Miz Littérature revient à la charge, une demi-heure plus tard.
— Cool, brother.
— Ça alors! depuis quand les filles d'Outremont parlent-elles comme ça?
— Disons depuis qu'elles fréquentent des Nègres.
— C'est pas clair. Il faut dire depuis qu'elles baisent avec des Nègres.
— Tu es pauvre, Nègre et génial, c'est bien ça?
— Toi, t'es juste riche, c'est bien ça?
— Pas juste riche puisque je baise avec un Nègre, pauvre et génial.
— Hé! t'es pas trop esquintée pour une fille d'Outremont.
— Qu'est-ce que t'as contre les riches?
— Qu'est-ce que j'ai contre les riches? Eh bien, je crève de jalousie, je meurs d'envie. Je veux être riche et célèbre.
— Je te prends au sérieux, tu sais?
— C'est la seule chose sérieuse que j'ai dite depuis des lunes.
— Donc, tu veux devenir le meilleur écrivain Nègre?
— C'est ça. Meilleur que Dick Wright.
— Meilleur que Chester Himes?
— Meilleur que Chester.
— Meilleur que James Baldwin?

— Oh! celui-là est un os dur.
— Meilleur que Baldwin ou pas?
— Meilleur que Baldwin. Baldwin, joli nom, hein? Avec *Paradis du Dragueur Nègre*, un jeune écrivain noir de Montréal vient d'envoyer James Baldwin se rhabiller.

La pluie a cessé depuis un bon moment. On étouffe ici.
— Si on sortait?
— Pour aller où?
— Dehors.
— C'est pas mieux.
— C'est différent.
— Ah! tu veux changer d'ambiance.
— C'est ça.

Ça pue dans cette pièce, mais Miz Littérature en est arrivée à mieux supporter cette odeur que moi.
— Chaud, hein?
— Oui très chaud.
— Combien?
— 90 degrés ou tout près de ça.
— Regarde cette bicyclette.
— Quoi? Celle-là?
— Regarde-la bien.
— Pourquoi?
— Elle va s'évaporer avant d'atteindre Sainte-Catherine.
— T'es dingue ou quoi! Qu'est-ce que tu racontes là?
— Regarde pour voir.
— Oooooooooooooooh!
— Je te l'avais dit.
— Oh! my God. Oh! my God. My God.
— Tu vas pas répéter ça toute la journée.
— Oh! my God.

Nous entrons à la librairie Hachette. Température douce. Foule.
— C'est plein!

— À cause de l'air conditionné. La plupart des gens que tu vois là n'ont aucune intention d'acheter le moindre bouquin. Ils veulent, simplement, profiter de l'air frais.

— Qu'est-ce qu'ils lisent, tous ces gens ?

— Cuisine, macramé, diététique, horoscope, canotage, sports. C'est le troupeau de Stanké.

— Et nous ?

— Nous, on vole. Quand on pique, il faut être strict et choisir le meilleur produit.

Quand j'ai envie de lire un mauvais livre, je l'achète. Se faire prendre avec un mauvais écrivain sous le bras, tu parles d'une merde.

— Et qu'est-ce qu'on pique ?

— Sers-toi.

La dame à la caisse, je l'ai dans la poche. Elle surveille mollement. Faudrait plutôt faire attention au type debout, les mains croisées derrière son dos, près de la collection de poche. C'est le flic-maison.

Miz Littérature n'arrête pas de chuchoter. C'est sa manière de paniquer.

— Fais surtout attention aux dames de soixante ans (robes à fleurs, cheveux argentés, mains propres) le respect, quoi ! Elles sont capables de te signaler au gérant, juste pour se mettre à la bonne avec le personnel de la librairie. Elles viennent chaque jour ici. Ça leur donne une espèce de légitimité.

Miz Littérature a le feu au corps. C'est la plus grande aventure de sa vie. Le vol. Corrompre une fille d'Outremont, c'est quasiment une B.A.

— Combien en as-tu dans ton sac ?

— 5, 6, je ne sais pas.

— Ça suffit pour aujourd'hui. On file. Donne-moi le sac. Va, je te suis. Ne regarde pas vers la caisse. Je m'occupe du reste.

Miz Littérature exulte.

— Tu sais... J'ai fait un vœu.

Mythologies américaines

– C'est quoi?
– Un jour, on viendra piquer ton bouquin, ici.
Je ferme les yeux.
Je vois (avec un grain de perversité) une vieille dame glisser dans son sac, sans se faire remarquer : *Paradis du Dragueur Nègre.*

XVII

Rythme électronique pour Miz Orange mécanique
sur fond de conga nègre

Je tourne sur Sainte-Catherine.
— Salut, beau Noir.
Un travesti.
— C'est par où Les Clochards Célestes ?
— Par là, Beauté.
Bouba m'avait laissé un message près de la Remington. Miz Littérature était passée ce midi. Elle m'attend, ce soir, aux Clochards Célestes.
Un escalier coincé comme une échelle de cordage. Deux pièces spacieuses. Un bar. Trois types en chapeau mou, accoudés au bar, en train de regarder une partie de hockey à la télévision. Aucun son. Le poste est juché sur une étagère, à côté d'une énorme bouteille de budweiser (*This Bud is for you*).
— Une bud.
Inévitable.
À l'autre bout de la pièce, une trentaine de tables autour d'une estrade. Les Sénégalais sur la scène. Quatre tambours, deux congas. Rythme sourd et frénétique. Zoom au fond, à droite : Miz Littérature sirotant une boisson verte. Atmosphère électrique. Les corps noirs des Sénégalais luisent dans la pénombre en éclats de magnésium. Une odeur de haschisch flotte, légère et insistante. Je traverse la salle en plein show sénégalais. La

sensation moite de ces corps torréfiés en attente d'une pluie de rythmes nagos. L'appel de la brousse, rue Sainte-Catherine. Musique nègre pour danseurs blancs. *Soul on fire.* Haute tension. Miz Littérature bavarde avec une punk. Miz Punk me jette un œil mauvais. Ça joue dur.

Koko, un des musiciens sénégalais, me fait un clin d'œil. Frère. Miz Punk l'a intercepté.

— Tu viens d'où, toi?
— Harlem.
— Harlem! J'adore Harlem. Ah bon!...

Miz Punk est survoltée.

— C'est plein de crimes?
— On fait ce qu'on peut.
— Il paraît que personne ne va au-delà de dix-sept ans? On meurt avant. Est-ce vrai?
— Sûr. J'ai quinze ans.

Miz Punk a dix-sept ans. Elle me regarde d'un drôle d'air, essayant de dépister chez moi le fameux beat de Harlem. L'instinct de meurtre. Je secoue doucement la tête avec ce regard très Malcolm X.

Les Sénégalais terminent leur show sur un rythme effréné. Ils ramassent leurs instruments (tambours, congas, kora), saluent de la main avant de s'enfoncer dans l'escalier suicidaire, suivis d'une grappe de groupies en boubou. Des Blanches colonisées. Les prêtresses du Temple de la Race. Des droguées de Nègre.

D. J. met un rock dur. Miz Punk bondit sur la piste. Tina Turner. Elle se met à sauter sur place. Tête folle. Derviche. Visage dur, lèvre supérieure fendue par un rasoir, yeux enfoncés, corps disloqué, désarticulé, désaxé, mis en pièces. Elle danse ainsi durant une demi-heure sans s'arrêter. Miz Punk dure plus longtemps que la pile au dessus cuivré («Tu mourras, ô Muhammad! et ils mourront aussi», Sourate XXXIX, 31).

Comment faire l'amour avec un Nègre sans se fatiguer

On n'a pas tardé à mettre les voiles, Miz Littérature et moi, laissant Miz Punk alias Miz Orange mécanique essayer de crever le plancher des Clochards Célestes. Il pleut. On se réfugie sous le porche du Théâtre du Nouveau Monde, et Miz Littérature m'embrasse à pleine bouche, juste devant l'affiche du *Commis Voyageur* d'Arthur Miller. On prend l'autobus 129. Miz Littérature a les cheveux mouillés, ce qui ne gâche rien à sa séduction.

— Je ne veux pas de surprise.

— Je te répète pour la centième fois que mes parents sont en Europe. J'ai reçu un télégramme ce matin, tiens, je te le montre.

Miz Littérature farfouille un moment dans son sac pour sortir un petit papier roulé en boule avec lequel elle s'enlève le rouge des lèvres avant de le jeter sous la pluie.

Sa chambre est au premier, en face de celle de sa sœur cadette (une groupie de Roy Orbison). Des posters de Roy partout. Roy au National Art Center. Elle a épinglé une minuscule photo sur l'affiche de Roy qui fait tout le mur de gauche. Sur la photo, on voit deux filles bronzées, seins à l'air, en train de faire du pouce. Ensuite Roy au Peterborough Memorial Center (elle y était avec une certaine Vicky); au Lord Beaverbrook Pink (cette fois, elle a écrit sur l'affiche, au feutre noir: « Roy Roy Roy »). Puis, ce fut le concert du Toronto Maxey Hall et de nouveau le Winnipeg Concert Hall (consommation ce soir-là dans la salle de concert: une tonne de marijuana). Au dernier concert, c'était le seizième anniversaire de Vicky. Cette fois, Vicky a griffonné sur un poster de Roy, au crayoncil: « J'ai envie de me suicider. »

— Ah! tu regardes les choses de Penny? C'est ma jeune sœur. Elle est foldingue. Elle fait une tournée, maintenant, avec le groupe Men at work.

Miz Littérature met un disque de Simon and Garfunkel et file aux toilettes se faire sécher les cheveux. Je suis dans sa chambre. Des coussins, partout. De toutes les couleurs. Héritage des *sit-in* des années 70. Des piles de bouquins par terre, à côté d'un vieux *pick-up* Telefunken. Dans le coin gauche, en face de la porte, un gros coffre à linge en bois de noyer. Des reproductions. Un beau Bruegel. Un Utamaro près de la fenêtre. Un splendide Piranèse, deux estampes de Hokusai, et dans le coin de la bibliothèque (faite de planches souples et de briques rouges), un précieux Holbein. Miz Littérature a placé près de son chevet, sur un mur rose, une grande photo de Virginia Woolf, prise un jour de 1939, par Gisèle Freund, à Monk House, Rodwel, Sussex.

J'entends, distinctement, l'eau couler du lavabo. Eau intime. Corps mouillé. Être là, ainsi, dans cette douce intimité anglo-saxonne. Grande maison de briques rouges couvertes de lierre. Gazon anglais. Calme victorien. Fauteuils profonds. Daguerréotypes anciens. Objets patinés. Piano noir laqué. Gravures d'époque. Portrait de groupe avec *cooker*. Banquiers (double menton et monocle) jouant au cricket. Portrait de jeunes filles au visage long, fin et maladif. Diplomate en casque colonial en poste à New Delhi. Parfum de Calcutta. Cette maison respire le calme, la tranquillité, l'ordre. L'Ordre de ceux qui ont pillé l'Afrique. L'Angleterre, maîtresse des mers... Tout est, ici, à sa place. Sauf moi. Faut dire que je suis là uniquement pour baiser la fille. Donc, je suis, en quelque sorte, à ma place, moi aussi. Je suis ici pour baiser la fille de ces diplomates pleins de morgue qui nous giflaient à coups de stick. Au fond, je n'étais pas là quand ça se passait, mais que voulez-vous, à défaut de nous être bienveillante, l'histoire nous sert d'aphrodisiaque.

Miz Littérature est entrée dans la chambre. Fatiguée, mais souriante. Miz Littérature, c'est quelqu'un de bien.
— Sherry ?
— Sherry.
— Et qu'est-ce que tu aimerais écouter ?
— Furey.
— Sherry sur Furey.

XVIII

Une chronique de ma chambre
au 3670, rue Saint-Denis

Bessie Smith (1896-1937), Chattanooga, Tennessee. Pauvre Bessie. *I am so downhearted, heartbroken, too.* Me voici mollement couché au fond d'un fleuve (Mississippi Floods), doucement ballotté par les chants de cueillette du coton. Le Mississippi a inventé le blues. Chaque note contient une goutte d'eau. Et une goutte du sang de Bessie. « *When it rained five days and the sky turned black at night... When it thundered and fightened and the wind began to blow...* »

Pauvre Bessie. Pauvre Mississippi. Pauvre fille d'eau. Pauvre Bessie au cœur lynché. Corps noirs ruisselants de sueur, courbés devant la grâce floconneuse du coton. Corps noirs luisants de sensualité et ballottés par le cruel vent du Sud profond. Deux cents ans de désirs entassés, encaissés, empilés et descendant les flots du Mississippi dans la cale des *river-boats*. Désirs noirs obsédés par le corps blanc pubère. Désirs tenus en laisse comme un chien enragé. Désirs crépitants. Désirs de la Blanche.

— Qu'est-ce qui t'arrive, Vieux ?
— Quoi ?
— T'as peur ?
— Peur de quoi ?
— T'as peur de la maudite page blanche ?
— C'est ça.

— Tords-la, Vieux, prends-la, fais-la gémir, humanise cette saloperie de page blanche.

Une chronique de ma chambre au 3670, rue Saint-Denis (description faite avec l'accord de ma vieille Remington 22).
J'écris : LIT.
Je vois : matelas poisseux, drap crasseux, sommier grinçant, Divan gondolé.
Je pense : dormir (Bouba dort douze heures d'affilée), baiser (Miz Sophisticated Lady), rêvasser au lit (avec Miz Littérature), écrire au lit (le *Paradis du Dragueur Nègre*), lire au lit (Miller, Cendrars, Bukowski).

Miller, Cendrars, Bukowski.
Je rêve.
Je suis assis tout seul sur un banc du Carré Saint-Louis. Je regarde sans voir depuis un moment un type assis en face de moi. Il m'accroche par je ne sais quoi. Ce type, je le connais. Je suis sûr d'avoir déjà vu cette tête quelque part. Mais où, bon Dieu ? Ce visage long, plein, raffiné, je le connais bien. Je ne comprends pas que je n'arrive pas à situer cette tête. Ces yeux légèrement bridés, ce crâne sans un poil, ce masque de moine bonze, bon Dieu de merde, c'est Miller. Henry Miller. Henry Miller au Carré Saint-Louis. Je n'en crois pas mes yeux. Miller assis tranquillement à boire une Molson. Comme ça. Henry Miller. Miller, vieille branche. Pas croyable. Je dois rêver. Je délire. Ça doit être la faim. Je me pince. Encore là. Le Miller. Je regarde « sa bouche gourmande de fin gastronome ». Il parle à un type assis tout à côté de lui. Un clochard. Peut-être. Merde... c'est Cendrars. Blaise. Cendrars. Bras Coupé. Je dois être complètement dingue. Miller et Cendrars au Carré Saint-Louis. Juste à côté de moi. Je m'approche. Ils vont s'échapper en fumée. Vapeurs. Non, ils sont encore là, à causer tranquillement. Je peux même les toucher.

— Pousse-toi Miller, que je lui dis.
Cendrars me jette un coup d'œil.

— Salut, Blaise.

Une sirène de police. On ramasse un type en sang. C'est Bukowski.

Bukowski est dans la merde jusqu'au cou.

— Réveille-toi, Vieux, ça fait une heure que tu dors sur la machine, sinon tu vas attraper un torticolis.
— Une heure !
— Montre en main, Vieux.
— Alors, j'aurais rêvé tout ça.
— Qu'est-ce que c'est que ce rêve ?
— Oh ! c'est complètement fou, j'ai rêvé que je bavardais avec tu ne devineras jamais qui ?
— Miller, Cendrars et Bukowski.
— Merde. Comment le sais-tu ?
— Comment, comment je le sais ? C'est écrit, ici, noir sur blanc. Qu'est-ce qui te prend, c'est sûrement toi qui as tapé ça.
— Tapé quoi ?
— Tapé ce passage. Nous sommes deux, ici. Toi et moi. Alors, c'est qui ? Ta Remington, peut-être ?
— Possible. Possible que ce soit ma Remington, Bouba. N'oublie pas que c'est une machine qui a appartenu à Chester Himes.
— T'as besoin de repos, Vieux.

NOUVELLE CHRONIQUE DE MA CHAMBRE AU 3670, RUE SAINT-DENIS (description faite avec l'accord de ma Remington 22).

J'écris : TOILETTES.

Je vois : deux serviettes sales, trois savons, un *after shave*, deux rubans adhésifs, deux brosses à dents, un tube de déodorant (English Leather), deux tubes de dentifrice Colgate, un flacon d'Alka Seltzer, un rasoir électrique (cadeau de Miz Littérature), deux bouteilles d'Astring-o-sol, une boîte de Q-tips, une douzaine de préservatifs Shields (*extra sensitive, contoured for better fit, lubrificated*), une boîte de Kotex (laissée ici par une fille de

Toronto, Miz Security), une bouteille d'eau de Cologne et un flacon d'aspirine.

Je pense : lire Salinger dans un bain de vapeur avec Miz Littérature et baiser sous la douche avec Miz Sophisticated Lady.

J'écris : RÉFRIGÉRATEUR.

Je vois : une bouteille d'eau, une boîte à moitié vide de pâte de tomate, un pot de relish aux trois quarts vide, un gros fromage Oka, deux bouteilles de bière et un sac de carottes.

J'écris : FENÊTRE.

Je vois cette saleté de Croix dans l'encadrement de ma fenêtre.

J'écris : RÉCHAUD À ALCOOL.

Je vois Miz Suicide et Bouba en train de converser à voix basse en buvant du thé de Shanghai.

J'écris : DIVAN.

Je vois ce vieux Divan où Bouba lit Freud en écoutant du jazz à longueur de journée.

J'écris : JAZZ.

J'écoute Coltrane, Parker, Ellington, Fitzgerald, Smith, Holliday, Art Tatum, Miles Davis, B. B. King, Bix Biederbecke, Jelly Roll Morton, Armstrong, T. S. Monk, Fats Waller, Lester Young, John Lee Hooker, Coleman Hawkins et Cosy Cole.

J'écris : CAISSE DE BOUQUINS.

Je lis : Hemingway, Miller, Cendrars, Bukowski, Freud, Proust, Cervantes, Borges, Cortázar, Dos Passos, Mishima, Apollinaire, Ducharme, Cohen, Villon, Lévy Beaulieu, Fennario, Himes, Baldwin, Wright, Pavese, Aquin, Quevedo, Ousmane, J. S. Alexis, Roumain, G. Roy, De Quincey, Márquez, Jong, Alejo Carpentier, Atwood, Asturias, Amado, Fuentes, Kerouac, Corso, Handke, Limonov, Yourcenar.

J'écris : MACHINE À ÉCRIRE.

Je vois ma vieille Remington 22 en train de taper tout ça.

XIX

Miz Snob sur un air d'India Song

Je suis assis à la terrasse du Faubourg Saint-Denis. Je bois calmement un mauvais vin en regardant passer les filles. La fille, à ma droite, lit un bouquin de Miller. Je me penche pour voir. C'est un ouvrage que j'aime, *Jours tranquilles à Clichy*. L'été de Miller à Paris. Il faut lire Miller en été et Ducharme en hiver, tout seul dans un chalet. Justement, une fille passe avec, sous le bras, *L'Hiver de force* de Ducharme, qui vient de paraître chez Gallimard. Tout le monde actuellement se l'arrache. On se rappelle l'été où Truman Capote avait lancé la mode du *Petit déjeuner chez Tiffany*; tous les garçons de café de Manhattan lisaient ce livre.

Miz Littérature m'attend Aux Beaux Esprits, un bar très sombre décoré de plantes exotiques. Des rhododendrons (feuillage noir avec une torche rose), des saxifragacées, des cactus, des agapanthes, des zingibéracées, des cactacées. Un joyeux fouillis. Il faut presque un coupe-coupe pour s'y frayer un chemin.

Je jette d'abord un coup d'œil. Le bar est presque désert. Deux filles, plutôt excentriques, bavardent à l'entrée en fumant des cigarettes égyptiennes.

— Tu viens d'où? me demande brutalement la fille qui accompagne Miz Littérature.

À chaque fois qu'on me pose ce genre de question, comme ça, sans prévenir, sans qu'il ait été question, auparavant, du *National Geographic*, je sens monter en moi un irrésistible désir de meurtre. Je la regarde dans sa jupe en tweed assortie d'un corsage blanc en tissu très fin. Il n'y a rien à faire, c'est une snob. Miz Snob.

— Tu viens de quel pays ? me redemande-t-elle.

— Le jeudi soir, je viens de Madagascar.

Le garçon arrive avec ses cheveux blonds et son visage botticellien.

— Un xérès, fait Miz Snob.

Un kir pour Miz Littérature.

Un screwdriver pour moi.

Lorsqu'on veut être traité avec un minimum d'humanité, il faut éviter, dans ce genre de boîte, de commander de la bière.

Le barman est habillé à la mode du jour. Il circule sans arrêt d'un bout à l'autre du comptoir qui doit bien faire sept mètres. Son visage blanc bouge sans cesse comme une poupée mécanique sur fond de briques rouges. Poupée Mécanique plonge comme un pêcheur d'huîtres sous le comptoir du bar pour ramener le jus d'orange qu'il verse dans un verre à long col (avec un quart de vodka), le tout en huit secondes trois dixièmes. Sous le regard imperturbable de deux masques du Bénin.

Marguerite Duras passe à la cinémathèque, cette semaine. Miz Snob s'est tapé deux films, cet après-midi.

— T'as vu *India Song* ? me demande Miz Littérature.

— Superbe, répond, à ma place, Miz Snob.

Nous replongeons dans nos verres respectifs. Miz Littérature revient à la charge, cinq minutes plus tard. Elle veut faire savoir à Miz Snob que son mec n'est pas un demeuré.

— T'as vu *Hiroshima mon amour* ? me demande-t-elle comme pour me permettre de me reprendre.

— Non, dis-je.

Bon, ce Nègre est un demeuré.

— Juste quelques *rushes*, ajouté-je, par pitié pour Miz Littérature.

— Rushes, rugit Miz Snob.

D'un air 48 % baba cool, 12 % Black Panther, 9,5 % blasé, et 0,5 % sexy, je lâche :
— C'est Patrick Straram le bison ravi qui avait organisé une projection privée lors du dernier passage de M. D. à Montréal.
— Tu lui as parlé ?
— À qui ?
— Tu as parlé à Marguerite Duras ?
Aucune retenue, les filles de McGill !
— Pas vraiment. On a surtout parlé d'*India Song*.
— Oh ! qu'est-ce qu'elle a dit ?
— À peu près tout ce qu'on dit dans ces cas-là.
— Qu'est-ce qu'elle t'a dit à propos d'*India Song* ?
— Ben... difficile de se rappeler ce qu'on a dit et ce que les autres vous ont dit dans une party.
— Tu as parlé à Marguerite Duras ! Tu dois quand même te rappeler ce qu'elle t'a dit.
— Si tu veux vraiment savoir, on a parlé des difficultés qu'elle a eues au moment du montage, c'est tout.
— Et c'était quel genre de difficultés ?
— Il m'a semblé, j'avais un peu bu, je ne sais pas si tu as déjà été à une party chez Straram, bon, tout ce que je peux dire, c'est qu'elle a eu des problèmes avec la bande-son. Finalement, elle a pris la bande-son d'un autre film et l'a montée sur *India Song*, je crois que c'était un film documentaire, c'est ça, un documentaire sur Hokusai.

Et dire qu'on envoie ces filles dans une institution sérieuse (McGill) pour apprendre la clarté, l'analyse et le doute scientifique. Elles sont tellement infectées par la propagande judéo-chrétienne que dès qu'elles parlent à un Nègre, elles se mettent à penser en primitives. Pour elles, un Nègre est trop naïf pour mentir. C'est pas leur faute, il y a eu, auparavant, la Bible, Rousseau, le blues, Hollywood, etc.

Miz Snob nous a invités à prendre un thé chez elle. Miz Littérature n'a pas de voiture. Miz Snob a une M.G. Elle loge à côté du cinéma Outremont. Coin boisé. Près de Saint-Viateur. Boucherie française. Pâtisserie grecque. Librairie, tout près.

Miz Snob partage un 7 1/2 avec deux autres filles de Sir George William's University qui passent l'été à Jasper. Deux grandes pièces, une cuisine spacieuse, trois petites chambres. Une fenêtre donnant sur l'ouest et deux sur l'est. Une bonne salle de bains avec cuve antique. Grand miroir d'époque sur mur laqué noir. Miz Snob a, sous la fenêtre de sa chambre, un grand lit de noyer faisant angle avec une grande armoire. Un piano noir contre un mur lustré blanc. Sous un projecteur se trouve installé un vieux daguerréotype (cadeau de sa grand-mère, la première femme photographe de Toronto).

Miz Snob étudie la photographie à McGill. À voir les posters sur les murs de la grande salle de séjour, il n'existe que deux personnes sur cette planète : Henri Cartier-Bresson et Marguerite Duras. Ah! il faut dire aussi que Miz Snob est plus sexy que M. D. Elle se sert d'un appareil Nikon professionnel, et à l'époque du collège Dawson, elle sortait avec un Japonais.

C'est une pièce avec des vitraux de couleurs vives, un peu comme ceux de la Bibliothèque nationale, rue Saint-Denis. On dirait des dessins d'enfant. Accrochée au mur, une reproduction de Chagall. C'est chatoyant comme tout, Chagall. Au centre du dessin un énorme cercle contenant huit sphères d'une transparence mozartienne. Tout autour, des poissons, des oiseaux, des animaux terrestres, des lettres de l'alphabet font une ronde joyeuse sous l'œil du Lion de la tribu de Judas (un lionceau aux pattes rondes et inoffensives). Au loin : Jérusalem, la ville jaune.

Depuis notre arrivée, Miz Littérature n'arrête pas de feuilleter un album de photos de Lewis Hine.

Un thé, encore fumant, est servi dans un beau service en porcelaine de Saxe. Encore un cadeau de la grand-mère torontoise. Je suis allongé sur un pouf dans la position du Chat Nègre. La fumée de l'encens monte vers le plafond. Gros nuages, on dirait des signaux sioux. Je les regarde aller et je me sens prêt à me lancer follement dans cette description gustative, mêlant la délectation des épices de la Route du Sucre aux sept saveurs du gingembre, à l'heure méridienne, pour terminer par un éblouissant télescopage (le nouveau Malraux nègre), où le Tao se retrouverait noyé dans cette théière de Saxe, mais ce serait impardonnable.

Miz Littérature, complètement vannée, est partie s'allonger dans une des chambres vides. Miz Snob est, paraît-il, insomniaque. Nous sommes, à présent, seuls.

Miz Snob prépare un autre thé dans la cuisine. Je me sens mou comme un de ces gros crabes des Rocheuses. Je me laisse aller avec un verre de daiquiri. À demi allongé sur le pouf, je regarde lascivement la pièce. Les boiseries ouvragées des meubles anciens ; une chaise *made in flea market* ; des coquillages océaniens entourant une sculpture du Dahomey sur une minuscule étagère ; deux batiks de femmes de New Delhi dans leur sari de soie légère debout sur la rive droite du Gange.

Sur une surface mobile (dans un coin), en équilibre dans la pénombre, un énorme Truman Capote (en chapeau) photographié par Andy Warhol.

Miz Snob réapparaît, soudainement, avec du thé chaud. Elle m'a surpris, farfouillant dans ses disques.

— T'aimes ça, Cohen ?

Comme personne n'a jamais prononcé le nom de Cohen sans ajouter tout de suite quelque chose ayant rapport de loin ou de près avec Dylan…

— Je le préfère à Dylan, dis-je, du moins dans ses premières chansons.

Miz Snob a failli renverser mon daiquiri. Elle aime Cohen, mais Dylan c'est Dylan.

La guitare sèche a ce don de créer un certain *mood*. Me voilà enfoncé dans un pouf à écouter Cohen en buvant du thé de Shanghai.

Miz Snob cherche un Rampal dans ses disques. Elle s'est agenouillée. Miz Snob, je le jure, porte un minuscule sous-vêtement de satin blanc. Elle a un corps blanc, pur, lisse, comme brillant.

— T'as pas faim ? me demande-t-elle brusquement.
— Vaguement.
— Parce que je me fais une omelette.

Je la suis dans la cuisine bien éclairée. Beau bois clair, grosse table de ferme et une collection de bouteilles d'épices (thym, muscade sèche, cari, paprika, sauge, moutarde, ciboulette, persil) au-dessus d'un poster d'Arcimboldo représentant une tête d'homme avec un collage de fruits de terre et de mer. Sur une étagère, dans un angle de la pièce, une collection de livres de cuisine édités par *Time Life*.

Miz Snob s'active à préparer l'omelette. Elle casse les œufs d'un coup sec sur le rebord de la poêle. Je regarde ses omoplates bouger sous l'étroit corsage blanc. Des muscles. Pas une once de graisse. C'est une fille de la génération Scarsdale. Les seins qui auraient dû être petits sont assez volumineux pour déborder légèrement vers l'extérieur. Je suis debout derrière elle. Ma main sort (sans mon ordre) vivement de ma poche où elle reposait comme un volcan éteint, pour entourer sa taille que je devine pareille à la courbe de Jane Birkin. Je me penche au même moment et embrasse son oreille pointue. Paraît qu'il fallait pas. Je n'ai pas reçu de gifle, rien de cela. C'était juste pire. Elle et moi, ou plutôt elle seule a décidé que nous ne serions pas des amants terribles.

Miz Snob a saupoudré l'omelette de cocaïne. Paraît qu'elle en met dans tout ce qu'elle mange. Elle est complètement dingue de Miz Judy (cocaïne).

Miz Judy et moi, autant le dire tout de suite, ça colle pas.

On a parlé de Hölderlin, ce vieux toqué, sur fond Rampal. Très snob, Vieux.
— As-tu lu Burroughs ?
— Oui. Dans le genre, je préfère Corso.

Du vrai bon stock colombien.
— *Junkie*, ça t'a plu ?

Miz Snob aime citer des noms.
— Pas mal. Je préfère *Le Festin nu*.

Comment faire l'amour avec un Nègre sans se fatiguer

– Je trouve ça un peu trop direct et ça vaut pas grand-chose à côté du *Journal* de De Quincey.

Rampal, au fond, c'est de la merde. Je m'en fous. On peut dire qu'elle a un bon *pusher*, Miz Snob.

Chapeau, Colombie. Satin blanc. Douleur nègre.

XX

Miz Mystic revient du Tibet

J'entends distinctement de l'escalier le vieux Mingus. Charlie Mingus. La porte est légèrement entrebâillée. Je n'ai qu'à la pousser. Miz Suicide est assise au pied de Bouba dans la position du lotus. Bouddha Nègre dévore une énorme pizza. Miz Suicide est accompagnée d'une fille qui revient du Tibet. Miz Mystic. Miz Mystic ressemble trait pour trait à un iguanodon. Le bestiaire de Bouba. Miz Mystic plane sans cesse, l'œil vague, le corps inutile. Pour éviter de perdre mon élan vital devant ces monstres, je plonge, sans crier gare, sur l'ultime morceau de pizza. Il reste encore, par chance, un vieux fond de vin. Miz Suicide est en train, une fois de plus, de faire bouillir l'eau pour le thé. Je m'assois sur ma chaise de travail, tournant le dos à la machine à écrire et contemplant, bêtement, cette saleté de Croix du mont Royal dans l'encadrement de la fenêtre. Miz Suicide sert le thé. Miz Mystic plane. Bouba lit des sourates du Coran à un rythme saccadé. Miz Mystic est à peine parlable.

— C'était comment, le Tibet?
— Comme ça.
— Comme ça! Ça alors! Pourtant, un voyage au Tibet, ça ne doit pas être rien.

Elle m'ignore.

— Est-ce qu'on soulève des montagnes, là-bas?

Elle me jette un regard glacial.

— J'ai pas vu ça.

— Je sais pas, moi, il doit certainement se passer des choses passionnantes dans ces grottes glacées.

— Pas spécialement.

Miz Mystic est assise, le dos contre le paravent japonais ; elle a des yeux de lama contemplant un edelweiss. Miz Suicide en est à son troisième thé. Mingus entame une pièce plutôt fantaisiste qui contraste follement avec cette ambiance mystico-déprimante. Bouba est maintenant couché sur le Divan comme s'il était le Dalaï Lama du Carré Saint-Louis. Je commence à ressentir la fatigue accumulée de ces deux nuits consécutives sans sommeil. Cette planète va très mal. (« Ce peuple lui dit : Ô Dhoul Qarnein ! voici que Yadjoudj et Madjoudj commettent des brigandages sur la terre. Pouvons-nous te demander, moyennant une récompense, d'élever une barrière entre eux et nous ? ».) J'ai le temps, après ce vœu, de m'affaler, en diagonale, sur le lit avant de sombrer dans un sommeil ouaté. Mingus joue *Goodbye Pork Pie Hat*.

Je me réveille en sursaut pour voir Miz Mystic en train de piaffer sur le lit comme une détraquée. Puis elle essaie de toutes ses forces d'enjamber la fenêtre. Bouba la retient par la taille. Miz Suicide, elle-même, la tire par les pieds. L'aiguille, insensible, racle le disque. Miz Mystic écume de rage contenue. Son désir de se jeter en bas est si violent qu'il me paraît légitime. Dans ces cas, on devrait faire une exception. La laisser faire. Quelqu'un désire se tuer. Alors, c'est d'accord. (« Dis : la fuite ne vous servira à rien si vous fuyez la mort ou le carnage ; si Allah voulait, il ne vous ferait jouir de ce monde, qu'un court espace de temps. ») Miz Mystic a déjà le buste complètement hors de la chambre. Sa jupe relevée jusqu'à la taille. Ses jambes sèches et nues. Miz Suicide la tire désespérément vers elle. Miz Mystic fait des progrès considérables vers le vide, sous l'œil indifférent de la Croix.

Je prends finalement conscience de la situation, me lève et, aidé de Bouba et de Miz Suicide, je ramène Miz Mystic à l'intérieur.

Mythologies américaines

Miz Mystic dort, depuis un moment, sur le Divan. Un croissant de lune, en chapeau, derrière la Croix. La Remington luit dans le noir. Charlie Mingus s'attaque, gravement, à *The Pithecanthropus Erectus* (1956). Près du carton de pizza, au milieu de la pièce, une des chaussures de Miz Mystic. Je distingue les rayures en filigrane du talon. Tout d'un coup, la déprime me tombe dessus. Cette chambre est bien le Q. G. de tout ce que cette ville compte de marginales; cette mafia urbaine qui a trouvé d'instinct son île au 3670 de la rue Saint-Denis, au Carré Saint-Louis, Montréal, Québec, Canada, Amérique, Terre. Chez moi. Faut-il croire qu'il n'y a aucune chance pour un honnête et consciencieux Dragueur nègre de trouver son paradis ? Je veux Carole Laure. J'exige Carole Laure. Qu'on m'apporte Carole Laure.

XXI

Le poète nègre rêve d'enculer
un bon vieux stal sur la perspective Nevsky

Il fait épouvantablement chaud. Le Carré Saint-Louis est bourré d'ivrognes au torse nu. L'air est lourd et empeste la bière. On rôtit à l'intérieur, là-haut. L'enfer, je vous dis. Bon, il me fallait cette raison pour descendre. Il n'y a que Belzébuth qui puisse baiser par une température pareille. Ses cris m'emmerdent. Du feu, c'est sûr, doit sortir de sa gueule, là-haut.

Le Carré Saint-Louis est un lieu assez spécial. Le sable mousseux. Les gosses sales à souhait. Une fille en train de photographier la maison de Pauline Julien.

Un clochard s'approche de moi, la main tendue.
– T'as pas un peu de monnaie?
– Non.
– OK, je vais te le dire quand même.
Il sort de sa poche un minuscule morceau de papier.
– Regarde. Qu'est-ce que tu vois là?
– Une carte d'Afrique découpée d'un *Time Magazine*.
Il me regarde alors droit dans les yeux.
– C'est ça, dit-il. Comment le sais-tu?
– C'est écrit en bas de la carte.
– Oh! t'es un intellectuel, toi.
– Je sais lire et il m'arrive de cogner aussi.
Il lève la main gauche en signe de paix.

— Ça va. Montre-moi ton pays sur la carte.
— Côte-d'Ivoire. Voilà, c'est ici
Je lui montre le premier pays que je peux épingler.
— Côte-d'Ivoire! Tu viens de là? J'ai travaillé en Côte-d'Ivoire. Je connais ton Président.

Tous les clochards connaissent tous les présidents africains. Qu'est-ce qu'ils attendent pour me présenter au Premier ministre canadien? Je n'ai pas encore été présenté au boss de la zone.

Je m'assois sur un banc du parc avec un bouquin commencé la veille. L'auteur est un certain Limonov. Un dissident russe. C'est le genre : « Un dissident russe pas comme les autres. » Au lieu de perdre son temps à jouer au prophète de malheur, Limonov prend son pied avec les Noirs de Harlem. Son bouquin s'appelle *Le Poète russe préfère les grands Nègres*. Ça mérite un bouquin-réponse : *Le Poète nègre rêve d'enculer un bon vieux stal sur la perspective Nevsky*, éditions Nouvelles Frontières.

Le rideau de fer comme un baisage interrompu.

Bouba est revenu du SAVI (un centre de dépannage pour migrants et immigrants). Là-bas, il leur faut quasiment ta biographie complète et un certificat de bonne vie et bonnes mœurs pour te refiler vingt dollars. La classe ouvrière passe un mauvais quart d'heure depuis la révolution industrielle. Bouba s'est vendu. Demain, ce sera mon tour. Au retour, Bouba a fait le marché, chez Pellat's. Menu invariable : pommes de terre, riz, poulet (le cou seulement).

XXII

*Le Pénis nègre
et la démoralisation de l'Occident*

Métro Place des Arts. Bus 80, direction le nord. Avec arrêt au coin de la rue Laurier et de l'avenue du Parc. Bar Isaza. Escalier raide. Paysage enfumé. Marée de mazout ondulant sur la piste. Plusieurs boubous amidonnés. Nègres en rut. Quelques dizaines de souris blanches dans l'antre du Chat Nègre.
— Elles sont là.
— Où ça?
— Table du fond, à droite.
— OK, Bouba, je vais pisser un coup.
Toilettes pour hommes. Deux Nègres pur ébène.
Le premier Nègre
Avec ces filles, frère, il faut être vif sinon elles te filent entre les doigts.
Le deuxième Nègre
C'est comme ça!
Le premier Nègre
Elles sont ici pour voir du Nègre, il faut donc leur donner du Nègre.
Le deuxième Nègre
Qu'est-ce que c'est que «du Nègre»?
Le premier Nègre
Écoute, frère, fais pas le malin, t'es ici pour baiser, c'est ça? T'es venu ici pour baiser une Blanche, n'est-ce pas? Eh bien, c'est comme ça.

Le deuxième Nègre
Pourquoi est-ce qu'une femme... ?
Le premier Nègre
Il n'y a pas de femmes ici, il y a des Blanches et des Nègres, c'est tout.

Corps huilés. Bois d'ébène, 18 carats. Dents d'ivoire. Musique reggae. Combustion. Nègre en fusion. Un couple Nègre/Blanche en train de copuler, presque, sur la piste. Un grand frisson atomique.
Bouba me présente.
— Mon frère. On habite ensemble.
Les filles me sourient.
— Qu'est-ce que tu fais? me demande l'une d'elles.
— J'écris. Écrivain.
— Ah! bon. Qu'est-ce que tu écris?
— Des fantasmes.
— Quel genre?
— Les miens. Ça vaut la peine? On verra.
La fille avec qui je bavarde depuis quelques minutes regarde un peu mélancoliquement la piste avant de me demander ce que j'en pense.
— Rien, sinon que le Nègre et la Blanche sont complices.
— Complices! Où est le meurtre?
— Le meurtre du Blanc. Sexuellement, le Blanc est mort. Complètement démoralisé. Regarde un peu sur la piste. Crois-tu qu'il y a un seul Blanc capable de soutenir une telle démence?
L'atmosphère est à la drague dure. Sauvage. Quelques Blancs sont occupés à gesticuler dans un coin. Le reste n'est plus qu'une marée noire, envahissante, débordante. Les femmes piégées là, fixées comme des mouettes dont les pattes restent prises dans le mazout. Musique brésilienne, lente, insinuante, langoureuse. Atmosphère gluante. Sensualité opaque.
— On danse ça?

L'impression de pénétrer en pleine moiteur amazonienne. Corps en sueur. Enlacés. Comment traverser sans coupe-coupe ce fouillis de bras, de jambes, de sexes et d'odeurs enchevêtrés. Sensualité fortement épicée. Elle s'est plaquée contre moi, silencieuse. La samba nous fouille le ventre. Tout coule. Tout s'écroule. Tranquillement. Nous avons l'éternité pour nous.

Nous retournons à la table.

— Ton truc sur la sexualité, me dit-elle sans transition, c'est des clous.

— Ah! bon...

— Tu reprends tout simplement le mythe du Nègre Grand Baiseur. Je ne crois pas à ça, moi.

— Et c'est quoi, ton idée à toi?

— Pour moi, Nègre et Blanc, c'est pareil.

— On parle sexualité, pas mathématique.

— Soit. Mais encore...

— Puisque tu m'as provoqué, je vais te dire le fond de ma pensée. Nègres et Blancs sont égaux devant la mort et la sexualité. Éros et Thanatos. Je pense que le couple Nègre/Blanche est pire qu'une bombe. Le Nègre baisant la Négresse ne vaut peut-être pas la corde qui doit le pendre, mais, avec la Blanche, il y a de fortes chances qu'il se passe quelque chose. Pourquoi? Parce que la sexualité est avant tout affaire de fantasmes et le fantasme accouplant le Nègre avec la Blanche est l'un des plus explosifs qui soit.

— L'émotion est nègre, n'est-ce pas là un mythe éculé?

— Oui, mais les Blancs ne peuvent pas gagner sur les deux tableaux. Ils s'affirment supérieurs aux Nègres partout et puis tout à coup, ils veulent être nos égaux quelque part. Dans la sexualité.

— Et les Blancs qui ne se croient pas supérieurs aux Nègres?

— Ceux-là, évidemment, n'ont pas de problèmes sexuels.

Une merengue
— On y va?

Koko, le musicien sénégalais que j'ai rencontré aux Clochards Célestes veut me refiler un tuyau.

— J'ai avec moi une fille qui éprouve une véritable crise mystique pour toi.

— Et pourquoi, frère ?

— Elle croit que tu es la réincarnation du dieu Râ.

— Rien que ça.

— Si ça te chante, tu peux passer à ma table.

Je laisse passer un moment, puis je m'y rends.

— Salut, Koko.

— Salut, frère. Assieds-toi.

La fille me paraît aussi calme qu'une cocote-minute sous pression.

— Ça va, toi ?

— Ça va.

Un bon reggae.

— On danse ça ?

— OK.

Puis suit une musique brésilienne.

— On reste ?

— OK.

C'est comme ça quand ça marche. Tout a l'air de baigner dans l'huile.

— Viens prendre un verre au bar, me dit-elle, comme ça on sera plus tranquilles pour parler.

On s'assoit au bar. Hauts tabourets. Nous commandons des drinks. Je lui demande ce qu'elle fait en ce moment.

— Je lis.

— Qu'est-ce que tu lis ?

— Hemingway.

— Très bon.

Nous finissons nos verres puis elle m'invite à prendre le thé chez elle.

— OK, je viens.

— Tu pars avec cette fille ? me demande Bouba comme je prenais ma veste derrière la chaise.
— Oui.
— Celle à côté de moi m'a dit que tu l'as plaquée parce qu'elle n'était pas d'accord avec toi.
— Dis-lui, Bouba, qu'elle en aurait fait autant.
— Elle m'a l'air d'en pincer pour toi. Elle m'a dit que c'est la première fois qu'on lui fait ça.
— Dis-lui que l'époque est dure pour tout le monde.

Je salue. La fille accompagnant Bouba, Miz Carte du Ciel, me sourit. Miz Mythe aussi. Je parierais que son sourire à elle était forcé. La fille m'attendait au pas de la porte.

XXIII

Le Chat nègre a neuf queues

Elle habite le quartier Notre-Dame-de-Grâce, à l'autre bout de la ville. Bien logée. En face d'un parc. Encore une en face d'un parc. Mais ce parc n'a rien à voir avec le Carré Saint-Louis. Elle cohabite avec deux chats : Lady Barbarella d'Odessa et Blue Salvador Nasseau alias Tonton.

Lady Barbarella est du genre enjoué, espiègle, potineuse. Sir Nasseau, plutôt grincheux. J'ai tout de suite compris que l'appartement leur appartenait en propre.

— Un verre ?
— Un daiquiri.

Miz Chat file vers la cuisine et je l'entends déjà rincer les verres dans l'évier. Elle met les glaçons. J'essaie d'interpréter chacun de ses mouvements.

La salle où je suis est séparée en deux pièces inégales par un paravent de toile cirée noire. La plus petite pièce, qui a l'air de servir de boudoir, possède un divan jaune et une minuscule bibliothèque composée exclusivement de livres érotiques : la fameuse collection de J.-J. Pauvert, l'œuvre complète de Miller (*Nexus, Sexus, Plexus*), *Histoire d'O*, les livres édités par Régine Deforges, l'*Œuvre amoureuse* de Lucien de Samosate, l'Arétin, Rachilde, Octave Mirbeau. L'autre pièce, quoique plus spacieuse, est toutefois moins impressionnante. Des estampes, un fauteuil en osier, quelques coussins et, un peu partout sur les murs, des photographies de chats. Des chats célèbres. Des chats littéraires.

Des chats critiques d'art. Des chats communistes. Des chats snobs. Des chats végétariens. Lustrée et Fourrure, les chats de Malraux à Verrières-le-Buisson. Bébert, le chat de Céline. La chatte de Léautaud. Le chat de Remy de Gourmont. Le chat de Huxley. Le chat de Claude Roy. La chatte de Cocteau. La chatte gourmande de Colette. Le chat perdu de Carson McCullers et quelques photos de Lady Barbarella à Cuba, au Mexique (gardant les ruines d'un temple aztèque), à Trinidad, à Londres, en Chine (se promenant sur les murailles) et à Singapour.

Miz Chat s'affaire toujours à la cuisine à préparer le daiquiri. Il est toujours difficile d'entamer une conversation normale avec une personne qu'on vient à peine de rencontrer, comme ça par hasard. De plus, quand il s'agit d'un Noir et d'une Blanche et qu'ils se parlent, naturellement, à des années-lumière de distance métaphysique, alors la moindre distance physique aggrave considérablement la difficulté. Et c'est dans cette circonstance de séparation – elle à la cuisine et moi au salon – que la conversation a dérivé (seul Allah en sait quelque chose) sur la famine et le chat.
— Quoi!
— Je dis que...
— J'entends rien.
— Je disais que...
— Parle plus fort.
— Tu sais, chez moi, on mange les chats.
Cette fois, elle a bien entendu. Je prends alors conscience de la gaffe du siècle que je viens de commettre et c'est pourquoi j'ajoute aussitôt:
— Naturellement, pas moi.
Trop tard. C'était fait. Elle m'apporte à boire, l'air un peu constipé, et on essaie, courageusement, de changer de sujet de conversation.
— Tu m'as l'air d'aimer beaucoup lire?
— Oui. Ça me coûte les yeux de la tête.

Elle jette un regard blasé à sa bibliothèque. Elle a l'air d'avoir oublié l'incident. On ne peut pas comme moi, d'un côté, aimer les livres et, de l'autre, bouffer les chats. Je lui aurais dit que je trouve une certaine finesse à la chair humaine, mais que, évidemment, c'est un peu fade bien qu'avec une bonne pincée de sel ça se mange facilement. Je lui aurais dit ça et elle m'aurait trouvé correct. Un type qui mange de la chair humaine n'est pas forcément plus mauvais qu'un autre.

Mais les chats, c'est autre chose. Au fond, elle a raison. Ceux qui aiment ont toujours raison. La voilà qui sourit doucement. L'alerte est donc passée. Ça me donne une brusque envie de pisser. Les toilettes, c'est la troisième porte. Je pisse un bon coup. Ouf! Je me regarde dans le miroir. L'Étrangleur de chats. Je n'ai pas la tête de l'emploi, mais méfiez-vous, comme ils disent. Alors qu'est-ce qui m'a pris de lui confier une chose aussi intime? L'Esprit du Malin. Belzébuth. L'Esprit de la brousse qui empêche le Nègre de grimper tranquillement l'échelle judéo-chrétienne. C'est peut-être aussi un signe d'Allah. Pour ne pas me commettre avec cette infidèle. («Récite donc ce qui t'a été révélé du Livre, acquitte-toi de la prière, car la prière préserve des péchés impurs et de tout ce qui est blâmable. Se souvenir d'Allah est un devoir grave. Allah connaît vos actions.») Pourquoi ai-je dit: Tu sais, chez moi, on mange les chats? Qu'est-ce qui m'a pris de dire une chose pareille? Heureusement qu'elle ne semble pas touchée outre mesure. Mais tout de même, pourquoi? Je me lave le visage, vigoureusement. Les dents blanches, l'œil féroce. Sexy. Prêt pour la guerre des sexes. Je sors.

Dans le couloir, Miz Chat, l'air paniqué, tient dans ses bras Lady Barbarella d'Odessa et le flegmatique Sir Blue Salvador Nasseau.

Si je ne perds pas trop de temps en d'inutiles excuses, il y a encore une chance d'attraper le dernier métro, celui de 1 h 30.

XXIV

L'Occident ne s'intéresse plus au sexe,
c'est pourquoi il essaie de l'avilir

Je me réveille avec les premières notes de *Saxophone Colossus*. Bouba est en train de faire sa première prière du jour. Vaisselle propre, pivoines à côté de ma Remington. Le réfrigérateur en fête : fromage, pâtés, lait, œufs, yogourt, légumes frais. Miz Littérature est passée pendant qu'on dormait. Elle a laissé un billet près de la machine.

Cher Vieux,
Êtes-vous toujours vivant ? Si oui, faites-le savoir.
Si non, allez au diable.
Je vous fais trois propositions :
1. Venez ce midi et on déjeunera à la cafétéria de McGill.
2. Venez cet après-midi si vous savez jouer au badmington et trouvez-moi à la salle de gym.
3. Ce soir, Braxton est au Rising Sun, et moi aussi.
L.

Je me fais rapidement un copieux repas. Le soleil est encore incertain. La Remington, toujours fidèle au poste avec sa feuille blanche dans la gueule. Bouba achève sa prière (« Nous avons fait du ciel un toit solidement établi, et cependant ils ne font point attention à ses merveilles », Sourate XXI, 33).

Je m'installe devant la machine. Bouba déjeune à son tour.
— Ça a été comme tu voulais, hier, Bouba?
— Une vraie dingue, Vieux.
— Comme tu les aimes, alors.
— Pas tout le temps. Elle voulait tracer ma Carte. Je m'en foutais. Elle m'a emmené chez elle, sur Park Avenue. Un 5 1/2, pire qu'à l'oratoire. Sombre Bibliothèque mystique. Grandes photos de maharashi. Elle a tous les illuminés accrochés chez elle. Complètement toquée. On s'assoit en lotus sur des nattes de jonc. Elle ramène ses jambes sous ses fesses mystiques. Des jambes à faire craquer un groupe de moines bouddhistes saisis par l'ascétisme. Séance de méditation. Je n'arrête pas de bander.
— Et elle?
— Rien. Néant. Je me suis levé et je suis allé pisser un coup pour qu'elle sache que l'être humain, même noir (surtout), est fait de chair, de sang, de muscles et de pisse. Elle n'a pas bougé. Elle a simplement étiré ses jambes pour ensuite filer dans sa chambre et ressortir tout de suite avec son matériel de travail. Elle voulait tracer ma Carte à 2 heures du matin. Date de naissance, lieu, heure et tout ce qui suit: Jupiter influence Saturne et Saturne qui m'influence, moi, et moi qui n'arrivais même pas à l'influencer. Finalement, elle s'est rappelé mon existence, s'est relevée, tranquillement, pour aller préparer le bain. J'aime prendre un bon bain, mais avoue que ce n'était pas le moment. Ça sentait quand même bon. Une odeur de feuilles. Je ne suis pas un être aquatique, moi. Moi qui étais en feu. L'eau. Ce genre de mélange est plutôt éprouvant pour les nerfs. Ensuite, elle a mis un disque hindou, dans le genre «La Musique sacrée des plantes de l'Inde orientale». T'as beau prêter l'oreille. T'entends rien. Musique des plantes, Vieux. Sont pas bavardes, les plantes. Bon; manquait l'encens. Je te le dis, frère: l'Occident ne peut plus bander sans stimulant. Bander simplement.
— T'as pas ton idée là-dessus?
— Oh! c'est une interview en règle. Je passe à la télé, eh bien, voici ma réponse: il y a trop de distractions. Les loisirs, la bombe,

la religion, la marijuana, la télé. Nous sommes les derniers à vraiment bander sur le sexe. Les Blancs ne sont plus tellement intéressés. Par contre, les Blanches... je dirais qu'elles le sont encore un peu. Est-ce que j'ai choqué vos téléspectateurs ?

— Pas du tout. Je parle de tout dans cette émission, vous savez. Mais vous oubliez les films porno et les livres cochons. Toute cette nauséeuse prolifération ne prouve-t-elle pas que le Blanc, malgré ce que vous dites, est encore intéressé à la bagatelle, disons-le en langage moderne, au sexe ?

— C'est un piège. L'Occident ne s'intéresse plus au Sexe, je vous le dis, et c'est pourquoi il essaie de l'avilir. C'est dirigé contre les Nègres, parce que l'Occident judéo-chrétien pense que le sexe est l'affaire des Nègres ; alors il n'aura de cesse de discréditer la marchandise. C'est à nous autres, Nègres, de redonner au sexe sa pleine dignité.

— C'est le thème de la Nouvelle Croisade ?

— En plein ça.

XXV

Le Premier Nègre végétarien

Juste au moment où je terminais ce chapitre, Bouba est entré avec une fille superbe. Type californien. Soleil et orange. Dents blanches et sourire éclatant. Bref, une vraie *cover-girl*. Enfin! Ouf!
— Pas de vaisselle, Vieux, on mange dehors.
— Ça tombe bien, je viens de terminer la première version de mon roman.
— T'as entendu? Il vient de terminer ça.
Bouba prend le manuscrit à bras-le-corps en dansant autour de la table.
— Il me faut une douche, dis-je.
— On t'attend, Homère.
Douche. Un roman à moitié terminé. Une fille terrible et un repas en perspective. Il y a des jours comme ça. Je sors de la douche, un peu ébranlé. Allah s'occupe personnellement de moi ces temps-ci.
— Êtes-vous végétariens? nous demande gentiment Miz Cover-girl.
— Non, herbivores.
Elle a souri. Je sais que le bonheur parfait n'est pas de ce monde («S'ils eussent cru en Allah, à l'apôtre et au Coran, ils n'auraient jamais recherché l'alliance des infidèles; mais la plupart d'entre eux ne sont que des pervers», Sourate V, 84).

Un minable restaurant sur la rue Duluth.

Comment faire l'amour avec un Nègre sans se fatiguer

Des herbes et du grain au menu. Une dizaine de personnes en train de bouffer religieusement des bols de luzerne. Nous nous asseyons à une table du fond, dos au mur. Le bruit des bouches mastiquant nous donne l'impression d'être dans une mosquée. Nous entendons le *credo végétarien* mâchonné par un troupeau de ruminants. Nous commandons nos plats à une fille nature qui semble avoir grandi au milieu d'un champ de luzerne. Ici, tout est à base de tournesol. Tout autour de nous, une vingtaine de tables en bois réparties dans trois petites pièces. Les murs sont criblés de prospectus de maharashi, de revues agricoles et écologistes, de propagande mystique, de bandes dessinées. Comment bouffer dans un pareil décor? Les clients ont l'air désespéré dans leurs chemises de bûcheron. Juste derrière moi, je peux lire une offre alléchante: «Christine, femme naturiste branchée sur la voie spirituelle, est à la recherche d'une maison à la campagne. Serait prête à la partager avec une ou plusieurs personnes intéressées à vivre une expérience en énergétique chinoise (taï-chi et acupuncture) dans un site merveilleux.» La drague est sûrement interdite, sinon ce serait amusant de voir un Nègre en énergétique chinoise avec une Blanche. Une grande affiche montre une jeune femme en tunique. Margilis. Vrai, Margilis au Conventum. C'est écrit: Margilis en furie. On file au Conventum. Dans le hall d'entrée, nous pouvons admirer une exposition de singes en tutu derrière les barreaux d'une cage, à côté de six grandes affiches, en noir et blanc, d'une pièce off Broadway. Nous entrons. Margilis. Entracte. Je file aux toilettes. Juste à côté du miroir, un message codé: «New York Luigi? Jojo, Smith. Paris Lucienne Lambale/Londres Marie Lambert Co/Danseuse principale pour *talk of the town*, «émission zoom»/ballet-jazz Montréal Eddy Toussaint et Co.»

Je m'approche de Miz Cover-girl qui est en pleine conversation avec deux autres filles. Elle me les présente. L'une est maigre; l'autre, énorme. Un scandale biologique et une curiosité anthropologique. D'abord Miz Luzerne (elle est gentille), genre nature, peau fraîche, taches de rousseur, odeur de foin, tout à fait le genre à vouloir faire l'amour dans une étable. Elle laisse transparaître une sensualité robuste. L'autre, plutôt squelettique, n'a pas de seins (aucune trace), fume trois paquets de gitanes par jour et écrit des poèmes. Miz Luzerne, comme on s'en doute, s'occupe de la culture de la luzerne dans une communauté baptisée «La révolution collective/compagnie de luzerne/inc». Elle en mange, en parle, en vend et en chie. Elle en baise aussi. Elle doit bien en engendrer. Tandis que Miz Luzerne nous raconte l'épopée de la luzerne, Miz Gitane, elle, n'arrête pas de fumer.

Re-Margilis. Furie bis. Personne ne veut prendre une décision. Nous passons au bar du Conventum et nous avalons en vitesse un sandwich aux merguez. Il y a ensuite, au programme, cette lecture de poésie que personne ne veut rater à la galerie Dazibao. Bouba et moi, nous comptons passer au Zorba pour y manger un souvlaki, histoire de renouer un peu avec la viande.

Dazibao, rue Saint-Hubert, au-dessus du café Robutel. Il faut, pour y accéder, grimper un escalier assez raide soudé au Robutel comme une anse à cafetière. Comme prix d'entrée, il faut acheter un lot d'exemplaires de la *NBJ*, la revue des poètes d'avant-garde. Coût total : 2,50 $. Fini le temps des Maïakovski où la poésie était gratuite. À l'intérieur, tout ce que Montréal compte de laissés-pour-compte de la poésie. Poètes alcooliques, mystiques, bûcherons, camionneurs, poètes tuberculeux, poétesses surdraguées. Nous prenons place, Bouba et moi, dans le fond de la salle. Un grand type, à côté de Bouba, n'arrête pas de hurler à la mort, après chaque strophe. Des caisses de bière à côté de ses pieds. Poésie à l'ivromètre. Une énorme poétesse, ronde comme une barrique de bière, raconte l'histoire de son amant bûcheron jaloux de sa bibliothèque. Un géant doux voudrait nous chanter une berceuse. Une poétesse, complètement soûle, s'assoit entre Bouba et moi. Puis l'énorme poétesse revient à l'avant pour raconter l'histoire d'un amant qui puait des pieds. Ou il faisait l'amour avec ses bottes ou il s'en allait. La plupart du temps, il le faisait sans ses bottes et la maison restait empestée pendant une semaine. Je rentre chez moi. Le roman m'attendait. Je place une dernière bière à côté de ma Remington avant de me faire un sandwich. La nuit sera longue.

XXVI

*Ma vieille Remington s'envoie en l'air
en sifflotant* ya bon banania

Flou. Je ne vois presque plus rien. Je me suis enfermé depuis trois jours avec une caisse de bière Molson, trois bouteilles de vin, deux boîtes de spaghettis Ronzoni, cinq livres de pommes de terre et cette maudite Remington. J'ai affiché en bas, près de la sonnerie, un avertissement on ne peut plus clair : « Ne dérangez pas le grand écrivain, il est en train d'écrire son ultime chef-d'œuvre. » Au bout de trois jours à taper sans arrêt, les petites lettres m'apparaissent irisées. Les lettres capitales ressemblent plutôt à ces araignées poilues des tropiques. La chambre tangue légèrement sous l'effet Molson. Une épaisse chaleur entre, par vagues successives, dans mon dos. Les consonnes n'arrêtent pas de forniquer et d'engendrer, là, sous mon nez. La vaisselle traîne. La poubelle déborde. J'étouffe. Je regarde, sans force, les cafards vaquer à leurs occupations quotidiennes. La chambre baigne dans un jus ultra-marin. Comment ne pas se prendre pour un génie dans de telles conditions ? Cette chaleur atroce ! J'imagine bien Homère, le vieil Homère, tapant sous le soleil méditerranéen son premier bouquin, son *Iliade*. Borges l'aurait fait dans son costume gris anthracite par 88 °F. Bukowski, oui. Saint-John Perse, non et cela malgré son origine caribéenne. Il suffit d'avoir une bonne Remington, d'être sans le sou, sans éditeur, pour croire que l'ouvrage qu'on est en train d'écrire avec la violence de ses tripes est le chef-d'œuvre qui vous sortira du trou. Malheureusement, ce n'est jamais le cas. Il faut autant de tripes pour faire un bon livre que pour en faire un mauvais. Quand on ne possède rien, on espère, au moins, le génie. Mais le génie a la gueule fine. Il n'aime pas les démunis. Je suis nu comme un ver. Je ne pourrai jamais m'en sortir avec un manuscrit moyen.

Le jour, j'écris.
La nuit, je rêve.

Dans mon rêve, je passe devant la librairie Hachette sur la rue Sainte-Catherine. Je vois mon roman dans la vitrine, sous une annonce énorme : « Un jeune écrivain noir de Montréal vient d'envoyer James Baldwin se rhabiller. » J'entre. Mon livre est placé entre Moravia et Green. En bonne compagnie. Ce livre, tranquillement assis, cette couverture jaune et rouge, cet effet jazz, c'est moi. Moi tout entier. Je suis ces cent soixante pages bien tassées. Quelqu'un entrera, à l'instant, et il feuillettera, pendant un moment, mon livre, d'un air à la fois soupçonneux et ravi, puis il se dirigera vers la caisse où il remettra à la caissière les 12,95 $ que coûte mon livre. La caissière déposera mon livre dans un sac Hachette et le lui remettra. Et le type s'en retournera avec mon livre qu'il vient d'acheter. Et cet homme, ô miracle, sera mon premier véritable lecteur.

Le libraire s'est approché de moi. Il m'a reconnu. Ma photo est reproduite en quatrième de couverture.
— Monsieur...
Et cet homme, ô miracle, est le premier Blanc à m'appeler monsieur.
— Monsieur, monsieur...
Je fais comme si je n'avais pas entendu. C'est si nouveau à mon oreille. Je le laisse mariner un peu.
— Monsieur...
— Oui...

— J'ai lu votre livre...
— Ah! merci (Oh! comme je deviens bourgeois).
— Il est très puissant.
— Est-ce que les gens l'achètent? (Oh! comme je deviens mercantile).
— Il marche très fort.
— Ah! bon.
— Vous ne semblez pas au courant?
— J'étais à New York. Je ne suis arrivé qu'hier soir. Je n'ai pas encore parlé à mon éditeur.
— Je vois. Venez, venez dans mon bureau, vous lui téléphonerez de là.

J'appelle effectivement mon éditeur.
— Allô...
— Oui...
— Je ne sais pas si vous vous souvenez de moi.
— Hum.
— Je vous avais envoyé un manuscrit...
— Mauvaise saison. Très mauvaise. Qu'est-ce qu'on vous avait répondu?
— C'était le manuscrit intitulé *Paradis du Dragueur nègre*.
— Où diable étais-tu passé? On t'a cherché partout.
— J'étais là.
— Là où?
— J'étais à New York. Je vais toujours à New York à pareille époque.
— Bon. Ton bouquin est paru et il a l'air de bien marcher.
— Ça se vend bien?
— Pas si vite...
— Je suis chez Hachette.
— N'écoute pas les libraires, ils ne savent rien de rien. Ce ne sont que des vendeurs. Ils ne prennent aucun risque. Aucun, aucun.
— Alors d'où viendrait ce succès?
— La critique, mon ami. La critique est à tes pieds.

— Ça me flatte, mais les dollars aussi ça compte.
— Ne me réponds pas sur ce ton, jeune homme, tu auras tout le temps de jouer au cynique avec Madame Bombardier.
— Miz Bombardier !
— Pas si vite... Bon, oui, oui, tu passes avec Bombardier à l'émission *Noir sur Blanc*, et ça t'ira comme un gant. Mais, en attendant, il faut regarder ce qu'on a et ce qu'on a, c'est un très grand article de Jean-Éthier Blais.
— Blais !
— En personne, cher ami, et il n'y va pas de main morte. Écoute et reste assis, voici ce que Monsieur Blais écrit : « Je n'ai jamais rien lu d'aussi fort, d'aussi neuf, d'aussi évident. C'est le plus terrible portrait de Montréal que j'ai eu sous les yeux depuis des années. Si ce que dit ce jeune homme est vrai, alors notre libéralisme est la pire saloperie qui soit (ce dont je me doutais bien). » Et Pierre Vallières, lui, clame sur cinq colonnes dans *La Presse* : « Voici, enfin, les Nègres Noirs d'Amérique ! »
— Ben... c'est chic de leur part.
— C'est chic de leur part, c'est tout ce que tu trouves à dire, et moi, je n'ai droit à rien ! Je vous connais bien, vous autres, vous écrivez votre petit machin dans votre sous-sol mal éclairé et vous vous prenez tous pour Miller. Alors, quand une fois sur dix mille, ça marche, vous jouez les ingénus... Ah ! oui, quelqu'un t'a téléphoné et a demandé que tu le rappelles.
— Carole Laure.
— Comment le sais-tu ?
— Je le sais.

Carole Laure. Carole Laure. Carole Laure. Carle Or Chlore. CL^2. Qu'est-ce que je vais dire à CL. J'ai écrit un bouquin avec mes tripes pour avoir un téléphone de CL. Et ça marche, je l'ai. Comment se sent-on en pareil cas ? Je ne me sens pas.

— Allô...
— Oui. C'est Carole Laure.
— Oui. Vous avez téléphoné à mon éditeur...

— Oh! c'est vous.
— J'étais à New York. Et ce n'est qu'aujourd'hui que mon éditeur m'a transmis votre message.
— Qu'est-ce que vous faites?
— Qu'est-ce que je fais???
— Bon. Je vois. Avez-vous déjà soupé?
— Ah! non.
— Je vous invite. Où êtes-vous en ce moment?
— Moi (je ne m'y fais pas encore)... je suis au coin de Berri et de Sainte-Catherine.
— Je ne suis pas très loin. Vous connaissez la rue Prince-Arthur?
— Oui.
— Alors à tout à l'heure.

J'ai rendez-vous sur Prince-Arthur avec CL. Sur Prince-Arthur, mais où? Non, merde! Salaud d'Allah. J'ai oublié de lui demander l'adresse exacte. Je ne vais pas me mettre à chercher CL dans tous les restaurants de la rue Prince-Arthur. Je ne peux tout de même pas tendre un lapin à Carole Laure!

Le supplément littéraire du samedi de *La Presse* titrait (parlant de moi): «Le nouveau prodige.» Tu parles d'un prodige! Même pas capable de prendre correctement un rendez-vous.

Je suis maintenant à Radio-Canada, dans la salle d'enregistrement de l'émission *Noir sur Blanc*.

Miz Bombardier, faisant face à la caméra, commence l'émission: «Le roman que vous lirez cette saison s'appelle: *Paradis du Dragueur nègre*. Il a été écrit par un jeune écrivain noir de Montréal. C'est son premier roman. Il a été chaleureusement accueilli par la critique. Jean-Éthier Blais affirme n'avoir rien lu d'aussi fort depuis longtemps. Réginald Martel y voit le signal d'un mouvement vers de nouvelles formes littéraires. Gilles Marcotte parle de "filtre de lucidité à travers lequel la violence et l'érotisme le plus cru acquièrent de la pureté". Un professeur d'un collège de Montréal l'a recommandé à ses étudiantes dans le cadre de son cours *Racisme et Société*. David Fennario le traduit actuellement en anglais, et compte en tirer une pièce : *Négroville*. »

Miz Bombardier se tourne maintenant vers moi : « J'ai lu votre livre, j'ai bien ri, mais vous n'aimez pas les femmes, m'a-t-il semblé ?

R. : Les Nègres aussi.

Miz B. sourit. J'avais gagné la première manche.

Q. : Mais encore...

R. : Je dis que quand on commence à déballer les fantasmes, chacun en prend pour son compte. Je vous fais remarquer qu'il n'y a, pratiquement, pas de femmes dans ce roman. Mais des types. Il y a des Nègres et des Blanches. Du point de vue humain, le Nègre et la Blanche n'existent pas. D'ailleurs, Chester Himes dit que ces deux-là sont une invention de l'Amérique au même titre que le hamburger et la moutarde sèche. J'en donne, ici, une version disons... personnelle.

Q. : Tout à fait personnelle. J'ai lu votre roman. Ça se passe au Carré Saint-Louis. C'est, brièvement, l'histoire de deux jeunes Noirs qui passent un été chaud à draguer les filles et à se plaindre. L'un est amoureux de jazz et l'autre de littérature. L'un dort à longueur de journée ou écoute du jazz en récitant le Coran, l'autre écrit un roman sur ce qu'ils vivent ensemble.

R. : C'est exact.

Q. : Je voudrais vous demander quelque chose...

R. : Allez-y.

Q. : Est-ce vrai ?

R. : Quoi ?

Q. : Est-ce que tout cela vous est vraiment arrivé ? Je vous demande ça parce que dans la réalité, vous habitez encore au même endroit, au Carré Saint-Louis, vous avez un ami chez vous et vous êtes écrivain comme votre narrateur.

R. : Ce n'est que pure coïncidence.

Q. : Soit. Votre roman est le premier véritable portrait de Montréal venant d'un écrivain noir, avouez tout de même que vous avez eu la dent dure...

R. : Ah! bon...

Q. : ... et ça fait notre plaisir parce qu'on nous avait trop longtemps habitués avec des Noirs un peu plaintifs.

R. : Ceux de mon roman n'arrêtent pas de se plaindre, eux aussi.

Q. : Oui, mais pas sur le même tempo. C'est plus coriace, plus sec, plus pugnace. Ils n'arrêtent pas de se plaindre, c'est vrai, mais ils savent cogner aussi et avec un humour qui emporte tout.

R. : C'est comme ça dans la vie. On pare les coups et on en donne.

Q. : Et ils le font avec de drôles d'armes. Généralement, les Noirs font appel à l'Afrique dans ces cas-là. Vos personnages, non. Pourquoi?

R. : Parce que ce sont des Occidentaux.

Q. : Ils sont musulmans!

R. : Oui. Leur foi appartient à l'islam, mais leur culture est totalement occidentale, si vous voulez : Allah est grand, mais Freud est leur prophète.

Q. : De curieux musulmans!

R. : C'est la réalité. Vous savez, dans une rencontre entre un Noir et une Blanche, ce qui prédomine c'est le mensonge.

Q. : Vous n'êtes pas en train, disons-le, de trop noircir ça?

R. : Écoutez. Hier soir, j'étais dans un bar du centre-ville. Il y avait, à côté de moi, un Noir et une Blanche. Je connaissais le type. C'est tout juste s'il ne disait pas à la fille qu'il était un amateur de chair humaine, qu'il venait de la brousse, que son père était le grand sorcier de son village. Bon, on connaît la musique. Et moi, je voyais la fille hocher la tête, en extase devant un vrai de vrai, l'homme primitif, le Nègre selon *National Geographic*, Rousseau et Cie. Je connais très bien ce type et je sais qu'il vient, non pas de la brousse mais d'Abidjan, l'une des grandes villes d'Afrique, qu'il a longtemps vécu au Danemark et en Hollande avant de venir s'établir à Montréal. C'est un urbain et un Occidental. Mais cela, il ne l'admettra devant aucune Blanche pour tout l'ivoire du monde. Devant le Blanc, il veut passer pour un Occidental, mais devant la Blanche, l'Afrique doit lui servir, en quelque sorte, de sexe surnuméraire.

Q.: Et la fille?

R.: En extase, je vous dis. Elle avait trouvé son Afrique. Son primitif.

Q.: Vous avez l'œil dur.

R.: C'est l'époque qui est dure. Ce type aussi a été blessé. Savez-vous ce qu'il m'a dit aux toilettes? Il m'a dit: «Tu ne sais pas pourquoi les Blancs ne disent jamais d'un Noir qu'il est laid?» Je ne connaissais pas la réponse à sa question. Alors, il a lui-même répondu: «C'est parce que, jusqu'à présent, ils ne sont pas encore sûrs de notre véritable nature.»

Q.: Soyez plus clair.

R.: Bon, on ne dit pas d'un chat qu'il est laid. On ne peut qu'en dire du bien ou alors on se tait. D'ailleurs, on n'est pas très sûr à propos des animaux. On dit que le tigre est un très bel animal, mais on ne connaît pas l'avis des autres animaux de la jungle. De plus, on ne parle jamais de tel tigre. On dit le tigre. C'est pareil pour les Noirs. On dit les Noirs. C'est une espèce. Il n'y a pas d'individu.

Q.: Vous ne charriez pas un peu là?

R.: Si vous voulez.

Q.: Comment les Noirs ont-ils accueilli votre livre?

R.: Ils veulent me lyncher.

Q.: Pourquoi?

R.: Pourquoi! Parce que j'ai vendu la mèche. Ils n'aiment pas avoir le nombril à l'air. Ils disent que je suis un vendu, que je fais le jeu des Blancs, que mon livre ne vaut rien et que, si on l'a publié, c'est tout simplement parce qu'il faut toujours un Nègre pour faire des grimaces et donner bonne conscience aux Blancs.

Q.: Et c'est votre avis?

R.: Je n'ai pas d'avis. Ou je parle écriture ou je ne parle qu'en présence de mon avocat. D'ailleurs, ce n'est pas l'avis de la *Moral Majority* qui affirme que mon livre est une ordure qui salit son

Comment faire l'amour avec un Nègre sans se fatiguer

lecteur, qu'il a pour unique but d'avilir la Race Blanche dans ce qu'elle a de plus sacré : la femme. Vous voyez, je fais banco.

Q. : Et ça ne vous gêne pas ?
R. : Quoi ? Avilir la femme blanche ?
Q. : Non. L'opinion des Noirs.
R. : C'est le destin de tout écrivain que d'être un traître. J'espère que c'est mon premier cliché depuis le début de l'entretien.
Q. : Une dernière question. Allez-vous écrire un autre livre ?
R. : Oui. Et même trois. C'est dans le contrat.
Q. : Alors, bonne chance.

XXVII

Les Nègres ont soif

Bouba a amené ici, hier soir, deux filles à moitié mortes. Toutes deux affreuses. Elles flânaient rue Sainte-Catherine. C'est connu, personne n'a jamais séduit une fille seulement en lui offrant le gîte. Elles ne pouvaient être qu'affreuses.

Bouba m'a glissé en entrant que la grande était à moi, que je pouvais en faire ce que je voulais : la baiser, la vendre ou la jeter par la fenêtre. Je ne voulais rien savoir de tout cela. Il n'y avait pas cette clause dans le contrat. Il y a un mois, elle aurait été une bénédiction («Il leur semblera qu'ils n'ont demeuré qu'un instant de la journée sur la terre. Telle est l'exhortation. Les pervers ne seront-ils pas les seuls qui périront?», Sourate XLVI, 35). Ces jours-ci, je suis en diète. J'en ai marre des éclopées, des soûlardes, des poétesses, des à moitié mortes, marre de toutes ces filles juste bonnes pour les clochards et les Nègres. Je veux une fille normale avec un père conservateur et une mère bourgeoise (tous deux racistes), une vraie de vraie de jeune fille, pas une poupée gonflable gorgée de bière ; merde, j'ai soif, moi aussi, d'une vie décente. J'ai soif. Les Dieux ont soif. Les Femmes ont soif. Ben, pourquoi pas les Nègres. Les Nègres ont soif.

La Grande avait l'air plus moche qu'un cafard du dimanche soir. Elle m'a à peine remarqué, a ouvert le réfrigérateur et s'est servi une bière. Grande, laide, vulgaire («On vous a prescrit la guerre et vous l'avez prise en aversion», Sourate II, 212). Là-haut, Belzébuth fait le mort. Mort!

Comment faire l'amour avec un Nègre sans se fatiguer

Bouba a commencé à déshabiller la P'tite en lui caressant les seins. La Grande a déjà avalé trois bières et elle ne m'a pas encore repéré. Je me faisais tout petit dans un coin du lit. Bouba me faisait signe de m'occuper d'elle tout en continuant à caresser la P'tite. J'attendais la Grande au tournant de la onzième bière. Puis le plafond m'est tombé sur le crâne dans un fracas assourdissant. Cela devait arriver un jour ou l'autre. Des colonnes de poussière rosée. Le plafond a résisté. Nous sommes passés à un doigt de la mort. Belzébuth, lui, là-haut, n'était pas mort.

La Grande est entrée, tout habillée, sous la douche et elle s'est mise à hurler de toutes ses forces. Elle criait qu'elle avait faim. Alors, elle est allée se faire cuire des spaghettis. Toute mouillée. Je ne peux pas dire exactement quand mes nerfs ont craqué. Je n'ai pas arrêté de hurler pendant au moins une heure. Les policiers sont venus. Je me suis endormi immédiatement après. Et le lendemain matin, elles étaient parties.

Midi sale. Bouba est sorti. Je tape à toute vitesse ce dernier chapitre. Je vois, enfin, le bout du bout de ce bouquin de malheur. La Remington (ma vieille complice) semble avoir gardé la forme. Je n'aurai plus qu'à ajouter ce prologue. Tout bien compté, j'ai écrit ce roman en trente-six jours et dix-huit nuits, et j'ai utilisé trois rubans, quatre tubes à effacer, cinq cents feuilles (papier *bond*), trente bouteilles de vin, douze caisses de bière. Je tiens cette comptabilité dans un minuscule carnet noir, cadeau de Miz Littérature. Je tape avec frénésie. La Remington jubile. Ça gicle de partout. Je tape. Je n'en peux plus. Je tape. J'en ai ma claque. J'achève. Je m'affale sur la table, à côté de la machine à écrire, la tête entre les bras.

XXVIII

On ne naît pas Nègre, on le devient

L'aube est arrivée, comme toujours, à mon insu. Gracile. Des rayons de soleil à fleurets mouchetés. Comme des pattes de saint-bernard. Le roman me regarde, là, sur la table, à côté de la vieille Remington, dans un gros classeur rouge. Il est dodu comme un dogue, mon roman. Ma seule chance. Va.

Fête chez Hoki

*Fraîcheur d'été
prenant mes aises ici
faire la sieste.*

Sora

*À Rita Hayworth, la star des pin-up,
une rousse si explosive que la première
Bombe atomique fut baptisée de son nom.*

I

1. Quoi qu'il arrive, je ne bougerai pas du lit. Il n'y a rien de plus neuf que de se réveiller dans un loft aménagé par une Japonaise. Je dors sur un futon dans une pièce éclairée, brillante et presque nue.

L'appartement est un peu concave comme si je nichais dans une coupe à cognac.

2. Hoki est photographe de mode. Elle est à Manhattan. Elle m'a passé son appartement. Elle reviendra dans quinze jours.
— Avez-vous déjà vu un Nègre avec une Japonaise?
— Non.
— Moi non plus.

C'est connu, les Japonaises ne se mêlent même pas avec les Blancs.

3. Faut dire tout de suite que Hoki est un drôle d'oiseau cosmétique. Sorte de mélange aphrodisiaque de raffinement oriental et de vulgarité nord-américaine. Hoki est née à Vancouver, B.C. Elle n'a pas de dieu. Ni Confucius, ni Bouddha. Elle fait l'amour comme Lao Tseu se tient sur son buffle. DANGEREUSEMENT. Pour certains, ça va. Tout le monde ne tient pas le coup.

4. J'ai rencontré Hoki à une exposition de ses photos dans une galerie d'art. Elle portait une robe noire ajustée au corps.

On aurait dit une flamme bleue qui changeait de teinte sous la lumière.

5. Hoki m'a vu la première.
— Vous aimez ça?
Elle me montre les photos d'un geste du menton.
— Non.
— Ah! bon...
— Je suis entré ici par pur hasard.
— Vous êtes encore là.
— J'aime voir les gens.
— Les femmes ou les gens?
— Les hommes pour moi, ça compte pas.
— Ce n'est pas mon avis, dit-elle avec un curieux sourire.
— Alors, ça tombe bien.

6. Hoki prend ses amants. Pour elle, c'est un geste de nature. Le temps de dire OUF! j'étais dans son lit. Hoki a toujours eu un homme chez elle. À plein temps. Je suis son treizième amant (un bon chiffre) et son premier Nègre. Le type qui m'a précédé dans la fonction est un Indien. Le soir où j'ai rencontré Hoki, elle venait de signifier son congé au Peau-Rouge.

7. Hoki n'a pas attendu Gloria (Steinem) pour baiser à volonté. Ni pour changer d'amant quand ça lui chante. Elle veut. Elle ne veut plus. C'est tout.
TOUT HOKI.

8. Hoki n'est pas une bombe sexuelle. Du moins, elle n'explose pas. Elle implose. Croyez-moi, c'est pire.
HOKI EST RADIOACTIVE.

9. Hoki amène toutes sortes de gens chez elle. Des musiciens de jazz, des poètes, des écrivains, des peintres, des financiers, des clochards, des architectes, des travestis, des photographes de

mode, des journalistes, des mannequins, enfin toute la smala de noctambules qui fréquentent la Zone.

10. Hoki collectionne les oiseaux rares. Elle a écrit sur la porte de son appartement: LE ZOO KAMA-SUTRA.

11. Hoki m'a tiré jusqu'à son lit et m'a fait l'amour durant 72 heures. Tout le *Kama-sutra* est passé à la casserole. De mon côté, j'ai fait de mon mieux.
ZEN CONTRE VAUDOU.

12. On est sortis du lit à cause de John Lennon. Lennon est mort. C'est arrivé jusqu'à nous. C'est connu, l'érotisme est fait pour aboutir au meurtre.
LENNON EST MORT POUR NOUS.

II

13. Pour faire l'amour avec Hoki, il faut connaître Basho. Basho est un poète vagabond du vieux Japon (1664). C'est un maître de ce genre de poème bref: le haïku.

14. Vous imaginez le CHOC.
La sexualité volcanique des brousses contre la sensualité minutieuse de Kyoto.
NOIR CONTRE JAUNE.

15. Les mains soûles et spirituelles de Hoki font de mon corps un bel objet sexuel. Comme un briquet que l'on tourne et retourne dans sa paume avant de l'allumer.

16. Hoki me lit au petit matin ce poème de Basho :
      Éclat de la lune
      j'ai passé ma nuit à tourner
      autour de l'étang.

17. Hoki m'a appris la nudité. À bien y penser, c'est une expression terrifiante : FAIRE L'AMOUR.
Il y a pire : FAIRE L'AMOUR AVEC UNE JAPONAISE.

18. Hoki a pour elle l'Orient sensuel et raffiné. J'apporte l'endurance et la force.

Fête chez Hoki

Tout l'Occident judéo-chrétien assista, IMPUISSANT, à ce qui se passa cette nuit-là au 4538, avenue du Parc.

19. Hoki s'est d'abord rasé tout le corps. Je restai allongé sur le futon. À travers la fenêtre, la lumière des phares des voitures se croisant sur l'avenue du Parc.
Hoki s'est ensuite bassiné le corps avec un onguent fortement alcoolisé. Dieu! une allumette et elle flambait.
C'est moi qui prends feu. FEU NOIR.

20. L'incendie a duré 72 heures. Hoki est, aujourd'hui, à Manhattan à cause de la mort de John Lennon. Lennon a crevé pour qu'un Nègre puisse sauter une Japonaise.

21. Hoki est partie. Il reste sur la table un peu de gâteau de la veille et un vieux fond de cognac. Je pourrai déjeuner sans quitter mon lit.

III

22. Le téléphone calé au pied du lit, posé sur un volume de Mishima. Il pleut.

Je suis couché dans le loft de Hoki. Il fait un peu sombre dans la pièce. Je regarde un pan de ciel par la fenêtre.

Je pense. Je pense à la Bombe atomique. Le grand-père de Hoki, je crois, est un rescapé d'Hiroshima. Je vois les habitants d'Hiroshima en train de vaquer à leurs occupations. Il est 8 heures du matin. Dans un quart d'heure, ce sera la fin. Je ne suis pas choqué. Je suis intrigué. Depuis cet instant, tout ce que nous faisons – les gestes les plus banals – est menacé par la Bombe. TOUT CE QUE NOUS FAISONS EN CE MOMENT – même la lecture de ce livre – A UN RAPPORT AVEC LA BOMBE.

23. Le téléphone sonne.
— Allô.
— Hoki est là?
— Hoki est à New York.
— Ah!... merci.
— Je suis là, moi.
— Toi, c'est qui?
— L'amant nègre de Hoki.
— Oh! (Elle rit.)
— Arrive, alors.
— Si t'es l'amant de Hoki, je ne peux pas venir.

Fête chez Hoki

— Pourquoi donc?
— Ben... ça se fait pas.
— On le fait alors.
Un temps.
— Qu'est-ce que tu fais?
Un temps plus long.
— OK, je viens.
Il y a des jours comme ça. Lao Tseu dit que tout arrive à qui sait rester dans son lit. C'est là que j'attends la Bombe.

24. Une demi-heure plus tard.
— Entre. C'est ouvert.
Elle s'attarde un moment dans le couloir à secouer son parapluie.
— Je suis Keiko.
Elle a dit ça comme on dit FEU.
— Et moi, une variété TOUCOULEUR du zoo de Hoki.
— C'est pas assez.
Elle hésite un bref instant.
— Bon, finit-elle par ajouter, qu'est-ce qu'il fait cet oiseau?
— Il est là.
Keiko fait trois pas vers la fenêtre avant de se retourner brusquement vers moi.
— Hoki n'héberge pas pour la frime.
— Bon, dis-je, tu connais les goûts de Hoki.

25. Keiko est grande. Petits seins. Ses parents viennent de Kyoto. Elle est née à Los Angeles. Cuisses fermes. Fesses dures. Nerveuse. Elle marche sans arrêt dans la pièce, ce qui me rend nerveux.
— Tu peux t'asseoir.
— Bien.
— Si tu ne vois pas d'inconvénient, moi, je resterai couché.
Elle se retourne brusquement pour me dévisager longuement.
— T'es très bien couché. Pourquoi y verrais-je un inconvénient?

26. Keiko est restée assise un peu plus de dix secondes.
— Il me faut de la musique.
Elle a dit ça comme une camée en manque. BEAU BRIN DE FILLE VIVANTE.
— T'aimes Garfunkel? me demande-t-elle sans transition.
— J'écoute.
Garfunkel ne tarde pas à fredonner doucement cette ballade islandaise connue.

27. Je regarde Keiko dans cette robe à grands motifs de Katzuo.
— Qu'est-ce que tu fais?
— Je choisis un disque.
— Non. Dans la vie.
— Ah! je travaille avec Hoki.
— Encore!
— Mannequin.

28. Hoki m'a déjà présenté à une foule de collaboratrices. Je découvre encore de nouvelles têtes. Hoki travaille avec tout le monde. Elle connaît le Milieu.
— J'aime comment ça s'est passé, dis-je après un silence.
— Quoi! Comment quoi?
— Bon, juste au téléphone… comme ça.
— Oh! c'était autre chose pour moi.
— Comment donc?
— Déprime. J'appelle toujours Hoki dans ces cas-là.
— J'suis pas Hoki.
— Tu m'as fait rire.

29. Elle poursuit la conversation, accroupie, en farfouillant dans les disques. De ma position, je ne peux voir que ses chevilles.

Fête chez Hoki

30. Hoki m'a appris le yoga. Je ne sais pas si ça pourrait servir à quelque chose. Je fais mes exercices au lit. Sans trop y croire.

Je note dans mon carnet. Trois choses à atteindre : yoga, végétarisme et méditation. LE PREMIER NÈGRE YOGI.

31. Comment faire cette méditation avec Keiko dans les parages ? Son parfum flotte dans la pièce.

32. Keiko est arrivée avec du saké.
— Très peu pour moi.
— J'ai fait aussi de la soupe.
— J'en prendrai bien un bol.
— Tu te prends pour qui à te faire servir au lit ?
— Je t'avais prévenue.
— Comment ça ?
— Je ne bouge pas du lit.

33. Keiko dispose tranquillement les tasses et les bols sur une petite table basse, près du lit. Elle sert le saké comme une véritable geisha. Le bonheur, c'est qu'on peut boire ce vin de riz en quantité sans se soûler. Je bois calmement. Keiko s'envoie du saké cul sec.

34. — On mange ?
Keiko disparaît pour revenir en coup de vent avec du riz cuit dans un grand bol de laque noire, une soupe parfumée à la pâte de soja avec, sur le dessus, du filet de poisson cru et salé et des asperges.
— C'est très bon.
— C'est une recette de Hoki.
— Veux-tu me verser encore un peu de saké ?
— T'aimes bien le saké ?
— Je le bois.
— Moi, ça me rend dingue.
— Et alors ?

35. Il pleut. Il a recommencé à pleuvoir. À mon insu. Je n'y peux rien. Le Tao tö king dit : Le retour est le mouvement du Tao.

36. Keiko est revenue. Elle porte un kimono. Elle est légèrement maquillée. Que faire d'une dingue sensuelle quand il pleut ?

37. C'est une bonne averse. La pluie tombe dru. Oblique. La chambre est de nouveau sombre. Keiko tourne comme un derviche. Je vois ses chevilles sous le kimono.

38. Un oiseau mouillé cogne son bec contre la vitre de la fenêtre. Corne contre verre. La pluie redouble. L'oiseau est encore là. Je le connais. C'est un moineau.
Issa note :
> Viens jouer
> avec moi
> moineau orphelin.

39. Keiko continue à tourner de plus en plus lentement. On dirait une séquence filmée au ralenti. L'oiseau n'arrête pas de se frapper contre la fenêtre. Je ne sais comment un si fragile oiseau a pu traverser ce pilonnage meurtrier. En tout cas, il est là. Sonné.

40. La chambre devient de plus en plus sombre. Le saké, très insinuant.
L'oiseau paraît fatigué.

41. La pluie, de plus en plus forte. Un mur d'eau. L'oiseau s'affole derrière la vitre.
Keiko se retourne sur le dos. Son ventre est jaune. Ses jambes pointent vers les poutres noires du plafond. Le kimono, à côté d'elle.

Fête chez Hoki

42. L'oiseau fera-t-il un trou dans la vitre à force de s'y frapper ? Keiko, couchée sur le plancher, se caresse doucement les seins.
   Lao Tseu, sur son buffle, perd la boule. Quand un philosophe chinois perd la boule, c'est qu'il va se passer quelque chose.

43. Keiko continue de se caresser les seins. J'attends beaucoup de ce moment pour l'avenir de l'humanité. Le sort de la civilisation judéo-chrétienne se joue, à l'instant, entre ce Nègre et cette Japonaise née à Los Angeles.

44. Keiko se caresse à présent les poils du pubis. Poils luisant dans la pénombre. Ses mains glissent sur ses cuisses. Hautes tours.
   Couché sur le futon, les yeux mi-clos, je ne perds aucun de ses gestes. Ma main droite tenant mon sceptre. Sexe noir.

45. L'oiseau joue sa vie. Keiko tressaute comme une rainette. Sa main remonte vers l'entrecuisse. Ses pores s'élargissent. Paume sur peau. Sa peau devient rêche. Les pointes de ses seins durcissent. Keiko secoue violemment sa tête de droite à gauche. Elle respire par la bouche bruyamment. Sa gorge est sèche. Keiko passe sa langue violette sur ses lèvres déshydratées. Son ventre se comprime en de légers spasmes.

46. Je vois l'oiseau tomber. Keiko s'essouffle. Ses ongles verts se perdent dans une mare de sang, de musc et de pisse. Keiko bouge doucement ses hanches. Sa main s'enfonce plus profondément. Son corps se recroqueville.

47. La pluie a légèrement diminué. Le soleil apparaît de nouveau. La chambre nettement éclairée.

48. Keiko respire de plus en plus fortement. Les ailes du nez se gonflent. Le ventre se contracte violemment. Le premier cri traverse ses lèvres serrées. Un tout petit cri. Un cri mouillé. L'œuf.

Son corps est secoué de spasmes. Ses reins se soulèvent vivement.

49. Il a recommencé à pleuvoir. Avec rage. Ses cuisses s'ouvrent et se ferment. Keiko siffle l'air. 10 secondes. C'EST LE CRI. D'abord saccadé, violent, percutant vers le sommet (une espèce de flottement) pour une descente douce, tendre, heureuse.

50. L'oiseau a payé de sa vie l'orgasme de Keiko.

IV

51. « RITA HAYWORTH MEURT À 68 ANS (d'après AFP, AP, UPI et REUTER).
« New York.
« L'actrice Rita Hayworth, dont la crinière rousse a émoustillé toute une génération de cinéphiles dans les années 40, est morte dans la solitude, dans la nuit de jeudi à vendredi, après avoir lutté pendant plusieurs années contre la maladie d'Alzheimer qui a fini par lui ôter tout souvenir de sa gloire hollywoodienne. »

52. Née le 17 octobre 1918 à New York, d'un couple d'artistes (son père était un danseur espagnol originaire de Séville), elle avait fait ses premiers pas sur les planches à douze ans. Quatre ans plus tard, elle bifurquait vers le cinéma, où elle devint peu à peu le sex symbol de toute une époque.

53. C'est vers le début des années 40, avec un film dans lequel elle eut pour partenaire Fred Astaire (*You'll Never Get Rich*, 1941), qu'elle a atteint la notoriété. En 1944, elle jouait avec Gene Kelly dans *Cover Girl*.

54. Mais c'est dans *Gilda* (film écrit spécialement pour elle en 1946 par Charles Vidor et qui comprend l'une des plus belles scènes de strip-tease de l'histoire du cinéma), puis dans *La Dame*

de Shanghai (1948), qu'elle laissa vraiment éclater sa sensualité à l'écran.

« Tous les hommes que j'ai connus sont tombés amoureux de Gilda et se sont réveillés avec moi », avait-elle dit un jour.

55. En 1946, elle atteint un tel degré de célébrité que lorsque la première Bombe H est expérimentée au-dessus de l'Atoll de Bikini, elle est ornée sur ses flancs de la silhouette de Rita Hayworth.

V

56. Hoki avait organisé une *party* avant son départ pour New York. Elle avait expédié des invitations à des amis un peu partout. C'était écrit sur une carte blanche (simplement) : FÊTE CHEZ HOKI.

57. Hoki a toutes sortes d'amis. Des hommes d'affaires, des journalistes, des mannequins (je l'ai déjà dit, mais vous étiez aux toilettes), des professeurs d'université, des écrivains, des peintres, des homosexuels, des chimistes, des boxeurs, des travestis et un Nègre. L'univers de Hoki. Son cosmos portatif.

58. Hoki m'a donné un nom japonais : Tosei. Tosei veut dire *pêche verte*. Je suis le premier fruit nippon de race noire.

59. On a fait le marché. Un peu partout. C'est un très beau quartier. Un quadrilatère. Van Horne, au nord. Sherbrooke, au sud. Saint-Laurent, à l'est et l'avenue du Parc, à l'ouest. Juifs, Grecs, Vietnamiens, Portugais. Des pâtisseries. Des charcuteries. Des épiceries. Fruits, légumes verts, épices. Des poissonneries. Toutes sortes de volailles. On a acheté des bagels chez Himie, sur la rue Saint-Viateur, et quelques bouteilles à la Société des alcools, sur l'avenue du Parc. Pain et desserts sur Saint-Laurent.

60. On a fait le marché dans la Volks jaune de Hoki. Hoki avait cette Volks quand elle était encore à l'université de Vancouver. On baisait à quatre là-dedans (selon la légende). Comment faisait-on? Je ne sais pas. Je ne connaissais pas encore Hoki à cette époque. Paraît que ça se faisait et cette vieille Volks était connue de tout le campus comme un véritable BAISODROME.

61. En revenant dans la Volks. Vers 5 heures. On a tourné sur la rue Saint-Denis. Fleurs et encens. La Volks craquait. Elle n'en pouvait plus.

62. Le soleil tapait encore fort. Ciel pur (bof! autant qu'un ciel de Montréal peut être pur). Nuages immobiles, fixes. La vieille Volks s'enfonçait résolument dans un paysage de Magritte. Hoki gardait les mâchoires serrées. Elle réfléchissait. J'avais la tête perdue au milieu d'un fouillis d'odeurs de poisson, de légumes, de fruits, de fleurs et de pâtisseries.

63. Les choses (bon, je veux dire les voitures, les gens, les arbres, les maisons, les nuages, l'après-midi) n'arrêtaient pas de défiler. La vie rapide.

64. Hoki conduisait vite. Un peu tendue. Je regardais ses poignets à la dérobée. Crispés. Sa longue veine bleue. Le pouls contre la tempe. Elle réfléchissait.
La Volks fait un brusque *U turn* et retourne vers le quartier chinois.

65. Retour. Soir.
Un de ces couchers de soleil qui vous brûlent les yeux à force de beauté. Merveille de cuivre en fusion. Spectacle incroyablement délicat créé par la pollution. Il n'y a que le *smog* pour engendrer d'aussi magnifiques couchers de soleil.

VI

66. Hoki, en kimono.
Moi, en boubou.
En guise de geisha : deux jumelles lesbiennes : Keiko et Reiko. Keiko, boudeuse. Reiko, artificieuse.

67. Hoki avait placé des amuse-gueule un peu partout dans la pièce. Dans des endroits plutôt inattendus. Des noix de cajou, des noix de ginkgo taillées en forme hexagonale et du poisson séché. On a joué, un moment, à retrouver les sachets de noix.

68. De la cuisine, Hoki a apporté un consommé de crevettes au tofu dans des bols de laque rouge. Au fond de chaque bol, une feuille d'épinard, un morceau de fugu et une fine languette de citron. Hoki a disposé les bols sur une demi-douzaine de tables basses de 45 centimètres de hauteur.

69. Un type à côté de moi raconte comment il a failli s'empoisonner au fugu dans un restaurant des environs de Tokyo.
— Qu'est-ce que c'est que le fugu ?
— Vous ne savez vraiment pas !
— Oh ! vous savez, je ne connais même pas la Californie.
J'avais la nette impression que chacune des personnes présentes dans cette pièce avait déjà fait le tour du monde au moins cinq fois. Moi, ça ne me gênait pas, puisque j'ai horreur du

mouvement. J'ai peur que la Bombe ne m'atteigne en plein vol (au-dessus de l'Atlantique).

— Bon, le fugu est un poisson dont le foie et les ovaires contiennent un poison violent.
— Capable de tuer?
— Mortel.
— Et les Japonais le mangent?
— C'est le plat le plus apprécié au Japon.

70. Hoki s'est amenée avec un grand bol de concombres farcis au gingembre.
Je pensais encore aux Japonais en train de bouffer du poisson empoisonné. Quel rapport avec Hiroshima?

71. Hoki avait raison. Les poètes se sont amenés en même temps que les musiciens, les mannequins, les danseurs, c'est-à-dire vers 11 heures. On s'est installés sur des coussins. Enfin les filles! Des mannequins avec des châssis à tout casser et des nichons à vous décoller la rétine.

72. QUI PEUT BIEN M'EXPLIQUER POURQUOI, BON DIEU DE MERDE, CHAQUE FOIS QU'ON S'INSTALLE UN PEU CONFORTABLEMENT QUELQUE PART, IL Y A TOUJOURS UN ZOZO POUR CROIRE QU'ON NE SURVIVRAIT PAS SANS SA MUSIQUE.
Le type de service, ce soir-là, était un grand blond avec des pieds de marcheur dans des sandales taillées dans des lanières de cuir. Visage doux, sensible. Bronzage californien. Il a joué deux bonnes pièces. Les filles ont adoré. Raison de plus: j'ai haï.

73. Reiko a tout de suite remarqué la fille qui accompagnait un des danseurs. Une splendide brune au corps ficelé dur dans un danskin blanc. Mince, assez grande, le visage long. France n'est pas jolie, au sens reposant du terme. C'est un cratère.
Reiko voulait France. Dès le premier coup d'œil. Elle la voulait à tout prix. Tout de suite.

Fête chez Hoki

74. Hoki est arrivée avec des plats de sushi (sorte de riz au vinaigre roulé avec des languettes d'omelette, du cresson, des champignons, des copeaux de courge et quelques fines tranches de poisson cru). France s'est levée pour aider Hoki. Des jambes minces acier.

75. Le type à la guitare – Nigel – jouait un truc de Genesis. Assis dans la pénombre, presque caché par un paravent, il jouait comme si personne d'autre n'existait à part lui et sa saleté de musique. Des types comme ça, on en ramasse à la pelle à McGill.

76. Sarah a traversé la pièce, tout en longueur, pour venir draguer Nigel. Ça prend un sacré culot ou un nom. C'est la saleté de fille du président du Canadian Pacific. Pieds nus, jambes et aisselles poilues. NATURE. Dix millions de dollars en nature.

77. Hoki est au four et au moulin. Reiko, déjà mouillée. Les mannequins semblaient en transe rien qu'à regarder passer la sauce verte de soja. Un type, à l'autre bout de la table, expliquait les véritables causes du boom économique japonais tout en avalant du tofu. C'est pas les raseurs qui manquent en Occident.

78. Cohen, resté seul dans son coin. SEUL. Visiblement, il ne voulait engager la conversation avec personne.
— Bonsoir, je suis Kate.
Le visage de Cohen s'est fermé aussitôt comme une huître.
— Vous êtes Cohen?
— Non.
— Vous êtes bien Cohen?
— Qu'est-ce que c'est que cette histoire!
— J'ai vu votre gueule sur des pochettes de disque.
— Écoutez, je ne suis pas Cohen.
— Prouvez-le alors.
— Je n'ai rien à prouver.

— Alors vous êtes vraiment Cohen.
— Je suis ici parce qu'on m'a dit qu'il n'y aurait pas d'emmerdeurs.
— Cohen! Leonard Cohen!
— Vous vous trompez.
— Si vous n'étiez pas Cohen, vous seriez déjà à me baratiner à propos de mes jambes.

Vrai, Kate a de superbes jambes.
— Bon, dit Cohen, qu'est-ce que vous voulez?
— Baiser avec vous.
— Et où donc?
— Ici.
— Ici!
— Tout de suite.
— C'est pas mon genre.
— C'est précisément pour ça.
— Allez voir ailleurs.
— Oh! ils bavent rien qu'à me voir aller.
— Qu'est-ce que ça peut me foutre!
— Sauf vous.

79. Reiko ne s'occupait que de France. France était pourtant accompagnée d'un ami. C'est un jeune danseur de la Compagnie de ballet Eddy-Toussaint. Il ressemble à ce danseur russe fort connu et, naturellement, il essaie d'accentuer la ressemblance. Reiko n'arrêtait pas de faire des clins d'œil à France. Elle lui servait du saké sans arrêt, essayant de la soûler, là, sous le nez de Barachnikov. France riait. Reiko est une vraie pro.

80. D'autres personnes arrivaient. Tout le monde semblait connaître tout le monde. Hoki continuait le service. L'ambiance était bien partie. Les hommes d'affaires avaient desserré leur cravate. Le saké ne chômait pas.

Fête chez Hoki

81. Barachnikov s'est retourné vivement. L'air inquiet. France n'était plus à ses côtés.

82. Reiko avait placé à côté d'elle différents pots d'onguent. Elle massait les pieds de France. France a le visage pointu, les yeux aigus et la bouche légèrement tordue. Biche frémissante sous la chevrotine des caresses. Reiko paraissait calme.

83. Keiko essayait un jeu avec Barachnikov déjà soûl. Keiko l'avait sciemment soûlé. C'est ainsi que les jumelles opéraient. L'une s'occupait de la fille pendant que l'autre mettait KO le type. À tour de rôle.

84. Keiko avait placé devant Barachnikov une minuscule tasse remplie, à moitié, de saké.
— Nous allons verser du saké dans cette tasse, l'une après l'autre. Le premier qui fait déborder le vase est le perdant.
— Et quel est l'enjeu ?
— Si tu gagnes, je suis à toi.
— Et si je perds ?
— Tu pars sans France.
Un temps, comme suspendu dans l'air.
— Je commence, rugit Barachnikov.

85. Reiko, comme recueillie, caressait les jambes nues de France. France se tordait, se ramassait en chien de fusil. Reiko la poursuivait. Lui ouvrait tranquillement les cuisses et y glissait sa main.

86. Ses hanches s'arrondissent. Ses seins, un peu lourds mais admirablement bien retenus, montrent leurs pointes qui durcissent. Leur érection est marquée par une succession concentrique de teintes. Le corps du sein est rose. En approchant du sommet, la chair pâlit sous sa propre tension. Le mamelon, enfin, se durcit, se dresse, se teinte d'un pourpre approchant du

noir. France gémissait. Les jambes raides pointées vers le plafond. Reiko remontait avec sa bouche vers la naissance des cuisses. France se débattait.

87. Hoki apportait, en guise de surprise, encore du fugu. Du fugu cru. De fines tranches blanches, transparentes. Avec une sauce de ciboule et de raifort.

88. Keiko et Barachnikov continuaient leur jeu. Barachnikov, les mains tremblantes. La surface bombée du saké : un dôme.
— À toi, Keiko.
Zoom sur la nuque de Keiko (utiliser un objectif tamron 35/80). Keiko se concentre. La goutte tombe. Danse sur le dôme et... reste.

89. France se débattait sous Reiko. Reiko la prenait. Bouche contre bouche. Ventre contre ventre. France jouissait. Reiko la faisait jouir.

90. D'un revers de main, Barachnikov fait voler la tasse contre le mur, à deux doigts de la tête de Cohen. Kate, la fille qui est avec Cohen, reçoit tout le saké au visage.

91. France, couchée. Bouche ouverte.
Domptée.

VII

92. Hoki n'a jamais voulu parler de là-bas. Là-bas, c'est le Japon. Elle dit : « Je suis née à Vancouver. Je suis une Nord-Américaine. »
Alors pourquoi ces brusques accès de désespoir ?

VIII

93. Keiko est partie pendant que je dormais. Le kimono, roulé en boule, sur le parquet. DERNIER SIGNE DE VIE. Je commence ma journée en faisant quelques exercices de yoga. Couché. Je n'entends pas quitter mon lit quoi qu'il arrive. Je n'ai besoin de rien, ni de personne.

94. Keiko a placé un bol de soupe aux asperges sur la table basse, près de ma tête. Je mange copieusement. J'arrose le tout avec du saké. Je compte vivre le plus longtemps possible.

95. Le premier homme fut un Nègre. Le dernier sera également un Nègre. UN NÈGRE COUCHÉ.
Si la Bombe ne vient pas tous nous cueillir un beau jour, le dernier homme mourra dans un hamac. Aucun Blanc ne peut tenir plus de deux heures dans n'importe quel hamac.

96. Je reste couché dans le loft ensoleillé de Hoki. Keiko a perdu une boucle d'oreille. Elle brille sur le plancher, près du kimono. La fenêtre est restée ouverte. J'entends la rumeur de l'avenue du Parc.

97. J'aime bien cette avenue. J'aime les artères de la ville, les bars, les voitures, les filles dans leur robe d'été. Le côté ensoleillé

de la rue, le vin, l'après-midi. J'aime par-dessus tout Billie Holliday.

98. Je suis urbain jusqu'au bout des ongles. Mes vaches sont des voitures. J'ai horreur de la campagne. J'ai horreur de la banlieue. J'aime le parc du mont Royal, les écureuils de ville et les restaurants grecs. Ça fait près de huit jours que je crèche chez Hoki. Hoki est à New York. À cause de John Lennon. Vous savez ce qui est arrivé à ce gosse ? Pauvre Lennon !

99. J'aime aussi flâner seul. Sans rime ni raison. Comme ça. Pour voir. Le Timénés est tout à côté, avec sa terrasse. Je ne connais pas de plus vif plaisir (à part un hypothétique week-end avec Rita Hayworth) que celui qu'on trouve à s'asseoir à la terrasse d'un café pour siroter un verre de vin vers 2 heures de n'importe quel après-midi d'été. Je dis deux heures pour être sûr du soleil et des filles. On s'assoit et on regarde. C'est l'unique règle. On regarde passer les filles. QUI VEUT ENCORE PENSER QUAND IL SUFFIT DE LAISSER FAIRE LES PIEDS. On regarde et on boit du vin. Le temps passe. La lumière du jour se dégrade. Les phares des voitures deviennent plus rutilants. On dirait des pépites dans la nuit. Tant mieux, cette tristesse dans l'air fait très chic avec le vin.

IX

100. Hoki m'a laissé quelques livres sur la table, près de ma tête. Des bouquins de Mishima, quelques romans de Kawabata, un essai de Borges sur le bouddhisme et un volume tout dépenaillé du Tao tö king. Hoki garde encore un exemplaire (très rare) du *Kama-sutra* avec une estampe datée du dix-huitième siècle.

101. Hoki est très asiatique, au fond. Nord-Américaine à l'extérieur. Japonaise à l'intérieur. Entre les deux vies, il y a un secret.
Je crois que Hoki n'a pas pardonné à ses parents d'avoir choisi l'Amérique après ce qui s'est passé là-bas.
Les parents de Hoki étaient à Tokyo, ce jour-là. Le jour de la Bombe. Le grand-père de Hoki, lui, était à Hiroshima.

102. Le grand-père de Hoki est aveugle et il a aussi perdu la parole. Hoki est une enfant des Beatles, de Jim Morrison et de Janis Joplin.
Il a écrit un poème pour Hoki qui parle d'une lumière qui rend aveugle. Lumière noire.

X

103. Le loft est abondamment éclairé. Je lis. Seul. Studieux comme un moine en prière. Je lis le *Kama-sutra*. Et je rêve de cet univers mozartien où les jeunes filles pratiquaient 64 métiers (art, science, religion). Hoki me l'avait dit : LE *KAMA-SUTRA* VA BIEN AU-DELÀ DE LA SIMPLE BAISE.

104. Je tombe sur un chapitre qui traite des baisers. Je ne connaissais pas le baiser avant Hoki. Mon truc était tout simple. J'allais directement aux organes concernés.

105. Il y a au moins une douzaine de sortes de baisers. Vatsyayana en conseille trois :
le baiser nominal ;
le baiser palpitant ;
le baiser touchant.
Lorsqu'une jeune fille touche seulement la bouche de son amant avec la sienne mais sans rien faire elle-même, cela s'appelle le *baiser nominal*.
Lorsqu'une jeune fille, mettant de côté sa pudeur, veut toucher la lèvre qui presse sa bouche et, dans ce but, faire mouvoir sa lèvre inférieure mais non la supérieure, cela s'appelle le *baiser palpitant*.
Par contre, lorsqu'une jeune fille touche la lèvre de son amant avec sa langue et, fermant les yeux, met ses mains dans celles de son amant, cela s'appelle le *baiser touchant*.

106. Hoki m'a embrassé (nominal, palpitant, touchant). Puis m'a égratigné, marqué, mordu, griffé avec ses ongles verts dans cette atmosphère de douce folie extrême-orientale (encens, musique, lumière tamisée). Hoki m'a ensuite tatoué le corps de morsures. Ce fut ce que Vatsyayana appelle LE CONGRÈS. Cela a duré 72 heures, et n'était la mort de John Lennon...

107. Je lis dans le *Kama-sutra* que la pression des ongles est de huit sortes, suivant la forme des marques :
Sonore.
Demi-lune.
Cercle.
Ligne.
Griffe de tigre.
Patte de paon.
Saut de lièvre.
Feuille de lotus.
Ongles de Hoki : musc, sang, eau verte, corne. La fête a viré au mauve.

108. Vatsyayana indique aussi huit sortes de morsures :
La morsure cachée.
La morsure enflée.
Le point.
La ligne de points.
Le corail.
La ligne de corail.
Le nuage brisé.
La morsure de sanglier.
Hoki ne me les a pas faites dans cet ordre.

109. Couché sur le futon, je regarde, sous l'œil ringard de Lao tseu, les dix figures éternelles du *Kama-sutra* que Hoki a exécutées avant de se livrer tout entière à ce Nègre.

Fête chez Hoki

— Avec moi, dit-elle, il faudra être violent.
— Je te briserai.
Hoki est incassable.

110. Les bras allongés devant elle, couchée sur le ventre, elle commence à respirer profondément et bruyamment comme un sportif à l'arrivée d'une course de fond. Peu à peu sa croupe s'élève, s'exposant d'une façon qui ne laisse aucun doute sur ce qu'elle attend de moi. Son corps est si menu que j'ai l'impression de violer une fillette. Mais sa poitrine est ferme et pointue; ses fesses, rondes et dures. Elle prend l'initiative, m'aspirant très doucement par petites secousses. Elle respire toujours profondément et à chaque inspiration elle gagne quelques millimètres. La pression autour de mon sexe cesse brusquement, faisant place à une sensation exquise, tandis que mon pénis plonge dans un fourreau brûlant. Hoki exhale un long soupir de satisfaction. Je suis maintenant enfoncé en elle de toute ma longueur, ayant vaincu la résistance de ses muscles intérieurs. Grâce au yoga.

111. Hoki prononce quelques mots en japonais puis commence à onduler sans manifester la moindre douleur. Je prends alors ses hanches trempées de sueur et je la pénètre lentement et profondément.

D'un ultime coup de reins, je la cloue net; une explosion merveilleuse m'éblouit. Peut-être la même explosion que le grand-père de Hoki a vue à Hiroshima.

112. LES DIX FIGURES EXÉCUTÉES PAR HOKI AU 4538, AVENUE DU PARC :

Lorsque la femme place une de ses cuisses en travers de la cuisse de son amant, c'est la position PLIANTE.

Lorsque la femme lève les deux cuisses toutes droites, c'est la position LEVANTE.

Lorsque la femme lève les deux jambes et les place sur les épaules de son amant, c'est la position BÉANTE.

Lorsque les jambes sont contractées et maintenues ainsi devant la poitrine, c'est la position PRESSÉE.

Lorsqu'une des deux jambes est étendue, c'est la position DEMI-PRESSÉE.

Lorsque la femme place une des jambes sur l'épaule de son amant et étend l'autre, puis met celle-ci à son tour sur l'épaule et étend la première et ainsi de suite, alternativement, c'est la position FENTE DE BAMBOU.

Lorsqu'une des jambes est placée sur la tête de la femme et l'autre étendue, c'est la position POSE DE CLOU.

Lorsque les deux jambes sont contractées et placées sur son estomac, c'est la position EN PARQUET.

Lorsque les jambes sont placées l'une sur l'autre, c'est la position EN FORME DE LOTUS.

113. C'est à cet instant précis (au cœur même du CONGRÈS) que résonna, dans la tête de Hoki, la terrible détonation.

John Lennon venait de tomber devant sa résidence (Dakota), à Manhattan.

XI

114. En 1946, le message de l'Amérique était clair. La première Bombe s'appelait Rita Hayworth. Cette Bombe symbolisait la jeunesse, la beauté, le sexe et la mort.

115. Au printemps 1987, je commence à rassembler mes notes à propos de ma rencontre avec Hoki dans une galerie d'art sur la rue Sherbrooke. Hoki est, par ricochet, une victime de Rita.
J'ai toujours été fou de Rita. Je suis amoureux de Hoki. Les deux sont radioactives.

116. Un mois plus tard (dans la nuit du jeudi 14 mai au vendredi 15), Rita meurt de la maladie d'Alzheimer. Et Hoki veut oublier tout ce qui s'est passé là-bas.

117. Je note, dans mon carnet, trois choses : le sexe, la Bombe et la mémoire.

XII

118. Il pleut encore ce matin. Hoki arrivera ce soir. J'ai reçu un appel téléphonique de Keiko. Hoki lui avait parlé, la nuit dernière. Keiko aimerait que je l'accompagne à l'aéroport, vers 5 heures.

119. Keiko, June, Misako, Reiko, Vicky, en ligne pour fêter Hoki. Je ne connaissais pas Vicky et, semble-t-il, je n'ai rien perdu. Pas de seins. Des fesses plates. Un visage très dur. Des ongles sales. Pas mon genre. Par contre, Keiko est accompagnée d'une splendide fille de la côte Est, June. Grande, belle, intelligente, June paraît s'attacher à Keiko comme une mystique à son gourou. Keiko a le don non seulement d'avoir les plus belles filles quasiment à l'œil, mais surtout de provoquer chez ces dernières de terrifiantes fascinations. June est assise sur un coussin, le dos appuyé contre Keiko. Elle a la jambe droite repliée sous elle et Keiko lui caresse l'autre jambe.

120. June est maintenant dans les bras de Keiko. Comme une éponge molle. Complètement offerte. Keiko lui masse la nuque sans trop y prêter attention.

Et dire que la Bombe est là, tapie quelque part à attendre le bon moment.

C'EST LE BON MOMENT !

XIII

121. Hoki est arrivée, la nuit dernière, avec un rasta, et ce type est resté à jouer du reggae toute la nuit. Hoki avait l'air du dernier bien avec lui. Quand il est allé à la salle de bains, Hoki s'est levée brusquement pour le suivre. Ils y ont fait un raffut de tous les diables. Une porte a claqué. Puis, silence. Ils sont revenus une bonne heure plus tard et Hoki avait l'air complètement groggy.

122. Hoki ne m'a encore rien dit, mais je crois que je ferais mieux d'aller voir ailleurs. J'aime Hoki, Keiko, Misako, Reiko et les autres, mais ce qui me fend vraiment le cœur, c'est d'être obligé de quitter le futon.
    Je compte aller faire un tour au Timénés, pour y voir passer les filles et les voitures, et, peut-être, pour boire un peu de vin.

123. J'ai dit à Hoki que si jamais elle ou quelqu'un d'autre (je ne sais pas, Keiko ou Reiko) voulait me voir, je serais au Timénés. Hoki a vaguement noté l'adresse sur une des cartes qui traînent sur le plancher, puis l'a ensuite glissée sous le téléphone, près du futon.
    J'ai regardé la carte. C'était écrit : « FÊTE CHEZ HOKI. »

*Cette grenade dans la main du jeune Nègre
est-elle une arme ou un fruit?*

Au romancier James Baldwin,
au musicien Miles Davis,
au jeune peintre Jean-Michel Basquiat,
tous trois morts en Amérique.
La guerre fait rage au Nouveau Monde.*

---
* Bien sûr, Baldwin est mort en France, mais il a reçu la blessure mortelle en Amérique.

Je ne renie pas mes origines, mais je ne m'entends pas bien avec les autres Nègres. Je trouve qu'être nègre, ce n'est pas tout dans la vie.

Graffiti vu dans
le métro de New York

Écrire en Amérique du Nord

I

Ceci n'est pas un roman. Je le dis en pensant à Magritte dessinant une pipe et écrivant en légende : « Ceci n'est pas une pipe. »

J'écris ce livre avec des notes prises sur le vif, un peu partout en Amérique du Nord. Dans un train en direction de Vancouver avec cette grosse femme, en face de moi, qui n'a pas arrêté de me dévisager durant tout le trajet, croyant que je faisais son portrait (ce qui était vrai d'ailleurs). Dans un autobus filant vers le sud (Key West), un vendredi ensoleillé… et la mer terriblement bleue des deux côtés de ce pont interminable. Dans ce restaurant végétarien de San Francisco où je n'ai rien mangé à cause de la microscopique chose graisseuse restée au coin de la bouche de cette longue fille assise à trois tables de moi, sur la gauche. Dans un taxi, à la sortie d'une discothèque de Manhattan, à 3 heures du matin (on cherchait désespérément des bagels). Dans les toilettes du Shade (un bar branché de Montréal, sur le boulevard Saint-Laurent, fréquenté par de jeunes comédiennes aux seins métalliques qui vous lancent des clins d'œil au laser) avec cette fille aux cheveux verts qui chialait parce qu'elle n'arrivait pas à trouver la bonne veine pour se foutre toute la merde dans le corps. En Amérique, on bouge sans cesse. L'espace américain est une invitation à la vitesse.

II

On m'a commandé un long reportage pour un prestigieux magazine de la côte Est. Ils préparent, semble-t-il, un numéro spécial sur l'Amérique.

— Qu'est-ce que ça peut me faire que l'Amérique ait cinq cents ou quatre cents ou six cents ans!

C'est ce que j'ai dit au type qui m'a joint au téléphone dans ma tanière.

— Fuck l'Amérique, vieux, l'argent est là et c'est un beau paquet à ramasser, prends-le, sinon c'est un autre qui va le faire.

— Pourquoi moi? (Depuis le temps qu'on pose cette question stupide.)

— Oh, je suppose que tu représentes pour eux ce qu'ils appellent « le parfum du mois ».

— Et alors?

— Ils t'ont cherché partout, paraît-il, et voilà...

— Et toi?

Un court moment de silence.

— Disons que j'ai déjà été « le parfum du mois ».

— Longtemps?

— Oui... Ça doit bien faire trois ou quatre mois.

— Seulement!

— Ici, ça va très vite, me lance-t-il avec un rire sec.

— Que veulent-ils exactement?

— Oh, je ne sais pas trop... Je suppose qu'ils veulent un Nègre qui n'est pas d'ici et en même temps qui connaît assez le coin, tu vois ce que je veux dire...

— Pourquoi pas un Américain noir? je fais sur un ton candide.

— Un Africain américain, tu veux dire, parce que ça a encore changé...

— Quand on cherche son identité dans les mots... Oui, mais pourquoi pas l'un d'eux?

Cette grenade dans la main du jeune Nègre...

— Ils ne veulent probablement pas trop de problèmes... Ça ne les intéresse pas, un type qui va tout centrer sur la confrontation Blanc/Noir.

— Alors c'est foutu parce qu'il n'y a que ça qui m'intéresse en Amérique.

— Toi, dit-il en rigolant, disons que c'est la confrontation Blanche/Nègre.

— C'est une façon d'aborder le problème...

— Si tu veux, mais ça se situe dans la section des loisirs. Du moment qu'on ne parle pas d'argent, le Blanc ne se sent pas concerné.

— Tu veux dire le riche.

— Pas de charabia de gauche, vieux, ici le riche est blanc.

— Je déteste travailler sur commande.

— Ça va, tu fais ce que tu veux... N'est-ce pas toi « le parfum du mois » ? Tu te balades un peu, à leurs frais, et tu écris tes impressions, et, vieux, crois-moi, ça paie rudement bien... c'est ça, l'Amérique, conclut-il dans un vaste éclat de rire amer.

— Ah! Ils respectent tant que ça les écrivains?

— Tu te fous de ma gueule?

— Mais non...

— Bon, jette-t-il, ils veulent sortir leur numéro (complètement subventionné d'ailleurs par les fondations Ford, Getty, Mellon, Morgan, Rockefeller, etc., au fond, vieux, tout ça n'est qu'un truc pour payer moins de taxes, mais ça, je te le dis entre parenthèses), voilà : ils veulent faire un grand chiard et sont prêts, paraît-il, à y mettre le prix.

— Qu'est-ce que je fais alors?

— Tu les appelles tout simplement et tu dis que tu es d'accord.

— On dirait un truc de call-girl.

— C'est le même principe.

— Hé! tu ne m'as pas encore dit ton nom?

— Kunta! me lance-t-il avant de raccrocher dans un rire sec et amer. Le rire du jeune Noir déjà brûlé par la lumière trop vive de l'Amérique.

III

Ce n'est pas tous les jours qu'un écrivain nègre branche un autre écrivain nègre sur une piste intéressante, je veux dire un truc qui peut rapporter un peu d'argent. J'ai appelé. En effet, ils voulaient un type avec qui ils pourraient faire un bon deal. C'est ça leur philosophie à tous les niveaux de l'échelle : faire le meilleur deal, c'est-à-dire s'arranger pour payer le moins cher possible. Pour cela, rien de mieux qu'un jeune écrivain qui vient tout juste d'avoir un joli petit succès. Le parfum du mois. Plus naïf que ça, tu meurs ! Et ça se veut lucide ! Et ça se veut cynique ! Et ça discute ! Je suis déjà au téléphone en train de faire savoir au comité éditorial du magazine que la question raciale reste très importante pour moi.

— De quelle manière ? me demande le type à l'autre bout du fil.

— Du point de vue sexuel !

Je ne connais pas un seul Blanc que le sujet de la baise interraciale ne fasse pas saliver, pour dire les choses poliment. Et tant qu'il reste un seul preneur, j'aurai du travail en Amérique.

— Pourquoi ce sujet ?

Ah, l'hypocrite...

— D'abord, il n'y a que ça qui m'intéresse en Amérique du Nord...

Un véritable mantra.

— Nous travaillons sur toute l'Amérique... L'Amérique centrale, l'Amérique du Nord, du Sud, et aussi la Caraïbe, continue-t-il sur ce ton mielleux...

— Écoutez, qui que vous soyez (je l'arrête sec)... Si j'ai choisi l'Amérique du Nord, c'est parce que je n'en ai rien à foutre des Mayas ou des Aztèques. Pour moi, les civilisations mortes ne méritaient plus de vivre.

— Comme vous venez de la Caraïbe, nous avions pensé...

Ah, ce « nous » qu'ils lancent dès qu'ils se sentent un peu coincés !

Cette grenade dans la main du jeune Nègre...

— La Caraïbe! Toujours la même connerie! Les gens doivent écrire sur leur coin d'origine! (Je le dis pour tout le monde: je suis très sensible sur ce point.) J'écris sur ce qui se passe là où je vis... De toute façon, aujourd'hui, la Caraïbe est à New York et l'Amérique latine, à Miami.

— Oh non, je ne voulais pas dire cela...

— Dites-moi quoi écrire pendant qu'on y est! je jappe littéralement.

Je le sens, à l'autre bout du fil, faire un bond en arrière.

— C'était uniquement une suggestion.

— J'ai acquis mon indépendance en Amérique en tapant huit heures par jour sur une vieille machine à écrire déglinguée. C'était ça ou l'usine. Ç'a été d'abord ça et l'usine. Et petit à petit, ç'a été seulement ça. Alors le premier qui essaie de m'enlever des mains ma Remington 22, je lui flanque une balle entre les deux yeux... Je suis dingue et je vise juste.

Bien sûr, j'exagère un peu, si peu, mais ça me plaît drôlement d'enfoncer le clou dans la tête mollement aristocratique de ce jeune homme trop poli qui vient à peine de sortir de Harvard ou d'une de ces universités haut de gamme qui préparent excellemment les jeunes wasp à affamer le tiers-monde depuis Wall Street. Heureusement, ils ne connaissent pas le corps-à-corps, cette forme de combat privilégiée des crève-la-faim.

— C'est d'accord, finit-il par balbutier.

Je n'avais pas encore terminé avec l'explication de mon choix.

— Les Aztèques, c'était quoi au fait? Hein? Rien qu'une bande de dégénérés, bourrés de fric, arrogants, pervers, et qui faisaient travailler le peuple à leur place. L'art aztèque? Le travail de types mal payés. Aujourd'hui, ils sont remplacés par les Américains qui ne sont pas différents. Les Blancs seront un jour remplacés par les Nègres. Les Nègres deviendront à leur tour les pires impérialistes du monde parce qu'ils auront trop souffert. Il ne faut pas remettre le sort de la planète entre les mains de gens qui ont connu l'enfer.

Mythologies américaines

Aucun bruit à l'autre bout du fil. L'ennemi a été écrasé. Il ne me reste qu'à prendre le fort. C'est bien vrai que la guerre fait rage au Nouveau Monde.

IV

Donc, je suis allé un peu partout en Amérique du Nord. J'ai regardé vivre les Noirs, les Blancs, les Rouges, les Jaunes. Un peu tout le monde, quoi! Eh bien! mon vieux, tout ce qu'on dit de l'Amérique est vrai. Elle intègre tout. Ventre mou de la Terre. Dernier peuple innocent. À côté de lui, les Bochimans font figure de rusés diablotins. Vous vous dites: Hé quoi! Il reprend ce cliché éculé de l'Amérique naïve, c'est fini depuis longtemps tout ça, vieux... Eh bien! mon frère, ça marche encore. La mécanique fonctionne comme si elle était neuve. Faut dire que deux cents ans, c'est à peine un clin d'œil dans l'histoire de l'humanité, vraiment rien. L'Amérique est un bébé trop bien nourri. Un bébé Cadum. Et les Américains vivent entre eux comme si personne d'autre qu'eux n'existait sur ce continent. Sur cette planète. J'ai le sentiment de voir évoluer devant moi, dans la station-service où je fais le plein en ce moment, de magnifiques barbares. Ces jeunes étudiants d'Indianapolis (chaque État a une plaque d'immatriculation différente) qui jouent au football parmi les voitures et les pompes à essence. Ils portent de larges T-shirts aux couleurs de leurs universités respectives. Ils sont blonds, grands, athlétiques. (T'es sûr que t'en mets pas un peu trop, là? Non, frère, ils sont vraiment comme dans nos rêves.) Chacun de leurs gestes paraît neuf comme si ces jeunes gens n'étaient pas reliés à la chaîne humaine. Ils sont uniques. Ils dévorent des tonnes de hamburgers, boivent des fleuves de Coca-Cola et passent la moitié de leur vie devant la télé. Ils prient tous les dieux imaginables et aussi un seul Dieu. Ils tuent de toutes les manières possibles. Ils ne connaissent pas le remords. Le monde est entre leurs mains comme un jouet d'enfant. Ils le cassent, le réparent avant de le jeter. Ils ignorent le passé et méprisent l'avenir. Seul le moment présent existe pour eux. Ce sont des dieux. Et leurs Nègres sont des demi-dieux.

V

L'Amérique n'a qu'une exigence : le succès. À n'importe quel prix. Et de n'importe quelle manière. Le mot « succès » n'a de sens qu'en Amérique. Que veut-il dire ? Que les dieux vous aiment. Alors les humains se rapprochent de vous, vous reniflent (le capiteux parfum du succès), vous frôlent et, finalement, dansent autour de vous. Vous êtes un dieu. Un dieu parmi les maîtres du monde. Il vous sera impossible d'aller plus loin. C'est ici le sommet. Le toit du monde. Surtout : on vous regarde. Celui qui regarde en Amérique est toujours un inférieur, jusqu'à ce qu'un autre se mette à le regarder à son tour. Et c'est un regard furtif, rapide, car il y a toujours quelque chose d'autre à sentir en Amérique. Le nouveau parfum, justement.

VI

Pendant longtemps, les écrivains ont craché sur le succès. On ne pouvait, en aucun cas, être à la fois un bon écrivain et un écrivain connu. Ils se contentaient de tirages minables et restaient de ce fait à la merci des éditeurs, des libraires, de tous les intermédiaires possibles. Et ces mêmes écrivains se permettaient de donner des leçons à tout le monde. Le pire, c'est que cet état de choses n'a pas beaucoup changé aujourd'hui. Quel jeune écrivain aurait l'audace de refuser de publier son premier roman chez Gallimard (je prends le plus prestigieux en France) uniquement parce qu'il trouve le contrat inacceptable ? Il est heureux, au contraire, de donner, presque gratuitement, la chair de sa chair, le sang de son sang, en un mot cinq ans de dur labeur. Et le jour de la signature du contrat, il réunit quelques amis pour fêter ça. Essayez donc de lui faire comprendre, même gentiment, que Gallimard est d'abord un commerçant (oui, oui) dont le but principal est de vendre des livres (j'espère), le plus de livres possible. Allez lui dire que cette puissante maison possède une armée de comptables et des héritiers nerveux qui passent plus de temps à feuilleter les livres de la comptabilité qu'à lire des poèmes de René Char. Touchez-lui un mot de tout cela et vous le verrez pousser des cris d'horreur. Ce jeune écrivain n'écrit pas pour devenir riche ni pour être connu, il écrit pour être admiré (et c'est déjà une concession, croit-il). Je reste sidéré de voir qu'un tel jeune homme si lucide et si intelligent (selon les propos mêmes de la critique) n'est pas capable de remarquer que, précisément, il y a une relation très serrée entre être connu, être riche et être lu. Plus vous êtes lu, plus vous devenez connu, et plus vous êtes connu, plus vite vous devenez riche. Et libre au bout du compte. Je n'ai jamais perdu de vue cette équation.

VII

J'ai rempli huit calepins de notes prises sur le vif et j'ai fait des centaines de photos. L'Amérique est une montagne de clichés.

Cette grenade dans la main du jeune Nègre...

Pour faire ce reportage, j'ai suivi la structure des villes américaines. Les grandes villes ne sont pas reliées de manière à former un ensemble, un pays. Elles sont dispersées dans le paysage (New York, Miami, Chicago, Dallas, Washington, Baltimore, Los Angeles, Boston, San Francisco), chacune conservant sa personnalité, son indépendance, son humeur, son style, mais toutes sont travaillées au ventre par le désir fou d'être une ville américaine. Les petites villes ressemblent carrément à des trous à rats avec les mêmes magasins, les mêmes banques, la même demi-douzaine de restaurants fast-food, les mêmes policiers à tête de lard qui ne s'excitent que le samedi soir, la même chaîne de télé locale complètement tarée (un écrivain racontait dernièrement qu'on lui a posé cette question, tôt le matin, sur une petite station de télé d'une ville du Midwest : « Alors votre livre parle de la nature humaine ? »), le même journal corrompu et les mêmes adolescents totalement abrutis. Qu'est-ce qu'une ville américaine ? La réalité américaine (l'espace, le temps, les gens et surtout les choses) me semble plus proche du cinéma que du roman, du montage rapide que de longs enchaînements, de scènes se télescopant que d'un ordre régulier, de la rage que du courage, de l'instinct que de l'esprit. Si la réalité américaine ressemble à un long métrage, la vie d'un Américain est un vidéoclip.

C'est pour toutes ces raisons que les écrivains américains (je ne parle pas de ces vendeurs de gros paquets de légumes qu'on trouve dans les supermarchés) ont tant de problèmes avec le roman et semblent exceller si puissamment dans les nouvelles. Le roman contemporain américain est, généralement, une collection de textes brefs reliés entre eux par un fil souple et solide (le sentiment d'être américain). Comme la vie d'un Américain est une collection de faits (la sensation du vide). Ce livre n'échappe pas à cette règle.

Comment devenir célèbre sans se fatiguer

J'ai connu le succès à cause du titre de mon premier roman. Des gens qui n'ont jamais lu le livre, et surtout qui n'ont aucune intention de le lire, connaissent pourtant son titre. Trouver ce titre m'a coûté cinq minutes de ma vie. J'ai pris trois ans pour écrire le livre. Si j'avais su... J'ai eu beau noircir des centaines de pages, il ne fallait que ces dix mots : Comment faire l'amour avec un Nègre sans se fatiguer.

J'ai noté scrupuleusement une vingtaine de réactions concernant uniquement le titre.

1. À un cocktail à Outremont (Québec) :
— Est-ce vous l'auteur de ce roman avec un tel titre ?
— Oui, malheureusement.
— Pourquoi malheureusement ? C'est magnifique ! Vous êtes tellement doué !
— Merci. (Ma question : devrais-je la sauter ou pas ?)
Elle continue de me regarder avec ce sourire niais sur les lèvres. Son mari sourit lui aussi. Ils sont collectionneurs d'art et propriétaires d'une chaîne de magasins de vêtements.
— Mon mari n'a pas lu le livre, mais votre titre l'a vraiment fait rire (elle rit en disant cela), je peux vous l'assurer. Votre titre est tellement drôle !
— Nous vendons de la lingerie fine dans nos magasins en province... (Il a l'air légèrement gêné.) Je disais à ma femme que votre titre irait bien dans nos catalogues...

Cette grenade dans la main du jeune Nègre...

— Ne l'écoutez pas, intervient tout de suite la plantureuse rousse, il ne pense qu'à son commerce...

— Mais non, dis-je, je trouve que c'est une bonne idée...

Elle rit bruyamment tout en applaudissant (un geste convulsif).

— Vous feriez ça! C'est magnifique! Et en plus, il n'est pas prétentieux! Vous, là, il faut que je vous voie absolument...

— Écoutez, dit le mari qui a repris son ton dur d'homme d'affaires, on va faire un essai dans le catalogue du printemps. Si ça marche, on signe un contrat... Quant à moi, je ne suis pas raciste, mais il faut attendre la réaction de ma clientèle. Ne vous inquiétez pas, je suis presque certain que ça marchera...

— Qu'est-ce que tu racontes là, chéri? Ça ne pourra que marcher...

Elle se tourne vers moi avec un sourire déjà complice.

— Et ce sera un honneur pour nous d'avoir votre nom dans notre catalogue.

Il entraîne sa femme vers le bar.

— N'oubliez pas qu'on doit se voir absolument... J'y tiens...

Et elle m'envoie un léger baiser.

2. À Madrid (Espagne), une jeune féministe me lance:

— J'ai changé un mot dans ton titre, veux-tu savoir ce que ça donne?

— Bien sûr.

— Comment faire l'amour avec un Nègre sans LE fatiguer.

3. J'ai répondu à une jeune fille au Festival de films de Leeds (Angleterre) qui voulait savoir pourquoi j'avais choisi un tel titre:

— Chère mademoiselle, sans ce titre vous ne seriez peut-être pas ici.

Rires dans la salle.

4. À New York (États-Unis), à la première du film tiré du roman, une jeune fille (encore!) s'est approchée de moi:

— Est-ce vous, l'auteur du roman?

— Oui.
— N'avez-vous pas honte d'avoir choisi un tel titre?
— Non.
Elle m'a lancé brusquement son verre de vin au visage.

5. À Londres (Angleterre), un homme très grand et très maigre m'offre un verre:

— Je viens de finir mon roman. Selon mon éditeur, il va faire un malheur, mais mon éditeur n'aime pas mon titre.

— C'est toujours ainsi avec les éditeurs.

— C'est la première fois, je crois, dit-il avec un léger sourire, qu'un Blanc va parler de son attirance pour les hommes noirs.

— Ah oui...

— Mon éditeur dit que ça va faire un scandale... J'ai quelque chose à vous demander. (Il change subitement de ton.) C'est très personnel... Naturellement, vous pouvez refuser... (Seigneur! je pense, il va me demander de le sucer, là, dans ce pub. Les Anglais sont vraiment incroyables.)

— Puis-je vous emprunter votre titre?

— Quoi?

Il a ce large sourire.

— Hein! ça ne s'est jamais fait! Du moins jamais avec l'autorisation de l'auteur. Mon éditeur dit que si vous êtes d'accord, c'est légalement faisable. Il n'y a que votre titre qui marche avec mon sujet. J'ai beau chercher dans ma tête, c'est votre titre qui convient.

— Si c'est lui qui convient, comme vous dites, prenez-le, mais je vous préviens qu'il porte malheur. Ce n'est pas un titre dont on se débarrasse facilement...

— *Comment faire l'amour avec un Nègre sans se fatiguer*, par John Ferguson. Mon éditeur est l'ami personnel de l'éditeur de Salman Rushdie.

6. À Paris (France), une jeune femme, genre rigolote, me confie devant un verre de vin au Café de Flore :
— Tu sais, j'ai acheté ton livre, pas pour le lire. Je l'ai placé sur ma table de chevet, ça éloigne les prétentieux.

7. Un jeune Blanc de Chicago a trouvé le titre blessant. Un jeune Noir de Los Angeles a trouvé le titre raciste. Une jeune Montréalaise l'a trouvé sexiste. BANCO !

8. À Toronto (Canada), une jeune femme était en train de lire le roman dans un autobus quand elle a remarqué que tout le monde la regardait curieusement.
— Je n'avais pas pensé que les gens pouvaient lire le titre sur la couverture.
— Alors ?
— Je n'ai jamais été aussi gênée de ma vie.

9. À Tokyo (Japon), le titre a été complètement changé parce que, m'a dit le diffuseur :
— On n'a pas ces mots en japonais.

10. À Pretoria (Afrique du Sud), une femme blanche d'une cinquantaine d'années m'invite à prendre un verre dans un bar, pas trop loin de l'Alliance française où je venais de donner une conférence.
— Vous ne pouvez pas savoir l'effet que votre titre a eu sur moi.
Silence.
— Toute ma vie j'ai ignoré une telle possibilité. Et là, dans la vitrine d'une librairie, je vois ces mots terribles.
— Quels mots ?
Elle me jette ce regard désespéré.
— Votre titre, monsieur... Pendant une semaine, je suis allée chaque jour à la librairie, juste pour voir ce titre. Et à chaque fois, ç'a été le même effet. Il n'y a pas de mots pour exprimer ce que

j'ai ressenti. Comme si du plomb chaud coulait dans mes veines. Je rentrais chez moi pour me coucher tout de suite, complètement épuisée. Comme si un train de marchandises m'était passé dessus. Il y a des mots qui sont plus terribles que des actes, vous savez.

11. À Rome (Italie), une petite femme maigre (un vrai sac d'os) d'un certain âge, genre comtesse Machin Chouette, m'a susurré au creux de l'oreille :
— Vous ne devinerez jamais où j'ai fait tatouer votre titre sur moi...
— Non.
— C'est ce que je me disais, lâcha-t-elle d'un air mystérieux tout en se faufilant dans la foule de cette réception mondaine chez la duchesse Machin Chouette.

Mais où a-t-elle bien pu foutre ce long titre sur ce corps maigre comme un clou?

12. À Port-au-Prince (Haïti), un ami exigeant m'a glissé :
— Il n'y a que le titre d'intéressant dans ton livre.

13. À Bruxelles (Belgique), un écrivain africain m'a pratiquement hurlé au visage :
— Retiens bien ce que je vais te dire, frère, dans trois semaines, on ne parlera plus de ton livre.

14. À Anvers (Belgique), la traductrice a amélioré le titre qui est devenu en néerlandais : *Comment faire l'amour avec un Nègre sans devenir noir*.

15. Aux États-Unis, tous les grands journaux américains ont censuré le titre : le *New York Times*, le *Washington Post*, le *Miami Herald*, le *Los Angeles Times*, le *Chicago Tribune*, le *Daily News*, le *Boston Globe*, le *New York Post*. Tous.

On m'a demandé de changer le titre. J'ai répondu que c'est l'Amérique qui doit changer.

16. À San Francisco (Californie), on a aimé le titre, mais c'est San Francisco.

17. À Sydney (Australie), une jeune femme assez directe m'a mis au défi de faire la preuve de mon titre.
Il y a des jours comme ça.

18. À Stockholm (Suède), une jeune blonde (quelle coïncidence, vieux!) m'a présenté en riant à son amant nègre.
— Demande à Seko, a-t-elle dit, qui se fatigue le premier.
— Sûrement Seko, j'ai fait.
Seko a éclaté d'un grand rire guinéen.
— Comment faire l'amour avec deux Nègres sans se fatiguer, elle a murmuré avec des yeux de nuit.
Seko n'a plus ri.

19. À Amsterdam (Pays-Bas), une jeune secrétaire a exigé de moi une réponse à cette douloureuse interrogation :
— Comment faire l'amour avec un Nègre sans se fatiguer?
— Il faut LE laisser faire.

20. Partout dans le monde, on m'a posé la même question. Pourquoi ce titre? Pourquoi pas! Une chose est sûre : je ne veux plus en entendre parler. J'en ai fait une overdose. Il me donne aujourd'hui envie de vomir. Je révèle pour une fois son origine. C'est Bouba qui a trouvé le titre. Je me souviens : on marchait dans la rue Saint-Denis, à Montréal. Il pleuvait. Pluie d'été. Et Bouba a dit (comme si on était dans un rêve) très lentement : Comment faire l'amour avec un Nègre quand il pleut et que vous n'avez rien d'autre à faire. Son titre était trop long, mais plus drôle.
Le premier roman. Les dieux auraient pu attendre au moins le troisième pour m'atteindre. Le premier tir. En plein dans le mille. Même pas le premier roman. Le titre du premier roman.

PREMIÈRE PARTIE

Où?

Je suis un écrivain nègre

La jeune fille m'aborde en pleine rue.
— Êtes-vous l'écrivain?
— Parfois.
— Puis-je vous poser une question?
— Bien sûr.
— Est-ce que c'est votre histoire?
— De quoi parlez-vous?
— Je vous ai vu à la télé, l'autre jour, et je me demande si tout ça vous est vraiment arrivé.
— Oui et non.
Elle n'a l'air ni étonnée ni perplexe. Elle attend tout simplement une explication.
— C'est tout?
— Je ne sais pas quoi vous dire… Personne n'est capable de raconter une histoire exactement comme ça s'est passé. On arrange. On essaie de retrouver l'émotion première. Finalement, on tombe dans la nostalgie. Et s'il y a une chose qui est loin de la vérité, c'est la nostalgie.

— Donc, ce n'est pas votre histoire.
— J'aimerais vous poser une question, moi aussi.
— Oh! moi, dit-elle en rougissant, je n'ai pas écrit de livre.
— Oui, mais vous lisez.
— C'est vrai que j'aime lire.
— Pourquoi est-ce si important de savoir que l'histoire s'est réellement passée?

Un temps bref.

— On veut savoir si tout ça est vraiment arrivé à l'auteur.
— Oui... Pourquoi?
— Je ne sais pas, répond-elle avec ce sourire douloureux... On se sent comme ça plus proche de lui.
— Et s'il vous mentait?
— Comment ça?
— S'il vous disait que c'est son histoire, alors que c'est faux?
— On serait déçu... (Un petit rire gêné.) Au fond, on ne saura jamais la vérité.
— Alors pourquoi?
— Une fantaisie.

Elle rit.

— Vous me cachez quelque chose?
— Peut-être, mais je ne sais pas quoi...

Elle sourit de nouveau.

— Comment lisez-vous? je demande à brûle-pourpoint.
— N'importe où.
— Dans le métro?
— Dans le métro aussi.

Rien n'est plus fascinant pour moi qu'une jeune fille en train de lire dans le métro. Je ne sais pas pourquoi, mais c'est Tolstoï qui l'emporte haut la main dans le métro. Avec *Anna Karénine*, bien sûr.

— Il y a des gens qui lisent n'importe où, mais pas n'importe quoi, dis-je pour dire n'importe quoi.

Elle me jette un bref regard assez intense.

Cette grenade dans la main du jeune Nègre...

— Moi, je lis n'importe quoi...
— Vous êtes la lectrice parfaite alors.
Une voiture passe en nous frôlant. Elle fait un bond de côté.
— Je suis sûr que vous ne terminez pas vos lectures.
— Excusez-moi, je n'ai pas bien compris, dit-elle, reprenant à peine ses esprits.
— Quand vous commencez un livre, est-ce que vous allez jusqu'à la fin ?
— Toujours.
Elle a retrouvé son tonus.
— Il doit y avoir une faille quelque part, je lance avec un sourire.
Elle rigole doucement.
— Peut-être parce que je ne retiens rien.
— Comment rien ?
— Je veux dire ni le nom de l'auteur...
Je ressens comme un pincement au cœur.
— ... ni même le titre du livre, continue-t-elle.
— Au fond, ce n'est pas grave puisque l'important c'est le livre.
Elle a un léger soupir.
— Je ne retiens pas le sujet non plus... Des fois, j'ai l'impression de n'avoir jamais lu un seul livre de ma vie.
— C'est incroyable... Vous lisez quelque chose et l'instant d'après vous l'oubliez ?
— C'est ça.
Un temps qui peut sembler long.
— Pourquoi lisez-vous alors ?
— Pour passer le temps.
— Je vois... Est-ce que ça vous fait quelque chose de tout oublier comme ça ?
— Oh oui !
Elle semble un peu peinée que je lui aie posé une telle question.
— Ce handicap ne vous gêne pas dans la vie réelle ?

— Non, parce que c'est uniquement avec les livres que ça m'arrive. Vous voulez savoir si je suis malade? Non, je travaille dans un bureau pas trop loin et, je vous jure, il faut une bonne mémoire... Je suis secrétaire juridique.

— Pourquoi m'avez-vous abordé comme ça dans la rue? Je vous sens un peu timide pourtant...

Elle part d'un joli petit rire de gorge.

— Oui, je suis timide. Je ne sais pas pourquoi. Peut-être parce que je vous ai déjà vu à la télé.

— Peut-être parce que vous avez déjà lu un de mes livres...

— Non, je ne crois pas.

Un court moment.

— Peut-être, oui... J'ai peut-être lu un de vos livres.

— Il n'y a aucun moyen d'être vaniteux avec vous.

Le même petit rire gêné.

— Excusez-moi...

— J'aimerais vous demander quelque chose...

— Oui, dit-elle dans un souffle, tout en penchant la tête de côté.

— Êtes-vous amoureuse?

Un vrai rire plutôt rauque cette fois.

— Vous êtes curieux... C'est vrai, vous êtes un vrai écrivain...

— Un écrivain nègre, je précise en rigolant.

— Qu'est-ce que ça veut dire? C'est mieux?

— Malheureusement non.

— Alors?

— C'est comme ça.

— Comme ça!

— Oui.

— Dommage.

— Il y a certains avantages tout de même...

— Comme quoi?

— On est moins nombreux... C'est plus facile de devenir le plus grand écrivain nègre vivant.

— Et après ? fait-elle avec un sourire en coin.
— Après, bien sûr, on meurt.

Mon regard fut attiré brièvement par une autre fille qui passait de l'autre côté de la rue. Une fille avec une jupe verte vraiment courte (un mouchoir) et des jambes qui devaient valoir un peu plus cher qu'une broche de chez Tiffany. Quand je me retournai pour continuer la conversation, elle n'était plus là. D'où vient-elle ? Où va-t-elle ? Que veut-elle ? Ce sont des questions qu'on ne pose pas en Amérique du Nord.

Dans la baignoire

J'habitais alors rue Saint-Hubert, derrière le terminus Voyageur. Les autobus filaient sans cesse vers des destinations exotiques pour moi à l'époque (Shawinigan, Rimouski, Gaspé). De ma fenêtre, je les regardais partir (ce n'était quand même pas des paquebots) d'un œil blasé. Je vivais seul dans cette chambre, au troisième étage. Une petite cuisine, un fauteuil éventré, un sofa, des bouquins partout. Et ma vieille Remington 22. Je trouvais facilement des légumes frais au coin de la rue et du vin bon marché jusque très tard dans un minuscule dépanneur à trois pas de chez moi. Si je me sentais trop seul, je n'avais qu'à prendre le métro, et avec un seul ticket je pouvais passer la journée entière à me frayer un chemin dans cette jungle de corps, de fesses et de langues, et surtout à humer l'étrange odeur humaine. La plupart des gens préfèrent prendre l'autobus en été. Moi, j'aime toujours descendre au fond de la terre, à la recherche du minotaure. Chasser dans le métro, c'est comme pêcher dans un aquarium. Tu n'as qu'à plonger la main pour remonter ce beau poisson ferme et rose. Il y a moyen de faire la fine gueule. Ce poisson ne me semble pas assez en chair, je crois que je vais le laisser filer.

Comme ça. Pour le plaisir. Et puis il y en aura d'autres. C'est pas les filles qui manquent dans le métro. Elles partent, elles arrivent. Tout ça à trois minutes de chez moi, à pied. Le pied! Il m'arrive quelquefois de ramener une fille sans penser à lui demander son nom. Je suppose que c'est réciproque. Elle-même n'en a rien à foutre de mon nom. Aujourd'hui, j'entends souvent dire que les hommes ne pensent qu'à l'acte sexuel, tandis que les femmes privilégient un peu plus la tendresse. Bullshit! Je crois que ce sont des sentiments (la tendresse et l'appétit sexuel) que tout le monde éprouve, sauf que certaines personnes semblent plus extraverties que d'autres. Je connais de très puissants orgasmes silencieux. Je vois bien, en face de moi, cette jeune Chinoise avec des doigts si fins en train de lire. Que lit-elle? Je me penche. Hemingway. Fameux pêcheur d'espadons en haute mer cubaine, cette brute d'Ernest. Que vient-il faire alors dans le métro de Montréal? Même mort, il continue à faire des ravages auprès des jeunes filles silencieuses. C'est étrange combien les femmes les plus discrètes sont attirées par les matamores. Mais je n'ai pas envie d'affronter Papa ce matin. Je me sens plutôt contemplatif. Comme ça, elle lit en français *Paris est une fête*, ce très joli petit livre qu'Hemingway a dédié à sa ville préférée et à cette femme, Hardley, qu'il avait connue du temps qu'il n'était qu'un jeune provincial gauche de l'Illinois. Je regarde le front soucieux et la minuscule bouche de la jeune fille qui s'ouvre et se referme sans que je perçoive un son. Lecture silencieuse. Un réseau de langues. D'abord le chinois (comment ai-je pu savoir qu'elle est chinoise? Elle est montée à la station Place-d'Armes située en plein quartier chinois), ensuite l'anglais (la langue d'Hemingway), enfin le français (la langue de la traduction). Disons que mon regard est créole (ma langue maternelle). Tout se passe alors que le métro continue aveuglément son chemin dans le tunnel. À un moment donné, à la station Bonaventure, un cameraman est monté et a questionné les passagers à propos de l'été. Ce qu'ils aiment dans cette saison. La jeune Chinoise, avec des mimiques, a prétexté ne pas comprendre le français pour ne pas avoir à répondre. Une

Cette grenade dans la main du jeune Nègre...

dame bien mise a plutôt parlé des inconvénients qu'amène l'été. De cette chaleur insupportable par exemple, du fait surtout que Montréal est une ville aussi humide. Les gens autour d'elle n'ont pas semblé l'approuver. Un homme a même dit que les gens ne sont jamais satisfaits : ils passent tout l'hiver à appeler l'été et quand il arrive, ils se mettent à le critiquer. Le cameraman n'a pas jugé bon de me poser la question, mais j'y ai un peu pensé quand même. Ce que j'aime en été, c'est d'abord ne pas quitter la ville. Et comme tout le monde part toujours à ce moment-là pour la campagne, je ne partage Montréal qu'avec une faune brillante d'amateurs de jazz, de rire et de cinéma. Des gens qui arrivent d'un peu partout en Amérique. Foule stimulante. Je les regarde et j'ai comme des fourmis au cerveau. Vraiment excité. Une énergie nouvelle. Les filles en jupe courte avec un programme du Festival de jazz à la main rendent tout possible. J'aime bien m'asseoir sur ce banc à l'entrée du cinéma Parisien pour regarder les visages illuminés des gens qui sortent des salles obscures. J'aime aussi flâner rue Saint-Denis où se tiennent les amateurs de jazz aux gueules si particulières. C'est clair que je préfère regarder plutôt qu'agir. L'idéal serait de pouvoir vivre tout cela sans bouger de chez soi... C'est vrai que je n'ai pas envie de quitter ma baignoire cet été. Mais l'immobilité coûte cher. Je ne crois pas avoir assez d'argent pour me permettre un tel luxe. Dès le début de l'été, les gens se ruent dans les librairies pour s'acheter n'importe quel bouquin pourvu que ça fasse au moins six cents pages, que l'auteur soit américain ou que l'illustration de la couverture ne jure pas trop avec les couleurs de leur maillot de bain, ah ! j'allais oublier, le titre doit être vraiment niais. Tout de suite après, ils se précipitent dans les agences de voyages pour pouvoir aller dare-dare faire chier les Mexicains. Et à chaque été, je me prends à rêver qu'ils ne reviendront plus. Quel rêveur je fais, ils reviennent toujours en oubliant les serviettes, les bouquins et les chiens sur les plages.

Ce soir, en rentrant, je trouve dans ma boîte aux lettres des factures, comme toujours, que je m'empresse de déchirer (je sais que beaucoup de mères de famille rêvent de pouvoir déchirer des factures, mais si je peux me permettre un tel geste, c'est parce que je ne possède rien qu'un huissier puisse mettre à l'encan : quelques bouquins et une vieille machine à écrire, et cela malgré le succès de mon premier roman. Succès aux yeux des autres, mais misère dans l'intimité). Et là, tout au fond de la boîte, que vois-je? Une petite enveloppe jaune. Je l'ouvre avec tant d'avidité que je manque de déchirer le chèque (un bon à-valoir pour le reportage sur l'Amérique du Nord, on dit Amérique du Nord, mais j'ai bien compris qu'il me faudra privilégier les États-Unis, car c'est de là que me vient l'argent. Un peu comme au cinéma où la nationalité du film dépend de l'origine de l'argent. On évite ainsi le ridicule débat identitaire si cher aux professeurs de littérature postcoloniale). Cet argent servira à payer les frais : les billets d'avion, les billets de train, les tickets d'autobus, mes repas, les hôtels, etc. Ces types sont vraiment rapides. Moi, c'est le contraire. Je suis très lent. Il me faudrait un bon mois de repos avant d'entreprendre ces pérégrinations à travers l'Amérique. Commençons plutôt à dépenser sans grand ménagement ce chèque. Après avoir mis de côté le loyer pour tout l'été (même absent, on doit encore payer le loyer, le téléphone, l'électricité, etc.), je vais m'acheter l'œuvre poétique complète de Whitman, en même temps que les romans de Dostoïevski aux éditions La Boétie, un récit de voyage de Naipaul et ce magnifique coupe-papier. Comme je ne paie pas l'eau chaude, je peux passer mes journées entières dans la baignoire. Je ne sortirai que la nuit. Je m'installe dans la baignoire remplie à ras bord après avoir posé sur une chaise, à ma portée, les livres et une serviette pour m'essuyer les mains afin de ne pas abîmer les bouquins. C'est bien la première fois que je tente une telle aventure. Lire un auteur, un seul, durant tout un mois (je garde Whitman pour le voyage). Je croyais que c'était le genre de truc plutôt snob qui ne pouvait intéresser que les lecteurs de Proust. C'est donc dans cette baignoire, sans bouger sauf pour aller me préparer des salades de fruits le midi et des spaghettis

Cette grenade dans la main du jeune Nègre...

à la tomate la nuit, que j'ai fait le plus inquiétant voyage de ma vie. D'une part dans cette vaste Russie souvent glaciale et, d'autre part, dans une contrée encore plus mystérieuse, le cœur de Dostoïevski. Je suis comblé.

Il y a toujours ce moment décisif où ma voisine, celle qui prend tous les étés des bains de soleil presque nue sur son balcon, s'amène pour que je l'aide à déboucher une bouteille de vin rouge (il n'y a de vin que rouge). Moment de flottement. Je suis déjà très occupé avec la terrible Grouchenka, la même qui rendra fous de désir et de jalousie les frères Karamazov. Folie meurtrière. Mais elle est revenue sous un autre prétexte, pour m'emprunter cette fois du citron. Et voilà que Sonia, c'est le nom de ma voisine, commence à prendre, là sous mes yeux, les traits de la Grouchenka. Est-ce la force de l'écrivain? Pourquoi n'avais-je pas remarqué plus tôt les pommettes hautes, les lèvres charnues et les yeux de princesse tartare de ma voisine? Et cette façon qu'elle a de boire jusqu'à tomber par terre. Ce sourire radieux alternant avec ces regards noirs. Je revois, certains jours, son visage fermé, sauvage, sombre. Le pavillon noir de la dépression nerveuse. Souvent, en montant l'escalier, j'entendais des hurlements venant de son appartement. J'avais mis cela sur le compte de la solitude des femmes dont le mari travaille aux chantiers de la Baie-James. C'est la tristesse des déracinés. Je fais couler de nouveau l'eau chaude (à une température suffisante pour mon confort) et je replonge dans l'univers dostoïevskien. Quel diable d'homme que ce Fedor Mikhaïlovitch! Après trois paragraphes, il m'avait déjà attrapé à la gorge.

Voici de nouveau la terrible Sonia. J'entends son pas décidé dans l'escalier. Elle s'était changée et avait enfilé une légère robe jaune, mais ne portait pas de chaussures. Avec un bracelet (un serpent) en argent à la cheville. Elle s'amène avec des huîtres, du citron, du sel, deux bouteilles de vin et deux verres. Je ferme les yeux et elle entre tout habillée dans la baignoire.

— Je suis venue fêter l'été, dit-elle simplement.

Mythologies américaines

Amérique, nous voilà !

À l'époque, j'essayais (je ne sais pas comment une telle ambition s'était infiltrée en moi) d'écrire un roman et de survivre en Amérique. L'une de ces deux activités était de trop. Faut choisir, vieux. Justement, je voulais tout. C'est le propre des noyés. Je voulais le roman, les filles (ces filles fascinantes inventées par la modernité, les régimes minceur et le désir fou des hommes d'âge mûr), l'alcool et le rire. Tout ce qui m'était dû. Tout ce que l'Amérique m'avait promis. Je sais que l'Amérique a fait beaucoup de promesses à un nombre incalculable de gens, mais moi, j'entendais lui faire tenir ses promesses. J'étais en rage contre elle, car je n'aime pas me faire berner. À l'époque, vous vous rappelez, au début des années 80 (ça fait vraiment si longtemps !), les bars de n'importe quelle ville nord-américaine regorgeaient de vieux hippies perdus, ils étaient perdus avant même d'être hippies, d'Africains au regard vide avec toujours un tambour à portée de la paume – ceux-là ne changeront pas quels que soient le lieu ou le temps –, d'Antillais sans identité, de poétesses blanches affamées se nourrissant de grains de luzerne et de mythes hindous, de jeunes Négresses agressives parce que conscientes qu'elles n'ont aucune chance dans cette partie de poker démente, puisque les Nègres ne s'intéressent qu'aux Blanches et que les Blancs ne pensent qu'à l'argent et au pouvoir. J'errais, le soir tard, dans ces territoires lunaires où les sensations ont pour toujours remplacé les sentiments. Je prenais des notes. J'écrivais dans les toilettes de ces bars minables. Je tenais d'interminables conversations jusqu'au petit matin avec des intellectuels affamés, des comédiennes au chômage, des philosophes sans pouvoir, des poétesses tuberculeuses, enfin toute la racaille des sans-grade. Je me jetais à l'eau aussi quelquefois et me retrouvais dans un lit inconnu avec une fille que je ne me souvenais pas d'avoir rencontrée (j'ai quitté ce bar, hier soir, me semble-t-il, avec une nana aux cheveux jaunes et là, je me retrouve avec cette fausse

Cette grenade dans la main du jeune Nègre...

blonde aux ongles verts). Pourtant, je ne me droguais pas. Dieu m'avait pourvu de ce rire éclatant, sonore, joyeux, contagieux, un rire d'enfant qui faisait halluciner les filles. Elles voulaient tellement rire et c'était si rare, à l'époque. En émigrant en Amérique du Nord, je n'ai songé qu'à apporter ce rire dans ma vieille valise en tôle. Vieil héritage ancestral. Chez moi, on a toujours ri. Le rire sonore de mon grand-père faisait vibrer la maison. Je riais, je buvais du vin, je baisais avec l'énergie d'un enfant enfermé par mégarde dans une épicerie pleine de sucreries et je notais tout. Dès que la fille filait vers les toilettes, je griffonnais des notes sur le bord du lit, sur le coin de la table, n'importe où. Je notais une réplique, une démarche sensuelle, un sourire douloureux, un détail quelconque. Tout m'excitait. Je notais tout ce qui bougeait, et ça n'arrêtait pas de bouger, crois-moi. Tout autour de moi, le monde (la fille, les robes par terre, mon slip perdu dans les draps, le long dos nu qui se dirige vers la stéréo, la musique de Bob Marley), je veux dire mon univers tournait à une folle vitesse. Pourquoi essayer de retenir avec des mots le temps qui file, les filles qui fuient, le désir sans cesse renouvelé? J'étais là, souvent, la tête appuyée contre la vieille Remington 22, à me poser ces angoissantes questions. Suis-je le griot de cette Amérique minable, toujours au bord d'une overdose, face au mur, menottes aux poignets et deux policiers juste derrière la nuque raide? Cette Amérique qui négocie la vie au rabais, qui compte ses sous, l'Amérique des immigrants, des Nègres, des pauvres Blanches complètement perdues. L'Amérique des regards vides et des petits matins blêmes. Finalement, j'ai écrit ce maudit roman et l'Amérique a été obligée, en ce qui me concerne, de tenir au moins une partie de ses promesses. Je sais qu'il y en a à qui elle donne au-delà de leurs besoins et d'autres à qui elle retire le morceau de pain noir qu'ils tiennent dans leurs poings serrés, mais j'ai pu lui faire payer au moins un tiers de sa dette. Bien sûr, il y a des gens que ma naïveté fera sourire, mais je vous jure, c'est très important pour mon système mental de croire à cette victoire, aussi minuscule soit-elle. Juste un tiers de victoire. Mais pour beaucoup d'autres, la dette reste entière. La dette de l'Amérique envers les jeunes du tiers-monde est immense. Et là, je ne parle pas de la dette historique (l'esclavage, le pillage des ressources humaines, l'endettement, etc.), je parle simplement de la dette sexuelle. Tout ce qu'on nous a promis par les revues, les posters, le cinéma, la télé... L'Amérique est une terre giboyeuse, nous martelait-on sans cesse, venez y chasser les proies les plus appétissantes (les jeunes filles américaines aux longues jambes, à la bouche rose, au sourire méprisant), venez cueillir les fruits sauvages de la Terre promise. L'Amérique sera pour vous, jeunes gens du tiers-monde, cette biche frémissante sous la chevrotine de vos caresses. Ces appels, on les a entendus jusqu'aux confins de la planète, chez les hommes bleus du désert. Le village global. La télé américaine en plein Sahara. Et ce fut la ruée vers l'Ouest. Et à chaque nouvel arrivage, on disait: «Dommage, la fête vient à peine de se terminer.» Et je voyais le sourire triste du vieux Bédouin encore vigoureux (rappelez-vous, frères, ces vieux boucs de l'Ancien Testament) qui venait tout juste de vendre son chameau pour filer à «la fête». Et je les retrouvais tous dans ce minuscule bar de l'avenue du Parc. En attendant la prochaine fiesta, dit imperturbablement le conseiller de la main-d'œuvre, il faut travailler. C'est pas le travail qui manque en Amérique (encore une carotte, frère). On t'a bien eu. Travailler? Mais il n'était pas venu pour ça, le Bédouin. S'il avait parcouru le désert et traversé les mers, c'était simplement parce qu'on lui avait dit qu'en Amérique la baise est gratuite et multiple. Ah non, vous aviez mal compris! Qu'est-ce qu'on avait mal compris? Toutes les chansons, tous les romans, tous les films américains depuis la fin des années 50 ne parlent que de sexe, et là, vous nous dites qu'on avait mal compris? Mal compris quoi? Qu'est-ce qu'il fallait comprendre dans cette sexualité criarde, dans cette profusion de corps nus, dans cette intimité, dans cette chaleur hollywoodienne? Vous savez, nous avons des appareils très sophistiqués dans le désert... nous pouvons capter l'Amérique. Bravo pour la netteté des images! Aucune interférence dans le

Cette grenade dans la main du jeune Nègre...

Sahara. Le soir, nous nous asseyons sous la tente illuminée par l'écran cathodique et là, nous vous regardons. Vous regarder faire est une joie pour nous. Il y a toujours une jolie fille en train de rire sur une plage quelconque. Tout de suite après, un grand gaillard blond lui saute dessus. La fille lui file entre les doigts et il la poursuit dans l'eau. Elle se débat. Il la serre contre lui et les deux coulent à pic. Et c'est chaque soir le même menu avec de légères retouches. La mer plus bleue, la fille plus blonde et le jeune homme plus musclé. Tout tourne autour de cette vie qui nous semble plus facile. C'est ça : la vie facile. Tous ces seins, toutes ces fesses, toutes ces dents, tous ces rires, ça finit par avoir un effet sur notre libido. Vous admettez ? Et nous voilà en Amérique, et vous osez nous dire qu'on avait mal compris. Mal compris quoi ? Je reprends la question. Qu'est-ce qu'on devait comprendre ? Vous nous avez rendus fous de désir. Aujourd'hui, vous avez devant vous la longue file des hommes (chez nous, l'aventure reste l'apanage des hommes) aux pénis arqués, à l'appétit insatiable, prêts pour la guerre des sexes et des races. Nous irons jusqu'au bout, America.

L'arbre de l'Amérique

Je n'étais même pas allé là-bas pour boire. Je voulais juste voir ce qu'était devenu ce bar de l'avenue du Parc que je fréquentais dans ma période la plus noire, quand je n'arrêtais pas de couler en pensant que je n'atteindrais jamais le fond. Quand tu coules, vieux, faut t'attendre à avaler une certaine quantité d'eau. Je pouvais bien boire le fleuve sans trouver personne pour me tendre la main. Et j'entendais leurs rires, leurs jeux, leurs amours. Les voix claires des petites filles, viriles des hommes et sensuelles des femmes. Le fond du fleuve est une magnifique cage acoustique.

On y entend tout ce qui se dit là-haut. Toute la musique de la vie. Le chant des plantes, de l'air, du vent. Même les fœtus n'y résistent pas. Ils quittent le monde de l'eau pour celui, mortel, de l'air. Je dormais de douze à dix-huit heures par jour et le reste du temps je regardais la télé. J'étais devenu incollable aux jeux télévisés et je pouvais vous dire le prix de n'importe quel produit ménager. Je connaissais le prix exact de tout ce que l'Amérique vendait. THE PRICE IS RIGHT. J'avalais tout. La plus fantastique machine de propagande que les humains aient mise en place. Cette Amérique qui n'arrêtait pas de crier que la vie est une fête et que les arbres de cette Terre promise ploient sous les fruits sauvages, lourds et succulents. L'arbre de l'Amérique produit aussi, malheureusement, des fruits amers. Et si, pour cueillir les premiers, il faut grimper l'échelle sociale judéo-chrétienne, les fruits amers, eux, sont à portée de main.

Une chambre en ville

J'étais en train d'écrire près de la fenêtre ouverte sur cette rue bruyante quand Sonia est entrée sans frapper.
— Qu'est-ce que tu fais ?
— Je commence ce reportage.
— Comment cela ? Je croyais que, pour faire un reportage, il fallait aller sur place…
— Le voyage a déjà commencé…
— Tu vas parler de choses que tu n'as pas vues alors.
— Mais cela fait plus de vingt ans que je regarde l'Amérique. Tu crois qu'un ou deux mois de tourisme vont changer les choses ?
— Je trouve ça étrange quand même, un reporter qui ne quitte pas sa chambre.

Cette grenade dans la main du jeune Nègre...

— Oh, ce n'est pas si rare que cela... Et puis, je ne suis pas un reporter. Je suis un écrivain. On ne me demande pas de dire la vérité. On veut beaucoup plus que cela. On veut de moi une photographie de la sensibilité américaine. Ce que je pourrais voir est moins important que ce que je sens.

Elle circule sans faire de bruit dans la pièce. J'aime toujours sentir une femme dans l'aire où j'écris. Désir et écriture. Il m'a fallu un certain moment, pourtant, avant que je réalise qu'elle était en train de danser. Ses pieds glissent sur le plancher. Je l'ai dans le coin de l'œil gauche. Ses mouvements semblent naturels, mais on sent derrière cette aisance un travail constant et des muscles d'acier même si très souples. La danse est un art étrange qui semble venir directement du rêve. Souvent je danse dans mes rêves. Je n'ai jamais compris pourquoi cette obstination à associer la danse à la musique. Ce qui donne la fausse impression que la danse est un art parasite. On écoute bien la musique sans danser, pourquoi ne danserait-on pas sans musique ? Sur certains aspects de la vie, on a pris de bien mauvaises habitudes. Elle vient se mettre derrière moi, légèrement en sueur.

— Je comprends... Ces gens t'ont déjà payé, alors tu ne te sens pas obligé de te casser le cul...

— J'ai eu seulement un à-valoir pour payer les frais de voyage... Le reste, ce sera quand je remettrai le reportage.

— Je commence à te connaître un peu..., dit-elle avec un petit rire taquin. Du moment que tu peux payer ton loyer et avoir du temps pour lire...

— Qu'est-ce qu'un homme peut désirer de plus ?

Ses yeux se rapetissent, façon tartare. Elle s'affale dans le fauteuil. Elle me regarde tout en relevant discrètement sa robe, me laissant ainsi voir la naissance de ses cuisses. Comme si on me plongeait tout à coup une longue aiguille dans la nuque. Je vous assure que cela fait très mal.

— Regarde ! s'écrie-t-elle comme une petite fille.

Le disque rouge du crépuscule colore la pièce d'une lumière chaude. On dirait un dessin d'enfant. J'ai, soudainement, envie d'une bière bien glacée. Elle s'en va, en dansant, vers le réfrigérateur pour me ramener une Carlsberg. Elle danse sa vie.

— Qu'est-ce que tu fais de tes journées ? me demande-t-elle en secouant la tête comme si elle connaissait déjà la réponse et ne l'acceptait pas.

— Beaucoup trop de choses, dis-je en prenant une longue gorgée de bière froide.

Je commence à mieux respirer.

— Comme quoi, par exemple ? insiste-t-elle.
— D'abord, je lis...
— Oui, toujours Dostoïevski...
— Non, j'ai commencé Whitman ce matin.
— Voilà un changement notable, persifle-t-elle.

Ce que je trouve injuste, car Whitman, lui, a déjà fait tout ce qu'il avait à faire, je trouve injuste qu'il ne me faudra qu'un ou deux mois pour absorber cette énergie qui a consumé la vie entière de Whitman. Je prévois donc une guerre terrible entre WW et moi. Est-ce que j'aurai assez de force pour recevoir en un mois le souffle vital d'une telle puissance de la nature, je veux parler de Walt Whitman de Manhattan ? Tout à l'heure, je le lisais tranquillement quand, brusquement, je l'ai ressenti, là, au plexus. Il m'a pénétré avec une telle force que j'ai hurlé sous le choc.

— Écoute ça :

Walt Whitman, un cosmos, de Manhattan le fils,
Turbulent, bien en chair, sensuel, mangeant, buvant et procréant,
Pas sentimental, pas dressé au-dessus des autres ou à l'écart d'eux
Pas plus modeste qu'immodeste.

Un silence dans la pièce.

Cette grenade dans la main du jeune Nègre…

— Un tel type ne peut être qu'un ami.

— Et Dostoïevski, c'était différent ? me fait-elle sur un ton très étudié comme si elle commandait un cocktail assez compliqué dans un bar de la rue Crescent.

— Naturellement, on ne compare pas. C'est toujours ridicule de comparer. Dostoïevski, c'est plus insidieux, ça vous colle à la peau comme une mauvaise odeur. Whitman, c'est direct, primitif, on dira faussement primitif, car c'est un malin, mais, crois-moi, le vieux, il a du punch… Whitman au déjeuner, ce n'est pas rien. On a l'impression que toute l'Amérique vous pénètre d'un coup…

Une dernière longue gorgée et je fais rouler la bouteille sur le plancher.

— D'accord, continue-t-elle sans se laisser impressionner par mon petit laïus, mais on ne passe pas ses journées à lire…

— Ah ! tu veux un compte rendu de mes journées. Fallait le dire. On commence au début ? Bon, je me lève vers 10 heures du matin, je lis un peu comme d'autres prient, jusqu'à ce que le sommeil m'envahisse de nouveau – j'en profite pour préciser que je ne suis pas de ceux qui cherchent le sommeil, c'est au sommeil de me trouver. Et les histoires que je viens de lire deviennent parfois la matière de mes rêves. J'adore ce moment. Plus tard, bien plus tard, je fais une toilette et me prépare un déjeuner. Ensuite, je m'installe à la fenêtre pour regarder passer les gens dans la rue. Ils semblent tellement pressés qu'ils m'épuisent après un moment. Je me sers un verre de vin avant de reprendre mon livre. Et c'est déjà l'heure de la sieste. Après la sieste (rien ne peut sortir de bon d'un homme qui ne fait pas de sieste), je vais faire un tour au parc, mais je rentre assez vite. Ces filles en jupe d'été finissent à coup sûr par me briser les nerfs. En revenant, je m'arrête quelquefois au dépanneur acheter des fruits, des légumes et un peu de bière. Je prépare le repas. Et les copains commencent à se pointer, sûrement attirés par l'odeur des épices. La route des épices.

— Les copains ? Mais je ne crois pas avoir jamais vu quelqu'un chez toi.

— C'était avant. Maintenant, je ne reçois plus...

— Pourquoi ? Il s'est passé quelque chose ?

— Non, j'ai pris congé des gens. Je peux vivre des mois ainsi. Je rentre sous les eaux. Mes amis savent qu'ils ne doivent pas chercher à me voir dans ce cas.

Une autre bouteille de bière. Bon, Sonia a bien vu qu'il n'arrivera rien aujourd'hui. Je suis ailleurs. Les filles sont si difficiles en hiver. Mais en été, quand il fait trop chaud pour faire quoi que ce soit, elles vous sautent carrément dessus. Quand on est excité, on doit émettre des vibrations qui repoussent les filles. Et je remarque que, pour les attirer, il suffit d'avoir la tête ailleurs.

— Bon, je vois, dit-elle, tu veux travailler.

— Je ne travaille pas, Sonia. Je voyage dans ma tête. Je suis en ce moment dans un autobus qui descend dans le sud des États-Unis.

— Je ne peux pas comprendre que tu puisses faire ça... C'est malhonnête...

— Qu'est-ce qui est malhonnête ? Le fait d'écrire qu'on est dans un autobus quand on n'a pas bougé de sa chambre ? Tu sais, le mot « autobus » est plus vrai à mes yeux que l'autobus réel. Je te signale que le meilleur reportage jamais fait sur l'Amérique a été réalisé par un homme qui n'a presque pas quitté sa maison.

— Et pour le faire, il a empoché, comme toi, un bon magot.

— Non. À l'époque, les poètes n'étaient pas très futés par rapport à l'argent. Faut dire que Whitman mangeait les légumes de son jardin. Moi, je dois tout acheter.

— Bon, je te laisse...

Et elle sort en dansant. C'est ainsi que je peux tolérer la danse, quand elle fait partie de la vie quotidienne. Sinon, un spectacle de danse m'ennuie. Tout spectacle d'ailleurs m'ennuie. Whitman m'avait mis en appétit. Je retourne à ma vieille machine à écrire pour tenter d'inventer un nouveau continent.

Cette grenade dans la main du jeune Nègre...

Au-delà de cette frontière, vous ne pouvez plus revenir en arrière

Bar sombre et enfumé. Musique reggae. Marley. Tous les damnés de la terre. Indiens, Sud-Américains, Asiatiques, Nègres. Seules les femmes sont blanches. Le maximum de couleurs. La scène fait à peine le double d'une table de ping-pong. Bruits de corps qui se frottent les uns contre les autres. On dirait du papier qu'on déchire. Odeurs cosmopolites. Désirs lourds. Le cannibalisme est la forme absolue de la tendresse. L'amour au premier degré. Je te mangerai. Des promesses. Voilà, je t'avais bien averti. Le goût de la femme. Un peu salé à cause de la sueur. Salsa. Corps soudés l'un à l'autre. Langue sèche. Rêves de pluie tropicale. Là, dans ce bar de l'avenue du Parc. Rien n'a changé depuis. Et je pourrai revenir dans cinquante ans, rien n'aura bougé. Les lois de l'attraction ne varient pas. Le monde de la nuit. Le plus vieux rituel. On entre, on grimpe l'escalier raide, on va déposer son manteau au vestiaire (n'oublie pas le pourboire, frère, si tu comptes revenir ici), on s'assoit, on regarde, une serveuse arrive, on lui jette un œil légèrement étonné et elle s'en va un peu honteuse, on salue les copains, la serveuse, on fait mine de ne pas la voir et on va se poster ailleurs. Voilà une fille qui se déhanche sur la piste. Pas mal. On va aux informations. Elle est nouvelle. On tente sa chance. Elle veut bien. On danse. Merengue. Salsa. Reggae. Elle ne veut plus. On va ailleurs. Tiens, si on allait pisser. On rencontre un type aux toilettes. On cause un peu. On sort et on tombe sur la serveuse. On commande une bière quand on voit à l'autre bout une fille (on dirait une flamme vacillante à l'extrémité d'un tunnel) qu'on connaît bien en train de converser avec un type qu'on déteste, bonheur il s'en va, on s'approche de la fille, ah! ce grand sourire, on dirait qu'elle vous attendait depuis toujours. La serveuse vous touche à l'épaule. On paie la bière, on prend une seule gorgée et on invite la fille à danser. On se frotte contre son corps frais. Musique zaïroise. Rythmes sensuels. Temps fort. Malgré tout, c'est cool. Tout va comme on veut. La routine, quoi!

— Cette fille n'est pas pour toi, vieux.

Je me retourne. Un grand type me sourit. Il lui manque quatre incisives. J'ai beau fouiller dans ma mémoire, je n'arrive pas à le replacer.

— Qu'est-ce que tu dis?

Il continue à sourire.

— Cette fille appartient à quelqu'un d'autre.

— C'est quoi, cette connerie? C'est la traite des Blanches?

— C'est un conseil d'ami... Tu devrais partir tout de suite.

— Écoute, personne n'appartient à personne... On est en Amérique ici...

Il secoue sombrement la tête.

— On n'est pas en Amérique ici... C'est un territoire protégé. Je te le jure, ces types font ce qu'ils veulent. Totalement ce qu'ils veulent. Tu me comprends?

Je le regarde sans rien dire.

— Ces types n'obéissent à aucune loi. Les policiers s'en foutent du moment qu'ils ne cassent pas les filles.

— De quoi parles-tu? Ce n'est pas un bordel ici!

— Regarde autour de toi... Qui est-ce que tu connais ici? Regarde bien les filles...

En effet, elles semblent différentes de celles que je rencontrais ici avant. Elles arrivaient, toujours à deux ou trois, dans de grosses bagnoles payées comptant. Les femmes qui fréquentaient ce bar étaient beaucoup plus âgées, plus lourdement maquillées, moins sexy, mais plus décidées à passer une bonne soirée. Elles vous traînaient assez vite dans les toilettes pour vous sauter littéralement dessus. Tout devait se passer avant minuit. Et à minuit, elles dévalaient l'escalier pour rejoindre leurs familles dans ces jolies petites maisons bleues ou blanches bien plantées au bord du fleuve. Après arrivaient les filles aux cheveux verts, rouges ou jaunes. Elles filaient très vite dans les toilettes aussi, mais seules. Elles en ressortaient avec cet air satisfait. En définitive, on préférait les vieilles. Mais là, ce n'étaient ni les vieilles de banlieue qui venaient s'éclater le week-end ni les filles qui cherchaient, en réalité, une toilette pour se shooter, mais de magnifiques filles vraiment sexy. J'étais tellement dans mon univers que je n'avais pas perçu un changement si radical. Il m'avait suffi de reconnaître les serveuses et une ou deux filles assises au bar pour me sentir chez moi.

— D'où viennent-elles ? je demande au barman.

— Bon... Ce sont des filles de banlieue...

— Merde !... Les filles ont donc foutu leurs mères à la porte.

— Leurs grand-mères dans ce cas, glisse-t-il avec un sourire mielleux.

Je jette un rapide coup d'œil. En effet.

— Qu'est-ce qu'elles veulent ?

— Elles sont à ces types...

Près de l'escalier : ces types habillés de noir que je n'avais pas remarqués en arrivant, les prenant sûrement pour des agents de sécurité. Ils portent tous des lunettes noires.

— Où sont les autres ? Celles qui étaient là avant ? Cela fait à peine trois ans que je ne suis pas venu ici.

— Je ne sais pas, je ne sais pas..., marmonne-t-il sans me regarder. Elles étaient là, et puis un jour, elles n'étaient plus là. C'est comme ça.

— C'est comme à la télé.

— Quelqu'un a tiré la chasse d'eau. Et elles ont été aspirées

— Ce n'est plus le même style...

Il me regarde un moment avant de baisser les yeux.

— Avant, c'était plus artisanal, si tu veux, précisé-je.

— Ouais, mais ça change...

Il se dirige, l'air épuisé, vers un autre client à l'autre bout du comptoir.

Mythologies américaines

Pour l'honneur du métier

C'est ici, au Paradiso, que tout se passe : la guerre, la vie, la mort, la maladie d'amour, les maladies vénériennes, la violence, la brutale séparation, la fatale attraction. Là, sur ce minuscule territoire. Et tous les soirs. En un temps (de 11 heures du soir à 3 heures du matin) et en un lieu (sur la piste de danse). Avec les mêmes personnages (Jenny, Charlie, Adam, Cham et moi autrefois). On n'a qu'à s'asseoir dans un coin (comme moi ce soir) pour voir se dérouler tranquillement le grand spectacle de notre époque. Races, sexes, classes, religions, toutes choses confondues à seule fin de nous divertir. Car l'homme connaît des jeux pervers et pratique des rituels sans but. C'est sûrement pour nous divertir que, chaque soir, Jenny pique une crise de jalousie, s'enferme dans les toilettes et menace de s'ouvrir les veines. C'est aussi pour nous divertir que Cham se fait toujours chiper sa petite amie par Charlie avant de se faire tabasser par le même Charlie parce qu'il a essayé de reprendre la fille pendant que Charlie était parti s'injecter sa dose. C'est encore pour nous divertir que Jenny et la nouvelle fille de Charlie (l'ex de Cham) vont se taper dessus dans l'escalier pendant que Charlie ne cesse de rire en haut des marches. Et si vous revenez dans cinquante ans, ce sera le même spectacle. Comme à la messe, il y a l'offertoire quand Charlie remarque la fille de Cham, l'évangile quand Charlie se met à faire son petit discours à la con sur le fait que les blondes sont assoiffées de Nègres et la consécration (tout le monde baisse la tête pour ne pas voir le miracle de l'eucharistie) quand la fille marche en hurlant presque : « Ceci est mon corps, mangez-le, ceci est mon sang, buvez-le. » Alors, Charlie l'emmène aux toilettes des hommes et personne n'a le droit d'aller pisser avant deux bonnes heures. Parfois trois. *Ite missa est.* Pourquoi c'est toujours le plus con qui gagne ? Eh bien, vieux, c'est parce que c'est le plus con et non un con moyen. Ce qui marche, en Amérique, ce sont les superlatifs. Trouve-toi

Cette grenade dans la main du jeune Nègre...

un créneau, n'importe lequel, et sois le meilleur là-dedans. C'est tout. Par exemple : tu es écrivain, n'est-ce pas ? Euh... Tu es écrivain, oui ou merde ? Faut savoir ce que tu veux. Tu n'es pas en Europe, ici. Es-tu un écrivain ? Oui, je crois. Là, c'est un peu mieux. Tu sais, vieux, faut se décider. Imagine qu'on pose la même question à un plombier. Es-tu un plombier ? Euh... Cet homme ne touchera pas à ta salle de bains.

J'étais pris dans ces pensées un peu décousues quand je sentis un bras puissant autour de mon cou.

— Ah ! voilà notre star.

Je sais qui c'est.

— Salut, Charlie.

Il continue à me serrer le cou.

— Salut, vieux.

Je commence à perdre le souffle.

— Pourquoi tu viens nous voir ?

— Je passais juste prendre un verre, Charlie.

Charlie serre de nouveau.

— Qu'est-ce que tu entends par « juste prendre un verre » ?

— Rien de plus, Charlie.

Je parviens difficilement à parler.

— Et les amis, ça ne compte pas ?

— Bien sûr, Charlie, que ça compte...

— On ne le dirait pas.

Il me repousse et je fais tomber la table sur le pied d'une fille avec une tonne de colliers autour du cou. Elle se met à hurler.

— Merde, arrête tes conneries, Charlie, je suis venu tranquillement prendre un verre.

Charlie me saute de nouveau à la gorge.

— Tu vas cesser de répéter ça !

On roule par terre et je me fais une entaille au bras avec un tesson de bouteille. Le sang a taché la chemise de Charlie et Charlie croit qu'il est blessé. Je le repousse finalement et je parviens à filer aux toilettes. Tout mon bras gauche est en sang, mais au fond, je ne me suis fait qu'une petite coupure. Je ne sais pour quelles raisons Charlie a toujours cru que je l'ai mis dans mon roman. C'est vrai que j'ai piqué quelques traits à Charlie pour un de mes personnages, mais ce n'est pas uniquement lui, ce personnage. Je le répète, ce n'est pas plus Charlie qu'Adam qui écrivait à l'époque un roman, lui aussi (à propos, je n'ai plus entendu parler de ce roman), ou Cham, ou même moi (à 33 %). Je représente bien un tiers de ce maudit roman. Et je l'ai écrit aussi. Mais ça, Charlie n'en a rien à foutre. Pour lui, je n'ai fait que le regarder vivre pour écrire ce bouquin. C'est vrai que j'ai transcrit telles quelles certaines de ses reparties. C'est bien lui qui a dit à une fille qu'il venait de laisser tomber : « L'époque est dure pour tout le monde, ma vieille. » Et ça, tout le monde dans ce bar sait que je le dois à Charlie, mais c'est ce que font tous les écrivains, il me semble. Ils dévorent les gens pour chier des mots. Je parie que Charlie n'a même pas lu le livre. Il se vante d'ailleurs de n'avoir jamais lu un seul livre de sa vie. Mais les autres, pourquoi ils me regardent comme ça ? C'est fou, dans ma naïveté, je pensais qu'on allait m'accueillir en héros. Depuis que j'ai publié ce livre, les Nègres sont devenus subitement à la mode. On n'a jamais tant parlé des Nègres. Enfin quelqu'un qui parle de nous comme nous aimerions qu'on parle de nous. Je me suis dit : les Nègres vont me saluer bien bas. Ils vont dire : « Regarde le petit malin qui est allé voler la science des Blancs. Car être musicien ou athlète, ça on connaît, mais les mots nous résistent encore, et voilà ce jeune rusé qui s'est frayé un chemin jusqu'au cœur de l'alphabet. Et surtout qui est revenu parmi nous, sain et sauf, sous les applaudissements de la foule des libéraux blancs. Tout ce qu'on espère, c'est qu'il s'est fait plein de fric de Blancs. Bien sûr, parce que ce sont les jeunes yuppies et les vieilles squaws blanches qui s'intéressent à ses recettes. Nous, les Nègres, on n'a aucunement besoin d'un livre qui donne des trucs pour mieux baiser, parce qu'on est tombés dans la marmite à la naissance (ah ! ah ! ah !). On ne va pas dépenser un sou pour un bouquin assez élémentaire qui raconte comment un Nègre se démène dans cette jungle. Tout ce qu'on a à faire, c'est d'applaudir le joli coup. Pas plus. » Je m'attendais largement à ce genre de long palabre sous le baobab, mais pas plus ni moins. Alors, là, je me suis totalement gouré. Je me souviens du temps qu'on était, Cham et moi, de jeunes Nègres fauchés qui ne pensaient qu'à refaire le monde pour avoir une plus grosse part du gâteau, on disait constamment que les livres sur les Nègres écrits par les Blancs semblaient toujours trop gentils, pleins de précautions. Et qu'enrobés de toute la vaseline de la culpabilité judéo-chrétienne ces livres n'allaient jamais au fond des choses, en un mot qu'ils étaient nuls, nuls, nuls, nuls, nuls, nuls, nuls, nuls, nuls et nuls. Et quand c'était écrit par un Nègre, c'était pire. Toujours cette vieille connerie de « Défense et illustration de la race ». Et ça, vieux, ajoutait toujours Cham de sa petite voix fluette, ça n'a rien à voir avec la littérature, alors rien à voir... La littérature, c'est le dévoilement et rien d'autre. Dire ce qu'il ne faut pas dire. En tout cas, c'est ce qu'on disait, Cham et moi, du temps que ça n'allait pas toujours pour nous. On causait un peu comme ça (avec classe et désinvolture, tu vois le genre) jusqu'à ce qu'une fille (Jenny, je crois) lance un soir qu'Adam était en train d'écrire un bouquin, qu'elle avait lu un chapitre et que c'était une bombe. Personne n'a cru un seul instant qu'Adam pourrait écrire quelque chose d'explosif. La fille (je ne suis plus tout à fait sûr que c'était Jenny) a glissé qu'on se trompait totalement au sujet d'Adam, qu'elle en connaissait un bout sur les hommes et qu'Adam était précisément le type d'homme à commettre des meurtres en série. C'est un rêveur frustré. Grand silence autour de la table (ah oui ! On était chez Jenny, mais je n'arrive pas à me rappeler qui était cette fille). En tout cas, pour elle, Adam est le prototype même de l'écrivain. Un être pervers qui tire des ficelles pourries. Un impuissant. Un voyeur. Un minable rêveur. Donc, c'était ça. Rien que ça. Cela vous flanque un coup. Les écrivains ? Des mouchards impuissants prêts à se vendre quand ils n'ont plus d'amis à vendre. On devrait les tenir pour responsables des coups et blessures, des humiliations qu'ils font assez cyniquement subir à leurs personnages, des rumeurs qu'ils colportent, des vieux clichés sous la cendre qu'ils réveillent. Les lecteurs en ont fait plutôt des êtres lâches, veules et irresponsables en applaudissant leurs mouchardages, leurs délations. C'est pour cela, peut-être inconsciemment, que je suis revenu sur les lieux pour être jugé par ceux qui sont devenus des personnages de mon imaginaire après avoir été des amis. C'est aussi pour cela que je me suis laissé brutaliser par Charlie. Pour l'honneur du métier.

Devenir un Carl Lewis du dactylo

Je ne savais pas que ça allait être si dur. Je les voyais de loin, au sommet. Là où l'air est plus frais. Bien cool. Des dieux, quoi! Je les enviais autant que mes tripes le pouvaient. Il me fallait coûte que coûte arriver là-haut. Là où les fruits n'ont pas un goût fade, là où les légumes sont plus verts que partout ailleurs (cette information, je la tiens de Truman Capote, qui a longtemps fréquenté les riches), là où les filles sont toujours pubères (n'importe quel vieux dégueulasse de plus de soixante ans avec un compte en banque de six chiffres vous le dira), là où tout va pour le mieux dans le meilleur des mondes. Laisser les autres en bas, les laisser se démerder dans leur crasse. Sans regret. Ni nostalgie. La misère n'a jamais été gentille avec moi. S'il y a des gens là-haut, ça veut dire que c'est faisable, pourquoi pas moi alors? La seule chose qu'on doit comprendre, c'est que, pour monter là-haut, il vous faut devenir très léger, très, très léger. Faut flotter, vieux. Laisser en bas tout ce qui pèse: les angoisses, les faux drames (surtout les vrais drames), les rêves d'adolescent, les remords, enfin tout ce qui vous retient par les chevilles et vous empêche de grimper allègrement l'échelle sociale judéo-chrétienne. N'oublie surtout pas d'arriver là-haut dans la forme d'un athlète professionnel. Un Carl Lewis du

Cette grenade dans la main du jeune Nègre...

dactylo. Mince, souple, des nerfs d'acier et brûlant d'ambition. Devenir le plus rapide écrivain vivant, à défaut d'être le meilleur. Un bouquin en moins de dix secondes. Un vrai défi, vieux. Faut travailler comme un Nègre. Avec un bon chronomètre. Comme n'importe quel champion, frère. Tous les métiers essaient de s'ajuster à notre époque de vitesse. Seuls les écrivains font encore la sourde oreille. Après, on s'étonne de voir les musiciens rock ou les joueurs de hockey caracoler en tête du hit-parade. Même le journalisme fait ce qu'il peut aujourd'hui. Les écrivains continuent à tricoter leurs petites intrigues du siècle dernier, sans souci du temps présent. Ils traînent complètement en arrière, juste avant les sculpteurs. Le temps file, frère. On devrait être les premiers à le savoir puisqu'écrire, dit-on, c'est essayer de maîtriser le temps. La maîtrise du temps, laissez-moi rire! Le temps, il s'est figé sur nos feuilles blanches. Un temps mort. Car le vrai temps court. Regardez les athlètes, ils sont dehors. Les voilà, sûrs d'eux, vivants, fébriles, l'œil gauche toujours rivé sur le chronomètre. Ils savent ce qu'ils veulent et ce qu'ils valent, à un dixième de seconde près. Avez-vous déjà vu la tête de Carl Lewis? C'est cette tête de prince que je veux avoir sur mes épaules. Lewis est un homme habitué à se mettre sur la ligne de départ pour savoir exactement ce qu'il vaut. Sans états d'âme. Chronomètre en main. Et cela aussi souvent que vous allez à la buanderie. Alors que les écrivains nagent dans le flou artistique. Des fois, ça me donne envie de vomir. Très peu d'écrivains peuvent montrer leur place exacte dans l'organigramme. C'est l'un des derniers métiers à pratiquer aussi systématiquement la modestie, cette forme vertueuse de l'hypocrisie. Et dire qu'on écrit pour mieux se connaître. Bien sûr, on pourra toujours dire, avec raison, que Carl Lewis et Hemingway ne font pas le même métier. Bien que je ne croie pas que cela ait été l'avis d'Hemingway. Lui aussi a toujours voulu rapprocher le sport de l'écriture. Jolie tentative, d'ailleurs. Et encore, à l'époque, les athlètes ne gagnaient pratiquement rien. Aujourd'hui, Carl Lewis ramasse des millions pour moins de dix secondes de boulot. Voilà un métier qui a fait du chemin. Et quels bonds! Pourquoi pense-t-on encore que la dépense d'énergie du cerveau est supérieure à celle des muscles? Qu'est-ce qui nous fait croire qu'un écrivain est plus intelligent qu'un athlète? L'un se sert de son cerveau, dites-vous? Lequel? Celui qui peine trois ans sur un roman qui lui rapportera 5 000 dollars à tout casser ou Carl Lewis? Oui, mais... Mais quoi? Un écrivain, c'est bien plus prestigieux qu'un athlète. Bien sûr, si ça peut t'aider à continuer à écrire, frère.

La rage au cœur

Ce n'est pas le sexe qui a inventé le sida. C'est le dégoût du sexe qui l'a créé. Son dégoût occidental. Et qui paie les pots cassés aujourd'hui? Encore le tiers-monde. On ne se rend pas compte que le sexe reste l'unique loisir productif des pauvres. Le tiers-monde existe aussi en Amérique du Nord. Ce sont les ghettos où pullule une fourmilière noire, pauvre, analphabète, et où les filles-mères confondent encore la cocaïne (plutôt le crack) avec le lait en poudre. L'enfant naîtra aveugle, drogué, malade. Pourtant, il ne mourra pas de cela, mais d'une balle dans la tête au coin de la 125e Rue et de Broadway. C'est dans un tel contexte que le rap est apparu.

— Mais c'est de la merde, le rap! me dit Kunta au téléphone.
— Pas si vite, frère.
— C'est quoi, alors?
— Le rap a remis la poésie au goût du jour... Depuis que les types des ghettos font du rap, tous les gosses des quartiers pauvres de la planète se sont mis à faire des rimes.
— Tu appelles ça de la poésie! C'est une mode qui passera...
— On avait dit la même chose du jazz.
— Le jazz, c'est pas pareil...

Cette grenade dans la main du jeune Nègre...

— C'est ce qu'on dit toujours... Chaque fois qu'un truc devient un classique, on oublie que ça n'a pas été sans peine...

— Qu'est-ce que tu trouves au rap, toi ?

— Moi personnellement, rien. Mais je me demande pourquoi tous ces gosses se mettent subitement à jouer avec les mots.

Silence à l'autre bout du fil. L'impression d'avoir marqué un point. Juste un point.

— Et cette rage..., j'ajoute.

— Oh! ça, c'est complètement artificiel. Dès qu'ils ont fait un disque, ils ne sont plus dans la misère.

On rit tous les deux.

— Je ne parle pas de ceux-là, je parle des gosses qui s'expriment dans les caves surchauffées, dans les cimetières d'autos ou sur les terrains vagues. Autrefois ils s'exprimaient plutôt en cassant la voiture du voisin, en foutant le feu quelque part ou en commettant un hold-up à l'épicerie du coin (jamais trop loin de chez eux, les cons!). Là maintenant, ils crachent des mots incendiaires... Bon, c'est peut-être pas un progrès, mais j'aime bien les voir s'appliquer à trouver l'insulte juste...

— Ce sont plutôt des conneries à propos des femmes, me rétorque Kunta. Bien sûr qu'ils veulent tuer tous les policiers, mais ça les mène où ? Il y en aura toujours d'autres... Et puis, on n'est plus dans les années 60. Le véritable ennemi, ce n'est plus le policier, ce sont les hommes d'affaires de Wall Street. Ceux qui peuvent faire crever un pays du tiers-monde depuis leur tour de verre.

— Oh là, Kunta, comment veux-tu que je te réponde si tu me lances mes propres arguments. J'ai l'impression de discuter avec moi-même...

— Tu n'as peut-être pas tort...

Il rit avant de raccrocher.

Suis-je en train de discuter avec moi-même ? Ai-je inventé ce type pour ne pas être seul ? Pourtant le chèque est bien vrai. Mon loyer est payé. Faut dire que toute l'affaire me paraît brusquement suspecte. Des gens dont je n'ai aucune idée m'appellent au moment même où je sombrais dans une dépression économique grave pour me proposer un long reportage sur l'Amérique. Un type que je ne connais pas a donné mes coordonnées à des gens que je connais encore moins. On avait fait filer Norman Mailer. On avait mis sur table d'écoute James Baldwin. Le dossier du FBI sur William Styron est assez épais. Il y a lieu de se méfier un peu. Alors qu'est-ce qu'il faut faire ? Pour leur échapper, il faut vivre au premier degré : être qui on est. Ils veulent toujours savoir vos secrets. Les écrire tous. Pas de secret, c'est mon plus intime secret. De toute façon, il y a une zone impénétrable en nous que le plus fin agent secret (adolescent, j'aimais tant ces mots : agent secret !) ne pourrait jamais pénétrer. Et si je choisissais de ne pas pénétrer dans cette grotte ? De la garder vierge ? Qu'est-ce que c'est alors qu'un secret que personne ne connaît ? Si je continue sur cette pente zen, je vais finir par ressembler à Salinger. Au fond, c'est peut-être cela le rapport de Salinger avec l'Amérique. Le rapport avec le secret. Salinger révèle son âme invisible et nous cache ce qui est visible, son corps. Au fond, c'est une façon de protéger son âme. Il nous lance sur une fausse piste. Et l'Amérique ? Si elle faisait comme Salinger : révéler plutôt son corps en cachant son âme... Je refuse de croire que ces réflexions n'ont pour cause que la bière. Je crois que ce sont les fruits d'une longue quête métaphysique.

C'est dans le noir qu'un écrivain nègre réfléchit vraiment

T'auras besoin de souffle, vieux. Mais ce qui est bien, c'est qu'après avoir franchi la couche d'ozone et pénétré dans l'autre espace, t'auras plus à t'en faire. Les choses rouleront toutes

Cette grenade dans la main du jeune Nègre...

seules. Elles viendront vers toi. D'elles-mêmes. Sans être désirées. Mais avant d'atteindre ce stade, ce qu'il faut trimer dur! Il y a toujours un nœud très serré et l'on croit qu'on n'arrivera jamais à le défaire. C'est à ce moment-là qu'il faut s'armer de patience, et doucement, veinule par veinule, en venir à bout. Et ce ne sera pas fini pour autant. Un autre nœud plus terrible se présentera et il vous faudra encore plus de patience et, bien sûr, avant de venir à bout de tous ces nœuds, vous aurez plus de soixante ans et vous pourrez dire que vous vous êtes fait baiser. Alors, efface-moi tout ça. On recommence, frère. Il faut tout simplement arrêter d'y penser et ça arrivera tout seul, comme un orgasme ininterrompu. Le pied, quoi! On se lève un matin et on se met à taper comme un dératé le bref roman que le monde entier attend avec impatience. Tu te dis: « C'est pas vrai, ça ne peut pas être aussi facile, il doit y avoir quelque chose qui cloche en moi. Je ne me sens pas tout à fait moi-même. C'est qui, le petit malin qui est en train de me jouer ce sale tour? » Et malgré tout, ça continue, tu continues à taper comme un dingue. T'as pas faim, t'as pas soif, t'as même pas envie de baiser. T'es tout simplement dans un état second et t'es sûr que si tu t'arrêtes, ça ne reviendra plus jamais. Alors tu continues. Tu ne sais plus trop ce que tu écris, mais tu sens que c'est au-dessus de tes forces, qu'il y a quelqu'un d'autre dans la pièce, juste derrière toi. Le souffle du Malin sur ta nuque. Finalement, tu courbes la tête en murmurant un sabir totalement inconnu de toi. Tu es possédé, vieux. Le Malin t'habite. Malheureusement, ce genre de chose n'arrive jamais dans la vie. Disons dans ma vie. Eh bien, vieux, tu te trompes, c'est déjà arrivé. À qui? Regarde autour de toi. Non, pas par la fenêtre. Dans ta petite bibliothèque. C'est ça. *Le Petit Prince*. Hein! une cinquantaine de pages dactylographiées. Et hop! Pour l'éternité. Ni vu ni connu. Juste pour faire chier les Américains avec leurs gros bouquins de pas moins de six cents pages dactylographiées à simple interligne. Et chaque page bourrée d'informations précises sur les personnages (ce qu'ils mangent, boivent, portent sur eux, et où ils vont, et le nom du bar où ils prennent un coup, et le nom de la boisson, et la recette du cocktail, etc.). À ce compte, on fait six cents pages en moins d'un mois de travail. Pourquoi pas dix mille pages, hein ? On n'en a jamais assez. Il faut en couvrir la terre. Ces gens n'ont rien à dire et il leur faut trois tomes pour le dire. Et le public ? Le public, monsieur, il est impressionné par un tel volume (cinq kilos) et achète ces paquets de légumes fades bien ficelés sans regarder à la qualité : « Mettez-m'en deux autres encore, madame, plus le gros qui se cache tout penaud derrière Michener, non non non et non, pas Stephen King, celui-là, je ne peux vraiment pas le supporter. Il paraît que ce sont des extraterrestres qui écrivent ses bouquins, ses nègres viennent de Mars. J'ai lu ça dans *World News*, et si c'est vraiment lui l'auteur de ces gros bouquins, je trouve qu'il écrit trop souvent, je n'aime pas ça, ça doit cacher quelque chose, un vice vous savez, et ce type écrit si vite que, chaque fois que je commence un de ses livres, il y en a un autre qui sort, vous trouvez ça normal, vous ? Bon, je crois que je vais reprendre du Irving, j'aime bien les ours et j'espère qu'il y en a dans celui-là... Oui, ça va pour aujourd'hui, vous savez, c'est un long week-end et j'emmène tout le monde à Disneyworld... » Et ces types, frère, je parle des Irving, Michener, King (j'oublie volontiers ceux qui sont à la fois indigestes et inconnus), ces types viennent des plus vieilles universités américaines. Ils sont donc habitués à trimer dur, à préparer de copieux dossiers, à pondre de volumineux mémoires, et tout cela ressemble bien à leur manière de s'habiller, de danser, de faire l'amour... Cette foi... Cette persévérance... Ce sens du travail de longue haleine... Cette mauvaise haleine... Tout ça pour pouvoir noircir une tonne de papier de mots vides de sens. Une histoire sans perspective de fond. Alors que *Le Petit Prince* reste là, couché verticalement dans la bibliothèque, attendant patiemment les siècles à venir comme un enfant sage. Comme ce serait une douce revanche contre ces pollueurs de faire quelque chose comme ça, quelque chose d'aussi doux, d'aussi rond, d'aussi pur que le chef-d'œuvre de Saint-Exupéry et de s'acheter une Jaguar avec l'argent que ça rapporterait. Si le Saint-Esprit existe, c'est le moment pour lui de se manifester. Et c'est sa dernière chance.

Pourquoi je me mets dans un tel état ? Mais que puis-je faire d'autre, couché ainsi dans le noir avec la fenêtre ouverte sur cet immense ciel américain ?

Le départ

Je crois qu'il est temps de partir. Je sors un vieux sac en cuir brun où je fourre quelques T-shirts, trois jeans, des sous-vêtements, une paire de tennis, deux paires de sandales, un rasoir électrique, un appareil photo bon marché, des fruits séchés, un savon, une brosse à dents, un tube de dentifrice, quelques bouquins (Dostoïevski, Naipaul, Salinger, Kerouac et surtout Walt Whitman), des crayons, un taille-crayon et une dizaine de calepins achetés chez Pilon.

C'est ainsi équipé que je compte traverser l'Amérique.

Sous les eaux

Je rencontre Bouba près du terminus Voyageur, pas loin des autobus Greyhound qui vont dans toutes les directions aux États-Unis. Bouba, mon vieux complice des bons mais surtout des mauvais jours. Le seul être humain avec qui je peux rester des heures sans parler. Pas besoin de mots avec Bouba. Il comprend tout de l'intérieur. Je ne pense pas qu'il y ait quelqu'un de plus libre que Bouba. Il fait strictement ce qu'il veut. Il dort à toute heure, mange ce qu'il veut, s'habille comme il veut. Sa liberté de penser est totale. Il change d'opinion souvent au milieu d'une argumentation. Je ne l'avais pas vu depuis trois semaines. Cela lui prend quelquefois de partir sans laisser de traces.

— Oui, me dit-il, je rentre sous les eaux.
— Pour combien de temps ?
— Je ne sais pas.
— Je comprends.
— J'ai envie de disparaître... Et toi ?
— Je fais un reportage. Je dois voyager à travers les États-Unis.
— Je vois, fait-il avec un mince sourire.
Un temps.
— Tu as une adresse ? je demande.
— Non... Bon, je dois aller...

Le dos de Bouba. Et la jeune femme que je venais de rencontrer dans un bar, déjà si intriguée par Bouba. Le voilà parti me laissant encore une fois un cadavre sur les bras. Bouba ne s'en est même pas rendu compte.

DEUXIÈME PARTIE

Le voyage

Un compagnon de route

Le soir, je me couche avec, ouvert sur mon lit d'hôtel (un Days Inn trouvé pas loin de l'autoroute), comme une carte d'état-major, le grand livre de Walt Whitman : *Feuilles d'herbe*.

Là, je viens de me réveiller en pleine nuit, ne sachant plus où je me trouve. Complètement perdu dans ce monde si étrange de banalité.

Oh prends ma main, Walt Whitman !

Il me dit ce que j'ai envie de lui dire. Il le fait pour que je n'aie pas l'air de mendier son aide. Je ne veux que sa présence dans cette chambre. Qu'est-ce que je fais ici ? Qu'est-ce qui m'arrive ? À quoi rime ce jeu ? Je ne le sais pas. Et voilà que Whitman me propose cette séduisante lecture du temps. Par simple générosité. Il tente une fois de plus, à sa manière, d'enlever l'étiquette sur le cadeau.

Plein de vie, aujourd'hui, compact, visible,
Moi, âgé de quarante ans en l'an quatre-vingt-trois des
États-Unis,

*Je te cherche, toi, dans un siècle ou dans beaucoup de siècles,
Toi, qui n'es pas né, je te cherche
Tu es en train de me lire. Et maintenant, c'est moi qui suis invisible,
C'est toi, compact, visible, qui perçois les vers et qui me cherches.*

En roulant vers le Sud

J'ai pris l'autobus Greyhound, hier soir. On a roulé toute la nuit. J'ai lu un peu. J'ai dormi aussi. L'autobus s'est arrêté finalement dans cette minuscule ville du sud des États-Unis qui porte un nom de capitale européenne (Rome, Paris ou Berlin).

Je jette un coup d'œil par la vitre. La station-service éclaire un large périmètre d'une sorte de lumière blafarde. Un chien hurle dans la nuit. J'ai si souvent vu cette scène dans les mauvais films expressionnistes allemands. On est sûrement à Berlin, USA. La porte de l'autobus s'ouvre brusquement. Le chauffeur l'a actionnée avec cette manette près du volant. Tout le monde se précipite dehors pour se dégourdir les jambes. Je reste à mon siège, feuilletant le bouquin de Naipaul (*Une virée dans le Sud*) que je traîne depuis un certain moment avec moi. Mon sentiment reste ambivalent face à Naipaul. Je le tiens pour un maître de la prose calme, solide, bien balancée, sans oublier ce petit feu de l'ironie qu'il entretient sans cesse entre les lignes de la narration, et, en même temps, je ne puis échapper à ce gaz d'ennui que distillent constamment ses phrases volontairement lourdes. Il faut lire Naipaul avec un masque quelquefois.

Une demi-heure plus tard, les revoilà de nouveau, avec les bruits des corps un peu plus frais, les fins de conversation, les pas un peu plus vifs. Le troupeau rentre à l'étable. Le chauffeur a accepté une

Cette grenade dans la main du jeune Nègre...

douzaine de nouveaux passagers, qu'il place çà et là. Cela crée un joli mouvement dans cette nuit opaque. À part la station-service outrageusement illuminée, tout baigne dans une nuit d'encre. Je peux à peine distinguer quelques maisons faiblement éclairées. Les gens dorment en laissant la télé allumée. Le chauffeur indique à une jeune fille le siège vide à ma gauche. Il me fait un clin d'œil en retournant vers le volant. La jeune fille place tranquillement sa valise sous son siège. Je la regarde faire. Elle me sourit tout en sortant un livre de son sac. Un de ces best-sellers que j'ai en horreur. D'après l'illustration, il s'agit encore une fois d'une de ces histoires du Sud. Quand on a lu *Autant en emporte le vent*, on les a tous lus. Je sors machinalement mon calepin et commence à griffonner quelques notes. L'autobus, la nuit. Le Sud. Je pense à Styron qui a bien défendu d'une certaine manière ce terrible sud des États-Unis d'Amérique. Styron est un honnête homme et un écrivain admirable. Je respecte son angoisse. Je pense aussi à Faulkner. Ce Faulkner rêvant aux esclaves de sa ferme ancestrale. Du temps béni de l'esclavage dans le bon vieux Sud. Ce pauvre Faulkner est resté accroché à ce temps. Les Nègres en sueur dans les champs de coton. Je vois la colère de Baldwin. Je peux comprendre Baldwin. Baldwin contre Faulkner. Ce Faulkner qui voulait que les Nègres patientent encore un peu pour ne pas trop perturber la psychologie trop fragile du Blanc du Sud. Et Baldwin qui sentait que tout cela allait péter à la face de cette Amérique insouciante. Faulkner face à Baldwin. Le grand écrivain du Sud, Prix Nobel, le gentleman-farmer aux mœurs rustaudes face à ce génial maigrichon de Harlem. Faulkner est un immense écrivain qui n'a jamais pu se mettre dans la peau d'un Nègre du Sud. Il est resté aveugle devant le plus grand scandale : l'esclavage. Aveugle, sourd et muet. Le plus grand chantre de l'Amérique. On a tous nos limites. Baldwin est le jeune prophète qui annonce l'apocalypse. La prochaine fois, le feu. Quelle impression cela me fait-il d'être assis à côté d'une fille du Sud ? Calmons-nous, ce n'est quand même pas l'Afrique du Sud. Je déteste les gens qui perdent les pédales à la moindre évocation d'un geste raciste ou qui n'hésitent pas à évoquer Hitler pour le moindre dictateur de province. La mesure, frère. Juste à cet instant, elle se tourne vers moi. Elle aimerait savoir si cela me dérangerait de lui céder ma place près de la fenêtre. Elle est un peu claustrophobe. Qu'est-ce que je dois penser d'une jeune fille si fragile ? Il n'y a que les Noirs du Sud qui en savent quelque chose. Voilà cette gentille fille, un peu malade, qui doit avoir des parents sympathiques, des amis attentifs, des voisins chaleureux (selon la bonne vieille manière sudiste). Tout ce monde va à l'église chaque dimanche, se démène pour une œuvre de charité, fait du bénévolat dans un hôpital, un hospice ou un orphelinat. Je crois sincèrement que le Sud regorge de saints. Alors qu'est-ce qui cloche ? Comment est-il possible que ces mêmes gens fassent partie du Ku Klux Klan, oublient ostensiblement de commémorer l'anniversaire de Martin Luther King, se battent contre l'intégration des Noirs dans les écoles (il n'y a pas si longtemps, frère) ou déguerpissent chaque fois qu'une honorable famille noire s'installe dans le voisinage ? Bien sûr, ça s'explique facilement par l'Histoire. Nombreuses petites histoires individuelles qui, comme des rivières, viennent se jeter dans le grand fleuve... La plupart des gens du Sud sont loin d'être racistes, alors que le même Sud reste violemment raciste. Que faut-il comprendre à cela ? Ce pays raciste où personne n'est raciste, cela demeure un mystère pour moi. Il m'est pratiquement impossible de voir simplement un individu comme un autre quand je rencontre quelqu'un du sud des États-Unis. L'Histoire défile, chaque fois, en accéléré devant mes yeux. Cet exercice m'épuise. À quoi bon penser à ce genre de chose ? Rien ne sera réglé parce que je me fais du mauvais sang. Je dors un peu. Je peux dormir et même rêver dans n'importe quelles conditions. Un don, frère. Je me réveille quand l'autobus s'arrête dans une petite ville pareille à la première et probablement semblable à la suivante. La même foule se précipite hors de l'autobus, assoiffée encore d'air pur. Une autre station-service violemment éclairée. On dirait la structure d'un cauchemar. Le cauchemar climatisé de Miller. Je ne bouge toujours pas de mon siège. Les petites villes américaines m'indisposent. Chaque fois, la même question stupide : Comment se fait-il que des gens choisissent de vivre dans de tels trous? Remarque, je ne me pose jamais cette question en Afrique ou en Amérique du Sud. Ces petites villes américaines sont sans odeurs, sans couleurs et sans germes de maladie (sauf celui de la bêtise). Ces petites villes m'apparaissent comme un reproche personnel. Chacune semble toujours me dire : « Vous allez partir dans un quart d'heure et je sais que vous ne reviendrez plus jamais ici. » Comme elles ont raison! Et c'est ça qui me fend le cœur. En Amérique, je ne visite que les grandes villes. Je n'arrive pas à accepter que les gens soient si dépourvus de la moindre parcelle d'ambition. Ce que les intellectuels de Harvard appellent Americana me donne envie de vomir. Il n'y a qu'Erskine Caldwell pour lui trouver un certain intérêt. Mais Caldwell n'est pas un niais, son univers n'est ni folklorique ni touristique. La voilà qui descend avec les autres. L'autobus se vide instantanément. Elle est strictement habillée, mais un œil averti (je parle de moi, frère) pourrait facilement deviner son corps sous la robe fleurie. Un corps habitué à des règles sévères. Un corps de jeune wasp dévoré de l'intérieur par la pire des vermines : l'hypocrisie sexuelle. Je l'imagine chanter dans la chorale mixte (dans le Sud, le mot « mixte » désigne le mélange racial). Mon sexe commence à durcir presque spontanément. La foule revient. À peine dix minutes pour se dégourdir les jambes et amorcer une conversation totalement dénuée d'intérêt. Les gens s'installent. Sa place reste vide. L'autobus s'enfonce dans la nuit jusqu'à la prochaine minable petite ville du Sud. Je reprends le livre de Naipaul et m'endors tout de suite après une dizaine de phrases.

Buffet froid

On se met en ligne devant un buffet froid dans cette petite ville du Midwest (je n'ai pas fait attention à son nom pourtant bien affiché sur une pancarte plantée au milieu d'un joli parterre de fleurs). Devant moi, une jeune étudiante de l'Université de Chicago (je vois cela à son T-shirt). Sa nuque m'intimide. Elle me dépasse d'une bonne tête. Des épaules de joueuse de water-polo. Des muscles qui semblent bouger selon sa volonté. Des seins énormes et fermes, pareils à deux ballons de basket-ball. (Comment lui mettre la main au panier ? Opération bien périlleuse.) Je cherche quelque chose de féminin chez elle, de féminin selon le sens commun. Une sorte de fenêtre par où entrer. Mais la jeune étudiante américaine se trouve nettement à l'opposé de la geisha. C'est une autre espèce. Je crois que si j'avais l'audace de la frôler, elle m'étendrait par terre d'un revers de sa large main. Comment aborder un tel mastodonte ? Peut-être en y allant le plus simplement du monde.

— Bonjour...

Un long moment de silence. J'attends fébrilement. Finalement, elle se tourne lentement vers moi et me regarde droit dans les yeux. Jusqu'alors, je croyais naïvement que le mot « bonjour » était le plus inoffensif de la langue. Un doux souhait assez circonscrit dans le temps. Je ne lui souhaitais pas une bonne semaine ni même une bonne année. C'est un bonjour universellement admis. Ma voix était dénuée de toute agressivité. Je m'étais dégriffé avant de lui parler. Elle m'interrogeait des yeux, voulant que je lui répète ce que je venais de dire. Cela prenait un tour trop sérieux à mon goût. Comment répéter un simple bonjour sans paraître niais ? Vraiment, je commençais à me sentir ridicule. Je regarde cette mâchoire carrée. C'est sûr, je n'y couperai pas.

— Je vous disais simplement bonjour...

Brusquement, son visage s'éclaire. Littéralement. Quel sourire radieux ! J'avais devant moi une rougissante adolescente dans un corps géant. Elle se met à bégayer.

— Bbbonjour...

Elle lance son buste (Oh, Seigneur !) vers moi dans ce mouvement naturel chez elle, mais elle se retient à la dernière seconde pour me tendre la main.

Cette grenade dans la main du jeune Nègre...

— Je m'appelle Andrea Parker. Je viens de la Géorgie, mais j'étudie à Ann Arbor. En ce moment, je vais voir ma tante en Oklahoma, à Muskogee. J'adore ce restaurant. Ils ont toujours une bonne salade russe. Et puis le poulet est si bon. Il ne faut pas que j'en mange trop. J'essaie de me retenir au début, mais c'est si bon que je finis toujours par me laisser aller. Et après, je me mets au régime pendant au moins une semaine. Et tout ce temps, je ne pense qu'à une chose : le moment où je pourrai revenir. C'est pas que je sois gloutonne, mais c'est trop bon. Enfin, tu verras... C'est la première fois que tu viens ici ?

Elle me fait ce franc sourire. Solides dents jaune pâle.

— Ici dans cette ville ou ici dans ce restaurant ?

Elle rit.

— OK, dans ce restaurant, mais pas dans cette ville.

— Vous voulez dire que c'est une chaîne ?

Elle hoche violemment la tête.

— Oui.

— Et ça a le même goût partout ?

— Exactement, hurle-t-elle presque.

— Je croyais que chaque cuisinier avait une manière particulière de cuisiner, une façon de mélanger les épices, un temps de cuisson différent, ce qui fait qu'on constate des différences dans le goût du plat selon le tempérament du cuisinier. Et les amateurs comparent...

Elle semble enchantée.

— C'est la même chose, mais c'est la chaîne qui a ce rôle... Tu vois, on n'a pas attendu trop longtemps. Maintenant, laisse-moi te guider... On commence par la salade russe ?

— D'accord.

Elle se tourne brusquement vers moi.

— Tu viens d'où ?

— C'est un peu compliqué...

Regard aigu.

— Tu es monté dans l'autobus à quelle ville ? me demande-t-elle avec un chaleureux sourire.

Les Américains, malgré le fait qu'ils vivent dans un pays que des gens viennent visiter de partout dans le monde, ont encore du mal à concevoir qu'on puisse hésiter à répondre à une question qui leur semble si simple. Pour eux, tout individu rencontré sur le territoire des États-Unis, sauf les Japonais qui portent toujours deux appareils photo au cou, ne peut être qu'un Américain. Le pays est si grand, et à leur avis tout être humain mérite d'être américain. Pas à cause de cette arrogance qu'on leur attribue faussement, mais plutôt par une sorte de modestie: pour eux, ce pays n'appartient pas au premier arrivé. C'est, je crois, le seul peuple qui conçoit qu'on puisse être américain sans connaître un mot de la langue du pays. (Peut-on imaginer un Français qui ne parlerait pas français?) Donc, elle voulait savoir de quelle ville je venais. En Europe, c'est différent, il faut traduire la question « D'où venez-vous ? » par « De quelle race êtes-vous ? » tandis qu'en Afrique, ce serait plutôt « À quel clan ou à quelle tribu appartenez-vous ? »

— J'ai pris l'autobus à Montréal.

C'est ce qu'elle voulait savoir. Cette anodine question exige tellement d'analyses complexes qu'elle finit toujours par m'épuiser.

— Montréal ! Je ne connais pas cette ville, mais ma meilleure amie, Pat, est allée au Festival de jazz l'été dernier. Elle a adoré. Veux-tu un peu plus de salade ? Tu peux en prendre tant que tu veux...

C'est la dernière chose que l'Amérique a inventée pour éliminer plus vite ses pauvres : les gaver de mauvaise nourriture jusqu'à ce qu'ils éclatent. Autrefois, les pauvres se nourrissaient des miettes qui tombaient de la table du riche. On ne mangeait pas assez, mais la nourriture était de bonne qualité. Et les diététiciens remarquaient qu'ils échappaient à certaines maladies du fait, précisément, que leur alimentation était moins grasse que celle du riche. Mais depuis qu'on a tracé une nette ligne entre la bouffe du pauvre et la nourriture du riche (une différence de qualité certaine), les choses ont dramatiquement changé. Les pauvres mangent beaucoup plus (la mauvaise bouffe coûtant moins cher, on peut donc y aller sur la quantité) et beaucoup plus gras. Ils ont développé le goût du gras.

— C'est difficile de résister à de si bonnes choses, jette-t-elle avec ce sourire contrit...

Et plus on mange, plus on devient dépendant de la nourriture. C'est, je crois, la plus dangereuse des drogues aujourd'hui (la cocaïne est interdite ; l'alcool, à peine toléré ; et la cigarette, traquée).

— J'ai un truc, tu sais, me chuchote-t-elle, je fais une montagne dans mon assiette et cela m'écœure tellement que je finis par manger très peu. Avant, je me préparais une petite portion, mais j'en reprenais toujours trois ou quatre fois. Au bout du compte, cela faisait un grand plat. Mais depuis quelque temps, je remarque que je prends un véritable plaisir à simplement regarder. Peut-être qu'on grossit même ainsi.

— Bon, dis-je, je crois que mon autobus va partir...

Elle se jette cette fois-ci dans mes bras. Le choc des seins. Quel élan ! Je lui souhaite de trouver un type qui aura tout son temps pour s'occuper d'elle. Quelqu'un de vraiment pas pressé. Je passerais des journées à l'entendre gémir doucement. Une psalmodie. Calmer cette obsession de la bouffe par le sexe.

Petite histoire politique du corps

C'est difficile de savoir exactement à quel moment le changement s'opéra, mais c'est sûr que ce fut une de ces dates importantes dans l'histoire de l'humanité. Car jamais auparavant le maigre n'a eu autant raison sur le gras. Bien sûr, c'est une des plus vieilles luttes qui soient. Celle du maigre face au gras. Pour mesurer la puissance de feu en action, il faut comprendre que la bataille pourtant si médiatisée qui oppose, aujourd'hui, les fumeurs aux non-fumeurs n'est qu'une petite plaisanterie très circonscrite dans le temps. Le maigre fait la guerre au gras depuis la nuit des temps. Pendant des siècles, le maigre a représenté celui qui n'arrive pas à se nourrir. Et le gras symbolisait l'opulence, la richesse, le bonheur. Dans la Rome des César, l'obèse régnait. Les sénateurs romains avaient défini une fois pour toutes la ligne masculine. Le corps se développait sans contrainte sous la toge. Et voilà que l'Amérique vient de changer complètement la donne dans cet affrontement. On n'est plus maigre parce qu'on ne peut pas se nourrir, on est maigre parce qu'on parvient à dominer ses appétits bestiaux. Le maigre a un esprit, tandis que le gras n'a qu'un corps. Et le poids de son corps le retient au sol, alors que le maigre fuse vers les hautes sphères de la pensée. Hollywood face au ghetto noir. Au-delà de la taille 6, à Hollywood, vous êtes considéré comme un gras. Dans le ghetto, si vous arrivez à passer, sans difficulté, la porte du McDonald's de votre quartier, on vous prend pour un maigre. L'humanité, dans un esprit de justice, a toujours rêvé qu'un jour toute la planète pourra manger à sa faim. On commence à paniquer à l'idée d'une telle possibilité, maintenant que l'Amérique a inventé ce nouveau poison de masse : la nourriture qui tue.

Soap opera

Elle est assise à côté de moi dans l'autobus. Un visage assez asiatique, mais je n'en suis pas sûr. Les Chinoises (elle est peut-être vietnamienne) ont une façon de bouger que je ne retrouve pas chez elle. Ah oui, je vois, c'est peut-être une Cubaine ou une Jamaïcaine. Comme le peintre cubain Wilfredo Lam. Toujours étonnant de voir quelqu'un avec des traits asiatiques et une manière d'être caribéenne. Mais là, elle ne bouge plus. Les yeux fermés, elle écoute sûrement de la musique dans son walkman. L'autobus continue son chemin. Je sors mon Whitman, comme d'autres sortent leur revolver. Vous ne me croirez pas, je l'ai à peine ouvert que je tombe sur ce poème.

> *Étranger qui passes! Tu ne sais pas avec quelle*
> *ardeur je te regarde,*
> *Tu dois être celui que je cherchais ou celle que*
> *je cherchais (cela me vient comme en rêve)*

Peut-être que je délire, mais j'ai l'impression que Walt Whitman (WW) est en train de décrire chaque étape de mon voyage. Il est donc avec moi. Tout à côté. M'accompagnant. Quel compagnon!

La femme vient d'ouvrir les yeux. Elle enlève le walkman de son oreille et me sourit.

— Vous aimez la musique?

— Non, fait-elle d'une voix mélodieuse, j'écoutais une émission de télé...

— Ah bon...

Elle sourit.

— C'est un soap opera... Je peux l'écouter à la radio quand je ne suis pas à la maison.

— C'est quoi, un soap opera?

Elle rit.

— Vraiment? C'est une histoire à épisodes qu'on passe durant la journée pour que les ménagères comme moi ne s'ennuient pas trop à la maison. Il y en a plusieurs comme ça. Je suis celui-ci depuis mon arrivée aux États-Unis en 1965.

Elle remarque mon étonnement.

— Cela fait un moment, hein! Au début, cela ne m'intéressait pas. J'allais à l'université. J'étudiais en pharmacie. Ce sont des études qui nécessitent une grande concentration. Je cherchais quand même un moyen pour me détendre, mais j'étais trop timide pour me risquer à des aventures. Je ne sortais presque pas. Un jour, une amie est venue dans ma chambre. Comme on causait, elle devenait de plus en plus excitée. J'ai voulu savoir ce qui se passait. Finalement, elle m'a demandé si elle pouvait se servir de ma télé. Je ne comprenais pas une telle frénésie. Je ne regardais que les nouvelles à la télé, simplement pour les images, sinon je m'informais en lisant le *New York Times*. L'émission venait de commencer. Cela fait assez longtemps, mais je la vois encore. Elle s'est assise en tailleur sur le plancher et elle a regardé l'émission avec une attention que je n'ai pas souvent vue ailleurs, sauf chez les chercheurs en biologie.

— Et c'est en regardant avec elle que...

— Non, non, non, fait-elle en riant, ce n'était pas du tout mon genre. Je trouvais que cela ne concordait pas avec le comportement d'une universitaire. J'étais très rigide à l'époque. J'avais toujours détesté les romans à l'eau de rose. J'étais très loin de tout ça. Je n'ai fait aucun commentaire, ce n'est pas mon genre de faire des commentaires sur les choix des gens, mais cela ne me convenait pas...

— Et quand est-ce que ça a commencé à vous intéresser?

— Un jour que j'étais vraiment déprimée, dit-elle avec un discret sourire, j'ai allumé la télé et je suis tombée sur la même émission. Pour l'avoir regardée déjà une fois avec mon amie, j'avais l'impression de connaître un peu les personnages, comme des gens qu'on a déjà croisés dans un ascenseur, pas plus. Vous savez, ce n'est pas différent de l'héroïne. Je suis pharmacienne, je connais bien les drogues et la question de la dépendance. J'ai vraiment l'impression qu'ils ont trafiqué ces histoires de manière à créer une totale dépendance chez les spectateurs. Et, comme pour l'héroïne, il suffit d'y goûter une seule fois, et vous êtes fait. J'écoute cette émission depuis plus de trente ans. Les mêmes histoires reviennent : adultère, jalousie, trahison, désir, mariage, fiançailles, rupture... Chaque jour. Et quand je ne suis pas à la maison, je l'écoute sur mon walkman. Je sais tout ce qui se passe chez ces gens dans les moindres détails. Nous sommes devenus, dans ce pays, une nation de voyeurs.

— C'est la drogue légale !

Elle sourit tristement.

— Absolument, monsieur, et on peut dire qu'elle est très encouragée. Concoctée spécialement pour les ménagères comme moi ou les femmes à la retraite. Ici, toutes les femmes écoutent les soap operas : les riches comme les pauvres, les intellectuelles comme les analphabètes. Naturellement, certaines personnes ne l'avoueront jamais, mais il suffit de donner un avis sur un personnage, Erica, par exemple, pour qu'elles s'en mêlent avec passion.

— Et on peut l'écouter partout.

— Partout... Dans les supermarchés aussi. C'est pour cela qu'il y a des télés partout dans ce pays. Ici, ce sont les femmes qui achètent, donc ce sont elles qui se promènent dans les magasins. Alors les commerçants placent des télés partout. Je vais vous raconter une histoire : lors de la guerre contre l'Irak, eh bien, le président des États-Unis, pensant que la nouvelle avait une certaine importance, avait interrompu les soap operas pour annoncer officiellement qu'on venait d'entrer en guerre, eh bien, les chaînes de télévision n'ont jamais reçu autant d'appels de protestation de la part des ménagères de banlieue. Bush déclarait la guerre à l'Irak et les femmes américaines déclaraient la guerre à Bush. De quel droit avait-il osé interrompre leurs émissions favorites ?

— Au fond, chacun défendait son terrain de jeu. On ne doit pas déranger l'Amérique quand elle écoute les soap operas. C'est le territoire des femmes. On n'y touche pas. La guerre est réservée aux hommes. Les sentiments, c'est pour les femmes.

Un rire clair de jeune fille.

— C'est exactement ça...

Elle jette un coup d'œil sur sa montre et remet précipitamment son walkman en me faisant un sourire complice.

Mythologies américaines

De si jolies petites universités

Les jeunes Américains n'ont pas peur de se déplacer (souvent très loin de leur résidence) pour aller à l'université. C'est leur seule chance de visiter cet immense pays. On les voit partir, sac au dos. Mom et Dad les accompagnent à la gare. Souvent, Mom fait une visite à l'université pour aider sa fille à s'installer. Dad s'informe pour savoir s'ils ont une bonne équipe de football là-bas. Mom cherche à localiser l'hôpital, le supermarché ou la pharmacie la plus proche. Durant cette visite, Mom inspecte frénétiquement les placards de la minuscule chambre. Dad repère facilement un autre père dans le couloir pour encore discuter des chances de l'équipe de football cette année. C'est ainsi surtout dans ces petites universités du Midwest. L'autobus passe devant Hillsdale, à la façade parfaite. Château fort de la morale protestante. Construite en 1844, c'est une des plus vieilles universités américaines, très fière de son passé libéral. En effet, bien avant la guerre de Sécession, Hillsdale acceptait en son sein les femmes et les Noirs. Mais, étrangement, quand le gouvernement exige de toutes les universités qui reçoivent des subsides de l'État qu'elles acceptent un quota de Noirs et de femmes, Hillsdale, brutalement, se retire de tous les programmes de subventions gouvernementales. La fierté wasp. Faire marcher une université, même aussi petite, coûte une fortune. Il fallait un homme jeune, énergique, charismatique, beau (un de ces nombreux clones de John Kennedy) pour ramasser assez d'argent afin que Hillsdale puisse garder son rang. Le voilà, George Roche, un jeune homme de trente-cinq ans qui vient de battre cent trente candidats dans cette féroce course à la présidence de Hillsdale. Il bouscule tout le monde, mais à sa manière (un cocktail corsé de brutalité, de séduction et de finesse). En termes plus crus : un coup de poing suivi d'une caresse. Il fait si bien que l'administration lui donne en cadeau une magnifique Porsche gris métallisé et un salaire annuel de plus d'un demi-million de dollars. Son dynamisme

Cette grenade dans la main du jeune Nègre...

rapporte annuellement 325 millions (seulement avec les collectes de fonds) à l'université. En un rien de temps, cette petite université sommeillante est devenue un des centres intellectuels les plus actifs des États-Unis. Bon, c'est encore très conservateur, mais la direction se démène pour inviter de temps en temps des intellectuels d'envergure nationale. Et tous ne sont pas des conservateurs. Ces initiatives ont fini par porter fruit. De partout aux États-Unis des étudiants arrivent à Hillsdale, qui n'est pourtant pas la plus prestigieuse des universités de cette taille. Quelqu'un a lancé le nom de « Harvard du Midwest ». Très rapidement, les bonzes du Parti républicain ont commencé à s'intéresser à ce jeune président d'université si dynamique qui refuse de se conformer au goût du jour. Reagan acquiesce à la politique de *radical academic* de George Roche. Tout dans l'apprentissage. Hillsdale entend former des jeunes gens forts, confiants, honnêtes. Cette mission que se donnent les autorités de Hillsdale atteint la famille américaine en plein cœur, ces gens qu'effrayait le libéralisme effréné de Columbia, Yale, Princeton ou même Harvard. La solution, ce sont les petites universités à dimension humaine (on fait le tour de Hillsdale en moins d'une demi-heure). Cette philosophie janséniste attire une jeune fille idéaliste de dix-sept ans : Lissa Jackson. Elle participait auparavant à une expérience (Flint School) aux États-Unis, selon laquelle les cours se donnaient sur un bateau. Le sentiment d'être hors du monde (les nuits étoilées en pleine mer) favorise le romantisme de ces jeunes protestants. Il faut ajouter aussi la lecture d'Ayn Rand, ce gourou de la droite américaine. Elle propose, dans ses romans et ses essais, rien de moins qu'un mélange explosif d'agressivité extrême, d'égoïsme forcené et de capitalisme sauvage. Son grand livre, *Atlas Shrugged*, un gros pavé de mille pages, reste la bible des jeunes conservateurs américains. Pour Ayn Rand (elle s'est réfugiée aux États-Unis, fuyant très tôt le stalinisme), l'idéal de la femme, c'est de trouver l'homme exceptionnel qu'elle pourra servir aveuglément. Il faut imaginer toutes ces jeunes filles des riches familles de province à la recherche non pas d'un mari comme leurs mères des années 50, mais plutôt d'un homme avec un destin. Lissa Jackson a vite trouvé le sien : George Roche. Comme il est déjà marié, elle s'arrange pour épouser son fils, George Roche IV, qu'on appelle simplement IV. Mais IV est différent de son père. Autant George Roche est impérial et charismatique, autant IV est timide et renfermé. Lissa n'en a cure, c'est George Roche l'homme de sa vie. Elle le dit souvent, même en présence de son mari, ce qui gêne un peu les invités. Lissa voue toute son énergie à la réussite de Hillsdale et se dévoue entièrement à George Roche. Elle devient rapidement sa maîtresse et, à partir de ce moment, elle occupe tout l'espace possible (elle a commencé à grossir en même temps), reléguant littéralement au second plan June Roche, l'épouse de George. Disons à sa décharge que c'est une rude travailleuse qui veille à tout. Quand des hommes influents viennent donner des conférences à l'université, elle se place à la porte de l'auditorium pour refiler des questions intéressantes aux étudiants afin qu'ils puissent faire bonne impression sur ces hommes puissants qui ne manqueront pas de répandre la bonne nouvelle que Hillsdale est la nouvelle mecque intellectuelle américaine. Elle s'occupe du niveau intellectuel de l'université, du journal, des collectes de fonds (une importante part de son travail) et aussi de toute la paperasse administrative, et cela sans jamais une seule plainte. Une bonne disciple d'Ayn Rand. George Roche a ainsi plus de temps pour voyager, pour accepter certaines fonctions prestigieuses dans le gouvernement de Reagan ou passer de longs après-midi à discuter de l'avenir moral de la jeunesse américaine avec des personnalités éminentes du Parti républicain. Le sale travail est dévolu à Lissa. Plus le temps passe, plus George Roche se raidit, son ton devient plus moralisateur. Il se met à servir des homélies à quiconque pénètre dans son bureau. Il n'est plus ce « conservateur progressiste », comme il le prétendait, mais de plus en plus un vieux con. Et Lissa commence à ruer dans les brancards. Elle lui demande des comptes. On ne parle plus d'université ni de morale, mais de ce rapport plus intime entre un

Cette grenade dans la main du jeune Nègre...

homme et une femme dont il abuse depuis des années. Mis au pied du mur, George Roche se décide à quitter sa femme. June Roche raconte qu'il est arrivé dans la cuisine, un matin, et lui a annoncé qu'il divorçait. Deux heures plus tard, les papiers de divorce étaient sur la table. Un samedi, naturellement. On ne trouve personne sur un campus à qui parler les samedis, pas même un avocat. Si June souffre, cela veut dire que le moment de Lissa est enfin arrivé. Ce serait trop simple. Il divorce de sa femme et épouse sa maîtresse en titre. George est plus machiavélique que cela. Finalement, le chat sort du sac : il épouse une femme que personne dans son entourage ne connaissait. Pourtant Hillsdale est une grande famille. Les nerfs de Lissa craquent pour une fois et elle va panser sa blessure chez sa sœur à Los Angeles, laissant une lettre d'adieu pathétique. Plus tard, Lissa revient pour assister au mariage de George et de sa nouvelle femme. Pourquoi ? Eh bien, George le lui a demandé. Voilà de quoi faire un bon soap opera. On avait vu une Lissa complètement brisée filer chez sa sœur et la voilà tout sourire, les yeux étincelants. Qu'est-ce qui se passe ? Le bruit court que George quitte sa nouvelle femme. Lissa, radieuse, traverse le campus au pas de charge. Mais ce n'est pas encore fait. Et avec George, il faut s'attendre à tout. Un soir, George, qui souffre de diabète, fait une crise. Son fils va le voir à l'hôpital. À son retour, il raconte candidement à sa femme que son père s'est remis avec son épouse. Lissa devient enragée. Ce long cri de douleur et d'exaspération, elle l'avait contenu pendant des années. Rien ne peut plus la retenir. Même pas son maître en tout : George Roche. Elle oblige IV à retourner avec elle à l'hôpital et, pour la première fois, elle affronte George. Elle révèle brutalement à son propre mari et à la femme de George Roche qu'elle est depuis dix-neuf ans la maîtresse de celui-ci. Malgré l'adoration publique que Lissa voue à son beau-père, la nouvelle tombe comme une bombe. À partir de ce moment, tout court très vite vers une seule fin : le suicide de Lissa. Dans le joli pavillon au centre du campus, avec un Magnum 357, cette femme intelligente s'est brûlé la cervelle. Et le puissant et mystérieux George Roche a été obligé de démissionner. Selon June Roche, la première femme de George : « La mort de Lissa est un acte de rage et de vengeance. C'était, pour elle, la seule façon de se faire entendre vraiment par lui. »

Quand on traverse ces petites villes d'Americana avec de si prestigieuses petites universités (Amherst, Swathmore, Carleton), on a quelque mal à imaginer ce qui se passe derrière la façade de ces bâtiments en brique rouge couverts de lierre, symbole de la respectabilité intellectuelle anglo-saxonne. Ces empoignades d'ego poussent les esprits idéalistes au mieux à la dépression nerveuse, comme dans le cas d'Holden Caulfield, le protagoniste de *L'Attrape-cœur* de J. D. Salinger, au pire au suicide, comme Lissa Jackson.

Un homme enragé

Quand il s'est avancé vers moi, je n'ai pas pensé à regarder ses yeux. Peut-être que j'y aurais détecté à ce moment cette étrange lueur facilement repérable chez les gens qui se croient investis d'une mission. On en rencontre tellement aux États-Unis que je n'ai pas vu venir celui-là, et je ne m'attendais pas du tout à cette forme de combat. Trop bien habillé pour être un mendiant, mais ce n'est pas non plus un Témoin de Jéhovah (il n'a pas ce mélange de politesse et d'agressivité qui constitue leur marque de fabrique). Il ressemble plutôt à un de ces cadres de haut niveau qui vient de perdre son travail à la suite d'une imprévisible récession.

– Bonjour, monsieur…
– Bonjour.
– Puis-je vous montrer quelque chose ?

— Non merci, je ne veux rien acheter...

Il a ce brusque mouvement de recul, comme si j'avais tenté de le gifler.

— Mais je ne veux rien vous vendre, monsieur.

— Dans ce cas...

— J'aimerais vous montrer quelque chose, si vous acceptez de m'accompagner chez moi.

J'ai eu un moment d'hésitation. C'est si rare qu'un Blanc invite chez lui un Noir rencontré dans la rue. Quand cela arrive, c'est soit un sans-abri, soit un illuminé, ou un pervers. Sûrement quelqu'un qui n'a rien à perdre. Justement, moi non plus, je n'ai rien à gagner. Je voyage précisément pour rencontrer les gens. Je prends mon sac et le suis. Il n'habitait pas trop loin, dans un immeuble bien tenu, à trois coins de rue. On prend l'ascenseur. Il ouvre élégamment la porte de son appartement pour me laisser passer. Un capharnaüm.

— Mettez-vous à l'aise. Je vais vous laisser un moment, j'ai un petit problème de prostate. Je dois aller souvent aux toilettes, mais je vous reviens tout de suite.

Je n'ai jamais vu autant de papier de ma vie (livres, journaux, magazines, rapports, dossiers, enquêtes). Et tout cela couvert de corrections, d'explications, de commentaires. Dans un coin, comme des gardiens du temple (du plancher au plafond), une pile de dictionnaires, d'encyclopédies et de grammaires.

— Ne faites pas attention au désordre... Voulez-vous du café ?

— Je prendrai bien une tasse...

Il se retourne pour me sourire.

— Je ne bois que du café. Évidemment, cela me rend un brin nerveux.

Que veut-il dire par là ? Et surtout, qu'est-ce qui arrive quand il devient « un brin nerveux » ? Je l'observe en train de préparer le café minutieusement tout en griffonnant de temps en temps de vifs commentaires sur un épais numéro du *New York Times*. Finalement, le café est prêt. Il m'en sert une tasse. Très bon.

— J'ai un problème, me dit-il en se levant…
Bon, ça y est.
— Je n'arrive pas à voir une faute d'orthographe ou de grammaire sans faire une crise de nerfs.

J'aurais dû m'en douter. On rencontre souvent dans les parages des universités de ces professeurs qui ont perdu la tête à cause d'une belle et diabolique étudiante, d'un prix qu'ils n'ont pas eu, d'un collègue qu'on a favorisé à leurs dépens, ou tout simplement, ce qui est plus courant, à cause d'une profonde dépression due au surmenage. L'université ressemble en fait à une ferme où l'on pratique l'élevage de cerveaux. Certains finissent par craquer. On les garde dans les environs en leur permettant de conserver pour un moment l'appartement qu'ils occupaient du temps qu'ils étaient productifs, car on ne sait jamais avec ces gens un peu toqués. Il paraît que l'un de ces types est revenu à lui un jour et a fini par décrocher un prix Nobel.

— Je dois vous dire que, uniquement dans le *New York Times*, je trouve une trentaine de fautes par jour, et le dimanche, il m'arrive d'en récolter jusqu'à cinquante…
— Cela demande beaucoup de travail.
Il semble réfléchir un moment.
— Non, j'ai l'œil parfait.
— Ah bon, dis-je sans trop savoir ce qu'il entend par là.
— Certaines personnes, principalement des musiciens, ont l'oreille parfaite. Moi, j'ai l'œil parfait. Je n'ai qu'à jeter un seul coup d'œil sur une page de journal pour savoir combien de fautes il y a.
— Des erreurs dans un journal, c'est du genre…
Il se frappe le front contre le mur.
— Des fautes. Ce ne sont pas des erreurs. Des fautes. Ces gens-là n'ont aucune conscience. Ce ne sont pas des humains. Comment peut-on faire cela à une langue qui vous nourrit quotidiennement l'esprit! Ils ont l'esprit pollué. Et quand on leur met le nez dans leur merde, ils s'empressent de minimiser l'affaire.

Toujours des erreurs. Comment peut-on faire autant de fautes par jour sans chercher à remédier à cela ? Regardez...

Il court partout dans la pièce et déplace des montagnes de journaux. Il me les met sous le nez. En effet, on a l'impression que les journalistes font des fautes à chaque phrase.

— Et je ne m'occupe que des meilleurs, monsieur. Ces journaux ont des chroniqueurs de grammaire, et ceux-ci font des fautes aussi...

Le ton est désespéré. Il me flanque sur les genoux des exemplaires du *New York Times*, du *Times Literary Supplement*, du prestigieux magazine *The New Yorker*. Et les pages sont maculées de corrections.

— Je leur renvoie avec des explications détaillées. Au début, ils rectifiaient, mais depuis deux ou trois ans, ils ne le font presque plus.

— C'est peut-être une façon de contester vos corrections ?

Il blêmit.

— Non, monsieur, c'est tout ce que je souhaiterais... Ils s'en foutent tout simplement...

— C'est vrai que les gens ont peu de respect aujourd'hui pour un certain classicisme.

— Vous ne m'avez pas compris, je déteste la langue classique, j'aime ce qui est vivant. Leur attitude est incompréhensible. Que veulent-ils ? Saboter la langue anglaise ?...

Il s'assied un moment et avale quelques gorgées de café en silence.

— Je vais vous montrer quelque chose... Venez...

Je le suis dans sa chambre. C'est pire qu'au salon. J'ai eu quelque difficulté à distinguer le lit sous la tonne de journaux. Il ouvre une grande armoire et sort un magnifique fusil tout neuf.

— Si c'est ainsi qu'il faut défendre sa langue...

Il me regarde. Je baisse les yeux.

— C'est ce que je voulais vous montrer, dit-il avec un sourire...

Mythologies américaines

Le joueur de saxo et la jeune fille

C'est un journaliste des faits divers du *Chicago Tribune* qui m'a pris en charge. On a passé la journée à suivre les ambulances et les camions de pompiers. On s'est arrêtés, finalement, au McDonald's, pour un hamburger.

— Cela fait vingt ans que je mange mal, lance-t-il, je n'ose imaginer ce qui se passe à l'intérieur de mon corps...

— Faut pas y penser, je dis.

En conduisant dans le trafic assez dense de l'après-midi, il me dit encore :

— Le *Tribune* emploie des Noirs, mais c'est toujours pour les chiens écrasés. Naturellement, il y a un token au conseil d'administration. Il leur faut toujours un vendu pour les dédouaner...

— C'est bizarre, je ne vois pas ça de cette façon... Pour moi, ce type qui est au conseil d'administration a dû beaucoup travailler pour y être...

— Il est simplement là pour donner bonne conscience aux Blancs...

— Oh là là, j'ai déjà entendu mille fois ce genre de discours. Pourquoi questionne-t-on chaque Noir qui occupe un poste de direction en Amérique ? Tu crois que c'est différent avec les Blancs, qu'ils méritent tous le poste qu'ils occupent ? Celui-ci, c'est parce que son père est une grosse légume, celui-là, parce qu'il est fiancé à la fille du boss, l'autre, parce qu'il est une chiffe molle et qu'on peut en faire n'importe quoi, et celle-là, parce qu'elle a les plus jolies jambes au nord du Rio Grande, eh oui ! ça marche encore... Mais quand c'est un Noir, souvent compétent, on sort la grande artillerie. C'est un vendu. Il a trahi sa race. Et les Nègres n'ont de cesse qu'il tombe...

Un long silence. La voiture avance lentement. Le trafic de 5 heures de l'après-midi.

— T'as raison de voir cela ainsi. Nous, on n'arrive pas à avoir la distance nécessaire pour bien démêler cet écheveau...

Cette grenade dans la main du jeune Nègre...

— Il le faut pourtant, il y va de votre équilibre mental.

On arrive dans un quartier moyennement boisé. En Amérique, c'est l'arbre qui dit où l'on se trouve. Les quartiers sont séparés généralement par une voie ferrée. Le quartier riche est toujours bien boisé. Et le quartier pauvre n'est planté que de pylônes électriques et de stations-service. Au milieu, c'est le quartier moyen. Jim habite tout au fond de cette rue aux maisons toutes pareilles, avec, devant chacune, un arbre solitaire rougi par le soleil. On descend. Une fille d'à peu près dix-huit ans se tient devant la porte. Grande, franc sourire, des yeux immenses qui lui donnent un air rêveur. Ils s'embrassent comme s'ils ne s'étaient pas vus depuis au moins un an. Visiblement, ces deux-là s'adorent.

— Jennifer. Ma fille, annonce-t-il fièrement.

Je souris. Elle rougit.

— Non! Tu ne m'as pas fait ça! lance-t-elle à son père.

— On est passés tout à l'heure pour un hamburger, c'est tout.

— Je t'avais dit que je préparerais à manger... Tu n'en fais qu'à ta tête, toi...

— Mais, Jenny, j'ai encore faim. J'ai pris un hamburger parce que je n'en pouvais plus. Je ne peux pas suivre le même régime que toi.

— Tu ne fais aucun effort, jette-t-elle en nous précédant dans la maison.

Je n'avais pas remarqué qu'elle avait un corps magnifique (svelte, élancée, une démarche de danseuse). Jim se tourne vers moi pour m'adresser un clin d'œil.

— Je l'ai élevée seul. Ma femme m'a quitté quand elle avait trois ans. Maintenant, c'est à son tour de prendre soin de moi, mais elle est trop sévère...

— Je dois être sévère, fait-elle avec un sourire, sinon c'est la débandade... Il n'a aucune limite. Et il faut le surveiller chaque jour. Cela m'a pris trois ans de combat quotidien pour qu'il arrête de fumer.

— Pas de hamburgers, pas de cigarettes, les types au journal commencent à me regarder de travers, tu sais...

— Ce n'est pas eux qui auront à se lever la nuit pour s'occuper de toi quand tu seras un vieux gâteux...

— Il n'en est pas question... Tu t'occuperas de ton mari et de tes enfants...

— Je resterai toujours avec mon petit papa chéri, le seul que j'ai à la maison, dit-elle avec ce rire frais.

Ils s'embrassent de nouveau. J'imagine que c'est un spectacle bien rodé qu'ils aiment jouer devant les visiteurs. Cela dit sans doute une seconde de la profondeur du sentiment qui les lie l'un à l'autre.

— Vous mangez avec nous? me demande-t-elle.

— Non. Je ne peux pas.

— Pourquoi?

Sa voix me rappelle étrangement celle de Jackie Kennedy (je suis de ceux, très rares, qui continuent à l'appeler Jackie Kennedy malgré son mariage avec l'armateur grec dont je veux oublier le nom).

— Je suis un régime draconien.

Tout le monde rit. Elle met la table, et on mange sans façon. Soudain, le téléphone sonne. Sa fille tourne vers lui ce regard douloureux. Ces deux-là devront se quitter pour ne pas être obligés de divorcer. C'est toujours ainsi quand un père vit seul avec une trop grande fille. Jim hésite, finalement se lève pour aller répondre. Évidemment, c'était son travail qui l'envoyait à une manifestation. Les chauffeurs de camions poids lourds viennent de bloquer le centre de Chicago. Ils se plaignent que, depuis trois mois, les policiers du Connecticut leur font la vie dure. Jim doit partir.

— Finis ton repas tranquillement... De toute façon, je n'en ai pas pour longtemps. J'aurais pu le faire par téléphone, mais le *Tribune* veut qu'on paie de notre personne.

J'entends la voiture sortir de l'entrée. Il a besoin de changer de pneus.

— Vous ne voulez pas boire quelque chose? J'ai du Grand Marnier.

Cette grenade dans la main du jeune Nègre…

— Volontiers.

Elle me sert. Je sirote calmement. Elle me sourit dans la pénombre du salon. On a l'impression ici d'être à l'abri de toute l'agitation qui règne au centre-ville.

— Vous parlez français ?

— Oui, je réponds.

Un sourire splendide. Elle devrait faire du cinéma. Un tel naturel !

— Vous avez étudié en France ?

— Non, je suis né en Haïti, un pays où l'on parle créole et français.

— Je sais.

— Et je vis à Montréal.

— Ah oui…

Montréal a drôlement la cote dans ce coin.

— C'est magnifique de parler français, n'est-ce pas ? C'est mon plus vieux rêve, dit-elle véritablement excitée…

Son visage s'assombrit brusquement.

— Ma mère parlait français. Elle était de Chicoutimi. C'est dans la province de Québec. Je vais te dire quelque chose…

Ses yeux sombres m'émeuvent.

— Ce n'est pas vrai que ma mère a quitté mon père… Elle est morte dans un accident de voiture. C'est ce que mon père a trouvé comme argument pour ne plus jamais se remarier.

— Je ne comprends pas…

— Il m'a expliqué que si les gens savaient que sa femme est morte, ils passeraient leur temps à le pousser à se remarier…

— Mais pourquoi ne s'est-il pas remarié ?

Elle me fait simplement signe de la suivre. Je pénètre dans une chambre remplie de photos d'un jeune musicien noir avec une jeune fille magnifique, le portrait craché de Jenny.

— Ils se sont rencontrés à Chicoutimi. Mon père dit qu'il a été le premier Noir à mettre le pied dans cette ville.

Du sang de Christophe Colomb coule dans les veines des Noirs d'Amérique. Le mythe du découvreur. Le rêve le plus obsédant de chaque Noir d'ici, c'est de découvrir une petite ville toute blanche sous la neige où il serait le premier à débarquer.

— Ma mère l'a vu, continue-t-elle, et elle s'est littéralement évanouie. J'ai lu cela dans son journal. Elle était à son travail quand elle l'a vu traverser la rue pour venir au restaurant, juste à côté de son bureau. Heureusement, il n'y avait personne avec elle, ce matin-là, quand elle s'est évanouie. Dès qu'elle est revenue à elle, ma mère est allée prendre un café au restaurant. Il l'a remarquée. Elle a failli perdre de nouveau connaissance. Ils se sont mariés tout de suite. Les parents de ma mère étaient extraordinaires, paraît-il, ils sont morts aujourd'hui. Mon père ne désirait pas d'enfants au début, trop jaloux de l'attention de sa femme. Il la voulait à lui seul. C'est elle qui a insisté pour avoir un enfant. Après sa mort, il a arrêté de jouer de la musique. Il s'est mis à chercher du travail à cause de moi, et le *Chicago Tribune* l'a embauché.

— Mais pourquoi il raconte qu'elle l'a quitté?

Je n'en démords pas, hein. Je suis ainsi, dès que je tiens quelque chose entre les dents, je ne suis pas prêt à lâcher prise.

— Les gens compatissent dans ce cas et acceptent mieux le fait qu'il ne souhaite pas renouveler l'expérience... Sinon, ils désirent tous lui présenter quelqu'un...

— Et vous, comment vivez-vous cela?

Elle reste un moment silencieuse.

— Si je veux apprendre le français, c'est pour mon père. C'est la langue de la femme de sa vie.

Je comprends alors qu'il sera vraiment difficile pour une nouvelle femme de s'immiscer dans un tel trio. C'est souvent ainsi: on rencontre un type, somme toute assez banal, mais dès qu'on commence à gratter un peu, on se retrouve vite en face d'un mythe grec.

TROISIÈME PARTIE

Americana

Sur la route

C'est étrange quand on y pense, il n'y a pas d'écrivains noirs américains à avoir traversé l'Amérique d'un bout à l'autre, comme l'ont fait, chacun à sa manière, Walt Whitman et Jack Kerouac. Ce ne fut facile pour aucun des deux. On se demande encore pourquoi aucun écrivain noir n'est parvenu à embrasser ce pays dans sa totalité. Est-ce une dernière séquelle de l'esclavage ? Les esclaves ne pouvaient découvrir le territoire qu'en fuyant un maître trop cruel. Le rythme comme le parcours (il doit surtout éviter les villes) du fuyard sont totalement différents de ceux du touriste. L'autre raison, c'est que les universités blanches (il n'y a plus de ségrégation aux États-Unis, je parle des universités fréquentées en majorité par des étudiants blancs) sont disséminées dans tout le pays, tandis que les universités noires se trouvent plutôt dans certaines grandes villes. Le jeune Américain blanc peut aller partout, alors qu'un jeune Noir ne pensera jamais à se risquer dans une localité non encore défrichée par un pionnier. La littérature noire, comme les Noirs américains d'ailleurs, se confine dans les ghettos des grandes villes (Richard Wright, Chester Himes, James Baldwin ont tous fait le portrait d'une Amérique urbaine et violente). Seul Kerouac a parcouru entièrement cette contrée. Son premier roman, *On the Road*, est ainsi devenu un livre-culte. Ce livre participe de la modernité de l'Amérique au même titre qu'un hamburger ou un Coca-Cola. Pourtant, ce fut une partie difficile. Et Kerouac, qui a écrit la première version de son livre sur un long rouleau de papier, s'est fait refuser son manuscrit par de nombreux éditeurs, jusqu'à ce que Malcolm Cowley l'accepte après avoir exigé d'importants changements. De profondes modifications ont été apportées dans la structure même du livre. Ce qui a fait hurler Ginsberg. Pour lui, Cowley a dépouillé le roman de son côté sauvage. Le manuscrit original avait cette structure en spirale qui permettait à Kerouac de bondir dans tous les coins. Cowley a domestiqué le félin, pour ainsi dire, et a même fini par emprisonner dans une bouteille l'étrange et inquiétante lumière de Kerouac. Je viens de relire ce roman et je ne vois pas comment il pourrait être plus fou, en tout cas le côté cru, en prise directe sur la vie, y est encore totalement présent. On a peine à croire que ce roman paru en 1957 n'ait pas été reconnu d'emblée par les éditeurs. Quoi qu'il en soit, dès sa parution, Gilbert Millstein le salue hautement dans le *New York Times*. Et les copains (l'hystérique Ginsberg et le flegmatique Burroughs) fêtent ça au champagne. C'était le triomphe, non pas d'un livre, mais bien d'une nouvelle manière d'être. Kerouac faisant le portrait de ses copains (surtout de Neal Cassidy, l'original de Dean Moriarty). Kerouac sur la route. Avec ses phrases interminables, son himalaya de détails, cette immédiateté, ce mouvement incessant (Kerouac filme l'Amérique à l'épaule), le roman annonce de nouvelles perspectives littéraires. Moment excitant pour ces jeunes Américains des années 50 qui viennent enfin de découvrir une possibilité de sortir de l'emprise glaciale de T. S. Eliot. Et le but secret de cette description du paysage n'est autre que la révélation, d'une façon astucieuse, de leurs angoisses intérieures. Bien sûr, Hemingway l'avait déjà fait dans ses premières nouvelles. Celles-ci avaient pour cadre la nature. Kerouac invente la ville. Voilà, le paysage est maintenant complet. L'Amérique vient de découvrir qu'il y a un lien très étroit entre ces vastes espaces, ces déserts, ces marais, ces villes, ces buildings, cette flore, cette faune, et eux. Il y a comme une grande mélancolie dans le rapport des Américains au paysage. Leurs villes sont si neuves que la mémoire de la campagne est encore vivace en eux. Et Kerouac trouve ce qui peut faire le lien entre la ville et la campagne : la bagnole. L'espace est immense. La vitesse, possible. Quand on va très vite, on voit encore le paysage défiler (les couleurs un peu trop délayées, comme si tout était peint à l'aquarelle), mais quand on va trop vite, on a l'impression de ne pas bouger. La vitesse immobile. Et l'espace américain semble pouvoir absorber tout désir de fuite. De fuite à l'infini. Truman Capote a déclaré une fois à la télé que Kerouac n'écrivait pas, qu'il ne faisait que taper à la machine (« *It's not writing, it's typing* »). Je crois que la remarque est juste, mais pas dans le sens que l'on pense. La machine allait créer un nouveau style, plus proche de la vie américaine. Les romans trop raffinés et compliqués de Henry James avaient échoué en quelque sorte à dire le cœur sauvage de ce Nouveau Monde. Et la machine a son importance dans ce nouveau mode de vie. C'est, d'une certaine manière, la même machine qui a permis la puissance américaine. C'est naturel que la machine soit celle qui enfante le nouveau style. La bagnole (plutôt le char, comme on dit au Québec) de Kerouac ne s'arrête qu'une fois le réservoir à sec. De même que le roman de Kerouac ne se termine qu'à la fin du long rouleau de papier sur lequel le jeune homme tapait depuis trois semaines comme un dératé. Mais ce que ses copains (Ginsberg et Burroughs) ignoraient, c'est que Kerouac ne jouait pas un rôle, qu'il n'avait rien à voir avec le mouvement beatnik et détestait tous ces petits gauchistes à la Abbie Hoffman, et qu'il était tout simplement un bon vieux Yankee. Effrayé parce qu'on voulait faire de lui un chef de file beatnik, cet ancien scout file à Orlando (la ville de Disney) retrouver sa Mémère. Et commencent le reniement de ses anciennes croyances (rappelant un peu le Gogol des dernières années) et la destruction systématique par l'alcool de sa beauté physique (Kerouac fut un bel athlète à la mâchoire carrée et au regard fier, pas loin du Marlboro Man des lettres américaines, titre qu'Hemingway a définitivement gagné). Et c'est sous l'œil sévère de sa Mémère qu'il finit ses jours dans le décor kitsch d'un condo à Orlando. Il est aujourd'hui impossible de traverser l'Amérique sans penser au moins une fois à ce bon vieux Jack.

La vie bucolique

Si on circule dans les petites villes américaines, on voit bien que rien n'a bougé depuis Norman Rockwell. Certains diraient même depuis Mark Twain. Restons à Norman Rockwell, ce peintre des joies simples et champêtres de l'enfance américaine. Dans un style lisible et agréable (son vieux rêve de charmer tout le monde) Rockwell a dépeint comme personne l'Amérique de la fin de la Dépression jusqu'aux premières manifestations des Black Panthers. C'était une époque assez étonnante où un grand journal comme le *Saturday Evening Post* pouvait commander à un artiste un tableau qu'il publiait en première page afin d'illustrer les grandes étapes de l'année (les changements de saison, les dates historiques ou les événements religieux). Et Rockwell a répondu exactement (et même un peu plus, selon John Updike) à la commande. Plus de trois cent vingt couvertures. La grande majorité de ces toiles racontent la vie dans les petites villes américaines (quoique né à New York, il a développé cette sensibilité pour la vie simple dans la localité de Mamaronek où il a passé une partie de son enfance). Rockwell est un artiste si discret sur

Cette grenade dans la main du jeune Nègre...

les questions sociales qu'on se demande, en regardant ses peintures, s'il savait qu'il y avait des Noirs autour de lui. La même question se posera plus tard pour Woody Allen et la grande majorité de ses films. L'absence de Noirs, ne serait-ce que dans le paysage de Manhattan (la population noire tient une part essentielle dans l'énergie de la ville), devient insupportable. Je me suis toujours demandé comment fait Woody Allen pour filmer des scènes de rue à Manhattan sans qu'on voie un seul Noir. (À vrai dire, on en voit de plus en plus dans ses derniers films. Cherche-t-il à élargir son public ou vient-il de découvrir que l'absence de cette énergie rend certains de ses films anémiques? Ne vous méprenez pas, c'est un vieux fan qui parle.) Rockwell avait décidé de peindre son univers de cette manière, et c'est son droit le plus entier. Et dans le monde de Rockwell (les petites villes toutes fleuries), tout va bien. Là où ça va mal, c'est plutôt dans les grandes villes, si sales et si corrompues. Cette idée de propreté morale se retrouve aussi chez J. D. Salinger. Le monde urbain est sale. On pourrait mettre ces trois-là ensemble: Rockwell, Salinger et Allen. Ils ont délimité le territoire émotionnel de l'Amérique. Confinement. Univers restreint. Pour Allen, au-delà du pont de Brooklyn, c'est l'inconnu. Salinger se déplace un peu plus que les autres, mais il le fait avec tant de précautions que ça n'en vaut pas la peine. Rockwell ne commence à bouger (disons que son esprit ne commence à s'ouvrir à d'autres gens que ses voisins immédiats) que vers la fin des années 60, au moment où la bombe (sexe, race et rock and roll) lui éclate au visage. Ces explosives manifestations des Nègres qui allaient embraser l'Amérique entière et laisser le pauvre Rockwell un moment stupéfait. Son univers venait de basculer. Toute l'Amérique est en feu. Rockwell découvre à la télévision un monde qu'il croyait connaître. Ces gens si aimables, si humains, si justes de son Americana ne sont en fait que des monstres d'égoïsme, de racisme et d'intolérance. Quel choc! Ses voisins: des racistes capables d'empêcher des enfants de fréquenter les écoles que fréquentent leurs propres enfants sous prétexte qu'ils ne sont pas de la même couleur. Rockwell est effaré. Son aveuglement le consterne. Son premier travail pour *Look Magazine* est une charge terrible contre sa chère Amérique. L'Amérique des petites villes irréprochables. L'image est toujours aussi nette. Elle vient d'une photo qui a fait le tour du monde. Quatre agents de police accompagnent à l'école une petite fille de neuf ans pour qu'elle ne se fasse pas lyncher par une foule en colère contre la décision de la Cour suprême des États-Unis, qui venait de déclarer illégale la ségrégation dans les écoles. Rockwell connaît bien cette foule qui veut tuer. Il peut reconnaître chacune des personnes présentes. Ce sont les mêmes qu'il a peintes méticuleusement pendant cinquante ans dans toutes les activités de la vie quotidienne pour le *Saturday Evening Post*. C'est le peuple des petites villes : la promesse de l'Amérique. Les grandes villes sont corrompues, mais les vrais Américains vivent en harmonie dans les petites villes. Le credo des années 50. Et Rockwell est leur chantre. Mais tout a si brutalement changé. Et Rockwell se met à décrire « les nouveaux enfants dans le voisinage » (les Noirs qui s'installent dans les quartiers autrefois habités exclusivement par des Blancs). Il peint en 1968, pour *Look*, un tableau intitulé *The Right to Know* (« Le droit de savoir »). Tout y est dit. Le peuple qui vient demander des comptes à l'État. Bien sûr, l'État n'est qu'une émanation du peuple. On veut de nouveau noyer le poisson, mais l'effort est palpable. En réalité, les gens savaient et ont toujours su (cet argument est souvent invoqué en Europe par ceux qui veulent réduire leur responsabilité dans le scandale nazi : nous ne savions pas). Ce sont bien eux qui ont modelé, créé, inventé cet échafaudage hypocrite qui leur tombe sur la gueule aujourd'hui. Il faut quand même reconnaître que Rockwell s'est immédiatement réveillé et qu'il a tenté, de toute la force de son immense talent de pédagogue – ses traits sont si clairs, si simples, si évidents qu'il est impossible de les ignorer –, d'expliquer à l'Amérique profonde qu'un tel aveuglement n'était plus possible et qu'il fallait s'ouvrir, pendant qu'il est encore temps, à cette nouvelle vie. Il était le seul homme à pouvoir le faire, et il l'a fait.

The valley girl

Le nombril à l'air, elle porte un jean serré et des boucles d'oreilles mexicaines. Elle saute dans son pick-up rouge, qu'elle conduit pieds nus, pour descendre en ville. Elle fait facilement du cent soixante sur les chemins de campagne. La radio joue une vieille chanson country de Loretta Lynn (*I am a Coal Miner's Daughter*) qu'elle reprend à tue-tête. Elle fonce chez Publix (un supermarché) d'où elle ressort avec huit caisses de bière, une douzaine de steaks vraiment épais, des sacs de cuisses de poulet, des chips, une tonne de cacahuètes, des cartons de Coca-Cola, une grande bouteille de whisky (Johnny Walker). C'est vendredi. Elle donne un barbecue, chez une amie, pour l'anniversaire de son fiancé. Ses amis (beaucoup plus de filles que de gars) arriveront plus tard avec la salade et le dessert. On va boire et manger toute la nuit. Quelques-uns vont se baigner aussi. Nus, bien sûr. La *valley girl* se veut nature. Tout est permis dans cet univers sauf une seule chose : penser. Pour être admis dans ce club, on ne doit pas percevoir chez vous le moindre mouvement d'une réflexion qui se lève. Rien qui pourrait passer par le cerveau. Et c'est un choix définitif. La *valley girl* travaille, mange, boit, baise, fête, et, à la fin, je suppose, meurt dans un accident d'automobile. Justement, c'est dans le *Wichita Herald* de ce matin. Ils revenaient d'une fête, vers 3 heures du matin, quand le pick-up rouge a dérapé étrangement sur l'autoroute et a heurté de plein fouet un camion poids lourd qui venait en sens inverse. Seule la conductrice y a trouvé la mort. Les autres passagers sont à l'hôpital, dans un état critique.

Mythologies américaines

Paris n'est pas toujours une ville du Texas

Je marchais dans les rues de Kirksville, dans le nord du Missouri, quand j'ai entendu l'accent si distinctif de Jacques Brel chantant le retour de Mathilde. « Mathilde est revenue. » La porte est ouverte. Je pénètre sur la pointe des pieds, ne voulant effrayer personne. Maison modeste. Décor simple. Une jeune fille assise au fond de la pièce en train de lire.

— Excusez-moi…, je dis en français.

Elle se lève immédiatement.

— Vous parlez français ?

— Oui, je fais.

— Je suis si heureuse de pouvoir parler français un moment. Dans ma petite ville, c'est si rare. Il n'y a que la bibliothécaire qui parle français, mais ce qu'elle raconte est si stupide que j'ai vite laissé tomber. Les gens n'ont pas idée du genre de sacrifice qu'il faut faire ici pour entendre simplement la musique de la langue française. On doit subir les pires imbéciles.

Je ris. Elle a la même voix et le même accent que Danielle Darrieux.

— Vous me rappelez un peu une actrice française…

Elle bat des mains en riant. Un rire frais.

— Danielle Darrieux. On me le dit souvent. C'est en écoutant ses films que j'ai appris le français. J'ai sa voix et son accent uniquement quand je parle français. J'aime tellement cette musique. C'est la plus belle langue du monde. Les gens me croient folle.

— Vous n'êtes jamais allée en France ?

— Non, dit-elle avec un sourire gêné. Je n'ai pas beaucoup de sous, mais je compte y aller l'année prochaine.

Elle ajoute avec beaucoup d'emphase :

— Il me faut voir Paris avant de mourir, voir l'Opéra, Montmartre, l'Odéon, l'église Notre-Dame, le Louvre et même Pigalle…

Cette grenade dans la main du jeune Nègre...

Elle continue la liste en dansant maintenant.

— Et toutes ces femmes habillées par Saint Laurent qui mangent à la Tour d'Argent. Est-ce vrai que Paul Bocuse est le plus grand cuisinier du monde ?

Je souris.

— Excusez-moi, j'ai l'impression d'être ivre, ce n'est pas tous les jours qu'on rencontre, à Kirksville, quelqu'un qui apprécie la culture française comme vous... Avez-vous visité Beaubourg ? Je dois vous paraître vieux jeu, mais cette architecture m'effraie un peu... Et la pyramide, dans la cour du Louvre, étiez-vous en France quand il y a eu tout ce débat autour de sa construction ? Moi, j'étais contre, mais aujourd'hui, je suis pour...

— Comme tous les Français...

Elle trépigne.

— Vous ne savez pas quel compliment vous me faites là... Je crois que la France est le sommet de la civilisation. Jamais les humains n'ont été si loin dans le raffinement. Le vrai. Pas du show-off, comme on fait ici. Oh, Seigneur ! Quelle journée ! Aimez-vous Brel, Brassens ou Ferré ? Je crois qu'on doit choisir. Alors moi, c'est Brel.

— Pourquoi ?

— Le plus fragile des trois. Brassens n'a pas besoin de moi. Ferré me fait peur des fois quand il crie. Brel, c'est l'ombre de ton chien. L'ombre de ton ombre. Aucun Américain ne pourrait jamais dire une chose pareille. Des brutes. Leur idéal, c'est la famille Kennedy. Une bande de rustres et fiers de l'être. Vous les imaginez sans Jackie ? Les Kennedy, c'est ce que je déteste le plus au monde. Malheureusement, ils sont morts de manière si terrible, si horrible, alors on en a fait des héros... C'est cela nos héros, les Kennedy... Changeons de sujet, parlons de Paris...

— C'est étrange, vous rêvez la France, comme des Français que j'ai rencontrés rêvent l'Amérique...

Elle éclate.

— Ce n'est pas possible! Aucun Français ne peut rêver l'Amérique. Il n'y a rien à rêver. Il n'y a que l'argent qui compte ici. De quoi peut-on rêver en pensant à l'Amérique?

— D'abord, de l'Amérique.

Elle fait une moue sceptique.

— Qu'est-ce que ça veut dire?

— L'Amérique. Un mot vaste dans la tête d'un Européen habitué à de petites villes surpeuplées. De là-bas, ils rêvent aux grands espaces, aux Indiens, aux immenses campus universitaires, à cette folie constante qu'est New York...

— Je ne vois rien là qui puisse faire rêver... Rien de ce que vous dites ne vaut une robe du soir Yves Saint Laurent ou un parfum de Guerlain.

— Possible, mais toutes les Françaises ne portent pas des robes signées Yves Saint Laurent...

Coup d'œil vif vers moi.

— Bien sûr, c'est un produit de luxe... Ce n'est pas pour tous les jours...

— Je vais souvent en France, mais je ne crois pas avoir déjà rencontré une femme avec une vraie robe de haute couture comme on en voit dans les magazines.

Silence.

— Il doit quand même exister des gens qui les portent, sinon...

Silence.

— Peut-être, mais ce ne sont pas forcément les Français. Ils sont plus simples, plus naturels... Ils ne mangent pas souvent de la *grande cuisine*, faut dire que leur cuisine familiale est excellente aussi, ils boivent beaucoup de vin, mais pas forcément les grands crus, ils ne vont pas si souvent au théâtre et leur préférence va plutôt aux comédies de boulevard...

— Alors?

— À mon avis, ils ont créé ce bateau magique...

— Et les imbéciles comme moi y sont montés...

Cette grenade dans la main du jeune Nègre...

— Non, d'abord ce n'est pas entièrement faux. Ce raffinement existe dans la vie quotidienne. Ou du moins il y en a des traces. Ensuite, le rêveur a toujours raison. Vous vivez dans le rêve des Français. Eux aussi, ils aimeraient vivre dans un tel pays avec le Louvre, Brel, Proust, mais c'est impossible dans la vie quotidienne. Il faut bien gagner sa vie. Je n'ai jamais rencontré un Français qui avoue n'avoir pas lu tout Proust. Ils ont tous lu Proust, et pourtant les tirages de Proust ne sont pas faramineux. Mais vous, vous vivez au milieu de tout ce que la France a produit de beau. C'est magnifique!

— Vous voulez dire que Paris...?

— Je ne cesserai jamais de le dire: Paris n'est pas une ville, c'est un diamant. C'est le gros diamant du monde.

— Si je comprends bien, l'idée qu'on se fait de la France, c'est mieux que la France elle-même...

— Disons que la France exporte ses produits de luxe et consomme ses produits ordinaires. Les paysans font cela: ils vendent leurs meilleurs légumes et gardent ce qui reste.

— Et l'Amérique?

— Le contraire.

— Comment cela?

— L'Amérique consomme ses produits de luxe (et les meilleurs produits des autres pays) et exporte ses déchets. Ce qui fait qu'on est toujours un peu agréablement surpris en arrivant ici. On croit les Américains un peu plus ignorants qu'ils ne le sont en réalité.

— Ce n'est pas ce qui se passe à Kirksville... L'Amérique ne serait pas à vous, monsieur, ce que la France est à moi? Un beau rêve.

Mythologies américaines

Une forêt de drapeaux

Pendant longtemps, je me suis demandé ce que cachait cette forêt de petits drapeaux que les Américains ne cessaient d'agiter avec un sourire épinglé au visage. Était-ce pour montrer au reste du monde qu'ils sont toujours les plus forts ? Une manifestation primaire de leur triomphe ? Des champions heureux ? La joie saine que peut procurer une victoire bien méritée ? En réalité, c'est plutôt le contraire. Les États-Unis, il faut le savoir, forment un vaste pays où l'on trouve l'une des paysanneries les moins cultivées de la planète. Folklore très restreint (cow-boy, dinde, Halloween, quelques danses). Pour comprendre la mentalité des petites villes, il faudrait retourner aux tableaux de Norman Rockwell. Et surtout ne pas oublier que le personnage de bande dessinée (culture populaire) le plus apprécié en Amérique est un perdant : Charlie Brown. C'est que la vie se passe autour de l'église, du terrain de jeu, de l'école, du magasin général. Vous allez me dire que c'est partout ainsi. Oui, mais on imaginait l'Amérique différente des autres. Ces gens qui vivent dans un monde si cloisonné et qui passent le plus clair de leur temps à maudire Washington et le gouvernement fédéral sont loin d'imaginer qu'ils pourraient exercer une certaine influence sur la vie des autres habitants de la planète. Le système est ainsi fait que leur vision ne puisse aller au-delà des limites de la ville. Au-delà de la voie ferrée. Ailleurs n'existe pas. L'idée de l'Europe, de l'Afrique, de l'Asie leur est alors plus étonnante que l'idée de l'Amérique pour les contemporains de Christophe Colomb. L'univers n'existe que pour les pays minuscules et les anciennes nations colonisatrices (le tiers-monde et l'Europe). La puissance du moment se doit d'être bornée (en effet, très peu d'Américains possèdent un passeport). Tout raffinement conduit droit à la décadence. Donc, chaque matin, l'Amérique se réveille, tout heureuse d'être encore là. Et agite un petit drapeau. Elle sait que le moindre coup peut lui être mortel. Certains pays peuvent continuer à vivre après avoir tué leur rêve.

Cette grenade dans la main du jeune Nègre...

Les États-Unis, non. Et les Américains le savent. Uniquement la médaille d'or. C'est ainsi qu'ils ont construit leur système mental. Dans cette perspective, ils sont en train d'élaborer quelque chose d'assez nouveau : la guerre sans victimes du côté américain. Chaque soldat américain tombé au front annonce la défaite possible (ou future). L'Amérique prise à son propre piège. On n'a qu'à regarder attentivement le sourire figé de cette femme d'une cinquantaine d'années, impeccablement maquillée, agitant frénétiquement son petit drapeau, pour comprendre qu'elle se doute de quelque chose. Son sourire crispé (tout est dans le sourire) me fend le cœur. Les Américains dorment en se disant qu'un matin quelqu'un, un fou sûrement, aura l'audace de les prendre au mot. Une attaque, donc, sur le sol américain. Et ce sera, ils le savent profondément, le début de la fin. Ce moment qui efface tout ce qui a existé avant. Car, comme dit le dicton américain (affiché dans la plupart des bureaux de ce pays), il n'est pas possible de faire deux fois une première impression.

QUATRIÈME PARTIE

Pourquoi ?

*Pourquoi un écrivain nègre doit-il
toujours avoir une position politique ?*

Tout d'abord, un écrivain nègre doit-il avoir une couleur ? C'est pourtant le genre de questions auxquelles je dois faire face. Partout. Dans le métro, au restaurant (il mange aussi, le salaud !), en allant voir un match au stade ou dans un taxi.

Le chauffeur de taxi est un Nigérien. Il me l'a dit tout de suite. Il n'est pas retourné dans son pays depuis vingt ans. Il me précise qu'il est africain, au fond. Comme à la surface, d'ailleurs. Il fait référence à sa couleur. Il n'est pas noir, mais bleu foncé, avec des scarifications sur les joues et derrière les oreilles. Il m'explique que ce sont les colonisateurs qui ont découpé l'Afrique telle qu'on la connaît aujourd'hui. Il est contre, naturellement. S'il accepte de dire qu'il est nigérien, c'est parce que les gens lui demandent toujours d'où il vient exactement. Les gens sont tellement bêtes. Au début, il tenait bon, expliquant qu'il n'y a qu'un seul peuple en Afrique et que l'expression « Afrique noire » est non seulement un pléonasme, mais une stupidité politique, une infamie, une saloperie de plus inventée par les Occidentaux pour jeter le doute dans l'esprit des Africains. La couleur n'existe pas en Afrique. Quand tout le monde est de la même couleur, il n'y a plus de couleur, plus de différence épidermique. Et l'Afrique du Sud ? Il ne parle pas de l'Afrique du Sud parce que c'est un sujet qui l'énerve trop. Il ne peut pas parler de l'Afrique du Sud sans entrer dans une colère noire ou une rage blanche. Là, il rigole de son propre jeu de mots. Une fois, il a embarqué un client et le type était pour l'apartheid. Il s'est retourné et lui a foutu son poing sur la gueule. Le type a porté plainte et il a passé un mois au chômage. Mais il ne le regrette pas. Le juge lui a dit qu'ici, en Amérique, c'est la démocratie et que tout le monde a le droit d'avoir une opinion. Il a lancé au juge que ce type était tout simplement un salaud de raciste et il a commencé à gueuler dans le tribunal jusqu'à ce qu'on le fasse sortir avec une condamnation d'un mois et un sévère avertissement que, la prochaine fois, on lui enlèverait son permis. Son avocat lui a fait comprendre que, s'il n'avait pas fait un tel boucan, il n'aurait écopé que d'une semaine de pénalité. Ça non plus, il ne le regrette pas. Maintenant, il fait attention à ne pas entamer la conversation avec les clients sur ce sujet. Si un type monte dans son taxi et fait une remarque raciste quelconque, il ne répond pas de lui. Voilà ! Si on perd son travail, on peut toujours en trouver un autre. Quand on perd sa dignité, on perd tout. « On ne trouve pas ça sur le marché, ajoute-t-il en riant (un rire sec). C'est pas parce qu'on est ici à travailler comme une bête qu'on n'est plus un homme. Je suis un Nègre et je suis fier de l'être. » Il parle depuis le début, pratiquement sans se retourner. Il a l'air d'un homme habitué à raconter son histoire. La tête du client n'a aucune espèce d'importance. Finalement, il se retourne et me voit. Une lueur d'étonnement dans les yeux.

— J'ai lu ton livre.

Un ton sec. Méfiez-vous quand un chauffeur de taxi vous parle de votre livre. La plupart du temps, il l'a lu en conduisant. Un bon bouquin, dans ce cas, est un bouquin plein de courts

Cette grenade dans la main du jeune Nègre...

chapitres avec beaucoup de dialogues. Le genre de livre que j'aime lire aussi.

— Je peux te poser une question ?
— Bien sûr.
— Pourquoi as-tu écrit ce livre ?

La question est sortie de sa bouche comme un projectile qui m'atteint en plein front. Je ne m'y attendais pas. D'ordinaire, quand un livre est en librairie, il est là. On l'aime ou pas. Je garde tout de même mon calme. Je suis habitué. Il fait semblant de regarder devant lui. Je sens ses oreilles s'allonger démesurément dans ma direction. Cet homme m'écoute.

— Tu ne veux pas répondre ?... Remarque, je peux comprendre.

Qu'est-ce qu'il peut comprendre ? Tous les Nègres de ce foutu pays pensent que chacun de leurs éternuements est une bombe qui doit détruire l'Amérique.

— Qu'est-ce qu'il a, le livre ? je demande, presque timidement.

Ma question l'a un peu surpris. Je le sais. Son cou frémit légèrement. Il se tourne d'un mouvement sec vers moi. La voiture manque de grimper sur le trottoir.

— C'est le livre d'un traître !

Il frappe le volant de ses paumes. Son pied droit écrase l'accélérateur. Il est 2 h 49 à son tableau de bord.

— Des fois, je me dis que je te comprends d'avoir écrit cette merde pour faire de l'argent. C'est dur. Je le sais. C'est même très dur. On ne fait pas de cadeau, sauf si on accepte de vendre son âme. Pour ça, il y a toujours un acheteur.

— Dans mon cas, dis-je, pas besoin d'acheteur. C'est déjà vendu.

— C'est ça. T'as bien intégré le système.

— On peut voir ça autrement, je dis.

Il se retourne violemment. C'est pas le genre de type qu'il faut contredire.

— Comment !

— Tous les écrivains sont des traîtres, d'une manière ou d'une autre.

— Arrête de répéter des conneries congelées, éructe-t-il.

— Je veux dire que c'est dur pour tout le monde... La compétition est féroce. Comme dans le taxi. Encore que, dans le taxi, il faut un permis... Pour écrire, on n'exige rien du type.

Il me semble un peu touché par la comparaison avec le taxi. Un léger sourire fleurit au coin de sa lèvre.

— C'était avant, lâche-t-il.

— Avant quoi ?

— Maintenant, n'importe qui peut acheter un permis... Le taxi, ce n'est plus un métier...

Je regarde autour de moi. C'est vrai que sa voiture est très propre. Il a épinglé un peu partout des photos de Marcus Garvey, de Martin Luther King, de Patrice Lumumba, de Charlemagne Péralte et de tous les grands leaders du tiers-monde. Son taxi est un cours d'histoire ambulant.

— Tout de même, reprend-il en secouant la tête, c'est pas une raison pour vendre sa race.

— Quand on n'est pas un génie, seul le strip-tease peut attirer le client.

Il crache par la portière tout en continuant à accélérer. Il veut me faire chier de peur. La police n'est jamais là quand il le faut.

— Répète-moi ça encore, dit-il sur un ton persifleur, je ne suis pas un intellectuel, moi, je ne comprends pas les trucs trop raffinés.

Je ne connais pas un seul chauffeur de taxi du tiers-monde qui ne soit pas un intellectuel. On monte dans leur taxi et ils se mettent tout de suite à discuter avec vous de Senghor ou de Césaire.

— OK, j'écris pour avoir du pouvoir, exactement le même sentiment de puissance que tu ressens en conduisant comme un fou. C'est la même chose pour moi. C'est un rapport de force et je dois gagner. Je suis prêt à tout pour cela.

Il a l'air un peu ébranlé. Je l'ai atteint avec ses propres armes. C'est un être de violence. Le seul langage qu'il comprend. Son visage se radoucit un peu. C'est à peine visible à l'œil nu.

Cette grenade dans la main du jeune Nègre...

— Pourquoi ne pas être complice du lecteur ?
— Le lecteur n'est pas un ami. Ce n'est qu'une illusion. Lui aussi, il aimerait raconter sa vie. Lui aussi, il a une histoire à hurler au monde entier. Alors, pour le garder enfermé dans une pièce à écouter la tienne pendant cinq ou six heures, il faut l'attraper à la gorge dès la première phrase.
— Mais pourquoi ne pas mettre toute cette énergie au service de ta race ?
— C'est contraire à l'essence même de la littérature.
— Comment ça ?
— On n'écrit pas sur commande.
— Tu veux dire que tu n'as pas envie de défendre ton peuple qu'on a humilié pendant des siècles ?
— Ce ne sera jamais de la bonne littérature.
— L'Afrique a un passé si riche que des écrivains comme toi ont le devoir de le faire connaître au reste du monde.
— Justement, je suis un écrivain du présent. J'essaie de repérer les traces du passé dans le présent. Peut-être que tu as raison. Il doit y avoir d'autres Nègres capables de montrer les richesses de notre race, mais ce n'est pas moi. Je ne suis pas le bon type. Je ne m'intéresse qu'à la chute, la décadence, la frustration, l'amertume, le fiel qui tient les hommes en vie.
— Dis plutôt que tu veux faire de l'argent.
— Comme tout le monde. La littérature est un métier que je pratique pour vivre. Pourquoi ne pose-t-on jamais cette question aux ingénieurs, aux médecins et aux avocats ? Je le dis : j'écris pour être connu et pour pouvoir bénéficier des privilèges réservés uniquement aux gens célèbres. J'écris surtout pour avoir ces jeunes filles autrefois si inaccessibles.

Le taxi roule dans la nuit. Aucune réponse. Une longue veine bat à sa tempe. Il réfléchit.

— Mais pourquoi ne pas concilier les choses ?... Faire de l'argent tout en essayant de rendre hommage à ton peuple, tu vois ce que je veux dire...

— Ce sont des choses inconciliables. Le commerce et les bons sentiments.
— Pourtant, il y a des gens qui l'ont fait, ricane-t-il.
— Tu veux parler de Wole Soyinka, le Prix Nobel.
— Entre autres...

Les Nègres sont ainsi. Ils connaissent le nom de n'importe quel Nègre qui a bougé une pierre sur la planète.

— Écoute, dis-je calmement, je n'ai pas le talent de Soyinka. Ce type finira dans les manuels scolaires. Moi, je veux être lu précisément par les gens qui me détestent. Si tu frappes un cheval, je ne suis pas sûr qu'il t'aimera, mais tout le temps que tu seras dans les parages, il ne te quittera pas des yeux. Tu me comprends?

Il fait oui de la tête. Puis, brusquement, il entre en éruption. Ce type ne connaît pas de trêve.

— Mais pourquoi tu continues à exploiter les clichés sur les Nègres?
— C'est une mine à ciel ouvert. Tout le monde a le droit d'aller puiser là-dedans.
— Tu exploites...
— Comme n'importe qui. Que fait n'importe quel écrivain? Il dévore d'abord les siens.
— Tu aurais aimé être un écrivain blanc?
— Pas du tout, et ce n'est pas une affaire raciale. C'est simplement plus pratique de nos jours d'être un écrivain nègre. Les gens sont plus enclins à nous écouter aujourd'hui qu'à écouter un écrivain blanc de même calibre. On apporte une parole neuve. Les lecteurs commencent à en avoir marre du triangle amoureux (le mari, la femme et l'amant). Ils sont prêts à ramper pour entendre d'autres histoires. Même cette vieille scie de l'adultère, on peut la renouveler. Il suffit que l'amant ou le mari soit nègre pour que tout bascule. De ce point de vue, la conquête de l'Occident ne tient qu'à un cheveu. Un jour, nous arriverons à détrôner le fameux «Il était une fois», mais ce sera avec quelque chose de fort et non avec des gémissements sur la race.

Cette grenade dans la main du jeune Nègre...

— Si tu détestes tant que ça l'Amérique, alors pourquoi ne vas-tu pas ailleurs ?

— Parce que j'ai le même droit que tout le monde d'être ici. J'ai d'ailleurs payé cher pour cela. Petite précision : je ne veux pas détruire l'Amérique, je veux tout simplement ma part du gâteau. Pas les miettes. Et je suis très calme.

Il rit pour la première fois, un bon rire, un peu nerveux au début, qui atteint une certaine stridence au sommet avant d'entamer une descente joyeuse, grave, vivante. Un rire qui vient du ventre.

— C'est très simple, lui dis-je, m'adressant en même temps aux millions de Nègres, pourquoi je vous aimerais ? Vous ne m'aimez pas. C'est pas parce que vous êtes noirs que je dois vous aimer. Vous, les Nègres, vous êtes les premiers à vouloir ma peau.

Il se retourne pour me jeter un regard grave, comme s'il venait brusquement de comprendre quelque chose.

— Je vois... Tu traverses une mauvaise passe. Tu vas voir, ça va revenir...

C'est le genre de type nerveux qui se calme dès que l'autre élève la voix.

— Qu'est-ce qui va revenir ? je demande, éberlué par son changement de ton.

— Ben, dit-il, l'air gêné... L'humanisme... La fraternité... Nous, les Nègres, nous ne pouvons pas vraiment détester... Il nous manque le chromosome de la haine...

C'est tout ce qu'il pouvait faire. Le taxi s'est arrêté sur le bord du trottoir. Je paie et descends. Un autre client est venu me remplacer. Un Blanc. Le Nigérien a déjà repris son refrain.

— Je suis un Africain, pour être plus exact, je viens du Niger. Si vous voulez mon avis, tous les Noirs sont africains. Nous descendons tous du premier Nègre et de la première Négresse, mais les Blancs...

Le taxi a fait un *U-turn* pour remonter vers le nord de la ville.

Pourquoi un écrivain nègre doit-il toujours parler de sexe ?

Il y a toujours un type qui court partout, sans raison, il est toujours l'ami du barman. Et pour finir, c'est toujours un emmerdeur de première.

— Vous prenez quelque chose ?

La prochaine fois qu'on vous pose une pareille question, répondez non. Et restez-en là.

— Non.
— Je vous l'offre.
— Non, je ne prends rien.
— Faites-moi ce plaisir.
— OK, ça va...

Je n'avais aucune raison d'accepter. J'avais assez d'argent pour me payer un verre. Je n'aimais pas la tête du type. Et je n'avais pas envie de boire.

— Qu'est-ce que vous prenez ?
— Bon... Un cognac.
— Un cognac, crie-t-il plus fort au barman qui se trouve juste en face de moi.

Le barman prend la commande d'un air blasé et se dirige vers la bouteille un peu poussiéreuse.

Le type se tourne brusquement vers moi. Je remarque que les gens se tournent toujours brusquement vers moi, ces temps-ci.

— Vous n'aimez pas le champagne ? Il me semble que j'ai lu ça quelque part.

— Personne ne m'a jamais rien demandé à ce sujet.

— Alors, Harry (c'est un nom de barman, n'est-ce pas ?), on annule la commande, apporte plutôt une bouteille de champagne, lance-t-il avec un rire gras.

Cette grenade dans la main du jeune Nègre...

Typique. C'est le comportement d'un homme qui vient tout juste de prendre la raisonnable décision de se suicider. Le parcours classique. Il s'est séparé de sa femme. Elle veut la garde des enfants et refuse même de lui accorder des droits de visite. Et aujourd'hui, le juge vient de donner raison à sa femme. Il veut fêter ça dans le sang. Une parfaite histoire de bar.

— Champagne! hurle-t-il au barman, comme s'il voulait lui annoncer la nouvelle de sa mort prochaine.

Le barman, légèrement voûté, dans les cinquante-sept ans, le costume plutôt cintré, un nœud papillon rouge. Mouvements un peu lents, mais précis. Tout baigne dans l'huile, quoi! Il n'a pas compris le cri d'alarme de l'autre. Trop habitué aux hurlements de l'âme. Peut-être que personne n'a crié. J'ai l'oreille trop sensible ces jours-ci. Je n'entends que des cris. Peut-être qu'il ne se passe rien d'autre que la routine. La douleur humaine. Mais je n'arrive pas à m'habituer aux cris de l'autre. Peut-être aussi que le type fait ce show chaque jeudi soir (le coup du champagne) pour attirer les femmes.

— Apporte trois autres verres et une bouteille, Harry... Harry, je te parle, trois verres et une autre de tes bonnes bouteilles... Harry est un trésor, conclut-il en hurlant.

*

Le type tambourine un peu sur le comptoir du bar pour activer un Harry qui garde, imperturbable, la folle cadence de l'escargot.

Une des filles jette:

— Non, deux verres seulement, Harry... parce que, moi, je ne supporte pas le champagne, Bob.

Le visage de Bob (c'est son nom, de toute façon vous l'auriez deviné, un type pareil ne peut s'appeler que Bob) s'assombrit, le temps d'un déclic. Quelqu'un refuse de s'agenouiller devant le dieu Champagne. En fait, devant l'argent liquide et frais. L'argent qui fait des bulles. Borges affirme que le champagne, beaucoup plus qu'une boisson, est une manière de fête. Le grand truc qui épate les gogos de n'importe quel bar de n'importe quel bled du monde. Avez-vous déjà commandé du champagne dans un bar à Shanghai, à Abidjan ou à Vienne? Succès instantané. Le même que celui d'un chanteur rock qui enlève son T-shirt dans une ville de l'État du Texas. J'ai eu le temps de capter subrepticement le visage de Bob et de me l'imprimer dans le cerveau. Bob: tête allongée, visage un peu chevalin, paupières lourdes et striées de minuscules veines rouges. Cet homme ne caresse aucun projet de suicide pour la simple raison que, d'une certaine manière, il est déjà mort.

— Vous prenez quelque chose? je demande à la fille qui vient de refuser le champagne et qui, pour cette raison, m'est devenue subitement sympathique.

— Oui, si vous m'offrez un Perrier et une aspirine.

— Qu'est-ce qui ne va pas?

— J'ai une de ces migraines... Ne vous inquiétez pas, j'ai toujours eu la migraine depuis l'âge de neuf ans... Je m'y fais.

C'est dingue, moi, j'ai toujours été attiré par les filles qui souffrent de migraine. Elles sont généralement minces, intelligentes et très angoissées. Des intellectuelles, quoi!

*

Le barman arrive avec une nouvelle bouteille de champagne. J'avais tort au sujet du type, Bob (à propos de cette histoire de suicide), il ne s'intéresse qu'à ces deux filles assez superbes si vous aimez le genre (grandes, blondes, sveltes). Les filles du jeudi soir, comme on les appelle. Il sert le champagne avec l'insouciance de celui qui jette un hameçon dans un aquarium surpeuplé. Des gens entrent. D'autres sortent. On boit. Vous savez ce qu'est un bar, un jeudi soir, en Amérique.

— Qu'est-ce que vous faites dans ce genre de bar? me demande la migraineuse.

— Je suis venu prendre un verre, ça me paraît une assez bonne raison.

Cette grenade dans la main du jeune Nègre...

— Ce n'est pas votre genre, ce bar...
— Vous en savez des choses, dis-je, plutôt surpris.

Bob lui entoure l'épaule de son bras gauche tout en continuant la conversation avec les deux autres filles. Très cool, le mec. Elle enlève calmement le bras de son épaule.

— Vous oubliez que je ne supporte pas le champagne, dit-elle à Bob en le regardant droit dans les yeux.

Bob soutient son regard pendant quelques secondes avant de s'écarter d'elle d'un demi-mètre. Il reconnaît par là n'avoir aucun droit sur elle. On peut donc continuer tranquillement notre conversation.

— J'aimerais vous poser une question...
— Oui.
— J'ai lu votre livre...

Je m'attends toujours au pire dans ce cas.

— Alors?
— Je me sens un peu gênée parce que je n'aimerais pas que vous preniez ça autrement... Bon, je me jette à l'eau... (Elle prend une longue respiration.) Pourquoi vous ne parlez que de sexe dans votre livre?

Elle se touche légèrement la tempe. Un geste typique chez les personnes qui souffrent de migraine.

— Soyons précis: je parle du caractère explosif des relations sexuelles entre le Nègre et la Blanche.
— Vous croyez que c'est toujours comme ça?
— Comment comme ça?

Elle a ce sourire si délicat que j'ai failli ne pas l'apercevoir. D'une ironie dévastatrice.

— Bien sûr, je fais en souriant aussi, il y a des exceptions.
— Mais vous donnez l'impression que c'est toujours une question de sexe.
— Et de pouvoir... Ce n'est pas ça, d'après vous?
— Pas toujours. Mon amant est un Africain. Et je peux vous assurer que ce n'est pas ce qui se passe entre nous...
— Qu'est-ce qui se passe entre vous?

Elle reste un moment silencieuse.

— En tout cas, cela n'a rien à voir avec le sexe.

— Et cela a à voir avec quoi ?

— Je ne vois pas en quoi cela vous regarde, rétorque-t-elle en sortant déjà les griffes.

— Vous admettrez que c'est quand même peu courant : une grande blonde et un grand Nègre s'aimant de manière platonique.

— Je n'ai pas dit que c'était platonique, rugit-elle... Si c'est ainsi que vous menez vos enquêtes...

— Vous savez, il ne faut pas cracher sur le sexe...

— Et le sentiment ? Il compte pour du beurre ? C'est pour cela que j'ai tant détesté votre livre. Je crois qu'il y a toujours un peu de sentiment dans les rapports humains, ce que vous semblez oublier. Nous ne sommes pas faits uniquement d'organes génitaux. Pour moi, quelle que soit la situation, il y aura toujours cette petite lueur...

— Je comprends ça, mais c'est au-delà de mes capacités d'écrivain. Je ne touche pas à ça... Pourquoi vous ne racontez pas votre histoire, peut-être que ça pourrait équilibrer ma version ? Je raconte l'histoire cannibalesque du Nègre sexuel affamé de chair blanche, et vous, celle du Nègre sentimental...

— Vous riez toujours de tout comme ça... Ce n'est pas bien, vous savez... (Un temps.) Il a essayé...

— Qui ?

— Mon amant. Aucun éditeur n'a voulu de son livre.

— Peut-être que c'était mauvais... Je ne sais pas, trop complaisant...

Son visage se ferme.

— Dites plutôt que si on accepte vos histoires c'est parce que cela rassure les Blancs. Vos romans leur donnent raison de croire que le Nègre est un sexe itinérant.

— Mais ce n'est pas faux.

— Quand est-ce que vous allez arrêter de provoquer les gens et sortir une fois pour toutes ce que vous avez dans le ventre ?...

Cette grenade dans la main du jeune Nègre...

Vous ne pourrez pas contenir très longtemps encore cette souffrance que je sens en vous...

— Ah! les catholiques... quel sens sûr de la souffrance! Je peux vous dire que je n'essaie pas de provoquer les gens. On n'arrive à rien comme ça. Je fais quelque chose de plus simple. J'observe. J'analyse. J'analyse les clichés à propos de la sexualité. La sexualité interraciale est tout simplement un bon sujet, si l'on est amateur... Au début, je voulais tout bêtement détruire ces clichés... Ah! Ah! Ah!... Quel naïf j'étais! Je suis tout de suite arrivé à cette conclusion qui m'a littéralement terrifié : la plupart des clichés sur les rapports sexuels entre le Nègre et la Blanche sont vrais. Tout est vrai dans cette histoire. J'ai été d'abord effrayé. Ensuite, j'ai repris mes esprits afin de rendre compte à mes lecteurs des résultats de mon enquête. Je suis un écrivain. Un reporter des rapports humains.

— Pour autant que cela fait votre affaire.

Le barman lui apporte enfin son aspirine. Depuis tout à l'heure, elle n'arrêtait pas de se masser les tempes. Beaucoup d'élégance sous la douleur. Ce n'est pas à la portée de n'importe qui, je vous assure.

— J'ai tellement détesté votre livre... Vous ne pouvez pas savoir à quel point...

— Vous l'avez donc lu. C'est l'essentiel.

Elle ferme les yeux doucement.

— Je venais de rencontrer Ibrahim. Je n'avais jamais ressenti un sentiment aussi puissant et aussi pur auparavant. J'étais en adoration. Je le suis toujours, d'ailleurs. Et pan! Votre livre arrive. J'ai tout fait pour qu'il ne tombe pas sous les yeux de mon père. On ne parlait que de cela à la télé, à la radio, dans les journaux. Je passais mon temps à déchirer les articles concernant votre bouquin, à fermer la télé quand je sentais qu'on allait aborder le sujet... J'étais au bord d'une véritable crise de nerfs.

— Pourquoi? Chez vous, on est raciste?

— Non, mais je trouvais que ce qui m'arrivait avec Ibrahim ne regardait que nous. Je n'avais pas envie d'avoir une explication avec mon père... Surtout pas à partir de votre livre. Et je ne voulais pas que ma mère puisse penser une seconde que j'étais une de ces filles blanches dont parle votre livre. Le genre de filles qui n'arrivent à faire l'amour qu'avec des Noirs... Je me sentais comme salie par votre livre... Vous m'excusez de vous parler comme ça, c'est que j'ai tant souffert, vous me comprenez?

Elle a ce visage terriblement grave et tendu.

— Pourquoi l'avoir pris si personnellement? Je ne comprends pas...

— Toutes ces histoires de sexe... À un moment donné, vous laissez entendre que les femmes blanches qui sortent avec les Nègres, comme vous dites, ne le font que parce qu'aucun Blanc ne veut d'elles... Je trouve cela vraiment insultant pour la femme.

— Pour le Nègre aussi, je vous signale... C'est insultant, mais c'est la réalité. Quand on a fini de danser, de boire, de fumer, de s'étourdir toute la nuit, c'est avec cette réalité qu'on se réveille le lendemain matin.

— Et l'amour?

— Vous revenez là-dessus. Je vous l'ai dit, c'est pas dans mes cordes. C'est un sentiment pour les gens de même race, de même classe, de même religion... Et j'allais dire de même sexe... C'est peut-être ça, le vrai secret de l'amour... L'affaire des semblables...

— Qu'est-ce que vous racontez là! C'est pire que l'apartheid!

— En amour, on n'a pas besoin de justification. On regarde et on aime... Seul le sexe peut transgresser.

— Je refuse d'accepter cela, fait-elle rageusement.

— Chacun sa vérité... Tout ce que je peux dire, c'est qu'en tant qu'écrivain je ne peux pas me payer l'amour. Par exemple : si j'écris un roman qui raconte une histoire d'amour entre un Nègre et une Blanche, eh bien! personne ne l'achètera... Ou bien, ils le liront de travers.

— Comment cela?

— Si j'écris qu'ils sont allés chez les parents de la fille, naturellement blanche, le lecteur attendra patiemment le moment du face à face et, s'il n'y a pas de scandale, il pensera qu'on lui a volé son argent. Tout serait piégé. La moindre remarque (« Pourquoi n'as-tu pas mis les assiettes blanches, maman ? »), et c'est parti. Ce serait un livre totalement illisible, parce que la lecture serait différente d'un lecteur à l'autre, selon sa race, sa classe ou sa religion.

— Vous m'excuserez, mais je ne peux accepter une vision aussi cynique des choses. C'est irrespirable.

— Je me tue à vous dire que ce n'est pas de ma faute si les choses vont si mal, mais c'est mon travail de dire comment vont les choses.

— On dirait que vous prenez plaisir à cela.

— On dit qu'il faut toujours aimer ce qu'on fait.

— Est-il possible qu'un écrivain noir puisse écrire, un jour, sur autre chose que le sexe ?

— C'est possible, s'il n'est plus un écrivain nègre.

Pourquoi les écrivains nègres préfèrent-ils les blondes ?

La jeune fille assise à côté de moi au comptoir de ce bar est en train de refermer le magazine qu'elle feuilletait distraitement depuis un certain temps. C'est un bar fréquenté par des actrices de télé débutantes, des écrivains qui montent, des mannequins anorexiques. Les jeunes femmes nord-américaines crèvent artificiellement de faim. Le problème est que, pour paraître mince à l'image (télé ou photo), il faut être maigre.

La fille replace calmement le magazine dans un gros sac rouge qu'elle a gardé à ses pieds. Ensuite, elle descend lentement du tabouret et se dirige vers les toilettes. Je la regarde marcher, tête baissée, comme quelqu'un qui veut passer inaperçu. Malgré tout, elle ne perd rien de sa sensualité. Chaque mouvement de son corps dégage cette espèce d'énergie. Une sorte d'élan à peine contenu. Plus elle veut passer inaperçue, plus elle attire les regards voraces des hommes. Et des femmes aussi. Elle joue sa vie sur ces cent mètres qui séparent le tabouret des toilettes. Mon sang court à toute allure vers les organes concernés. La dernière image d'elle avant que la porte ne se referme derrière elle. Le dos blanc satin. Puis plus rien. Nous savons tous qu'elle est là. Derrière cette porte. Un temps qui ne compte pas dans notre vie. Combien? Une demi-heure peut-être. La voilà qui revient, complètement maquillée. Elle n'en avait pas besoin pour nous jeter dans la grande confusion. Est-ce raisonnable d'essayer d'éteindre un incendie avec un lance-flammes? Elle s'assoit sur le même tabouret en croisant, cette fois, les jambes très haut, jusqu'à la naissance des cuisses (ce qui devrait être prohibé dans les endroits publics, tout comme le port d'armes à feu). Elle s'allume une cigarette. La voilà prête pour la guerre des sexes. Une guerre qui a fait beaucoup plus de victimes que toutes les autres guerres réunies. J'ai oublié de dire que c'est une vraie blonde avec des jambes interminables et un soupçon de sourire méprisant au coin des lèvres. La Blonde. Le vieux rêve jamais oublié malgré les quinze dernières années passées à ferrailler avec le féminisme, qui a d'ailleurs tout fait pour la détruire dans le cœur (plutôt dans le corps) des hommes. C'est en Amérique que la Blonde a eu à faire face au feu le plus meurtrier. C'est aussi en Amérique qu'elle est devenue un mythe. La déesse blonde n'existe pas nécessairement en Norvège ou en Suède où la plupart des femmes sont blondes. La Blonde est une pure invention américaine. Comme le Nègre. On peut dire, aujourd'hui, qu'elle a traversé les pires tempêtes (les terribles décennies 70 et 80) sans perdre un poil doré. Aujourd'hui, la Blonde est de retour. Aussi radieuse que l'oxygène naissant. L'avenir lui appartient en totalité. Elle ne le partagera avec personne. J'examine attentivement cette blonde assise à côté de moi. Je veux la voir opérer. Je veux savoir comment fonctionne la plus fantastique machine à faire rêver créée par l'homme américain.

Cette grenade dans la main du jeune Nègre...

*

Pour le moment, toute l'action se concentre sur son sac qu'elle n'arrête pas de fouiller comme si elle espérait y trouver un puits de pétrole ou une mine d'or, sur la commande d'un cocktail compliqué à un barman depuis longtemps mis au parfum de ces choses de la vie et sur le projet à court terme de retourner aux toilettes. D'abord, se demande le poisson déjà ferré, pourquoi deux fois aux toilettes en moins d'un quart d'heure ? Vieille stratégie, frère. Mouvement. Elle interrompt brusquement la description détaillée de son cocktail pour filer de nouveau vers les toilettes. Autant elle avait pris son temps la première fois pour parcourir les cent mètres, autant cette fois elle tente d'égaler le record olympique de Carl Lewis. L'éclair qui nous aveugle. Les visages livides. Un orgasme par surprise. Mon esprit la suit. Je n'ai pas l'habitude d'entrer dans les toilettes des dames. Mais il m'arrive de les suivre en esprit. Que font-elles quand la petite porte se referme derrière elles ? Sont-elles encore des déesses ? Une blonde en train de pisser reste-t-elle sexy ? Font-elles ça comme tout le monde ? La fausse blonde fait-elle ça comme la vraie ? S'il y a une différence, quelle est-elle ? Les blondes vont-elles aux toilettes pour reprendre leur souffle ou pour disparaître tout bonnement de notre vue ? Je l'imagine debout au milieu de la pièce à regarder le plafond tout en jetant des coups d'œil furtifs à son chronomètre imaginaire. Sun Tzu, dans son traité *L'Art de la guerre*, cite le vieux Ts'ao Ts'ao : « Foncez dans le néant, ruez-vous sur les vides, contournez ce qu'il défend, atteignez-le là où il ne vous attend pas. » Personne ne peut aller aux toilettes aussi souvent. Sauf les blondes. La Blonde est un être à part. Premier principe : elle le sait. Deuxième principe : si tu sais cela, tu sais tout, frère. Je l'analyse minutieusement parce qu'elle est un des fantasmes les plus puissants de l'Amérique. Quelque chose qui se trouve au cœur de nos rêves les plus fous. Cet objet du désir reste quand même l'être le plus proche de la lumière. Cette lumière qui semble l'éclairer de l'intérieur. La peau diaphane. L'odeur du lait de vache. C'est ce qui attire le Nègre (l'odeur du lait). Pour ma part, je dirais que ce genre de femme (blonde, jambes longues et fines et sourire légèrement méprisant) constitue l'échec personnel de ma vie. Non seulement j'ai perdu cette bataille, mais j'ai aussi été humilié dans mon identité même. Toujours ce bon vieux Ts'ao Ts'ao : « C'est un terrain d'où il est difficile de revenir. » Elles m'ont littéralement ignoré durant près de vingt ans. Cette façon de regarder dans ma direction sans jamais me voir. L'impression d'être un mur lisse et blanc. Sans aucune aspérité. L'œil ne peut s'accrocher nulle part. En un mot, vous n'existez pas. D'où tient-elle une telle capacité de mépris ? Elle n'a jamais l'air nerveuse. Aucun besoin pressant. Elle ne désire pas. Elle est désirable. Son visage reste calme. Aucun tic. Aucun sentiment non plus au fond de ses prunelles. Ce n'est pas la petite rousse frétillante comme un poisson pris à l'hameçon. C'est la blonde guerrière. Et à ce jeu sans merci, on perd toujours si on n'a pas un gros sac à portée de main et la possibilité d'aller aux toilettes aussi souvent que l'opération l'exige. Qu'est-ce que j'ai comme armes pour faire face à cette stratège-née ? Presque rien. Faut dire que je ne joue même pas à ce niveau. C'est une catégorie totalement au-dessus de mes capacités. Pour dire les choses crûment : la blonde aux jambes longues et au sourire méprisant (je ne parle pas des stupides oies) m'a toujours fait flipper. Je regarde et c'est tout mon plaisir. J'assiste à son théâtre de la cruauté. Elle ne bouge pas un poil de ses cils, mais, comme par hasard, il se fait un ballet autour d'elle. Une chorégraphie avec seulement des hommes qui se ressemblent tous. Au fond de la scène : les yeux brillants de haine des filles délaissées. C'est que, frère, l'Amérique (je parle du Nord) est bien divisée en vraies blondes et en fausses blondes. Marilyn était une fausse blonde. Madonna aussi. C'est vous dire l'état des choses. Marilyn, Madonna. Les deux plus puissants fantasmes de l'après-guerre sont des fausses blondes. Et les vraies, alors ? Ô impuissance nègre. Si la Blonde est à elle seule une bombe, que dire de la rencontre du Nègre et de la Blonde ? Une bombe qui explose. Le Blanc devient fou de rage. Le voici

Cette grenade dans la main du jeune Nègre...

atteint en plein cœur. Dans l'intimité de sa mémoire. Le Nègre et la Blonde. La Blonde représente la-plus-que-blanche. Nègre/Blonde : couple trop puissant. L'inférieur avec la femme du supérieur. Couple rare. Plus rare que le diamant bleu. Les deux extrémités du spectre. La lumière et les ténèbres. Complémentarité absolue.

*

La voilà (ma voisine de nouveau) qui se retourne. Son regard glisse sur moi, revient et... s'arrête. Elle m'a vu. Son visage se décompose. Avec une lenteur infinie. Dégradation des nuances de la lumière. Finalement, elle esquisse un sourire qui n'est plus méprisant.
— Je vous ai vu quelque part?
— Je ne peux rien vous dire.
— Ah! je sais! hurle-t-elle presque.
Et elle se met à rire en se tenant le ventre. Je la regarde qui plonge vers son sac sans que ses fesses quittent entièrement le tabouret. Son cul pointe insolemment vers mon nez. Elle ramène le magazine, le feuillette fébrilement pour finalement retrouver l'article avec ma photo. La photo où je suis assis sur un banc du Carré Saint-Louis avec ma vieille Remington 22 sur les genoux. Elle me montre le magazine. Sans un mot. Une photo dans un grand magazine américain vaut combien de mots? Elle reste sans voix. Tenant idiotement dans sa main la photo du type assis à côté d'elle. La journaliste était venue chez moi faire l'entrevue. J'avais passé une journée entière avec elle et un photographe très cool, genre San Francisco (torse nu, jean et sandales). Il semblait fou de moi. Mais moi, j'étais fou d'elle. Je tombe facilement amoureux des femmes qui ont le pouvoir. Cette journaliste n'était pas blonde, mais elle travaillait pour cet important magazine. Elle faisait correctement son boulot. Le mien, c'était d'essayer de l'amener dans mon lit. Le photographe tournait autour de nous comme une mouche tsé-tsé. Elle m'a enregistré pendant des

heures (six cassettes TDK). Il a pris des centaines de photos. Tout ça pour ce court article qui fait à peine un quart de page. Le travail terminé, je n'ai plus entendu parler d'eux. Et voilà ma photo dans ce magazine à grand tirage, et cette blonde, inaccessible il y a à peine une minute, qui ne me perd plus des yeux maintenant. L'Amérique a encore frappé, à sa manière. Il n'y a que le succès américain qui soit un vrai succès. Je me demande, en ce moment, combien de blondes je pourrais lever dans le monde uniquement grâce à ce petit encadré paru dans un magazine américain ? C'est vertigineux. J'en suis littéralement étourdi. Je comprends à présent pourquoi les grands magazines américains prennent ainsi leur temps avant de sortir un article. Chaque semaine, j'allais feuilleter le magazine pour voir si ma photo n'y était pas. Et chaque fois, rien ! Toujours celle d'un autre. Seigneur, combien y a-t-il de jeunes écrivains qui veulent réussir sur cette planète ? Ils viennent du monde entier et ils rêvent tous de réussir en Amérique. Comme je déteste ces concurrents ! Finalement, page 36, en haut, à droite : la chronique de cette fille qui était venue m'interviewer il y a une éternité. Je me disais que la sale Amérique, comme toujours, n'arrêtait pas de faire chier le tiers-monde. L'Amérique se prend pour le nombril du monde et c'est pourquoi je la déteste tant. Pire que cela : l'Amérique est le nombril du monde. Et pour une fois j'applaudis. Que représente à présent cette pauvre blonde par rapport au fait que ma photo est distribuée dans le monde entier ? En ce moment même. Je ne sais pas ce que cela veut dire pour vous le monde entier. Pour moi, c'est la seule possibilité d'échapper à mon folklore de poche. Concrètement, ça veut dire que si je prends l'avion maintenant pour aller, disons, à Vienne, un bled européen que je ne connais pas encore, eh bien, frère, il y a de fortes chances pour que je tombe sur une blonde (ne souriez pas : il y a des blondes même en Afrique noire) qui me reconnaîtra du premier coup d'œil et qui sera immédiatement prête à se donner à moi. Oui, oui. C'est ça l'Amérique, frère. Et pour une fois, elle est de mon côté. Pour combien de temps encore ? Ça, c'est une autre histoire.

— Donc c'est vous ? me demande d'une voix un peu fêlée la jeune fille assise à ma droite.
— Oui.
Assez laconique à votre goût ?
— Alors pourquoi les écrivains nègres préfèrent-ils les blondes ?
C'est le titre de l'article qu'on m'a consacré. Toujours les questions raciales et sexuelles. Et leur mélange explosif. L'Amérique aime manger de ce plat. Et je suis prêt à lui en donner pour son argent.
— Je ne sais pas pourquoi... (Je fais le modeste.) L'attirance des contraires, peut-être...
— Ce n'est pas ce que vous avez répondu, me lance-t-elle avec un large sourire, ce genre de sourire que les blondes n'adressent qu'aux gagnants.
— Si vous connaissez ma réponse, alors...
Elle a ce léger sourire maintenant, différent de celui de tout à l'heure. De combien de nuances de sourire dispose-t-elle ?
— Qu'est-ce qui vous fait croire que les blondes sont attirées par les Nègres ?
Aucune trace d'ironie dans le ton de la question.
— Les couleurs sont très pures.
Elle me jette ce regard glacial. La jeune blonde de l'Amérique puritaine lance ses derniers missiles. Je ne bouge pas. J'ai passé ma vie à observer les blondes méprisantes. On peut dire que c'est ma spécialité. Donc je sais bien comment faire aujourd'hui. La règle principale : ne jamais bouger le premier. Je tiens le bon bout du bâton et ne le lâcherai sous aucun prétexte. C'est à elle d'alimenter la conversation. Ses yeux sont maintenant pleins de nuit et d'épouvante. Cela ne lui est pas souvent arrivé. Il lui faut apprendre très vite si elle veut survivre dans cette nouvelle jungle où elle est une proie en ce moment. Il est bon que, de temps en temps, l'ordre des choses soit bouleversé. Alors il suffit d'un bref article (avec photo quand même) dans un magazine américain à très grand tirage pour que tout change. Et moi qui méprisais tant ces magazines débilitants. Des machines écervelantes. Et moi

qui détestais tant ces filles un peu idiotes qui ont toujours le nez fourré dans ces magazines au papier glacé sentant mille parfums comme une pute de Shanghai. Toujours des photos de mannequins incolores, sans saveur et sans germes de maladie. Et voilà que je m'intéresse au tirage de ces magazines. Seulement quatre millions ! Je croyais que ces trucs étaient tirés à douze millions au moins. Faisons le compte. Sur ces quatre millions de lectrices (on peut aisément multiplier le chiffre par trois ou quatre), il doit y avoir au moins un million de blondes. Et sur ce million de blondes (bien sûr, les trois quarts sont de fausses blondes), un peu plus de deux cent mille n'ignorent plus mon existence. J'ai une inquiétude tout de même. Y a-t-il une version chinoise du magazine ? Deux à trois millions de Chinoises, j'avoue que je ne cracherais pas dessus, même s'il y a peu de chances pour qu'elles soient blondes. Je ne me souviens plus de la journaliste qui m'a interviewé. Un simple pont vers la gloire. À mesure qu'on grimpe l'échelle judéo-chrétienne, ceux d'en bas vous paraissent brusquement si petits. C'est peut-être leur taille réelle. Hier à peine, une fille qu'on a crue belle et inaccessible nous semble aujourd'hui aussi fade et inutile qu'un réfrigérateur débranché. Comment a-t-on pu s'éprendre d'une pareille limace ? Quand pourra-t-on dire : voilà, c'est elle que je voulais, que j'ai toujours voulue, que je veux vraiment ? En même temps, on a terriblement peur de ce moment. On sent que la mort n'est pas loin. La mort du désir qui précède de peu la fin dernière. Mais, entre-temps, quelle longue marche ! La marche des vifs. Il n'y a que deux camps, frère : celui des vifs et celui des gisants.

*

Je regarde devant moi. La serveuse vient de trébucher. Elle garde son sourire. Comment font-ils, ces gens, pour sourire encore quand la roue du temps leur passe dessus ? Pour sourire sous la douleur ? Le faux sourire de la serveuse n'est que le modeste triomphe d'un faux art de vivre. Ne m'écoutez pas, ça n'arrête pas. Il se passe toujours plein de trucs comme ça dans ma tête. Un véritable bric-à-brac. Il m'arrive de parler à quelqu'un tout en m'intéressant à quelque chose d'autre. En ce moment, je regarde cette frêle araignée qui glisse le long du poster fastueux et pervers de Prince – *Diamonds and Pearls* – et je m'intéresse en même temps à la conversation de deux jeunes filles assises derrière moi et discutant assez vivement à propos de Madonna... Je ne reste pas en place. Mon esprit vagabonde sans cesse. Tout cela pour éviter la seule chose qui compte vraiment : le fait que je n'arrive pas à écrire une seule ligne depuis que je suis devenu célèbre. Je ne veux même pas y penser. Et je fais en sorte que personne ne puisse soupçonner mon drame.

— Qu'est-ce que ça vous fait d'être connu ?
— Rien.
— Vraiment ?
— Sincèrement.

Et c'est ça, l'impuissance : perdre le droit de se plaindre. Tout le monde me croit riche, célèbre et heureux.

*

— Je me sens bizarre...
— Ah oui... (Je me tourne vers ma voisine.) Et pourquoi ?
Un petit rire gêné. Elle farfouille dans son sac.
— Je ne sais pas... Le fait d'être assise à côté de vous... Vous ne trouvez pas cela idiot ?
Je fais non de la tête avec ce léger sourire hypocrite.
— Je suis sûre que ce n'est pas la première fois que ça vous arrive.
— Quoi ? Qu'est-ce qui m'arrive ?
— Qu'une fille vous parle comme ça.
— Comme quoi ?
— Franchement, vous ne vous moquez pas de moi ?... Vous n'avez vraiment rien compris ?

Bien sûr que j'avais compris depuis un moment. Je voulais qu'elle goûte un peu à sa médecine. On est trop habitué à être chasseur, on ne sait plus ce qui se passe dans la tête du gibier. Le chasseur ignore toujours qu'il est, lui aussi, observé, suivi, analysé. Le chasseur pense à sa faim. Le gibier défend sa vie. Bien sûr, ils ont quelque chose en commun.
— Vous ne dites rien.
Silence.
— Je vous ennuie peut-être? fait-elle, un peu paumée.
Un silence plus long.
Je regarde son profil grave, très tendu. Elle attend une réponse, un geste de moi. J'aurais pu l'écraser comme une punaise. Sans aucune pitié. Comme je l'ai vue faire des dizaines de fois (elle ou une de ses sœurs). Ce soir même. Mais sa franchise et sa soudaine naïveté m'ont touché. Une sorte de fraîcheur. Je n'ai plus devant moi un fantasme brûlant, mais plutôt une pauvre fille qui se trouve malheureusement trop belle, trop blonde, trop grande, trop tout, et c'est exactement ce qu'on ne pardonne pas. Une malheureuse fille montée à la ville pour tenter de gagner sa vie avec ce que le bon Dieu lui a donné. Les hommes l'ont tout de suite remarquée et le lui ont dit. Et en un rien de temps, elle est devenue cette criminelle de guerre qui ne fait pas de prisonniers. Aujourd'hui, la voilà qui essuie les feux de l'ennemi. C'est ainsi, la vie.

*

Elle joue avec un minuscule morceau de pain qu'elle roule entre ses doigts. Son regard est ailleurs. Sa voix, un peu détachée, légèrement grave, toujours tendue. On dirait la voix de quelqu'un d'autre.
— Ce matin, mon horoscope disait que j'allais faire une rencontre importante. La journée s'est passée sans rien. Ce soir, je ne voulais pas sortir parce que j'ai une séance de photos demain. Je sentais qu'il me fallait bouger quand même. Je me suis habillée

en catastrophe et je suis venue ici. On dirait que quelqu'un me poussait dans le dos : faut que tu sois là. J'arrive ici, je prends un verre ou deux. Je vais acheter ce magazine, à côté, ce que je ne fais presque jamais. Je lis les magazines plutôt durant les séances de maquillage. Ou le soir, très tard, avant de m'endormir. Bon, je viens ici, je commande un verre, j'ouvre le magazine, et devinez sur quel article je tombe en premier ? J'ai trouvé le titre très drôle. Et je me suis mise à lire l'entretien. J'aime ta façon de dire les choses. Tu peux les dire crûment, je peux te tutoyer ?... Mais on sent quelque part une certaine tendresse, pas vrai ?... Je ferme le magazine et je le range dans mon sac. Je me mets à penser à toi. C'est drôle, j'ai pensé à toi parce que tu me fais penser à moi. Tu te mets tellement à nu qu'en lisant l'entrevue on a envie de faire de même. Tout devient facile. On ne peut rien cacher. On a l'impression de pouvoir tout affronter.

Un silence lourd de promesses.

— Je me demandais tout à l'heure ce que je faisais ici, avec tous ces types qui ne pensent qu'à me sauter.

Je suis du nombre.

— Beaucoup de souvenirs, de choses que j'avais refoulées me sont remontées à l'esprit. C'est pas du tout mon genre, crois-moi. Je regarde rarement en arrière. Cela fait trop mal. Sans savoir pourquoi, je n'arrêtais pas de penser à ces choses, à des choses vraiment intimes. Et puis (elle rit franchement), je me disais que j'aurais bien aimé avoir une conversation avec toi... Une vraie conversation, pas un truc où chaque personne ne pense qu'à un plan pour baiser l'autre, tu me comprends ?

Dommage. Je n'arrête pas de penser à son cul dans cette minuscule robe noire.

— La fille qui a écrit l'article dit que tu n'arrêtais pas de rire durant l'entrevue. J'ai l'impression qu'elle n'avait pas bien compris, je ne sais pas... Peut-être que je suis en train de dire une connerie, mais mon intuition me souffle que tu es plutôt quelqu'un de triste, de vraiment triste, plus triste que moi encore, et ça il faut le faire (elle sourit) parce que je peux compter facilement le nombre de fois que j'ai été heureuse depuis ma naissance. Curieusement, te lire me fait du bien. Tu ne peux pas savoir… Je te gêne en parlant comme ça, excuse-moi… J'ai l'impression de me libérer d'un poids. Oh! je ne veux pas trop t'embêter avec mes problèmes, mais tu es la seule personne avec qui je peux parler de ça. Généralement, les hommes prennent la fuite dès qu'on commence à raconter quelque chose d'un peu intime. Dans mon métier, tu sais, on n'a pas souvent la chance de parler sincèrement à quelqu'un, surtout à un homme (un rire amer). Dès qu'on se montre sous son vrai jour, on ne les intéresse plus. Est-ce que je parle trop? Faut me le dire. Ma mère dit que c'est ça qui fait fuir les hommes. Surtout ceux qu'on aimerait retenir (sourire triste). Les autres, on peut faire ce qu'on veut, ils vont rester. On n'a pas de chance, hein! Il paraît qu'il faut créer un mystère autour de soi pour retenir un homme, mais c'est pas facile quand on est comme moi. Je devrais arrêter de parler pour te donner la possibilité de placer un mot… C'est curieux, il y a à peine une demi-heure, je me disais que je donnerais n'importe quoi pour t'écouter. Tu es là, devant moi, et je ne fais que parler. Ne me juge pas trop mal… Le plus drôle, c'est que je ne peux vraiment pas m'arrêter. C'est comme une démangeaison, ça m'a tellement manqué. Les gens ne pensent qu'à baiser, alors que pour moi parler est beaucoup plus intime. La plupart des types avec qui l'on baise, ça m'arrive aussi (sourire doux), on n'a aucune envie de leur dire deux mots. Moi, quand je rencontre quelqu'un d'intéressant comme toi, quelqu'un avec qui j'ai vraiment envie de parler, je ne devrais pas te le dire, mais c'est rare que j'ai envie de baiser après, je me sens comme vidée… C'est plus fort que moi. Parler, tu vois, je ne sais pas, c'est comme si on avait fait l'amour, là devant tout le monde (elle rougit jusqu'aux oreilles)… Tu sais, je ne devrais pas te dire tout ça, mais je te fais confiance. Là, je parle vraiment trop… Je ne suis pas toujours comme ça, et même qu'on me surnomme la Muette. Arrête-moi si tu as la moindre estime pour moi.

C'est ce que j'ai fait. Je suis allé aux toilettes pour pouvoir respirer un peu et penser à toute cette affaire infernale. Je n'ai plus aucune prise sur ma vie. Ma vie réelle. Je m'assois sur le siège des toilettes et, sans crier gare, une terrible déprime me tombe dessus. Tout mon corps me fait subitement mal. Mes os. Mes reins. Mon dos. Comme si on m'avait passé brusquement dans une machine à broyer. Je me sens seul dans cette nuit américaine. Et c'est la chose la plus terrible qui puisse arriver à quelqu'un. La solitude est l'aboutissement naturel de toute vie en Amérique.

Pourquoi écrivez-vous ?

Le type qui m'avait refilé le tuyau pour ce reportage, Kunta (je l'appelle ainsi en souvenir du personnage de *Racines*, le bouquin d'Alex Haley), vient d'entrer dans la pièce où je travaille depuis une heure ou deux. Il fait une chaleur épouvantable. Je suis torse nu et en sueur.
– Il y a de la bière dans le réfrigérateur, dis-je.
– Qu'est-ce que tu fais ?
– Je tape à la machine.
Mes calepins sont étalés sur la table.
– Je vois bien. C'est ton truc sur l'Amérique ?
– Je rassemble un peu mes notes.
Il avale d'un trait la moitié de la bouteille, tire une chaise et s'assoit un moment à lire mes notes.
– C'est un peu dépassé, ton histoire de Blonde... Tout ça.
– Comment ça ?
– Bof...
– La mode ne m'intéresse pas tellement. J'écris précisément sur les choses apparemment dépassées. Parce qu'on ne parle pas d'une chose, on croit qu'elle n'existe plus. La société américaine n'a pas tellement bougé depuis les années 50. Elle est toujours

travaillée par les mêmes mythes. Et la Blonde est un mythe fondateur de l'Amérique.

— Tu sais, il s'est passé des choses quand même...

— Quoi, par exemple ?

— Je ne sais pas... Kennedy, le féminisme, Martin Luther King, la révolution sexuelle...

— Tout ça n'a concerné que 0,006 % de la population. Autant dire que l'impact est nul.

— Tous les gens que je connais sont pourtant divorcés...

— Tous les gens que tu connais, frère, ça ne fait pas trois cents personnes. On te parle de plus de trois cents millions de personnes.

— Alors ?

— L'Amérique est grande.

— Qu'est-ce que tu comptes faire maintenant, grand sachem ?

— Je vais continuer à la parcourir et à noter, en toute liberté, ce que je vois, pas ce qu'on me recommande de voir.

La question des origines

J'étais dans un avion, en direction de Miami. Assoupi. Je faisais des rêves étranges, sans queue ni tête. Dans le dernier de ces rêves, j'étais en train de faire l'amour avec une jeune femme que j'avais aperçue à l'aéroport de Los Angeles, mais je n'arrivais pas à jouir. Mon bas-ventre me faisait si mal que je me suis réveillé. Une terrible envie de pisser. Je dérange le type à côté qui dormait aussi. Il me fait un sourire crispé. Je remonte la rangée vers les toilettes. Longue file d'attente. Un type arrive et se place à côté de moi. On se regarde un moment. Puis, brusquement, sans ambages :

— D'où venez-vous ? me demande-t-il en anglais avec un fort accent français.

Cette grenade dans la main du jeune Nègre...

Ce n'est pas la première question qu'un Américain vous poserait. Il voudrait plutôt savoir ce que vous pensez de la déclaration de Magic Johnson. L'Américain blanc croit qu'un Noir a toujours de bons tuyaux sur n'importe quel autre Noir. Le Français veut plutôt savoir d'où vous venez.

— De mon siège, 17 B.

— Je ne parle pas de votre siège...

— De Los Angeles. J'ai pris l'avion à l'aéroport comme tout le monde.

Autour de nous, on commence à s'intéresser à notre conversation et le type à se demander si je ne me paie pas sa tête. J'étais plutôt embêté par la brutalité de la question.

— Je veux savoir de quel pays vous venez, reprend-il sur un ton impérieux.

Moment de gêne dans la file.

— Avez-vous perdu un esclave? je finis par lui répondre.

Une jeune femme, pas trop loin de moi, éclate de rire. Il n'y a rien de mal à vouloir connaître le pays d'origine de quelqu'un. Cela permet à certains de rêver et d'avoir une histoire à raconter à leur femme en rentrant. Ils peuvent toujours lui dire qu'ils ont passé un bon moment dans l'avion avec un Sénégalais, un Polonais, un Tchadien ou un Malgache. Je comprends tout cela, sinon pourquoi voyagerait-on si l'ailleurs ne nous fascinait pas? Mais il y a une manière d'aborder la question, je crois. On peut toujours commencer par lier un peu connaissance avec celui ou celle dont les origines nous intéressent, en tenant compte du fait que certaines personnes peuvent être plutôt réticentes à se livrer ainsi au premier venu. Ou, pire, peut-être qu'elles en ont marre de répondre à cette question à laquelle elles croyaient avoir fini de répondre. D'autres réservent leur réponse à la police, aux agents de la douane et aux fonctionnaires du ministère de l'Immigration et du Travail. Si vous n'appartenez pas à ces grandes institutions d'État, alors il faut des gants. Genre: Bonjour monsieur, comment ça va, et la santé? La famille se porte-t-elle bien? Les enfants sont-ils premiers à l'école? Je suis ravi, vous savez, de cette rencontre, mais par ailleurs d'où venez-vous ? Du Bénin, du Sénégal, d'Haïti, du Zaïre, du Mali ou de la Guinée ? À un moment donné, la personne trouvera que vous en avez assez fait et répondra gentiment à votre question.

— Du Mali... Et vous ?

Surtout, n'ayez pas l'air surpris. Acceptez le fait que, vous aussi, vous avez des origines et que, vous aussi, vous êtes exotique et vous exhalez pour l'autre le parfum de l'aventure. Il n'y a rien de plus offensant que de demander à quelqu'un, en retour, ses origines et de le voir vous regarder comme si ce n'était pas inscrit sur son front qu'il est français, américain, anglais ou allemand. En définitive, qu'il est un Blanc. Le Nègre vient d'un lieu ; le Blanc, d'une race.

Voyage avec un couple sud-américain

Dans ce petit avion qui va de Key West à Fort Lauderdale, je suis assis à côté d'un gentil couple sud-américain. La femme tient un bébé à qui elle donne discrètement le sein de temps en temps. Voilà quelque chose que l'on fait, malheureusement, de moins en moins de nos jours. Je regarde les mains de l'homme : un rude travailleur. Bon signe. L'homme me sourit quelquefois, de ce sourire bref des gens simples mais chaleureux. La femme s'occupe attentivement de son bébé bien enveloppé dans un châle bleu.

— Il dort bien, je fais à l'homme.

Il me sourit. Sûrement qu'il ne parle pas anglais. Je n'insiste pas. Je retourne au chant toujours optimiste de Whitman :

Toujours notre antique feuillage !

Toujours la verte péninsule de la Floride – toujours le delta sans prix de la Louisiane – toujours les champs de cotonniers de l'Alabama et du Texas.

Toujours à propos, ce Whitman.

— Du café?

L'hôtesse de l'air s'est adressée à moi. J'étais loin, dans les champs de coton de l'Alabama.

— Non, je ne supporte plus le café. Avez-vous du thé?

— Bien sûr, me répond-elle avec un large sourire.

Je tends ma tasse. L'hôtesse de l'air me verse le thé quand, brusquement, la théière s'ouvre complètement et tout le thé chaud tombe sur le bébé. Le cri de l'hôtesse. Les visages du couple. J'ai le souffle coupé.

— Ce n'est rien, dit précipitamment la mère.

Le visage horrifié de l'hôtesse qui fonce vers la cabine. Je ne comprends plus rien. Mon cœur bat à toute allure. L'homme reste impassible. Les yeux de bête prise au piège de la femme. Mais qu'est-ce qui se passe? Le copilote s'amène avec l'hôtesse.

Je n'ai su le fin mot de l'affaire que par le *Sun Sentinel* (le journal de Broward County) du lendemain. C'était un bébé mort. On lui avait ouvert le ventre afin d'y cacher des sachets de cocaïne.

Un bébé-valise.

La mort à Palm Beach

Cet homme, que j'ai rencontré à l'aéroport de Fort Lauderdale, avait un service à me demander.

— Je dois me rendre tout de suite à New York... Pourriez-vous aller porter ce paquet à ma mère? Mes parents habitent à Palm

Beach. L'adresse est sur l'enveloppe. Si vous n'avez pas de voiture, je vous paie le taxi, sinon laissez-moi au moins payer l'essence...

— Pas du tout...

Il insiste. Je refuse.

— Vous me rendez là un grand service. Je ne sais comment vous remercier... Est-ce que je peux faire quelque chose pour vous à New York?

— Non, je fais en souriant...

— Bon, tenez, voici mon adresse, si vous passez à New York un jour, donnez-moi un coup de fil, et on prendra un verre... Mon appartement est à votre disposition n'importe quand... Vous m'enlevez un grand poids...

— Ah oui! je fais en rigolant.

Il respire profondément.

— Bon, je pourrais apporter moi-même le paquet, mais je n'arrive pas à aller les voir à Palm Beach. Enfant, je détestais les cimetières. Et pour moi, Palm Beach, c'est pire. Un cimetière pour des vivants. La dernière fois que j'y ai mis les pieds, j'ai passé la semaine d'après à vomir. Je les préfère morts.

— Ils sont impotents?...

— Non. Ils vont très bien. Mais Palm Beach... Excusez-moi...

Il file vers les toilettes.

Deux jours plus tard, je suis allé à Palm Beach porter le paquet à ses parents. Coquette maison avec un petit jardin bien entretenu. Je sonne. Une dame bien maquillée me reçoit avec un sourire radieux.

— Mais entrez donc... C'est Sacha qui vous envoie... Chéri, Sacha t'a envoyé ton herbe. Chaque fois que mon fils va en Pologne, il ramène à son père un paquet d'herbe. Elle vient du terrain de foot où mon mari jouait, enfant. Mon mari dit que c'est l'odeur de son enfance. Pfuittt, c'est la même odeur que notre gazon...

La voix étonnamment jeune de cette femme. Je ne sais pas son âge, mais elle a gardé la voix de sa jeunesse.

— Pas du tout, dit un homme assis dans une des chambres au fond du couloir.

— Chéri, tu ne viens pas saluer l'ami de ton fils...

Elle se tourne vers moi.

— Il ne viendra pas. Un jour, il s'est assis dans ce fauteuil et il n'a plus voulu se lever. Il ne se lève même pas pour saluer son fils... Et vous, vous connaissez Sacha depuis longtemps?...

— On s'est rencontrés à l'aéroport.

Elle me touche le bras avec un sourire complice.

— Je m'en doutais... Chaque fois qu'il vient nous voir, il tombe malade après. Vous croyez qu'on pue la mort à ce point?... Bon, je vois que je vous effraie déjà avec mes balivernes... Voulez-vous un verre de jus?

— Avec plaisir...

— Oh, vous êtes le premier qui accepte quelque chose de nous... Vous venez d'où?

— D'Haïti, je réponds instantanément.

— Je comprends maintenant... C'est un pays qui a une grande culture de la mort...

— Vous parlez du vaudou? je dis en souriant.

— Oh non, plutôt une sorte de philosophie... C'est dans votre manière d'être. J'avais une grande amie, une danseuse, Lavinia Williams, elle a passé toute sa vie en Haïti. Un jour, je lui ai demandé pourquoi elle habitait là et elle m'a simplement dit que c'est parce qu'on ne meurt pas en Haïti. Elle avait l'air convaincue de ça. Vous n'avez pas peur de la mort, vous, là-bas?

— Pas moi...

Elle rit.

— Vous ne voudriez pas rester un moment?

— J'ai tout mon temps, madame...

— Oh, chéri!... L'ami de ton fils, il me fait rire. Je n'ai pas ri comme ça depuis longtemps... Mais expliquez-moi, pourquoi les gens ont-ils tant peur de la mort?

— Ils doivent savoir quelque chose...

— C'est étrange ce que vous dites... Généralement, on dit plutôt le contraire. On dit que, s'ils ont peur, c'est précisément parce qu'ils ignorent tout de la mort. Ils ont peur de l'inconnu, en somme... Et vous, vous affirmez que c'est parce qu'ils en savent quelque chose... Pouvez-vous m'en dire un peu plus ?

— Je ne sais pas, j'ai lancé cela comme ça...

Elle me regarde un long moment droit dans les yeux.

— C'est tout à fait ce que je pensais... Vous êtes un intuitif... Mais je vous soûle...

— Pas du tout. Cette conversation est exquise...

Elle hoche doucement la tête.

— Virgile aussi est exquis... Avez-vous lu Virgile ?

— Non.

— C'est mon écrivain favori. La première fois que je l'ai lu, j'avais douze ans. Et j'ai eu quatre-vingt-huit ans hier. Mon mari en a quatre-vingt-douze. Voulez-vous savoir ce qu'il m'a donné comme cadeau d'anniversaire ? Un bouquet de fleurs sauvages. Il les a fait cueillir par notre petit voisin. Il a huit ans. Il dit que mon mari est son meilleur ami. C'est vrai que mon mari le fait rire... Vous savez pourquoi mon fils ne peut plus venir nous voir ? Parce qu'on a perdu l'odeur...

— Quelle odeur ?

— L'odeur de l'ambition. Cela fait trente ans qu'on vit dans cette maison et qu'on n'aspire à rien. Simplement à vivre. On ne sent plus l'humain. C'est ce qui rend malade Sacha. Il travaille à Wall Street. Ah, New York, voilà une ville qui sent l'humain. Eh bien, c'est réciproque, parce que mon mari dit qu'il n'arrive plus à respirer à New York et que ça pue l'humain... Et quand on ne sent pas l'humain, on sent la mort...

— Dans ce cas, la mort sent les fleurs sauvages...

Elle sourit.

— Merci... Et merci aussi de n'avoir pas vomi...

Le soleil était déjà à moitié plongé dans le golfe quand je les ai quittés. Je suis allé marcher un moment sur la plage.

Toutes les blondes ne sont pas cubaines

J'avais lu un article d'un certain Rafaël Garcia dans *El Nuevo Herald* (la version espagnole pour ne pas dire cubaine du *Miami Herald*). Il affirmait qu'en tant que jeune étudiant noir il avait beaucoup de mal à s'identifier à cette communauté cubaine de Miami qui se voulait résolument blanche. Je désirais l'entendre sur ce point. On s'est donné rendez-vous à La Cubanita, un restaurant de Little Havana.

— Je ne comprends pas tout à fait ce que tu voulais dire dans l'article.

Il sourit.

— Au fond, mon comportement est très cubain... On parle et on imagine que le reste de la planète est suffisamment au courant de nos problèmes pour nous comprendre.

— Cela n'a rien à voir avec les Cubains, c'est un comportement de toute société trop fermée sur elle-même. Ton voisin, Little Haïti, c'est pareil.

— Oh, merde, j'espérais qu'on était unique au moins sur ce point.

L'ambiance du restaurant est chaleureuse. Les serveuses circulent en souriant et appellent tout le monde chéri. Chaque nouveau client est accueilli par des cris et des vivats. On dirait plutôt une salle à manger familiale.

— Tu sembles très à l'aise ici, Rafaël.

— Bien sûr, je suis cubain. Je n'ai pas de problème avec la communauté. C'est ma culture.

— Et avec quoi exactement as-tu un problème ?

Il respire un long moment.

— On nous demande aussi de ne jamais soulever publiquement une question qui pourrait nous diviser.

— Pourtant, tu n'y es pas allé avec le dos de la cuillère dans le *Nuevo Herald*.

— Et cela m'a causé beaucoup de difficultés avec ma propre famille. Mon père m'a pratiquement renié. Il avait fait de la prison sous Castro. Il est prêt à tout avaler, du moment que c'est contre Castro.

— Ton article n'était pas pro-Castro.

— Oh non, mais il n'était pas assez contre, d'après lui. Il m'a dit : « Si tu as un problème avec la communauté, dis-le-moi, mais ne va jamais en parler sur la place publique. » Son truc, c'est Cuba. Et Cuba, c'est une affaire privée pour lui. Mais je suis né aux États-Unis. Pour moi, les Américains ne peuvent pas être les autres. Je ne le dirai jamais devant mon père, il le prendrait comme une faillite personnelle, mais je me sens plus américain que cubain. Ils ne pourront jamais comprendre le drame de ceux qui ne sont pas nés dans le pays de leurs parents. J'ai l'impression, parfois, d'avoir été kidnappé par une famille cubaine. Je ne suis jamais allé à Cuba et je ne connais pas Castro. Mais je n'ai pas vécu une seule journée sans entendre parler au moins une centaine de fois de Cuba et de Castro. Souvent, je crois devenir fou.

— D'après ton article, il y a un racisme violent dans la communauté cubaine.

— Ce n'est pas le plus grave problème... Le racisme, ce n'est pas nouveau et c'est encore gérable.

La serveuse nous adresse un étincelant sourire. Quelle énergie !

— Je n'ai pas beaucoup de temps, dit Rafaël... C'est quoi le plat du jour ?

— Poulet en sauce, riz blanc, haricots noirs, sinon il y a du poisson...

— Non, je prends le poulet, jette Rafaël.

— La même chose pour moi.

Nouveau sourire éclatant. Ciel ! comment fait-elle ?

— Tu étais en train de gérer le racisme, dis-je.

Il sourit.

— Le raciste reconnaît l'autre comme un inférieur, mais au moins il le reconnaît. Alors que là, c'est différent. La

Cette grenade dans la main du jeune Nègre…

communauté cubaine se trouve prise, depuis près de quarante ans, dans un bras de fer avec Castro. Et les Cubains de Miami ont compris qu'être noir aux États-Unis vous enlève toute chance de réussite dans cette société. C'est pourquoi ils mènent depuis des années une campagne intense pour être perçus comme des Blancs. Ce qui implique la disparition des Noirs cubains.

— Un génocide ?

— Non, simplement une élimination magique. Un crime sans cadavre. La National Foundation – le plus puissant groupe politique cubain aux États-Unis – parle de Cuba comme d'un pays de dix millions de Blancs. Comme il y a dix millions de Cubains, donc tous les Cubains sont des Blancs.

— Et les Noirs ?

— C'est là le bras de fer avec Castro. Lui, il adopte naturellement la position opposée. Il entend faire savoir aux Américains que Cuba est un pays essentiellement de Noirs. Il remet à l'honneur nos racines africaines. Le vaudou haïtien occupe aujourd'hui une place enviable. On parle d'un pays communiste. Il n'envoie que des Noirs représenter Cuba sur la scène internationale. Les athlètes, les musiciens, les écrivains, les soldats de la Légion étrangère, enfin l'image internationale du pays dit que Cuba est un pays où l'on trouve une grande majorité de Noirs et une minorité de Blancs. Même si, à l'intérieur, les postes clés sont encore occupés presque exclusivement par des Blancs. C'est la stratégie de Castro pour saboter les efforts de la communauté cubaine de Miami afin d'accéder au statut définitif de communauté de Blancs.

— Pourquoi les Cubains de Miami mettent-ils leur énergie dans un tel marécage, alors même que cette communauté a totalement réussi son implantation en Amérique du Nord ?

— Précisément, la réussite n'est pas totale, comme on le croit… Sur le plan économique, oui, mais pas encore sur le plan social. Le Blanc américain continue à dénier au Cubain le statut de Blanc. Sur les papiers officiels de l'État de la Floride, les Cubains étaient autrefois identifiés comme des *Hispanics*.

Aujourd'hui, les Blancs de la Floride sont étiquetés comme *white non-Hispanics*. Et les Cubains, des *white Hispanics*. Il y a une amélioration, mais ça ne s'est pas fait sans difficulté. Ce n'est pas fini. Les hommes d'affaires cubains continuent à dépenser des millions de dollars pour faire enlever le terme *Hispanics* de sorte qu'on puisse désigner un jour les Cubains comme des *whites*.

— Tu crois que ça se fera ?

— Le wasp n'est pas prêt à bouger sur cette question. Ce serait la première fois qu'une communauté noire deviendrait officiellement blanche. Ce n'est pas une direction mentale que les Américains empruntent facilement. L'enfant d'un Blanc et d'une Noire sera forcément un Noir, tandis que celui d'un Noir et d'une Blanche ne pourra jamais être un Blanc. La conclusion est irrévocable : On naît Blanc, on ne le devient pas.

— Et pourquoi ?

— C'est une question d'abord économique : moins on est nombreux, plus grosses sont les portions du gâteau.

— J'ai l'impression que 90 % des Cubaines de Little Havana sont blondes...

Il se tient le ventre pour rire. Des têtes se tournent vers nous.

— Je sais, dit-il, c'est pathétique...

— Et Castro, lui, pourquoi refuse-t-il de laisser les Cubains de la Floride se faire passer pour des Blancs ? C'est ainsi qu'il protège les Cubains noirs ?

— Non, cela n'a rien à voir avec les Noirs. Il continue sa lutte contre les anciens maîtres de Cuba, ces gens, installés à Miami aujourd'hui, qui possédaient les grandes sucreries de Cuba. Ceux qu'il a dépossédés en arrivant au pouvoir et qui tentent, par tous les moyens en leur possession aux États-Unis, de ruiner Castro, même s'il faut pour cela ruiner Cuba. C'est une vieille guerre entre deux factions de la minorité blanche de Cuba : les communistes et les capitalistes. Le peuple cubain paie les pots cassés. Les riches Cubains de Miami financent ce puissant lobby, dépensant des dizaines de millions de dollars pour que Washington maintienne cet infernal embargo sur Cuba. De son côté, Castro se

Cette grenade dans la main du jeune Nègre...

soigne, suit un régime sévère, arrête de fumer, tout cela pour se garder en santé et pouvoir les enterrer tous. Tous ces vieux riches cubains, Castro les connaît personnellement. Ils ont fréquenté les mêmes écoles privées de La Havane. Les années passent, on vieillit un peu plus, tout le monde s'énerve. Castro lui-même sait bien que sa longévité a une limite. Sa succession n'est pas bien claire. Évidemment, son frère Raúl...

— Non, Rafaël, je n'ai pas envie d'entrer dans les détails de la politique interne de Cuba. Étant haïtien, je connais sur le bout des doigts ce genre de discussion.

— D'accord, fait-il en riant, je vais aller droit au but. Castro ne veut absolument pas que la communauté cubaine fusionne avec les Blancs américains, sous aucun prétexte.

— Même racial?

— Surtout racial. La race crée des liens féconds aux États-Unis. L'Américain moyen ne doit jamais penser qu'il y a un pays blanc dans la Caraïbe. Castro ne fera pas cette fleur aux Cubains de Miami.

— C'est assez compliqué... Peut-on résumer cela ainsi: les Cubains de Miami affirment qu'ils sont des Blancs et Castro prétend que Cuba est un pays de Nègres?

— C'est cela.

— En attendant, c'est pas les blondes qui manquent ici. Reçoivent-elles une prime quand elles se teignent les cheveux?

Il rit.

— Non, je ne crois pas, elles le font spontanément.

— Au fond, c'est injuste, car il n'y a pas plus de fausses blondes cubaines que de fausses blondes américaines. Et si on regarde cela sous l'angle de la composition de la population, proportionnellement, il n'y a pas plus de Noirs à Cuba qu'aux États-Unis, et pourtant l'Amérique se dit blanche...

— Oui, c'est injuste, conclut Rafaël, mais on ne me verra jamais me plaindre de cette injustice.

CINQUIÈME PARTIE

Comment?
(Flash-back)

*Comment un écrivain nègre peut-il
retrouver son chemin dans cette jungle?*

Je suis assis dans ce parc à penser à tout ça. De quoi parler maintenant, par exemple?
— De moi.
— Quoi?
— De moi.
Je me suis retourné. Une jeune femme noire se tient devant moi. Bouche insolente, ongles rouges, seins fermes. Un joli paquet de désirs bien ficelés, tenus en laisse par une volonté de fer. Le genre à ne pas lâcher le morceau qu'elle tient entre les dents. Dents blanches, d'ailleurs, mais ça, c'est un cliché.
— Excuse-moi, je ne comprends vraiment pas.
— C'est très simple, pourtant. T'es un écrivain et tu cherches un sujet. Alors c'est moi.
— Pourquoi je dois écrire sur toi?

— Je trouve que tu donnes une trop grande place à la femme blanche.

— Mais il n'y a aucune raison de lui envier cette place, je t'assure.

— Parle de moi en bien ou en mal, mais parle de moi, et surtout orthographie bien mon nom, comme ils disent.

— Et c'est quoi, ton nom ?

— Erzulie.

— Tu sais que c'est le nom d'une terrible déesse du vaudou.

— Bien sûr… et je peux être aussi sanguinaire qu'elle.

— Je suppose que tu as l'habitude d'obtenir ce que tu veux.

Elle sourit. Un bref sourire. Elle a à peine bougé le coin gauche de sa bouche.

— Supposons que j'accepte d'écrire sur toi… Tu sais, ici, c'est pas le Secours catholique ni Oxfam… Tous les coups sont permis et donnés… Accepteras-tu n'importe quel traitement ?

— Je ne sais pas écrire, c'est vrai, mais je sais ce qu'est un livre… Moi-même, je ne supporte pas les trucs complaisants… Quand un livre n'est pas honnête, c'est simple, je le jette.

— Je vois que tu comprends le problème.

— Je ne suis pas une idiote… J'ai peut-être l'air jeune…

— Alors pourquoi veux-tu absolument être dans un livre quand tu sais pertinemment que tu vas te faire massacrer ?

— Je veux être connue. C'est tout. Comme tout le monde.

— Tout le monde n'est pas connu.

— Ceux qui ne sont pas connus n'existent pas.

Un temps.

— Ah bon…

— Surtout dans le métier que je fais. J'ai trois défauts majeurs : je suis noire, je suis une femme et je ne suis pas connue.

— Tu es sexy.

— Oh ça, ils savent qu'ils peuvent l'avoir gratuitement. Si c'est pas moi, ce sera une autre. Les types ne te donnent plus rien pour ça maintenant, ça vaut pas un clou, le cul. D'ailleurs, ils sont tous pédés. Alors aucun espoir de ce côté.

Cette grenade dans la main du jeune Nègre...

— Pourquoi moi ?
— J'en ai marre de voir les écrivains noirs faire de la pub pour les femmes blanches. Les écrivains blancs ne parlent que des Blanches. Si maintenant les écrivains noirs se mettent à parler, eux aussi, des Blanches, alors on n'est pas sorti du bois...
— C'est pour te protéger.
— Va te faire enculer.
— Peut-être que tu n'es pas un bon sujet...
— Comment ça ?
— Si un écrivain blanc parle de toi à travers ses fantasmes, ça fera drôlement colonialiste...
— Humm...
— Et si un écrivain noir écrit sur toi, ça fait un peu ghetto...
— Et quand les écrivains blancs écrivent sur les Blanches, comme ils le font dans 100 % des cas, ça fait quoi ? De l'inceste, je suppose.
— Écoute...
— Ne me parle pas comme ça, tu me rappelles mon père, et crois-moi, ce n'est pas un compliment...
— Tu ne donnes aucune chance aux autres.
— Au contraire, je te parle franchement et j'en ai rien à foutre que ça te plaise ou non...
— Je veux dire qu'on ne peut parler librement de quelqu'un que s'il est dans une position inférieure.
— Ciel que ça devient compliqué ! Tu parles toujours comme ça ?
— D'accord, je vais être clair.
— Ne te gêne surtout pas... C'est ça, prends-moi pour une demeurée.
— Je dis qu'un écrivain nègre peut à la rigueur exprimer ses fantasmes les plus violents à l'égard d'une Blanche sans provoquer un trop grand scandale, tout simplement parce que la Blanche se trouve placée plus haut que le Nègre dans l'échelle sociale judéo-chrétienne. Dès qu'on a le pouvoir de réaliser ses fantasmes, ça devient plus difficile de les exprimer.

— Tu crois vraiment à ces sornettes ? Les machos ne s'expriment pas, d'après toi ? On n'entend qu'eux dans les journaux, dans les films, à la télé. Pour moi, c'est simple, les hommes ne pensent qu'à sauter les femmes, qu'elles soient noires, rouges, blanches, jaunes, riches, pauvres, grandes ou petites, belles ou laides, catholiques, protestantes ou islamistes, en santé ou handicapées... Ça, je le sais.

Un air de défi au monde entier.

— Tous les hommes ne pensent pas qu'aux femmes, tu sais...

Elle éclate de rire, brusquement. Un rire vrai, physique. Le rire de quelqu'un de foncièrement honnête.

— Là, c'est vrai. Tu marques un point. Tous les hommes ne rêvent pas qu'aux femmes.

— Et il n'y a pas que le sexe dans la vie.

— Il n'y a que le sexe, tranche-t-elle fermement.

On a l'impression que les deux camps ont dit tout ce qu'ils avaient à dire.

— Je veux que tu me mettes dans ton bouquin.

— On revient au point de départ... Et je continue à croire qu'un écrivain nègre traçant le portrait d'un personnage féminin noir, ça ne fait pas assez contraste. Pourquoi ne vas-tu pas voir un écrivain blanc ?

— Je veux commencer par toi.

— Pourquoi pas une femme ? Tu sais, il y a des femmes qui écrivent aussi.

— Ça ne m'intéresse pas.

— Pourtant, une femme te comprendra beaucoup mieux.

— Les femmes ne sont bonnes que quand elles parlent des hommes.

— C'est pas moi qui l'ai dit.

— Et ce n'est pas ce que tu crois, non plus. Je veux dire qu'elles ont un différend à régler avec les hommes, alors parler des hommes les met en colère et c'est à ce moment qu'elles deviennent bonnes.

Cette grenade dans la main du jeune Nègre...

— Moi, je crois simplement que les femmes connaissent mieux les hommes qu'elles ne se connaissent elles-mêmes, pour la simple raison qu'elles passent le plus clair de leur temps avec les hommes.

— Tu tournes autour du pot. Est-ce trop te demander que d'être dans ton livre ?

— Je ne sais pas si tu as jamais entendu parler de la liberté de l'écrivain...

— La liberté de l'écrivain, tu veux savoir ce que j'en fais ?... Tu as écrit un bouquin pour te faire connaître... Eh bien, moi aussi, je veux la même chose que toi... Je veux être dans ton prochain livre pour les mêmes raisons. Je me fous de ce que tu écriras sur moi, et même, pour être honnête avec toi, je ne crois pas que je lirai ton bouquin... Si tu n'étais pas connu, je ne serais pas là à te raconter ma vie... C'est tout ce que je demande... Bye.

Elle se dirige vers un groupe de musiciens qui jouent près de l'entrée du parc. Je la regarde un moment. Elle fait face au soleil. Elle revient vers moi. Un pas décidé.

— Qu'est-ce que ça peut te faire de me mettre dans ton bouquin ?... J'ai tout ce qu'il faut pour être dans un livre, et tu ne sais pas ce dont je suis capable.

Comment un honnête écrivain nègre peut-il travailler dans de telles conditions ?

Je dois rencontrer mon éditeur, aujourd'hui. Il m'attend à son bureau pour m'emmener dans un restaurant, tout près de la maison d'édition. Toujours un petit restaurant discret, pas trop cher et tranquille. Il prend du vin ; moi, de la bière. On mange

calmement en parlant de choses et d'autres. J'adore le foie gras ; lui, le veau. Et au fromage, il me demande anxieusement :
— Tu travailles à quelque chose ?
— Un peu.
— Ah oui ?
— Un truc, comme ça...
— Un roman ?
Le mot magique.
— Si tu veux... Moi, je n'appellerais pas ça un roman.
— C'est pas de la poésie quand même ?
— Ni du théâtre... N'aie pas peur.
— Je n'ai pas peur. T'écris ce que tu as envie d'écrire.
— Du moment que c'est un roman.
— Du moment que tu écris.
Là, ça devient plus corsé, puisqu'il est à peu près sûr que je n'écris rien.
— Tu écris vraiment ?
— Des notes.
— Je vois, dit-il, un peu las.
Le serveur vient nous demander si on veut passer au dessert. Une glace à la vanille pour moi et une crème caramel pour lui.
On mange en silence.
— Je me souviens, dit-il, d'un jeune homme passionné de littérature. À l'époque, tu pouvais parler pendant des heures de Malraux, de Baldwin, de Borges... Tu lis encore ?
— Un peu.
— Tu devrais faire un livre sur les écrivains que tu aimes. Quelque chose de simple. Juste dire pourquoi tu les aimes.
— Il y a tellement de livres que je devrais faire.
— Pourquoi tu prends ça comme ça ?... Je ne te pousse jamais dans le dos... Juste une idée...
— Je sais. Je parlais pour moi.
Je me concentre sur mon dessert. Je n'ai pas envie de tourner le couteau dans la plaie.
— Tu étais plus timide.

— Quand ça ?
— Quand tu m'as apporté ton premier manuscrit.
— Je cachais bien mon jeu.
— Il y avait une curieuse flamme dans tes yeux.
— Tu me confonds avec une de tes jeunes romancières.
— Ne sois pas cynique.
— C'est le succès, mon ami.
— Et pourtant, je n'ai pas l'impression que tu as vraiment changé... Je crois que tu as encore quelque chose à dire.
— Là, c'est l'éditeur qui parle.
— Qui d'autre voudrais-tu que ce soit ?
— L'ami.
— Et que dirait l'ami qui soit différent de ce que dit l'éditeur ?
— Que je ne suis pas obligé d'écrire un autre livre, que c'est toujours mieux de suivre sa pente, sans se presser, sans se stresser, et qu'il n'y a pas que les livres dans la vie...
— Ce serait de la lâcheté de ma part.
— C'est ce que j'ai envie d'entendre maintenant.
— Si je te dis cela, tu auras l'impression que je ne crois plus dans ton talent.
— C'est quoi, le talent ? Tout le monde en parle comme si c'était Dieu sait quoi !
— C'est ça qui t'a sorti de l'usine.
— Des fois, je me demande si je n'aurais pas mieux fait d'y rester.
— Tu ne disais pas ça avant.
— Excuse-moi...

Le garçon apporte l'addition et la dépose, sous une soucoupe, près du coude de l'éditeur. Nous sommes deux adultes en train de manger, alors pourquoi il glisse l'addition devant lui ? Je remarque que, chaque fois que je mange avec un Blanc, immanquablement, c'est à lui qu'on remet l'addition. Le Nègre est l'équivalent d'une femme aux yeux des serveurs. Ce qui doit être l'insulte suprême pour une Blanche. Quand une Blanche et un Nègre se trouvent dans un restaurant, à qui apporte-t-on l'addition ? À la Blanche, frère. Le Nègre ne peut être, au mieux, qu'un souteneur. L'équation reste simple. Le Blanc paie pour la Blanche. La Blanche paie pour le Nègre. Le Nègre n'emmène nulle part la Négresse. Quand est-ce que toutes les Négresses du monde vont se donner la main pour changer cet ordre des choses ? Peut-être que ça a déjà commencé. En Amérique, la Négresse a peur de faire du mal au Nègre que le Blanc vient tout juste de piétiner. Et ça retarde un peu les choses. Parce que tout le monde sait que, s'il se produit quelque chose en Amérique, ce sera par la Négresse. C'est elle qui supporte l'édifice social. Je suis mûr, je crois, pour écrire un bouquin sur la situation des femmes noires en Amérique. Une femme noire vue par un écrivain nègre. Je vais essayer ça sur mon éditeur.

— J'ai commencé un petit truc sur les femmes noires... Je trouve que c'est un sujet délicat.

— Comment ça ?

La fumée sort déjà de ses oreilles.

— On ose à peine parler des femmes blanches, imagine la Négresse. C'est la reine des victimes. Plus victime que ça, tu meurs.

— Et tu vois ça comment ? me demande-t-il anxieusement.

— Très dur.

— Très dur ?

— Oui. Pas de quartier. Le genre de truc qui fait se retourner tout le monde contre toi.

— Il faut garder quand même quelques lecteurs.

Nous rions tous les deux comme deux complices qui viennent de dévaliser un wagon de melons.

— Et tu as commencé ?

— Oui... Une trentaine de pages. Une jeune femme noire qui veut absolument que j'écrive un truc à propos d'elle.

— Ouais... Tout le monde aimerait qu'un écrivain raconte son histoire.

— Elle s'en fout complètement... Elle ne veut même pas lire le livre.

— Oh! elle dit ça maintenant, mais quand le bouquin sera publié, elle sera la première à t'attaquer en justice.

— Donc, tu ne penses pas que ce soit un bon sujet ?

— Je ne pense rien, dit l'éditeur bien prudent tout à coup, je fais des objections de routine. C'est à toi de savoir. Fais-moi voir tes feuillets.

— Ce n'est pas encore au point. Je veux être sûr que ça vaut la peine.

J'ai l'impression que l'intérêt de mon éditeur vient de chuter. Cela lui a pris quand même quelques minutes avant de s'apercevoir que je n'avais pas encore écrit une seule ligne de ce livre imaginaire. L'éditeur ramasse l'addition. Il était venu aux nouvelles. Et maintenant, il sait que la situation n'a pas changé. J'ai une légère crampe d'estomac. Le foie gras, peut-être.

L'éditeur me glisse cet ultime conseil à la porte du restaurant :

— Je ne devrais pas te le dire, mais même tes ennemis pensent qu'il est temps pour toi d'écrire un nouveau livre.

Comment reconnaître les signes de la célébrité ?

Je suis passé à la Librairie du Square, juste au coin, m'acheter quelques magazines et, depuis une bonne demi-heure, je suis installé au soleil, sur la terrasse du Café Cherrier. Je ne fais rien. Je ne pense à rien. Je feuillette distraitement un magazine féminin. Ma photo est encore là. Elle sera là pendant tout un mois. Le plaisir d'être dans un mensuel. Je suis célèbre aujourd'hui et je fais chier le reste de la planète. Tous ceux qui ne m'ont pas jeté ne serait-ce qu'un simple coup d'œil (sauf toi, l'Auvergnat) quand je crevais de faim dans cette petite chambre crasseuse au troisième étage du 3670 de la rue Saint-Denis. En face du Café Cherrier, où je me trouve en ce moment à attendre la jeune et belle comédienne qui triomphe, ces jours-ci, dans une pièce de Musset, au Théâtre du Nouveau Monde. C'est dans cette chambre minable que j'ai écrit mon premier roman. Et c'est de ce livre qu'on me parle sans arrêt. J'ai l'impression que je pourrais écrire les meilleurs romans de notre époque qu'on me parlera encore de ce bouquin. Jerzy Kosinski, l'écrivain polonais, vient de mourir et le *Times* parle encore de lui comme l'auteur de *L'Oiseau bariolé*, son premier livre. Il l'a publié il y a plus de trente ans. Il aurait pu ne plus rien écrire. Pourtant, il a continué. Mais pour les autres, il reste pour toujours l'auteur de ce premier bouquin écrit dans la fièvre et l'innocence. C'est peut-être ça qui l'a tué. Le fait que, à la sortie de chacun de ses livres, on lui rappelle immanquablement le premier. García Márquez affirme qu'il écrit tous ses livres pour tuer *Cent ans de solitude*. Observe la différence de manière. Kosinski s'est suicidé en s'enveloppant la tête dans un sac de plastique, alors que Márquez préfère exécuter son roman. C'est pas un Sud-Américain qui se tuerait pour un livre. À m'entendre parler comme ça, on aurait l'impression que je suis en train de faire une petite dépression nerveuse. Loin de là. Pourquoi je dis : « Loin de là » ? Ça peut vouloir dire que je suis heureux, que la vie me gâte, que je suis content de tout ce qui m'arrive, que ça roule, que c'est ce que je voulais : je suis devenu célèbre et les filles me tombent nues dans les bras. Suis-je vraiment heureux ? Je dois me surveiller. C'est pourtant ça, écrire. Écrire, c'est se surveiller. Il y a des gens qui écrivent pour être heureux. Il y a des livres qui rendent heureux. Pourtant, il n'y a pas d'écrivains heureux. Tous ceux qui disent le contraire sont des menteurs. À commencer par moi. On écrit à cause d'un manque. D'un trou. À l'époque, je manquais de tout. Je manquais de vin, de nourriture, du rire des jeunes filles insouciantes, je manquais d'argent pour payer le loyer, de conversations libres et interminables dans les bars sans penser à l'addition. C'est pour cette raison qu'il y a tant de vin (mauvais quand

Cette grenade dans la main du jeune Nègre...

même), de jeunes filles insouciantes et de rires dans ce foutu premier roman. On n'a qu'à regarder la peinture haïtienne pour comprendre cela. Les paysages sont toujours comme un jardin d'Éden. Les fruits, toujours trop beaux. Les poissons, trop gros. Les sourires des enfants, trop larges. C'est le pays rêvé contre le pays réel. C'est fou, il y a dix ans, j'ai commencé à écrire mon premier roman, ici, juste en face, dans ce taudis surchauffé que je partageais, à l'époque, avec ce vieux singe de Bouba. Les années 80 n'avaient pas encore changé le monde. Reagan venait juste d'arriver au pouvoir dans une Amérique encore groggy par la guerre du Vietnam, la sanglante bataille pour les droits civiques, l'assassinat de Kennedy, le Watergate et la chute de Nixon. C'était en plein été et en pleine misère. Je ne connaissais personne et personne ne me connaissait. Je venais d'arriver en Amérique du Nord. Et je ne savais pas encore quoi faire de ma vie. Peut-être qu'il n'y avait rien à faire. Rien à faire avec ce feu qui m'habitait. Rien à faire avec ce désir fou de dire quelque chose. Bonnes gens, méfiez-vous d'un jeune homme affamé avec une machine à écrire sous le bras. J'écrivais avec rage le matin, le midi, le soir. Le concierge (un vrai salaud) m'empêchait d'écrire la nuit. J'avais installé ma petite table près de la fenêtre, face à ce monde à conquérir. Les phrases partaient comme des projectiles. Je m'embusquais dans ce réduit pour mieux viser l'ennemi. Ces gens qui passaient dans de luxueuses voitures, ces jeunes cadres dynamiques qui se cherchaient un bon restaurant ou ces éblouissantes blondes pour qui je n'existais pas encore. Cette société m'avait fermé la porte au nez. Je n'écrivais pourtant pas pour changer le monde. Je voulais simplement changer de monde. Personne ne peut savoir la somme de rage que peut contenir un ventre affamé. L'homme qui regarde le monde derrière une fenêtre est en train d'ourdir un terrible complot contre la société. Le monde tel qu'il était ne faisait pas mon affaire. De l'autre côté, il y avait Reagan qui voulait tout pour les riches. Les insatiables riches. Il entendait arracher le morceau de pain de la bouche du pauvre pour le donner aux riches. Et j'entamais un bras de fer avec Reagan. L'une des plus cuisantes défaites de ma vie. Aujourd'hui, Reagan est parti ou peut-être mort, je n'en sais rien, mais les riches sont mieux installés que jamais. Et même moi, je dois dire honnêtement que ma situation a un peu changé. À l'époque, après avoir terminé un chapitre, j'allais arpenter la rue Saint-Denis. La rue la plus cruelle de Montréal. Je regardais les gens engloutir des tonnes de nourriture derrière les vitrines des restaurants. Les jeunes gens insouciants ont cette détestable manie d'éteindre leur cigarette dans les assiettes encore pleines. Le couteau dans la plaie. Je les regardais en me disant qu'un jour, comme la petite Alice, je passerais de l'autre côté avec les riches. Comment se sent-on, vieux ? Je te répondrai plus tard. C'est ça, repasse, parce que maintenant, j'attends une magnifique comédienne (grande, chevelure noire, bouche sensuelle) qui partagera avec moi une salade niçoise. Tu comprends, du vent. Je dois tout d'abord préciser qu'il s'agit de théâtre. C'est une comédienne et non une actrice. Je parle de théâtre et non du vulgaire cinéma avec ses actrices en carton-pâte dont les seins sont gonflés au silicone. Au théâtre, quand tu admires une comédienne (je veux dire physiquement aussi), tu as la possibilité d'aller la voir après la représentation dans sa loge. C'est comme la loterie instantanée. Tandis qu'au cinéma, t'apprends des mois plus tard que le corps splendide de Julia Roberts qui t'a rendu à moitié fou dans *Pretty Woman* n'était pas le sien. Le seul problème avec le théâtre, c'est que les comédiennes me semblent plus difficiles (pour le point qui nous intéresse) que les actrices. Question de tradition. J'ai tellement rêvé de cela au cours de mes années d'errance à travers les chambres crasseuses et lumineuses de cette ville que j'ai fini par oublier (on oublie toujours ce qui nous habite trop profondément) que j'ai écrit ce premier roman pour cette seule et unique raison : m'asseoir avec une jeune et belle comédienne à la terrasse d'un café, vers 2 heures de n'importe quel après-midi d'été. Quel luxe ! Et bavarder avec elle à propos, tiens, de Claudel. Somptueux et sensuel mysticisme. Comme Virgile est exquis ! Les premiers feux de Musset. Mais le poète de l'été (l'éternel été de la vie), des jeunes comédiennes, du désir et de l'amour rouge Carmen reste García Lorca. Lire Federico en été. Le serveur vient me demander si je prends quelque chose. Pas tout de suite. J'attends quelqu'un. Non, elle n'est pas en retard. Je suis en avance. Et c'est vrai. J'arrive toujours en avance à mes rendez-vous. Je déteste qu'on me voie arriver. Et j'attends calmement comme les apôtres, mis au parfum, ont dû attendre la résurrection du Christ. Je regarde passer les gens. Un type est arrivé avec un jeune tigre au parc, en face, et tout le monde l'entoure. La voiture de police vient de ralentir. Le serveur revient une deuxième fois. Il ne s'inquiète pas véritablement du fait que je n'ai rien avalé depuis ce matin (bien sûr qu'il n'en sait rien). Ce qui l'excite, c'est le pourboire. Je suis bien placé pour comprendre. Je comprends son ressentiment. Je comprends, mais je ne peux rien faire pour lui. La charité n'est pas mon rayon. Et je comprends aussi l'arrogance des serveurs de café. Surtout des cafés pseudo-intellectuels. À force de voir passer des écrivains, des stars de télévision, des journalistes connus, ces types finissent par se prendre pour des serveurs célèbres et te crachent dessus si ton nom ne brille pas au firmament en toc des cafés fréquentés par des vedettes. La gloire, c'est d'avoir sa photo au mur, entre Madonna et Marilyn. Cela se traduit, concrètement, par une bonne place à la terrasse quand une vingtaine de culs-terreux attendent encore à la porte. Naturellement, on n'accède pas à ce niveau d'un seul coup. Ni avec un seul bon coup. Si tu oublies de payer (ça peut arriver), eh bien, personne ne te galopera après! Le serveur me jette un bref coup d'œil. Justement, la voilà, éblouissante dans cette robe d'été. C'est fou comme on fait les robes de plus en plus courtes. Elle vient tranquillement vers moi, dans la lumière de ce début d'après-midi. Et je l'attends aussi calmement qu'une cocotte-minute. Ce n'est pas le moment de lui montrer mon impatience. Dis-toi bien, vieux, qu'elle va être à ta table dans moins de quarante secondes. Ce qui veut dire une éternité.

Mythologies américaines

Comment revivre le bon vieux temps sans nostalgie?

La fille, partie. Elle a rendez-vous avec son nouveau metteur en scène (un vrai schizophrène). Je traverse la rue pour aller revoir mon ancien appartement au 3670, rue Saint-Denis. Toujours pas de sonnerie. Je frappe à la porte d'entrée. C'est un jeune homme qui vient m'ouvrir. Le nouveau concierge. L'autre, le Grec, m'apprend-il, est retourné dans son village. C'était un homme assez étrange. On pouvait régler toutes les transactions possibles (drogue, prostitution) à n'importe quelle heure de la nuit... mais après 10 heures du soir, je n'avais pas le droit de taper une seule ligne. Il ne comprenait pas qu'écrire pouvait servir à quelque chose. Dans un immeuble normal, je ne dis pas, mais pas dans ce trou à rats où aucune vraie famille ne réside! Il n'y a ici que des putes, des danseuses du ventre, des serveuses topless, des souteneurs. Toute la faune nocturne de la zone rouge. Des gens qui ne se couchent jamais avant midi pour se lever après minuit.
— Je ne veux pas entendre de bruit.
— Qu'est-ce que ça peut faire?
— Il y a des gens qui dorment.
Mais où pense-t-il être? Au Ritz-Carlton, peut-être?
— Je travaille, monsieur Zorba.
Il déteste qu'on l'appelle ainsi.
— Je vous ai dit que je ne veux pas de bruit.
— C'est mon travail.
— Puisque vous travaillez tant, payez-moi les deux mois de retard.
Ah! le salaud. Toujours le dernier mot. Il me traite comme un chien parce que je ne vends pas de drogue, que je n'ai pas de filles qui font le tapin pour moi et que la police n'est jamais

Cette grenade dans la main du jeune Nègre...

venue frapper à ma porte. Dans son univers mental, tout homme qui n'a aucune histoire avec la police doit être un délateur. Ce qui me tue, c'est que cet imbécile ne sait même pas que je suis devenu célèbre justement grâce au livre qu'il m'empêchait d'écrire. Je suis célèbre et il ne le sait pas. C'est toujours ainsi. On fait ça par vengeance et la personne est soit morte, soit partie ailleurs. Naturellement, je réserve un autre langage aux journalistes. Je leur dis que j'écris pour exprimer certaines vérités essentielles restées tapies dans quelque recoin de mon âme. Mais au fond, j'ai écrit ce petit livre, une bonne part, pour fermer la gueule à ce concierge grec et à tous ces vendeurs de drogue qui me regardaient comme si je valais moins qu'une mouche noire. Aujourd'hui, je vois les portraits de ces types dans la presse à sensation. On a retrouvé celui-ci dans le fleuve. On a retiré celui-là sous une tonne de déchets. Quant à ce vieux con de concierge, il crève, j'espère, gorgé de paludisme dans un de ces villages grecs couverts d'anophèles. Lui, il me détestait réellement. Il n'a jamais voulu changer le matelas crasseux sur lequel je dormais. Au fond, c'est sa bêtise, son ignorance crasse et surtout le fait que cet homme borné, laid et stupide pouvait se permettre de me mépriser, oui, c'est cela qui m'a permis de continuer mon chemin dans les ténèbres, quand bien même je ne voyais aucune lueur au bout. Son regard était une critique constante, terrible, implacable de ma raison de vivre. J'étais touché à l'essentiel. Suis-je un être humain ou pas ? Cette façon qu'il avait de passer près de moi, me frôlant même, sans me jeter un seul regard. C'est à cela que je devais me mesurer. Et l'ennemi était de taille. Sa confiance dans son univers mental fermé, clos me terrifiait. « Et si ce type avait raison ? » me disais-je, certains matins. « Peut-être que je n'ai aucun talent. » Mais, lui, il ne parlait pas de talent, il parlait de quelque chose de plus génétique. Il doutait de mon humanité. Pour lui, j'étais un chien galeux. Un point, c'est tout. Il ne doutait même pas. Il savait. Il s'attendait visiblement, chaque fois que je le croisais, à ce que je me mette à japper. Voilà. Et voilà aussi une motivation sérieuse pour écrire. J'ai écrit pour prouver que je ne suis pas un chien. Et ce n'est pas une façon de parler. Aujourd'hui, je suis un écrivain connu et il plante des tomates quelque part en Grèce. Donc, il ne sait pas que je suis célèbre. S'il lui arrive de penser à moi, je suis encore un chien.

Comment tout cela a-t-il commencé ?

Tout a commencé ce midi-là. J'étais couché sur ce matelas crasseux à regarder la télévision quand cette fille est arrivée. J'avais laissé la porte ouverte. Je la vis entrer doucement. Elle était déjà venue deux ou trois fois avec une autre, une longue fille qui fumait sans arrêt des cigarettes Camel. Elle se dirigea directement vers le réfrigérateur pour prendre une bière. Pas de bière. Ni d'oignons, ni de carottes, ni de lait, ni de café, ni de laitue, ni même une bouteille d'eau, ni rien du tout. Le réfrigérateur n'était pas débranché, mais vide. Toute cette mécanique fonctionnait sans motif apparent. Elle a eu cette terrible moue qui m'a réveillé d'un long sommeil. Le long sommeil de la déprime qui durait depuis déjà près d'une décennie. Je ne bougeais plus depuis plusieurs jours. Comment vous décrire cela ? Comment décrire l'inaction ? Très difficile, vieux. Tout cela peut devenir charmant dans un livre, alors que c'est si horrible dans la réalité. Le terrible mensonge de la littérature qui m'a toujours donné envie de vomir. Comment décrire les jours sans pain où il ne se passe rien ? Peut-on parler de l'ennui et, si on y parvient sans ennuyer le lecteur, ne trahit-on pas cette sensation de vide nauséeux ? J'étais là, couché sur ce lit crasseux, à regarder le ciel. Je laissais rouler les choses, et elles roulaient toutes vers le grand trou de la névrose. Je me suis réveillé à cause de cette moue dédaigneuse, teintée de vraie pitié et venant d'une fille complètement paumée. Même elle. Alors, cette moue ? La goutte qui a fait déborder le vase des humiliations sans fin. Il était temps de me lever. Mais comment se mettre debout après un si long repos forcé ? La nostalgie de la position verticale. Donc, ce midi-là, je me suis mis debout pour rejoindre le troupeau des bipèdes. Et le soir même, je suis allé prendre un verre à ce bar de l'avenue du Parc. Les mêmes têtes. Les mêmes types draguaient les mêmes nanas, buvaient les mêmes boissons et surtout racontaient les mêmes blagues idiotes. Le genre de choses qui vous enlève à jamais le goût de vous lever du lit. Parfois, j'ai tendance à croire que se lever de n'importe quel lit est une erreur fondamentale. Adam, Cham, Jenny, Charlie. Les mêmes suspects. Tu vas faire le tour du monde et les mêmes types seront là à ton retour pour te raconter les mêmes conneries. Genre : Charlie a encore piqué la nana de Cham et Adam est toujours en train d'écrire ce roman qui racontera notre histoire à tous. Bref, j'étais encore plus déprimé qu'avant. Donc en convalescence. Je n'étais pas encore prêt à affronter la bêtise nocturne. Je suis allé m'asseoir seul à une table du fond. Presque dans le noir. Je buvais tranquillement une bière depuis une bonne heure quand cette nana s'est pointée. Elle a tiré une chaise et s'est imposée en face de moi. Faut dire qu'elle était soûle. Plus que soûle, si c'est possible. La bouche pâteuse. Totalement inaudible. Finalement, j'ai pu comprendre qu'elle voulait une bière. Et aussi me poser une question. J'avais peur qu'elle me propose de faire l'amour. Parce que je ne refuse jamais ça. C'est un principe. Simple civilité. Mais elle voulait vraiment me poser une question. D'abord, il lui fallait une bière, sinon… Sinon quoi ? Je n'ai rien compris à sa menace. Elle vient, cette question ? Non, pas sans bière ! J'ai fait un signe à la serveuse. La question, maintenant ! Elle voulait savoir ce que les hommes noirs (quelle curieuse expression !) disent à propos d'elle quand elle n'est pas dans les parages. Ah ! c'est pour une histoire aussi idiote qu'elle m'a fait autant chier ! Je lui ai répondu assez rudement, et elle est partie en titubant. Voilà le genre de soirée que l'Amérique me réservait à l'époque. Ce n'est qu'arrivé chez moi que je me suis interrogé, dans le calme et le noir et surtout d'une manière moins personnelle : que disent les Nègres des Blanches quand ces dernières ne sont pas dans la pièce ? Cela faisait un moment que je voulais écrire un bouquin. Un livre qui poserait les questions auxquelles j'avais envie de faire face. Les questions que les autres, pour une raison ou une autre, préféraient éviter. Les questions sales. Pas les questions dont on discute dans les salons. Les questions que seules les soûlardes posent. Un jour, un homme décide d'affronter les cornes du taureau. Beaucoup de gens pensent qu'il suffit d'un morceau de papier et d'un crayon pour écrire un livre. Moi, je crois qu'il faut aussi une bonne question. Et celle-là me semblait suffisamment intéressante. Pas trop complexe, mais assez rude. Seulement deux personnages forts : le Nègre et la Blanche. Et une question au milieu d'eux. La question est posée par la Blanche alors qu'elle est absente de la scène. Que dit de moi le Nègre quand je ne suis pas là ? Quelqu'un veut savoir ce qu'on pense de lui. Interrogation légitime. Et au cœur de cette inquiétude, il y a un secret. Quelque chose doit être dévoilé. Du fond de mon âme, je remercie cette jeune femme soûle de m'avoir fait don, ce soir-là, de la question qui allait changer ma vie. Je la remercie, mais je ne suis pas prêt pour autant à partager mon argent avec elle. Les gens veulent toujours vous faire un procès. Après une pareille déclaration à New York, je n'ose imaginer le nombre de jeunes femmes alcooliques qui se seraient présentées, le lendemain, à ma porte, accompagnées de leur avocat pour me réclamer au moins 10 % de mes gains. C'est vrai qu'une bonne question vaut un livre, mais les filles, faut pas charrier quand même. Je laisse ce sujet épineux... Mon avocat et mon comptable me font des signes désespérés pour que j'arrête une conversation si légalement dangereuse. Faut éviter surtout de mêler l'argent à la littérature. Quel est le poids de l'argent dans l'œuvre de Proust ? Sans argent, aurait-il pu mener à terme cette interminable et asthmatique recherche du temps perdu ? Le temps, c'est de l'argent. Le temps perdu, c'est de l'argent perdu. Sauf le temps proustien, qui a aidé à enrichir les Gallimard. Quant à moi, je bénis l'argent et recherche sa compagnie. Je

Cette grenade dans la main du jeune Nègre...

ne parle pas de la compagnie des riches qui ont fait perdre un temps précieux à Truman Capote. (Tout le monde ne peut être Proust, mon cher Truman.) Je parle de la compagnie de l'argent pur. L'argent lui-même. Le papier-monnaie et, bien sûr, les pièces sonnantes et trébuchantes. Quand il fait chaud l'été, le meilleur abri, ce n'est pas l'église, quoi qu'on dise. Le meilleur abri, c'est la banque. L'air conditionné y est plus suave et vous n'entendrez pas la longue plainte des désespérés égrenant sans cesse leur chapelet de misères. Il n'y a rien de plus désagréable pour un pauvre que la présence d'autres pauvres. On a l'impression de n'être pas seul avec Dieu. Et si la générosité de Dieu avait une limite ? Ne sommes-nous pas en train de le ruiner ? Allez plutôt dans une banque, mettez-vous en ligne et sortez juste avant de passer à la caisse. Naturellement, vous ne pourrez pas refaire ça souvent à la même banque. Mais, de nos jours, il y a encore plus de banques que d'églises. Alléluia !

SIXIÈME PARTIE

Trois couples américains

Modern love

Ben aime Dara. Dara est folle de Ben. Ils ont tous deux seize ans et vivent dans le Upper East Side de Manhattan. Ce sont des gosses de riches. Les riches peuvent-ils connaître l'amour ? Les amis de Ben croient que, si Dara n'était pas là, Ben serait déjà mort à l'heure qu'il est. Ben ne finit jamais l'année dans une école, et il fait de la coke. Ses parents l'ont envoyé dans ce centre de désintoxication, Cascade, pour une cure qui coûte 60 000 dollars par année. C'est la norme dans ce milieu. Dara est une bonne élève, sa moyenne est élevée. Mais elle s'ennuie. Quand Ben l'a rencontrée, ses amis l'ont mis en garde : Dara couche avec tout le monde. C'est une des raisons pour lesquelles Ben n'a pas voulu coucher avec Dara au début, ce qui a eu un effet dingue sur Dara. Dara, c'est le genre qui ne veut que ce qu'on lui refuse. Elle a donc poursuivi Ben dans tous les restaurants chic de Manhattan. Ben passe une grande partie de son temps dans les toilettes des restaurants à se faire des lignes de coke. Dara ne commande que des asperges, qu'elle ne mange jamais. C'est ainsi qu'elle soigne sa ligne. La plupart des amis de Dara ou de Ben sont anorexiques. C'est la guerre contre le gras. Dara veut être présidente de son école. Pour cela, il faut être intelligente (Dara l'est), sexy (elle s'habille Gucci ou Prada, ce qui aide beaucoup) et surtout mince. Dans ce milieu, mince veut plutôt dire maigre. Dara a de jolies jambes qu'elle aime bien montrer. Bon, pour être bref, on peut dire qu'ils se sont aimés dès leur première rencontre. Et cela fait une éternité, c'est-à-dire près de six mois.

Les amis de Ben (Mike et James) ne sont pas riches, eux. C'est Ben qui paie les drinks. Mike pense que les choses ont changé. Autrefois, les gosses de riches avaient honte de leur condition et se déguisaient en pauvres. Ben ne porte que des vêtements griffés. Il a un jean blanc qui coûte 1 000 dollars et il se fait couper les cheveux, comme Dara, chez Elizabeth Arden, sur la 5ᵉ Avenue. C'est cool de côtoyer de pareils gosses. À première vue, ils ont l'air insouciants. Pas tellement en fait quand on y jette un second regard. Par exemple, Ben est jaloux de Dara. Du passé de Dara. Il y a eu un type, Max, qui a fait marcher Dara, un de ces manipulateurs dont la spécialité est de faire perdre la tête aux adolescentes. Max est bien plus âgé que Dara. Ben ne rêve que de le tuer. Dara le déteste de toutes ses forces, signe qu'elle pense encore à lui. Dara n'a qu'à mentionner son nom pour que la soirée tourne au vinaigre. Dans ce cas-là, Ben se fâche tout de suite. Dara n'arrive pas toujours à le calmer. Mike, un des amis de Ben, a déjà couché avec Dara, à Puerto Rico. Ben dit qu'il n'en a cure, car c'était avant qu'il rencontre Dara. C'est l'autre, Max, qui l'énerve. Dara hait ce type aussi. Ce que Ben veut, c'est que Dara oublie complètement Max. Ben trouve que la haine est un sentiment plus troublant encore que l'amour. Elle laisse des traces trop vives dans le cœur. Dans le groupe de Ben et de Dara, presque tout le monde a rompu. C'est une épidémie. Mike a rompu avec sa girl-friend. Shauna a rompu aussi avec Matt. Ils s'embrassent encore, font l'amour quelquefois, mangent ensemble en attendant que l'un d'eux tombe amoureux de quelqu'un d'autre. Ce sont des animaux grégaires. Mike et James, les deux copains de Ben, traitent mal les filles. Selon Mike, elles aiment ça. Mike et James vont dans des parties ramasser des filles. Mike dit que ça se fait comme ça (claque les doigts). Avant, Ben y allait avec eux. Depuis Dara, il refuse. D'ailleurs, quand Dara n'est pas là, Ben passe son temps au téléphone avec elle. « C'est grave », dit James. Le message sur le répondeur du cellulaire de Ben dit : « Ici Dara, la girl-friend de Ben, vous pouvez lui laisser un message. » Et Dara connaît le code secret de Ben. « C'est très grave », renchérit Mike. James recommande à Ben d'éviter de mettre tous ses œufs dans le même panier. C'est ce qui lui est arrivé. Sa girl-friend vient de le quitter et il a l'impression d'avoir froid tout le temps. La même chose était arrivée à Dara. Elle avait quitté Ben pour une raison un peu floue. Ben aurait émis une opinion à propos de l'étrange relation que Dara a avec son père. Après le départ de Ben, elle se sentait étrangement à la fois triste et légère. Légère comme un oiseau triste. Puis, ce vide. Deux jours à ne pas savoir quoi faire de son corps. Elle retrouve sa meilleure amie Eva, mais rien n'y fait. Elle dit à Eva qu'elle ne peut pardonner à Ben. Le rapport au père est très étrange dans ce milieu. Des parents souvent divorcés. D'ailleurs, Ben lui-même méprise son père. Il ne fait que claquer son fric. C'est leur manière de correspondre. Par la facture. Donc, Ben a dit quelque chose à propos du père de Dara. Et Dara a quitté Ben. Dara et Eva sont dans un bar. C'est une idée de Dara. « J'ai envie de me soûler, ce soir », elle dit à Eva. Elles sont allées dans un bar où Dara espérait voir Ben. Et puis, il y a cette fille, Mia. Mia est folle de Ben. Mia est assise pas trop loin de Dara et elle raconte à une autre qu'elle a un rendez-vous avec Ben. Dara a subitement mal au ventre. Elle court vomir aux toilettes. Plus tard, chez elle, elle tente de joindre Ben sur son cellulaire. Il semble gêné au bout du fil. Elle est sûre qu'il est en ce moment avec Mia. « Où es-tu ? demande-t-elle à Ben d'une voix angoissée. Es-tu avec quelqu'un ? Que fais-tu ? » Elle panique, retrouve finalement Ben et renoue avec lui. Mia n'a jamais compté. Mike dit qu'il ne comprend pas : ces deux-là n'arrêtent pas de se disputer, sans pouvoir vivre séparés. Et c'est chaque soir la même musique. Ben et Dara se disputent. Ben et Dara se séparent. Ben et Dara renouent. Ce qui est intéressant dans cette histoire, c'est que les gens verront au premier abord des gosses pourris qui mènent une vie luxueuse. La jeunesse dorée, quoi! C'est cela, mais on ne peut ignorer que la seule chose qui importe à Ben, qui l'empêche de se tuer, c'est Dara. Quand on demande à Dara ce qui la lie à Ben, elle répond: la cocaïne.

Billy et Duke: des amireux

C'est ma fille de neuf ans qui m'a attribué ce titre magnifique, le jour de la Saint-Valentin. Elle me confiait à l'oreille que, ne pouvant pas être son amoureux et étant beaucoup plus qu'un ami, j'étais donc son amireux.

Complètement à l'opposé l'un de l'autre: Billy et Duke. Duke est très grand, impérial et plutôt attiré par les femmes. Selon Marian Logan, la femme de son médecin: «Tout le monde sait que Duke a des millions de femmes.» De l'autre côté, il y a ce minuscule jeunot, hyperactif, drôle comme dix singes et homosexuel. Pourtant, ces deux hommes vont former un vrai couple. Partageant souvent la même chambre d'hôtel, parfois le même lit. Selon la chanteuse (et aussi actrice) Lena Horne, ils ont été aussi loin que deux hommes pouvaient aller sans être des amants. Duke était amoureux de Billy et Billy, visiblement fou de Duke. Un tel miracle n'a pu être possible que par la grâce de la musique. Duke Ellington, peut-être le plus grand compositeur de jazz du vingtième siècle (*Mood Indigo, Solitude, Sophisticated Lady* ou *Creole Rhapsody*), commençait légèrement à stagner quand il rencontra, à quarante ans, Billy Strayhorn, un jeune compositeur de

Cette grenade dans la main du jeune Nègre...

Pittsburgh. Billy fuyait la mentalité provinciale de la société de Pittsburgh qui l'excluait de ses salons à cause de sa couleur ou de son inclination sexuelle. L'auteur de *Lush Life* était un prodige de vingt-trois ans qui entendait réussir ce mariage inattendu entre la musique classique et le jazz. Il avait déjà composé quelques pièces musicales intéressantes dans ce sens. C'est ce que Duke attendait. Un nouveau souffle. Il a eu beaucoup plus : une âme sœur. Tout le monde est formel là-dessus : dans l'histoire de la musique, on ne trouve rien de comparable à cette intense relation. Pour préparer un enregistrement, Duke et Billy pouvaient travailler côte à côte durant vingt-quatre heures. Le premier qui dormait réveillait l'autre. Quand Billy se levait, il allait à la table de travail et continuait sans même regarder ce que Duke avait fait. Et Duke faisait de même. Et quand, par hasard, Duke voyageait seul, il passait la nuit entière au téléphone avec Billy, les deux conversant, composant et rêvant ensemble. C'est ensemble qu'ils ont composé le classique *Take the «A» Train* et beaucoup d'autres (*Day Dream, The Star-Crossed Lovers* et *Beggar's Holiday*). Ils ont travaillé ainsi à partir de leur première rencontre en 1938 (Duke a tout de suite invité Billy à venir vivre dans son appartement d'Edgecombe Avenue, à Harlem) jusqu'à la mort de Billy, à cause de cette saleté de cancer à l'œsophage. Selon Lena Horne encore, un ancien flirt de Duke et la seule confidente de Billy : « Duke est resté jeune toute sa vie, sa musique peut en témoigner, lui et sa musique n'ont pas pris une ride jusqu'à la mort de Billy. » Mercer, le fils de Duke, croit que Billy fut le seul être humain à qui son père a ouvert la porte de sa vie intime, cette porte qu'il fermait au nez de tous, autant son fils que son médecin personnel. Duke était, selon tous les dires, l'homme le plus fermé de la terre. Sauf avec Billy. Ce qui est à la fois étrange et émouvant, c'est que Duke n'a jamais voulu quantifier la part de Billy dans son œuvre. Il répondait aux gens intrigués par une si étroite collaboration qu'il était impossible de savoir où commençait l'apport de Billy et où finissait le sien : « Il n'était pas, comme on dit, mon alter ego. Billy Strayhorn était mon bras droit, mon bras gauche, mes yeux derrière la tête, mon esprit l'occupait et le sien m'habitait. » À la mort de Billy, à cinquante et un ans, Duke, qui en avait soixante-huit, prit le deuil (« *Everyman prays in his own language* », dira-t-il), passant le plus clair de son temps avec son livre de prières et une photo de Billy comme marque-page.

Mère et fils

Le téléviseur se trouve juché au-dessus d'une étagère, très loin des clients. On a les images, mais pas le son. C'est l'émission *60 minutes*, le plus prestigieux magazine télévisé américain. Je ne vois qu'une partie du dos du journaliste en train d'interviewer un couple. Une femme d'une cinquantaine d'années dans un tailleur bleu pâle, encore belle, légèrement grisonnante. Elle se tient à côté d'un jeune homme, type Harvard. Ils se prennent la main de temps en temps. La femme parle (visage grave, lunettes sévères, très sophistiquée). Le jeune homme la regarde avec ce sourire si fin qu'on dirait qu'il ne sait faire que cela. Une certaine mélancolie sur son visage empêche de le prendre pour un golden boy. Brusquement, la femme se tourne vers le jeune homme et une espèce de lumière éclaire le visage de la femme. On ne lui donnerait pas plus de quarante-cinq ans à ce moment-là. Visage transfiguré par l'amour. Le jeune homme, à mon avis, ne doit pas avoir plus de vingt-deux ans. Ce genre de couple devient de plus en plus courant. Je remarque que la femme, quand elle est séduite très jeune par un homme beaucoup plus âgé qu'elle, a tendance à reproduire plus tard le même schéma. Séduite à vingt ans par un homme de cinquante, elle cherche toujours à séduire un jeune homme de vingt ans quand elle atteint la cinquantaine. Juste retour des choses. Bon, on connaît le rôle de l'argent dans ce genre de relation. Mais ces deux-là m'ont l'air plus intimes

Cette grenade dans la main du jeune Nègre...

que d'ordinaire. Il y a quelque chose dans l'air, comme on dit. Quelqu'un derrière mon dos les reconnaît.

— Ce sont les deux tueurs.

Je me tourne vers lui. Un homme à casquette, un ouvrier de la construction, en train de terminer son déjeuner.

— Qui sont des tueurs ?

Il pointe un gros doigt vers le téléviseur.

— Eux.

— Ah oui ?

— Ils ont tué plein de gens... C'est une mère et son fils. C'est elle qui a tout appris au gars. Cette femme est vraiment intelligente. Elle a tout organisé. C'est ce qu'on dit dans le journal.

Il se lève, règle son addition et s'en va. Je ramasse le journal à côté de sa tasse de café. Une grande photo du couple en première page. Elle s'appelle Sante Kimes et son fils, Kenny. Mais elle change de nom comme elle change de corsage. Les deux ont déjà tué quatre ou cinq personnes. Mobile : l'argent. Le dernier coup, c'est une très riche et excentrique veuve, assez connue à Manhattan, Irene Sylverman. S'il y a un conseil à donner aux tueurs qui cherchent une proie : éviter les veuves excentriques et riches, elles peuvent être aussi imprévisibles. Mais Sante Kimes n'a peur de personne. Aucun obstacle ne pouvait l'arrêter. D'ailleurs, malgré quelques pépins, le crime semblait parfait. Ce sont vraiment des professionnels de premier ordre, même s'ils se sont fait pincer pour une stupidité. Un chèque en bois pour payer une Cadillac verte qu'ils ont achetée à Miami. La police a fouillé la voiture et a trouvé du sang (une goutte) et un cheveu qui auraient appartenu à Madame Sylverman. C'est ce que dit le *Daily News*. Et les enquêteurs ont pu facilement remonter le courant, un fleuve de sang. Naturellement, ce genre d'histoire, c'est le pain quotidien d'un journal à sensation comme le *National Enquirer*. Le tabloïd a lancé ses plus fins limiers sur la trace du « couple maudit ». D'où vient cette femme ? D'un bled pourri d'Oklahoma. Le père venait de New Delhi (Inde) et la mère était une Irlandaise catholique. La vraie misère. Le père a fui assez tôt le domicile conjugal. Et la mère de Sante Kimes a dû se prostituer pour ne pas crever de faim. Sa fille aussi, un peu plus tard, vers l'âge de douze ans. Un jour, l'enfant a été aperçue dans un magasin par une vendeuse. C'est la sœur de la vendeuse qui l'a adoptée. Les Chambers forment une famille unie et assez aisée. Le mari est un ancien colonel du Pentagone. Sante Chambers (c'est ainsi qu'elle s'appelait à ce moment-là) se rendait à l'école habillée comme une petite princesse. Comme elle était vive et drôle, ses camarades l'adoraient. Bonne élève, elle gagna la confiance de ses enseignants. Bien que certains pensent aujourd'hui qu'elle était plutôt autoritaire et qu'il ne fallait surtout pas la contredire. D'autres disent même qu'elle avait un petit côté manipulateur. Ce qui est sûr, c'est que Sante Chambers était de loin la fille la plus sophistiquée et la plus intelligente de sa classe. Son *high school* à peine terminé, elle épousa un crétin qu'elle laissa tout de suite après. On se demande aujourd'hui pourquoi ce mariage précipité, alors qu'elle semblait follement amoureuse d'un autre garçon, celui-là beaucoup plus intéressant à tous les points de vue. Néanmoins, elle quitta la ville juste après son divorce et n'y revint que des années plus tard pour épouser son premier amour. Sante aime bouger, changer de ville et de vie. C'est une instable chronique. Un jour, à force de bourlinguer, elle rencontra Kenneth Kimes, un riche homme d'affaires qu'elle séduisit et épousa un mois plus tard. Avec lui, elle eut un fils : Kenny, l'énigmatique jeune homme qu'on a vu avec elle à la télévision. Elle devint obsédée par son fils, ce qui finit par détériorer ses rapports avec son mari. Elle refusait de l'envoyer à l'école et n'acceptait pas qu'il eût des amis. Aucun enfant du voisinage n'était digne de Kenny. Et elle le fit savoir, expliquant que son fils était un tel génie que les experts recommandaient de lui éviter la compagnie d'enfants ayant un quotient intellectuel inférieur au sien. Quand, plus tard, Kenny devint un adorable adolescent, Sante traita de tous les noms toute fille qui s'approchait de son fils. Pour elle, une femme ne peut être qu'une pute. Vers l'âge de dix-sept ans, Kenny put respirer un peu : sa mère

Cette grenade dans la main du jeune Nègre...

était en prison pour cinq ans, à cause d'un vol dans un grand magasin. Elle y passa trois ans seulement, après avoir mis tout le personnel de la prison dans sa poche. À son retour, Kenny commença à se comporter étrangement. Selon un couple chez qui Kenny a vécu plus tard, il s'était brusquement mis à faire de mauvais coups et à traîner avec des voyous. Pas trop longtemps. Sante veillait au grain. Kenny était à elle. Elle allait en faire un partenaire dans le crime. Entre-temps, Kenneth, le père, meurt, ne laissant rien à Sante et à son fils. Pas un sou. Kenneth avait fait son testament bien avant de rencontrer Sante et il ne l'avait jamais changé, malgré les demandes insistantes de celle-ci. Sante cacha à la famille rivale, durant deux ans, la mort de Kenneth. Le temps de dilapider la fortune. Il faut saluer le geste. Ce n'est pas facile de cacher la mort d'un homme riche à une famille qui n'attend que cela. Ce n'est qu'après avoir dépensé jusqu'au dernier dollar de la fortune de Kenneth que le couple mère-fils se mit en route. Commença alors la longue dérive. On les voyait partout. La mère si enjouée, si gentille, avec cette voix chaude et chaleureuse, et le fils, élégant, cultivé. Le gendre parfait s'il n'avait pas déjà été marié en quelque sorte à sa mère. Ils dormaient toujours dans le même lit, quoique personne ne puisse affirmer qu'ils ont couché ensemble. Naturellement, les tabloïds (*National Enquirer* en tête) insistent beaucoup sur ce côté un peu incestueux de leur relation. Une mère criminelle qui couche avec son fils : c'est un titre qui fait vendre les journaux. Quoi qu'il en soit, les témoins sont formels là-dessus : c'est une relation assez étrange. Ce n'est pas le rapport ordinaire d'une mère avec son fils. C'est un vrai couple. Et comme n'importe quel couple, il leur arrive de s'engueuler royalement. Et Kenny, le jeune homme aux manières édouardiennes, n'hésite pas devant les gens à traiter sa mère de sale pute. Et la mère de répondre. Mais dès le lendemain, ils sont de nouveau inséparables. Personne n'a jamais pu les séparer, pas même Kenneth, le père, qui adorait son enfant, ni ces gens qui l'avaient adopté comme fils. Avec ces derniers, Kenny a connu des moments d'innocence. Mais la mère venait toujours le chercher. Kenny ne pouvait pas résister à l'appel du large. Et le couple de continuer sa sanglante traversée de l'Amérique. Jusqu'à cet après-midi, à Manhattan, où ils furent arrêtés pour un chèque en bois.

La dernière scène : ils sont au tribunal, assis dans le box des accusés. Un avocat entre eux. L'avocat se lève et, tout de suite, le fils chuchote quelque chose à la mère. Le garde hurle aux accusés de ne pas communiquer entre eux. Mais ce n'était rien concernant le procès. La mère fait un magnifique sourire à son fils avant de rectifier la mèche qui lui barrait le front. Kenny l'a toujours dit : « Ma mère est une femme très intelligente, mais aussi très belle. » Et il tient à ce qu'elle le reste.

SEPTIÈME PARTIE

La vie matérielle

Comment avoir un succès instantané

– Moi !
Je me retourne.
– Ah non… Pas encore toi…
C'est bien elle. Erzulie. La déesse noire aux yeux rouges. Celle qui veut à tout prix entrer dans mon livre.
– Tu cherches quelqu'un pour t'aider à faire face au succès, n'est-ce pas ?
– Comment sais-tu cela ?
– Je sais tout de toi… Je suis là. On peut partager le succès, tu sais.
Elle arrive toujours à me faire sourire. Cette espèce de candeur.
– C'est l'erreur… ça se partage pas.
Son petit air de défi.
– Et pourquoi ?
– Le succès vous tombe dessus. Ça ne dépend pas de vous. On ne peut pas en prendre un petit peu et laisser le reste sur la table…

— J'en voudrais bien une miette.
— Il n'y a pas de miettes. On mange le gâteau tout seul, ou bien il n'y a pas de gâteau.
— Et qu'est-ce qu'on peut faire ?
— Faire face ou fuir.
— Et toi ?
— Je ne sais pas.
— Je peux t'aider, tu sais.

Un petit rire coquin (tiens!). On continue à descendre la rue qui mène au cœur de la ville.

— Je peux avoir du succès quand je veux, dit-elle en pressant le pas.

Il fait un ciel gris, mais la foule est là. Je ne prête pas attention à Erzulie, tout à mes réflexions. Que peut-on faire face à ce monstre qui vous dévore aussi crûment que l'échec ?

— Je peux avoir du succès maintenant si je veux..., poursuit-elle d'un ton énergique.

Si j'arrête d'écrire... Mais non, vieux, c'est illusoire de croire qu'on peut fuir le succès. Plus tu cherches à l'éviter, plus vite il te rattrape. Et il peut te poursuivre même après ta mort. Regarde Picasso. Et tu ne peux même pas le laisser en héritage. Regarde les enfants de Picasso. Le succès frappe aveuglément les hommes, les femmes, les bêtes et les plantes. Le lion a du succès tandis qu'on méprise le ver de terre. La rose ne sait plus où se mettre pour échapper à cette gloire encombrante qui fait qu'on n'arrête pas de lui couper la queue. Oh! oh! ceux qui vous aiment voudraient donc vous couper la queue ? Qui ? Tous ceux qui n'ont pas de succès et qui crèvent d'envie d'en avoir. Cela fait beaucoup de gens, crois-moi. Je ne parle pas de moi. Un succès d'écrivain, ce n'est pas un vrai succès. Il faut acheter un livre et le lire. Trop compliqué pour l'homme d'aujourd'hui. Alors qu'on peut écouter gratuitement un musicien rock à la radio ou voir un acteur à la télé sans se ruiner et sans trop d'efforts intellectuels non plus. Je ne connais pas le succès de la rue. Le vrai. T'arrives quelque part et immédiatement tous les regards se tournent vers

Cette grenade dans la main du jeune Nègre...

toi. Tu t'assois pour manger dans un restaurant et tu t'aperçois, un moment après, que les gens mangent au même rythme que toi. Une horrible synchronisation. Comme s'il n'y avait qu'une seule personne dans le restaurant. Toi à la puissance cent. Le succès, frère, c'est quand le Moi d'un individu devient si fort qu'il oblige les autres Moi autour de lui à capituler. C'est quand un type échangerait sans hésiter sa vie contre la tienne. Ce n'est pas naturel. C'est donc normal qu'après un temps ce type se mette à penser au meurtre. À vouloir tuer l'enfant chéri des dieux. À vouloir te tuer. Oui, mais pourquoi me dévisagent-ils tant? Je ne suis qu'un écrivain.

— Tu vois, je te l'avais dit.
— De quoi parles-tu?

Je me tourne vers elle. Elle avait ouvert son corsage. Ses seins pointent dangereusement devant elle. Deux revolvers qui n'arrêtent pas de tirer sur la foule, à hauteur d'homme.

— T'es folle ou quoi?
— On appelle ça le succès instantané.

Et elle se met à rire. Un long rire qui sort de sa bouche comme un ruban de Möbius. Un ruban multicolore.

— Tu vois, dis-je après un temps, tu n'as plus besoin de moi pour avoir du succès.
— C'est différent.
— Qu'est-ce qui est différent?
— Ce succès ne dure pas.
— L'autre non plus, tu sais.
— Je n'ai qu'à fermer mon corsage.
— Ne le ferme pas.
— Si je le laisse ouvert, personne ne regardera plus mes seins après une heure ou deux.
— Je ne te savais pas modeste.
— Ce n'est pas la première fois que je montre mes seins.
— Alors montre-leur autre chose.
— Je veux avoir du succès même quand je ne suis pas là. Je veux les faire rêver.

— C'est un peu plus difficile.
— Pas si tu m'aides...
— Le succès ne se donne pas. On est fait pour le succès ou non.
— Je sais, dit-elle avec un petit air de défi connu, que je suis faite pour le succès. Et je l'aurai.

On passe devant l'affiche géante de Madonna. Un bras levé, la moue insolente et cette petite croix de bois entre les seins. Des seins métalliques. Madonna. *The material girl* est au Stadium, du 12 au 15. Chaque fois que Madonna est en ville, la folie du succès chez les filles de seize à vingt-cinq ans frise l'hystérie. Erzulie n'a pas jeté un seul regard du côté de l'affiche, mais j'ai quand même vu briller au coin de ses yeux une terrible lueur.

Le crime organisé

J'attendais, sur un banc de ce joli parc, un employé de la mairie. C'est un quartier bien fleuri, avec beaucoup d'enfants. Les familles viennent de la Caraïbe surtout. Ce sont de jeunes cadres dynamiques, tout excités à l'idée de grimper l'échelle sociale judéo-chrétienne, ayant foi dans les possibilités pratiquement infinies qu'offre l'Amérique. Mais quand même prudents, puisque les immigrants portent toujours en eux cette blessure inguérissable (l'échec antérieur) qui les rend mélancoliques à l'heure du crépuscule. On sent malgré tout ici une énergie neuve, jeune, nettement agressive.

Mon contact vient d'arriver. C'est un jeune cadre au sourire large. Faut se méfier, ce genre de types pourraient vous annoncer votre condamnation avec un sourire. C'est simple, ils ne savent même pas qu'ils sourient. Ils n'ont jamais reçu de vraies mauvaises nouvelles dans leur vie. Le destin ne leur a pas encore enfoncé la tête dans leur propre merde.

Cette grenade dans la main du jeune Nègre...

Il me tend une main ferme.

— Excusez-moi, je n'ai pas pu me libérer avant... C'était la folie au bureau. L'entrepreneur était là et mon patron n'arrivait pas à trouver le dossier...

— Pas de problème... J'en ai profité pour regarder autour de moi. C'est un vrai beau quartier.

— C'est justement de cela que je voulais vous parler.

— Ah bon...

— Avant, c'était un quartier de Blancs cols bleus. Familles nombreuses. Des gens pas forcément méchants, plutôt bornés. Il y a quelques années sont arrivés de jeunes cadres noirs d'origine caribéenne...

— Oui, j'ai remarqué qu'on parle créole dans le coin.

— C'est ça... Dès qu'ils sont arrivés, les Blancs ont commencé à filer, d'abord en douceur, puis massivement. Les imbéciles. Ils ont perdu de l'argent en vendant si vite, naturellement. Alors qu'ils auraient gagné à rester.

— Gagné quoi?

Il me jette un regard étonné. Je souris toujours de voir un jeune Blanc défendre les Noirs du bec et des ongles, me demandant jusqu'à quel point pourrait aller cette sympathie. Accepterait-il, par exemple, de voir sa sœur avec un Noir? On me répondra que là n'est pas la question, qu'il s'agit des opinions politiques d'un individu et non de ses sentiments personnels. On a vu où ça nous a menés de toujours chercher à séparer les sentiments des opinions. Bon, le contraire est aussi défendable. C'est juste que c'est le genre de question que je me pose quand j'entends ce genre de discours. Je suis sûr de la sincérité du type, mais cette petite lumière rouge d'alerte s'est spontanément allumée dans ma tête, je ne pouvais quand même pas faire semblant de l'ignorer.

— Ces Noirs, continue-t-il, sont beaucoup plus ambitieux dans le bon sens du terme, beaucoup plus instruits, beaucoup plus cultivés qu'eux... Ce sont des gens qui font des exercices pour garder la forme, donc qui coûteront moins cher à l'État en matière de santé, des gens qui vont au musée, amènent leurs enfants voir des films d'art et d'essai...

— Mais qu'en savez-vous ?

Il reste un moment silencieux.

— Eh bien, je viens d'une de ces familles de cols bleus, et mon meilleur ami était un Haïtien. Son père gagnait moins que mon père, mais je me sentais bien chez lui. Son père était toujours en train de lire, alors que je n'ai jamais vu mon père avec un bouquin Il avait toujours des discussions intéressantes avec son père sur toutes sortes de sujets, alors que le mien n'ouvrait la bouche que pour m'interdire quelque chose. Je sortais de chez moi dégoûté.

— C'est simple, avec son salaire, ton père n'était qu'un ouvrier bien payé, alors que le père de ton ami pouvait avoir été un ministre dans son pays. Ici, c'est votre salaire qui vous définit. Dans la Caraïbe, c'est votre nom. Faut pas croire que tous les gens de la Caraïbe savent lire. C'est une société brutale, qui compte un pourcentage énorme d'analphabètes...

— Je comprends... N'empêche que j'aurais tellement aimé voir mon père avec un livre, un jour. Il avait fait son secondaire, il savait donc lire, mais ça ne lui servait strictement à rien. Vous avez 10 % d'alphabétisés, mais ces gens-là aiment lire, certains lisent même en latin, comme je l'ai vu de mes yeux vu un jour que le père de mon ami avait laissé sur un fauteuil le livre qu'il était en train de lire ; j'ai jeté un coup d'œil et c'était écrit en latin. En latin. Et mon père qui regardait ces gens de haut, tu t'imagines une méprise pareille... Ici, nous avons sûrement un bon pourcentage d'alphabétisés, mais ils ne lisent pas, ça revient au même...

Il était hors de lui. Ce n'était plus le calme jeune homme qui m'avait serré la main tout à l'heure...

— Et vous, vous lisez ?

— Beaucoup, mais c'est mon père que je voulais voir lire... (Un temps.) Bon, je vous disais que ces imbéciles ont filé au lieu de rester pour donner une chance à leurs enfants de fréquenter des gens cultivés. C'est chez mon ami que j'ai compris vraiment ce qu'étaient la société féodale, la civilisation égyptienne, le nazisme, ce sont ces sujets qu'ils débattaient à table, dans une famille d'ouvriers. Vous comprenez, on aurait dû payer ces gens-là pour être nos voisins...

— Et qu'est-ce que vous vouliez me dire exactement ?

— Eh bien, aujourd'hui même, un crime a été commis contre ce quartier... Mais en réalité, c'est un crime contre cette ville et contre la culture...

Il n'en démord pas.

— Et comment cela s'est fait ?

Il marche nerveusement, passant ses doigts de temps en temps dans ses cheveux. Brusquement, il se tourne vers moi, le visage rouge.

— Vous voyez les rues autour du parc ? Eh bien, on va faire en sorte que toutes ces rues aillent dans un sens unique pour permettre aux voitures de contourner aisément le petit parc. Et dans un autre quartier, beaucoup plus bas et beaucoup plus pauvre, on va changer le sens des rues autour d'un sale petit parc fréquenté par des drogués, des putes et des souteneurs.

— Je ne vois pas très bien.

— Eh bien, il n'y a pas de commerce sans clients. Le client vient en voiture, il fait le tour du parc, ce qui lui donne assez de temps pour évaluer la marchandise : drogue ou pute. S'il ne peut pas faire le tour, il va ailleurs. Et sans clients, il n'y a pas de putes, et sans putes, pas de drogue. C'est simple comme bonjour. Et c'est ce qui a été signé ce matin.

— C'est l'arrêt de mort du quartier...

— Sûr. Cela ne prendra pas six semaines pour que le parc devienne le nouveau centre de la prostitution.

— Dans quel but ?

— Ils veulent faire déguerpir les gens. Le quartier ne tardera pas à être occupé par des squatters qui vont le défigurer en moins de huit mois et, dans un an et demi, peut-être moins, ce quartier ne sera pas reconnaissable. Nos entrepreneurs viendront cueillir l'affaire pour un prix de famine. Et ils pourront construire des immeubles de luxe. Des gens de différents secteurs recevront 10 % du coût du projet global, ce qui fait une bonne somme à distribuer en pots-de-vin, mais je peux vous assurer que ça vaut la peine.

— Pourquoi vous me dites ça à moi ?

— Je ne sais pas... Il me fallait en parler à quelqu'un...

— C'est à la police qu'il faudrait en parler.

— La police. Elle ne peut rien faire face à de puissants entrepreneurs. Et d'abord, la police dépend de la mairie.

— Les journaux ?

— Rien d'illégal n'a été commis... C'est ce qu'on appelle un crime parfait.

— Qui peut faire quelque chose alors ?

— Les gens... Seulement eux... Je ne peux pas accepter une pareille chose...

— Il me semble que c'est courant ce genre de crime dans une grande ville... Pourquoi vous prenez la défense de ce quartier ?

Un long moment de silence.

— Parce que je ne veux pas que ceux qui regardent le hockey le samedi soir gagnent à tous les coups sur ceux qui lisent du latin...

— J'aime le hockey, moi.

— Oui, moi aussi, de temps en temps... Vous n'avez jamais vu une ville entière devant sa télévision en train de regarder le hockey, eh bien, j'aime savoir qu'il y a en même temps, quelque part, dans cette même ville, quelqu'un en train de déchiffrer un texte de Virgile.

— C'est pas un peu snob ?

— C'est pire de faire semblant qu'on aime le hockey alors qu'on le déteste à mort.

— Vous m'excuserez, mais j'ai un train à prendre...

Je suis parti. Je comprends sa bataille, mais ce n'est pas la mienne. Cela arrive parfois d'être sensible à une cause sans vouloir s'y engager. Et puis, le latin m'a toujours fait chier.

Cette grenade dans la main du jeune Nègre...

J. P.

C'est J. P., ce garçon maigre au sourire triste. J. P. vit à Beaver, une minuscule ville où l'âge moyen des habitants est de soixante-dix ans. Tout se trouve dans le même périmètre : le magasin général, le magasin de meubles, le McDonald's, la pharmacie, le poste de police. Et derrière l'hôpital, un immense cimetière. Les vieux font constamment du jogging sur le sentier qui longe le petit lac. On dirait qu'ils comptent aller au cimetière en bonne santé. Je veux dire que, s'ils sont pour mourir d'un cancer ou d'un arrêt cardiaque, ils entendent garder les autres parties de leur corps en parfait état de marche. Un peu comme ces voitures des années 50 qu'on voit encore à Beaver. Que peut-on faire dans une ville comme Beaver quand on a quinze ans, une mère de trente-cinq ans encore jolie et un père qu'on n'a jamais vu de sa vie ? La plupart de ces gosses qui circulent aujourd'hui dans l'univers infini du cyberespace ont commencé comme lui. J. P. s'est initié au cyber au Junior High School. Comme leur pape, Bill Gates. Bill Gates est toujours l'homme le plus riche du monde. J. P., lui, ne s'intéresse pas à l'argent. Pour quoi faire ? Il passe sa vie devant ses ordinateurs. Il y en a partout dans la maison. Sa mère, Debbie, n'aime pas cela, elle trouve cet univers trop dangereux. Il faut comprendre cette femme peu instruite, née à Beaver et qui n'a jamais quitté Beaver, qui apprend, un matin, que son fils, né aussi à Beaver et qui n'a jamais quitté Beaver, correspond avec la moitié de la planète. Des Russes, des Chinois, des Allemands, des Vietnamiens, un Sénégalais, des Polonais et beaucoup d'Italiens. J. P. a découvert les possibilités de l'informatique par hasard. Il s'en servait un peu, comme ça, comme tous les gosses de son âge. Un matin, en septième année, un enseignant, Bob Davis, l'accuse d'avoir pénétré par effraction (un crime fédéral) dans l'ordinateur de la NASA. C'est quoi, la NASA ? J. P. ne le sait même pas. À l'heure où ce forfait a été perpétré, d'ailleurs, J. P. était dans la classe d'anglais. Son prof d'anglais le confirme. Mais alors, qu'est-ce qui s'est passé ? On finit par découvrir que c'est un hacker russe qui s'est servi de l'ordinateur de l'école pour entrer dans le système inviolable de la NASA. J. P. est fasciné. Cet objet devant lequel il passait le plus clair de son temps avait de telles capacités… Il se rend compte que Moscou est plus près de Beaver que Washington. Un monde s'ouvre devant ses yeux complètement éblouis. Et J. P. devient un hacker, puis vite un cracker. Un cracker, c'est un hacker qui travaille dans la plus complète illégalité. Comme le légendaire Kevin Mitnick qui rendit le FBI fou de rage durant deux ans. Ou Kevin Poulsen qui gagna une Porsche de 50 000 dollars en bloquant le switchboard d'une station de radio, de sorte que seulement son appel puisse passer. En moins de deux ans, J. P. devient un des maîtres du jeu. Il s'est déjà fait un nom dans ce monde à la fois si artificiel et si vrai. Sa mère devait apprendre cela par hasard. Il vient de jouer un mauvais tour à un type du nom de Chameleon. Chameleon est en cheville avec le mystérieux Khalid Ibrahim. Khalid Ibrahim, lui, travaille avec un groupe de terroristes indiens du nom d'Harkat-ul-Ansar. Ce groupe est lié à un autre type du nom d'Oussama ben Laden. L'affaire, c'est qu'Ibrahim avait envoyé un *money order* de 1 000 dollars à Chameleon pour acheter un logiciel sécurisé. Chameleon a dépensé l'argent dans un nouveau Super Nintendo et a acheté des cadeaux pour sa sœur. Ayant eu vent de l'affaire, et pour montrer qu'il valait quelque chose (c'est le principe du Far West où J. P. se prend pour Billy le Kid), J. P. est parti à la recherche d'Ibrahim. Il le repère à New Delhi (on reste dans le cyberespace). J. P. pense immédiatement qu'Ibrahim n'est autre qu'un de ces pédophiles qui attirent les gamins en leur proposant des jouets Nintendo. Tout fier, il le signale à un type qui a des relations avec le FBI. Et le lendemain matin, Ibrahim est réveillé dans son lit par un agent du FBI. Sa mère sort nue de la salle de bains pour trouver son fils de dix-neuf ans avec un pistolet sur la tempe et sa petite sœur menottée sur le sofa. J. P. se vante de cet exploit sur son site. C'est là qu'Ibrahim le menace de mort.

Cette grenade dans la main du jeune Nègre...

Effrayé, J. P. court à la cuisine se plaindre à sa mère : « Maman... il y a un type qui s'appelle Ibrahim, qui vit à New Delhi et qui vient de mettre ma tête à prix pour 1 000 dollars. » C'est ainsi que Debbie apprit ce que faisait exactement son fils dans la cave de la maison. Le FBI recrute J. P. On veut son expertise pour une affaire importante. Un cracker, un certain Maxus. Ce type vient de faire un assez gros coup. Pas à cause de l'argent (de toute façon, tout le monde sait que l'argent n'existe pas), plutôt à cause de l'audace. Il est entré dans le système de CD Universe et a volé trois cent mille cartes de crédit de clients de la compagnie. Il veut les revendre à la compagnie pour 100 000 dollars, sinon il va les mettre en vente à la criée sur Internet. Grosse nouvelle. En première page du *New York Times*. La compagnie tarde à accepter l'offre. Le jour de Noël, Maxus met les trois cent mille cartes de crédit aux enchères sur une page Web. Quelques secondes plus tard, des douzaines de types de partout dans le monde se mettent en ligne pour acheter. Les agents du FBI ne peuvent qu'assister à l'affaire. Personne n'y peut rien. Sauf J. P. Si ça avait été une simple question de matériel, le gouvernement aurait déjà trouvé Maxus (le FBI vient de se procurer pour 60 millions de dollars d'appareils sophistiqués). J. P. fait toujours confiance à la bonne vieille méthode de chasse (« Je n'étudie pas l'arme, mais plutôt la psychologie de celui qui a le doigt sur la gâchette », dit-il). Dans cet univers, il ne faut surtout pas se presser. Le premier qui perd patience se découvre. J. P. commence à chercher du côté de ceux qui font régulièrement du trafic avec les cartes de crédit volées. Il y en a un paquet. Il faut trier. C'est l'instinct qui joue dans ce cas-là. Et le premier pas est décisif. C'est un monde si vaste. Si on prend le mauvais couloir, on risque de ne plus jamais se retrouver. J. P. choisit trois hackers à surveiller, dont un certain Little Buddha. Il le suit dans des chat rooms (sortes de salons publics pour converser, acheter, vendre, séduire) pendant près de deux heures. Et il apprend ainsi que ce type est canadien, qu'il a près de trente ans, qu'il possède un vieux computer Packard Bell et a la même fiancée depuis un certain temps. À un moment donné,

J. P. se met en contact avec Little Buddha et lui parle de son vieux computer, comme si ce type était un vieux copain. Finalement, il aborde le sujet des cartes de crédit. Il aimerait en acheter. Il lui faut une adresse physique où envoyer des *money orders* pour payer les cartes de crédit. C'est le point faible de ce genre d'opération car, avec une telle adresse, la police peut remonter à la source. Little Buddha ne donne pas l'adresse, mais il suggère à J. P. de contacter un étudiant du nom de California. Pour aborder California, J. P. décide de changer d'identité. Il prend ce qu'on appelle « un meilleur ami » (c'est un individu fictif qui vous permet de poser des questions sans trop éveiller la méfiance de l'autre. Faut pas que l'autre se doute que c'est votre double). Il se présente comme un néophyte dans le domaine des cartes de crédit et avance, naïvement, que les Russes dominent ce marché. California le réfère à un certain Dagger pour discuter de ce point. Dagger est un vétéran difficile à piéger. J. P. a passé le week-end à tenter d'obtenir une vraie adresse afin de payer les cartes de crédit. Dès qu'il effleure ce sujet, ses interlocuteurs fuient. Mais lundi après-midi, J. P. avait créé deux « meilleurs amis » pour discuter avec Dagger dans le même espace de conversation. Une telle opération nécessitait deux keyboards et deux computers, car J. P. doit parler avec lui-même en même temps qu'avec le hacker. Jusqu'alors, J. P. n'avait jamais mentionné le nom de Maxus, qui continue à vendre ses trois cent mille cartes de crédit sur Internet. Au milieu de la conversation, J. P. demande à Dagger s'il peut traduire pour lui quelques mots écrits en russe sur le site de Maxus. Dagger surprend J. P. en lui disant qu'il connaît le bras droit de Maxus, un certain Diagnoz. J. P. retrouve Diagnoz, le lendemain, vers 2 heures du matin. Diagnoz se révèle très ouvert, se sachant hors de portée des autorités américaines. Diagnoz accepte de vendre cinquante cartes de crédit à 500 dollars pièce à J. P. et lui donne l'adresse d'un Western Union à Saint-Pétersbourg, en Russie. L'adresse du Western Union renvoie à un certain Evgenij Fedorov. Le FBI confirme les informations de J. P. et croit que celui-ci est vraiment sur la piste des cartes volées de CD Universe. S'estimant assez informé, ce n'est qu'à ce moment que J. P. se sent prêt à affronter Maxus. Il lui envoie un e-mail dans lequel il fait état de sa conversation avec Diagnoz et exprime son désir d'acheter encore plus de cartes. Après quelques e-mails, J. P. finit par conclure une bonne affaire avec Maxus, soit mille cartes pour 1 000 dollars. Mis en confiance, Maxus lui communique son numéro de compte de la Hansabanka, à Riga, en Lettonie. Grâce au numéro de compte, J. P. a pu démasquer le maître du jeu, un dénommé Maxim Ivankov. Malgré tout, le FBI n'a pu mettre la main sur Maxus, qui a simplement disparu de l'écran. J. P. est devenu, par ce fait d'armes, un héros pour le FBI (qui l'invite à donner des conférences devant ses membres) et l'ennemi public numéro un des jeunes hackers du cyberespace.

Faites un vœu

Grand, cou rouge (un redneck), crâne rasé. Les bras couverts de tatouages. Il est assis, pas loin de moi, devant une montagne de frites. Je le regarde de biais. Ce n'est pas du tout le genre de mec qu'on peut regarder de face. Je vois ses épaules bouger comme s'il était en train de rire silencieusement. Il se lève brusquement, sans terminer son repas, et passe devant moi, le visage baigné de larmes. C'est toujours un choc de voir de tels monstres en larmes. Qu'est-ce qui a bien pu provoquer une telle émotion chez un pareil «tueur»? La mort de sa mère? Une culpabilité soudaine? Le visage d'une femme aimée morte dans une fusillade? Mon imagination déborde le matin. Tous ces films à la télé. Ah, il a laissé un journal ouvert. Le portrait d'une petite fille dans un article de la rubrique nécrologique. Divine Uwimana Jackson est morte à l'âge de quatre ans d'une des formes les plus graves du cancer du cerveau (glioblastome). Sa maladie ayant été diagnostiquée l'année dernière, elle a pu faire trois vœux : visiter Disney World, apprendre à danser le ballet et aller à l'école. En août dernier, la fondation Faites un vœu a rendu tout cela possible. C'est ainsi que Divine est allée au Magic Kingdom pour la première fois. Et là, elle a passé tout son temps à rechercher la Petite Sirène, son personnage favori de dessins animés. Elle a pu se faire photographier avec elle. Joie pure. En septembre, Divine est allée à la Conchita Espinosa Academy, où tout le monde l'a adorée. Norma Miller, son enseignante, dit qu'elle a un vocabulaire exceptionnel et qu'elle adore la musique. Son énergie est si contagieuse qu'elle n'a qu'à pouffer de rire pour que toute la classe éclate. C'est vraiment un ange, termine Norma Miller. Et c'est aussi à cette école qu'elle a pris des cours de ballet, son troisième vœu. Il y a huit jours, son état de santé a commencé à se détériorer. Sa mère l'a emmenée à l'Hôpital baptiste et, trois jours plus tard, elle était morte. Une petite photo à la gauche de l'article montre le sourire lumineux d'une petite fille noire. Pourquoi je précise sa couleur ? À cause du puissant contraste : regarde cette petite fille noire qui parvient à descendre jusqu'au fond des tripes de ce monstre tatoué. L'Amérique est un colosse qui ne se nourrit que du lait de la légende. L'organisme Faites un vœu se promène partout dans le pays et demande à des enfants comme Divine de faire des vœux, comme dans les contes. Et ce sont à peu près les mêmes rêves qui reviennent, Disney toujours en tête. La mort d'une petite fille en guise de publicité gratuite pour Disney.

L'argent

On se trompe si on pense que l'argent ouvre toutes les portes aux États-Unis. Fitzgerald nous en avait déjà touché un mot dans

Cette grenade dans la main du jeune Nègre...

son *Gatsby le Magnifique* mais Fitzgerald est trop romantique pour être totalement crédible sur un pareil sujet. Je choisis plutôt Truman Capote pour me guider. D'une certaine manière, Capote est lui aussi un romantique, à cause de son obsession des riches, mais Capote, à mes yeux, possède une qualité que Fitzgerald ne possédait pas : le sens du commérage.

Je viens de lire dans le *New York Times* la chute de Gayfryd et Saul Steinberg, le couple le plus riche de New York. J'étais assis dans un coin un peu sombre de ce bar très cossu de Manhattan quand j'ai vu entrer un homme de petite taille avec un grand chapeau. Je ne l'avais vu qu'en photo, mais Truman Capote est reconnaissable n'importe où, surtout pour un admirateur de *Prières exaucées*, que la critique officielle a esquinté (John Updike, dans le *New York Times Book Review*, a traité Capote de sale commère), et qui lui a fait perdre toutes ses relations du Upper Side de Manhattan. Cela faisait un moment que Truman Capote ne fréquentait plus les riches, disons depuis la parution, dans le *New Yorker*, de la première nouvelle de ce fameux livre. Il me fallait Truman pour commenter un tel événement : la chute du couple Steinberg. Bon, Truman avait déjà des difficultés avec les Juifs de l'establishment littéraire. Il avait mis les pieds dans le plat, comme toujours, en faisant remarquer que la littérature américaine n'est pas produite uniquement par des écrivains juifs, même si personne ne peut nier le talent de Philip Roth, Saul Bellow, Bernard Malamud. Mais les Juifs, c'est comme les Nègres, ils n'oublient jamais la moindre allusion tendancieuse à leur sujet. Si les Nègres n'ont pas fait peur à Norman Mailer, il est aussi vrai que les Juifs n'ont pas fait peur à Truman Capote. Il faut dire à sa décharge que Truman, surnommé *The Tiny Terror* par la mondaine Nan Kempner, entendait se faire détester par tout le monde : les Juifs, les riches, les Nègres («Aucun véritable écrivain parmi eux à part Baldwin et aucun homme politique d'envergure à part Malcolm X»), les homosexuels (il en était, mais cela ne l'a pas empêché d'en dire le plus grand mal), les femmes (il adorait

Marilyn Monroe pour des raisons autres que son sex-appeal, ce qui charmait «*the ultimate blonde*»)... Tout le monde y passait.

Moi : Enfin, Truman, il n'y a pas grand monde que tu aimes...

Il rit.

Truman : Je crois être le seul individu en Amérique à avoir aimé les femmes de riches, parce que, s'il arrive qu'on craigne les riches, les gens n'ont en général que du mépris pour les femmes de ces hommes puissants...

Moi : Il me semble...

Truman : Laisse tomber les approximations et retiens simplement qu'on méprise les femmes de riches...

Moi : Et pourquoi ?

Truman : Pour la même raison que je les aime. Elles n'ont pas gagné la fortune qu'elles dépensent... Elles se font manucurer tous les jours, elles portent des vêtements élégants, mais qui coûtent, chacun, le salaire annuel d'un type de la classe moyenne... Les gens n'ont pas idée combien les riches sont riches. Au-delà de 50 millions de dollars, l'homme moyen estime que cela dépasse sa capacité d'imagination et arrête de compter... Alors que la femme peut aller encore assez loin dans cette direction...

Moi : Que veux-tu dire, Truman ?

Il jette un bref coup d'œil sur le journal annonçant la chute des Steinberg.

Truman : Prenons les Steinberg...

Moi : Justement, j'y venais...

Truman : Dans cette histoire, Gayfryd n'a jamais perdu la tête. Tout le monde parle de Saul Steinberg, mais ce type n'est rien à côté de sa femme. C'est l'histoire de Gayfryd qui est intéressante. À l'origine, elle n'était qu'une pauvre petite serveuse de restaurant. Elle vient d'un bled perdu, près de Vancouver, un trou du nom de Nanaimo. Nanaimo, tu connais ça ? Je ne connais personne qui connaît ça. Son père travaillait au bureau de la compagnie de téléphone du coin et sa mère passait ses journées à faire cuire du pain à la maison. Des gens honnêtes. J'ai toujours

Cette grenade dans la main du jeune Nègre...

détesté les honnêtes gens des petites villes, ils sont pires que des tueurs en série. Et en matière de tueurs, je suis le seul écrivain américain à en savoir un bout là-dessus. Norman Mailer ne s'y intéresse que depuis peu...

(Seigneur! me dis-je en moi-même, faites qu'il ne reparte pas sur la polémique avec Mailer. Truman Capote est toujours bien informé, mais ce type peut vous briser les nerfs avec ses obsessions. Faut que je fasse gaffe à ne pas lui donner l'impression de le pousser dans le dos. Ce type est un véritable caractériel.)

Truman : Naturellement, elle n'est pas restée là... Une fille comme Gayfryd ne meurt pas dans un trou pareil. Elle est allée à l'Université de la Colombie-Britannique, mais n'y est pas restée longtemps non plus. Elle a eu vite fait d'épouser un cul-terreux du nom de McLean, un ingénieur en métallurgie, qui l'a traînée en Afrique du Sud... Je crois que je vais prendre un verre...

Moi : Que veux-tu, Truman?

Truman : Du whisky. Un double.

Il me faut aller lui chercher un whisky. (Mais j'ai trop peur qu'il ne change d'idée et décide de partir. J'ai l'impression que Truman est plus difficile à garder en place que Marilyn même. Je ne veux pas faire croire que j'ai déjà causé avec Marilyn Monroe, mais j'ai lu la magnifique conversation que Truman a eue avec elle. Truman l'a publiée sous le ravissant titre de «Une enfant radieuse» dans son livre *Musique pour caméléons*.)

Truman : Ce McLean, c'est le genre de cul-terreux capable de balancer à sa femme : «Comme c'est ton anniversaire et qu'on est en ville, alors achète-toi une carte, chérie.» Le couple arrive à La Nouvelle-Orléans, où Gayfryd trouve un boulot dans un restaurant. C'est là qu'elle pêche son premier gros poisson : un riche client du nom de Norman Johnson. Bien sûr que Johnson était plus âgé, et marié aussi, avec trois enfants. Mais il l'adorait. Il demande immédiatement le divorce. Et elle fait de même de son côté. Pour faire vite, elle file divorcer en République dominicaine. Et un mois plus tard, ils se mariaient à La Nouvelle-Orléans. Malheureusement, l'État de la Louisiane ne reconnaît pas les divorces prononcés en République dominicaine. Qu'à cela ne tienne, ils se remarient quelque temps plus tard. Les Johnson se sont acheté la plus grande maison de La Nouvelle-Orléans, une sorte de villa style Renaissance, genre très nouveau riche. Gayfryd l'a complètement rénovée avant de se déguiser en châtelaine. Ils ont mis leur maison à la disposition de la Ville pour les réceptions officielles, les soirées de ballet ou de musique classique. Ils désiraient faire partie d'un club qui ne voulait pas d'eux. As-tu lu le roman de Fitzgerald?

Moi : Je connais le drame de Jay Gatsby.

Truman : C'est exactement cela. Ces deux moineaux se sont fait rouler dans la farine par l'aristocratie de La Nouvelle-Orléans. Au fond, ces gens ne valent pas Gayfryd, mais Norman rêvait tant d'être reçu dans la bonne société de La Nouvelle-Orléans. Norman a beau être riche, ce n'est qu'un cul-terreux...

Moi : Qu'est-ce qui s'est passé, alors?

Truman : Le fisc s'est mis de la partie. Norman devait 7 millions au fisc. J'ai connu leur avocat, Martzell. Il se rappelait le soir qu'il était venu annoncer à Norman qu'il devrait faire de la prison, lui et Gayfryd se préparaient à aller à un bal masqué, eh bien, pendant qu'il expliquait cette situation assez pénible à Norman, Gayfryd continuait calmement à lui lacer ses bottes. Beaucoup de sang-froid chez cette femme.

Moi : Ce n'était quand même pas elle qui était menacée de prison...

Truman : Oui, mais elle risquait son nom et une fortune qui était, d'une certaine manière, à elle aussi... Toutes les femmes de riches que j'ai connues, même les pires criminelles, méritaient amplement l'argent qu'elles dépensaient. D'autant que Norman était un maniacodépressif et avait déjà tenté de se suicider. Un soir, ils revenaient d'une fête, et Norman conduisait. Il s'était mis en tête de jeter la voiture dans un ravin. C'est pas facile, la vie, avec ces cocos-là, je peux te le dire... Bon, Gayfryd a rencontré Saul Steinberg à un dîner à New York et il est devenu fou d'elle. Norman a été condamné à quatorze mois de prison.

Cette grenade dans la main du jeune Nègre...

Gayfryd a demandé le divorce un peu avant mars. En juillet, elle est allée vivre avec Saul dans sa maison de Park Avenue. Et le 22 décembre, quelques heures après que son divorce avec Norman a été prononcé, elle a épousé Saul. L'avocat de Norman a fini par faire sortir celui-ci de prison bien avant la date prévue de sa libération, mais Gayfryd s'était déjà envolée. Quelque temps plus tard, Norman s'est jeté dans le vide par la fenêtre de sa chambre d'hôtel.

Moi : Et voilà Gayfryd avec Saul ?

Truman : Saul est un vrai riche, mais ce serait trop long de t'expliquer comment il a fait fortune. Dans les assurances, bien entendu. Il a acheté une grande compagnie qui périclitait. Cet homme a un flair génial pour tout ce qui concerne l'argent. Il s'est rapidement enrichi et s'est arrangé pour que toute sa famille devienne riche aussi. C'est cette philosophie qui le mènera d'ailleurs à la faillite. Faut croire qu'il n'y a pas que les Italiens dans ce genre. Aujourd'hui, sa propre mère lui fait un procès, prétendant qu'il lui doit de l'argent. La seule personne qui soit digne dans cette histoire, c'est la petite fille de Nanaimo, l'ancienne serveuse de La Nouvelle-Orléans. C'est elle qui a pris soin de Saul après sa crise cardiaque. Et je vais t'apprendre quelque chose. C'est Saul qui voulait ces dépenses extravagantes, et cela pour une raison très simple : malgré les dons faramineux qu'il a pu faire à droite et à gauche, Saul Steinberg n'a pas été accepté au conseil d'administration du Metropolitan Museum, et cela en dépit de tout l'argent qu'il a donné au musée. Toujours le même problème : se faire accepter par des gens qui vous méprisent. Tout le reste à côté de cette gifle semble de peu d'intérêt... Malgré toutes ces fêtes magnifiques données pour ces riches de Manhattan, malgré tous ces Rubens, toute cette argenterie, toute cette opulence, la société de New York a toujours gardé quelques portes fermées au nez de Saul Steinberg. Comme la société de La Nouvelle-Orléans avait, elle aussi, refusé Norman Johnson.

Moi : Et maintenant ?

Truman : Je pense que Gayfryd va se relever, c'est une vraie dure à cuire, mais je ne suis pas aussi sûr pour Saul.

De si longues jambes

Elle ne veut rien prendre, mais le serveur insiste.
— C'est la règle, mademoiselle, il faut consommer quelque chose.
J'avais déjà demandé un club-sandwich et un verre de vin.
— Alors je prendrai un thé vert, dit-elle.
— Il faut choisir quelque chose dans le menu, continue-t-il, implacable.
Il y a une agence de mannequins, pas loin, sur Ocean Drive. Alors il a l'habitude de ces filles qui vont dans la vie avec un thé ou une moitié de pamplemousse. Leur santé ne l'intéresse nullement, mais son pourboire est proportionnel au prix à payer.
— Je n'ai pas faim.
— Je comprends, mais c'est un restaurant ici.
On est au News Café, à SoBe (South Beach), le quartier Art déco de Miami.
— Je ne me formaliserai pas si vous ne terminez pas votre plat...
Elle sourit.
— Alors une tonne de spaghettis.
— Vous dites ?
— Je voudrais une tonne de spaghettis.
Le serveur file vers la cuisine. Autour de nous, un public de clients réguliers. Des mannequins, des acteurs, des chanteurs, tous très jeunes. Ils mangent assez tard et finissent généralement la nuit au Liquid ou au Risk.

Cette grenade dans la main du jeune Nègre...

— Gianni vient prendre son café ici tous les jours, murmure-t-elle comme si elle me confiait un secret.
— Gianni ?
— Versace. C'est ici qu'il déjeune. J'ai lu ça dans un journal, et depuis, je viens souvent ici. Je ne l'ai vu qu'une fois.
— L'as-tu abordé ?
— T'es fou ! dit-elle.
— Qu'est-ce que ça t'apporte de simplement le voir ?
— Ça me stimule.
— Tu aurais dû te lever, je ne sais pas, aller aux toilettes, et il aurait peut-être remarqué tes jambes...

C'est vrai qu'elle a des jambes interminables, comme celles d'Amber Valetta ou de Tina Turner.

— J'y ai pensé, mais je n'aurais jamais pu atteindre les toilettes. Mes jambes ne m'auraient pas soutenue. Tu t'imagines : marcher devant Gianni Versace !

Le serveur revient avec un énorme plat fumant de spaghettis.
— C'est beaucoup, hein ? je fais.
Elle rit.
— C'est juste pour faire chier les autres. Ils se disent : « Oh, regarde cette fille, elle mange une tonne de spaghettis et malgré tout elle reste mince. »

Voilà une remarque qui me fait plaisir.

— Avec des jambes pareilles, tu dois avoir beaucoup de succès...
— Oui, mais pas avec les gens qui m'intéressent... C'est le cas de tout le monde, j'imagine... On n'a jamais ce qu'on veut au bon moment ni avec la bonne personne. Je sais que je réussirai, mais ce sera trop tard. C'est maintenant qu'il faut que quelqu'un entre dans ce café et tombe à la renverse en me voyant.
— Mais ils te regardent tous.
— Ces ploucs, je n'en ai rien à foutre... Mon idéal d'homme, c'est un créateur exceptionnel. Quelqu'un qui occupe un espace qui ne l'a jamais été avant lui. Et tu sais qui est mon type absolu ?

Prince. Voilà un vrai génie. Mais je ne crois pas que je rencontrerai jamais les gens que j'ai vraiment envie de rencontrer.

— Ça va ? Tu m'as l'air un peu déprimée...

— Oui, je sais que ça n'aide pas, dans ce métier, de paraître amère. C'est ce que mon agent me dit souvent. L'affaire, c'est que j'ai beaucoup de factures, pas assez de contrats, et je n'ai pas non plus un bon agent.

— Qu'est-ce qu'il faut faire dans ce cas ? Coucher avec les gens bien placés ?

Elle fait une moue désabusée.

— Qui veut coucher avec un sac d'os qui crève de faim ? C'est ce qu'on est, nous, les mannequins. On est magiques uniquement sur les photos de magazines. Mes copines n'arrivent même pas à se trouver un mec. Il faut dormir tôt, ne pas manger, ne pas boire, ne pas rester trop longtemps dans les cocktails, ça fait vulgaire... La seule chose tolérée dans ce milieu, c'est la cocaïne, parce que ça vous coupe l'appétit tout en vous donnant du tonus.

— Kate Moss dit qu'elle commence à boire du champagne des fois vers 8 heures du matin, avant le premier défilé.

— Possible, mais la première chose à savoir, c'est qu'il ne faut jamais croire un mot de ce qu'on lit dans un journal à propos d'un mannequin. C'est souvent rédigé par son agent. Pour une petite poignée de mannequins qui travaillent régulièrement et finissent par gagner beaucoup d'argent, la très grande majorité végète et dépense beaucoup plus qu'elle ne gagne.

— Si je comprends bien, c'est un métier très dur...

— Oui.. La compétition est infernale, d'autant plus que cela ne repose sur rien. Tu es jolie, on te dit que les jolies filles, ça ne marche plus et qu'il faut plutôt avoir une certaine gueule comme Rossy de Palma, tu as un beau sourire, mais c'est le tour des filles déprimées, tu as deux jolis boutons sur la poitrine, mais c'est, pour une rare fois, la saison des filles à gros seins, tu as une bouche classique, c'est alors que Julia Roberts et Angelina Jolie font leur apparition, tu vois que cela ne repose sur rien. Et en plus, la plupart du temps, il te faut plaire à des types qui ne s'intéressent pas aux femmes.

— Ce n'est pas le cas des gens de chez Elite ?

— Là aussi, on fait semblant. Les filles font semblant d'être heureuses et les hommes font semblant d'être intéressés par les filles. Je suis déjà allée dans une partouze où personne ne baisait. Tout le monde faisait semblant d'être avec quelqu'un d'autre dans une autre chambre.

Je me demande si c'est différent dans d'autres domaines.

— Il est difficile pour nous de trouver un vrai mec.

— Pas ici, en tout cas... C'est une vie chère ?

— Il faut toujours être dans les boîtes à la mode, et ça coûte généralement cher. Ici, c'est Ingrid Casares, l'amie de Madonna, qui contrôle à peu près tous les réseaux. Elle connaît tout le monde. Je vais au Liquid, sa boîte, espérant qu'elle me présente un jour à Donatella, la sœur de Gianni. Mais comme elle a beaucoup ramé pour être là, je n'attends aucun cadeau de sa part.

— Alors pourquoi on continue ?

Un silence.

— Pour les autres. Ceux qu'on a laissés au fond du panier.

— Qu'est-ce que tu veux dire par là ?

— Ils pensent tous que ma vie est extraordinaire.

— Et ça suffit pour autant de souffrances ?

— Hé ! Faut pas exagérer... Il y a d'autres métiers plus infernaux. Au *high school*, ce fut terrible. Personne ne s'intéressait à moi. J'avais de trop longues jambes, une trop grande bouche et j'étais trop maigre. Je n'ai pas changé, mais c'est avec ça que je gagne ma vie à présent.

— C'est mieux maintenant ?

— C'est vrai que je n'ai pas de mec, mais si je ferme ma grande gueule, on ne le saura pas. D'ailleurs, même quand je le dis, on ne me croit pas.

— Mais tu vis complètement pour l'approbation des autres ?

— Et toi, me répond-elle du tac au tac, ça ne te fait rien de sentir l'envie des gens sur ta peau ? On dirait des sangsues.

Un silence.

— C'est mon métier qui veut ça, reprend-elle. On passe notre temps à nous observer dans les yeux des autres. Je me demande des fois comment on a pu inventer un tel métier. Tu ne gagnes ta vie que si on te regarde. Il ne faut pas que je pense à tout ça, sinon je finirai dans un de ces centres de désintoxication de Betty Ford...

Elle fixe son plat.

— Je suis une image. Je fais même semblant de manger. Tu crois que j'existe ?

Miss Cleo

Jonathan Goodwill vient de perdre son travail. Il était manutentionnaire chez Firestone, à Phoenix, en Arizona. On a eu dernièrement des problèmes sur les routes avec les nouveaux pneus. Brusquement, le pneu éclate et la voiture dérape. Dix-huit morts jusqu'à présent. On ne parle que de cela partout. Des procès en cours. Firestone a dû rappeler des millions de pneus. Les employés ont pu découvrir à la télé les visages des vrais patrons de Firestone (des hommes corpulents dans des chemises Ralph Lauren s'épongeant le front sous la chaleur des projecteurs). On signale un nouveau cas chaque jour. Mortel quand cela arrive sur une autoroute. Firestone connaît des difficultés financières. Quelques patrons doivent partir. On sait que cela ne s'arrêtera pas là. Les petits vont écoper. Jonathan Goodwill est aux prises depuis des années avec un grave problème de poids, mais personne ne s'en rendait compte. Toujours souriant, affable, serviable, il a un bon mot pour tout le monde. À Firestone, on l'adorait. En le renvoyant, le boss semblait plus embêté que lui : « Vous croyez que cela me fait plaisir de congédier mon meilleur employé ? » lui aurait-il glissé en lui tendant l'enveloppe. C'est une question d'ancienneté. Les derniers arrivés doivent partir les premiers. Jonathan travaille à Firestone depuis seulement cinq ans, mais on dirait qu'il est là depuis une éternité. Rentré chez lui, il s'effondre. Jonathan n'a pas d'amis. Sa boîte aux lettres ne recueille que des factures, des feuillets publicitaires ou ces propositions de cartes de crédit qu'on essaie chaque semaine de lui fourguer (ça va cesser dès qu'ils sauront qu'il n'a plus de boulot). Son téléphone n'arrête pas de sonner, mais c'est toujours un de ces vendeurs qui opèrent par téléphone. Jonathan achète tant qu'il peut dans le seul but de s'attirer la sympathie de ces requins. Résultat, son appartement est encombré de toutes sortes d'objets inutiles. Il a compris que les marchands sont les seules personnes à vous sourire spontanément. L'Amérique est vraiment divisée en deux grands groupes, pense Jonathan : d'un côté, les vendeurs, et de l'autre, les acheteurs. Certaines personnes se retrouvent dans les deux camps. Lui, par exemple, quand il est à son poste, chez Firestone, il est un vendeur, mais dès qu'il arrive chez lui, il devient un acheteur et la proie des vendeurs. Le téléphone ne vous relie plus à vos amis ou à vos parents (Jonathan n'a qu'une tante qui vit dans une petite ville au nord de Prescott, elle a toujours refusé de prendre une ligne téléphonique), mais à une armée de vendeurs qui vous poursuivent parfois jusqu'au cœur de la nuit. Un soir qu'il ne dormait pas, il entend une certaine Miss Cleo (une magnifique Jamaïcaine à la bouche insolente et sensuelle) lui annoncer, à la télé, qu'un avenir brillant l'attendait, que tous ses problèmes allaient bientôt se régler. Pour les détails, il lui faut appeler à tel numéro. Les trois premières minutes sont gratuites. Jonathan se rue sur le téléphone, appelle et trouve immédiatement quelqu'un au bout de la ligne. Malheureusement, Miss Cleo n'est pas disponible, mais on va lui passer un assistant. Jonathan n'a pas envie de parler à un assistant. Il va attendre qu'elle termine. On lui fait comprendre que cela risque de durer. Qu'à cela ne tienne, il attendra le temps qu'il faudra. Finalement, quelqu'un lui explique que

Miss Cleo a dû quitter précipitamment son bureau pour rentrer d'urgence chez elle. Sa fille a eu un léger accident de voiture. Jonathan s'est tout de suite demandé pourquoi Miss Cleo n'avait pas « prévu » cet accident. Mais il paraît que c'est impossible de deviner son propre avenir. Jonathan peut comprendre cela. Il rappellera demain. Et il y était le lendemain, et le surlendemain, et le jour suivant. Jusqu'à ce que la facture du téléphone arrive : 8 039 dollars. Jonathan ne se souvient pas être resté aussi longtemps au téléphone. Il n'arrive pas à savoir combien de temps. C'est difficile à estimer, mais 8 039 dollars, c'est impossible. Et sans jamais parler une seule fois à Miss Cleo. Quelques jours plus tard, il voit une photo de Miss Cleo dans le journal. On parle de fraude. Miss Cleo n'était que la façade d'une florissante affaire montée par deux businessmen floridiens. Elle ne pouvait être au téléphone, n'étant même pas au pays. Elle a simplement prêté ses talents de comédienne à ce petit film publicitaire afin d'attirer les gogos avec sa large bouche sensuelle.

— Et dire que je me suis ruiné, laisse tomber Jonathan Goodwill dans la pénombre de son brûlant appartement de Phoenix, pour une femme à qui je n'ai jamais pu dire un traître mot.

Oprah contre le bœuf

Oprah – tout le monde l'appelle ainsi depuis qu'elle est devenue la plus célèbre personnalité de télévision au monde – a ouvert le feu dans son émission quotidienne. Elle a accusé carrément le hamburger (le hamburger, le jean et le Coca-Cola forment le trio intouchable de la culture populaire américaine) d'être la première cause de l'obésité aux États-Unis. Il faut dire qu'Oprah est aux prises, depuis des années, avec un problème de poids. Au début de chaque saison télévisuelle, elle arrive mince, belle et confiante, et nous annonce qu'elle a découvert une nouvelle méthode qui l'aide à perdre du poids. Aussitôt l'Amérique se lance dans cette voie. Au fur et à mesure que l'année avance, elle reprend tout le poids qu'elle avait perdu durant l'été pour terminer la saison en pneu Michelin. Et ça recommence l'année suivante. Donc, Oprah est crédible quand elle parle d'obésité. Son argument est de taille. Et on l'écoute quand elle accuse son vieux compagnon : le hamburger. Mais le hamburger n'est autre que du bœuf, et le bœuf pèse dans la vie nationale. Les éleveurs de bœufs veulent marcher sur la station de télé où travaille Oprah. Le monde de la viande est en émoi. Oprah maintient durant plus d'une semaine sa version : le hamburger tue l'Amérique. Finalement, après douze jours, la première fissure. Oprah fait des excuses publiques à la télévision. Les éleveurs du Texas lancent leurs chapeaux en l'air en poussant des cris aigus. Oprah n'était qu'une grenouille qui n'a pas fait le poids face au vrai bœuf. *Where is the beef?* (« Où est le bœuf ? »), ce qui veut dire, en langage de cow-boy, où est la substance de votre proposition ? Oprah s'est avouée vaincue, mais le débat sur le gras n'est pas clos pour autant.

Coke contre Pepsi

J'étais assis sur un petit banc, pas loin d'une épicerie où je venais d'acheter un Coke. J'avais eu à répondre à la question classique : Coke ou Pepsi ? Le vendeur, un jeune homme dans la vingtaine, me regarde droit dans les yeux, comme si de mon choix dépendait l'avenir de l'Amérique. De plus en plus de gens refusent de prendre position dans ce débat. Surtout depuis que Coke a baissé les bras. Le PDG de Pepsi raconte qu'un jour, en pleine guerre des boissons gazeuses, il se trouvait dans un avion quand il a entendu la nouvelle. Coke venait de jeter l'éponge. Coke abandonnait sa fameuse formule secrète et optait pour une boisson plus sucrée, moins gazeuse, en un mot Coke devenait Pepsi. Incroyable! La nouvelle stupéfia l'Amérique, puis le reste du monde. Des milliers de gens en plein désarroi ont couru dans les *liquor stores* s'acheter des caisses de Coke pour les stocker dans leurs caves. Aucune nouvelle n'a eu un pareil effet aux États-Unis depuis la mort de John Kennedy. Un goût allait disparaître et les gens prenaient cela au sérieux. La pression fut telle que la compagnie Coca-Cola publia un communiqué précisant qu'elle entendait garder l'ancienne saveur à côté de la nouvelle. Ce sera le Coke Classique. Pepsi qui, pendant un moment, avait cru que l'affaire était dans le sac, qu'il avait enfin gagné la guerre, déchanta rapidement. Coke venait simplement de reprendre l'avantage du terrain. Pepsi se trouvait désormais face à deux ennemis: le Coke Classique et le nouveau Coke. Un peu plus tard, les consommateurs firent comprendre que c'était ridicule d'avoir deux formules de Coke (le fameux principe de la formule unique américaine qui est, d'après eux, au cœur de leur sens démocratique, alors que l'Europe, avec ses variétés infinies et ses gradations multiples de vin, leur paraît décadente et inégalitaire), et la compagnie revint tranquillement à la formule originale. La guerre continuait. Ciel! On l'a échappé belle.

À propos du vin

Il m'a donné rendez-vous dans un petit restaurant de l'aéroport (La Caretta). J'ai pris une salade verte et un verre de vin rouge. Lui, un hamburger et un Coke. Ken travaille pour *Vibe*, le nouveau magazine noir très branché qui vient de donner un coup de vieux à *Ebony*. *Ebony* ne traite que de sujets concernant

Cette grenade dans la main du jeune Nègre…

les Noirs. Les acteurs, les athlètes, les juges, les maires, les musiciens, les astronautes, tout le monde est noir dans *Ebony*. Je me demande toujours comment serait vu un magazine, intitulé *Ivory* par exemple, s'intéressant exclusivement aux Blancs (bien sûr, on me répondra que la plupart des magazines nationaux ne disposent que d'un espace restreint réservé aux Noirs). Au fond, *Vibe* n'est pas si différent d'*Ebony*. Le style est un peu plus jeune, c'est tout.

— Comment vas-tu ? me demande Ken.
— Bien. Et toi ?
— Ça va… Il paraît que tu parcours le pays ?
— Ouais.
— Dans quel but ?
— Je fais un long papier pour un magazine.
— On peut savoir ce que tu en penses ?
— Je ne pense pas. Je note et je fais quelques photos.
— Tu bois du vin ?
— Il me semble…
— T'as déjà vécu en Europe ? me demande-t-il sur un ton soupçonneux.
— J'y suis allé quelques fois. Et toi ?
— Non… C'est différent d'ici, hein ?
— Sur certains points.
— Par exemple ?
— Cette interview…
— Les journalistes ne font pas d'interview, là-bas ?
— Oui, mais pas ainsi.
— C'est comment ?
— Plus intellectuel.

Il semble réfléchir un long moment.

— Je ne comprends pas.
— Disons que, souvent, la question est plus longue que la réponse.

Il rit cette fois en se donnant des tapes sur la cuisse.

— Comment fait-on ça ?

— C'est simple, le journaliste s'arrange toujours pour glisser une tentative de réponse dans la question.

— S'il connaît les réponses, pourquoi perd-il son temps à faire l'interview ?

— Et toi, pourquoi tu fais cette interview ?

— Pour savoir quel genre de type tu es.

— En Europe, ils veulent surtout savoir ce qu'on a dans la tête.

— En lisant son livre, je vais savoir ce que le type a dans la tête. Je m'intéresse plutôt aux détails. Les trucs qui nous rapprochent des autres.

En Europe, c'est l'obsession de l'originalité. Ici, on ne veut jamais quitter le groupe. C'est le groupe qui achète. Jamais trop loin de son acheteur.

— Là-bas, on te pousse plutôt à insister sur la différence.

— Mais pourquoi ?

— Chaque peuple a son style.

— Juste comme ça ?

— Oui, comme ça.

Il a l'air vraiment étonné. Voilà une chose qu'il ne parvenait pas à saisir. J'ai eu une pareille discussion avec de jeunes Français, à Lyon, qui n'arrivaient pas à comprendre le fait que les Américains n'étaient pas intéressés à des jouissances culturelles en groupe (ce côté puritain qui les empêche d'avoir du plaisir en public. S'il n'y avait pas les enfants, on aurait du mal à croire qu'ils baisent). Pour le Français, il n'y a aucun mal à discuter d'un bouquin avec les amis. Après un bon film, pourquoi ne pas partager ses impressions autour d'un verre de vin dans un café.

— Je vais te confier une chose, dit-il en baissant la voix.

— Oui...

— Je déteste le vin. Je trouve que c'est la chose la plus surestimée au monde. Je ne comprends pas qu'il y ait tant de variétés d'un truc si mauvais. Aux États-Unis, il n'y a que le Coke ou le Pepsi, tu prends l'un ou l'autre, et si tu détestes les deux, tu peux toujours boire de l'eau. Je suis peut-être un grossier Américain,

Cette grenade dans la main du jeune Nègre...

mais je trouve qu'ils font tout un plat de leur vin. Et ce qui m'énerve, c'est que personne n'ose le leur dire.

— Peut-être que tu n'as pas encore goûté un vin vraiment bon?

— Je déteste simplement l'idée de toute boisson à base de raisins.

Il me regarde, l'air très sérieux, puis éclate de rire.

— J'avais envie de dire cela à quelqu'un. Je crois que je t'ai assez emmerdé, fait-il en se levant brusquement.

— Tu penses avoir assez de matière pour ton article? je demande, subitement inquiet pour lui.

— Oh, je ne fais pas un grand truc, hein... J'ai bien aimé le passage sur le vin.

— C'est toi, ça; moi, j'adore le vin.

— Oh, merde, j'ai failli oublier! Je peux faire une photo?

— Pas de problème, je dis en levant mon verre de vin.

Il me fait un large sourire. Clic.

— Je t'enverrai le journal. C'est pas grand-chose, six à sept lignes. Avec la photo, ça va être super. Et puis, *fuck* le vin.

Il ramasse son magnétophone, qu'il fourre dans un grand sac en toile, et s'en va. Il ne sait pas que Manhattan est actuellement l'endroit au monde où l'on trouve la plus grande variété de vins de bonne qualité. Je note dans mon calepin: se méfier de l'opinion d'un Américain sur l'Amérique.

HUITIÈME PARTIE

Quelques règles pour survivre en Amérique

Carnet de route

Je note dans mon calepin :

1. Dans le métro de New York

Il y a cette jeune femme qui n'arrête pas de me dévisager. Que faire ? Je ne peux pas lui demander l'heure, j'ai une montre au poignet. Je ne peux pas non plus l'entretenir au sujet de la température, on ne voit pas le ciel. La moindre approche en dehors des règles strictement établies fait de moi un violeur en puissance. Le train continue à rouler. La jeune femme me jette de brefs regards de plus en plus intenses. Elle attend visiblement un signe de moi. J'ai une chance, elle est en train de lire. Seigneur, faites que ce soit du Salinger. J'ai des choses à dire sur Salinger et je connais la sensibilité à la fois lucide et maladive des lectrices de Salinger. Mais non, c'est un truc de John Irving. Que peut-on dire à propos de ce type ? Qu'il aime le miel, peut-être. Je ne peux quand même pas demander à cette jeune femme aux yeux vifs son signe du zodiaque, on n'est plus dans les années 60. Ça se faisait encore jusqu'au milieu des années 80, mais on est loin de ça, vieux. Elle est maintenant arrivée à son arrêt. Elle va descendre. Bien sûr, elle prend son temps, tout son temps, cherche quelque chose dans son sac, regarde par terre et, finalement, elle part. Je me dis que, si elle se retourne et me regarde, je l'aurais intéressée vraiment. D'autres personnes descendent du train. Mon wagon se remplit à nouveau. Des odeurs nouvelles. Toutes sortes d'odeurs. Des parfums de gens de Brooklyn et du Bronx mêlés à ceux des gens de Manhattan. Le train bouge et commence à rouler doucement. Je perds tout à fait espoir. D'un geste vif, elle se retourne, et ce que je vois dans ses yeux me donne mal au cœur. Je ne peux pas croire que la civilisation occidentale, qui a inventé la pilule contraceptive, les lentilles de contact, le téléphone portable, l'ampoule électrique, le principe de la relativité et le fast-food (tout pour notre confort individuel), n'arrive pas à ajouter à notre répertoire, très restreint, une ou deux petites phrases pour permettre à un honnête écrivain d'approcher une jeune fille dans le métro sans trop l'effrayer. Je n'arrive pas à croire qu'un tel sujet n'intéresse personne. Une petite phrase et la vie de millions de gens (de ceux qui ne peuvent pas aborder les gens aisément en public) peut changer. Une toute petite phrase, à part lui demander l'heure, lui parler de la température ou m'informer de son signe du zodiaque. Plus de deux mille ans de prétendue civilisation et nous n'avons que ces trois possibilités (l'heure, la température et le signe du zodiaque) pour aborder un inconnu dans la rue. Quelle pauvreté! Surtout que si une femme vous regarde dans les yeux dans le métro de New York, il y a de fortes chances pour qu'elle soit une policière, un travesti ou une pute. Faites votre choix.

2. Chicago : rue principale

Je m'assois sur un banc pour regarder passer les gens devant moi. La foule du samedi midi continue, sans arrêt, à descendre et à remonter la rue. J'ai l'impression que ce sont les mêmes personnes qui passent et repassent devant moi. Elles tournent au coin et reviennent. Les mêmes visages exténués. La même bouche tordue. Une foule est généralement composée des mêmes douze personnes multipliées par cent. Douze types. La femme avec deux sacs de provisions trop lourds qui lui font sortir les veines du cou. L'homme pressé qui ne va pourtant nulle part. La jeune fille qui vient de sortir d'un grand magasin. L'enfant joyeux qui mange un cornet de glace avec son nez. La fille aux seins presque à l'air et dont la bouche rouge ressemble à une blessure. La femme qui gifle un petit garçon qui refuse d'avancer. Le jeune homme qui bouscule tout le monde parce que la vie ne va pas assez vite à son goût. La femme de cinquante ans qui marche au ralenti pour éviter de ruiner son maquillage. Le touriste qui regarde tout le monde et personne. Le type à bicyclette qui s'attire tous les sales coups d'œil. L'enfant qui s'arrête pour lacer ses chaussures sans avertir sa mère. La main qui se balade et caresse aveuglément toutes les fesses disponibles.

Fais gaffe au type qui remonte en fendant la foule, vieux. Regarde bien sa main droite. Il a un couteau.

3. Dallas : un restaurant

J'ai pris place au fond. C'est très difficile d'avoir une bonne place dans un restaurant quand on est seul. Je sors mon calepin et commence à noter quelques scènes, des portraits de clients, des bribes de conversations. Un peu pour me faire la main.

Deux Blancs en veston de tweed arrivent.

— Tu entres dans une salle à manger, dit l'un d'eux, parce que c'est ça un restaurant. Tu pénètres dans une salle à manger, tu t'assois à une table déjà mise comme si on t'attendait depuis un moment, et tout de suite quelqu'un vient se mettre à ta disposition, te demande ce que tu prends. Tu peux répondre sans le regarder ou lui faire savoir avec un brin d'agacement que tu lui feras signe plus tard. Le serveur s'excusera et retournera à son coin, attendant que tu veuilles bien commander quelque chose à manger, mais toi, tu regardes calmement le menu et, quand tu t'estimes prêt à commander ton plat, tu lui fais signe et il arrive au galop. Tu passes la commande, il en prend note poliment, et si tu trouves que tu as fait un mauvais choix, tu recommences, et il efface ce qu'il avait griffonné. Ensuite, il te demande, toujours poliment, si c'est tout. Tu lui dis que oui ou tu grognes quelque chose d'incompréhensible. Il n'insiste pas, file tout de suite à la cuisine et, quelques minutes plus tard, le revoilà avec un bon plat chaud. Si la présentation ou la cuisson ne te convient pas, tu lui fais connaître ta déception gentiment ou brutalement, selon ton humeur. Il s'excusera dans les deux cas avant de filer de nouveau vers la cuisine pour revenir quelque temps après avec ton plat, cette fois d'une présentation impeccable. Tu le regardes d'un œil impitoyable et, d'un léger signe de tête, tu lui fais comprendre que ça va, ça ira, qu'il te laisse manger tranquillement maintenant. Il se retire et ne revient que lorsqu'il a l'impression que tu as bien fini. Désirez-vous un dessert ? Et comme tu ne réponds pas, il te glisse discrètement l'addition sous le cendrier et retourne dans son coin, attendant que tu veuilles bien le rappeler une dernière fois pour régler la note. Enfin, tu paies en laissant un pourboire et pars...

— Venons-en au fait, dit l'autre après avoir écouté patiemment le long monologue.

— Tu ne trouves pas tout ça bizarre ?

— Ce que je trouve bizarre, c'est le fait d'avoir un serveur exclusivement à ton service... Généralement, le serveur ne s'occupe pas que d'un seul client.

— C'est une question de forme, ça. C'est pas de ça que je veux parler... Tu ne trouves pas bizarre qu'un parfait inconnu se mette à ton service à ce point-là, juste pour quelques dollars... Alors que cette même personne, en dehors de son travail, n'acceptera pas de faire le quart de ce qu'elle vient juste de faire pour toi presque gratuitement... Même pour dix fois plus, elle refusera sec...

— C'est que travailler pour une seule personne, c'est de l'esclavage, alors que quand on le fait pour une centaine de gens, on appelle ça du travail. Et ce même serveur peut toujours aller se faire servir dans un autre restaurant...

— Tout ça peut se comprendre quand les gens sont de même souche, de même religion, de même race... Regarde ce pays... Les batailles raciales commencent toujours dans les restaurants. Parce que ça n'a aucun sens qu'une serveuse blanche se mette à ce point au service d'un client noir quand elle se croit supérieure à lui.

— Donc, tu es d'accord avec l'apartheid?

— Au moins, ce n'est pas hypocrite.

— T'as tort.

Je suis assis un peu à l'écart, mon calepin ouvert, notant cette intéressante conversation.

— Il n'existe pas de racisme hypocrite, dit tweed bleu à tweed gris, il n'y a que le racisme tout court. Le racisme se fait hypocrite quand il ne peut pas faire autrement. Je veux dire quand les règles, les lois se mettent en travers de sa route. Ou quand les victimes refusent de se laisser avoir. Alors, dans ce cas, le racisme renonce à se montrer à visage découvert. Il porte un voile. Mais il n'y a aucun racisme honteux. C'est simple, dès qu'on a honte, on est déjà un peu moins raciste.

Le serveur noir arrive, calmement.

— Vous prenez un apéritif, messieurs?

Deux visages obséquieux se lèvent vers lui.

— Oui, dit tweed bleu.

— Bien sûr, ajoute tweed gris.

4. Brooklyn : l'avenir mis en boîte

Je ne connais pas bien Brooklyn, un des cinq districts (avec Manhattan, le Bronx, Queens et Staten Island) de New York. Près de trois cent mille Haïtiens y vivent. J'ai rapidement admiré ses appartements spacieux, ses plafonds hauts et ses rues boisées, mais le Brooklyn que j'ai surtout fréquenté est celui où les gens vivent dans des cages à lapins. Tous les appartements que j'ai visités me paraissaient encombrés d'énormes boîtes. Je voyais partout des boîtes ficelées. Des montagnes de choses reléguées dans un coin poussiéreux. Je n'osais jamais demander ce que contenaient ces grandes boîtes en carton. On me l'a dit un peu plus tard. Ces boîtes cachaient des toiles de gaze, des bouteilles, des dictionnaires, des sachets vides, etc. Des choses précieuses, utiles, ordinaires, que les gens ont rassemblées durant des années, préparant leur retour en Haïti, à leur retraite. Dans ces boîtes, il y a des salons entiers, des pharmacies, des pièces de voiture, des machines à coudre Singer, des vêtements et même, m'a-t-on chuchoté, de la nourriture non périssable (sucre, huile, sel, épices). C'est le ventre de New York, ces milliers de boîtes que l'on voit comme ça, empilées dans un coin. Le pays rêvé des vieux immigrés. Et pour chaque communauté, il arrive toujours la génération qui va donner un coup de pied dans le tas. Ces gosses de la nouvelle vague vont, sans états d'âme, jeter à la poubelle ces vieilles boîtes poussiéreuses. Les grand-mères qui refusent ce nettoyage seront dénoncées au Service d'hygiène de la ville. Cela ne se fera pas sans bataille. Une guerre au finish. Sans merci. Puis, la dernière boîte prendra le chemin de la poubelle. Un coup de balai. Ensuite, on ouvrira les fenêtres. On n'est pas à Dakar, ni à Bogotá, ni à Manille, ni à Palerme, ni à Lhassa, ni à Varsovie, ni à Tananarive, ni à Port-au-Prince, ni à Saint-Domingue, ni à Lisbonne, mais à Brooklyn (N. Y.). Henry Miller, vers l'âge de dix ans, avait coutume de se présenter ainsi à des amis qui vivaient ailleurs que dans son quartier : « Je suis Henry Miller, de Brooklyn. » Brooklyn existe.

5. Los Angeles : un party à Beverly Hills

J'ai été invité par ce jeune prince africain qui vit maintenant avec Madonna. C'est rare que Madonna donne un cinq à sept.

Cette grenade dans la main du jeune Nègre...

Et c'est encore plus rare de voir Michael Jackson chez quelqu'un. Le monde entier veut parler à Madonna. Madonna ne parle qu'à Michael Jackson. Michael Jackson n'adresse même pas la parole à Dieu. Il ne parle qu'aux enfants, aux animaux et aux demeurés. Heureux les pauvres d'esprit, car le royaume de Dieu est à eux. Le royaume de Dieu, pour Michael Jackson, c'est Disney World. La soirée a démarré plutôt ordinairement. On a parlé du nombre de disques vendus, de qui s'est fait avoir par qui, de qui baise qui, de qui vaut plus que qui, de qui s'est fait opérer pour changer de sexe, de race, de religion, de nez, de seins, de cerveau, de goûts, d'habitudes, d'amant, enfin de tout ce qu'il est possible de faire pour vivre d'autres émotions. Bref, on a causé jusqu'à l'arrivée de Madonna, suivie du prince africain et de Michael Jackson. Remarque : Madonna donne un cinq à sept et elle arrive presque en dernier. Je dis presque parce que personne n'arrive nulle part après Michael Jackson. Madonna présente le prince africain à tout le monde. Michael Jackson le trouve drôle et le suit partout. Le traiteur a fait des merveilles, mais personne ne goûte à ses petits-fours. Sauf le prince et moi. Le traiteur concentre toute son attention sur le prince, qui mange comme un porc. Je lui dis qu'il mange trop.

— Trop, c'est pas assez, dit-il en éclatant de rire.

Voici Warren Beatty qui vient de sortir, enfin, de la salle de bains avec une toute jeune fille. On me fait savoir que c'est Drew Barrymore. Shirley MacLaine passe devant moi et j'entends quelqu'un dire que son gourou vient de la quitter. De nouveau, le rire. C'est qui ? demande quelqu'un en train de grignoter une carotte. Le prince. Vous ne connaissez pas le nouvel amant de Madonna ? Il paraît qu'elle l'a trouvé dans un petit village d'Afrique du Nord. Ses grands-parents étaient les derniers rois du Bénin. Il ne sait même pas qui est Michael Jackson. Il ne connaît que Madonna en Amérique. Il paraît qu'il est génial. Qu'est-ce qu'il fait ? Il est génial, c'est tout. Il fallait Madonna pour aller cueillir sur place le dernier vrai prince africain. Quand Madonna l'a découvert, il était en train de mourir, couvert de poux, dans une vieille case à toit de chaume. L'histoire édifiante de Madonna et du prince africain circulait ce jour-là de bouche à oreille. Madonna étincelait. Le prince mangeait. Michael Jackson a présenté le prince à son singe. Ils se sont reconnus. Deux vieux copains de brousse. Des gens entraient. Des gens sortaient. La fête commençait à devenir intéressante. Mais Michael Jackson (il arrive toujours le dernier, mais part le premier), Madonna et le prince étaient déjà partis. La famille royale n'étant plus là, les sujets se sont précipités avec un appétit féroce sur les plateaux de petits-fours qu'ils faisaient semblant d'ignorer auparavant.

Je n'ai plus revu le prince depuis. Les journaux américains se sont fortement intéressés à lui. La télé est venue le filmer pendant son sommeil. Il dort comme on dormirait après l'apocalypse, a déclaré le journaliste du *New Yorker*. Madonna annonce qu'il va l'épouser. On demande à Woody Allen de filmer le mariage. Il refuse. Trop pris par son procès de divorce. Brian De Palma accepte. Sean Penn, l'ex-mari de Madonna, annonce dans *Rolling Stone* qu'il va casser la gueule au prince. Spike Lee pense que le prince n'est pas un Nègre correct («*Do the right thing, Prince*»). Pourquoi Madonna, déclare-t-il au *Village Voice*, et non Queen Latifa? Queen Latifa en profite pour annoncer que, de toute façon, elle est lesbienne, alors, prince ou pas, les hommes ne l'intéressent pas. Les journalistes téléphonent au prince. Les stars lui téléphonent. Shirley MacLaine l'a appelé deux fois. Le prince ne répond pas au téléphone. Pourquoi? Il dort ou il mange. Ronfle-t-il? Information hautement confidentielle. *The National Enquirer* affirme que le prince est, en réalité, un Blanc du New Jersey qui s'est fait faire une peau de Nègre. C'est la seule façon, conclut le reporter, qu'a trouvée ce fan pour entrer dans le lit de Madonna. Quant à la question technique: Comment une telle chose est-elle possible?, c'est très difficile, écrit le reporter, mais tout à fait faisable si l'on possède l'argent nécessaire à une si coûteuse opération ainsi que la détermination requise. Il faut trouver un donneur fraîchement décédé et prendre sa peau avec l'autorisation de sa famille. C'est aussi simple, lance Calvin Klein, que de passer un

Cette grenade dans la main du jeune Nègre...

vêtement bien coupé. L'opération chirurgicale se fait à New York, dans le sous-sol d'un luxueux building de Manhattan. Une source, qui tient à garder l'anonymat, pense que le Dr Mengele opère les lundis, mercredis et samedis (uniquement le matin). Les rumeurs vont bon train. Un psychiatre de Yale University croit, après une analyse minutieuse des dessins du prince, que son âge mental ne dépasse pas cinq ans. Norman Mailer, dans le *New York Times Book Review*, dans un brillant mais beaucoup trop long article sur le dernier livre du professeur Leibovitz, fait une longue digression pour répondre à ce psychiatre de Yale. Pour Mailer, cinq ans d'âge mental, c'est amplement suffisant pour quiconque caresserait le projet de devenir président des États-Unis d'Amérique. Encore une fois, l'establishment noir n'apprécie pas l'humour de Mailer, qui s'empresse alors de préciser que son attaque était plutôt dirigée contre les derniers présidents (Ford, Reagan, Bush), qui n'étaient que des gosses immatures, irresponsables et cruels, et qu'il ne fallait voir aucune allusion à l'âge mental des Noirs ou à leur capacité de diriger la nation. Mailer ajoute malheureusement que tout cela est très clair, si clair que même un enfant le comprendrait. Une telle déclaration n'est pas de nature à éteindre le moindre feu racial dans cette Amérique si sensitive. Un texte rageur, signé par douze éminents artistes et intellectuels noirs, paru dans le *New York Times*, relance le vieux et terrible débat racial. Les Blancs ont-ils le droit de dire quoi que ce soit à propos des Noirs ? En bien ou en mal. La réponse est catégorique : NON. En aucun cas. Norman Mailer est en train de préparer sa vitriolique réponse, dont une bonne partie se trouve centrée sur la question de la liberté de l'écrivain (Mailer, on n'a pas besoin de le dire, n'a peur de personne), quand le bruit se met à courir que Madonna ne vit plus avec le prince. Et alors tous les yeux se tournent vers le nouvel amant de Madonna : le dalaï-lama. Qu'est-ce qu'il ne ferait pas pour attirer l'attention sur les malheurs de son peuple ! remarque avec une ironie mêlée de compassion l'éditorialiste du *Los Angeles Times*. Et elle alors, réplique le magazine *Vanity Fair*, qu'est-ce qu'elle ne ferait pas pour attirer l'attention sur elle ! C'est Shirley

MacLaine qui va piquer une de ces crises d'hystérie, elle qui a tout donné au dalaï-lama, rigole le *Village Voice*.

Dernièrement, j'ai rencontré le prince à Brooklyn, qui m'a tout raconté. Il n'est pas plus prince que vous et moi. Il vient de Port-au-Prince, c'est ça qui lui a donné l'idée. Il n'y a qu'un prince pour naître à Port-au-Prince. Il a préparé son coup pendant trois ans, à l'époque où il travaillait dans une buanderie sur Church Avenue. D'ailleurs, c'est là que je l'ai retrouvé. On revient toujours à son premier job en Amérique. N'oublie jamais ça, frère.

6. Boston : un nouveau régime

Je n'ai pas quitté l'hôtel. Un petit hôtel particulier, dans le style de Boston. Le type au-dessus de moi y vit depuis vingt-cinq ans, m'a-t-on dit. C'est un ancien président de l'Université Harvard. Aujourd'hui, malade, il dirige, couché dans son lit, le Club des anciens étudiants (des types qui ont connu Shakespeare personnellement). À croiser dans l'escalier leurs mines de conspirateurs, on les imagine sur le point de découvrir de nouveaux sonnets de William, ou peut-être le nom exact du tueur de Marlowe. En réalité, ils montent simplement se soûler là-haut, après avoir passé l'après-midi à rôder sur le campus. Je crois qu'on peut décrire une ville comme Boston sans jamais quitter sa chambre. Je me suis fait monter du thé, et j'ai passé trois jours à lire Whitman. Il est déjà venu ici, dans ce même hôtel, exactement cent cinquante ans avant moi (enfin, c'est ce qu'il dit, et ce qu'il dit compte infiniment plus pour moi que ce qu'il a vraiment fait. Son rêve reste à mon avis bien plus fort que ma réalité). Et j'ai découvert avec étonnement qu'il n'avait presque pas quitté cette chambre.

A Boston Ballad (1854)
To get betimes in Boston town, I rose this morning early;
Here's a good place at the corner – I must stand and see the show.

Cette grenade dans la main du jeune Nègre…

C'est dingue! Mais je remarque que cela arrive souvent avec un ami intime. On partage les mêmes émotions au même moment. Et Whitman est un ami.

Je suis debout près de la fenêtre et je regarde arriver («*I must stand and see the show*») cette jeune fille. Jupe bleue, corsage blanc et un petit veston bleu. Bleu ou noir, le soleil me joue des tours. Elle n'a pas de sac à main et pas de bijoux. Sauf une petite chaîne en argent. Je parie que c'est un trésor familial légué par une aïeule. Les boutons du petit veston doivent bien venir d'un costume de son grand-père. Elle tient, avec une certaine désinvolture, un bouquet de fleurs sauvages dans la main gauche. Pourtant, la démarche semble plutôt résolue. C'est une image si riche que j'ai décidé qu'il n'y avait plus rien d'autre à voir de Boston.

On frappe à la porte.

— Votre thé, monsieur.

Mon nouveau régime: beaucoup de thé, un peu de Boston et deux vers de Whitman.

7. Connecticut: la reine du foyer

Toutes les femmes de banlieue américaines s'appellent Martha. Et leur reine, c'est Martha Stewart. Elle imagine, pense, crée et, surtout, vend tout ce qu'une femme de banlieue peut rêver d'avoir dans une maison. Et avec cette pointe de spiritualité (un charabia mystico-commercial qu'elle appelle synergie) qui donne ce supplément d'âme à une assiette de Martha. Une cuillère de Martha, c'est beaucoup plus qu'une cuillère. Un vase de Martha, ah! un vase de Martha… Des fleurs de Martha. Un barbecue de Martha. Des petits pots de Martha. Martha Stewart est à la femme de banlieue américaine ce que Walt Disney est à ses enfants. Quinze planètes tournent autour de Martha. Ses magazines: *Martha Stewart Living* et *Martha Stewart Weddings*, ainsi que des numéros spéciaux de *Martha Stewart Baby* et *Martha Stewart Kids*, ce qui fait un tirage total de 10 millions d'exemplaires. Deux émissions de télé: *Martha Stewart Living* (en ondes six jours par semaine, 9,6 millions de téléspectateurs) et *From Martha's Kitchen*. Deux chroniques *syndicated* qui passent dans 233 journaux et une émission de radio *syndicated* (227 stations). Le site web marthastewart.com compte 1,7 million de clients réguliers. Le catalogue sur internet, Martha by Mail, propose plus de 3 000 produits, tous signés Martha, auxquels il faut ajouter les marthasflowers et marthascards en ligne. Deux gammes de produits pour la peinture de maison: Martha Stewart Everyday Colors (un truc ordinaire qui coûte de 17 $ à 20 $ le gallon) et Martha's Fine Paints (environ 90 $ le gallon). Et surtout, les 5 000 produits qu'elle a placés dans la chaîne nationale de magasins Kmart qui lui rapportent 1,6 milliard de dollars par an. Le nom de la galaxie: Omnimartha. La question, en dehors du fait qu'elle a le droit de se répandre: Y a-t-il une différence de fond entre elle et un dictateur sud-américain qui entend occuper tout l'espace économique, social, mental et politique de son pays? La différence est que, en Amérique latine et en Afrique, il est impossible d'atteindre une telle puissance économique sans le pouvoir politique. Aux États-Unis, ce n'est pas une nécessité. Dans le même ordre d'idées, on se demande pourquoi, par exemple, Imelda Marcos se fait huer partout dans le monde parce qu'elle possède 300 paires de chaussures, tandis que Céline Dion n'est pas embêtée alors qu'elle en a dix fois plus. On suppose qu'Imelda Marcos a acheté ses chaussures avec l'argent du peuple philippin et que Céline Dion les a payées de sa poche. C'est vrai, mais n'y a-t-il pas une façon de poser le problème sans que cela soit vu comme une attaque contre le capitalisme?

8. Aéroport de San Francisco

Rencontré à l'aéroport de San Francisco, cet homme. Un Jamaïcain. Il se disputait avec un agent de l'American Airlines. Je

Cette grenade dans la main du jeune Nègre...

viens pour l'aider. L'homme s'appelle Stanley. Un paysan du sud de la Jamaïque (avec son chapeau de paille et son foulard rouge). Il semble effrayé au premier abord. J'essaie de comprendre la situation. Il a raté son avion et il voudrait qu'on le place dans un autre avion, mais comme il change de destination aussi, cela devient un peu plus difficile.

— Qu'est-ce que vous voulez faire ? je lui demande calmement.

— J'allais à Kingston, mais maintenant je veux plutôt aller à Londres.

Je commence par lui expliquer que c'est impossible, on ne change pas de destination ainsi, mais il me fait comprendre qu'il est prêt à payer la différence. Il veut savoir s'il y a une place dans le prochain avion qui va à Londres, à quelle heure il part et combien cela va lui coûter. Disons que j'ai quelques difficultés avec son accent, mais je déchiffre facilement ses expressions corporelles, ses tics de langage, sa façon de danser, presque, en parlant. Son anglais si particulier, bourré de régionalismes, ajouté au fait qu'il lui manque les incisives, devient par moments incompréhensible. Je remarque tout de suite que ce n'est pas quelqu'un qui lâche prise facilement. Je lui demande son passeport : il est couvert de visas de dizaines de pays. Cet homme voyage dans le monde entier, sans connaître (à part son anglais cassé et approximatif) aucune langue internationale. Comment fait-il ? Je décide de me tenir un peu en retrait pour le regarder agir. L'agent qui l'aide est appelé ailleurs. Un autre arrive. Stanley n'essaie pas de lui parler, il tente, par des signes très épurés, de lui expliquer son problème. L'autre commence par répondre verbalement pour finir par se mettre aussi au langage des signes, mais il me paraît définitivement plus gauche que Stanley. Après quelques mésinterprétations (attribuables beaucoup plus à l'agent qu'à Stanley) provoquant des rires, ils ont fini par se comprendre. Qu'est-ce qu'on peut tirer de tout cela ? Stanley a délicatement amené son interlocuteur sur son terrain : le langage des signes. Les gens perdent patience rapidement face à quelqu'un qui s'exprime difficilement. Mais c'est différent quand celui-ci tente de s'exprimer autrement, utilisant un langage qui rappelle étrangement leur enfance. On a tous tenté, enfant, d'inventer un nouveau langage pour communiquer avec son meilleur ami. Stanley fait remonter de tels souvenirs. D'où cette ambiance de jeu gratuit. L'agent n'a plus l'impression d'être au travail. Il est tout heureux chaque fois qu'il saisit un signe. Les rires. C'est ainsi qu'il plonge dans l'univers de Stanley. Stanley parcourt la planète en stylisant ce langage de signes qu'il a inventé. C'est son domaine. Il sait comment dire, par exemple : je devais partir pour la Jamaïque, mais je change d'avis, il me faut un billet pour Londres. Ce n'est pas très facile, mais hautement possible si on n'a que cette manière pour se faire comprendre dans un monde de plus en plus complexe et exclusif. Quiconque tente de répondre à Stanley devient tout à coup son élève. Au début, on n'y fait pas attention, mais, petit à petit, on finit par sentir que c'est lui qui mène la danse. L'affaire, c'est que le monde est devenu très difficile à déchiffrer. Tant de langues qui se télescopent. Tant de signes alphabétiques sur toutes les affiches. Même pour ceux qui savent lire couramment, il est souvent impossible de comprendre certains panneaux de signalisation (combien de fois j'ai vu des professeurs d'université, complètement perdus, se demandant s'ils peuvent garer leur voiture à cette place sans recevoir une contravention). La planète est zébrée d'informations (sons et signes) de toutes sortes. Le moindre déplacement nécessite, aujourd'hui, un bagage culturel énorme. Pourtant, Stanley voyage très léger : un nombre limité de gestes par lesquels il arrive à se faire comprendre partout.

9. Miami : l'argent de la drogue

Je suis allé voir cette dame, Madame Siméon (quelqu'un, à Brooklyn, m'avait donné son adresse), à Little Haïti, le quartier des Haïtiens, à Miami, où elle vit depuis près de quarante ans.

Cette grenade dans la main du jeune Nègre...

— Je connais tout le monde ici, me lance-t-elle sans autre préambule. Je les ai tous vus arriver un par un. Il y en a qui sont venus par bateau, d'autres par avion...

— Personne n'est venu à pied ? je demande.

Elle me regarde, analysant sérieusement la question pendant un moment.

— Je suis sûre, dit-elle, que si c'était faisable, ils l'auraient fait. Miami, c'est la porte d'entrée. Ils viennent de partout : de Cuba, d'Haïti, du Nicaragua, du Venezuela, de Colombie, etc. En quarante ans, j'ai rencontré des gens de toutes sortes, des voyous comme des gens bien. Tout le monde vient consulter la vieille Siméon.

— Vous n'êtes pas vieille.

Elle me sourit.

— Toi, tu sais parler aux femmes. Je ne parlais pas de mon âge. J'avais douze ans que je m'occupais déjà des affaires de tout le monde. Et toi, qui es-tu ?

— Je suis un écrivain voyageur.

Elle rit.

— Je connais des pigeons voyageurs, je ne savais pas qu'il y avait des écrivains voyageurs. C'est quoi, dit-elle en continuant à me persifler, un écrivain voyageur ? Est-ce un écrivain qui voyage ou un voyageur qui écrit ?

— Honnêtement, Madame Siméon, je ne peux pas dire si je suis un écrivain qui voyage ou un voyageur qui écrit...

— Humm... fait-elle gravement. Et qu'est-ce que tu veux ?

— À vrai dire, rien... On m'a donné votre adresse, à New York. Je suis venu vous voir. Je ne m'attends à rien.

Elle me regarde droit dans les yeux.

— Tu commences à me plaire. Assieds-toi donc. Oh non ! je ne peux pas te recevoir, aujourd'hui, je dois aller au temple.

— Je peux vous accompagner ?

— Non, mon fils... Mais je te recommande quelqu'un, Désilorme Monestin... C'est un grand Haïtien...

— Qu'est-ce qu'il fait ?

— Tu le sauras quand tu le rencontreras.
— Quand est-ce que je peux le voir ?
— Tu es bien pressé, tout à coup... Tu n'as pas envie de bavarder un moment avec moi ? J'attends les gens qui doivent m'emmener à l'office religieux.
— Quelle religion ?
— Je suis catholique, mais, de nos jours, il faut faire un peu de shopping pour tout. Chaque religion a quelque chose de bon. Je trouve l'Église catholique un peu ennuyeuse. Les autres, au moins, ils tapent des mains, ils dansent, et les pasteurs sont très drôles. Bien sûr, ils demandent constamment de l'argent et sont souvent de fieffés bandits, mais moi, il ne faut pas que je m'ennuie quelque part... Bon, si tu veux voir Monestin, il est toujours à la librairie Mapou, sur la 2e Avenue, pas loin de l'église Notre-Dame. Cet homme a un tel appétit d'apprendre ! Maintenant, je vais me changer, je crois qu'ils ne vont pas tarder...

Quand je suis arrivé, il n'y avait qu'un seul client dans la librairie. Il semblait perdu dans un dictionnaire.
— Monsieur Monestin ?
— C'est moi !
— J'aimerais vous parler...
— Oh, il y a un proverbe qui dit : « L'Haïtien ne t'offrira peut-être pas à manger, mais il sera toujours à ta disposition pour parler ».

Il rit si fort qu'on a dû l'entendre jusqu'au coin de la rue.
— C'est Madame Siméon qui m'a envoyé à vous...

Son visage s'illumine.
— C'est ma commère...

Il prend dans ses mains le dictionnaire qu'il soupèse avec un sourire en coin.
— Pourquoi nous autres, Haïtiens, on n'est pas capables de faire ça ?... On ne va pas passer toute notre vie à nous servir des mots des autres.
— Les mots, je dis, ne sont à personne. En fait, ils sont à celui qui s'en sert.

Cette grenade dans la main du jeune Nègre...

— Non, je ne crois pas... J'ai regardé pour les fruits tropicaux. Des fruits qui viennent de chez nous. Eh bien, aucun nom que je connais ne s'y trouve. Ce sont quand même des arbres qu'on a plantés nous-mêmes, qu'on a arrosés nous-mêmes, qu'on a protégés des grands vents nous-mêmes, eh bien, on devrait être ceux qui les nomment, alors pourquoi les noms qu'on leur a donnés ne se trouvent pas dans le dictionnaire ? Pourquoi on ne trouve pas : mango, quénêpe, bérégène, mirliton, zabrico, cayimitte, cocoyé ?

Il se tourne vers moi et me regarde sévèrement.

— J'aime beaucoup les livres, vous savez. Je viens ici dès que je peux, mais je ne peux pas supporter l'injustice, et ça, c'est injuste.

On va à sa voiture garée devant le magasin de disques Coupé Cloué. Une vieille Chevrolet 83.

La voiture roule sans même chercher à éviter les nombreux nids-de-poule dispersés sur notre parcours. J'ai l'impression de participer à un safari. De temps en temps, afin d'éviter un trou, une voiture fonce carrément sur nous. On se croirait à Port-au-Prince. On passe devant un grand temple, peint en vert et blanc, rempli de gens qui chantent et dansent en tapant des mains. Ils font un chahut de tous les diables. Madame Siméon ne risque pas de s'ennuyer ici.

— Vous savez que Madame Siméon était déjà là quand je suis arrivé à Miami, il y a trente-cinq ans. Il n'y avait pas autant d'Haïtiens qu'aujourd'hui. Il fallait marcher des heures pour trouver un Haïtien. Et quand j'en voyais un, je pleurais, je pleurais comme un enfant. Cette femme est comme une mère pour moi. Si je ne suis pas mort aujourd'hui, c'est grâce à elle... J'espère que tu n'as pas encore mangé, car je t'emmène quelque part.

Il prend North Miami Avenue, tourne à droite. Monestin conduit pratiquement sans regarder la route, comme si on marchait en causant. Il lui arrive de ralentir fortement, donnant l'impression qu'il s'apprête à se garer, puis accélère brusquement et reprend le rythme de la circulation. La conduite à Miami est un acte suggestif.

Mythologies américaines

— C'est mon quartier, je me sens bien ici. Ce sont des gens que j'aime.

Finalement, on arrive à un petit restaurant sur le chemin. Il descend promptement et va commander deux plats du jour : riz blanc, pois noirs, porc frit et légumes (aubergine, mirliton, carottes et chou) en sauce. On mange dans la voiture. Je reconnais que c'est très bon. Monestin grogne littéralement de plaisir. Il prend une longue gorgée de kola Champion. Il voudrait voir cet art de vivre dans le dictionnaire, un jour.

— J'avais seize ans, commence-t-il après s'être soigneusement essuyé la bouche, j'étais avec des copains à Pont-Sondé, une localité au nord de Port-au-Prince, pas loin des Gonaïves, quand on a vu arriver un bateau, pas un gros bateau, disons un moyen. On était tout excités. Quand le bateau s'est approché, tous mes copains se sont enfuis. Un homme est venu me trouver et m'a demandé de l'aider. Je l'ai amené chez mon oncle qui a une cordonnerie dans la Grand'Rue. L'homme était presque mort de faim, et déshydraté aussi. Il a expliqué à mon oncle qu'il avait laissé quelqu'un de malade sur le bateau. Mon oncle s'est occupé, comme il pouvait, de ces gens. Et au moment de repartir, l'homme m'a pris à part pour me dire que, vu que je lui avais sauvé la vie, il allait revenir me chercher. Cela, je ne l'ai dit à personne. Je ne voulais pas qu'on se moque de moi. C'est vrai que les gens en voyage n'hésitent pas à distribuer çà et là des promesses qu'ils savent pertinemment qu'ils ne tiendront pas. Veux-tu quelque chose d'autre ?

— C'est votre histoire qui m'intéresse...

— Un jour, on était encore sur la plage (on pêchait dans les récifs, ce qui fait que j'avais toujours les mains et la poitrine en sang), quelqu'un a montré du doigt un point à l'horizon. C'était le bateau. Il était revenu. Il avait tenu sa promesse. Mes amis n'ont pas fui, cette fois. J'étais fou de joie. Il m'a simplement dit que je devais venir tout de suite avec lui. Il ne m'accordait même pas le temps d'avertir ma famille. Mes amis avaient peur que ce soit un piège pour me tuer, me violer ou me « manger ».

Cette grenade dans la main du jeune Nègre...

On raconte tellement d'histoires à propos des Blancs. Mais, d'un autre côté, j'étais sûr qu'une telle chance ne repasserait jamais. Finalement, j'ai dit oui et je suis monté dans le bateau. On n'était que cinq à bord. On est allés aux Bahamas, en Colombie et au Mexique.

— Finalement, il vous a laissé à Little Haïti...

— Non, il m'a amené chez lui, à Fort Lauderdale. Il vivait seul. Je n'avais rien à faire, juste balayer de temps en temps la cour, et il me donnait 600 dollars par semaine, et des fois plus. J'ai compris plus tard que c'était un trafiquant de drogue. Je suis resté chez lui assez longtemps pour faire quelques économies, et après je suis parti. J'avais retrouvé un cousin à Little Haïti et je suis allé vivre chez lui. Monsieur James a toujours été bon avec moi, j'ai continué à le voir de temps en temps. Il avait compris que je n'étais pas fait pour la drogue, c'est pas mon truc, alors il m'a aidé à investir l'argent qu'il m'avait donné.

— Et comment avez-vous rencontré Madame Siméon ?

— Tout de suite après mon arrivée, je suis tombé malade. Je n'avais pas encore mes papiers, j'avais débarqué pratiquement nu en Floride. J'avais très peur qu'on me déporte en Haïti. Malgré tout, je suis allé à l'hôpital Jackson, et c'est là, heureusement, que je suis tombé sur Madame Siméon. Voyant que j'étais perdu, elle m'a pris sous son aile, comme elle fait avec tout le monde, d'ailleurs... Tu ne veux pas un kola haïtien ? Il n'y a que ça que je peux boire. Non ? D'accord... J'ai mis de l'argent de côté. Et j'ai monté un petit commerce d'artisanat qui marche très bien. Je peux dire que j'ai amassé une petite fortune...

C'est la première fois que je rencontre un Haïtien qui avoue qu'il est riche.

— Mais j'ai un rêve, dit-il avec un léger tremblement dans la voix. Si le gouvernement américain m'en donnait l'autorisation, je pourrais affréter des bateaux pour aller chercher mes frères en Haïti.

— Vous avez beaucoup de frères, là-bas ?

— Non, je parle de mes frères haïtiens en général. Je viens d'une région du pays où on meurt littéralement de faim. J'ai vu des voisins se nourrir de feuilles de manguier pour survivre. J'aimerais faire quelque chose pour ces gens. Je suis sûr qu'il y en a qui pourraient réussir ici. J'aimerais prouver au gouvernement américain que nous sommes aussi capables que les Cubains, à qui il a donné cette chance.

Sa voix avait monté d'un cran.

— Qu'est-ce qu'ils ont de plus que nous, les Cubains? s'écrie-t-il.

— L'argent et un lobby puissant auprès du gouvernement américain.

Il me regarde sombrement en hochant la tête.

— Je ne peux pas allumer la radio sans entendre que des Haïtiens voyageant sur des bateaux de fortune viennent de se noyer. Et tout le monde assiste à cela sans rien dire.

Il semble hors de lui.

— Je veux changer cela. Et je prendrai tous les moyens pour ce faire. Il faut que les Américains sachent que nous ne sommes pas des animaux. Pourquoi ils nous traitent comme si on était moins que des chiens? Bon, je crois que je vous ai tout dit...

— C'est un rêve très noble, monsieur Monestin.

Il me regarde un long moment d'un air grave.

— Je vous promets qu'un jour les paysans haïtiens feront le voyage sans mettre leur vie en péril... Je dois cela à mon pays.

— Haïti vous en sera reconnaissante, j'en suis sûr, dis-je.

Il sourit.

— Je parlais des États-Unis.

10. Belle Glade : Big Sugar

Connaissez-vous les Fanjul? Ne vous en faites pas, personne ne les connaît à part la communauté cubaine de Miami, plus de vingt mille ouvriers de l'industrie de la canne à sucre, et un

Cette grenade dans la main du jeune Nègre...

avocat idéaliste de Harvard. Pour vous dire d'abord mon point de vue, c'était une mauvaise idée de prendre comme avocat de ces pauvres coupeurs de cannes dans un aussi sanglant procès contre les pires patrons des États-Unis un type de Harvard. Il fallait un de ces avocats compétents bien sûr, mais surtout vicieux, utilisant les mêmes méthodes que les Fanjul, et non un grand dadais de la bonne bourgeoisie protestante qui se met subitement à pleurer en pleine cour. Le problème, c'est que ce procès était son idée, c'était uniquement lui, ce diplômé *cum laude* de la faculté de droit de Harvard, qui voyait une injustice inacceptable dans le sort de ces travailleurs. Aucun autre avocat n'avait envie de passer dix ans, peut-être même vingt ans, dans la boue noire de Belle Glade. Partout où ce type arrive (il a déjà tenté de défendre les travailleurs sans papiers mexicains), c'est le même résultat : un procès trop long, à l'issue duquel les ouvriers se retrouvent sans travail. Ce genre de garçon plein de bonnes intentions et constamment travaillé par la culpabilité (le bénévolat n'est-il pas une invention du protestantisme?), on connaît déjà. Ceux qu'on connaît moins, ce sont les Fanjul. On dirait le nom d'un groupe de mariachis. En réalité, c'est la plus riche famille de Cuba. C'était, plutôt. Car Castro a foutu les Fanjul à la porte et leur a piqué leurs champs de cannes et leurs usines sucrières. Ils ont filé à Miami avec assez de sous pour continuer à être la famille cubaine la plus riche. Miami, si on regarde la carte, se trouve en face de Cuba. Et les Fanjul regardent l'île avec nostalgie, les soirs de pleine lune, tout en buvant du Cuba Libre. Quelqu'un pourra-t-il leur expliquer pourquoi Castro refuse de mourir? Après vous, messieurs. Bon, on fait ce qu'on veut aux États-Unis, si on a du fric, c'est connu, mais pas tout ce qu'on veut. Par exemple, ce petit merdeux d'avocat de Harvard qu'ils ont dans le cul depuis dix ans, si on était à Cuba, sous Batista, hum... Selon l'un des frères Fanjul, Alfy, le plus cynique, si les Fanjul s'étaient impliqués dans la politique, à Cuba, ils ne seraient pas à Miami aujourd'hui. Qu'auraient-ils fait à Cuba? Auraient-ils mis toute leur puissance et leur argent dans la balance pour sortir Batista du guêpier castriste? Non, mon vieux, pas comme ça. Les très riches sont plus prudents que cela. Ils auraient fait ce qu'ils ont fait aux États-Unis. Le père, Alfy senior, a eu deux fils : Alfy Jr et son jeune frère Pepe. Durant la dernière campagne électorale américaine, Alfy Jr a donné 486 000 dollars au Parti démocrate et Pepe, 279 000 au Parti républicain (c'est rare que le Parti démocrate emporte le morceau). J'imagine les deux frères en train de faire des paris symboliques pour savoir qui gagnera les élections. Bon, quand on a tant donné, on peut joindre au téléphone le président américain pour le moindre bobo. Faut dire qu'avoir vingt mille ouvriers contre soi, ce n'est pas qu'un bobo. Donc, Alfy Jr téléphone à la Maison-Blanche. On lui fait savoir que c'est un cas délicat. Et puis, la Maison-Blanche a déjà servi la soupe. On a voté une loi autorisant les Cubains américains à intenter un procès à toute entreprise étrangère qui investit dans une entreprise cubaine expropriée. Une loi pour les Fanjul, c'est pas mal. Mais alors, qu'est-ce qu'on fait avec ces vingt mille coupeurs de cannes qui veulent 51 millions de dollars ? L'avocat de Harvard dit que ces gens ont été traités comme des esclaves. Adolphus Gordon, un ancien travailleur des Fanjul, raconte qu'ils avaient quinze minutes pour manger et qu'il fallait le faire debout, sur le lieu même de travail, pour ne pas ralentir la production. Ce sont des choses qu'un industriel caribéen peut comprendre, mais qu'il est difficile de faire accepter par le public américain, d'autant que l'État américain accorde annuellement une subvention de 65 millions de dollars aux Fanjul. De toute façon, les Fanjul sont habitués à se substituer à l'État. Ce qui est bon pour les Fanjul est aussi bon pour le pays. À Cuba, il n'y avait que les Lobo et les Fanjul. Les Lobo étaient plus souples, tandis que les Fanjul traitaient tout le monde de haut. Même le président. Un jour, Batista fit venir le vieux Fanjul (le père d'Alfy et de Pepe) dans son bureau pour lui offrir un poste d'ambassadeur. Celui-ci a failli tomber en syncope du fait qu'on ose lui proposer du travail. Car c'est lui qui emploie des gens. Ils avaient cinq cent mille coupeurs de cannes. Et quand le duc et la duchesse de Windsor sont arrivés à Cuba, c'est lui qui les a reçus, et non ce crève-la-faim de Batista. Mais Batista voulait simplement impliquer Fanjul dans son gouvernement. Il n'avait pas compris qu'il était un employé de ces grands propriétaires de latifundia (cent cinquante mille acres), ces seigneurs de la canne (dix usines sucrières). Donc, le vieux Fanjul a choisi de rester au-dessus de la mêlée. Mais ce n'est pas si simple. Et tout le monde n'accorde pas cette position olympienne à Fanjul. D'ailleurs, les Fanjul traitent mal leurs employés et ils les paient mal aussi. Alors pourquoi il n'y a pas de grève ? Parce que la canne, c'est Cuba, et celui qui possède la canne est le vrai maître de Cuba. Et dans ce cas, l'ennemi du peuple cubain. Voilà l'analyse d'un jeune avocat de La Havane, Fidel Castro, accompagné de ce jeune médecin de Buenos Aires, Ernesto Guevara. Ils sont aux portes de La Havane, et ces riches arrogants et aveugles n'avaient pas encore compris. Les Fanjul étaient en train de regarder le feu d'artifice de la nouvelle année quand on vint leur dire que Batista avait filé comme un lapin. Même là encore, ils pensaient que les choses allaient se passer *as usual* (comme d'habitude), à coups de *mordidas*. Le vieux a toujours su régler les choses. À l'amiable. Faire en sorte que tout le monde soit content. Cette fois-ci, le vieux a rencontré un barbu têtu, qui ne se laissait pas impressionner par l'argent. Le pouvoir au bout du fusil. Et ensuite tout l'argent disponible. Les Fanjul ont tenté de résister. Quand les hommes de Castro ont déclaré que tout ce que possédaient les Fanjul était, à partir de maintenant, propriété de l'État cubain, Alfy, jeune diplômé de l'Université Fordham, à New York, leur a lancé, du haut de ses vingt et un ans, que leurs agissements étaient parfaitement illégaux. Les Fanjul n'avaient pas compris que la révolution avait établi d'autres règles. Une nouvelle morale. C'était la dernière passe d'armes. Toute la famille, après quelques péripéties, s'est retrouvée à New York. Les jeunes Fanjul racontaient à la presse que c'était une situation passagère, que Cuba allait retrouver son bon sens et réclamer leur retour. Cuba ne pourrait pas survivre sans la canne à sucre. Mais le vieux Fanjul leur a dit : « Il faut tout reconstruire ici, sinon la prochaine génération se retrouvera sans un penny.» Des entrepreneurs dynamiques et puissants, ces Fanjul (bien sûr qu'ils ont reçu beaucoup d'aide, mais personne ne peut nier leur compétence et leur esprit d'initiative). Trop d'aide, selon certains. Soixante-cinq millions de dollars par an pendant près de quarante ans, ce n'est pas rien. Et l'embargo sur Cuba qui leur ouvre le marché international du sucre, ça aide aussi. Faut dire qu'ils sont les seuls aux États-Unis à vraiment connaître le sucre. Et on a toujours besoin de sucre. Les Fanjul ont acheté pour 240 millions de dollars toutes les terres appartenant à Gulf and Western, ce qui fait d'eux un propriétaire terrien plus important que la U. S. Sugar. Et avec une aide financière substantielle du ministère du Travail, ils ont pu monter un empire dans le sud de la Floride. Le gouvernement s'est arrangé, d'une manière astucieuse, pour ne pas être informé sur la condition des travailleurs de la canne en ne plaçant qu'un seul inspecteur agricole dans tout le Sud-Est. Pour finir, on leur donne le droit de faire venir un nombre illimité de travailleurs jamaïcains aux États-Unis. Voilà comment on construit une fortune avec l'aide de l'État. Visitant les camps de travail, l'avocat de Gulf and Western a noté : «Ils sont un cran en dessous de Dachau.» Naturellement, les Fanjul sont au-dessus de telles critiques. Ils sont sûrs de n'avoir jamais rien fait de mal. «J'ai bonne conscience», dira Alfy. Le travail est très dur et mal payé. De plus, les petits chefs trichent sur les heures des ouvriers. La somme réclamée par ce jeune avocat de Harvard (qui se révèle tout de même assez obstiné face à ces requins pour qu'on l'appelle désormais par son nom, Edward Tuddenham) est de 100 millions de dollars. Un juge recommandera 51 millions, mais l'affaire finira en queue de poisson. Il fallait voir l'armada d'avocats des Fanjul. Du côté des vingt mille travailleurs : deux pelés et pas même un tondu. Une fois pourtant, des ouvriers venus de Saint-Vincent ont refusé de travailler, arguant que les conditions étaient inhumaines, mais tout de suite la police de Palm Beach (la ville des vieux milliardaires) était là avec ses chiens pour les

Cette grenade dans la main du jeune Nègre...

mater. On les a tous renvoyés chez eux sans leur laisser le temps de ramasser leurs effets. Cet épisode est resté dans les mémoires comme « la guerre des chiens ». Les chiens contre les Nègres, l'Amérique connaît bien ça.

Une journaliste, Marie Brenner (c'est elle qui a raconté toute cette histoire), a rencontré un des hommes, Michaël Cameron, qui travaillait dans la plantation de cannes à sucre des Fanjul. Michaël Cameron, surnommé Big Mike, fut le plus rapide des coupeurs de cannes de Belle Glade. Il avait vingt et un ans quand il est arrivé à Belle Glade. Big Mike pouvait couper, à lui seul, vingt tonnes de cannes par jour. Il était tout content, à l'époque, de trouver du travail. Big Mike vit près de Palm Beach, dans un quartier pauvre nommé Little Guatemala. Brenner l'invite dans sa voiture. Ils parlent du travail dans la cannaie quand Brenner lui demande brusquement :

— Si Alfy Fanjul était ici à ma place, que lui diriez-vous ?

Après un long moment :

— Je lui dirais qu'il fait semblant d'ignorer que c'est l'enfer à Belle Glade. Ils vous donnent des tapes dans le dos pour vous inciter à tuer le type à côté de vous. Ceux qui vous surveillent sont tous du côté des patrons. Ce sont eux qui vous poussent à aller toujours plus vite jusqu'à ce qu'un accident arrive. Un bras ou un œil. Et, vite fait, ils vous renvoient en Jamaïque. On trime dur, mais les surveillants trichent sur nos heures de travail, ils exploitent notre force de travail, et la paye n'est jamais à la hauteur de notre rendement. Les surveillants, ils font ça pour sortir d'ici, eux aussi. Ils trichent pour le patron jusqu'à ce qu'ils aient ramassé assez d'argent pour filer loin d'ici. J'ai vu des vieux qui ont travaillé pendant près de trente ans dans cet enfer et qu'on continuait à pousser jusqu'à ce qu'ils tombent un jour. J'ai vu des jeunes qui n'avaient jamais fait ce genre de boulot, j'ai vu ces types pleurer comme des enfants parce qu'ils n'arrivaient pas à atteindre le quota imposé. J'ai vu des blessés qui devaient retourner à Kingston sans un sou. Mais tout a une fin. Et un jour ces milliardaires crèveront et ils devront tout laisser derrière eux. Ils paieront bien ce qu'ils nous ont fait.

Quelque temps plus tard, dans un restaurant chic du centre-ville de Miami, Brenner dînait avec Alfy Fanjul quand elle lui demanda à brûle-pourpoint :

— Avez-vous déjà coupé de la canne à sucre ?

— Oui, dit-il en riant (il venait de gagner le procès contre les vingt mille coupeurs de cannes), j'arrivais à peine en Floride et j'ai voulu savoir ce que c'était comme travail. J'ai tenu à peine vingt minutes. Je pensais que j'allais avoir un arrêt cardiaque.

Après ce passage difficile dans les champs de canne des frères Fanjul, j'ai pris une chambre à Miami Beach, dans un vieil hôtel un peu délabré, bien loin du quartier huppé où se tiennent les vedettes de Hollywood, les designers de mode, les champions de tennis et les gosses des millionnaires sud-américains. Au fond, je n'en ai rien à cirer de ces gens, je ne veux rien faire, rien d'autre que me mettre à la fenêtre pour regarder la mer.

Whitman décrit ainsi l'après-midi rêvé :

Le soleil couchant d'été qui brille dans ma fenêtre ouverte, montrant l'essaim de mouches, suspendu, qui se balance dans l'air au centre de la chambre, se lance de côté, en haut, en bas, projette de rapides petites taches d'ombre sur le mur opposé qui reçoit la lumière.

Les Fanjul, j'espère, passeront. Whitman restera.

NEUVIÈME PARTIE

Une certaine Amérique

Le grand espoir nègre américain

C'est Sam, une jeune femme, qui a organisé notre rencontre. Drôle de rencontre. Spike ne voulait pas me voir. Et c'était réciproque. Spike Lee était venu, invité par une université, parler de son travail, de sa vision du cinéma et des problèmes terribles auxquels les cinéastes noirs doivent faire face dans une des sociétés les plus sauvagement racistes de la planète. La routine, quoi! Le problème, c'est que Spike Lee n'est pas le genre à prendre ce truc à la légère. Moi, je n'ai cessé de dire à cette fille que la version de Spike Lee ne m'intéressait pas, que tout cela sentait le déjà vu, que c'était du passé pour moi, que sa façon de voir les choses ne m'inspirait nullement et qu'il n'y avait aucune raison de partager ne serait-ce qu'un hamburger avec un type qui croit que l'Amérique sauterait si on l'empêchait, lui, Spike Lee, de faire son film sur Malcolm X. Il est vrai que ça fait longtemps déjà que j'ai compris qu'aux États-Unis, si un film est bon, on le sort dans une dizaine de salles (autant dire qu'on ne l'a pas sorti), alors que, s'il est mauvais, on met 25 millions de dollars sur la pub et on le sort dans deux mille salles. Son film va être bon (donc on ne le verra jamais) ou mauvais (alors je n'irai pas le voir). De plus, je soupçonne Spike Lee de vouloir faire un film sur lui tournant un film sur Malcolm X. En un mot, de mettre dans la bouche et le cœur de Malcolm ses propres obsessions. Mais je le répète, Sam a insisté auprès de nous deux.

— Pourquoi le voir, Sam ?
— Parce qu'on ne peut ignorer Spike.
— Ça tombe mal, je ne compte plus sur personne en Amérique.
— Tu parles comme lui.
— Pas d'insulte !
— Arrête de déconner... Aujourd'hui, ça te va ?
— Bon, si on ne peut pas faire autrement.
— Tu ne peux pas faire un reportage sur l'Amérique d'aujourd'hui sans rencontrer Spike Lee.
— Sam, je peux très bien faire un reportage sur l'Amérique d'aujourd'hui sans voir personne. Les paysages racontent l'Amérique mieux que quiconque. Seulement, moi, je déteste la nature.
— Il prend l'avion cet après-midi.

J'ai l'impression que Sam a eu beaucoup de mal à convaincre une star américaine (même noire, surtout noire) de rencontrer un inconnu réticent (même si cet inconnu est un aspirant valable au titre de plus grand écrivain nègre vivant). Pour les Américains, on le sait, tout ce qui n'est pas américain, c'est de l'ancien hébreu. Autant dire que ça n'existe pas. Les Romains pensaient ainsi du temps de la splendeur de Rome. Les Français n'agissaient pas autrement quand la France pouvait encore bluffer et tromper le reste de l'Europe. Les Allemands ont déjà pensé comme ça et penseront encore ainsi. Sam a dû lui dire que je ne suis pas un de ses fans. Peut-être est-ce ça qui l'a convaincu. Rendez-vous fut pris officiellement, comme pour un match de boxe, dans un bar, au centre-ville.

Ma première impression. On dirait un enfant en colère. Un corps chétif. Une casquette des Dodgers de Brooklyn vissée sur une tête de grenouille. De très beaux yeux, très doux. Les yeux de sa mère. Des tennis Jordan aux pieds. Un T-shirt de *Do the Right Thing* (un de ses films). Heureusement, pas de bagues aux doigts ni de diamant dans la bouche. C'est un voyou chic, pas un souteneur.

J'attaque immédiatement.

— Comme ça, tu fais un film sur Malcolm X?

— J'ai le droit.

— Tout le monde a le droit.

La colère jaillit spontanément de ses yeux.

— Non. Pas tout le monde. Je le fais parce que, précisément, j'ai pas envie de voir un Blanc massacrer cette histoire en en faisant une sorte de comédie musicale à l'eau de rose.

— C'est drôle, ce que tu dis... Tu parles comme si cette histoire ne regardait pas tout autant les Blancs... Après tout, c'est eux que Malcolm voulait faire sauter.

— Raison de plus... Je n'ai pas envie de voir Malcolm finir dans les mains de ceux qu'il a combattus toute sa vie...

— Moi, j'aurais demandé à un Blanc de faire ce film et je suis sûr qu'il aurait été plus près de la vérité de Malcolm que n'importe quel Noir.

Spike Lee regarde Sam. Sam regarde le plafond. Je suis sûr qu'il est en train de se demander s'il n'a pas affaire à un de ces provocateurs que le FBI vous envoie dans les jambes quand vous essayez de faire quoi que ce soit en Amérique. Il l'a fait avec Martin et Malcolm. Rien ne l'empêcherait de le faire avec Spike. Martin, Malcolm, Spike, en ligne.

— Pourquoi un Blanc ferait-il mieux que moi? me demande-t-il anxieusement.

Il ressemblait à un jeune boxeur mexicain qui vient de recevoir un coup vicieux en dessous de la ceinture pendant que l'arbitre a le dos tourné.

— Parce qu'un Blanc aurait tellement peur de faire une connerie qu'il s'en tiendrait uniquement aux faits. Imagine un Blanc en train de faire un film sur Malcolm X. Tout d'abord, ça prendrait un type assez courageux pour affronter la colère de tous ces jeunes Nègres qui croient que Malcolm X n'appartient qu'à eux, pas même à la classe moyenne ni à la bourgeoisie noires, tout simplement à eux. Et ensuite...

— Tu ne connais rien à l'Amérique. Ton truc, c'est de la masturbation. Les Blancs n'ont fait que ça depuis deux cents ans : éliminer froidement tout un pan de l'histoire américaine. Je veux dire toute l'histoire des Noirs.

— Ce n'est pas la même chose. Tu ne peux pas tout ramener au fait que...

— C'est la même maudite affaire.

— Tu confonds ton business personnel, Spike, avec l'histoire des Noirs d'Amérique.

— Rien n'a changé! glapit Spike. Si les Blancs le pouvaient, ils nous lyncheraient demain matin.

— Ils ne le peuvent plus. C'est ça, les faits. C'est ça, l'Histoire. On ne peut pas faire comme si ce fait n'existait pas. Spike, ils ne peuvent plus lyncher massivement et impunément les Noirs aux États-Unis. Seule cette réalité compte. Nos désirs ne comptent pas, tu comprends. Les Blancs peuvent-ils lyncher encore les Nègres en Amérique? Cette question n'est plus pertinente. Elle est caduque. Aucune importance. Ce qui compte, c'est ce qui est. Et ce qu'on fait avec ça.

Spike Lee s'était levé pendant que je hurlais mes derniers arguments. Il avait déjà décroché son blouson.

— Demande-lui, Spike, ce qu'il veut dire par là, intervient Sam... Ce n'est pas en filant que tu vas effacer son propos...

À ce que je vois, Sam a une certaine influence sur Spike Lee. L'écume à la bouche presque (une rage froide), Spike se rassoit après un long moment d'hésitation. Sa main droite tremble légèrement.

— Justement, je ne veux plus lutter, dis-je. C'est en luttant sans arrêt qu'on perd son énergie. L'énergie vitale. C'est uniquement dans la création que je veux me retrouver.

— Tout le monde aimerait s'occuper de choses plus amusantes, jette Spike Lee sur un ton méprisant. Qu'est-ce que tu crois!... Il y a un travail à faire et il faut le faire.

Cette grenade dans la main du jeune Nègre...

— Même au prix de son art?

— C'est quoi ça? Ne me dis pas que tu crois dans ce boniment de Blanc! Je veux faire les choses de la manière la plus efficace possible. Je veux dire la vérité. La vérité sur notre passé et notre présent. C'est ça, mon travail. C'est un travail qu'il faut faire parce que rien n'a changé dans ce pays.

— D'accord, les Blancs n'ont pas changé, et encore, je n'en suis pas tout à fait sûr, mais les Nègres... Les Nègres ont changé. La preuve : tu fais des films. Pour un gars d'un ghetto de New York, tu ne crois pas que...

— Tu passes complètement à côté en répétant exactement ce que tous les Blancs n'arrêtent pas de crier dans tous les journaux de ce pays. La même chanson partout : ce pays a changé. J'aimerais savoir comment il a changé. Ils nous répondent : Regarde ce jeune Nègre est en train de faire des films à Hollywood. Comme si je ne m'étais pas battu pour faire ces films. Personne ne m'a donné de chances. On me donne de l'argent parce que mes films rapportent de l'argent, c'est tout. Je me bats pour faire des films pour les Noirs, par les Noirs et avec des Noirs.

C'était au tour de Spike de sortir de ses gonds. On était comme soûls du désir de crier à l'autre notre vérité. Sam semblait hilare. C'est ce qu'elle voulait. Elle a donc réussi son coup.

— Je refuse, dis-je après une courte trêve, de mettre quiconque dans la position de ne pas pouvoir me dire ce qu'il pense de mon travail.

— Oui, et alors?

— C'est ce que tu fais avec tes films. Tous les critiques blancs ont peur de donner leur avis sur ton travail. Ils ont peur de se faire lyncher par les gosses de Brooklyn, de Chicago ou de Los Angeles. Ce n'est plus de l'art, c'est du combat de rue.

— Hé! papa, c'est comme ça, ici... On est aux États-Unis d'Amérique... Si c'est trop chaud pour toi, tu n'as qu'à quitter la cuisine.

— La chaleur artificielle.

— Il n'y a personne aux États-Unis qui a peur de donner son opinion sur mes films. C'est une question de pouvoir. Les Noirs sont encore moins forts et ne possèdent pas les médias importants.

— On ne pourra jamais parler d'autre chose dans ce pays. Toujours la même rengaine du pouvoir. Qui contrôle qui ? Les Blancs ou les Noirs ?

— Ce n'est pas mon problème. Je fais des films, le reste ne m'intéresse pas.

— On dit tous ça.

Sam fait signe à Spike (en touchant sa montre) qu'il est l'heure de partir : il a un avion à prendre dans moins de deux heures et encore deux autres rendez-vous. Et, naturellement, l'avion ne l'attendra pas.

— Bien sûr, dis-je, mais je suis certain que l'avion aurait attendu Warren Beatty ou Robert De Niro, ou n'importe quel politicien de troisième ordre.

— Tu vois, me dit Spike en souriant, tu comprends les choses quand tu veux.

Je lui cède cette dernière balle, tout simplement parce que le match se fait sur mon terrain.

— Si tu viens à New York, me dit Spike Lee tout en enfilant son blouson de cuir noir, téléphone-moi et on remettra ça.

Le négoce de la peau

La question raciale a nourri beaucoup plus les Blancs que les Noirs, mais les Noirs ont quand même pu survivre avec les miettes. Beaucoup de gens se demandent tout simplement : Quand tout cela a-t-il commencé ? Quand exactement un homme a-t-il regardé un autre homme, s'est-il étonné de la

Cette grenade dans la main du jeune Nègre...

couleur de sa peau, différente de la sienne, et a-t-il conclu qu'il était son inférieur ? Quand on pose cette question légitime à des universitaires, des gens généralement d'une précision maniaque et dont les calculs complexes permettent de remonter à des millions d'années avant l'arrivée de l'homme sur la terre, eh bien ! devant cette question, ils deviennent tout à coup vagues et même confus. « Très loin dans le temps » est la seule réponse qu'on a pu arracher aux chercheurs de l'Université Berkeley, une université de pointe dans les sciences humaines. Mais le commun des mortels, lui, réclame une date précise, si possible avec un chiffre impair. Pourtant la question est importante et elle devrait concerner tout le monde. D'abord les hommes de science. Quand tout cela a-t-il commencé ? Qui a vu l'autre en premier ? Qui s'est mis à hurler le premier : « T'es moins bien que moi » ? Le Noir ou le Blanc ? Le Jaune ou le Rouge ? Le Blanc ou le Jaune ? Le Rouge ou le Jaune ? Le Noir ou le Rouge ? Le Jaune ou le Noir ? Le Rouge ou le Blanc ? Je parle du premier mouvement. La grave question du premier regard. Et j'ai une autre question, encore plus cruciale : Quand tout cela va-t-il s'arrêter ? Y a-t-il une fin ? Mieux encore : Pourquoi cela continue-t-il, alors que 90 % des gens se déclarent contre le racisme ? C'est la seule question à laquelle j'ai une réponse. L'argent ! Les gens ont de la difficulté, généralement, à croire que c'est tout simplement une question d'argent. D'argent pour presque tout le monde. Je veux dire que presque tout le monde se fait un peu de pognon dans cette affaire. Baldwin, même le grand écrivain Baldwin, esquive le sujet de l'argent. Il avance l'hypothèse psychologique. Pour lui, le Nègre est le plancher psychologique de l'Amérique. C'est donc le Nègre, selon Baldwin, qui, de par son existence même, empêche le Blanc de toucher le fond du baril. Chaque fois que l'homme blanc désespère en Amérique, il sait qu'il y a des gens plus bas, tout en bas, qui forment l'humus de la terre : les Nègres. Et ça, pense Baldwin, ça peut rassurer un homme. Le Blanc le plus pauvre, le plus misérable, sait que des millions de gens lui envient son sort. Et ça peut l'aider à vivre. Mais tu te trompes complètement, Baldwin. Les gens ne regardent jamais vers le bas. Le sol ne peut être une référence dans la vie d'un individu. L'échelle sociale est faite pour qu'on la grimpe. Et la chose qui compte vraiment, c'est la prochaine marche. On ne regarde pas vers le bas pour se consoler. On se désespère plutôt à la vue de toutes ces marches qu'il nous reste à gravir pour arriver là-haut, chez les dieux. Non, Baldwin, la situation du Nègre n'aide en rien, même psychologiquement, le Blanc. Économiquement, oui. En Amérique, c'est l'argent qui rassure. L'argent, c'est vivant. Les Japonais l'appellent « l'honorable argent ». L'argent a une odeur, une couleur, une saveur, et il est capable de transmettre quelques germes de maladie. Malgré tout, ce n'est pas contagieux. Si les Blancs ont institué le racisme (moi, je le sais), c'est tout simplement pour de l'argent. Le pouvoir que donne l'argent : acheter la main-d'œuvre à bon marché, taillable et corvéable à merci. Voici le Nègre dans l'œil du Blanc. Déroulons le fil rouge (eau et sang) de l'histoire de l'Amérique. Le chant des Nègres d'Amérique. Le racisme a créé le sud des États-Unis, qui a créé le blues, qui a donné du sang neuf au showbiz américain. Le showbiz américain rapporte des milliards chaque année. Il a créé Michael Jackson, un androïde qui n'est ni noir, ni blanc, ni rouge, ni jaune. On insulte partout Michael Jackson parce qu'il a gagné le pari difficile de n'avoir ni sexe, ni couleur, ni race et, vu sa relation privilégiée avec son singe, ni identité non plus. Je ne parle pas ici d'identité raciale, nationale ou autre connerie de ce genre. Je parle d'identité profonde. Est-il un animal ou un humain ? Entre l'homme et le singe, est-il le chaînon manquant ? Ou est-il, au contraire, un Nègre incomplet pour les Noirs ? Un Blanc incomplet pour les Blancs ? Ou un singe incomplet pour les singes ? Toutes ces catégories, cependant, ont en commun de s'intéresser à la musique. Et, frère, la musique, ça rapporte beaucoup. Sun Tzu, toujours : « On pille l'ennemi parce qu'on convoite ses richesses. » Le racisme, c'est la guerre non officielle. Et on comprend pourquoi les Blancs ont refusé d'officialiser cette guerre. L'une des plus terribles, des plus

Cette grenade dans la main du jeune Nègre...

longues, des plus cruelles! Mais il faut admettre que cette guerre fut nécessaire pour le progrès du monde occidental. Un monde qui comprend les Blancs, les Nègres et les Rouges. Les Jaunes restent encore chez eux. Les Blancs, eux, se sont enrichis à même cette mine d'or qu'est le racisme. Croyez-vous que les Noirs, qui peuvent enfin tirer profit du racisme après tant d'années de mauvais traitements, vont accepter, juste comme ça, la fin du racisme? Alors qu'ils commencent à peine à en vivre? Tous ces peintres qui passent leur temps à peindre des corps tordus sous les coups de fouet pour les vendre à de jeunes Blancs fraîchement sortis des universités libérales du Nord! Tous ces musiciens qui chantent sur tous les rythmes la frustration du Nègre moderne dans la jungle urbaine! Tous ces cinéastes (Spike Lee en tête) qui montrent sur grand écran la rage et la violence des jeunes Noirs des ghettos explosifs! De quoi pourrais-je moi-même parler s'il n'y avait pas ce sujet juteux qui contient dans son sein ce mélange inflammable de sexe, de race et d'argent? Oyez, frères, s'il n'y avait pas de racisme, tout le showbiz américain s'écroulerait d'un coup. Et la musique japonaise nous envahirait tout de go. La question du racisme met les intellectuels libéraux sur les nerfs. Finalement, c'est l'émotion qui vient tout compliquer. Car si on acceptait tout bonnement de faire de l'argent sans états d'âme en profitant du racisme, il n'y aurait rien à redire. On se la coulerait douce dans le pire des mondes. Un art de vivre en enfer. Les affaires, quoi! On parlerait du racisme comme d'une bonne mine à exploiter, tout simplement. Mais non, il faut que le type se mette à pleurer dans son vidéoclip, qu'on voie ses larmes en gros plan et qu'il ajoute en surimpression des scènes de violence raciale, de vraies scènes où de vrais Nègres se font vraiment tabasser, alors que le mec, au premier plan, n'a même pas une égratignure! Tout est bon pour nous arracher notre argent des poches en nous faisant payer pour entendre égrener notre chapelet de misères. Et en plus, il faut qu'on admire le chanteur. C'est un défenseur de la race.

Mythologies américaines

La vérité historique contre le mensonge individuel

En 1955, un adolescent noir de quatorze ans, Emmett Till, a été lynché à Tallahatchie County, dans l'État du Mississippi, parce qu'il avait sifflé une jeune femme blanche qui passait dans la rue. Il y a cinq ans, une adolescente noire de quinze ans affirmait avoir été kidnappée par des policiers blancs, dans la petite ville de Hudson River, dans l'État de New York. Ils l'ont gardée durant quatre jours dans les bois, la battant et la violant sans arrêt. Ils ont aussi inscrit sur son ventre, en lettres capitales, KKK (Ku Klux Klan) et le mot NIGGER. Finalement, ils ont barbouillé son corps de caca de chien pour la jeter ensuite dans une poubelle, pas loin de l'immeuble où elle vivait. Très vite, l'histoire de la jeune Tawana Brawley a fait sensation dans la presse nationale. Et on a commencé à comparer son cas avec celui d'Emmett Till. Malgré d'intensives recherches, le FBI n'est pas encore parvenu à retrouver les trois assaillants. On n'a pu mettre la main que sur un certain Pagones, un jeune homme de la région. Pagones crie son innocence. Mais voilà qu'Al Sharpton entre dans le jeu. C'est un pasteur noir américain, une forte tête, spécialiste des questions raciales. Pour Sharpton, tout Blanc est un violeur et un lyncheur en puissance. Sa voix porte loin. La télé est à ses pieds. Aucun Américain blanc n'osera mettre en doute un si horrible crime qui semble plonger ses racines dans l'histoire la plus trouble de ce pays (ce mélange de sexe, de violence et d'impunité) : le viol des adolescentes noires et le lynchage des hommes valides. Et Sharpton connaît la musique. Il va chanter le même air tout l'été. Jusqu'à ce qu'un voisin noir déclare avoir vu un soir, de sa fenêtre, Tawana s'installer elle-même dans la poubelle. Bon, qu'est-ce qu'on fait avec une telle déclaration si elle se révèle vraie ? Elle est vraie. Ce serait

Cette grenade dans la main du jeune Nègre...

donc une simple fugue qu'une adolescente, paniquée, aurait maquillée en kidnapping. Cas ordinaire. Sauf que Tawana a utilisé une terrible excuse. Peut-être qu'elle n'avait pas une nette conscience de ce que ses déclarations allaient déclencher. Le révérend Sharpton, si. Ce vieux renard qui tire sur toutes les ficelles pourries de la mauvaise conscience blanche. Il se fout du fait que Tawana Brawley a menti. Du moment qu'il peut sortir son violon et ameuter la presse. Pour lui, ce mensonge innocent d'une adolescente ne pourrait en aucun cas effacer les lynchages. La seule chose qui compte, lance-t-il, c'est que des Nègres ont été lynchés il n'y a pas si longtemps encore. Billie Holiday a chanté *Strange Fruit*, ces fruits que l'on voyait pendus aux grands magnolias du sud des États-Unis et qui étaient en fait des Nègres. C'est d'ailleurs ce traumatisme historique, selon Sharpton, qui a poussé une innocente adolescente de quinze ans à échafauder un mensonge si affreux. Mais comme tout cela sonne faux dans la bouche de ce démagogue d'Al Sharpton !

Et si Monica était noire...

Les médias avaient déniché un bel os : le président américain accusé de tromper sa femme avec une jeune employée de la Maison-Blanche. Les faits se seraient passés dans le bureau ovale, l'endroit même où se prennent les plus importantes décisions concernant la planète. Un centre névralgique de pouvoir. Politique et sexe. C'est tout bon pour les médias. Le Parti républicain, le parti de l'opposition, voyait là une chance unique de se débarrasser de ce diable d'homme, résolument increvable, qui déjouait avec cette aisance confondante tous les pièges tendus autour de lui. Les républicains comprenaient bien que, si Clinton parvenait à terminer son mandat sans aucun scandale (légalement, il ne peut se présenter pour un troisième mandat), il aurait assez de poids pour imposer aux Américains son successeur, le brillant mais trop guindé Al Gore. Et les républicains se retrouveraient privés du pouvoir pendant douze ans d'affilée. Il fallait coûte que coûte chasser Clinton de la Maison-Blanche. La presse, la morale protestante et le Parti républicain y travaillent au coude à coude, chacun en fonction de son intérêt personnel. C'était sans compter le peuple américain. Voilà un match attendu. Et si Clinton a pu passer à travers ce cirque que fut l'affaire Monica Lewinsky, c'est tout simplement parce que les Américains le soutenaient très majoritairement. Il surfait à 68 % dans les sondages presque tout au long de l'affaire, ce qui veut dire qu'une partie de l'électorat républicain ne l'avait pas laissé tomber non plus, situation assez inusitée pour un président démocrate en difficulté. L'approbation des femmes américaines a été déterminante dans la bataille. Elles se sont rangées massivement derrière Clinton pour une raison bien simple. Il est peut-être beau, riche et puissant, pourtant la femme qu'il a choisie n'est pas une de ces blondes anorexiques si télégéniques que Hollywood fournit généreusement aux hommes de pouvoir depuis le *Happy Birthday Mister President* de Marilyn Monroe à John Kennedy. Monica Lewinsky n'est pas un sosie de Linda Evangelista ou de Cindy Crawford. Elle est même un peu ronde. Et les femmes qui ont la taille de Monica sont beaucoup plus nombreuses qu'on ne le croit. Cette affaire leur a apporté une énergie nouvelle, elles qui venaient de passer deux terribles décennies sous la houlette des blondes végétariennes. Monica, c'est la brune qui ne refusera pas un bon steak avec des pommes de terre cuites au four. Bon, elle avait un petit défaut : son jeune âge. Les filles de vingt-deux ans représentent le diable pour les femmes de cinquante-quatre ans (l'âge d'Hillary au moment de l'affaire), mais elle ne semblait pas tirer avantage de son âge. Quand on la voyait, on pensait à autre chose, à sa bouille de bonne fille, et on avait plutôt envie de lui filer quelques conseils sur sa façon de s'habiller (ce béret noir, par exemple, qui ne lui va vraiment pas). Chaque défaut de Monica jette une douce et chaude lumière sur

Cette grenade dans la main du jeune Nègre est-elle une arme ou un fruit ?

Bill. Son geste fait passer pour des tarés, des cons, des abrutis tous ces types qui se croient cool en promenant comme des trophées de guerre dans leurs voitures luxueuses des blondes aux yeux verts et aux seins siliconés. Bon, il y a cette histoire de pipe dans le bureau ovale, mais là encore, si on regarde bien, ce n'est pas le constipé Richard Nixon qui aurait tenté pareil coup. Il fallait un flambeur comme Clinton (c'est là que les types viennent rejoindre le groupe des femmes).

Mais si Monica était noire, Clinton aurait-il eu une chance ? À mon avis, 50/50 au départ. Celles qui auraient pensé que Clinton est le seul Blanc puissant des États-Unis à lever les yeux sur une jeune stagiaire noire, pas trop belle et assez grosse, auraient voté pour lui. Mais ce serait un topo différent avec ceux (majoritairement des Noirs) qui auraient crié au racisme, se référant à l'époque de l'esclavage, quand le maître avait droit de cuissage sur la petite Négresse. L'image de cette jeune fille noire (une innocente fille de vingt-deux ans que les journalistes blancs auraient intérêt à ménager, sinon leurs voitures seront saccagées par de jeunes voyous des ghettos qui n'accepteront pas qu'on touche à leur *sister*) à genoux aux pieds de Clinton, en train de lui faire une pipe, aurait été insupportable pour la population noire. Les démagogues, comme Al Sharpton, évoqueraient longuement la dignité de la femme noire. À mon avis, ça aurait été assez vite 60/40 et, plus tard, 70/30 contre Clinton. À partir de là commenceraient les manifestations publiques. Et on entendrait les pasteurs noirs, les groupes extrémistes, qui exigeraient qu'on l'émascule en public, ainsi que les féministes, qui s'étaient abstenues pour Monica, mais qui ne pourraient rester indifférentes à ce cas. La pression serait si forte qu'à la fin il ne resterait à Clinton qu'à divorcer (sûrement avec l'accord d'Hillary qui, elle non plus, ne pourrait échapper à ce rouleau compresseur de la réparation historique) pour devenir le premier président blanc à épouser une femme noire dans l'histoire des États-Unis d'Amérique. Lui qui voulait tant que l'Amérique s'excuse publiquement des torts causés aux Noirs par l'esclavage trouverait là l'occasion de payer de sa personne.

DIXIÈME PARTIE

L'univers parallèle

Lady's night

Les Haïtiens travaillent dur à Brooklyn pour s'acheter une maison à Queens. Queens, c'est le coin rêvé. Il y a moins de serrures, moins de stress, moins de violence. Brooklyn, c'est la lutte pour la vie. Queens, c'est le calme après la tempête. En réalité, ce n'est pas tout à fait aussi noir et blanc. Il y a des pauvres à Queens et des riches à Brooklyn, mais les mythes ont la vie dure. Une dame de Nyack, banlieue de New York, m'a dit qu'habiter Brooklyn, c'est risquer de se faire voler, de se faire « manger », de se faire envoyer un zombie, de se faire rafler son mari, bref c'est habiter l'enfer tout en payant cher le loyer. Et Queens? Ah! Queens, c'est autre chose. Queens est un quartier assez chic. Avec ses pelouses vertes, ses rues étroites, son ambiance plus calme. La vie moins vite, quoi! C'est à Queens qu'on trouve de véritables maisons, à la différence des appartements surchauffés de Brooklyn. Les concierges commencent à chauffer les appartements dès septembre. La chaleur de la fin de l'été? On a beau ouvrir les fenêtres, on crève. Dans cet appartement sur Church

Avenue, où j'ai couché une fois, les bestioles (cafards, rats, souris) circulaient en toute liberté. La vie animale reprenait ses droits. Je n'ai pas pu dormir cette nuit-là. J'ai sorti de mon sac de voyage un gros bouquin (*Le Tournant*) de Klaus Mann. Dans cette terrible autobiographie, terminée la veille de son suicide, le fils de Thomas Mann parle de New York. C'est très troublant de lire des trucs sur New York en plein New York. Quand il m'arrive de lire un livre sur une ville au moment où j'y suis, je suis généralement déçu, soit par le livre, soit par la ville. Mais New York résiste à son mythe. Voilà que je commence à geler tout d'un coup. Le concierge vient de couper le chauffage au moment où le froid tombe, vers 3 heures du matin. New York est d'une générosité démente, elle vous gave uniquement si vous avez le ventre déjà rempli. Je me lève, je fais des exercices jusqu'à ce que je sois en sueur. Je fais mes bagages. Je compte passer la journée chez un ami, à Queens. Je l'avais connu à Toronto. C'est un jeune peintre haïtien. Plus proche de Basquiat que de la peinture traditionnelle haïtienne. Il a quitté Toronto pour New York il y a trois ans. C'est difficile de créer dans une ville quand on pense à une autre ville. Un matin, il a mis sa femme, ses enfants, ses rouleaux de toile et ses tubes de peinture dans une vieille bagnole achetée 300 dollars la veille et il est allé à New York. On a passé toute la matinée à causer. Il m'a raconté sa vie depuis son départ, m'affirmant qu'il préfère vivre dans la misère que de mener une vie ordinaire à Toronto. Je lui ai rappelé qu'il avait un beau studio à Toronto, que ses expositions étaient courues, qu'il était bien connu là-bas. Il m'a regardé sans rien dire. Tout cela n'avait aucune importance à ses yeux, car ce n'était pas à New York. New York ou rien. Paris aussi fait cet effet-là à certaines personnes. Je suis sûr que Toronto rêve souvent de planter un couteau dans le dos de New York. J'ai passé l'après-midi à dormir comme une souche. Un sommeil sans rêves. Un véritable trou noir. On dirait que ton corps cherche à te fuir et qu'il se réfugie dans un endroit connu de lui seul, un endroit auquel même ton cerveau n'a pas accès. Je me suis réveillé vers 9 heures. On a soupé tranquillement. Ensuite, des amies de

Cette grenade dans la main du jeune Nègre...

sa femme sont arrivées, des filles rieuses qui nous ont entraînés dans cette discothèque haïtienne. Faut dire qu'on n'était pas vraiment dans leur programme. Elles passaient leur temps à essayer des robes et à nous demander notre avis. Comme je faisais preuve d'un peu de finesse, elles ont tenu à nous emmener. J'ai eu beau leur dire que je ne sais pas danser, mais allez faire comprendre quoi que ce soit à une demi-douzaine de filles surexcitées, insouciantes, heureuses, prêtes pour la fête. Un samedi soir, à New York. L'intérieur de la discothèque est rouge. Les murs sont rouges. Les nappes sur les tables, rouges. La salle est rouge sombre. On ne voyait pratiquement rien. D'où vient cette manie caribéenne de danser dans le noir ? J'ai regardé, un moment, la piste de danse. Je ne pouvais rien distinguer. Finalement, j'ai pu voir une foule compacte, bougeant à peine, dégageant dans la salle cette puissante chaleur. Je voulais noter tout de suite mes impressions. J'ai demandé une bougie à un des serveurs. Comme elle ne venait pas, je suis allé frapper au bureau du manager. C'est une curieuse pièce qui ressemble plus à un vestiaire de boxeur qu'à autre chose. Tout était sens dessus dessous. Un fauteuil éventré, un bureau assez solide, pas de poubelle. Au mur, curieusement, une photo de la Vierge accrochée à côté de celle de son fils regardant un poster de Tabou Combo. Je suis entré. Un homme seul assis derrière un bureau, en train de manger. J'ai fait ma demande et, fort gentiment, il m'a remis une bougie rouge. Je suis retourné à ma table. La scène avait légèrement changé. Une quinzaine de types debout face au groupe. Des filles circulaient sans cesse dans la salle, le menton levé, le buste droit, mais les reins toujours dans le rythme. Après un certain temps, j'ai voulu aller commander à boire pour tout le monde. Le bar est à l'arrière, côté gauche. C'est une salle violemment éclairée et presque nue. Il a fallu attendre, car le barman était parti chercher de la glace. J'écoutais, accoudé au comptoir, la musique. Une musique sans surprise, chantée par un banquier bedonnant, un peu voûté et habité par le génie du radotage. Un homme, debout à côté de moi, a écrasé sa cigarette sur le tapis. Le mégot, pas tout à fait éteint, a fait un trou gros comme un cendrier. Les gens, maintenant, refusaient de danser malgré les invitations pressantes du chanteur. J'ai remarqué tout de suite un manège étrange. Près de la moitié des hommes n'arrêtaient pas de se promener entre les tables, le regard vide. Et cet homme qui est passé seize fois (j'ai compté) devant moi en l'espace d'une demi-heure. Quelle activité absurde! Les femmes sont affalées sur les tables. Personne ne danse. Le chanteur fait des blagues qui tombent à plat. Il rit tout seul. Comment peut-on débiter un tel chapelet d'inepties sans être un peu fêlé de la tête? Ce qui prédomine, c'est l'ennui. Brusquement, une bataille éclate pas très loin de nous. Une fille s'est approchée d'une rivale et l'a giflée promptement. Ma voisine me chuchote, l'air ravi, que le chanteur a raison. À propos de quoi? je demande. Sa philosophie de la femme, me répond-elle. À la fin de la soirée, il a été difficile de partir. Un homme avait garé sa voiture (une Mercedes flambant neuve) en travers dans le parking. Personne ne pouvait sortir. Un concert de klaxons. Finalement, on a trouvé le propriétaire de la Mercedes assis au bar, cool, soûl, méprisant. Et malgré le fait qu'on lui a expliqué qu'il bloquait la sortie, cela lui a pris près de trois quarts d'heure pour se décider à venir déplacer sa voiture.

Un fait divers à Queens

La discothèque antillaise vient de fermer. Des gens restent à discuter, le temps que les voitures dégagent le parking. Certains parlent trop fort. Il y a toujours un imbécile qui lance une bouteille dans la rue. Des voisins appellent la police. Une heure plus tard, les policiers arrivent. La routine du samedi soir. Un policier interpelle un type qui s'apprête à monter dans sa voiture. Celui-ci tente d'expliquer aux policiers qu'il rentre simplement chez lui. Ah,

Cette grenade dans la main du jeune Nègre...

voilà un Nègre qui ose répondre. Un policier le frappe au visage. Il réagit. Le reste de la meute lui tombe dessus et le matraque copieusement. On l'emmène au poste. Une fois là-bas, on l'enferme dans les toilettes. Le voilà seul. Abner Louima, c'est son nom, se demande ce qui va lui arriver. Il le saura assez vite. Le policier qu'il avait frappé, un nommé Volpe, vient d'entrer dans la pièce, accompagné d'un autre, Schwartz. Ils tabassent Louima longuement jusqu'à ce qu'il flanche. On le remet debout, et ça recommence. Il tombe de nouveau. On lui laisse un moment de répit, croit-il. Le temps que Volpe trouve un balai qu'il brise sur ses genoux. Il s'avance vers Louima, recroquevillé dans un coin. Tandis que Schwartz tient Louima, Volpe lui enfonce le manche du balai dans l'anus, jusqu'au fond, lui perforant la vessie et le côlon. Louima perd connaissance cette fois. Il saigne. Il faut faire un rapport. Les policiers du poste couvrent l'affaire. Selon le rapport de police, Louima est un homosexuel notoire qui, à la recherche de sensations inédites, s'est enfoncé un manche à balai dans l'anus. Il est blessé, ce qui complique un peu les choses. Il faut l'emmener à l'hôpital. Quel hôpital? Le plus proche. Aucun problème. La plupart des infirmières de cet hôpital sont de mèche avec les policiers. C'est ainsi. Alors, à la réception, on n'enregistre pas Louima. C'est comme s'il n'était jamais venu. On lui donnera pourtant les soins nécessaires. Il est placé dans une section spéciale où une infirmière, mise au parfum, s'occupe de lui. Jusque-là, tout va bien. Mais dans cet hôpital travaillent quelques infirmières haïtiennes. Pas beaucoup. La majorité des infirmières haïtiennes se retrouvent plutôt à Brooklyn. Faut dire qu'un grand nombre d'Haïtiens, à New York, sont chauffeurs de taxi ou infirmières. C'est pour cela que l'information arrive à circuler si vite dans cette communauté. Le lendemain de l'arrivée de Louima, une infirmière jamaïcaine glisse à sa collègue haïtienne qu'il y a un Haïtien là-haut et qu'il semble avoir été maltraité par des policiers blancs. L'infirmière haïtienne appelle un cousin journaliste au *New York Times*. Celui-ci s'arrange pour que le journal envoie un journaliste blanc (pour éviter d'éveiller les soupçons) sur les lieux. Toujours avec la complicité de l'infirmière haïtienne, le journaliste s'infiltre facilement dans la chambre de Louima. Après son entrevue (Louima répondait péniblement aux questions), le journaliste fait quelques photos. Au poste de police, c'est le train-train quotidien. L'incident est déjà oublié. Un cas en remplace un autre. Mais Louima est encore à l'hôpital. On ira le chercher dans quelques jours. Combien de types sont dans la situation de Louima, couchés dans les hôpitaux de New York ? Deux jours plus tard, les policiers, qui avaient complètement oublié l'affaire, ouvrent le journal et découvrent, étalées sur les pages du *New York Times*, les fesses de Louima. La légende : un policier lui a enfoncé un manche à balai dans l'anus. Désastre. Branle-bas de combat. On fait corps. Le mur bleu (la couleur de l'uniforme des policiers) est un barrage qui ne laisse filtrer aucune information. Le silence total. Mais la photo d'un homme à l'anus perforé parle trop fort. Le maire de New York tente d'étouffer le scandale. Les policiers commencent à peine à réaliser la gravité de l'affaire, mais croient qu'il leur faut tout de suite un avocat. Louima en a déjà un. La communauté haïtienne de New York se mobilise, rejointe rapidement par les autres communautés noires (américaine, jamaïcaine, dominicaine ou bahamienne). Branle-bas de combat de ce côté aussi. Manifestations monstres organisées par des pasteurs hurlant des imprécations contre l'Amérique raciste. Les policiers, un moment interdits, se mettent à réagir. Leur première erreur. Ils s'arrangent pour laisser filtrer sur le compte de Louima des informations invérifiables. C'est une vieille technique. Le *New York Post* suit quotidiennement le développement de l'affaire. Le *Daily News* lui emboîte le pas. On fouille dans la vie privée de Louima. Manque de pot pour les policiers, ce jeune homme, qui vit avec son oncle, à Brooklyn, depuis son départ d'Haïti, a un casier judiciaire vierge et une conduite exemplaire. Entre-temps, Louima change d'avocat. Le nouveau est un vieux renard qui connaît toutes les ficelles du métier. Sa stratégie consiste à briser le mur bleu. Finalement, un policier accepte de témoigner. Le mur est enfin cassé. Les policiers seront inculpés sous des chefs d'accusation

Cette grenade dans la main du jeune Nègre...

d'arrestation illégale et de tortures. La communauté jubile. Louima empoche une fortune.

Me voilà sur les lieux, là où Louima a été arrêté par les policiers.

— Tu vois, me dit un homme très âgé, tout en pointant du doigt la discothèque, c'est ici que Louima a ramassé le gros lot : plus de 8 millions de dollars. Le dollar américain est la seule monnaie reconnue et acceptée dans n'importe quel village arriéré du bout du monde. C'est vrai, mon fils, qu'il n'existe pas une boutique sur la planète où tu ne pourrais te payer un Coca-Cola avec de l'argent américain. Le Coke et le dollar. Je ne sais pas combien de bouteilles de Coke Louima pourra se payer avec ses 8 millions de dollars américains. Quel chanceux !

— Un chanceux !... C'est ainsi que vous qualifiez quelqu'un à qui on a enfoncé un balai dans le cul...

L'homme rit.

— Et comment tu appelles, mon fils, un homme qui a travaillé seize heures par jour, avec deux jobs, toute sa vie durant, dans une usine de merde ? Là où j'ai travaillé, aucun Blanc ne pourrait tenir deux journées de suite. Et aujourd'hui, j'ai 18 dollars et 66 cents à la Chase Manhattan Bank.

Il me montre son livret de banque.

— Je comprends votre amertume, mais...

— Je suis arrivé à New York en 1953...

Je souris.

— Pourquoi tu souris, mon fils ?

— C'est l'année de ma naissance...

— Bon, tu peux voir que ça fait un bail... Et depuis le premier jour de mon arrivée, je cherche un « cas »...

— Qu'est-ce que ça veut dire ?

Il me regarde, étonné, se demandant d'où débarque cet imbécile.

— Qu'il m'arrive un grave accident... J'ai des amis plus chanceux. Joseph Morin, on est arrivés à la même époque, et aujourd'hui, il jouit de son argent en Haïti, à Baînet, pas loin d'une rivière. On le dépose là le matin et on vient le chercher le soir. Quelqu'un s'occupe de lui à plein temps. Il n'a pas laissé tomber sa famille. Tout le monde va à l'école et si quelqu'un est malade, on l'envoie se faire soigner à Port-au-Prince... Qu'est-ce qu'on peut demander de plus ? Évidemment, il ne peut ni marcher ni baiser...

— Qu'est-ce qui lui est arrivé ?

— Oh, un autobus rempli de passagers lui est passé dessus, il y a dix ans.

— Seigneur !

Il rit.

— Je connais un autre type. Il a pris une assurance. Il est rentré en Haïti, il s'est fait couper une jambe par un toubib de ses amis. L'assurance américaine lui a donné un bon montant. Trop cupide, il a voulu plus. Il est retourné trois ans plus tard se faire couper l'autre jambe...

Il rit en toussant longuement cette fois-ci. Je remarque ses doigts jaunis par le tabac. Il a intercepté mon regard.

— J'ai arrêté de fumer, mais trop tard, semble-t-il. J'ai attrapé une saloperie de cancer, mais personne ne vous donne un sou pour ça... Au contraire, ils vous font la leçon. J'ai pris une dame dans mon taxi, l'autre jour — tu vois, ma pension ne suffit pas et, à mon âge, je dois faire le zouave —, j'ai pris cette dame, donc, et elle n'arrêtait pas : pourquoi vous fumez, c'est pas bon pour la santé, des conneries, elle avait à peu près mon âge. Finalement, elle me lance : « Seulement avec l'argent que vous dépensez pour les cigarettes, à l'heure qu'il est vous auriez pu vous acheter une maison. » Je lui balance du tac au tac : « Vous, vous ne fumez pas, alors où est-ce qu'elle est, votre maison ? » Et ça lui en a bouché un coin. Elle n'a plus dit un mot jusqu'à ce qu'elle arrive à son rendez-vous... Mais comment a-t-elle su que je n'avais pas de maison ? C'est vrai, quand un homme de mon âge fait le taxi...

— Et qu'est-ce qui est arrivé à votre ami ?

— Ah, Wilbert... (Il semblait avoir complètement oublié cette histoire.) Cette fois, l'assurance a eu la puce à l'oreille... Deux fois, c'est beaucoup. Il y a des gens qui ne peuvent pas s'arrêter...

— Peut-être que quelqu'un l'a dénoncé..., dis-je.
Il me jette ce regard aigu.
— Ben, tu as raison... Je n'y avais jamais pensé. Wilbert s'est tellement vanté de son coup que, peut-être... Mais oui... Là, tu me dis quelque chose... C'est fou, je n'avais jamais pensé à cela... Les assureurs sont allés enquêter en Haïti. Ils ont vite découvert le pot aux roses. Ils ont déniché le médecin, tout... Wilbert a perdu son «cas». Il a été obligé de rendre l'argent de la première jambe. Naturellement, il n'a rien eu pour la seconde jambe et il a même failli faire de la prison...
Il rit à gorge déployée en s'appuyant contre le mur de la discothèque.
— Je ne comprends pas qu'il n'ait pas été en prison, dis-je, car pour une telle fraude...
— Bon, il était en Haïti et là-bas, comme tu le sais, ce n'est pas un crime de frauder...
Il rit de nouveau.
— Vous pensez encore à votre «cas»?
— Oh, à mon âge, cela devient trop compliqué. Tu as vu pour Louima, un beau jeune homme, combien de manifestations il a fallu pour qu'il ait son argent. Si c'était à moi qu'on avait enfoncé ce manche à balai dans l'anus, personne ne se déplacerait... C'est bien qu'il soit jeune, il a tout son temps pour jouir de son argent, dit-il en quittant les lieux.

L'affaire Mumia

Je ne me souviens pas de la première fois que j'ai entendu son nom: Mumia. J'ai pensé que c'était le nom d'un de ces mannequins d'origine africaine que Calvin Klein tente de lancer, chaque saison, sur le marché afin de déstabiliser Naomi Campbell. Le nom complet, Mumia Abu-Jamal, me fait plutôt penser à ces boxeurs américains, émules de Muhammad Ali, qui ont changé leur nom à consonance caucasienne d'ancien esclave pour un nom africain ou musulman plus proche de leur véritable identité. Peut-être bien que c'est un nouveau rappeur. Toujours est-il que, jusqu'à Philadelphie, je ne savais pas encore qui c'était. En arrivant à Philadelphie, je ne pouvais plus l'ignorer. C'est la ville de Mumia Abu-Jamal. Ici, on ne parle que de lui. Les journaux, les radios, les gens. La ville est pratiquement divisée en deux. Les Blancs de Philadelphie pensent que Mumia Abu-Jamal a tué un policier, donc il mérite son sort (cela fait des années qu'il attend son exécution dans une minuscule cellule. Il est incarcéré dans une prison qui compte parmi les plus dures du pays, et les prisonniers du couloir de la mort restent confinés dans leur cellule vingt-trois heures sur vingt-quatre). Les Noirs, eux, pensent que Mumia est innocent et qu'on lui a tendu un piège cette nuit-là. Mais qui aurait intérêt à monter un tel guet-apens ? La police elle-même, me répond ce jeune serveur d'un McDonald's du quartier où a eu lieu la fusillade. La police, selon ce jeune homme qui avait douze ans en décembre 1981, quand le policier Daniel Faulkner a été tué de plusieurs balles dont une au visage, avait découvert que l'agent Faulkner était un informateur du FBI qui menait une longue enquête sur la corruption dans le corps de police de Philadelphie. Et ils se sont arrangés pour le faire tuer ? Le serveur m'affirme qu'ils l'ont envoyé seul dans un piège à rats. Que faisait-il, seul, à 3 heures du matin dans un endroit si dangereux ? Comment un policier blanc pouvait-il seulement penser mener une arrestation tout seul dans la zone rouge ? Il faut être fou. Cela s'est passé au coin des rues Locust et 13th. On n'y trouve que des putes, des voleurs et des drogués. Et vous pensez que je vais avaler qu'un policier blanc expérimenté (Faulkner travaillait depuis cinq ans dans la police) avait en tête de faire une arrestation dans un coin aussi brûlant, à 3 heures du matin ? Crazy, man. Je quitte le serveur, car, vraisemblablement, il n'avait pas d'autres arguments pour défendre son idole. Mais qu'est-ce

Cette grenade dans la main du jeune Nègre...

qui s'est passé cette nuit-là qui a conduit à la mort du policier Faulkner et à la peine de mort pour le journaliste Mumia Abu-Jamal ? Je suis allé voir dans la zone de Locust Street. Coin assez banal. J'ai remarqué que les quartiers les plus terribles des États-Unis paraissent toujours très calmes le jour. Et parfois la nuit aussi. Ce n'est que le lendemain matin, en feuilletant les journaux, qu'on apprend ce qui s'est passé durant la nuit. Harlem (à New York) et Overtown (à Miami) sont ainsi. Dès qu'il arrive le moindre incident dans un quartier résidentiel (comme si Harlem et Overtown n'étaient habités que par des animaux), les trois corps de métier (les policiers, les ambulanciers et les pompiers) rappliquent en moins de vingt minutes, ce qui est différent quand la même chose se passe à Liberty City ou à Watts. Ils ne se pointent tout simplement pas, ou pas avant que tout se calme. Selon le rapport de police, l'agent Faulkner aurait demandé, à 3 h 51 du matin, un fourgon cellulaire, ce qui laissait croire qu'il entendait procéder à des arrestations. Quand les renforts sont arrivés, il gisait déjà sur le trottoir dans une mare de sang. Mort. Ce n'est que cinq heures plus tard qu'on a trouvé, pas loin de la scène du crime, Mumia Abu-Jamal. Il est arrêté, enfermé, jugé et condamné à la peine de mort pour le meurtre d'un policier. Il n'y a rien alors à redire. Pourtant, son histoire va faire le tour du monde. Beaucoup de personnalités prendront la défense de Mumia : Spike Lee (il fallait s'y attendre), mais aussi Norman Mailer, Danielle Mitterrand, Salman Rushdie, Susan Sarandon et William Styron. Pourquoi tous ces gens se sont-ils mouillés pour un tel meurtrier ? D'abord, parce qu'ils croient fermement que Mumia n'a pas eu un procès équitable et ensuite, parce qu'ils sont, il faut le dire, sous le charme de la personnalité de Mumia. Dreadlocks, regard très doux (il n'a pas d'antécédents de violence), une force tranquille (n'est-ce pas, Danielle ?), une voix faite pour la radio. Il parle calmement, prenant tout son temps, et ce qu'il dit paraît toujours cohérent. Selon la romancière Alice Walker, « il est tout simplement beau, comme entouré d'une sorte de halo lumineux, il me rappelle Nelson Mandela ». Hé, Alice, tu as fumé la moquette ou quoi ? Mais ce qui séduit surtout, c'est sa force de caractère. Il n'était qu'un journaliste free-lance avant son emprisonnement, essayant de concilier le journalisme professionnel avec une forme de militantisme. Difficile, mon vieux. Il s'intéressait surtout aux groupes de gauche de la région, ayant été lui-même « un ministre de la section des Black Panthers de Philadelphie ». D'ailleurs, il était particulièrement impliqué dans le groupe MOVE au moment de l'affaire. MOVE était déjà accusé du meurtre d'un policier. À partir de 1980, Mumia militait plus qu'il ne « journalisait ». Il s'était même fait virer de son poste à la radio publique de Philadelphie. Il n'y allait plus, utilisant la voiture de la station à des fins personnelles. Il semblait totalement déconnecté. Certains de ses amis pensent qu'il traversait une grave crise. Mais en prison, dans le couloir de la mort, là où il aurait dû être totalement déprimé, c'est un nouvel homme qui se révèle. Dynamique, charismatique, passionné, et surtout rude travailleur (il fait une maîtrise, anime des émissions de radio, tient une chronique régulière dans différents magazines, écrit des livres, etc.). Et la célébrité arrive. Mumia, depuis, passe le plus clair de son temps à répondre au courrier de ses fans de par le monde. Même qu'il dit parfois que la célébrité lui pèse un peu. Ses avocats pensent autrement. Pour eux, rien de pire qu'un prisonnier qui n'est qu'un numéro. Un prisonnier sans voix. Et Mumia possède une voix à faire perdre la tête aux dames de banlieue, celles qui lui envoient des chèques dans des enveloppes parfumées. Car sans argent, vous n'avez aucune chance dans ce système judiciaire. Parlons de son procès, alors. Vite expédié, paraît-il. Les délibérations n'ont duré que six heures. Ce qui est peu pour une peine de mort. Le juge y est pour quelque chose. Toujours du côté de la police. Sur ce point, tout le monde est d'accord. Beaucoup de faits l'incriminent, mais le procès lui-même a des faiblesses. On n'a jamais pu établir clairement que les balles qui ont tué Faulkner venaient du revolver de Mumia (Mumia avait, au moment du procès, un casier judiciaire vierge). Personne n'avait pensé regarder s'il y avait des traces de poudre sur sa main (ce qui se fait automatiquement dans les cas de meurtre). Et les témoins principaux : une prostituée qui a été arrêtée trente-huit fois déjà, donc une connaissance de la police, et un chauffeur de taxi, en liberté surveillée parce qu'il avait lancé un cocktail Molotov dans une école. Ce n'est pas facile de trouver des témoins irréprochables à 3 heures du matin dans un tel quartier. Ce sont ces témoins qui ont vu Mumia tirer sur le policier. Un des policiers qui ont arrêté Mumia affirme qu'il aurait déclaré : « J'ai abattu un flic de merde, j'espère seulement que ce salaud est mort », mais on se demande pourquoi ce policier a attendu soixante-dix jours pour faire sa déposition. Bon, résumons. Faulkner semblait être en train de frapper, avec une longue torche noire, William Cook, le jeune frère de Mumia. Voyant cela, Mumia serait arrivé en courant. Armé, il aurait ouvert le feu sur Faulkner et l'aurait atteint au dos. Faulkner aurait riposté et blessé Mumia, mais celui-ci aurait tiré de nouveau. Faulkner, tombé par terre, se serait trouvé à la merci de Mumia, qui l'aurait achevé d'une balle en plein visage. Personne jusqu'à aujourd'hui ne sait ce qui s'est vraiment passé. Les défenseurs de Mumia préfèrent exiger un nouveau procès. Mais les chiffres accusent Philadelphie : sur cent trente condamnés à mort dans l'État de Pennsylvanie, où les Noirs représentent moins de 20 % de la population, cent quinze sont des Noirs. L'avocat du policier blanc affirme que cela n'a rien à voir avec les faits en question. La plupart des Blancs américains le croient aussi. Les Noirs pensent le contraire.

L'affaire Diallo

Un jeune Africain (il n'est à New York que depuis un an et demi) rentre chez lui. Au moment où il s'apprête à sortir ses clés, quatre policiers, tapis dans l'ombre, lui tirent, sans sommation, quarante et une balles dans le dos. Dix-neuf l'atteignent. Mort sur le coup.

Un des policiers s'approche de l'individu couché par terre afin de récupérer l'arme que celui-ci tenait encore à la main. La preuve tangible qu'ils avaient affaire à un dangereux malfaiteur et que leur vie, de ce fait, était menacée. C'est à cause de cette arme que ceux-ci ont tiré si promptement (« *41 shots* », dit le chanteur Bruce Springsteen), se pensant en état de légitime défense.

– Oh, merde, dit le policier, merde, merde, merde...

Ce n'était pas un revolver, mais un portefeuille.

Les quatre policiers (Edward McMellon, seize balles; Sean Carroll, seize balles; Richard Murphy, quatre balles; Kenneth Boss, cinq balles) furent trouvés innocents, par un tribunal d'Albany, à cent quarante milles au nord de New York, des vingt-quatre chefs d'accusation retenus contre eux.

Sean Carroll, le premier à avoir tiré sur Amadou Diallo, a demandé à rencontrer Kadiatou Diallo, la mère du jeune homme, afin de s'excuser. Un réflexe issu d'une bonne éducation protestante. J'imagine bien la mère du petit Sean Carroll :

– Sean, tu as fait mal à ton petit copain, va t'excuser.

Seize balles dans le dos.

Blondie

Vers 11 heures du soir, un samedi, dans un quartier à haute tension, ce qui veut dire, aux États-Unis, un quartier habité uniquement par des Noirs. Arthur Colbert a un rendez-vous avec une fille. Un peu égaré, il cherche son chemin dans ces rues qui se ressemblent trop quand il aperçoit, au loin, une voiture de police. Il s'en approche, descend de sa vieille Toyota et marche

Cette grenade dans la main du jeune Nègre...

vers elle. Deux policiers blancs en uniforme dans la voiture. Ils se préparent à accueillir Colbert.

— Tu as perdu quelque chose, Nigger (l'insulte suprême à faire à un Noir américain)?

— Je cherche cette adresse, dit-il en leur tendant un bout de papier.

L'un des deux policiers lui saute dessus, le plaque contre la voiture, lui écarte les jambes et le fouille rudement. Colbert se dit que c'est vraiment un quartier dur. Il n'est pas armé. On lui indique le chemin. La maison qu'il cherche se trouve à deux pâtés de maisons de là. Colbert remonte dans sa voiture en se disant qu'il s'est trouvé au mauvais endroit au mauvais moment. L'un des policiers, le blond (une sorte de jeune Robert Redford mince et musclé), est la terreur du quartier. Tout le monde l'appelle Blondie. Avec ses cheveux longs, il ressemble plus à une rock star qu'à un *cop*. Quand il est arrivé ici, à Philadelphie, comme jeune policier, on lui a fait comprendre qu'on n'attendait qu'une chose de lui : les criminels derrière les barreaux. Et les vétérans d'entreprendre de démontrer au nouveau venu, en guise de formation, qu'il est impossible d'arrêter qui que ce soit dans ce pays, même les pires assassins, en respectant les règlements. Les criminels sont très rusés et ils connaissent la loi comme le fond de leur poche. Alors soit vous prenez la voie légale, soit vous suivez l'exemple de ces policiers prédateurs qui pourchassent les criminels dans leurs derniers retranchements. Et pour attraper ces criminels endurcis, il faut recourir à d'autres méthodes, plus adaptées au monde des malfrats qu'au monde de la justice. En termes clairs : c'est la guerre!

Colbert finit par trouver la maison. Au moment où il s'apprête à en sortir avec la fille, les deux policiers arrivent, le menottent, le poussent dans leur voiture et l'emmènent non pas au poste de police le plus proche, mais dans une *crack house* (une maison abandonnée où se font toutes sortes de trafics illégaux). Ils l'installent au premier étage afin de procéder à l'interrogatoire.

— C'est toi, Hakim?

— Non, mon nom est Arthur Colbert.
— Tu es Hakim, le *drug dealer*.
— Non.
— OK, on va voir ça, dit Blondie.

Il sort son revolver. Le colle contre la tempe de Colbert.

— Maintenant, tu vas avouer, Hakim. Je n'ai plus de temps à perdre.

— Je ne suis pas Hakim.

Blondie presse la détente. Le revolver n'était pas chargé. Colbert n'a toujours pas parlé. Il le frappe à la tête avec une énorme torche noire. Ensuite, les deux policiers l'emmènent au poste, où ils l'enferment dans une étrange pièce rose pour continuer l'interrogatoire. Finalement, ils décident d'aller fouiller chez lui, mais ne trouvent rien d'incriminant.

— Si je te revois dans le quartier, lui dit Blondie, je te promets une balle dans la tête.

Colbert rentre chez lui. Il a l'impression d'avoir vécu un véritable cauchemar. Le sien est terminé, mais celui du service de police de Philadelphie va commencer. Car cette banale affaire entraînera la chute de neuf policiers, mettra au jour l'implication de dizaines d'autres et forcera la libération de près de cent soixante personnes emprisonnées sous de fausses accusations.

Colbert doit partir pour Détroit tôt le lendemain. Il lui faut son permis de conduire, que les policiers ont gardé (en réalité, l'autre policier, Ryan, l'avait jeté dans une poubelle). Il décide de retourner au poste le matin pour le récupérer. L'agent de service est un honnête homme, un certain John Gallagher. Gallagher reçoit la déposition de Colbert, étonné qu'un Noir ose se présenter devant un lieutenant blanc pour porter plainte contre deux policiers blancs. Cela ne se voit pas souvent. Ce jeune homme, pense-t-il, a vraiment des couilles. Gallagher l'écoute attentivement et comprend, à certains détails, que Colbert n'a pu inventer cette histoire. Par exemple, les murs roses de la salle d'interrogatoire. C'est une idée de lui. Et pourtant, il n'y a aucune trace dans les dossiers de l'arrestation de Colbert. De plus, son casier judiciaire est vierge. Gallagher décide d'ouvrir une enquête publique. Il fait circuler dans les journaux locaux les portraits des deux policiers incriminés. Aussitôt, un déluge de plaintes tombe sur le service de police. Il découvre, ahuri, que la police de Philadelphie est totalement corrompue. Ce Blondie est une des pires crapules du service. Il vole, il falsifie les dossiers, il torture les suspects et n'a, semble-t-il, aucune morale. Il faut dire que le maire Frank Rizzo avait promis, durant une rude campagne électorale, s'il gagnait les élections, de faire passer «Attila le Hun pour une poule mouillée». Pour lui, il n'y a qu'une façon de traiter les criminels, «c'est de leur couper la tête». Faut dire aussi que ce n'est pas un jeu d'enfant. Les honnêtes citoyens veulent qu'on les débarrasse des voyous, les officiels du gouvernement aussi (le maire en tête), et même les officiers supérieurs du service de police qui veulent monter en grade. Toute la pression s'exerce sur une poignée de policiers qui chassent vraiment les criminels sur le terrain. La plupart des policiers ne procèdent à aucune arrestation durant toute leur carrière. Ceux qui traquent les criminels doivent le faire selon leurs propres règles. Ils pénètrent de force dans une maison et ne se procurent qu'après coup le mandat de perquisition. Ils gardent l'argent pris aux bandits et s'en servent, dans le meilleur des cas, pour graisser la patte aux indicateurs. Ils «plantent» des preuves dans les voitures ou dans les appartements qu'ils sont en train de perquisitionner. «La première chose qu'un policier doit apprendre, dit Blondie, c'est à mentir en toute occasion. Un seul but: arrêter le criminel. Ou procéder à une arrestation quelconque pour montrer qu'on fait quelque chose avec l'argent des contribuables. Je ne suis pas un policier pourri. Je ne "plante" jamais de preuves; si je le faisais, je ne serais pas en prison à l'heure actuelle. J'avais tout le temps de le faire chez Colbert. Je suis simplement obsédé par l'idée d'attraper le criminel. J'obéis à mon intuition. On ne parle jamais du nombre de fois que j'ai eu raison. Il suffit de se tromper une seule fois dans ce jeu. J'admets mes torts, mais je ne suis pas le monstre que la presse décrit. Je dois vous dire que j'ai un complice dans cette affaire. C'est l'honnête citoyen avec un casier judiciaire vierge. Celui qui demande à chaque petite infraction dont il est témoin : "Mais que fait la police ? Elle n'est jamais là quand on a besoin d'elle." Nous ne pouvons pas être partout. Ce qu'on ne sait pas, c'est que nous sommes une infime minorité à poursuivre le criminel quand les autres se planquent dans les bureaux du service de police. C'est cet honnête citoyen qui nous pousse à faire des excès. »

Blondie purge aujourd'hui une peine de treize ans à la prison de l'État de Pennsylvanie.

ONZIÈME PARTIE

Hall of Fame
(Dix héros noirs américains contemporains)

I
Un rap avec Ice Cube

Ice Cube est peut-être le chanteur rap le plus écouté aux États-Unis. Son premier album, *AmeriKKKa's Most Wanted*, a marqué toute une génération de poètes de la rue. Quand Ice Cube parle, le ghetto noir écoute. Son deuxième, *Death Certificate*, qui vient de sortir, fait un malheur dans les quartiers pauvres des grandes villes. Il a vingt-trois ans au moment où je le rencontre, un peu après les émeutes de Los Angeles.

— Je fais un reportage sur l'Amérique, Ice.
— L'Amérique! Quelle Amérique?
— Les États-Unis d'Amérique.
— Ceux des Blancs ou ceux des Nègres?
— Les deux.
— Et qu'est-ce que tu veux savoir?
— Le cœur du problème.
— Le maître et l'esclave.

— Ça fait longtemps...
— Rien n'a changé, vieux, tout est resté comme avant. Exactement comme Abraham Lincoln l'a trouvé.
— Pourtant...
— On vit comme le Blanc a toujours voulu qu'on vive. Le maître n'a plus besoin d'être là. On porte son nom, on s'habille comme lui, on rêve de lui, on mange comme lui, on pense comme lui. Plus besoin de nous tenir enfermés dans des baraques, le soir, le ghetto est là pour ça...
— C'est curieux, je n'ai pas remarqué que l'Américain noir mangeait, s'habillait ou dansait comme le Blanc.
— Les jeunes essaient de faire différemment, mais ils ne sont pas assez éduqués... Je veux dire à propos de leurs propres racines... Ils se débrouillent comme ils peuvent...
— On peut voir ça autrement, Ice. Le Blanc et le Noir ont forgé une nouvelle culture, l'Amérique d'aujourd'hui. Peut-être que les Nègres ont influencé les Blancs autant que ceux-ci ont influencé les Nègres.
— Non. On n'est pas assez nombreux. Notre culture n'est pas dominante. On n'agit pas, on réagit. On n'a pas de médias importants, pas de police, pas d'écoles où l'on enseigne nos valeurs, en tout cas pas assez, pas d'industries à nous, rien de ce qui aurait pu forger cette Amérique dont tu parles. Ce sont des Noirs sans cervelle et les intellectuels libéraux blancs qui font circuler ce genre de conneries, mais on n'a rien à nous...
— Tu veux dire que les avions, les voitures, l'eau chaude, le whisky, les costumes, l'électricité, le poulet frit Kentucky, les chaussures vernies, la montre-bracelet, les chaînes en or..., tu laisses tout ça aux Blancs...
— J'essaie de consommer le moins possible.
— Tu ne crois pas que tout ça fait partie de l'héritage universel ?
— C'est une culture qui triomphe et qui impose son mode de vie à tout le monde... C'est ainsi que je vois ça.
— Quelle que soit la source, tout le monde peut s'en servir, Ice...

Cette grenade dans la main du jeune Nègre...

— Ce n'est pas nous... Ce ne sont pas nos manières, nos goûts, notre vision de la vie, vieux. (Un temps.) C'est fait avec notre sang, notre sueur, frère, mais contre notre volonté, ça oui...

— Tu es contre tous les Noirs qui utilisent le téléphone, par exemple ?

— Non, mais un jour, on trouvera notre propre façon de vivre. Le Blanc a inventé mille trucs pour permettre la communication, et pourtant personne ne communique avec personne... Durant l'esclavage, il n'y avait pas de téléphone pour les Noirs et pourtant tout le monde savait tout ce qui se passait dans les plantations même très éloignées...

— En attendant, les Noirs d'aujourd'hui peuvent-ils se servir du téléphone inventé par les Blancs ?

— Oui, s'ils n'oublient pas qu'il y a aussi d'autres manières de communiquer.

— Tu parles de la spiritualité ?

— Je parle effectivement de la spiritualité.

— Il n'y a pas beaucoup de spiritualité dans la musique rap. On chante le sexe, la violence, le mépris des femmes.

— Non. On essaie de montrer le chemin qu'il ne faut pas suivre. C'est une autre façon d'enseigner. Et on le fait avec le langage des jeunes. Nos jeunes sont désespérés. Chaque jour, la police des Blancs les écrase un peu plus... Le ghetto n'est pas un salon bourgeois...

— Oui, mais tu n'as pas peur que les jeunes prennent tes chansons au pied de la lettre ? Là, je parle de presque tous les chanteurs rap.

— Ce ne sont pas des cons.

— Quand je les entends répéter tes chansons, précisément, j'ai l'impression qu'ils prennent plaisir à appeler les femmes des putes ou à chanter la violence.

— Le rap, c'est bien... On essaie de monter une école publique. Par la télé... On fait voir autre chose à nos jeunes. Faut qu'ils sachent que ce qu'ils apprennent de l'Oncle Sam, ce n'est que mensonge... Ce n'est pas fait pour eux... Toute cette culture américaine a été construite contre eux, contre nous... Tout ce que les Blancs veulent, c'est nous détruire, qu'il ne reste aucune trace de notre culture, de notre énergie, de nos valeurs...

— Il y a la Nation de l'Islam...

— Oui, il y a la Nation de l'Islam avec le révérend Farrakhan. C'est le seul leader des Noirs en Amérique. Les autres leaders ne sont que des suiveurs... Ils ne savent même pas qu'ils sont des Blancs.

— Jesse Jackson ?

— Jesse Jackson aussi.

— Votre lutte contre l'Amérique blanche vous obsède tellement qu'on a l'impression qu'il n'y a que ça au monde... Avez-vous conscience du reste du monde ?

— Nous nous battons contre l'ennemi le plus puissant du monde.

— Oui, mais de l'extérieur, on te voit comme un Américain normal : riche, violent, arrogant.

— Je me suis toujours vu comme un Africain.

— Ce n'est pas l'opinion des Africains.

— Ma place est en Afrique.

— C'est ce que dit le Ku Klux Klan aussi.

— Sur ce point, je suis d'accord avec le Klan. La place des Noirs est en Afrique.

— Crois-tu à la pureté de la race ?

— Je crois que nous sommes en guerre.

— Écoute, Ice, je voyage partout aux États-Unis pour faire ce reportage et je peux dire que le ghetto noir américain est le groupe humain le plus fermé de la planète. Vous ne vous ouvrez à personne.

— Les ghettos sont des casernes. Nous sommes en guerre.

— Parle-moi de cette guerre.

— Nous nous battons sur deux fronts. Contre l'ennemi et contre ce que l'ennemi a fait de nous.

— Qu'est-ce qu'il a fait de vous ?

— Tu viens de le dire : le groupe humain le plus fermé de la terre.

II
Billie Holiday : Strange Fruit

C'est par Jim Monroe (rien à voir avec Marilyn), son mari d'alors, que j'ai connu Billie.

Elle descendait d'un taxi, devant ce bar (je ne me souviens même plus si c'était à New York ou à Chicago), quand un homme m'a appelé du fond de la voiture.

— Hé toi ! Je suis Jim Monroe, le mari de Billie Holiday. Veux-tu l'aider à traverser la rue... Tu comprends, elle est complètement givrée et moi, je ne vaux guère mieux... C'est Billie Holiday, petit...

Il a fouillé dans ses poches pour chercher un peu de monnaie... Il semblait sincèrement désolé de ne rien trouver...

— J'ai pas un rond, petit... Tu pourras toujours dire, un jour, que tu as aidé Billie Holiday à traverser la rue, un soir qu'elle était complètement soûle... Ce sera ta façon de l'exploiter.

En effet, j'ai aidé, ce soir-là, Billie Holiday à rejoindre ce putain de trottoir.

Son corps était lourd. Bien en chair. Dur à l'intérieur comme si elle avait un noyau. Un fruit étrange.

III
Miles Davis joue à la poupée

Je suis allé frapper à la porte de Miles Davis. Une porte quelconque. J'ai entendu du bruit à l'intérieur, un bruit de souris qui grignote. J'ai insisté. Finalement, une petite fille est venue m'ouvrir. Elle a murmuré quelque chose.

J'ai dû me baisser pour la comprendre.
— Il a dit « Fuck you ».
— Quoi ?
— C'est ce qu'il a dit.
— Il savait qui c'était ?
— Non. C'est ce qu'il m'envoie dire chaque fois qu'on frappe à la porte.
— Sais-tu que ce n'est pas un joli mot ?
— Oui.
— Alors, pourquoi tu le dis ?
— Il me donne une poupée.
— Chaque fois ?
— Oui.
Elle a refermé doucement la porte.

IV

Basquiat : une overdose de succès

J'ai rencontré Jean-Michel Basquiat quelques jours avant sa mort. Avant ou après, cela n'a plus d'importance pour personne. Il achetait des fruits, à 3 heures du matin. Des oranges, je me souviens. J'avais vu une de ses toiles, par hasard, chez un couple haïtien, à Brooklyn. Je l'avais reçue comme un violent coup de poing au plexus.
— C'est quoi, ce truc ?
— Basquiat. Tu ne connais pas Jean-Michel Basquiat ?
— Maintenant oui.
Un seul tableau suffit pour nous le rendre intime. Qui est Jean-Michel Basquiat ?
Je cherche fébrilement dans mon calepin.

Cette grenade dans la main du jeune Nègre...

Jean-Michel Basquiat (1960-1988), noir, drogué, bisexuel, haïtien (son père), portoricain (sa mère), voyou, est au Withney Museum of American Art.

Le monde bourgeois de l'art est choqué. On n'avait pas vu ça depuis Jean Genet. Basquiat est au Withney Museum et Basquiat n'est pas là pour voir ça. À cause d'une overdose de cocaïne. C'est l'argent de Madonna qui a rendu possible l'exposition. Basquiat : Goya jeune. Métro de New York. Graffiti. Fin 1970. 1983 : rencontre avec Andy Warhol (le type qui a promis quinze minutes de célébrité à tout le monde). Basquiat veut plus que quinze minutes. La célébrité est arrivée pour Basquiat le 10 février 1985. Long article dans le *New York Times*. Photo de Basquiat en smoking, nu-pieds, avec ce regard de jeune guerrier prêt à sauter à la gorge de quiconque essaie de lui cacher le soleil. Titre de l'article : « New Art, New Money : The Marketing of American Artist ». Bien sûr, l'argent a joué un rôle dans l'affaire. L'argent est très important pour un Noir en Amérique. C'est la seule mesure honnête. Le reste n'est que sentimentalisme. Combien êtes-vous prêt à payer pour m'avoir ? Voilà la question que Basquiat n'a cessé de poser à ses riches collectionneurs. Ils sortent leur carnet de chèques et paient. Souvent très cher pour une toile qu'ils ne lui laissent même pas le temps de terminer. La peinture est encore fraîche quand ils l'emportent. L'argent neuf. Du cash. Les dollars pleuvent. L'enfant qui a vu sa mère compter chaque sou ne comprend pas ce qui lui arrive aujourd'hui. C'est un nouveau monde. De rage, il jette cet argent par la fenêtre, c'est-à-dire qu'il le dépense pour sa dose quotidienne de cocaïne. Il découvre rapidement que, même riche et célèbre, il demeure un Noir. C'est une condition qui ne change pas. Comme le souligne son vieux copain Fred Brathwaite : il a de la difficulté à trouver un taxi quand il vient de descendre du Concorde. Le fils de Mathilde (Portoricaine de New York) fut un enfant fragile, vif et agréable. Vers l'âge de sept ans, une voiture le heurte alors qu'il jouait au ballon dans la rue avec ses copains. Il est hospitalisé au King

County Hospital. Sa mère est quotidiennement à son chevet. Un jour, elle lui apporte un cadeau étrange : un livre d'anatomie. Basquiat y étudie le corps. Comme Leonardo da Vinci, qui le fascinera plus tard. Sa mère l'a déjà inscrit comme membre au musée de Brooklyn. Mathilde a une vraie sensibilité artistique. Et elle connaît parfaitement le cœur de son fils. Le fils de Gérard (comptable haïtien de New York) ne parle pas créole et n'est jamais allé en Haïti. Mais quelque part, on peut remarquer chez lui une légère influence de ces peintres primitifs. Il connaît l'œuvre d'un Hector Hippolyte ou d'un Robert Saint-Brice. Signalons rapidement que Basquiat n'est pas un peintre haïtien, c'est un artiste de la scène new-yorkaise (le Mudd Club, avec Blondie, Madonna, Clemente et Keith Haring au tout début des années 80). Pourtant son désir fou de réussir à New York lui vient de son père. Gérard Basquiat est un homme strict, raffiné, toujours bien habillé (un trait que son fils héritera), amateur de tennis, intellectuel de culture française, fin analyste de la politique haïtienne et américaine. C'est bien le genre d'immigrant qui croit sincèrement qu'il n'est pas à sa place dans ce milieu un peu vulgaire de Brooklyn. Basquiat, le fils, n'accepte pas dès le début d'être catalogué comme un artiste noir. Et son combat dans ce sens sera constant. Il refuse aussi la marge. Et pourtant, il doit sa célébrité à ces deux labels : noir et marginal. Comment faire ? C'est son problème. Il ne le résoudra que par l'overdose. Overdose de tout : peinture, cocaïne, talent, argent, voyages. Il voudra arriver sans laisser tomber ses copains. Et c'est impossible. Il faut choisir l'un ou l'autre. Il passera constamment de l'un à l'autre. Et les deux camps lui demanderont des comptes sa vie durant. Le cœur de l'affaire, c'est qu'il sera toujours seul. Partout. Le seul interlocuteur valable qu'il avait, Andy Warhol, vient de mourir le 22 février 1987. Selon Fred Brathwaite, son copain des bons comme des mauvais jours, la mort de Warhol l'a plongé dans une terrible crise, le laissant pantelant, incapable de prononcer un seul mot pendant des jours. En un sens, la mort de Warhol préfigure sa propre mort. Cette mort

Cette grenade dans la main du jeune Nègre…

qui le fera entrer dans la légende, à condition toutefois qu'elle arrive avant l'âge de trente ans, comme pour ses idoles : Charlie Parker, Jimi Hendrix ou Janis Joplin.

Tout s'est terminé pour lui le vendredi 12 août 1988, à l'âge de vingt-sept ans. On l'a trouvé sans vie dans son loft, à Manhattan. Basquiat avait peur de ne pas tenir au-delà des quinze minutes warholiennes sur le cheval fou de la célébrité. Il a fait trois ans. Comme le Christ. Tiens ! Un vendredi aussi.

V
Magic Johnson

Je regarde la télé dans ma chambre d'hôtel. Cela fait trois heures que je suis dans ce bled perdu du Midwest et je pense avoir déjà tout vu. De ma fenêtre, on voit bien la ville.

La télé, juste en face du lit. Autrefois, il y avait une bible dans chaque chambre d'hôtel. La télé a remplacé la bible. Personne n'a jamais ouvert la bible. On n'est pas obligé d'éteindre la télé en partant. L'Amérique est une démocratie.

J'entends un bruit inhabituel venant de la télé. Le beau visage de Magic Johnson, le plus célèbre joueur de basket-ball du monde, est devant moi en sueur et en sourires forcés pour dire qu'il a contracté cette terrible maladie.

L'Amérique entière regardait ça, en même temps que moi. Il y a de ces moments à la télé.

Dans vingt ans, on demandera aux gens : Que faisiez-vous quand Magic Johnson a déclaré à la télé qu'il avait le sida ?

J'étais dans cette petite ville médiocre du Midwest à me gratter les fesses.

Mythologies américaines

VI
Toni Morrison

J'aime Toni Morrison. Je n'aime pas ses livres. Elle aurait préféré qu'on aime ses livres, quitte à ne pas l'aimer, elle. J'aime les livres de Toni Morrison. L'intéressée aurait aimé qu'on la préfère à ses livres. On n'est jamais satisfait. L'idéal serait qu'on aime et Toni Morrison et les livres de Toni Morrison. On ne peut pas tout avoir dans la vie. C'est la première chose qu'on nous a apprise, ma chère Toni. La deuxième, c'est qu'on doit mourir un jour. Très peu de gens se souviennent de ces leçons.

Toni Morrison est cette célèbre romancière noire américaine (quand est-ce qu'elle sera une romancière tout court ? À mon avis, jamais. Ce n'est pas par manque de talent de sa part, c'est plutôt par manque de talent de la part de ses contemporains) qui a déjà raflé un prix Pulitzer. Le photographe du magazine *Newsweek* est venu, le lendemain, la photographier. L'éditeur du puissant magazine lui a confirmé, dans l'après-midi, qu'elle en ferait la couverture dans une ou deux semaines. Elle a attendu onze mois. Pendant ces onze mois, on le lui a promis chaque semaine.

— La semaine que j'ai fait la couverture, tu peux dire qu'il ne s'est rien passé dans le monde.

Pour une fois, on aurait aimé qu'il se passe quelque chose (un assassinat, un coup d'État, une guerre...) quelque part.

Toni Morrison a aussi eu un prix Nobel.

Cette grenade dans la main du jeune Nègre...

VII
Derek Walcott

Voici Derek Walcott.

Derek Walcott, Prix Nobel de littérature 1992, est né en 1930, à Sainte-Lucie, une petite île des Antilles. Il enseigne aujourd'hui dans les universités américaines.

Le matin de l'annonce du prix, la presse américaine, comme un seul homme, fonce chez Walcott, le cherche en vain dans le petit appartement qu'il occupe depuis quelques années.

Derek Walcott était en train de déjeuner tranquillement dans ce restaurant fast-food, juste en dessous de sa chambre. Il a reçu la presse en pyjama et semblait tout étonné de se voir attribuer le Nobel pour quelques poèmes sur les pêcheurs des îles et la vie quotidienne dans cette ancienne colonie hollandaise. La photo du Nobel devant sa tasse de café fumant a fait le tour du monde.

Derek Walcott, par ce geste simple et quotidien, est devenu un héros américain.

J'aime Derek Walcott et j'aime ses livres.

VIII
Naomi Campbell

Naomi a fait des photos avec Madonna. Naomi a embrassé Mike Tyson dans les toilettes d'un restaurant, à Manhattan (il pleuvait ce soir-là). Naomi a été photographiée par Avedon. Naomi a quitté le party de Cindy Crawford tôt, hier soir. Naomi a rencontré Prince en secret. Naomi a fait du vélo dans Central Park avec Mick Jagger. Naomi connaît Jackie Kennedy. Naomi vit à Los Angeles avec Robert De Niro. Naomi travaille pour Revlon. Naomi va plus souvent à Paris qu'une hôtesse de l'air. Naomi a refusé de jouer dans le dernier film de Spike Lee. Naomi résiste à Arnold Schwarzenegger et n'en fait pas tout un plat. Naomi n'aime pas montrer ses seins. Naomi lit avant de dormir. Naomi adore les romans policiers de Dashiell Hammett. Naomi ne regarde que de vieux films à la télé. Naomi aimerait être Ingrid Bergman. Naomi pense qu'Onassis aurait été encore plus séduisant s'il avait été moins riche. Naomi n'aime pas le type italien. Naomi mange des spaghettis tous les jours que Dieu fait. Naomi n'est jamais allée en Afrique. Naomi déteste qu'on l'appelle la Bardot noire.

Je trimballe les photos de Naomi partout avec moi. Dès que j'arrive dans un hôtel, je les fixe au mur.

IX
Rodney King

Une nuit, Rodney King, un Noir, a été pris en chasse par des policiers blancs de Los Angeles.

Un homme, d'une fenêtre, a filmé toute la scène. Rodney King s'est fait copieusement tabasser par une demi-douzaine de policiers blancs. Le jury, composé uniquement de Blancs, a acquitté les policiers. Les Noirs, ivres de colère, ont foutu le feu partout dans la ville. L'administration judiciaire américaine a rouvert un procès quelque temps plus tard et, finalement, a trouvé deux coupables sur quatre accusés. L'Amérique a coupé la poire en deux.

Toutes les familles noires américaines se sont procuré un caméscope. Ce qui fait que, quand la police débarque quelque part dans un quartier noir, elle cherche d'abord la caméra.

X
James Baldwin : un portrait

C'est avec James Baldwin que j'ai envie de parler. Et, comme vous le savez, Baldwin est mort. Le seul écrivain en qui j'ai pleinement confiance. Chaque fois que je désespère des hommes, j'ouvre un bouquin de Baldwin pour y trouver l'intelligence la plus fine mêlée à la plus vive sensibilité. Baldwin est un homme selon mon cœur.

Je suis encore assis à la fenêtre de cet appartement de Harlem, chez le poète Quincy Troupe, pas loin de l'endroit où Baldwin a passé son enfance et son adolescence pieuses de fils de pasteur. La petite rue est déserte. Quelques arbres rabougris dans le parc. De temps en temps, on entend une sirène d'ambulance. Les hommes ont toujours aimé mourir à l'aube. L'heure douce pour une mort violente. J'imagine que ceux qui veulent communiquer avec nous préfèrent aussi cette heure.

– C'est dur ?

La voix particulière de Baldwin. Il est assis en face de moi. Son visage de vilain canard n'a pas changé. Je regarde ses mains, un bref instant. Des mains de mandarin. Pareilles à celles de Miles Davis. Deux grands artisans. J'essaie de comparer le type assis en face de moi avec les dizaines de photos de Baldwin que j'ai vues dans la petite chambre qui sert de bureau à Quincy Troupe. J'ai passé la nuit à les regarder. Baldwin au moment de sa rencontre avec le romancier Richard Wright. On voit, à côté du visage rond, presque poupin, de Wright, un frêle jeune homme en veston noir, déjà angoissé, lecteur vorace, curieux de tout, écorché vif, émotivement instable. Baldwin rêvait d'être écrivain et Wright représentait le seul modèle d'écrivain noir, à l'époque, pour un jeune homme aussi ambitieux. Disons le seul qui pouvait intéresser véritablement ce curieux garçon au rire de fille chatouillée qui espérait faire entendre cette voix distinctive. Le chant le plus pur. Devenir le plus grand écrivain d'Amérique. Wright était subitement devenu un mythe après la parution de *Native Son*. Regardez la gueule de singe affamé de Baldwin à côté de la puissante musculature du tenant du titre. On a envie de parier à cinq contre un pour l'aspirant. Le petit (Baldwin) est un dur à cuire. Il se prépare déjà, au moment de cette rencontre, à « tuer » le père (pauvre Wright). Baldwin à Paris. Maigre, sans le sou, enragé, écrivant la nuit, flânant le jour. Le Nègre est plus libre à Paris, mais il crève de faim. Bien sûr, le vin ne coûte presque rien. Et les cafés ne ferment jamais. Il circule de bar en bar, tapant les rares copains, raflant les pourboires laissés par les clients trop généreux. Baldwin en train d'écrire dans une chambre glaciale. Baldwin discutant avec Chester Himes au Café de Flore. Baldwin regardant Camus de loin. Camus, le pied-noir. Baldwin, le Nègre. Baldwin prenant enfin son repas tout seul dans une chambre de bonne. Il n'y a de place que pour le lit et la machine à écrire. Les livres traînent un peu partout : sur le lit, sous le lit, sur la table, sous la table. C'est dans ce réduit qu'il se prépare à bombarder l'Amérique blanche. D'abord un sévère avertissement, mais la prochaine fois, le feu. Baldwin se promenant, un après-midi, sur les Champs-Élysées. Il tombe sur la nouvelle : L'Amérique est en feu. Déjà. Le visage terrible de ce jeune Noir qui pénètre pour la première fois dans une école jusque-là réservée à de jeunes Blancs. Dans le sud des États-Unis. Cette dernière journée à Paris. Baldwin dans un autobus Greyhound roulant vers le Sud profond. Baldwin en pleine conversation avec Martin Luther King. Baldwin dans un parking avec Medgar C. Evers. Baldwin avec Bayard Ruskin, peu après l'attentat de Birmingham, en 1963. Baldwin à la télévision après la sortie de son terrible et dévastateur essai *La prochaine fois, le feu* (l'avertissement biblique). Et surtout, Baldwin en train de taper ces mots crépitants, prêts à quitter la feuille blanche pour atteindre l'ennemi en plein cœur. Baldwin, un homme selon mon cœur. Jimmy Baldwin, l'homme qui a voulu comprendre l'Amérique dans la fournaise des années 60. Cet homme que les Noirs et les

Cette grenade dans la main du jeune Nègre...

Blancs ont détesté à tour de rôle. Ce Baldwin qui a proposé une aube sereine et lucide face au crépuscule sanglant que les racistes de tous bords ont appelé, appellent et appelleront encore de tous leurs vœux. Baldwin, ce fils de prédicateur, qui a mis l'éloquence furieuse des prédicateurs noirs américains dans la balance pour tenter d'affronter la pire haine raciale : celle des petits Blancs du sud des États-Unis d'Amérique. Baldwin qui entend bousculer le vieux Faulkner entêté dans ses nostalgies perverses. Faulkner, le gentleman-farmer, regrettant les longues rangées d'esclaves dans les champs de coton d'Alabama. Faulkner rêvant encore aux Négresses courbées devant les fleurs de coton. Baldwin, finalement, désespéré, qui finit par annoncer une dernière fois le feu.

Et le feu vint.

James Baldwin me regarde de ses grands yeux glauques. Il est de l'autre côté, aujourd'hui. Il m'a l'air décontracté même. Après deux bonnes minutes d'étonnement, je parviens à articuler mes premiers mots.

— C'est surtout très long.

Baldwin sourit doucement, comme loin de tout cela.

— Le temps n'existe pas.

— Oh! Jimmy, j'imagine que, même pour un mort, ça doit être un cliché.

— Ne dis pas cela, c'est la seule vérité qui compte.

— Le temps existe en tout cas pour ceux qui doivent mourir un jour.

— On ne meurt pas, fils.

— Oh! Jimmy, je n'ai pas vraiment envie de discuter du temps avec toi. La partie serait inégale.

— De quoi veux-tu qu'on parle ?

— Du racisme, évidemment.

Baldwin tourne vers moi un visage si triste que j'ai eu subitement envie de lui prendre la main.

— Un conseil, me dit-il d'une voix posée, ne t'occupe pas du racisme. Ce n'est pas ton affaire. C'est un truc qui peut te brûler jusqu'au cœur. Tu sais, le racisme, il faudrait nous résigner à laisser ça aux racistes. C'est une maladie qu'ils doivent essayer d'effacer de la planète eux-mêmes. Car tu ne peux pas être à la fois la maladie et le remède. Faut pas trop en faire, sinon il ne te resterait de place pour rien d'autre.

— Qu'est-ce que tu veux dire par là, Jimmy?

— C'était notre problème, à l'époque. On prenait toute la place avec notre racisme, et personne d'autre, aucun autre sujet, n'arrivait à occuper la moindre parcelle de terrain. C'était notre drame. Personne ne devait s'en mêler. Aujourd'hui, je crois qu'il faudrait laisser un peu de place aux autres.

— Même au raciste.

— Oui, si tu lui laisses un peu d'espace, il aura l'impression d'être dans le coup. Il faut absolument que le Blanc puisse s'occuper du racisme lui aussi.

— C'est quand même pas les Nègres, Jimmy, qui ont inventé le racisme! Je sais qu'ils sont paranoïaques, mais pas à ce point.

— Je t'ai dit ce que j'avais à dire sur ce sujet.

— Ne te fâche pas, Jimmy... Et l'homosexualité?

— Quoi, l'homosexualité! L'homosexualité, ça me regarde. C'est une affaire strictement personnelle.

— Bien sûr, Jimmy, mais comment ça va, aujourd'hui?

Un éclat de rire aigu.

— Ne va rien imaginer... On a encore des désirs, mais naturellement aucune érection.

— Pourquoi, d'après toi, Jimmy, ces résidus de désirs qui traînent encore?

— Il paraît que je n'avais pas liquidé tous mes fantasmes quand j'étais sur la terre... (Il rit en se tenant les mains entre les jambes.) C'est un premier stade, m'a-t-on dit. Je n'en sais rien, vois-tu...

— Excuse-moi de revenir là-dessus, mais est-ce qu'il se fait de la discrimination là où tu es?

— Raciale? Non.

— Disons sexuelle. Est-ce que les anges n'ont pas de sexe ou est-ce un autre bobard?

Cette grenade dans la main du jeune Nègre...

Jimmy se tape la cuisse (je n'entends aucun son) tout en y allant de son grand rire nègre.

— Pas ceux que je côtoie en tout cas.

Un ange passe.

— Donc, tu pourrais avoir des rapports sexuels avec un ange si l'occasion se présentait...

— Je suppose que oui... Sauf pour la question de l'érection comme je te l'ai dit.

Un temps qui paraît une éternité.

— Et alors, Jimmy?

— Bon... À part ce petit problème de l'érection qu'on ne contrôle plus, j'imagine que c'est possible de se faire un ange.

— Je dois comprendre que ce n'est pas encore arrivé...

— Non, pas encore, admet un Baldwin subitement hilare.

— Donc, ça va, pas de racisme, pas de discrimination sexuelle. C'est le pied, là-haut...

Le visage de Baldwin se rembrunit (une façon de parler) légèrement.

— Bon...

— Bon quoi, Jimmy?

— Juste un problème... Il y a très peu de Noirs...

— C'est curieux, on aurait cru le contraire vu qu'ils ont connu l'enfer sur terre... On nous aurait menti sur toute la ligne, alors!

— Paraît que c'est eux qui ont choisi l'enfer... On veut toujours retrouver ce qu'on connaît déjà, lâche Baldwin avec un sourire blasé. Bon, je ne peux pas trop me plaindre... Chester (Himes) est avec moi, mais Dick (Richard Wright) a été promu dernièrement à un échelon supérieur. Toujours près du pouvoir, ce pauvre vieux Dick.

— On peut parler de littérature aussi?

— Je me sens un peu loin de tout ça.

— Et qu'est-ce que tu fais de tes journées, si on peut diviser ainsi le temps éternel?

— Le chant.

— C'est un truc qui rend idiot.

— Mais non... Nous, les Nègres, on a une longueur d'avance... Le Boss aime nous entendre chanter... Rappelle-toi que je suis fils de prédicateur.
— Tout de même...
Baldwin commence à se tortiller sur sa chaise.
— Je n'ai plus beaucoup de temps. Qu'est-ce que tu veux savoir?... Fais vite.
— Maintenant que tu as tout le loisir de méditer, que penses-tu de la vie que tu as menée ici?
— Absurde! Je suis né dans le mauvais siècle, dans la mauvaise couleur, le mauvais sexe, au mauvais endroit... Mais je ne regrette rien.
— Un vrai masochiste!
— L'autre question, vite, dit Baldwin.
Sa silhouette devient de plus en plus floue.
— Comment devenir un bon écrivain d'aujourd'hui?
— Qu'est-ce que ça veut dire?
— Un écrivain de son temps.
— J'ai été, d'une certaine manière, un écrivain de mon époque, et tu vois ce qui arrive...
— Qu'est-ce qui arrive, Jimmy? dis-je légèrement affolé.
— Regarde, je m'efface de plus en plus.
En effet, il ne restait que son sourire.

DOUZIÈME PARTIE

L'Amérique est un énorme téléviseur avec plein d'images dedans

De la naïveté américaine

Je suis allé voir, à l'Université Columbia, cette sommité mondiale du cerveau. Le professeur Sandburg vient de publier une énorme étude sur les différentes fonctions de l'intelligence. Sa thèse, c'est que l'intelligence de l'individu est souvent de son côté. Elle n'arrête pas de lui fournir des arguments pour qu'il triomphe de l'adversaire. Le professeur recommande de se méfier de l'intelligence, qui peut aller jusqu'à vous mentir afin de rester dans vos bonnes grâces. Et le suicide? C'est une sorte de divorce entre votre intelligence et vous. Ces idées séduisantes m'ont conduit dans l'étroit bureau du professeur.

— Professeur, dites-moi une chose: pourquoi partout où je vais en Europe, tout le monde, du paysan à l'intellectuel le plus sophistiqué, croit dur comme fer que l'Américain est un être naïf et que son cerveau n'est pas plus évolué que celui d'un enfant de huit ans?

Il sourit.

— Un enfant de huit ans sait beaucoup de choses, vous savez... Beaucoup plus que certains adultes. La différence avec un adulte, c'est qu'il n'a pas le pouvoir de concrétiser tout ce savoir.

— Donc disons, dans le cas de l'Américain, un enfant de quatre ans...

Le sourire fin du professeur.

— Bon, l'Europe est constituée de très vieilles nations, collées les unes sur les autres, qui comptent une population très nombreuse. Pour ces pays, l'histoire est une suite de guerres, de conquêtes, de stratégies. Et qui dit stratégie dit esprit.

— L'intelligence !

— L'esprit est universel. L'intelligence, cette faculté de s'adapter à son environnement, me semble une vertu plus locale. C'est vrai que les Européens, plutôt nationalistes, ont tendance à accorder une grande importance à l'intelligence...

— Et d'après vous, ce n'est pas si important ?

Le professeur profite de cette question pour bourrer sa pipe.

— Bon, cela est utile, surtout quand on se trouve dans une situation difficile. On doit faire travailler son intelligence afin de sortir de ce mauvais pas.

— Donc, professeur, si tout va bien, je n'ai pas besoin d'utiliser mon intelligence.

— Exact... Si tu as une mitraillette, tu n'as plus besoin de tes muscles ni de ta voix pour intimider l'adversaire.

— Finalement, l'intelligence est une faculté de subalterne.

Le professeur semble plutôt gêné.

— Je ne le dirais pas ainsi. Un homme puissant peut aussi utiliser son intelligence pour dominer encore plus son rival.

— Je ne comprends plus rien, vous m'aviez dit que seuls les petits pouvaient être intelligents.

— Je dirais plutôt qu'ils ont tout intérêt à se servir de leur intelligence. Mais c'est quelque chose que tout le monde possède. Cela se développe surtout si on en a besoin. Quand on a un réfrigérateur rempli de poulets et de dindes congelés, comme le citadin d'aujourd'hui, on n'a cure de la science du chasseur... On n'y pense même pas. C'est sans intérêt...

— Je trouve alors pervers qu'un homme puissant et riche puisse encore utiliser son intelligence... Dans ce cas, l'autre n'a aucune chance...

— C'est ce que l'Amérique a réussi pourtant avec l'Europe...

— Comment cela ?

— Eh bien, c'est l'Amérique qui a lancé cette notion de naïveté et non l'Europe.

— Vous voulez dire, professeur, que c'est l'Amérique qui a fait croire aux Européens qu'elle était naïve... Seigneur ! je trouve ça hautement pervers...

— Donc intelligent, puisque l'intelligence suprême, c'est la faculté de battre son adversaire sur son propre terrain... On lui fait croire qu'il est plus intelligent qu'il ne l'est en réalité...

— Quand un Européen affirme que l'Américain est un naïf, il dit là une stupidité. Et la stupidité, c'est le contraire de l'intelligence... Mais pourquoi les Européens ont-ils marché dans cette histoire, c'était cousu de fil blanc ? On n'a qu'à regarder l'Amérique pour comprendre que cela peut être tout, sauf de la naïveté.

— Un homme intelligent trouve plus intéressant, je dirais même plus excitant, de combattre un vis-à-vis intelligent. À ce sujet, tu n'as qu'à lire les rapports des diplomates européens. Ils décrivent, en salivant, des parties d'échecs. C'est quelque chose d'impossible à réaliser avec un imbécile ou un naïf. Il suffit de mépriser le naïf.

— Pourquoi n'ont-ils pas pensé que c'est peut-être une autre forme d'intelligence, différente de la leur...

Le professeur rit carrément.

— Cette possibilité ne peut exister, cher ami. Une forme d'intelligence différente de la vôtre, c'est ce qu'on appelle la bêtise.

— Et si ce naïf est, sans conteste, la plus grande puissance économique, politique, sportive, cinématographique, musicale, etc. du monde ?

— Humm...

Une rencontre

J'ai rendez-vous avec Myrna dans un bar du Village, à Manhattan. C'est une jeune femme dont les parents viennent de New Delhi. Ils ont émigré à Toronto il y a vingt-cinq ans. Et c'est là que Myrna, à l'âge de seize ans, est tombée sur mon premier roman.

— J'en avais entendu parler par mes amis, mais c'était plutôt dans des termes négatifs. Jusqu'au moment où j'ai acheté le livre, je n'avais rencontré personne qui l'avait aimé ni même lu...

— Ni lu?

Elle rit.

— Oui, j'ai tout de suite remarqué que des gens m'en parlaient sans l'avoir lu. C'est cela, d'ailleurs, qui m'a poussé à le lire.

— Je ne comprends pas comment on peut parler d'un livre sans l'avoir lu...

— Ne me fais pas marcher... C'est courant. Généralement, c'est pour dire qu'ils ont adoré le livre, mais là, c'était le contraire. Ils parlaient même de toi sans rien savoir... C'était dingue!

— Et la première rencontre?

— Dans une librairie Chapters du centre-ville de Toronto. Je l'ai acheté avec mon propre argent. Je ne voulais me laisser payer ce livre par personne. De toute façon, ce n'est pas mon père qui me donnerait en cadeau un livre avec un pareil titre. Donc, je l'ai acheté... Tu ne prends rien?

— Ça va... Je t'écoute...

— Ils font de bons jus ici. Avec de vrais fruits.

— Je n'aime pas les vrais fruits.

Elle sourit.

— Je l'ai apporté chez moi. Je me suis enfermée dans ma chambre. Comme je travaillais très bien à l'école, on me foutait la paix dans ma chambre. Mon père n'exige que deux choses: qu'on ait de très bonnes notes, je veux dire A+, et qu'on soit encore vierge le jour de notre mariage. Et il veille à cela.

Cette grenade dans la main du jeune Nègre...

— Pour les notes, c'est facile de contrôler, mais pour la virginité...

Elle rougit.

— Il contrôle ça aussi... Avec moi, aucun problème de ce côté. Jamais eu de petit ami.

— Bonne fille.

Elle rit.

— Oui, tu peux le dire... Et ce livre est arrivé d'un coup dans ma vie et m'a fait exploser la tête. Je n'avais jamais connu cela, et je ne connaissais personne qui avait connu cela. J'étais seule dans ma chambre à penser à cela. L'école ne m'intéressait plus. Je me foutais complètement de ce que mon père avait à dire à propos de la vie. J'avais trouvé un autre maître.

Silence. Je baisse la tête.

— J'ai appris le livre par cœur.

— À laquelle des filles...

— Des Miz?

— Oui, à laquelle des Miz t'identifiais-tu?

Elle me regarde un instant droit dans les yeux.

— Aucune. J'étais toi. Je n'étais pas une proie, mais un prédateur.

— Oh...

— C'est comme ça. Je voulais une chose dès le départ : écrire un livre pareil. Mais de mon point de vue. Pour cela, je savais qu'il me fallait rompre avec mon milieu, mes parents, mes amis... Et changer de ville, de pays même... Comme tu avais fait.

— Moi, c'est plus simple. J'ai été obligé de quitter mon pays...

— Je voulais tout quitter... Montréal était déjà occupé par toi. Alors j'ai choisi New York. Un mois après avoir lu le livre, j'ai tout quitté pour aller vivre à New York.

— Tu avais seize ans...

— J'ai laissé une lettre d'explication à mon père. Je savais qu'il était trop orgueilleux pour me rechercher. Je suis venue vivre ici, dans le Village.

— Et tu as commencé ton livre.

— Pas du tout. Cela ne m'intéressait pas d'aligner des mots. Je voulais vivre d'abord. Je prenais des notes, mais je n'écrivais pas. Pas encore.
— Et comment ça s'est passé ?
— Dur. Plus dur que je ne l'imaginais dans ma petite chambre à Toronto. C'est pas facile pour une femme de se faire accepter comme prédateur.
— Prédatrice, je la reprends.
— Cela sonne différemment. Je préfère prédateur.
— Et maintenant ?

Sans me jeter un regard, elle plonge dans son sac en toile de jute pour sortir un manuscrit graisseux qu'elle dépose, avec un sourire franc, sur la table.
— Voilà.

Voilà pourquoi le base-ball est le sport national américain

Je suis tranquillement assis à une table au fond de ce restaurant miteux. La serveuse, je crois, me fait de l'œil. Une femme d'âge mûr, légèrement cassée à la taille, avec de larges poches sous les yeux. Elle vient déposer devant moi, en silence, un grand verre d'eau. Des mains traversées de grosses veines bleues. On dirait un réseau routier à la sortie d'une grande ville. La peau est si transparente qu'en y regardant bien on pourrait voir courir le sang dans les veines. Des mains qui ont fait la vaisselle pendant plus de trente ans. Deux plis amers au coin de la bouche donnent une idée de sa vision du monde. Pourtant, dès que mon regard croise le sien, elle se métamorphose en une adolescente rougissante. Elle ne semble pas avoir grand-chose à faire

Cette grenade dans la main du jeune Nègre...

aujourd'hui. De temps en temps, elle me jette un rapide coup d'œil. Une sorte de tristesse très ancienne dans ce regard vif. Le regard d'une serveuse expérimentée. Un type allume la télé. On voit tout de suite de grands gaillards bondir comme des fauves. Sur le terrain : des Noirs et des Blancs. Pas de femmes ni d'Asiatiques. C'est un jeu typiquement nord-américain (bon, on sait bien que les Japonais sont des Américains qui vivent en Asie). Ce qui est amusant, aux États-Unis, c'est que le passé est si proche qu'on ne sent aucune perspective. Tout est sur le même plan, comme dans la peinture naïve. Dans chaque geste, dans chaque mouvement, dans chaque action de n'importe quel Américain, on peut retrouver toute l'Amérique. On n'a qu'à regarder les types se pavaner sur le terrain pour comprendre que le base-ball est un jeu profondément homosexuel. L'Amérique est d'ailleurs une nation essentiellement homosexuelle, ce qui explique sa grande homophobie. On n'a qu'à se rappeler le comportement ambivalent (homophobe le jour, homosexuel la nuit) de l'ancien grand patron du FBI, J. Edgar Hoover. Je ne parle pas de décadence ni d'orgies. Je parle plutôt de puissance. On ne peut vouloir dominer tous les hommes de la planète sans que cela vienne d'une pulsion sexuelle. Regardez ces beaux hommes aux fesses rebondies qui se promènent, pratiquement sans but, sur le terrain. C'est un sport joué par des hommes pour des hommes. Le base-ball devrait se jouer nu. L'instinct. Le sol. Cette démarche féline (ce type en ce moment sur l'écran). Mouvements pleins de grâce. Ah! cette lenteur dans les gestes. Comme au ralenti. Et puis, tout à coup... Tout se passe en une fraction de seconde. Les grands fauves. L'après-midi. Le Sud. Le désir. Le corps. L'eau. Les mêmes mouvements. La petite douleur qui crispe le visage. Les signes invisibles de la fatigue. La bouche un peu boudeuse. L'œil aux aguets. Soudain, le sprint. Les jambes solides, longues, souples. Le type qui glisse de tout son corps dans un nuage de poussière. Au pied de l'autre, qui attrape la balle. Le don de soi. L'abandon. La décontraction. Exactement comme un orgasme.

Quelle est la source de ce long regard triste que la serveuse me jeta au moment où je franchis la porte du restaurant?

Pourquoi cette grosse Américaine noire a-t-elle embrassé la reine d'Angleterre et, surtout, pourquoi cette dernière a-t-elle souri?

Si on veut connaître l'Amérique, il faut regarder la télé en ce moment. C'est la saison du base-ball. Quand il y a un match, un tiers des mâles américains (le pourcentage des femmes est négligeable, à part quelques intellectuelles de la côte Ouest) regarde la télé, un autre tiers écoute le match à la radio, parce que pris dans un embouteillage sur un pont et le dernier tiers n'a pas besoin de suivre le match pour savoir ce qui se passe. Tout mâle américain doit aimer le base-ball. Certaines femmes qui aiment encore les hommes regardent le match pour se mettre au diapason. La grande majorité des femmes américaines déteste ce sport pour des raisons évidentes. Rapidement, on s'aperçoit qu'il s'agit d'une cérémonie secrète avec son rituel, ses chants sacrés, ses grands prêtres et ses millions de fidèles. C'est la secte américaine qui rassemble le plus de fidèles. Les adeptes doivent adopter une attitude décontractée (les pieds sur la table font partie du code de comportement obligatoire). Des propos obscènes sont également de mise, surtout après un jeu superbement réussi ou scandaleusement raté. Et si votre équipe perd, on peut comprendre que vous donniez une volée à votre femme, ce soir-là. Une épouse qui appelle la police s'expose à une nouvelle violence: assister à une vive discussion entre son mari survolté et les policiers qu'elle a appelés, au sujet des occasions manquées de leurs équipes respectives. Un policier se sent plus proche d'un criminel qui

Cette grenade dans la main du jeune Nègre...

admire le même joueur que lui que d'une victime qui ne partage pas sa passion. La fraternité du stade est plus forte que la loi. La télé n'interrompt que très rarement les parties. Même s'il faut signaler un événement de grande importance. Si, par exemple, on venait annoncer la fin du monde, le fou de base-ball voudrait seulement savoir dans combien de temps cela arrivera, afin d'être sûr que le match ne sera pas arrêté par la catastrophe finale. Après, on verra. Une chose à la fois. Eh bien! vieux, on vient d'interrompre la finale pour présenter des images du séjour de la reine d'Angleterre en Amérique du Nord. La plupart des vrais amateurs qui se terrent dans les petites villes du Sud ont été hâtivement mis au courant, ce matin, à l'émission de télévision *Good Morning America*, de la visite de la reine. Malgré toutes ces précautions, un immense cri (de douleur et d'étonnement mêlés) a traversé l'Amérique au moment où le match a été interrompu. L'irréparable venait d'être commis. Les hommes les plus puissants du monde ont été dérangés dans leur passe-temps favori. La voilà, la reine, en gros plan! Avec son visage poupin. La main gantée de blanc. L'incontournable chapeau fleuri. Cette douceur infiniment artificielle. C'est qui, celle-là? gronde un type du Nebraska qui n'avait pas écouté la télé ces derniers temps. On montre maintenant des images de la reine en train d'assister à un match de base-ball. La reine déclare que c'est la première fois qu'elle assiste à un match. L'Amérique a souri. C'était naïf, bon enfant, sympathique. Bien, la plaisanterie a assez duré. On revient au match. Un moment! On montre maintenant la reine en train de visiter un centre pour femmes battues. C'est quoi, ça? demande un type de l'Alabama. Et c'est ainsi que l'Amérique profonde apprend l'existence des femmes battues. De quoi se plaignent-elles? gueule un type du New Jersey. Est-ce qu'on revient au match, bordel! Soudain, une énorme femme noire vient envahir l'écran. Et la voilà qui se lance sur la reine de tous ses trois cent cinquante livres et l'embrasse sur les deux joues. Le temps reste suspendu un bon moment. Finalement, la reine sourit. «Mon nom est Gwendolyn, mais on m'appelle Dolly. – Moi, dit la reine nullement démontée, mon nom est Elizabeth et on m'appelle Lilibeth. » Le geste de Dolly à Lilibeth était si simplement humain que celle-ci n'a pu s'empêcher de ressentir une ondée de plaisir lui parcourir l'échine pour se transformer, au bout de sa course, en une jolie fleur : le sourire de la reine.

Le match a repris, mais le monde avait changé. Depuis la mort en direct de John Kennedy, on n'avait pas vu un truc pareil à la télé.

Embrassez-vous

C'est la folie! Tout le monde s'embrasse aux États-Unis. Une société où, il n'y a pas si longtemps, l'honnête poignée de main suffisait amplement. Dans les temps anciens, il était recommandé de tendre une main ouverte à toute personne rencontrée en public (étranger ou ami) pour bien montrer qu'on n'était pas armé. Bon, l'accolade était utilisée pour une fouille plus minutieuse (technique toujours employée par la mafia). Aujourd'hui, il faut serrer sur sa poitrine n'importe quelle connaissance qu'on n'a pas vue depuis plus d'une semaine, simplement pour lui montrer son affection. L'écrivain Scott Turow raconte qu'il n'a pu se résigner à laisser partir sans le serrer dans ses bras un homme qu'il n'avait rencontré que deux fois seulement. Maintenant, combien de minutes faut-il garder dans ses bras un ami qu'on n'a pas vu depuis des années? Et surtout, que penser de celui qui signale le premier la fin de l'embrassade? Le poids d'une amitié est donc évalué par cette balance. Bien sûr, il y a la double embrassade : on se retire pour mieux serrer de nouveau. Selon le *New York Times*, ce candidat a perdu les élections, dans cette petite ville qu'est Crystal City, au Missouri, quand il ne s'est pas levé de son fauteuil pour venir embrasser son professeur de musique de deuxième

Cette grenade dans la main du jeune Nègre...

année après que celle-ci eut fait un magnifique discours rappelant le gentil petit garçon qu'il était. Autrefois, c'était possible, mais plus maintenant, et Bill Bradley ne s'est pas montré à la hauteur du nouveau comportement américain. L'avenir est au candidat qui n'hésitera pas à embrasser, avec chaleur, quiconque se trouve sur son chemin. La bonne vieille poignée de main est considérée comme *out*. Toujours cette question des origines : D'où vient cette nouvelle manie si contagieuse ? Trois sources sont possibles : les baby-boomers, les immigrants italiens et Hollywood. Les bêtes noires de l'Amérique en matière de maladies sexuellement transmissibles. Naturellement, les années 60 sont visées. C'était l'époque où une certaine Amérique était en révolte contre la froideur des années 50. Contrairement aux pères qui ne touchaient leurs enfants qu'aux très grands moments, les fils, ceux de Woodstock, avaient pris l'habitude de s'embrasser sans raison. Et maintenant ces types ont cinquante ans et sont au pouvoir, ils ont donc gardé certaines vieilles habitudes du temps où Janis Joplin et Jimi Hendrix rendaient dingue l'Amérique. C'est ainsi qu'on peut voir deux hommes chauves, d'une cinquantaine d'années, s'embrasser comme des fillettes après la signature d'un juteux contrat, c'est-à-dire un contrat qui enrichira chacune des deux parties (il fut un temps où, pour s'enrichir, il fallait baiser l'autre, mais les baby-boomers, pour pouvoir s'embrasser, ont inventé le contrat qui enrichit tout le monde). C'est connu que les Italiens ne peuvent pas se contenter de se serrer la main, il leur faut s'embrasser au moins sur les joues (pas d'escalade : les Italiens ne sont pas des Russes. Les Russes s'embrassent à bouche que veux-tu. L'Amérique est encore loin d'une telle pratique, malgré la puissance du lobby gay). Et puis Hollywood, bien connue pour ses mœurs décadentes. Hollywood qu'Americana montre du doigt chaque fois qu'une pratique ambiguë pointe son nez au pays Hollywood qui s'efforce de changer son image à chaque remise des oscars. Chaque acteur, chaque compositeur, chaque producteur, chaque scénariste (le scénariste n'existe pas à Hollywood) chaque metteur en scène se fait un devoir de remercier Dieu avant toute chose, comme si ces gens faisaient partie d'une secte religieuse très stricte. Malgré tout, personne n'est dupe. Et, en plus, on a les féministes qui, dit-on, ont poussé les hommes à trop montrer leurs faiblesses. Ce qui fait que même les boxeurs poids lourds ou les lutteurs toujours furieux (c'est vrai qu'ils sont faits en caoutchouc) s'embrassent aussi avant la pesée. À quand le baiser russe? Ou, mieux encore, le baiser français (*French kiss*)?

Bienvenue au pays des naïfs

Regarde qui vient là! Un vieil ami d'enfance. On se jette dans les bras l'un de l'autre.

— Comment vas-tu, vieux?
— Bien. Et toi, François?
— En pleine forme (son expression favorite depuis l'adolescence). Qu'est-ce que tu fais?
— Un reportage sur l'Amérique.
— Ils me font rire, les Américains, dit une voix derrière moi.

Mon ami me le présente.

— Philippe. Il vient de descendre de l'avion. Un Français.

Philippe, très chaleureux, me serre la main. Et, comme tous les voyageurs, raconte sa première aventure.

— C'est magnifique, ce pays... Tu ne verras jamais ça en Europe!
— Quoi?
— L'agent d'immigration... Il a regardé attentivement mes papiers. Il m'a posé les questions d'usage, genre: Combien de temps vous restez ici? Qu'est-ce qui vous amène ici? Puis, brusquement: Êtes-vous membre d'un parti communiste? J'ai tout de suite dit non. Il ne pensait quand même pas que j'allais lui dire oui pour qu'il m'empêche d'entrer dans le pays! Il m'a regardé,

puis il m'a remis mon passeport. Bon Dieu ! Ils sont comme ça tout le temps ?

Il se met à rire. Tout seul.

— Comme quoi ? je demande.

— Il me pose une question et il se contente de ma réponse. Et si j'avais dit que j'étais membre d'un parti communiste ?

— Tu aurais eu quelque difficulté à passer. Il t'aurait refilé à un inspecteur qui t'aurait sûrement interrogé à fond. Cela t'aurait coûté plusieurs heures...

— J'ai dit non, et me voilà, lance-t-il, hilare. Vous ne trouvez pas ça étrange ?... Évidemment, vous vivez ici, vous n'avez pas assez de distance...

— Je crois, intervient François, qu'il est en train de dire que nous sommes aussi naïfs que les Américains...

— Non, non, non, proteste Philippe... Non, quand même...

— Donc, je dis, tu crois qu'ils sont naïfs... Écoute, mon ami, et ce sera ta première leçon dans ce pays... Si tu avais répondu oui, cela t'aurait coûté quelques heures d'interrogatoire. Mais finalement, les agents auraient été obligés de te laisser passer, vu que tu n'es pas affilié à un groupe terroriste... On t'aurait, dans le pire des cas, surveillé de façon discrète durant ton séjour... Parce que, en fait, ils ne peuvent pas te renvoyer à cause de tes opinions politiques. Tu es protégé par la Constitution américaine. Mais quand on dit non, on fait une affirmation, là, et si, par malheur, la moindre recherche montre que tu es membre d'un quelconque groupe d'obédience communiste, et tu verras qu'ils ratissent très large, eh bien, ils ont le pouvoir de te renvoyer dans ton pays tout de suite, parce que tu leur as menti. Donc, en mentant, tu leur évites une longue procédure. C'est pourquoi ils te font sentir que tu peux leur mentir facilement. Dis-toi qu'ils ont des filières si sophistiquées qu'ils peuvent, en quelques secondes, savoir beaucoup de choses sur toi, plus que ta mère n'en sait. Et ils sont très forts à ce jeu. Quand ils te posent la question, souvent, ils ont déjà l'information sur leur écran.

Sans commentaire !

Mythologies américaines

De la solitude

Des fois, on se trouve pris dans des conversations qui nous donnent l'impression très étrange d'être en train de rêver. Le côté spongieux du rêve. J'attendais l'autobus, à Tucson, quand cet homme est venu s'asseoir près de moi. Début soixantaine, un complet bleu trop petit, des ongles propres, des yeux rougis par l'alcool ou le manque de sommeil. Il reste un long moment à me regarder sans rien dire.

— On se connaît ? je demande.

Il me sourit. Ah, je vois, il s'attend à ce que je me souvienne de lui. Je le regarde plus attentivement. Son visage commence à me revenir.

— On ne s'est pas rencontrés à Harlem, par hasard ?

Il ne répond pas.

— C'est ça, chez le poète Quincy Troupe.

Quincy Troupe avait invité des amis pour me rencontrer. Il voulait me montrer une autre facette de l'Amérique. L'Amérique noire, comme il l'appelle. Il avait rassemblé des amis qui avaient un lien avec Haïti. Il entendait me prouver que les Américains n'étaient pas tous des égoïstes. Quincy Troupe s'intéresse à la peinture haïtienne. Il a bien connu le peintre Jacques Gabriel. Il y avait, ce soir-là, entre autres, le cinéaste Jonathan Demme, qui travaillait sur une anthologie de la musique haïtienne, et le comédien Danny Glover, qui semblait décidé à faire son film sur Toussaint Louverture et la révolte des esclaves en Haïti. Tous ces gens me parlaient avec beaucoup de sympathie. Ils semblaient pleins de compassion pour un pays ayant un passé si glorieux, qui ne finissait pas de s'enliser dans le sable mouvant de la dictature. Ses leaders corrompus s'étaient associés à une bourgeoise incapable et malhonnête, sous l'œil approbateur du gouvernement américain. Conversation d'intellectuels. Dans cet appartement amical, à Harlem, on m'entourait d'affection, ce soir-là. Pour ces gens, je représentais Haïti. Mais moi, je ne me suis jamais autant ennuyé dans une soirée. Cela ne m'intéressait aucunement d'entendre égrener, une fois de plus, le chapelet de la misère haïtienne. Je connais tous les détails de cette histoire. Mais quel rapport avec cet homme ? Accompagnait-il Jonathan Demme ? Peut-être que c'est un ami de Danny Glover ?

— Vous étiez avec Jonathan Demme ?

Il continue à sourire, sachant peut-être que j'approchais du mot de l'énigme. Ce sourire semble engageant. Il m'encourage donc à poursuivre.

— Je ne sais pas si vous êtes de mon avis, je continue, mais des fois, on a envie d'être quelqu'un d'autre. On a envie que les autres vous oublient. Et on ne veut plus de cette compassion de merde.

Il tourne complètement vers moi ce visage très grave qui m'impressionne tant. Je suis sûr que, ce soir-là, il m'avait compris. Il avait senti (avec une sensibilité si exacerbée) que leur « pitié » m'emmerdait.

— D'après vous, j'aurais dû leur dire la vérité, ce soir-là... Faire comprendre à ces intellectuels new-yorkais que je n'étais pas Haïti, qu'Haïti n'avait pas besoin de leurs larmes, ni moi d'ailleurs...

Il secoue tranquillement la tête sans perdre son fin sourire. Un sourire terriblement triste.

— Mon chat est mort ce matin...

— Quoi ?

— Mon chat est mort. Il est mort ce matin, à 6 h 42. J'avais besoin de le dire à quelqu'un.

L'autobus s'est arrêté. J'y suis monté. Il est resté assis sur le banc. Seul.

TREIZIÈME PARTIE

Le retour

Ce vieux singe de Bouba

Bouba! Cela fait quelque temps que je n'ai pas vu cette tête hirsute de vieux singe d'Amérique. La dernière chose que j'ai vue de lui, c'était son dos qui s'éloignait. Son long dos légèrement voûté. Il s'en allait vers le couchant. Un soleil drogué titubait encore au bout de la rue. J'étais avec cette jeune femme que je venais de rencontrer dans un bar, pas trop loin d'ici. Bouba continuait à marcher tranquillement dans la direction opposée, et la jeune femme s'accrochait de plus en plus à mon bras gauche, me demandant qui était ce type. Et le voici qui vient dans l'autre sens, vers moi. Comme si on ne s'était jamais quittés, comme si Bouba était parti acheter quelque chose, juste au coin de la rue, puis était revenu. Les manches de sa chemise pendant jusqu'à ses genoux. Bouba arrive, avec sa démarche d'oiseau migrateur, mal à l'aise au sol, esquivant mal adroitement les voitures, l'air de flotter presque. Il est bon de revoir cette tête de vieil ermite un peu toqué. Si heureusement hors du coup. Bouba marchant dans les rues en sifflotant, indifférent au temps, ignorant les autres, ne pensant même pas à lui-même, tel que je l'ai quitté. Ces dernières années m'ont passé dessus comme un train de marchandises.

Je me souviens de notre dernière vraie conversation. Selon lui, il ne fallait en aucun cas me dérober à mes devoirs : boire du bon vin en quantité, sauter les plus séduisantes jeunes filles blondes (celles qu'on voit généralement sur les couvertures des magazines de mode), aller au théâtre, faire du cinéma, donner mon opinion sur tous les sujets du jour, me mêler à la jeunesse dorée de cette riche Amérique.

— C'est bien pour ça que tu as tant travaillé, vieux.

Au moment de franchir la porte, je me suis retourné pour voir une mince lueur de malice au coin des yeux de Bouba. J'ai doucement fermé la porte pour me retrouver sur le trottoir, mon manuscrit sous le bras.

Et me voilà ici. Il n'y a aucune honte à revenir quand c'est pour sauver sa peau. Je n'insisterai pas là-dessus. Pour l'instant, ce qui m'intéresse, c'est la danse de Bouba à travers les voitures qui n'arrêtent pas de klaxonner devant ce Nègre perdu dans la grande ville avec ses longues mains de mandarin. Chaque jour, il insuffle une énergie nouvelle à la ville. Il s'en occupe comme personne, tout simplement parce qu'il est vivant, plus vivant que tous ces gens apparemment pleins d'énergie, mais qui ne font que rendre la ville plus dingue chaque matin. Bouba est le cœur battant de cette foutue ville, et celle-ci ne le sait même pas. Elle ne le saurait que si le cœur arrêtait de battre. Pour l'instant, il vient de m'apercevoir. Il s'avance vers moi sans changer son allure, mais un œil averti percevrait aisément de légers frémissements au niveau du fémur, une petite contraction à l'estomac et un infime fléchissement des reins. Tout cela entraîne un mouvement très doux vers le bas, comme si tout le corps était en chute libre pendant une dizaine de secondes. L'élan qu'il se donne pour remonter à la surface le fait ressembler à ce minuscule joueur de basket-ball qui m'avait ébloui un après-midi, à Brooklyn. Arrivé à une dizaine de mètres à peine de moi, il lance violemment ses bras maigres en avant. Une voiture passe en accélérant brutalement. Bouba rentre son torse tout en se tenant en équilibre sur la pointe des pieds. On dirait Noureev dansant en pleine rue. Un Noureev qui se foutrait un peu des règles sociales. Un Noureev vivant, crachant la vie (le jeune homme affamé qui arrivait de Russie), et non ce pauvre diable faisant des entrechats uniquement pour des bourgeois soufflant et ronflant dans tous les fauteuils confortables de l'Occident. Notre Noureev a le corps couvert de cicatrices, car il risque gratuitement sa peau dans la rue. La seule scène dangereuse. Une autre voiture passe rapidement, aspirant l'air chaud du début de l'après-midi. Bouba perd l'équilibre, laisse tomber son sac de provisions pour tenter d'empêcher une chute inévitable. Les pommes de terre roulent sur l'asphalte brûlant. Le bruit mat des roues écrasant les légumes. Certaines voitures essaient d'esquiver les paquets de carottes bien ficelés, les aubergines et les laitues roulant sous les bagnoles. Bouba jette un regard derrière lui avant de se lancer dans mes bras. Les voitures continuent de filer. Tous ces gens courent, en fait, vers un cinq à sept où ils vont se soûler avant de rentrer chez eux. L'enfer conjugal. Je sens le souffle de Bouba dans mon cou. Ce corps d'homme que je tiens dans mes bras. Cette euphorie qui conduit à la plus délicieuse griserie : être avec le seul type qu'on a envie de voir dans cette Amérique. La longue respiration. Les arbres, les maisons, les voitures, la rue, tout cela n'est qu'un immense décor construit uniquement pour nos retrouvailles. Bouba est là. On peut donc briser le décor.

Le long rire de Bouba dans la nuit

Bouba est assis dans le noir depuis un certain temps. En arrivant, j'ai reconnu cette forme sur le vieux divan. Les yeux grands ouverts, tel un vieux bonze. Le vent s'engouffre dans la pièce. L'air du soir est assez frais. Je m'installe près de la fenêtre.

Des gens passent sous mes yeux. Un enfant court derrière un ballon jaune. Un vieux couple. Une voiture file à toute allure. C'est ça, la vie. Des rythmes différents.

— Je me sens bien.
— Bien.
— Ça fait longtemps que je n'ai pas fait ça.
— Quoi ?
— Juste m'asseoir près d'une fenêtre.
— Je peux comprendre ça.

Je ne suis plus le type qui passe dans la rue. Je suis celui qui regarde passer les autres. J'avais bien besoin de ça. Une trêve.

— Comment ça a été ? me demande brusquement Bouba.
— Quoi ?
— Le succès.
— Bien.
— L'échec, c'est encore mieux, rigole Bouba dans la pénombre.

Bouba remonte ses jambes vers son torse dans sa position favorite. Le fœtus. Cette forme sphérique devient une masse plus dense que la Terre. Bouba pareil à un animal ancien. Tapi dans l'ombre. Sans jamais bouger. Ignorant le temps et l'ordre des choses.

Une sirène d'ambulance. Quelqu'un s'en va. L'Occident refuse la mort. On essaie de tenir. On fait des trucs pour combattre l'ennui. La guerre, le travail, les voyages, le succès, l'échec, les combines, la mafia, les rendez-vous importants, les voitures, la télé, le pouvoir, l'argent, les découvertes scientifiques, la littérature, le cinéma, le ski, enfin tout ce qu'il y a dans la boîte à surprises de la vie américaine.

— Qu'est-ce qui reste, Bouba ?

Alors le long rire de Bouba secoue la chambre. Le rire d'un dieu dansant. Le vrai chant de l'homme.

La déesse aux yeux rouges

On frappe à la porte.
— Salut !
Erzulie marche de long en large dans la chambre. Une pénombre douce. Bouba sur le divan en train de boire tranquillement son thé de Shanghai.
— Qu'est-ce que tu fous ? me demande-t-elle brusquement.
— Rien... Je termine un papier pour un magazine américain.
Elle me jette un regard soupçonneux.
— Et qu'est-ce que tu racontes ?
— Oh ! c'est un truc assez vague sur l'Amérique... Une sorte de portrait... En fait, c'est plutôt mon portrait.
— Et qu'est-ce que je fais là-dedans ?
— Rien. Pourquoi ?
— Tu m'avais promis de m'écrire quelque chose
— Je ne t'ai rien promis... Je ne peux même pas me promettre quelque chose à moi-même.
— Je ne parle pas de toi.
Elle me regarde droit dans les yeux.
— Tu fais un beau salaud, tu sais.
— Écoute, on ne va pas recommencer ça... Je ne te connais pas assez... Je ne connais pas tes habitudes, tes secrets, ta vision de la vie, ton type d'homme, ta façon de dormir, tes rêves, tes désirs...
Elle commence à se déshabiller lentement. C'est une véritable manie chez elle.
— Si c'est ça que tu voulais, tu n'avais qu'à le dire... Pourquoi tout ce baratin ?... Attends un moment et tu auras toutes les informations que tu désires.
Honnêtement, je ne crois pas avoir déjà vu de plus beaux seins.
— Tu me donnes, je te donne..

Oh! Dieu du Très-Haut, quel ventre!
— Je ne parlais pas de ça, finis-je par articuler.
Elle est déjà nue, une vraie déesse de feu. Tout est bon et il n'y a rien à jeter. Elle va me mettre en pièces.
On entend un léger toussotement. Elle se retourne et remarque Bouba sur le divan.
— Qu'est-ce qu'il fait là, lui? crache-t-elle.
— C'est Bouba. Il est chez lui.
— Qu'est-ce que ça peut me foutre! Il ne peut pas comprendre qu'il faut qu'il dégage, cela paraît évident, pourtant...
Sourire placide de Bouba.
— Qu'est-ce qu'il a? Il est idiot?
— Je ne pense pas.
Sourire plus large de Bouba.
— Il ne voit pas qu'on est occupés?... C'est un voyeur alors! Je déteste les pervers.
— Bouba ne te voit même pas.
— Un pédé! J'aurais dû le sentir que vous étiez pédés!
— C'est tout simplement un homme assis chez lui.
Elle se rhabille avec rage avant de se jeter littéralement dans l'escalier.

Le scribe du roi

Bouba est parti faire son marché. Je reste seul à la fenêtre. Mon unique activité ces jours-ci: regarder les gens passer dans la rue. Je les connais presque tous maintenant. Ce petit garçon qui traverse la rue avec un long pain sous le bras habite à trois maisons d'ici. Cette fillette est une prostituée. Je l'ai déjà vue dans le Red Light. L'Amérique envoie ses plus jeunes soldats au front. C'est généralement signe que la guerre tire à sa fin. On

Cette grenade dans la main du jeune Nègre...

n'a même pas pris la peine de sonner. Quelqu'un est en train de défoncer la porte. J'ouvre. Je tombe nez à nez sur le chauffeur de taxi nigérien.

— Je passais dans le coin et je t'ai vu à la fenêtre.

Il s'assoit dans le fauteuil de Baldwin, me regarde fixement sans dire un mot, puis se relève. Faut qu'il bouge sans arrêt. Cet homme ne peut pas rester dix secondes sans bouger. Pourquoi a-t-il choisi un métier qui le garde enfermé dans un taxi toute la sainte journée? Ce n'est peut-être pas son choix. Si on ne bouge pas dans un taxi, le paysage, lui, change constamment. Les gens aussi. Mais lui et son discours ne changent pas. Toujours survolté dans son costume des surplus de l'armée. On s'attend à ce qu'il sorte une grenade d'une de ses profondes poches. Subitement, il jette sur la table un gros paquet bien ficelé.

— C'est quoi, ça?

Il ne répond pas.

— Que veux-tu que je fasse de ce paquet?

Son visage ne change pas. Je m'approche de la table pour y jeter un coup d'œil. C'est un roman historique. J'aurais dû m'en douter. Ça doit faire plus de mille pages, tantôt tapées à la machine, tantôt écrites à la main, avec de larges taches de graisse un peu partout! Toutes les odeurs possibles m'arrivent en plein nez. Il a dû écrire ce bouquin tout en mangeant. On ne saura jamais assez l'importance du spaghetti dans la littérature nègre. Je me tourne vers le Nigérien. Il dort, la gueule ouverte, crevé. J'essaie tant bien que mal de comprendre quelque chose dans ce galimatias. Il s'agit, si je ne m'abuse, de l'histoire du dernier royaume africain alors au sommet de sa gloire, c'est-à-dire avant l'arrivée «des démons blancs», c'est ainsi qu'il les appelle tout au long du livre. L'harmonie la plus parfaite régnait en ce temps-là sur tout le territoire du royaume. L'auteur prend un soin particulier à décrire chaque maison, chaque plante, chaque costume des habitants. Ça n'a pas de fin. Tout est parfait. Ce n'est que dans les derniers chapitres que «la laideur» et «le mal» font leur apparition dans le royaume, avec l'arrivée «des chiens blancs».

Alors, l'auteur délaisse le ton très lyrique des deux premiers tiers du livre pour adopter un style plus direct, proche du pamphlet. Il entre dans une folle colère vers la fin du récit. Et les insultes fusent de ses lèvres. Il n'a pas de mots assez durs pour fustiger ces chiens d'Occidentaux. Et ça tombe! Des pans entiers du livre. Quelle engueulade! Inlassablement, il continue à cracher son venin au visage du Blanc. Et c'est aussi la meilleure partie du livre. Il est maintenant lui-même, le type enragé qui m'a pris dernièrement dans son taxi. Il a laissé tomber toute prétention scientifique. C'est un homme enragé. Il n'accepte pas que ces barbares viennent détruire un royaume si bien établi, une cour si brillante. Il est déchaîné. Rien ne peut l'arrêter. Pas même les règles les plus élémentaires du roman, règles auxquelles il s'est plié de bonne grâce depuis le début du livre. Jusqu'à l'arrivée des Blancs. Maintenant, c'est la guerre. Il n'y a plus de règles. L'armée du roi semble en pleine déroute. Le roi lui-même est en grand danger. Cette bataille historique raconte la chute du dernier royaume africain. Le roi est cerné de toutes parts. Il se réfugie dans ses appartements privés, entouré de sa garde personnelle. C'est la fin. Mais qui vois-je? C'est notre chauffeur de taxi. Le voilà qui entre lui-même dans le roman durant cette dernière bataille. Un officier blanc s'apprête à mettre le feu autour de la pièce pour forcer le roi, selon la légende, à quitter sa chambre. L'auteur arrête le bras de l'incendiaire tout en lui brûlant la cervelle avec un Magnum 357. Le regard étonné de l'officier ne passera pas inaperçu aux yeux d'un éventuel historien. D'où vient ce guerrier curieusement habillé et si dangereusement armé? À partir de ce moment, la bataille prend une autre tournure et un autre rythme. Le Nigérien distribue généreusement des mitraillettes, des Magnum 357 et même des lance-flammes à ces guerriers mandingues un peu surpris par ce retournement de la situation. Qui est ce guerrier inconnu? se demande-t-on autour du roi. Ogou, bien sûr, Ogou, le dieu du Feu. Ogou est avec nous, alors exterminons ces chiens blancs. L'armée du roi a poursuivi les chiens blancs jusqu'à la mer. C'est ainsi, conclut imperturbablement le Nigérien, que les vrais historiens patriotes devraient écrire l'histoire. Fini le temps de l'historien impartial qui regarde se dérouler les événements sans bouger et qui assiste à l'extermination de son peuple sans lever le petit doigt. L'auteur continue lui à ronfler, la tête appuyée contre la table. Que fait le scribe du roi dans l'enfer américain? Il apporte la bonne nouvelle d'un royaume libre et d'un roi indompté.

Le roi était une reine

La porte s'ouvre brutalement. C'est, à ce qu'il me semble, la seule manière d'entrer ici. Erzulie s'avance vers moi.
— As-tu fini?
— Fini quoi?
— Merde! As-tu fini d'écrire mon rôle?
— Encore! C'est une persécution!
— C'est quoi, ça? me demande Erzulie en regardant l'épais manuscrit.
— C'est à lui... Je n'ai rien écrit.
Erzulie se jette sur moi pour m'arracher le manuscrit du Nigérien. J'essaie d'éviter ses griffes. Elle finit par me prendre des mains le manuscrit, qu'elle lance à travers la pièce. Bruit d'ailes. Le Nigérien se réveille.
— Qu'est-ce qui se passe? demande-t-il encore groggy.
Ses yeux s'ouvrent grands comme des soucoupes. Il vient de comprendre. Rire hystérique d'Erzulie. Le Nigérien court partout pour tenter de rattraper les pages qui continuent à atterrir dans tous les coins de la pièce. Par la fenêtre encore ouverte, un feuillet, libre, s'envole vers le ciel. Le Nigérien s'apprête à s'élancer à sa poursuite. Je le retiens par la taille. Erzulie se roule par

terre. Son rire aigu n'en finit plus. Le Nigérien dévale l'escalier et court récupérer sa feuille de papier pratiquement sous les roues d'un camion. Erzulie se relève. Elle se précipite vers les toilettes. Le Nigérien revient, essoufflé, mais le visage radieux. Il s'assoit à nouveau dans le fauteuil de Baldwin.

Erzulie arrive nue des toilettes. Que représente la nudité pour elle? Peut-être rien.

— Qu'est-ce que vous complotez contre moi?

Tous mes sens sont en alerte. Ce léger duvet à l'entrecuisse. Le Nigérien paraît insensible à ce genre d'argument.

— T'écris quoi? dit Erzulie en s'approchant doucement du Nigérien.

Le Nigérien cache précipitamment son manuscrit sous ses aisselles.

— C'est privé.

— Je ne connais pas ce mot, lance Erzulie.

En effet.

— Fais voir, crache-t-elle comme une tigresse.

— Non.

Le Nigérien a un mouvement de recul. On dirait un animal qui protège son petit. Le pubis d'Erzulie se trouve à la hauteur de la bouche du Nigérien. À la bonne place, frère.

— Donne.

Le Nigérien résiste.

Erzulie s'approche encore un peu de lui. Les poils du pubis frôlent les lèvres du Nigérien. Silence. Un rayon de soleil coupe la page en deux. Duel interminable. Le Nigérien regarde Erzulie droit dans les yeux. Finalement, elle s'assoit sur lui.

— Raconte ton histoire.

— C'est long, balbutie le Nigérien.

— J'ai tout mon temps, rétorque Erzulie.

Je sors prendre l'air, connaissant déjà la chronique du royaume interdit.

Dans l'escalier, j'entends le rugissement d'Erzulie:

— Merde! C'est pas un roi, c'est une reine.

Cette grenade dans la main du jeune Nègre...

Je ne suis plus un écrivain nègre

La jeune fille m'aborde, de nouveau, en pleine rue.
— Écrivez-vous toujours ?
— Un peu...
— Est-ce suffisant ?
— Non, parce qu'il faut écrire beaucoup pour pouvoir en garder un peu.
— Là, me dit-elle avec un sourire triste, il ne doit vous rester presque rien.
— Oh, un portrait de Baldwin, quelques scènes brèves, des rencontres dans des bars un peu partout, des bouts de dialogues...
— Pas plus !
— Non.
— Qu'est-ce que vous pouvez faire ?
— Rien.
— Vous me sembliez plus enthousiaste la première fois qu'on s'est rencontrés.
— Je n'avais encore rien écrit. Écrire, c'est comme faire l'amour, le meilleur moment, c'est avant.
— Jamais pendant ?
— Quelquefois. Un matin, comme ça...
— Pourquoi un matin ?
— Parce que je suis du matin. Il faut choisir. Comme je fais l'amour le soir, j'écris le matin.
Elle éclate de rire.
— Vous êtes comme ça ?
— De qui parlez-vous ?
— Vous, les écrivains, dit-elle avec un quart de sourire.
— Je ne sais pas... Je ne les fréquente pas.
— Je croyais que vous étiez toujours en bande.
— Quand j'ai commencé à écrire, je me suis promis deux choses. Une : de ne jamais chercher à imposer mes trucs à

personne. Je déteste les gens qui vous invitent à prendre un verre chez eux et qui se mettent, un quart d'heure plus tard, à vous lire un roman complet.

— Et vous n'avez jamais fait ça ? demande-t-elle d'un air sceptique.

— Non.

— C'est pourtant ce que vous faites avec le lecteur.

— Ce n'est pas la même chose. Le lecteur a dépensé son argent pour acheter un livre qu'il lira quand il le voudra.

— Le lecteur est libre, d'après vous ?

— Oui.

— Le drogué aussi achète librement sa dose de cocaïne, lance-t-elle sur un ton légèrement sarcastique.

— La lecture n'est pas illégale.

Une seconde d'hésitation.

— D'accord... Et la deuxième chose ?

— De ne jamais faire partie d'un groupe quelconque. C'est généralement une perte de temps.

— C'est tout ce que j'aime, moi ! Voir les écrivains dans les cafés, les regarder en train de discuter de leurs romans ou de lire leurs poèmes à haute voix tout en buvant jusqu'au petit matin.

— C'est joli, mais ce n'est pas là qu'on écrit. Remarquez, les gens font ce qu'ils veulent. Les rares fois que j'ai été dans des soirées pareilles, je n'ai vu que des nœuds de vipères. La haine, l'envie, la jalousie se mélangent assez bien au vin et aux rires.

— Qu'est-ce qui s'est passé pour que vous soyez si noir ?

Elle porte immédiatement sa main à sa bouche, comme un enfant qui vient de lancer une vérité qu'il avait promis de ne pas révéler.

— Je ne suis pas plus noir qu'un autre... J'essaie de voir les choses telles qu'elles sont.

— Et c'est comment ?

Un quart de seconde.

— C'est noir.

Elle se met à rire franchement.

Cette grenade dans la main du jeune Nègre...

— Je préfère quand vous retrouvez votre humour.

— Vous préférez me voir mentir. C'est à ça que sert l'humour en définitive, à cacher sa souffrance.

— Seigneur! Vous commencez à vous prendre au sérieux.

— Je crois qu'il y a un moment où un type doit dire ce qu'il a dans le ventre.

Elle me touche légèrement le ventre, geste qu'elle ne se serait jamais permis si je n'avais pas pris un ton si mélodramatique.

— Et qu'est-ce qu'il y a là-dedans?

— Rien, justement!

— Vous n'exagérez pas un peu?

— Je me croyais traversé par une vraie colère... Je pensais que tout ça m'habitait au plus profond de moi-même.

Elle a ce regard un peu flou.

— «Tout ça» quoi?

— Je ne sais pas, la haine du racisme, de la bêtise, de l'intolérance... Enfin, tout ce qui forme l'humus de notre époque... Sûrement de toutes les époques... Vous voyez ce que je veux dire...

— Et alors?

— C'étaient des mots. Je suis totalement insensible au sort des Noirs, comme au sort de quiconque d'ailleurs.

Un rire légèrement ironique.

— Voilà ce que ça fait de rester seul trop longtemps et de ne pas fréquenter ses contemporains. Sinon, vous sauriez que la majorité des gens sont dans cette situation.

Je la regarde droit dans les yeux.

— Je sais bien qu'ils sont comme ça.

— Et puis?

— Dans ma vanité personnelle, je me croyais différent, c'est tout.

— Qu'est-ce qui vous le faisait croire?

— J'avais le projet grandiose de me faire détester autant par les Noirs que par les Blancs.

— Uniquement pour attirer l'attention sur vous.

— Ne croyez pas cela. Je voulais faire quelque chose de différent des autres...

— Oui, mais...

— Presque tous les écrivains que je lis défendent une cause, une race, une couleur, une religion, une communauté, un pays... Ils sont toujours au garde-à-vous en quelque sorte. Je voulais sortir des rangs.

— Ce n'est pas en écrivant *Comment faire l'amour avec un Nègre sans se fatiguer* que vous comptiez sortir de la question raciale ? dit-elle avec un rire de gorge.

— Vous ne m'avez pas compris... Je n'ai pas dit que je ne voulais pas aborder la question raciale, mais je rêvais de l'aborder en esquivant la propagande. Dire le mot Nègre si souvent qu'il devienne familier et perde tout son soufre... Me vautrer là-dedans, me rouler dans le racisme, devenir en quelque sorte Le Nègre comme le Christ a été L'Homme.

Un grand rire moqueur.

— Excusez-moi, dit-elle sans arrêter pour autant de rire, je n'ai pu m'empêcher... Vous vous comparez au Christ... Êtes-vous sérieux ?

— Tout écrivain est un peu le concurrent du Christ, ou du moins son collègue. L'idée de se faire homme pour comprendre les hommes, de souffrir ce qu'ils souffrent pour comprendre la souffrance, de connaître la chair pour comprendre les lances pointues du désir, de mourir, enfin, pour comprendre la mort, et de ressusciter le troisième jour tout simplement parce qu'on est le Créateur et que tout cela n'est qu'un jeu après tout, un jeu grave, bien sûr, eh bien ! cette idée n'est pas loin du roman.

Elle semble réfléchir un moment, avant de murmurer :

— On devrait être capable de faire jeter en prison les gens pour certaines métaphores... Le Christ, un romancier, j'aurai tout entendu... Je sais que c'est à la mode, ce genre de plaisanterie, mais moi, je trouve ça insupportable...

— Faut pas prendre ça trop au sérieux, tout de même...

Elle éclate.

— Vous vous comparez au Christ, vous voulez être Le Nègre comme s'il n'y avait pas d'autres écrivains noirs avant vous. Vous pensez souffrir toutes les douleurs du monde parce que vous n'arrivez pas à enfiler les mots comme vous voulez et vous me dites tranquillement de ne pas prendre ça au sérieux... J'aimerais savoir qui vous êtes.

— Je sais ce que je ne suis plus.

— C'est déjà quelque chose...

— Je ne suis plus un écrivain nègre.

Un temps. Elle sourit légèrement.

— Vous n'êtes plus un écrivain nègre ? me demande-t-elle d'un air mi-amusé, mi-étonné.

— Non.

— Vous renoncez à devenir le plus grand écrivain nègre ?

— Oui.

— Qu'est-ce qui reste ?

— Le repos.

— Le repos du guerrier, ajoute-t-elle sans changer de ton.

— C'est bien ça.

— Alors bonne chance, dit-elle en m'embrassant sur la joue gauche.

Elle tourne au coin de la rue. Je reste un moment planté sur le trottoir. C'est incroyable, on passe son temps à courir, à faire des choses sans y penser, à croire que le temps nous appartient pour toujours, et puis un jour, comme ça, sur le coin d'une rue, on a la plus importante conversation de sa vie avec quelqu'un dont on ignore même le nom.

— Merde !

Je me lance derrière elle. Je la rattrape près du cinéma Saint-Louis.

— Excusez-moi... Je n'ai pas pensé à vous demander votre nom...

Elle se retourne. C'est quelqu'un d'autre. Une autre fille, tout aussi élancée, avec des cheveux noirs, des yeux liquides et un visage assez régulier. Avec ce même air languide qui fait qu'on se demande si elle est triste ou timide. À mon avis, ni l'un ni l'autre. Il y en a des millions comme elle en Amérique.

De retour dans la baignoire

L'eau tiède jusqu'au cou. Je médite longuement sur les derniers vers de *Feuilles d'herbe*.
Tes trilles hurlés que répercutent rocs et collines
Se lancent par-delà l'immensité des prairies, par-dessus les lacs,
Vers les libres cieux, – Liberté, Joie et Vigueur!
J'entends les pas de Sonia. Elle arrive dans une robe rouge. Comme une petite fiancée de province.
— Tu es de retour?
— Je n'ai pas quitté cette baignoire.
Elle rit.
— Moi, j'étais à la baie James.
— Ton mari?
— Oui.
— Comment ça va?
— Il va rester là encore un moment, je crois. On a besoin d'argent. Dès qu'il reviendra, on ira vivre en Gaspésie. J'ai déjà repéré la maison qu'on achètera. Près de la mer. Juste en face du rocher Percé. Et toi?
— Oh moi, je ne sais pas...
— Vas-tu encore voyager?
— Peut-être.
— Je peux te poser une question?
— Du moment que ce n'est pas sur l'identité...
Elle sourit.
— J'ai bien peur que oui.
— D'accord, mais c'est la dernière fois.

Cette grenade dans la main du jeune Nègre...

Un rire gêné.
— J'aimerais savoir ce que ça fait de ne pas vivre dans son pays?
— Mais je suis chez moi partout en Amérique.

Feu sur l'Amérique

Je regarde par la fenêtre.
Le voilà qui arrive, au loin, presque en dansant dans ses tennis Reebok (gracieux mouvement sautillant du ghetto), avec un béret vert et jaune vaguement posé sur sa tête, à la manière des rastas jamaïcains. Le bras droit bouge suivant le rythme du reste du corps. Visage souriant, détendu même, qui contraste avec le torse un peu contracté et les jambes graciles légèrement fléchies. Un jeune animal qui s'apprête à bondir ou à lancer quelque chose. Ce truc vert qu'il tient dans sa main, est-ce une arme ou un fruit?

Le zoo Kama-sutra

*Et j'ai vu une bête sauvage montée
de la mer avec dix cornes et sept têtes,
et sur ses cornes dix diadèmes et sur ses têtes
des noms blasphématoires.*

Apocalypse

La Bombe par elle-même

On a dit tant de mal de la Bombe qu'on va finir par croire qu'elle est uniquement dangereuse. Ses adversaires ont pourtant laissé de côté son aspect le plus explosif : la charge sexuelle qu'elle concentre en elle. Ses milliards d'atomes crochus. L'idée qu'à n'importe quel moment, tout cela pourrait sauter ne devrait-elle pas nous pousser à une orgie sans fin ? À vouloir grimper sur le premier venu ? Il suffit d'y réfléchir un instant. De penser à Rita. Qui sont ceux qui ont quelque chose à perdre dans une explosion finale ? Pas vous. Ni moi. Alors, dansons ! La danse au-dessus du volcan. Birth, Copulation and Death.

Un dimanche à Outremont

C'est arrivé, un dimanche, au parc Outremont. Un dimanche matin. Disons un dimanche légèrement pluvieux. Herbe folle mouillée. C'est un petit parc très coquet, à l'angle sud-ouest des rues Bernard et Querbes. Il y a une étendue d'eau miniature, un petit pont surplombant le lac, un jardin, un parc réservé aux enfants et aux chiens, des terrains de tennis et, sur l'autre versant, une bâtisse blanche comme le Taj Mahal.

J'aime marcher dans ce parc. Au gré de mon rythme. Je me laisse aller à suivre mes souliers. JE MARCHE. Rien d'autre. Tout entier dans chacun de mes pas. Comme font les vieux maîtres zen. Je fais, généralement, le parcours tout en grignotant des bagels de chez Himie enveloppés dans l'édition du dimanche du journal de McGill.

Ce dimanche, j'ai emprunté assez vivement le pont en arc pour glisser, corps et âme, vers le petit lac en serpentin. À partir de là, je fais immanquablement le même périmètre qui aboutit devant le petit jardin, près de la chute. Il pleut. Une pluie si fine qu'on dirait de l'oxygène liquide. On n'arrive à percevoir les gouttelettes qu'en observant les myriades d'aiguilles microscopiques qui semblent vouloir transpercer la surface de l'eau.

Les canards adorent être dans l'eau quand il pleut.

Mythologies américaines

> Le fond de l'eau,
> je l'ai vu, dit
> le visage du caneton.
> JÔGO

J'avais pris un des appareils photographiques de Hoki. Un Contax 139. Un bel objet noir, sensuel et compact. J'ai fait des photos. Trois clichés.

Clic. Une bag-lady.

Clic. Un homme de 70-75 ans, très élégant, buste droit, canne, dans le genre de Kees van Dongen.

Clic. Deux dames, style Outremont classique.

Je suis assis sur un banc du parc, en face du terrain de tennis. Deux couples en train de faire un double mixte. On dirait des images de *Harper's*. La jeune femme la plus près de moi ressemble à Shirley MacLaine (en plus grassouillette). L'autre est le parfait sosie de Geneviève Bujold. Bref, on est prévenu : toutes les filles d'Outremont ont le minois de Geneviève Bujold.

Bon, les hommes font penser plutôt à de jeunes cadres-dynamiques-de-droite-un-peu-décontractés. En gros, il n'y a rien à dire d'eux.

Shirley : 35/38 ans.

Bujold : 40/42 ans.

Les deux types ont carrément quarante ans.

Leur jeu est assez identique. Ils mélangent les mêmes ingrédients. Fair-play, compétition, punch et décontraction. Bujold semble plus proche d'une ancienne pro. Son revers assez nerveux, dans le style de Goolagong.

Le tennis est, peut-être, le jeu le plus sensuel qui soit, à cause de la jupette des femmes. Mélange d'effort, de grâce et de jambes.

Photographier est l'acte sexuel par excellence. Les Japonais le savent. J'avais pris un Contax. C'est un objet dessiné par Porsche et conçu par Carl Zeiss. J'aimerais être un de ces objets entre les mains de Hoki.

Deux clichés.
Clic! Bujold au service (genou légèrement fléchi, profil tendu, dos arqué).
Clic! La balle en l'air et la jupette de Shirley aussi (cuisses lisses, rondes et longues).

Je regardais la partie de tennis et ça m'a détendu. La symétrie du jeu. Deux partenaires de sexes opposés de chaque côté. La balle par-dessus le filet. Toc toc. Toc toc toc. Toc toc.
J'ai fermé les yeux.
TOC TOC TOC TOC TOC TOC TOC TOC TOC TOC TOC TOC TOC TOC TOC TOC TOC TOC TOC toc toc toc toc toc toc toc toc toc...

J'ai ouvert les yeux. Elle était là. 12/13 ans. Un corps de nymphette. Lolita. Je la regardais derrière la grille verte contournant le périmètre du terrain.

>Cage naturelle
>pour les fauvettes :
>le bosquet de bambous.
>MOICHI

La pluie avait cessé. Des hydroglisseurs sur l'eau. Lolita ruisselante dans sa jupette. Lolita voltigeant derrière la balle. Lolita se retournant brusquement sous l'effet d'une piqûre de moustique. Lolita en plein rire. Lolita secouant sa tignasse. Lolita boudant. Lolita en plein élan. Lolita, les yeux rieurs. Lolita espiègle. Lolita, mauvais caractère. Lolita s'esclaffant. Lolita épanouie. Lolita traînant la raquette. Lolita dingue. Lolita femme-enfant. Lolita assise sur le banc. Lolita bavardant avec Bujold. Lolita, une serviette autour des hanches. Lolita sifflotant. Lolita vue de dos. Lolita vue de profil. Lolita vue de face. Lolita en pleine concentration. Lolita pointue. Lolita détendue. Lolita heureuse. Lolita malheureuse. Lolita vue de trois quarts. Lolita libre. Lolita attaquant la balle. Lolita vulgaire. Lolita *smashant*. Lolita au revers. Lolita maladroite. Lolita bras dessus bras dessous avec Shirley (peut-être sa mère). Lolita buvant, à même le goulot, de l'eau minérale. La langue rouge de Lolita. Lolita distraite. Lolita, les jambes en l'air. Lolita recueillie. Lolita aux 44 poses. LOLITA DANS LA CHAMBRE NOIRE.

Manhattan kosher

Kero, une amie de Hoki (décidément, cette fille est en cheville avec la planète entière), avait invité le romancier Norman Mailer à venir prendre le thé dans son appartement, à Manhattan. Mailer est arrivé avec sa fille, Gloria, et Myriam Rosenberg. Gloria et Myriam ont passé leur enfance dans le quartier juif de Brooklyn.

Gloria et Myriam étaient deux petites filles identiques sur la photo de leur bar-mitsva avant que Gloria ne devienne, à Manhattan, cette pulpeuse beauté cashère.

Myriam habite encore dans le même quartier et elle n'est pas ce qu'on pourrait appeler une tornade sensuelle. En fait, elle ne casse rien, mais c'est l'amie d'enfance de Gloria Mailer.

Kero a tout de suite apporté les ustensiles qu'elle a disposés dans un coin de la pièce. Kero s'affaire ainsi, pieds nus, dans un kimono à grands motifs de bambou.

Nous sommes assis, à l'orientale, sur de minuscules coussins de soie jaune.

Norman Mailer s'intéresse vivement aux ustensiles. Il palpe chaque objet en s'inquiétant de sa patine, de son histoire, de son nom japonais et de son usage. Kero répond chaque fois en donnant de plus en plus de détails. Autant Hoki veut oublier ce qui s'est passé là-bas, autant Kero voue un culte à la mémoire. Tout ce qui est japonais est sacré. Elle veut faire prendre conscience

Mythologies américaines

à chaque Américain de la bêtise d'Hiroshima. Cette danse du ventre, c'est dans l'espoir que Norman Mailer écrive, un jour, un roman sur le Japon.

Kero est née à Londres où ses parents vivent encore. Elle suit de vagues cours d'art dramatique à New York. En réalité, elle est ici pour faire réparer LA faute. L'Amérique doit une excuse au Japon.

Kero est très dure. Elle est mince, souple et féroce. Avec des yeux terribles. Faire l'amour avec Kero, c'est faire l'amour avec un samouraï dans un corps de geisha. LA CHAMBRE DES MILLE DOULEURS EXQUISES. Elle, sado. Moi, maso.

La fenêtre sur Central Park est notre unique source de lumière. Gloria Mailer en est inondée. Sa chevelure auburn, lourde, exhale un parfum de propreté et de fraîcheur. Avec ses formes coincées dans sa robe jaune et verte qui transpire un érotisme humide, impudique.

Kero, sans bouger le torse, touche chaque objet avec une baguette de bambou. Elle les nomme d'une voix neutre :

Kensui : jarre à eaux résiduaires.

Hishaku : cuillère à eau.

Futaoki : reposoir pour couvercle de bouilloire.

Kobukusa : petite serviette en soie.

Sensu : éventail.

Fukusa basami : sac à main.

Chawan : bol à thé.

Chashaku : cuillère à thé en bambou.

Chakin : serviette à thé en toile.

Natsume : boîte à thé.

Chasen : fouet en bambou.

Mizusaki : jarre d'eau froide.

Shikiita : support en tuile pour le brasero.

Furo : brasero.

Okama : bouilloire à thé.

Kero a hérité du service à thé familial. Perdre un de ces objets serait un drame presque aussi terrible que celui d'Hiroshima.

Cette cérémonie du thé, au cœur de Manhattan, est un rituel, une messe. Comme les Occidentaux pleurent, chaque jour, la mort du Christ.

Myriam Rosenberg, avec ses petits yeux apeurés, a tout à fait l'air d'une souris de Gaza. Gloria se tourne vers Kero.
— Myriam n'habite pas loin d'ici.
— Ah oui...
— Elle possède un appartement à un coin de rue de chez toi.
— En effet, c'est pas loin.
— Elle est en médecine à Columbia.
— Gynécologie ?
— Non. Neurologie. Elle est timide, mais ne te fie surtout pas à son petit air effrayé, c'est un génie.

Myriam Rosenberg, comme de fait, n'arrête pas de rougir. Au cas où vous ne l'auriez pas deviné, c'est la fille du grand rabbin de New York. Elle est moche, orthodoxe et géniale. J'ai toujours été attiré par la laideur. La beauté expose. La laideur protège. Myriam Rosenberg est bien protégée. Oh ! je sais, je sais. J'entends d'ici (et distinctement) les envieux. Pour eux, les Nègres ne devraient baiser qu'avec des Négresses. Le mélange racial est une des formes vivantes qui subsiste, aujourd'hui, pratiquement sans changement depuis le Dévonien et qui a des chances de survivre à la Bombe. J'imagine que nous sommes des amibes unicellulaires. Et que nous essayons, malgré tout, de tenter une sortie collective.

Kero prépare le thé en silence. Elle nettoie, d'abord, la cuillère à thé et les bols pourtant déjà propres. Elle essuie, ensuite, l'un après l'autre, à l'aide d'une serviette de soie, tous les ustensiles.

Soleil. Calme et sérénité.

Avec une louche de bambou (Kero utilise une louche neuve à chaque séance), elle puise l'eau dans la bouilloire pour la transvaser dans le bol. Elle utilise une pièce de tissu de forme oblongue qu'elle plie au-dessus des parois du bol pour la faire tournoyer ensuite entre ses mains.

Myriam Rosenberg est assise un peu en retrait de la flamboyante Gloria.

Kero bavarde à voix basse avec Norman Mailer tout en préparant le thé.

— Tu écris, ces jours-ci, Norman ?

— Hélas...

— Pourquoi hélas ?

— J'écris, j'écris et j'ai l'impression de tourner en rond.

— Ton truc sur l'Égypte ?

— Ouais... M'a l'air que cette fois j'ai attaqué un trop gros morceau.

— Tu es le plus grand, Norman, c'est donc à toi de prendre les plus grands risques.

— Bon Dieu ! des fois j'ai bien envie de jeter les gants.

— Norman, selon toi, qui est important aujourd'hui ?

— Oh ! il doit y avoir une vingtaine d'écrivains américains qui répondraient à cette question en vous citant un nom – le leur. John Updike dirait John Updike. Bellow dirait Bellow.

— Que dirait Norman Mailer ?

— Norman Mailer dirait Norman Mailer, tu peux compter là-dessus. La littérature américaine est actuellement dans une drôle de situation. Nous n'avons pas de géants. Jadis, nous avions Hemingway et Faulkner. À présent, nous sommes comme les rayons d'une roue. On ne peut pas demander quel est le rayon principal. Chaque rayon répondra : « À ma connaissance, je suis le seul. »

— Pour moi, Norman, tu es le seul. Mais qui d'autre, à part toi ?

— Il y a beaucoup d'auteurs pour qui j'ai de l'estime. Saul Bellow est un très bon écrivain. John Updike est très bon, John Cheever...

— Et Gore Vidal ?

— Vidal est un bel esprit et un bon essayiste. Ce n'est pas un bon romancier.

— Truman Capote ?

— Capote est un styliste, un très bon écrivain, mais il n'a rien donné d'inoubliable récemment. Bien sûr, il travaille depuis des années à *Answered Prayers*. Il faudra attendre et voir.

— Des auteurs surfaits?

— Il est difficile pour un auteur de se maintenir très longtemps. Il y a en Amérique beaucoup plus de critiques littéraires que d'hommes et de femmes capables de gagner leur vie en écrivant des romans. Nous avons tous été examinés et réexaminés pendant vingt ou trente ans. Ce serait dur pour un ersatz de passer au-travers.

Le bol à thé bien sec, Kero dispose la serviette sur le bord de la bouilloire et place ensuite le bol entre ses jambes. Avec des gestes très doux, elle ouvre la boîte à thé sans perturber la surface bombée du thé brillante comme un globe lumineux. Elle calcule minutieusement chaque portion qu'elle verse dans les bols. Ensuite, elle frappe cinq fois la cuillère contre la paroi pour la débarrasser des poussières de thé.

Je ne me suis pas encore familiarisé avec cette idée, cette RÉALITÉ de respirer, de tousser, de bouger dans la même pièce qu'une Juive orthodoxe. Vous vous imaginez l'effet que ça peut faire sur la libido d'un goy nègre.

Kero, le visage imperturbable, introduit la louche de bambou dans la bouilloire, le côté incurvé vers le bas, la tourne doucement à mesure qu'elle l'enfonce en évitant le moindre geste maladroit. Elle la retire, ensuite, sans bruit, la place sur le bol à thé, l'incline doucement afin de verser le tiers de son contenu dans le bol. Je regarde avec fascination Kero exécuter ces gestes avec la plus grande précision.

Gloria Mailer n'est pas une héroïne de Woody Allen, le style de fille belle, juive, riche, intellectuelle et névrosée, le genre qui habite Central Park, s'habille chez Gucci, qui a tout pour être heureuse et qui passe ses après-midi sur le divan d'un psychanalyste de Manhattan. Gloria Mailer serait plutôt du genre californienne gorgée de torah qui travaille dans une station de télévision bourrée de snobs et de cocos... Ou encore Gloria est une de ces filles supercools, superbronzées, sans une pointe d'inhibition, pareilles à une orange *made in Los Angeles*. Pour toutes ces raisons, Gloria Mailer me laisse froid.

Kero se sert d'un *chasen* (un fouet de bambou muni, à une extrémité, d'une poignée et incurvé en dents de fourchette à l'autre). Cet instrument, en apparence simple, a nécessité diverses opérations avant d'atteindre cette perfection dans la forme et le sens. Je voudrais devenir cet objet très simple et tout à la fois complexe. Myriam Rosenberg a suivi très attentivement le rituel qui a duré 40 minutes. Le travail très lent, très organisé et en même temps très gracieux de la préparation du thé a imposé un rythme oriental à tous nos gestes et a imprégné la pièce d'une douce atmosphère de sérénité zen.

Kero nous a proposé un bain, après le thé. Occupant toute la largeur de la pièce, la cuve fait, dans sa longueur, 3,50 mètres. Décoration stricte : un rouleau japonais et un arrangement floral près de la fenêtre. L'eau est brûlante.

J'entends frapper discrètement à la porte. Myriam Rosenberg entre et je bascule, la tête la première, dans le trou noir des fantasmes les plus pervers qu'aucun Nègre, à ce jour, n'a jamais osé rêver. Soyons clair : Myriam Rosenberg n'a rien, à première vue, pour provoquer un tel bouleversement chez un quelconque animal sexuel, mais justement à cause d'une telle discrétion elle m'apparaît terriblement sensuelle.

Deux révélations. Gloria Mailer est beaucoup moins bien nue et Myriam Rosenberg est beaucoup mieux quand on peut au moins deviner ses formes. Je ne suis pas attiré par Norman Mailer. Disons que Myriam a de belles jambes (ce qui n'était pas prévu) et de merveilleux seins (je n'en demandais pas tant). DES CHOSES QU'ON NOUS AVAIT CACHÉES DEPUIS LA CRÉATION. Encore une fois, ce serait malhonnête de laisser croire une seconde de plus que Myriam Rosenberg, selon la coutume japonaise, est en train de prendre son bain nue. En fait, elle porte une robe de coton assez large dont la tendance (tendance Archimède) est de flotter. Si la robe flotte ainsi, il faut croire que la partie immergée du corps s'est complètement libérée de toute entrave.

Théorème : Tout corps plongé dans l'eau reçoit une décharge électrique égale à la somme de désirs circulant dans l'eau multipliée par le nombre de races (trois dans ce cas) et divisée par la somme de verges à froid présentes. POUR MA PART, JE BANDE À FAIRE SAUTER LE VOLTMÈTRE.

Ce serait encore malhonnête de laisser croire une seconde que Myriam Rosenberg a participé de quelque manière que ce soit à la vérification de ce théorème. Je l'ai expérimenté seul et à mes dépens.

Nouveau théorème : Tout corps en rut produit une charge électrique dix fois plus grande que sa production courante. On augmente cette puissance en plaçant sur son circuit une résistance quelconque. Dans le cas d'une Juive orthodoxe, on estime la nouvelle puissance capable de causer mort d'homme. Myriam Rosenberg est une bonne conductrice de la chaleur animale.

Ciel clair, temps calme, pas de vent (c'est le temps qu'il a fait, le matin d'Hiroshima). Je peux donc larguer la Bombe. Dieu ! j'avais complètement oublié l'Ancien Testament. Ça regorge d'orgies, de bacchanales, de stupre et de luxure. Tous ces prophètes qui troussent à qui mieux mieux les vierges du temple, tous ces frères qui violent leurs sœurs, tous ces rois qui se nourrissent de pubères, j'avais oublié ce secret bien gardé : LE PEUPLE DE DIEU EST PLUS QUE TOUS LES AUTRES CELUI DE LA CHAIR. TOUTES LES SARAH, DÉBORAH, RACHEL, RUTH, ESTHER, SALOMÉ, AGAR, BETHSABÉE, THAMAR, MARIE, MYRIAM SAVAIENT FAIRE ÇA.

Je ne devrais pas le dire, mais cette révélation m'a touché à un point tel que, me tournant vers Myriam et voyant en elle une de ces filles de la Bible (mon premier livre érotique), il m'est arrivé cette chose incroyable, incroyable pour ceux qui n'ont pas la foi : j'ai eu l'orgasme le plus fécond, le plus enthousiasmant, le plus excitant et le plus glorieux que jamais bipède n'ait osé rêver depuis l'HOMO ÉRECTUS.

Harlem River Drive

Tôt le matin, chez Basquiat, le téléphone sonne. Le téléphone se trouve au fond du couloir. Basquiat se lève lentement. La chambre baigne dans une pénombre.

Basquiat est nu. Il s'enroule dans un drap blanc avant de longer le couloir. Le téléphone a eu le temps de sonner une dizaine de fois.

— Quelle heure est-il ?
— Cinq heures.
— Oh ! merde.

Basquiat poursuit son chemin vers la cuisine. Il se prépare un déjeuner : œufs, bacon, petits pois. Il place deux verres sur la table et un pichet de jus d'orange. Tout se passe dans une atmosphère douce et ouatée de petit matin new-yorkais. Basquiat regarde par la fenêtre les voitures longer le Harlem River Drive.

Basquiat traîne toujours, enroulé autour de son corps, ce drap blanc avec de grandes plaques jaunes de sperme. Il essaie de s'en faire une toge romaine. Un pan du drap trempe dans le poêlon dans lequel il fait frire les œufs.

Basquiat achève de dresser la table. Une jeune femme nue (confondue avec la pénombre du couloir) se faufile jusqu'à la salle de bains. On entend tout de suite après couler l'eau du lavabo.

La table se trouve sous la fenêtre (versant est). Basquiat peut voir cet énorme placard publicitaire (Oh, Calcutta !) représentant une femme de dos aux 3/4 nue, à côté d'une affiche des Témoins de Jéhovah annonçant pour très bientôt LA FIN DU MONDE.

— Tu te lèves aussi tôt chaque matin ?
— Pas chaque jour. Seulement quand j'ai à travailler.
— Et ça arrive souvent.
— Cinq à six fois par mois.
— C'est la fête, ton boulot ?
— C'est pas facile.
— Tu appelles ça pas facile, Basquiat.
— Seulement, ce sont des journées de 24 heures, ce qui fait 120 heures par mois. C'est comme si je travaillais 4 heures par jour.

La fille applaudit.
— Malin, hein !

Elle referme la porte de la salle de bains. Immédiatement, on entend l'eau couler à nouveau. Pourquoi, dès qu'une fille ferme une porte de salle de bains, entend-on toujours l'eau couler ?

Basquiat est assis à la table de cuisine et nettoie un appareil photographique. Il essuie minutieusement les lentilles, le boîtier. C'est un solide boîtier, fait d'un alliage d'aluminium et muni d'un obturateur métallique, avec une synchronisation/flash allant jusqu'à 1/90 de seconde. Il pèse exactement 460 grammes. Basquiat est absorbé par son travail. Ses gestes sont à la fois secs et précis. La lumière naturelle de la pièce est très douce.

Basquiat regarde, par la fenêtre, l'affiche des Témoins de Jéhovah annonçant la FIN DU MONDE. Basquiat essaie de s'imaginer l'apocalypse à New York. Le char de feu frôlant les buildings de verre de Manhattan. La pluie de sauterelles. Les ténèbres. Vraiment, il n'y a rien de pire qu'une grève de métro à New York.

Il y a pire : c'est de ne pas être connu. À New York, on est célèbre ou on n'est RIEN !

La jeune femme sort enfin de la salle de bains. On la voit de profil et un peu de dos. Elle porte, enroulée autour de sa taille, une serviette jaune.

— C'est gentil d'avoir préparé le déjeuner.

— C'est un déjeuner classique.

— J'aime l'école classique, Basquiat. Pourtant j'ai jamais pris un petit déjeuner classique. Qu'entends-tu par là ?

— C'est le même déjeuner que des millions de gens prennent à New York en ce moment : œufs, bacon, jus d'orange et pain grillé.

— As-tu du fromage ?

— Tu en trouveras dans le réfrigérateur.

La jeune femme se dirige vers le réfrigérateur, l'ouvre, prend le fromage et revient s'asseoir tranquillement.

Pendant quelques minutes, ils mangent en silence.

— Qu'est-ce que tu fais aujourd'hui, Suzanne ?

— Quelques courses. Je rencontre Sandy en début d'après-midi et j'irai voir l'exposition de Van Der Zee, après.

— Tu ne jures que par ce type.

— T'inquiète pas, Basquiat. Tu as beaucoup de talent. Mais que veux-tu, tu n'es quand même pas un vieil homme qui vit tout seul dans un appartement avec, pour unique compagnon, son génie.

— Ah !... et qu'est-ce que je suis ?

— Un jeune homme qui vit en ville, qui a un talent fou et qui en profite bien.

— Tu crois ça ?

— Je t'ai entendu au téléphone tout à l'heure.

— Et alors ?

— T'es pas mal occupé, ces temps-ci.

— C'est mon travail, ça. Je dois convaincre *Ebony* de me filer ce contrat.

— Et qui sont ces filles ?

— Des mannequins. Je fais un truc avec elles pour *Ebony*.

— Il te faut uniquement des modèles exotiques.

— Qu'est-ce qui est exotique ?

— Ce sont des Portoricaines.

— Dis pas de conneries, ça dépend uniquement de mes acheteurs. Pour *Ebony*, c'est préférable d'être noire ou métisse.

— Je te crois, mais reste que tu favorises les mannequins noirs.
— Que veux-tu que je te dise, c'est la jungle. Si je ne délimite pas mon terrain, je n'ai aucune chance.
— Je ne te crois pas. Tu as assez de talent pour dépasser ça.
— C'est vrai. Seulement, les autres, les acheteurs, ne le savent pas encore. Un photographe noir doit débuter avec des mannequins noirs, il n'y a pas à sortir de là.
— Justement, il faut en sortir.
— Écoute, Suzanne, c'est pas simple, alors ne simplifie pas, s'il te plaît. Il me faut *Ebony* d'abord. Et ensuite *Vogue*.
— Ne tarde pas trop.
— Ne t'inquiète pas, ça viendra…

Ils achèvent de manger en silence. Des miettes de pain sur la nappe. Le soleil (comme un projecteur) éclaire l'affiche des Témoins de Jéhovah. C'est l'heure des reproches.

— Tu n'es jamais venu à aucune de mes expositions.
— Je ne suis jamais à New York, Suzanne, quand tu fais tes trucs.
— Tu seras à New York, le 20 ?
— Le 20, c'est après-demain. Alors, promis.
— Oh! faut que je file.

Elle l'embrasse. Il reçoit le baiser distraitement.

Basquiat s'enferme dans la chambre noire. Suzanne a laissé la porte ouverte derrière elle. Elle croise les jeunes filles dans l'escalier. Sophia traîne un gros sac vert. Sophia et Una entrent et vont directement dans la grande pièce. C'est une salle presque nue avec deux projecteurs et un appareil photographique sur trépied placé dans un angle de la pièce. Le plancher de bois clair. Una en profite pour faire ses exercices de yoga. Son corps est légèrement en sueur.

Ensuite, elles attendent Basquiat. Le téléphone a sonné une dizaine de fois avant que quelqu'un ne se décide à répondre. C'est la consigne.

Une fenêtre sur Frisco

J'aime lire le Tao tö king à mon réveil. Je peux passer des heures comme ça à flotter doucement. Je regarde du coin de l'œil les progrès du rayon de soleil sur le plancher.

La Bombe, c'est un rêve d'enfance. J'ai été un enfant heureux. Et pourtant je n'ai jamais cessé de penser à ça. La mort. Puis plus rien. Il y eut un matin et il n'y eut plus jamais de soir.

La fille qui vient de me parler au téléphone s'appelle Melody. Melody est assise sur un coussin, juste en face de moi. Elle a un air qui respire la fraîcheur, elle est vive et intelligente. Donc si Melody transpire la fraîcheur, si elle paraît vive et intelligente, c'est bien parce qu'elle est fraîche, vive et intelligente. Les apparences ne m'ont jamais trompé.

Melody s'est levée pour aller à la fenêtre. Pourquoi est-elle habillée de cette façon, en noir et blanc? Noir sur blanc fait BLOIR. Ce n'est pas gai gai au départ, mais c'est toujours follement élégant. J'aime. Jupon en jersey et T-shirt en satin de coton. Melody est terriblement excitante. Bronzée. Elle a mis un disque de Bob Marley (*Zion Train*) avant de me rejoindre.

— Et toi?
— Moi!
— Qu'est-ce que tu fais dans la vie?
— Rien.
— Rien quoi?
— Rien de précis.

— Par exemple ?
— J'attends.
— Tu attends quoi ?
— J'attends. On ne peut pas savoir avant.

Je ne pouvais espérer un meilleur réveil. Melody s'est placée devant la fenêtre. Sur la pointe des pieds. J'imagine qu'elle essaie de voir le trottoir d'en face. Du lit, j'ai une de ces vues. Vue de dos, Melody vaut le voyage. Melody, dans l'encadrement de la fenêtre, au milieu de cette lumière éblouissante des toiles de Renoir.

— C'est assez bizarre !
— Qu'est-ce qui est bizarre ?
— C'est la première fois que je suis dans la même pièce qu'un Noir.

Elle parle sans quitter la fenêtre et sans se retourner.
— Oh ! n'allez pas croire que. .
— Je ne crois rien du tout.
— C'était juste une constatation.
— Qu'est-ce que ça te fait ?
— Tout drôle. Je n'aime pas ça.
— Ah !...
— Je n'aime pas que j'aime tant ça.

Plus tard, elle me dit brutalement :
— JE VEUX FAIRE L'AMOUR.

Elle n'a pas dit : je veux faire l'amour avec toi, mais simplement je veux faire l'amour. Faire l'amour. Making love. Comment dit-on ça avec l'accent de Frisco.

Melody a fait exactement douze pas pour arriver à mon lit. Elle y est montée tout habillée, avec ses chaussures vertes. Le corps svelte, dur, chaud. Un coup bronzé. Quand elle est repartie, Marley chantait : « No woman no cry. »

On court après moi sur la planète

J'ai découvert la Bombe en même temps que le Sexe. J'avais tout de suite compris que les deux généraient la MORT. La Bombe, c'est la mort collective, démocratique, égalitaire. Et puis le Sexe, c'est la mort individuelle, élitiste, aristocratique. La Bombe, c'est la mort dans un éclair. Le Sexe, la mort à petits feux. L'orgasme est également bref. Le Temps, affirme Borges, est une convention.

J'ai découvert le Sexe (ou le Désir) à sept ans sous les traits de Rita Hayworth. Ah! qu'elle était jolie, la Mort! Je n'ai pas arrêté depuis et il m'a fallu vingt-cinq ans (et la mort de Rita) pour comprendre que c'était une Bombe à retardement. Tu peux te cacher n'importe où sur cette satanée planète, il y aura toujours (comme le feu au cul) la menace de la Bombe. Et pour attendre cette saloperie de Bombe, rien de moins que le SEXE. Heureusement que nous sommes un peu plus que cinq milliards répartis un peu partout sur la planète. Alors, c'est quand tu veux, ma vieille.

Vague sourire d'un chat chinois

J'ai l'habitude de regarder les visages des gens dans le métro. Ce n'est pas recommandé. Les gens ressemblent drôlement à des oiseaux, des tortues, des singes, des hiboux. Jamais des aigles. Si, un seul. Une seule fois. Et je ne l'ai vu qu'une seconde ou deux. Il entrait dans le train au moment où je sortais. Un aigle. Un vrai. Bec et griffes, œil rond et regard qui plane. Je ne connais que très peu de contemporains à qui j'aimerais ressembler. Lui, oui. Un œil hautain et carnivore. Vivre là-haut. Très haut. Et descendre quelques fois en vol plané parmi eux. Me nourrir de leur chair. Piquer dans la foule mon souper, aussi simplement que ça. Et remonter, au soleil couchant, vers la plus haute solitude.

Berri-de-Montigny. J'entre dans la station. Je regarde. Je cherche ma direction. Tout est bien éclairé. Direction Atwater. Je descends un étage plus bas. Je n'attends pas longtemps. Le train arrive dans un sifflement de métal. Les portes s'ouvrent. J'entre. Elles se ferment. Je suis dans un autre MONDE. Je regarde mes voisins. Avez-vous déjà regardé un visage humain? La peau, le grain de la peau, les os sous la peau. Les poils (cils, moustache, barbe). Les trous (yeux, nez, bouche). Les dents, les lèvres, le menton. Drôlement faits, les humains. Tout ça terne ou vivant, frémissant ou épuisé, lisse ou granuleux, frais ou en sueur. Je m'installe dans un coin, et j'observe. J'apporte toujours un calepin avec moi. Je note les gestes naturels, des bouts de dialogues (je peux suivre trois ou quatre dialogues à la fois), les visages perdus dans des monologues intérieurs. Je note. Des traits hachurés, rapides, presque des flashes. Le train bouge. Avec nous dans son ventre. Un bref voyage de 45 secondes pour ceux qui descendent au prochain arrêt. Faut dire que 45 secondes, c'est amplement suffisant pour faire sauter tout ça.

Saint-Laurent. Très peu de gens entrent. Plusieurs sortent. Quartier populaire. Marchés. Poissonneries, boucheries, épiceries. Station Soleil. Beaucoup d'immigrants. Bonheur d'entendre toutes sortes d'accents. Je ferme les yeux et je fais un voyage éclair dans une multitude de pays.

Place-des-Arts. Pourquoi est-ce que je prends toutes ces notes ? Parce que je sais que c'est la fin. Je suis un amateur. Une sorte de notaire. Je suis chargé de faire l'inventaire des êtres et des choses. Pour faire des réclamations quand ils auront fait sauter la planète. Dans ce cas, il faut tout noter. Tout est précieux. La haine est aussi précieuse que l'amour. Le bien est égal au mal. Tout nous appartient. À qui penses-tu qu'il faudra adresser ces réclamations ?

McGill. Elle porte un T-shirt aux couleurs de l'Université McGill. Longue, les yeux bridés et le regard tourné vers l'intérieur. Le genre de fille à s'appeler Lo. Lo est entrée dans le train et a trouvé une place libre en face de moi. Je n'en demandais pas tant. Pourquoi les Asiatiques m'intéressent-ils autant ? Parce que c'est loin, l'Asie. Lo est assise sagement, le visage tourné vers la Chine. Je voudrais être Mao. Elle me jette un regard, style bande-des-quatre. Je n'ai pas insisté.

Peel. Je ne vous l'ai pas dit : la clientèle a changé. Ça sent le Dior. Les femmes de quarante-cinq ans vont prendre d'assaut les parfumeries des grands magasins. Lo n'a pas bougé. L'Asie est un continent stable. Enfin, était stable.

Guy. Lo a bougé. Le monde tremble. Je ne perds aucun de ses gestes. Gestes en accord avec l'une des plus vieilles aristocraties de la terre. Elle sort un livre. Je me penche légèrement pour pouvoir lire son titre. C'est un bouquin de Mandiargues. *La Motocyclette* de Mandiargues. Éros dans le train.

Atwater. Elle descend. Je descends. Moment crucial. Flottement. La foule nous happe. Seconde déchirante. Juste au moment de se perdre, elle se retourne et me fait un vague sourire. Un sourire de l'autre côté des choses. Un sourire de fin du monde. Comme le sourire de la Joconde qui annonçait les temps modernes et la Bombe. Regardez bien Mona et vous sentirez le choc d'Hiroshima. Tout ça n'aura duré que 128 secondes (depuis le moment où Lo est entrée dans le train jusqu'à ce sourire). TOUT DISPARAÎTRA.

Pékin sans fin

CHAPSAL : Vous avez l'air d'envisager que tout va s'achever dans une espèce d'éclatement ?
CÉLINE : Pas besoin ! Les Chinois n'ont qu'à avancer, l'arme à la bretelle. Ils ont pour eux l'hydra viva, la natalité. Vous disparaissez, vous, race blanche. Dans le monde Jaune, tout le monde disparaît, anthropologiquement. C'est comme ça ! C'est le Jaune qui est l'aubépine de la race. Tout ça, ce sont des fluorescences adventices. Mais le fond est jaune. Ce n'est pas une couleur, le blanc, c'est un fond de teint ! La vraie couleur, c'est le jaune... Le Jaune a toutes les qualités pour devenir le roi de la Terre.

(Entrevue accordée par l'écrivain Céline à Madeleine Chapsal. *Envoyez la petite musique*, Figures/Grasset.)

Berlin au crépuscule
(sous l'œil de Gombrowicz)

Une jeune Allemande endormie dans une chambre d'hôtel, à Berlin. À côté d'elle, un Nègre qui la regarde. On entend à peine le bruit mou des voitures sur le Hohenzollerndamm légèrement mouillé. Temps gris.

Nez. Un long nez aux ailes diaphanes. Respiration à peine audible. Veines microscopiques.

Bouche. Bouche serrée jusqu'à perte de conscience. Elle veut garder son secret même dans le sommeil. Angoisse. Désespoir. Détresse. Avaler sa salive avant de dire n'importe quoi en présence de n'importe quel étranger. Parole allemande. Parole lourde de sens. Drame.

Menton germanique. Aucune particularité. Si, en parallèle avec l'Angleterre. L'Anglais lève le nez en signe de supériorité. C'est le lord. L'Allemand lève le menton. Le militaire. Les militaires font grand cas du menton.

Gorge de walkyrie. Souffle profond. Capable de soutenir Wagner. Gorge blanche. Rêve de vampire.

Seins de nageuse. Vingt fois le tour de la piscine de l'hôtel chaque matin. Je m'y suis rendu une seule fois. Failli crever. Autonome-métronome, elle continuait. Contre qui? Son ombre. Dieu. Ou notre pauvre limite humaine. Qu'est-ce qu'elle trouve que j'ignore dans cet acharnement?

Ventre fragile. C'est là qu'elle encaisse. Elle a de terribles coliques. Là, c'est comme des lames de rasoir. Elle me montre son ventre lisse, blanc avec ce léger duvet blond. Naturellement, aucune plainte ne traverse ses lèvres serrées. Seul son front est en sueur. De fines gouttelettes.

Ne point crier.
Ne rien manger.
Ne rien ressentir.
Être indifférente à tout.

Je suis debout près de la fenêtre. Avec le sentiment de contempler « La Jeune Vierge » de la mythologie allemande. Couchée, là.

Luxe. Cette jeune Européenne sans amarres, abstraite, autonome, peut-elle deviner ce qui chemine dans ma tête ?

Jusqu'où peut-elle aller sans crier ? Chose belle et étrange, cette tête sereine, blonde et endormie.

Odeur : la mort.

Rome aux doigts de pluie

Moravia a des mains d'étrangleur.
Nous sommes assis à la terrasse d'un petit café que fréquente Moravia depuis trente ans. Il pleut sur Rome. Une petite pluie fine et oblique.

— Je suis venu vous parler du sexe et de la mort.
— Ça fait cinquante ans que tout le monde se croit obligé de me parler de ça.
— Je sais. Toute votre œuvre tourne autour de ce thème.
— Pourquoi moi ? Tous, ils ne parlent que de ça. Miller, de quoi pensez-vous qu'il parle ? Fellini, hein ! Antonioni. Cavafy. Gombrowicz. Et même le timide Pasolini.
— Pasolini. Timide !!!
— À vous aussi, il fait peur.

Moravia a l'air détendu. Des gouttes de pluie arrivent jusqu'à notre table. Des couples passent sous des parapluies multicolores. C'est une belle journée romaine.

— Vous en parlez d'une façon particulière.
— De quelle façon particulière ? Tout le monde en parle d'une façon particulière ! Alors que la mort et le sexe ne changent pas, eux. On essaie d'être original. Ce n'est pas un compliment, vous savez.
— Vous voulez un compliment.

Moravia éclate d'un rire rauque. Son rire a attiré le garçon à notre table. Moravia commande pour lui et pour moi. Il a l'habitude de recevoir. Rome, c'est chez lui. Les gens ont leur tanière, comme ça. New York est à Mailer. Montréal, à Miron. Paris, à Sollers. Berlin, à Grass. Rome est à Moravia.

— Je veux dire que les gens en ont fait des tabous, alors que vous en parlez ouvertement.
— Vous écoutez trop les intellectuels. Allez dans la rue. On ne parle que de ça. Baise et mort.
— Peut-être, mais on ne parle pas de la Bombe.
— Vous avez raison, dit Moravia gravement.
— Je sais que la Bombe est une de vos obsessions.
— Je ne pense qu'à ça depuis vingt ans.
— Elle est là depuis plus longtemps que ça.
— Oui, mais ça m'a pris vingt ans pour le réaliser.
— Donc la mort n'est pas un fait banal pour vous ?
— Quotidien, mais pas banal. Le sexe ? Je ne sais pas. Vous savez, le sexe, ça va bien plus loin que la mort.
— Et l'orgasme ?
— Très peu pour moi. Ce qui m'intéresse, c'est de regarder.
— Vous êtes voyeur ?
— Vous connaissez l'histoire du roi qui regarde son courtisan en train de regarder la reine ?
— Pourquoi est-ce mieux de regarder ?
— Le sexe et le cerveau, fiston.
— Alors ?
— La Bombe à neurones.

Moravia a des mains d'étrangleur. Il pleut sur Rome. Une petite pluie fine et oblique.

San Juan par le trou de la serrure

Ça s'est passé dans les toilettes de l'aéroport international de Porto Rico (à une heure creuse). J'étais en transit et j'attendais mon avion qui avait déjà une bonne demi-heure de retard. J'attendais dans les toilettes. TOILETTES POUR DAMES. Je m'étais trompé de porte. Vous ne me croyez pas ? Alors, pensez ce que vous voulez ! J'étais donc assis sur le bol de toilette à méditer depuis un bon quart d'heure quand deux filles poussent la porte en même temps.

L'une, grande (1,90 mètre), visage long, joues creuses, pommettes saillantes, grands yeux et une tonne de cheveux noirs (type indien). C'est Chevelure Noire.

L'autre, petite (pas trop), légèrement grassouillette, fesses rondes, bouche rose. C'est Peau Douce.

— C'est incroyable, dit Peau Douce, le nombre de filles qui me draguent ce soir.

— Et ça te plaît ? lui demande doucement Chevelure Noire.

— Non, dit Peau Douce, les femmes ne m'intéressent pas.

Et elle éclate de rire.

— On ne dirait pas.

— Ah ! tu me vois lesbienne, toi !

— Je ne sais pas, répond Chevelure Noire.

Peau Douce sort un bâton de rouge à lèvres d'un minuscule sac en cuir ouvragé *made in Mexico*. Elles portent des uniformes de vendeuses et travaillent toutes deux à l'aéroport, dans ces minuscules boutiques de souvenirs.

— T'aimes bien te faire belle, dit Chevelure Noire.
— Quand ça me tente.
— Et ça te va aussi.
— Ah! merci.
— Tu devrais te mettre plutôt un p'tit fond de teint rose, ici.
— Oh! tu sais, je ne me maquille pas vraiment. Je n'arrive qu'à me barbouiller le visage.
— Laisse-moi donc faire alors, dit Chevelure Noire.

Peau Douce est prise, tout d'un coup, d'un fou rire.

— Si t'arrêtes pas, je n'arriverai à rien.
— OK, dit Peau Douce en prenant un petit air sérieux.

Chevelure Noire travaille avec précision. Le crayon, dans sa main, est un véritable scalpel.

— C'est la première fois que je suis si bien maquillée, dit Peau Douce.
— Facile. C'est mon métier.
— Ah oui!
— Je travaille dans un studio près d'ici.
— N'empêche, je suis bien maquillée.

Peau Douce ouvre le robinet du lavabo pour se laver les mains. Chevelure Noire se brosse vigoureusement les cheveux.

— T'as de beaux cheveux!

Chevelure Noire s'approche de Peau Douce, les yeux remplis de nuit.

— T'as une belle peau, lui dit-elle dans un même souffle.

Chevelure Noire remonte doucement les cheveux de Peau Douce pour lui dégager le cou.

— Mhummmm...

Chevelure Noire se penche sur Peau Douce et lui suce chaque millimètre du cou. Peau Douce ne bouge pas. Chevelure Noire lui caresse la nuque. Peau Douce a, depuis longtemps, arrêté de respirer. Chevelure Noire lui déboutonne calmement le corsage pendant que sa bouche carnivore descend du cou jusqu'aux petits seins qu'elle n'arrête pas de sucer à travers le tissu soyeux du soutien-gorge. Peau Douce halète. Chevelure Noire remonte sa langue jusqu'à l'oreille gauche de Peau Douce. Un violent baiser. Elle presse en même temps son corps osseux contre Peau Douce tout en lui caressant les seins. Sans jamais lui retirer tout à fait la langue de sa bouche, Chevelure Noire lui caresse tout le corps. Peau Douce se presse contre elle. Chevelure Noire la pousse alors vers une porte ouverte.

L'image est coupée, mais je peux encore capter le son.
— C'est la première fois qu'une femme te caresse?
J'entends à peine la réponse de Peau Douce.
— Ouvre tes jambes.
L'ordre a claqué comme un coup de fouet. Je parie qu'on est en train d'enlever une jupe, à côté. Sous la cloison, je vois deux chaussures s'écarter.
— Caresse-moi encore les seins, dit Peau Douce.
— Je veux que tu me fasses jouir, toi.
C'est Chevelure Noire qui a parlé.
— Tu veux quoi? lui demande Peau Douce.
— Prends-moi.
Chevelure Noire a l'habitude de prendre. La voilà prise.
— Je viens.
— Vas-y, dit tranquillement Peau Douce.
J'entends tout. Le moindre mouvement. La plus allusive caresse. Chevelure Noire frissonne. Son désir crisse sous la caresse. Soudain quelqu'un entre. Le cri reste suspendu. Un temps mort. Je n'entends plus rien. Dure décontraction. Puis un sifflement. Peau Douce sort la première.

Je note dans mon carnet: « CHERCHER LA BOMBE. »

Tombe, Bombe!

BAYON : Ne croyez-vous pas qu'il existe une sorte d'extase provoquée par le mal ? Songez à Oppenheimer lorsqu'il a testé la Bombe pour la première fois à Los Alamos. Il savait que c'était le début de la fin et il est quand même allé de l'avant. Après cela, il est devenu fou. Et il a été tellement effrayé que...

SELBY :... il a refusé de travailler à la mise au point de la Bombe thermonucléaire. À ce propos, il y a quelque chose qui est complètement dingue... Avant de faire exploser la Bombe, ils ne savaient pas ce qui allait se produire ! Scientifiquement parlant, il y avait une possibilité pour que l'explosion déclenche une réaction en chaîne qui pouvait tout détruire. Et ils ont dit : « Nous allons courir le risque. » Vous savez, quand l'homme commence à jouer avec des choses qu'il ne connaît pas, en croyant qu'il a le droit de le faire et en oubliant ses responsabilités vis-à-vis de l'univers tout entier, alors nous sommes mal partis. C'est quand même incroyable, non ? « Nous allons courir le risque ! »... (Il s'écroule de rire).

(Entrevue accordée par l'écrivain américain Hubert Selby Jr dans une chambre minable de Los Angeles. Bayon, *Selby de Brooklyn*, Christian Bourgois Éditeur.)

Un paysage du Douanier Rousseau retouché par V. S. Naipaul

1. Choupette saupoudre son chicken basquet de ketchup, de sel fin ou de poivre et l'asperge d'eau de vinaigre. Marie-Flore scrute encore la carte. Le serveur n° 7 s'impatiente et part finalement prendre la commande qui attendait sur le comptoir de la cuisine.

Marie-Erna et Michaelle filent vers les toilettes. Marie-Flore attrape le n° 7 au vol et fait venir du poisson et de la salade. Pasqualine achève son rhum-sur-glace et commande un strawberry. Le soleil pénètre de toutes parts au National Bar. Les vitres sont brûlantes. D'autres filles arrivent et se dirigent directement vers le fond.

2. La vieille Buick 57 pointe son cul devant la boucherie Oso Blanco pour se ranger dans le parking du National Bar. Naipaul file au Food Store s'acheter une pierre à briquet. Le type au nez rouge et boutonneux de la caisse lui conseille de descendre à Little Europe. Naipaul traverse la rue, jette un rapide coup d'œil vers la Buick étincelante au soleil et pousse la porte vitrée du National Bar. Le n° 9 abaisse, au même moment, deux stores pour régler l'entrée d'ombre et de soleil dans la pièce.

3. Le groupe change de table pour s'installer en plein soleil. Marie-Erna et Michaelle sortent des toilettes avec, chacune, un *chou-black* au coin de l'oreille. Leurs cheveux ruisselant d'eau de réglisse et peignés à la garçonne, avec une raie au milieu. Marie-Flore vide d'un trait son orangeade et pêche la cerise, au fond du verre, avec une tige jaune en plastique. Marie-Erna regarde distraitement le mode d'emploi sur la bouteille de pommade avant de la glisser dans son sac. « POUR CONSERVER DES CHEVEUX JEUNES ET ÉCLATANTS, PRENEZ UN PEU DE MOELLE DE BŒUF QUE VOUS RÉPARTIREZ SUR VOS MAINS ET PROCÉDEZ À UN LÉGER MASSAGE DU CUIR CHEVELU AINSI QU'À L'IMPRÉGNATION DE LA POINTE DES CHEVEUX. » Michaelle secoue vigoureusement sa tête et des gouttelettes volent partout.

4. Naipaul s'assoit à une table d'où il peut voir facilement la Buick. La masse noire étalée de la vieille Buick comme une flaque d'encre de Chine sur l'asphalte brûlant. Naipaul étudie minutieusement la carte et finit par faire son choix.

5. Marie-Flore change de place avec Marie-Erna pour être plus proche de Naipaul et Michaelle prend la place de Pasqualine pour se mettre à côté de Marie-Erna. Marie-Flore fouille dans son sac pour chercher une cigarette et Naipaul l'allume. Choupette se tortille sur sa chaise en regardant sa montre. Le n° 7 ramasse les verres vides, essuie la table et change le cendrier. Les filles se lèvent d'un bond. Marie-Flore règle l'addition à la caisse. Choupette glisse un pourboire au n° 7.

6. La vieille Buick respire fortement à l'odeur des filles. Choupette allume la radio. Naipaul tourne au coin de la Firestone et descend la rue Pavée. L'asphalte fume. Naipaul s'arrête au coin pour s'acheter un Alka-Seltzer. Marie-Erna rit derrière avec deux types dans une Subaru jaune. Michaelle passe sa tête par la fenêtre de la portière pour respirer le vent chaud de midi.

Le zoo Kama-sutra

La Buick s'enfonce dans l'après-midi. Un petit garçon à la peau luisante bombarde d'eau sa petite sœur. Des gouttes de sueur perlent le long de l'échine de Pasqualine.

La Buick s'arrête d'elle-même au coin de la station Shell. Les filles se ruent dans un bar à côté. Naipaul verse un seau d'eau dans la gueule rouge de soif de la Buick et asperge longuement les roues. Les filles arrivent avec des boissons gazeuses. Pasqualine file plonger la tête dans le réservoir d'eau de la station d'essence. Le pompiste fait un clin d'œil à Naipaul : « C'est dans la poche, vieux. » Il fait 90 degrés à l'ombre.

7. La Buick tourne au coin de la Nova Scotia Bank et s'arrête devant Anson Music Center. Les filles descendent promptement de la voiture en claquant la porte. Le corps maigre de Pasqualine éjectée de la portière ondule dans une minuscule robe verte à peine plus grande qu'un mouchoir. Juchée sur des échasses noires, elle traverse la chaussée brûlante. Marie-Flore se retourne un quart de tour en poussant la porte tambour et fait un sale clin d'œil à Naipaul. Un immense poster représentant une paire de fesses nues dévorant un énorme hamburger qui dégouline de ketchup au-dessus d'un aquarium de poissons rouges. Le dernier disque de Volo Volo joue à plein tube le succès de l'été. L'aiguille glisse sur un grain de poussière. Une fille cool avec un super afro balance ses fesses moulées dans un jean. L'air conditionné rafraîchit les corps en nage. L'atmosphère sombre et douce d'une pièce d'eau. Pasqualine s'allume une cigarette et relaxe, s.v.p. baby. Un type en T-shirt pop explose tout au fond sur un disque des Skah Shah. Marie-Flore glisse dans son sac un peigne nacré. Deux filles entrent et sortent avec trois disques de Bossa Combo. Marie-Erna jette subtilement dans son sac un flacon de VO5 pour cheveux gras. Choupette veut faire jouer un nouveau disque. Les filles crient en hurlant de laisser aller Tabou et elles s'éparpillent quand Pasqualine sort un vieux disque de Gary French.

8. Silence. Naipaul, seul dans la Buick, monte toutes les vitres. Les camionnettes passent dans un bruit mou de fumier. Paysage enfumé, noyé sous une teinte métallique. Naipaul sort son calepin et note quelques flashes pour son reportage. Il fait un papier *hot* pour le magazine *Rolling Stone*. Un truc sur Port-au-Prince. Naipaul en sueur. Il commence à sentir cette ville foldingue. Un type avec une dizaine de montres autour de son bras crie quelque chose à Naipaul en levant le poignet. Une main noueuse de femme traîne un petit garçon habillé dans un costume de marin neuf. Plan gauche sur Bazar La Poste : un goulot de bouteille de cola, entre des lèvres lippues et des dents blanches ivoire, laisse couler un liquide rosâtre. Une petite fille plaque son visage contre la vitre chaude. Une hanche avec ceinture de chair brûlée passe dans le champ. Au ralenti : gorge rouge de poisson des grands fonds aspirant sa nourriture. Zoom sur main baladeuse se fermant sur une paire de boucles d'oreilles. Plan intérieur : Naipaul se noie dans sa sueur et les grains de poussière glissent sur les vitres en flonflons de soie liquide, en dégoulinades rougeâtres et en sarabandes d'ectoplasmes déchirant la rétine de l'œil.

9. Lumière rouge. Sur la longueur d'un bloc entre les rues Pavée et des Césars, quatre rangées d'automobiles attendent au croisement, pare-chocs contre feux arrière. Les moteurs ronflent, les tubes suintent. Buick et Chrysler américaines. Peugeot et Citroën françaises. Toyota et Datsun japonaises.

Lumière verte. Les moteurs s'affolent. Les leviers grincent en première vitesse. Les autos s'espacent entre les magasins, la foule et les couleurs vives des affiches.

Dans un moment toutes ces bagnoles crevassées, repeintes, vont se diluer dans Port-au-Prince, la ville étagée sur ses quinze collines (Saint-Martin, Sans Fil, Bel Air, Canapé Vert, Bourdon, Fort National, Saint-Gérard, Turgeau, Pacot, Morne-à-tuf, Poste-Marchand, Nazon, Bois Verna, Bolosse, Nelhio) avec ses taxis fourmis qui escaladent les rues monte-au-ciel.

La vieille Buick ralentit devant le marché en fer, tourne au coin du vieux terrain d'aviation avant de filer droit vers un motel climatisé de Delmas.

10. Le corps ficelé dur de Pasqualine debout sur la pointe des pieds coupant la lumière crue dans une métallique dureté. Le torse arqué fléchit à l'aine. La nette épure des cuisses graciles.

Marie-Erna feuillette des romans-photos sur le divan. Marie-Flore marche pieds nus sur le ciment frais et elle pose sa joue contre la vitre de la fenêtre.

La pièce est éclairée de la fenêtre. Le rayon de soleil divise la chambre en deux pénombres moites.

Michaelle brosse les cheveux soyeux de Pasqualine devant un grand miroir ovale. Choupette file chez le Chinois et revient avec du riz-poulet dans des assiettes en carton et des bouteilles de coke.

11. Michaelle caresse la nuque de Pasqualine et l'embrasse légèrement au cou. Elle lui frotte ensuite le dos avec de l'eau de Cologne. Vent de fraîcheur. Et lui masse le visage avec de la crème Nivéa (contre le teint brouillé de peau à tendance sèche) et de l'émulsion à la malvidine.

Pasqualine trouve un vieux rasoir, s'assoit sur le tabouret, et ramène doucement une jambe sur la coiffeuse. Elle courbe l'échine. Le rasoir remonte lentement vers l'entrecuisse. Pasqualine s'épile complètement la jambe, la bassine avec de l'alcool 60 degrés, se soulève légèrement pour déposer l'autre jambe sur la coiffeuse.

Michaelle lui caresse un moment la jambe bien galbée allongée sur le bois clair. Le tranchant du rasoir fait un bruit métallique.

12. Pasqualine se tortille dans une merengue de sang. Suées livides aux poreuses voilures de la peau. Cou gonflé comme un saxo de jazz. Artères stellaires. Yeux couperosés. Lacération tamisée.

Marie-Erna mitraille Pasqualine dans tous les sens avec une vieille Nikon. Les flashes éclairent un corps luisant.

13. Naipaul regarde. Le dos noir de la blatte comme un tesson de verre sombre. Ses fines antennes bougent sans arrêt. Le pied de Naipaul l'écrase et elle vomit une matière blanchâtre.

14. Le soleil s'est retiré complètement de la pièce. Des bruits sourds parviennent encore de la rue. Un vent léger chasse l'odeur sure du riz-poulet.
Choupette, légère, traverse la chambre en s'essuyant avec un Kleenex imbibé de coke et s'allume une cigarette qu'elle aspire lentement. La pièce en pleine noirceur (fenêtre fermée) tangue comme un bateau dans un rêve d'enfant pervers. Les chiures de mouches glissent en grosses chéchias molles sur du papier à mouches. Le bout rouge de la cigarette grésille à la face de Choupette comme une plaque de magnésium.

15. La Sainte Nuit se pose sur la ville. Un soleil drogué titube dans le Golfe. La Buick remonte ventre à terre une petite colline de terre ocre. Plein volume sur le tube des Scorpio (le dernier groupe de l'été). Les filles se maquillent dans le rétroviseur. La Buick prend le tournant au coin de Chez Maxime. Les filles rient derrière en s'aspergeant de parfum et de poudre. Naipaul se retourne et reçoit un plumeau dans les yeux. Les filles continuent à rire. La Buick (une masse oblongue noire) file. On n'a pas de destination. Ça roule, *cool*, vers l'Apocalypse.

L'Apocalypse n'est qu'un mauvais moment à passer

Le 6 août 1945, à 8 h 15 du matin, la Bombe H explose à cinq cent dix mètres d'altitude au centre d'Hiroshima. Cette Bombe, nommée « Little Boy », mesure trois mètres et pèse quatre tonnes. Tous les êtres vivants se trouvant à 500 mètres du point d'impact de l'explosion sont tués instantanément, ainsi que 60 % de ceux se trouvant à moins de 2 000 mètres de l'épicentre. Alors, qu'est-ce qui m'a amené à Hiroshima ? Je ne veux pas affecter une modestie telle qu'elle me fasse prétendre ne rien avoir à dire sur Hiroshima. Quand j'essaie de me demander ce qui m'a poussé à visiter Hiroshima, je crois que c'est à la face cachée, sombre, de mon esprit, que je le dois, à mon égoïsme d'artiste. Pourrais-je même communier avec les souffrances des victimes, qu'en serait-il du résultat ? Tout ce que je perçois, c'est le profond fossé qui existe entre les victimes de cette Bombe atomique et les gens ordinaires. Il me faut reconnaître que cette collection de photographies ne suffit pas à combler ce fossé. Me reste-t-il encore quelque chose à faire à ce propos, sinon admettre la honte de mon point de vue d'artiste.

Hiromi Tsuchida,
photographe japonais

Le jardin-sec

Je ne m'intéresse qu'aux clichés et le premier cliché sur le Japon c'est l'érotisme. Je suis tombé amoureux fou d'une Japonaise à douze ans. Une estampe de Hokusai (je crois). Une longue jeune fille avec des yeux à l'horizontale. Plus tard, j'ai vu d'autres estampes avec une charge plus violente. Des corps contorsionnés. Ce qui est curieux, c'est que ça m'a fait rire. Les hommes gardaient un visage dur, le geste sauvage (la tête vivement tournée vers l'arrière), mais le pénis long, raide et d'aspect terriblement guerrier. Les femmes prenaient des positions difficiles : le vagin béant, les jambes violemment écartées et le visage de madone (un air de n'être pas tout à fait là).

> Le châle de la fillette
> trop bas sur les yeux
> Un charme fou.
> BUSON

Par contre, l'élégance suprême pour moi est nippone. Les vêtements des femmes. Surtout les tissus. Et bien sûr les pieds (que je devine). Là, je ne parle pas des Japonaises modernes. Les filles que je rencontre à Toronto ou à New York ont une ligne différente, plus libre, plus occidentale. On me dit qu'à Tokyo, c'est pareil. Le Japon s'est américanisé. Du moins, la nouvelle génération. Celle de l'électronique. Le Japon en jean.

Mythologies américaines

> Sur les fleurs de lotus
> Pisser
> O- Shari.
> Sнікô

C'est Malraux, une fois, qui parlait du jardin-sec. Il n'y avait aucune illustration et j'ai passé des nuits à essayer de comprendre ça. Je suis né dans un coin de végétation luxuriante qui n'a rien à voir avec l'expression jardin-sec. Finalement, je me suis dit que c'était sûrement une de ces formules à la Malraux. Très Malraux: mettre dans la même valise ces deux termes opposés. Et un jour, comme ça, je suis tombé sur un vrai jardin-sec. Deux moines en train de ratisser un carré de sable avec quelques pierres, et j'ai trouvé ça reposant. Un peu comme la mort pourrait l'être.

> Sur la cloche du temple
> Un papillon dort
> profondément.
> Buson

Ni Mishima, ni Kawabata. Le maître, c'est Tanizaki. J'ai lu deux de ses romans: *Journal d'un vieux fou* et *Confession impudique*. Tanizaki me plaît parce qu'il parle de Tokyo, d'Alain Delon, de la cuisine française, d'un boxeur noir, de la photographie, de la pornographie, tout cela avec une distance implacable. Presque avec dédain. Et pourtant Tanizaki ne suggère aucun cynisme chez le lecteur. C'est sans intelligence. C'est-à-dire sans aucune complicité avec le lecteur. Un constat froid. Une tragédie sans les cris.

> Pluie fine de printemps
> une fille apprend
> au chat la danse.
> Issa

Le zoo Kama-sutra

L'architecture : légèreté de la structure et cloisonnement mobile. Et surtout la lumière naturelle. C'est mon rêve le plus obsédant : vivre dans une maison japonaise. Circuler en chaussettes. Ils ne marchent pas. Ils glissent comme des cloisons.

> Sur le ruisseau
> elle court après son reflet
> la libellule.
> CHIYO-NI

À Manhattan, j'ai vu des Japonais en train de photographier le Rockefeller Center. Ils l'ont photographié sous tous les angles et ils ont pris tellement de photos que c'en était devenu un folklore. Subitement, devant moi, le Rockefeller était devenu un cliché. Un lieu commun.

> Un vieux chien
> en tête du cortège
> on va visiter les tombes.
> ISSA

La mort, là-bas ? Mishima, Kawabata, Dazai, Akutagawa. Ils n'ont qu'une façon de mourir, semble-t-il. Se la donner. Qu'est-ce qui pousse à ça ? L'orgueil ? La forme ? La beauté ? Une trop haute idée de la vie ? Ne cherchez pas la réponse.

> Même mon ombre
> est en excellente santé.
> Premier matin de printemps.
> ISSA

C'est incroyable ! L'idée d'écrire ce livre m'est venue un jour, brusquement. Une image. Voilà : un jeune couple en train de faire l'amour dans la ville d'Hiroshima, le matin de l'explosion atomique, en 1945. Et la Bombe tombe au moment même où ils parviennent à l'orgasme. Éros et Hiroshima. ÉROSHIMA. Le Sexe et la Mort. Les deux plus vieux mythes du monde.

> Elles se cachent derrière les fleurs
> les fleurs
> au mont Yoshino.
> TÔFU

La dernière scène. Je me vois dans une petite ville du Japon. Sans savoir où je suis. Sans connaître la langue. Sans reconnaître le paysage. Ignorant les codes. Je me vois en train de flâner dans les rues. Pas comme touriste, ni comme voyageur, mais cherchant mon destin. Et trouvant ma mort.

L'avenir radieux

Je ne sais rien du zen. J'ai écrit ces récits cet été. Vite, très vite, en tapant avec un seul doigt sur ma vieille Remington.

Je ne sais rien du Japon et le Japon ne sait rien de moi. J'aime la Bombe parce qu'elle EXPLOSE.

L'apocalypse viendra, c'est sûr, par une magnifique journée d'été. Un de ces jours où les filles sont plus radieuses que jamais. On a dit qu'on ne reconnaîtra plus personne après.

J'aurai une fleur rouge à la main, Hoki.

TABLE

Déflouter les clichés par Charles Dantzig 7

Truman Capote au Park Hotel. 17
Comment faire l'amour avec un Nègre sans se fatiguer . . . 39
Fête chez Hoki 155
Cette grenade dans la main du jeune Nègre
  est-elle une arme ou un fruit ? 195
Le zoo Kama-sutra. 503

Cet ouvrage a été imprimé en France
par CPI
en février 2016

Composition MAURY IMPRIMEUR
45330 Malesherbes

N° d'édition : 19329 – N° d'impression : 134043
Première édition, dépôt légal : décembre 2015
Nouveau tirage, dépôt légal : février 2016